COLLECTION « BEST-SELLERS »

W0330056

DU MÊME AUTEUR

Chez le même éditeur

LA FRATERNITÉ DE LA ROSE, 1986.
LES CONJURÉS DE LA PIERRE, 1987.
LE JEU DES OMBRES, 1989.

DAVID MORRELL

USURPATION D'IDENTITÉ

roman

traduit de l'anglais par Bernard Seytre

ROBERT LAFFONT

Titre original : ASSUMED IDENTITY
© David Morrell, 1993
Traduction française : Éditions Robert Laffont, S.A., Paris, 1995

ISBN 2-221-07649-4
(édition originale :
ISBN 0-446-51669-4 Warner Books, New York)

À Martin E. Wingate (disparu en 1986),
le « roc », excellent ami et enseignant hors pair.

« Aucun masque ne vaut la vérité pour couvrir les mensonges,
Comme la nudité est le meilleur déguisement. »

William Congreve,
The Double Dealer.

« Et, après tout, qu'est-ce qu'un mensonge ?
Rien qu'une mascarade de la vérité... »

Lord Byron,
Don Juan.

Prologue

Mexique, 1562

Quarante ans à peine après l'arrivée des conquistadors espagnols dans le Nouveau Monde, l'extermination systématique des indigènes était bien avancée. À vrai dire, le génocide se perpétrait sans intervention humaine. Des maladies inconnues sur le nouveau continent et auxquelles les Européens s'étaient adaptés, comme la variole, la rougeole, les oreillons ou la grippe, anéantissaient rapidement les indigènes dépourvus d'immunité. Les dix pour cent de la population, ou même moins, rescapés des épidémies étaient violemment écrasés et réduits en esclavage. On rasait des villages pour transférer les habitants dans des camps de travail. Tous les moyens étaient bons, y compris la torture, pour contraindre les survivants à abandonner leur culture et adopter celle de leurs maîtres occidentaux.

Un missionnaire franciscain du nom de Diego de Landa découvrit avec horreur dans la presqu'île du Yucatán, à l'extrémité sud-est du Mexique, que la religion maya vénérait un serpent et pratiquait des sacrifices humains. Résolu à éradiquer cette barbarie païenne, Landa organisa la destruction systématique de tous les temples, statues, fresques ou objets à connotation religieuse. En confisquant aux Mayas les symboles de leurs croyances, il priva les historiens futurs des indices qui leur auraient permis de déchiffrer les hiéroglyphes restants qui décrivent les pratiques oubliées.

La fureur destructrice de Landa connut son plus grand succès dans le village de Maní, où le missionnaire mit au jour une bibliothèque secrète de livres mayas. Ces textes irremplaçables, des manuscrits reliés en forme de minuscules accordéons, « ne contenaient que des superstitions ou des mensonges du démon, rapporta Landa à ses supérieurs. Nous les avons tous brûlés ».

Nous les avons tous brûlés.

L'assurance satisfaite et bornée de ces quelques mots tuerait de désespoir un amoureux de l'Antiquité. Les brûleurs de livres ont toujours partagé la bonne conscience d'un Landa, lèvres serrées, regard inquisiteur et menton en avant. Mais Landa se trompait.

De différentes façons.

En plus de ce qu'il appelait des mensonges, les manuscrits recelaient des réalités historiques et des vérités philosophiques.

Et tous les manuscrits ne furent pas détruits. On en découvrit plus tard trois, dans des collections privées, que des Espagnols chargés des autodafés avaient cachés et rapportés en Europe comme souvenirs. Leur valeur est inestimable.

Appelés manuscrit de Dresde, manuscrit Tro-Cortesianus et manuscrit Persianus, ils appartiennent à des bibliothèques de Dresde, Madrid et Paris. Un quatrième, le manuscrit Grolier de Mexico, qu'un expert a prétendu faux, est en cours d'analyse.

Mais des rumeurs persistantes affirment qu'il en existe un cinquième. Un manuscrit authentique qui renferme davantage de vérités qu'aucun autre. Dont une particulière. Une vérité cruciale.

Un observateur actuel se demande comment Frère de Landa réagirait si on le rappelait de l'enfer. Il assisterait à un bain de sang comparable par la sauvagerie, à défaut de l'ampleur, à celui qu'il provoqua au seizième siècle, mais qui aurait été évité si le missionnaire n'avait jamais entrepris son inquisition ou s'il avait au contraire accompli à fond, en véritable professionnel, son travail détestable. En maya, le nom du village où Landa trouva et détruisit les manuscrits, Maní, signifie « c'est fini ».

Mais ce n'était pas du tout fini.

Un

1

– Bien sûr, vous voulez tous entendre parler des sacrifices humains, dit le professeur avec dans les yeux un éclat malicieux signifiant aux étudiants qu'il n'était pas nécessaire de perdre le sens de l'humour pour étudier l'Histoire.

Depuis trente ans qu'il donnait ce cours, il commençait toujours par la même remarque, en obtenant chaque fois la réaction voulue. Avec un gloussement collectif, les élèves échangèrent des regards d'approbation et s'installèrent plus confortablement sur leurs chaises.

– On s'emparait de vierges dont on tranchait la gorge, continua le professeur. On les précipitait du haut de falaises ou au fond de puits. Ou d'autres choses de ce genre.

Il fit un geste de la main comme si, à trop connaître les détails des sacrifices humains, le sujet l'assommait d'ennui. Puis ses yeux brillèrent avec espièglerie et les étudiants gloussèrent plus fort. Le professeur Stephen Mill était âgé de cinquante-huit ans. Petit et svelte, les cheveux gris et le front dégarni, il arborait une moustache poivre et sel et portait des lunettes carrées à monture métallique. Son costume de laine marron dégageait une odeur de pipe. Aimé et respecté des étudiants autant que de ses collègues, il entamait les soixante-dix dernières minutes de son existence. Consolation peut-être, il mourrait au moins en faisant ce qui lui plaisait le plus, parler de la passion de sa vie.

– En réalité, les Mayas n'étaient pas très intéressés par le sacrifice des vierges, ajouta le professeur Mill. La plupart des squelettes que nous avons trouvés dans des puits sacrés – qu'on appelle d'ailleurs « cenotes », autant que vous commenciez à apprendre les noms exacts – sont masculins, et la plupart d'entre eux sont des squelettes d'enfants.

Les étudiants firent des grimaces dégoûtées...

– Bien entendu, les Mayas arrachaient des cœurs. Mais c'est l'aspect le plus ennuyeux de leurs cérémonies.

« Ennuyeux ? » répétèrent quelques élèves à leurs voisins, d'un mouvement muet des lèvres, avec une mimique expressive.

– Les Mayas capturaient un ennemi, le déshabillaient, le peignaient en bleu, l'emmenaient au sommet d'une pyramide et lui brisaient les reins sans le tuer, poursuivit le professeur. Enfin, pas tout de suite. Il s'agissait d'abord de le paralyser. Puis ils lui arrachaient le cœur et le grand prêtre brandissait l'organe palpitant pour le montrer à l'assistance. C'est à ce moment-là que la victime mourait. On maculait les visages de dieux sculptés au sommet du temple avec le sang dégoulinant du cœur. Certains archéologues ont également émis l'hypothèse que le grand prêtre mangeait le cœur. Ce que nous savons de façon certaine est que le corps était précipité en bas des marches de la pyramide, puis qu'un prêtre découpait la peau de la victime et s'en revêtait pour danser. Les fidèles découpaient ensuite le cadavre en morceaux et les faisaient griller.

Les étudiants avalèrent difficilement leur salive.

– Mais nous en viendrons aux aspects monotones plus tard au cours du semestre, dit le professeur, déclenchant de nouveaux rires, de soulagement cette fois. Comme vous le savez, vous assistez à un cours pluridisciplinaire...

Changeant de ton avec l'aisance d'un expert, il prit une voix plus grave. Le conférencier remplaça l'amuseur :

– Certains d'entre vous se spécialisent dans l'histoire de l'art. D'autres dans l'ethnologie et l'archéologie. Notre but est d'étudier les hiéroglyphes mayas, d'apprendre à les lire, et d'utiliser ce que nous apprendrons pour reconstituer la culture maya. Prenez *Mayas : mystère et redécouverte d'une civilisation perdue*, de Charles Gallenkamp, et ouvrez-le page 79.

Les élèves obéirent et firent une moue dubitative en découvrant un diagramme étrange en forme de totem, avec deux colonnes de visages difformes et grimaçants, flanqués de lignes, de points et de gribouillis. On entendit un grognement.

– Oui, je sais. La tâche peut paraître impossible, rassura le professeur. Vous vous dites que vous ne parviendrez jamais à décrypter ce fouillis de symboles apparemment dénués de signification. Mais je vous garantis que vous serez capables de le lire, et bien d'autres du même genre. Vous saurez associer des sons à ces hiéroglyphes et les lire comme si c'était des phrases...

Il s'arrêta pour ménager son effet puis, se redressant :

– Bref, parler la langue des anciens Mayas.

Et il secoua la tête avec un air émerveillé...

– Vous comprenez maintenant ce que je voulais dire. Les histoires de sacrifices humains n'ont aucun intérêt. Ceci est vraiment passionnant, dit-il en montrant les hiéroglyphes du livre de Gallenkamp.

Il darda son regard sur chacun de ses vingt étudiants, l'un après l'autre.

– Et puisqu'il faut commencer par quelque chose, commençons par ce que nous faisions quand nous étions enfants, dessiner des lignes et des points. Vous remarquerez que beaucoup de colonnes de hiéroglyphes, qui, à propos, indiquent des dates, ressemblent à cela...

Prenant un morceau de craie, le professeur Mill traça rapidement quelques symboles au tableau.

– Chaque point représente une unité. Une ligne, ou ce que nous appelons une barre, signifie cinq. Le premier ensemble que j'ai dessiné vaut quatre, le deuxième huit, le troisième douze, et le quatrième... Mais pourquoi est-ce que je devrais être le seul à parler ?

Le professeur parcourut la liste des étudiants avec l'index de la main droite.

– Mr. Hogan, pouvez-vous me donner la valeur de...

– Seize ? répondit une voix masculine hésitante.

– Excellent, Mr. Hogan. Vous voyez, c'est facile. Vous commencez déjà à lire les symboles mayas. Mais si vous prenez ensemble tous les nombres de ces hiéroglyphes, la date qu'ils indiquent n'aura aucune signification pour vous, parce que le calendrier des Mayas était différent du nôtre. Il était presque aussi précis, mais beaucoup plus compliqué. Notre premier pas dans la compréhension de la civilisation maya consistera à étudier son concept du temps. Pour notre prochain cours, je vous demande de lire les chapitres un et deux de *Une forêt de rois : l'histoire inconnue des anciens Mayas*, par Linda Schele et David Friedel. Je vais résumer ce que vous allez lire.

Et le professeur Mill continua, se délectant visiblement du sujet qu'il traitait. Il appréciait chaque seconde des vingt dernières minutes de sa vie. Il finit son cours sur une plaisanterie qu'il plaçait toujours au même moment et qui suscita les rires attendus. Il répondit aux questions de quelques étudiants qui s'attardaient, puis rangea ses livres dans sa sacoche, avec ses notes, le programme du cours et la liste des élèves.

Son bureau se trouvait à cinq minutes du bâtiment des salles de classe. Heureux, le professeur Mill marchait en respirant profondément. Le temps était clair, la journée agréable. Il se sentait en pleine forme (moins d'un quart d'heure à vivre). Au contentement du bon déroulement du cours s'ajoutait le plaisir anticipé du rendez-vous avec le visiteur qu'il devait recevoir.

L'austérité du bâtiment en briques dans lequel il entra n'affecta pas le moins du monde le sentiment de bien-être et l'enthousiasme du professeur Mill. Il était si plein d'énergie qu'il laissa des étudiants attendre l'ascenseur et grimpa d'une traite les escaliers qui menaient au couloir de son bureau, au deuxième étage. Il ouvrit la porte, posa sa sacoche sur la table, se retourna pour descendre à la cafétéria des enseignants, mais s'arrêta et sourit en voyant son visiteur apparaître à l'entrée de la pièce.

– J'allais juste prendre un café, dit le professeur. Vous en voulez un ?

– Non, merci, répondit l'homme en entrant et en le saluant de la tête. Mon estomac et le café ne font plus bon ménage. J'ai des brûlures. J'ai l'impression que je suis en train de faire un ulcère.

C'était un homme distingué d'une trentaine d'années. Sa coupe de cheveux impeccable, sa cravate en soie, sa chemise blanche et son costume croisé taillé sur mesure s'accordaient parfaitement à sa situation d'homme d'affaires aisé.

– C'est le stress qui provoque les ulcères, vous devriez ralentir votre rythme, dit le professeur Mill en lui serrant la main.

– Le stress et la vitesse font partie de mon travail. Si je commence à m'inquiéter pour ma santé, je vais me retrouver au chômage.

Le visiteur s'assit.

– Il faut prendre des vacances.

– Bientôt. On n'arrête pas de me les promettre pour bientôt.

– Alors, qu'est-ce que vous m'apportez ? demanda l'archéologue.

– D'autres hiéroglyphes à traduire.

– Combien ?

– Cinq pages, répondit l'homme avec un haussement d'épaules.

Il fronça les sourcils en voyant un groupe d'étudiants passer dans le couloir :

– Je préfère garder tout ceci confidentiel.

– Bien entendu.

Le professeur Mill alla fermer la porte et se rassit à son bureau.

– Des pages mayas ou des pages contemporaines ?

Le visiteur sembla surpris, puis comprit.

– C'est vrai, j'oublie toujours que les pages mayas sont plus grandes. Non, il s'agit de pages contemporaines. Des photos de format vingt-vingt-cinq. Je suppose que les honoraires sur lesquels nous nous sommes mis d'accord la dernière fois conviennent toujours...

– Cinquante mille dollars ? C'est parfait, dit l'enseignant. Du moment que je ne suis pas bousculé.

– Vous ne le serez pas. Vous disposez d'un mois, comme la fois précédente. Avec les mêmes modalités de paiement : la moitié tout de suite, la moitié quand vous aurez fini. Les mêmes conditions s'appliquent. Vous ne faites pas de copie des pages. Vous ne révélez pas ce que vous faites et vous ne parlez de votre traduction à personne.

– Ne vous inquiétez pas. Je ne l'ai pas fait et je ne le ferai pas, dit le professeur. Même si rien dans la traduction n'est susceptible d'intéresser quelqu'un d'autre que vous, moi et votre employeur. Pas de problème. Avec ce que vous payez, je serais fou de briser les termes de notre contrat et de compromettre l'avenir de nos relations. L'année prochaine, je prends un congé sabbatique et, grâce votre généreuse rémunération, je vais pouvoir consacrer toute l'année à étudier l'Escalier hiéroglyphique des ruines mayas de Copán, au Honduras.

– Il fait trop chaud pour moi là-bas, dit le visiteur.

– Dès que je suis sur les ruines, je suis trop excité pour penser au climat. Est-ce que je peux voir les pages ?

– Mais bien sûr.

Le visiteur sortit une grande enveloppe en papier kraft d'une serviette en peau de crocodile. Il restait au professeur Mill moins d'une minute à vivre. Il prit l'enveloppe, l'ouvrit et en retira cinq photographies montrant de nombreuses rangées de hiéroglyphes. Il repoussa des livres sur le bord de son bureau et disposa les clichés de telle sorte que les alignements soient verticaux.

– Ils proviennent tous du même texte ?
– Je n'en sais rien, dit le visiteur. On m'a seulement dit d'apporter les photos.
– On dirait qu'ils viennent du même texte.
Le professeur saisit une loupe et, s'approchant des photos, étudia les détails. De la sueur perla sur son front. Il secoua la tête :
– Je n'aurais pas dû monter les escaliers en courant.
– Pardon ? demanda le visiteur.
– Ce n'est rien. Je parle tout seul. Vous ne trouvez pas qu'il fait chaud ici ?
– Un peu.
Le professeur ôta sa veste et reprit l'examen des clichés. Quinze secondes à vivre.
– Bon, laissez-les-moi, et...
– Oui ?
– Je...
– Comment ? demanda le visiteur.
– Je ne me sens pas bien. Mes mains...
– Qu'est-ce qu'elles ont ?
– Paralysées, dit l'enseignant. La...
– Quoi ?
– Figure. Chaud.
Le professeur Mill suffoquait. Il porta les mains à sa poitrine, se raidit, puis s'effondra en arrière dans son fauteuil pivotant, la tête ballante et la bouche ouverte. Il tressaillit, puis s'immobilisa.
Le visiteur se leva.
– Professeur Mill ?
Il tâta le pouls au poignet et au cou.
– Professeur Mill ?
Il sortit des gants en plastique de sa sacoche, les enfila, puis ramassa les photographies et les glissa avec la main droite dans l'enveloppe qu'il tenait ouverte de l'autre main. Il retira soigneusement le gant droit avec sa main gauche et réciproquement, en s'assurant bien de n'effleurer aucun endroit que les clichés auraient pu toucher. Il jeta les gants dans une autre enveloppe, la ferma, puis la rangea dans la sacoche avec la première.
Les étudiants et les enseignants qui passaient dans le couloir quand le visiteur ouvrit la porte ne lui prêtèrent aucune attention. Un amateur serait peut-être parti, mais il savait que l'émotion pouvait réveiller les mémoires et que quelqu'un finirait par se souvenir d'avoir vu un homme bien habillé sortir du bureau. Il ne voulait pas créer un mystère. La meilleure tromperie est une version

de la vérité. Il se rendit rapidement dans le bureau de la secrétaire, entra avec un air bouleversé et dit à l'employée :

– Vite... Appelez police-secours... Le professeur Mill... J'avais rendez-vous avec lui... Je crois qu'il vient d'avoir une attaque.

2

Ville de Guatemala

Malgré les trente-six heures de voyage et ses soixante-quatre ans, Nicolas Petrovich Bartenev ne tenait pas en place. Sa femme et lui avaient pris l'avion de Leningrad (erreur, pensa-t-il, Saint-Pétersbourg – depuis l'effondrement du communisme, le nom de Lénine a été remplacé) à Francfort, puis de Francfort à Dallas, puis de Dallas à cet endroit où ils étaient invités par le gouvernement guatémaltèque. Le voyage aurait été impossible sans la fin de la guerre froide. Le Guatemala venait juste de renouer avec la Russie des relations diplomatiques interrompues depuis quarante ans, et, après avoir été si longtemps impossible à obtenir, le précieux visa de sortie avait été délivré au couple avec une efficacité surprenante. Un rêve avait hanté Bartenev pendant quasiment toute sa vie : se rendre au Guatemala. Non qu'il fût impatient de sortir de Russie, mais le Guatemala l'obsédait. On lui avait constamment refusé l'autorisation de quitter le pays pendant des années, et voilà qu'il lui avait suffi de remplir des formulaires pour obtenir en quelques jours tous les permis nécessaires. Bartenev ne pouvait croire à sa chance. Il craignait que tout s'achève en une mauvaise plaisanterie, qu'on lui refuse l'entrée au Guatemala et qu'on le renvoie en Russie.

L'avion (un 727 d'American Airlines... *American !* Voici quelques années, un citoyen soviétique n'aurait jamais imaginé qu'il emprunterait un avion frappé de l'inscription « *American* ») descendit à travers les nuages, survola des montagnes et s'approcha d'une ville étalée dans une vallée. Il était vingt heures quinze. Le coucher de soleil projetait une lueur cramoisie. Les lumières de Guatemala brillaient. Bartenev regarda à travers le hublot, envoûté, le cœur battant comme celui d'un enfant.

Sa femme, assise à côté de lui, lui serra la main. Il se tourna vers son beau visage ridé. Elle n'eut rien à dire pour qu'il sache à quel point elle était heureuse qu'il accomplisse enfin son rêve. Depuis l'âge de dix-huit ans, depuis qu'il avait vu une photographie des ruines mayas de Tikal, au Guatemala, il s'était étrangement identifié avec le peuple quasiment disparu qui avait édifié ces constructions. C'était comme s'il avait vécu sur place, comme s'il avait été un Maya, comme si sa force et sa sueur avaient contribué à élever les grandes pyramides et les temples. Les hiéroglyphes l'avaient fasciné.

Des années plus tard, sans avoir jamais posé un pied sur une ruine, sans avoir jamais escaladé une pyramide, sans avoir jamais regardé en face les nez recourbés, les pommettes saillantes et les sourcils incurvés des figures des hiéroglyphes, il était l'un des cinq meilleurs épigraphistes de l'époque maya au monde. Peut-être le meilleur de tous, s'il en croyait les flatteries de sa femme. Et bientôt, pas ce soir bien sûr, mais certainement demain ou après-demain, il prendrait un autre avion qui le déposerait sur une piste d'atterrissage précaire, puis traverserait la jungle jusqu'à Tikal, jusqu'à la passion de sa vie, jusqu'au centre de son monde, jusqu'aux ruines.

Jusqu'aux hiéroglyphes.

Le rythme des battements de son cœur s'accéléra quand l'avion atterrit. Le soleil était caché derrière les crêtes. Les lumières scintillantes du terminal de l'aéroport perçaient l'obscurité qui s'épaississait. Tremblant d'impatience, Bartenev déboucla sa ceinture de sécurité, s'empara de sa sacoche et suivit sa femme et les autres passagers dans le couloir. La minute d'attente avant que la porte de l'avion ne s'ouvrît s'éternisa. Par-dessus les épaules des voyageurs qui étaient devant lui, il distingua les silhouettes obscures de quelques bâtiments. En descendant aux côtés de sa femme l'échelle qui menait à la piste, il inspira profondément l'air pur, sec et froid des montagnes. Il vibrait d'excitation.

Des fonctionnaires en uniforme l'attendaient dans le terminal. Quelque chose n'allait pas, pensa-t-il. Ils affichaient un air sombre et menaçant. Bartenev craignit que ses prémonitions se révèlent fondées et qu'on lui refuse l'autorisation d'entrer dans le pays.

Un homme nerveux en costume noir, aux lèvres étroites, se détacha du groupe :

– Professeur Bartenev ?

– Oui.

Ils parlaient en espagnol. L'intérêt de l'archéologue envers le Guatemala et les ruines mayas de l'ensemble de l'Amérique centrale l'avait incité à apprendre la langue, car l'essentiel des travaux sur les hiéroglyphes était publié en espagnol.

– Je m'appelle Hector Gonzales. Je fais partie du Musée archéologique national.

– Oui, j'ai reçu vos lettres.

Bartenev remarqua que, en même temps qu'ils se serraient la main, Gonzales l'entraînait en direction des autres hommes.

– Voici ma femme, Elana.

– Enchanté de faire votre connaissance, madame Bartenev. Si vous voulez bien emprunter cette porte...

Bartenev vit des soldats au visage fermé, armés de fusils automatiques. Retrouvant Leningrad aux pires moments de la guerre froide, il eut un mouvement de recul.

– Quelque chose ne va pas ? Est-ce qu'il y a quelque chose que vous ne m'auriez pas dit et que je devrais savoir ?

– Rien du tout, répondit Gonzales trop rapidement. Une simple difficulté avec votre installation. Un petit contretemps. Rien de grave. Venez par ici. On franchit cette porte et on suit le couloir. Pressez-vous ou nous allons être en retard.

– En retard ?

Bartenev secoua la tête pendant qu'on les pressait dans le couloir.

– En retard pour quoi ? Et nos bagages ? Qu'est-ce qu'ils vont devenir ?

– On s'en occupe. On les apportera à votre hôtel. Vous êtes dispensés des formalités d'immigration et de douane.

Ils franchirent une autre porte et débouchèrent dans la nuit, sur un parking où une jeep pleine de soldats armés attendait devant une limousine noire, derrière laquelle se trouvaient une autre jeep et des militaires.

– Je voudrais savoir ce qui se passe, dit Bartenev. Dans vos lettres vous affirmiez que je serais le bienvenu. Et voilà que j'ai l'impression d'être prisonnier.

– Professeur Bartenev, vous devez comprendre que le Guatemala est un pays instable. Il y a beaucoup de problèmes politiques ici. Ces soldats sont là pour vous protéger.

– Pourquoi est-ce qu'il...?

– Je vous en prie, montons dans la voiture et nous en parlerons.

Un garde du corps ferma la portière sur sa femme, Gonzales, deux fonctionnaires et lui-même. Bartenev demanda à nouveau :

– Pourquoi me faut-il une protection ?

Encadrée des deux jeeps, la limousine démarra rapidement.

– Comme je vous l'ai dit, c'est un problème politique. Le Guatemala a été dirigé pendant des années par des extrémistes de droite.

Gonzales jeta un regard inquiet en direction des deux fonctionnaires, comme s'il craignait qu'ils n'approuvent pas son vocabulaire...

– Des modérés sont depuis peu de temps au pouvoir. C'est grâce au nouveau gouvernement que des relations diplomatiques ont été nouées avec votre pays. C'est aussi pour cela que vous avez été invité. La visite d'un universitaire russe souligne les bonnes intentions du gouvernement guatémaltèque envers votre pays. Vous étiez la personne idéale à inviter parce que vous n'êtes pas un homme politique et que votre spécialité concerne l'histoire guatémaltèque.

– À vous entendre parler... (Bartenev hésita) on dirait que vous travaillez moins pour le Musée archéologique national que pour le gouvernement. Quel est le nom de la dynastie qui a régné à Tikal ?

Gonzales ne répondit pas.

– À quel siècle la puissance de Tikal a-t-elle atteint son apogée ?

Aucune réponse.

Bartenev eut un regard railleur.

– Vous êtes en danger, dit Gonzales.

– Pardon ?

– L'extrême droite est violemment opposée à votre visite, expliqua Gonzales nerveusement. Malgré l'effondrement du communisme en Russie, les extrémistes considèrent que votre visite est le début d'une influence corruptrice qui va faire du Guatemala un pays marxiste. Le gouvernement précédent utilisait des escadrons de la mort pour imposer sa loi. Ces escadrons existent toujours. Il y a eu des menaces de mort contre vous.

Bartenev regarda fixement devant lui. Le désespoir l'envahit. Sa femme lui demanda ce que l'homme lui avait dit. Encore heureux qu'elle ne comprît pas l'espagnol. Quelqu'un avait oublié de réserver une chambre d'hôtel, lui dit-il. Leur hôte était embarrassé par cet oubli, mais on était en train de réparer l'erreur. Se tournant, de mauvaise humeur, vers Gonzales :

– Qu'est-ce que vous êtes en train de m'expliquer ? Que je dois partir ? Je refuse. Je vais envoyer ma femme en sécurité. Mais je n'ai pas fait tout ce voyage pour repartir sans avoir vu mon rêve. Je suis trop vieux. Je n'aurai sans doute jamais à nouveau cette chance. Je suis trop près du but. Je vais faire le reste du chemin.

– On ne vous demande pas de partir, dit Gonzales. Politiquement, ce serait presque aussi mauvais qu'une tentative d'assassinat.

Bartenev se sentit pâlir. Gonzales poursuivit :

– Mais il faut être très prudent. Faire attention. Nous vous demandons de ne pas sortir en ville. Votre hôtel sera gardé. Nous vous emmènerons à Tikal dès que possible. Ensuite, après un délai raisonnable, une journée ou deux maximum, vous ferez semblant de tomber malade et vous repartirez.

– Une journée ? dit Bartenev, le souffle coupé. Peut-être deux ? Si peu de temps, après avoir attendu tant d'années de...

– Professeur Bartenev, il faut tenir compte des réalités politiques.

La politique ! pensa Bartenev en ayant envie de jurer. Mais, comme Gonzales, il avait l'habitude de composer avec des réalités cruelles et il analysa rapidement la situation. Il était hors de Russie et libre d'aller où il voulait. C'était le principal. Il y avait de nombreuses autres ruines mayas. Par exemple Palenque, au Mexique. Les photos de Palenque l'avaient toujours captivé, même si elles n'exerçaient pas sur lui la même attraction professionnelle que Tikal. Mais au moins étaient-elles accessibles. Sa femme pourrait l'accompagner. Ils seraient en sécurité. Et si le gouvernement guatémaltèque refusait de payer les frais supplémentaires, qu'à cela ne tienne. Car Bartenev disposait d'une source secrète d'argent. Une source si secrète qu'il n'en avait même pas parlé à sa femme.

En fait, le secret avait été l'un des termes du marché conclu avec l'Américain bien habillé aux cheveux blonds qui était venu le voir dans son bureau de l'université de Saint-Pétersbourg. L'étranger lui avait montré plusieurs photographies de hiéroglyphes mayas. Dans un russe parfait, il avait demandé à Bartenev combien il prendrait pour traduire les hiéroglyphes et garder l'affaire confidentielle.

– Si les hiéroglyphes sont intéressants, je ne prendrai rien, avait répondu l'archéologue, impressionné par la façon dont son interlocuteur maîtrisait sa langue.

L'Américain avait insisté pour payer. Une somme extraordinaire. Cinquante mille dollars.

– Pour garantir votre silence, avait-il précisé. J'ai changé une partie de la somme en roubles.

Il avait remis à Bartenev l'équivalent de dix mille dollars en monnaie russe. Le reste, avait-il expliqué, serait versé sur le compte d'une banque suisse. Un jour, Bartenev serait peut-être libre de voyager et pourrait facilement se procurer l'argent. Sinon, on pourrait lui faire porter la somme à Saint-Pétersbourg, par montants limités afin de ne pas éveiller l'attention des autorités.

L'Américain était revenu deux fois, chaque fois avec des photographies de hiéroglyphes et la même quantité de roubles. Jusqu'à ce jour, Bartenev avait moins prêté attention à l'argent qu'au message fascinant et mystérieux, à l'énigme révélée par les hiéroglyphes.

Mais l'argent devenait maintenant *très* important, et Bartenev était bien décidé à en profiter au maximum.

– Oui, dit-il à Gonzales. Je vous comprends. Les réalités politiques. Je repartirai quand vous le jugerez utile.

Gonzales se détendit. Pas pour longtemps. La limousine s'arrêta brusquement devant un hôtel dont la façade moderne d'acier et de verre était tout sauf hispanique. Les soldats escortèrent rapidement Bartenev et sa femme dans le hall d'entrée, puis dans un ascenseur qui les conduisit au douzième étage. Gonzales les accompagna tandis qu'un fonctionnaire discutait avec l'employé de la réception.

Le téléphone sonnait quand Gonzales ouvrit la porte. Il alluma la lumière et fit pénétrer Bartenev et sa femme dans la suite. Il y avait deux postes, l'un sur une table près d'un sofa, l'autre sur un bar.

Gonzales ferma la porte à clef derrière lui. Le téléphone sonnait toujours. Bartenev se dirigea vers le récepteur situé près du sofa, mais Gonzales l'arrêta :

– Non, laissez-moi répondre.

Il prit le téléphone le plus proche, celui du bar :

– Allô !

Il alluma une lampe.

– Pourquoi vous voulez lui parler ?... dit-il en regardant Bartenev. Un instant.

Plaçant une main sur le micro du combiné :

– C'est un homme qui dit être journaliste. Ce serait sans doute une bonne idée de lui donner une interview. Autant entretenir les relations publiques. J'écoute sur ce poste pendant que vous utilisez l'autre.

Bartenev se retourna et prit l'autre téléphone.

– Allô ! dit-il en remarquant une ombre contre la fenêtre.

– Va au diable, foutu Russe !

La vitre de la fenêtre vola en éclats. La femme de Bartenev cria. Bartenev n'émit pas un son. La balle qui le frappa à la tête le tua sur le coup. Ressortant derrière le crâne, elle mêla du sang aux morceaux de verre éparpillés dans la pièce.

3

Houston, Texas

C'était le deuxième jour de mission pour la navette spatiale Atlantis. Le lancement s'était déroulé sans incident. Tout fonctionnait jusque-là parfaitement, et Albert Delaney s'ennuyait. Il aurait aimé qu'il arrive quelque chose, n'importe quoi, pourvu que cela brise sa routine monotone. Non pas qu'il souhaitât un incident. La NASA n'avait vraiment pas besoin de nouvelles difficultés ni d'un surcroît de mauvaise publicité. Il fallait à tout prix éviter une nouvelle catastrophe comme celle de Challenger. Une de plus, et l'Agence n'aurait plus qu'à fermer boutique. Albert Delaney préférait encore l'ennui au chômage. Mais si on lui avait dit, quand il avait été accepté par la NASA, que son enthousiasme pour une carrière qu'il imaginait glorieuse sombrerait dans l'ennui, il ne l'aurait pas cru. Le problème était que la NASA vérifiait si souvent les détails d'une mission, répétant sans cesse les manœuvres, vérifiant chaque paramètre, tentant de prévoir les moindres incidents, qu'au moment de la mission elle-même on était presque déçu. Albert Delaney ne recherchait pas les émotions fortes, mais il n'aurait pas été mécontent d'avoir de temps à autre une surprise.

De taille et de poids moyens, les traits quelconques, il avait dépassé la jeunesse sans avoir atteint la cinquantaine. Il se sentait de plus en plus insatisfait et frustré. Il menait une existence ordinaire. Prévisible. Il n'en était pas encore au stade où la tentation de tromper sa femme le guettait, mais il craignait que « le désespoir tranquille », comme disait Thoreau, ne l'amenât à quelque geste stupide qui, en brisant son mariage, lui donnerait l'occasion de vivre plus de bouleversements qu'il n'en souhaitait. Mais s'il ne se trouvait pas un but, un centre d'intérêt quelconque, parviendrait-il à écouter son bon sens ?

Une partie de son problème, décida Albert Delaney, était que son bureau se trouvait en dehors du siège de la NASA. Éloigné du centre de contrôle des missions, il ne connaissait rien des bouffées d'énergie et du sentiment de réussite dont, supposait-il, tout le monde bénéficiait là-bas. En outre, il n'était jamais qu'un spécialiste en cartographie, géographie et météorologie (les cartes, le sol et le temps, comme il disait parfois prosaïquement), ce qui était terriblement banal comparé à l'exploration spatiale. Il n'avait pas la chance d'examiner des photographies de nouveaux anneaux découverts autour de Saturne, ou de satellites jupitériens, ou encore de volcans actifs sur Vénus. Non, son travail consistait à analyser des clichés de régions de la planète qu'il avait déjà étudiées des dizaines de fois.

Le fait que les conclusions des recherches qu'il conduisait aient déjà été tirées n'arrangeait rien. Les photographies spatiales montraient-elles que le brouillard alarmant qui entourait la Terre s'aggravait ? Indiquaient-elles que la forêt humide sud-américaine continuait à disparaître à cause des cultures sur brûlis ? Les océans étaient-ils si pollués que les traces des dégâts pouvaient être observées à cinq cents kilomètres d'altitude ? Oui. Oui. Oui. Nul besoin d'être expert en études spatiales pour parvenir à ces conclusions. Mais la NASA voulait davantage que des conclusions. Elle voulait des exemples précis. Les photographies qu'Albert Delaney examinait seraient envoyées à d'autres agences gouvernementales. Son travail consistait en une étude préalable de telle sorte que, si des clichés dévoilaient un phénomène nouveau, la NASA pût en retirer tout le bénéfice publicitaire.

Le but de la mission présente de la navette était de déployer un satellite météorologique au-dessus de la mer des Caraïbes, pratiquer diverses observations et expériences météorologiques, et transmettre des photographies. Le cliché que Delaney observait montrait une partie de la presqu'île du Yucatán. Depuis quelques années, un champignon attaquait les palmiers de la région, et l'une des tâches du géographe était de déterminer l'étendue de la maladie. On la distinguait aisément sur des photographies, car les arbres dénudés dessinaient des motifs nettement reconnaissables. L'hypothèse retenue était qu'une perte substantielle de végétation dans le Yucatán bouleverserait le rapport oxygène/gaz carbonique de la région et affecterait le climat, exactement comme pour la disparition de la forêt amazonienne au Brésil. En évaluant la surface atteinte et en combinant cette donnée avec les variations de la température et des vents dans les Caraïbes, on parviendrait peut-être à prédire la formation et l'évolution des cyclones.

Le champignon s'était incontestablement répandu beaucoup plus loin que ce qu'avaient révélé les photographies de l'année précédente. Delaney plaça un modèle transparent étalonné sur le cliché, aligna les repères topographiques, nota les mesures et passa à une autre photographie. Besoin de briser la routine ? Envie d'une surprise ? Toujours est-il qu'il se prit à examiner les images avec nettement plus d'attention que d'habitude, en s'arrêtant sur des détails sans rapport avec la maladie des palmiers.

Quelque chose le troubla soudain, une broutille inconsciemment relevée, le sentiment d'un phénomène inhabituel. Il reposa la photographie qu'il étudiait et reprit la précédente. Les yeux plissés, il se concentra. Oui, pensa-t-il. C'est ici. Il sentit monter une bouffée stimulante d'adrénaline et une chaleur lui envahir le ventre. Cette petite zone dans l'angle inférieur gauche du cliché. Ces ombres parmi les palmiers dénudés. Qu'est-ce qu'elles faisaient ici ?

Les ombres dessinaient des triangles et des carrés presque parfaits. Ces figures n'existent pas dans la nature. D'ailleurs, ces silhouettes ne pouvaient provenir que d'objets qui s'élevaient au-dessus du sol et bloquaient les rayons du soleil. De grands objets. Des objets élevés. Les ombres sont en général des phénomènes tout à fait normaux. Les collines en projettent partout. Mais celles-ci s'allongeaient sur les terres plates du nord du Yucatán. Des terres dont le nom était éloquent : plaines du Nord. Il n'y avait *aucune* colline dans cette région. Même s'il y en avait, leur ombre n'aurait aucune forme particulière. Ces ombres-là étaient *symétriques.* Et elles couvraient une surface relativement grande. Delaney se livra à un calcul rapide. Trente kilomètres carrés ? Dans une zone totalement plate de la forêt du Yucatán ? Mais que se passait-il à cet endroit ?

4

« Notre dernière nouvelle concerne quelque chose d'ancien découvert par quelque chose de nouveau. Des photographies traitées par ordinateur et envoyées par la navette spatiale Atlantis ont révélé ce qui semble être une vaste zone de ruines mayas inconnues dans une région retirée de la presqu'île du Yucatán, au Mexique. La forêt tropicale de cette région est si dense et inaccessible qu'il faudra peut-être des mois avant de pouvoir entreprendre une étude préliminaire du site, mais un porte-parole du gouvernement mexicain a déclaré que l'étendue apparente de ces ruines laisse penser qu'elles pourraient rivaliser en importance avec les pyramides, les palais et les temples de la légendaire Chichén Itzá. Pour paraphraser F. Scott Fitzgerald, ainsi progressons-nous... dans le passé. C'était Dan Rather, CBS News. Bonne nuit à tous. »

5

Îles Vierges

Le visiteur remarqua plusieurs objets nouveaux dans la collection. Des figurines, des céramiques et des masques, autant d'œuvres authentiques de l'artisanat maya, des objets précieux obtenus par contrebande.

– La femme a disparu.

– *Quoi ?*

Dérangé alors qu'il fixait une perfusion à une aiguille enfoncée dans son bras, le vieil homme redressa brusquement la tête.

– *Disparu ?* Vous m'avez assuré que c'était impossible.

– C'est ce que je croyais, répondit d'une voix maussade l'homme aux cheveux blonds. On la payait si bien et on l'entourait de tant de luxe que je pensais qu'il n'y avait aucun risque qu'elle veuille partir.

Son corps maigre contracté par la colère, le vieillard lança un regard mauvais. Assis dans un fauteuil en cuir de la cabine principale de son yacht de soixante mètres, entouré des témoins de sa dernière passion, l'art maya, il étira du mieux qu'il pût sa carcasse décharnée. Des lunettes accentuaient son regard. Une épaisse chevelure blanche soulignait son expression tendue. Sans être grand, il dominait la pièce.

– La nature humaine. Nom de Dieu, c'est toujours votre problème. Vous êtes excellent quand il s'agit de tactique. Mais l'étendue de vos propres émotions est si limitée que vous ne comprenez pas...

– Elle se sentait seule, dit l'homme au visage régulier. J'avais prévu cette possibilité. Mes hommes la surveillaient pour le cas où elle tenterait de faire une bêtise. Sa bonne, son maître d'hôtel, son chauffeur, le portier de sa résidence de Manhattan, tous travaillent pour moi. Chaque sortie du bâtiment était constamment surveillée. Les rares fois où elle était autorisée à sortir, elle était suivie.

– Oui, mais elle a réussi à disparaître, grinça le vieil homme, les narines retroussées par la rage.

La blancheur des cheveux contrastait avec la peau basanée, qui elle-même ressortait sur la couleur grise de la robe de chambre. La manche gauche du vêtement était relevée pour la perfusion.

– C'est vous. C'est vous que j'accuse, dit-il en pointant un index osseux. Tout dépend d'elle. *Nom de Dieu, qu'est-ce qui s'est passé ?*

L'homme bien habillé fit un geste d'impuissance.

– Je n'en sais rien. Mes hommes ne savent pas. C'est arrivé la nuit dernière. La femme a réussi à sortir de l'appartement et de la résidence entre deux heures du matin, quand la bonne l'a vue pour la dernière fois, et midi, quand elle est venue voir si elle n'avait besoin de rien. On n'a aucune idée de la façon dont elle s'y est prise. Quand j'ai appris ce qui s'était passé, je me suis dit qu'il valait mieux vous l'annoncer en personne plutôt que par téléphone. J'ai pris le premier avion.

Il fit un geste en direction des hublots de tribord et des nombreux yachts du port de Saint Thomas, bordé d'hôtels et baigné de soleil. Le vieil homme le regarda du coin de l'œil :

– Prêt à accepter les reproches ? C'est quelque chose que je respecte. C'est rare pour un inadapté social d'avoir du caractère. *Peut-elle utiliser son compte en banque ?*

– Non. On lui fournissait tout ce qu'il lui fallait et elle n'avait aucun besoin de dépenser de l'argent. Elle ne s'est jamais rendu compte que les relevés bancaires qu'on lui montrait, ceux qui mentionnaient les virements de son salaire, étaient ceux d'un compte sur lequel il faut ma signature pour retirer de l'argent. Elle ne peut pas faire de retraits.

– Les bijoux ?

– Elle les a tous emportés. À lui seul, le collier de diamants vaudrait quatre cent mille dollars. En principe. Mais les pierres sont évidemment fausses. Il n'y a pas beaucoup d'établissements à New York qui pourraient l'acheter si c'étaient des vraies pierres. Puisqu'elle ne sait pas que ce sont des fausses, elle devra se rendre chez eux. Mes hommes les surveillent.

Le vieillard fit la moue.

– En supposant qu'elle soit capable de se procurer de l'argent, et je suppose qu'elle le sera si on en juge par l'habileté dont elle a fait preuve pour échapper à vos hommes, où ira-t-elle ? Que peut-elle faire ?

– Elle commettrait une folie en reprenant ses anciennes habitudes. Elle doit se douter que nous surveillons ses parents, ses amis et ses anciens associés, que nous écouterons leurs lignes téléphoniques, etc. Si elle est intelligente, et elle a montré qu'elle l'était, elle s'enterrera. La dernière chose qu'elle puisse souhaiter est de s'attirer des ennuis de notre part.

– De notre part ?

– De votre part.

Le vieil homme remua une main ridée, les yeux brillants de reproches et de supériorité.

– La nature humaine. Vous n'avez toujours pas retenu la leçon. Si la solitude l'a fait s'enfuir, la seule chose qu'elle ne fera pas est de s'enterrer. Elle cherchera de la compagnie. Elle cherchera la sécurité et la satisfaction d'une vie qu'elle organise, pas d'une vie qu'elle est forcée de mener. Elle ne va pas sortir d'une cage pour entrer dans une autre.

– Alors qu'est-ce qu'elle...?

Le vieillard rumina en observant sa perfusion.

– Elle cherchera de l'aide.

– De qui ?

– On aide quelqu'un pour deux raisons, dit le vieil homme, l'argent et l'amour. Nous ne pouvons pas prévoir qui l'aiderait pour de l'argent... Mais je me demande si elle ferait confiance à une personne inconnue qui ne l'aiderait que pour de l'argent. À mon avis, quelqu'un dans sa situation préférera compter sur l'amour, ou au moins sur l'amitié. Qui a la possibilité de l'aider, dans son entourage ?

– Comme je vous l'ai dit, sa famille, ses amis et ses anciens contacts sont surveillés.

– Non. Creusez davantage. Elle ne s'est pas enfuie sans avoir de plan. Il y a quelqu'un, quelque part, qui sait résoudre ce genre de problèmes et dont *elle* sait qu'il peut l'aider. Quelqu'un qui n'est pas évident. Quelqu'un en qui elle a confiance.

– Je m'y mets tout de suite.

– Vous m'avez déçu, dit le vieillard. Votre réussite à Chicago et au Guatemala était prometteuse et j'avais prévu une récompense. Mais maintenant j'ai peur d'être obligé d'attendre.

Un interphone posé sur une table derrière son fauteuil sonna. Il pressa un bouton :

– Je vous ai dit de ne pas m'interrompre.

– Le cheik Hazim vous retourne votre appel, professeur, dit une voix féminine.

– Bien. Je prends la communication.

Avant de décrocher, le vieil homme dit à son visiteur, d'une voix dure :

– Ne me décevez pas une nouvelle fois...

Il régla le débit de liquide rouge qui coulait d'une bouteille de perfusion, du sang traité avec des hormones de fœtus d'agneaux...

– Trouvez cette salope avant qu'elle ne mette tout par terre. Si Delgado découvre qu'elle s'est enfuie, s'il découvre qu'elle a échappé à notre contrôle, il va essayer de mettre la main dessus, et peut-être sur nous par la même occasion.

– Je peux m'occuper de Delgado.

– Oh, je n'ai aucun doute là-dessus. Mais sans Delgado je ne peux rien faire. Je ne peux pas aller sur les ruines. *Cela* me contrarierait beaucoup. Et vous n'avez certainement pas envie d'être dans les parages quand je suis contrarié.

– Non, Monsieur.

– Sortez.

Deux

1

Cancún, Mexique

La large avenue traversait une zone de dunes totalement déserte voici seulement vingt-cinq ans et sur laquelle s'élevaient, en deux rangs continus de pyramides à terrasses, une série d'hôtels en forme de temples mayas. Buchanan ne leur jeta pas un coup d'œil. Il s'appliquait à marcher calmement sur le trottoir rouge brique. Le crépuscule s'épaississait. Ce qui le préoccupait était la présence inquiétante de touristes, devant et derrière lui, le grondement et les lumières menaçantes de la circulation sur sa droite, et les ombres sinistres projetées par les palmiers sur sa gauche.

Quelque chose ne tournait pas rond. Son instinct et son intuition le prévenaient. Il avait l'estomac noué. Il essayait de se persuader qu'il était seulement victime du trac de l'artiste qui va monter en scène, mais l'expérience de trop nombreuses missions dangereuses lui avait durement appris à écouter les signaux physiologiques qui se déclenchaient lorsque quelque chose était anormal.

Mais quoi ? Il fit un effort pour analyser la situation. Ta préparation est excellente. L'appât que tu as tendu est parfait. Bon sang, pourquoi es-tu si nerveux ?

Épuisé ? Trop de missions ? Trop d'identités différentes ? Trop jonglé sur la corde raide ?

Non, insista mentalement Buchanan. Cela fait huit ans que je fais ce métier. J'ai risqué ma vie plus d'une fois. Je connais la différence entre les nerfs qui lâchent et...

Détends-toi. Reprends le dessus. Calme-toi. Il fait chaud. Le temps est lourd. Tu es stressé. Tu as déjà fait cela des centaines de fois. Ton plan est solide. Arrête d'essayer de lire dans une boule de cristal. Arrête de te poser des questions et fais ton boulot.

Bien sûr, se répondit-il, pas du tout convaincu.

Conservant son allure nonchalante malgré le poids qui lui oppressait la poitrine, il obliqua vers la gauche, soulagé de s'éloigner du trafic. Il traversa la sombre rangée d'arbustes plantés le long de la route et gravit avec précaution l'allée qui conduisait au Club Internacional, scintillant de lumières.

2

Le rendez-vous de Buchanan était à vingt et une heures trente, mais il avait pris la précaution d'arriver dix minutes en avance pour inspecter les lieux et vérifier que rien ne menaçait le bon déroulement de la rencontre. Il était venu à la même heure les trois soirs précédents et s'était chaque fois félicité d'avoir choisi cet endroit.

Le problème était que *cette soirée-ci* n'était pas les soirées antérieures. Aussi impeccable fût-il sur le papier, un plan devait correspondre au monde réel. Et le monde réel avait la fâcheuse habitude de changer tous les jours. Un incendie avait pu dévaster le bâtiment. Il y aurait peut-être une telle affluence qu'une conversation destinée à être discrète risquait de tomber dans des oreilles étrangères. On avait peut-être fermé une sortie. Bref, il y avait de nombreuses inconnues. Au moindre signe contrariant, il ferait demi-tour et s'évanouirait dans la nuit sans se faire remarquer. Il s'était mis d'accord avec son contact. Si ce dernier ne le voyait pas à vingt et une heures trente, il saurait que les circonstances idéales n'étaient pas réunies – un euphémisme signifiant « tire-toi d'ici » – et que le rendez-vous était reporté au lendemain à huit heures dans un autre hôtel, pour le petit déjeuner. Buchanan avait, bien sûr, prévu un second plan de secours au cas où le deuxième rendez-vous serait à son tour empêché. Son contact devait être convaincu qu'il s'entourait de toutes les précautions possibles et qu'il attachait la plus grande importance à la sécurité de leurs relations.

Il passa d'un pas de promeneur devant les deux portiers mexicains plantés à l'entrée du Club Internacional. Il se faufila derrière un groupe de joyeux touristes américains en partance pour le

Hard Rock Café de Cancún et fut assailli par l'odeur âcre de l'insecticide que le personnel pulvérisait régulièrement dans les couloirs pour lutter contre les cafards de la région. Il se demanda ce que les clients détestaient le plus entre le produit agressif et les blattes omniprésentes mais qui finissaient par devenir aussi banales que les innombrables lézards. Il croisa une femme de ménage qui balayait discrètement des cadavres d'insectes, avant d'arriver au fond du hall où il hésita un bref instant, juste assez pour remarquer qu'un client japonais franchissait une porte, à la gauche de la boutique de souvenirs. Cette sortie, il le savait, conduisait aux balcons, aux chambres et aux escaliers qui menaient à la plage. Une des issues. Dégagée. Jusqu'à présent tout allait bien.

Prenant à droite, il traversa un petit couloir et descendit des escaliers qui menaient à un restaurant. Comme les autres jours, la salle à manger était peu fréquentée. Suffisamment pour que son contact et lui passent inaperçus, mais pas assez pour qu'ils soient entourés d'oreilles peut-être indiscrètes.

Tout se présentait décidément bien. Je me trompe peut-être, se dit Buchanan. Il n'y aura aucun accroc.

Ne te leurre pas toi-même, insistait une voix.

Hé ! Je ne vais quand même pas annuler un rendez-vous simplement parce que je suis à bout de nerfs !

Il fut brièvement rasséréné de constater que le serveur le conduisait à la table qu'il avait repérée, parfaitement située au fond et à droite, loin des autres dîneurs et près de la sortie qui ouvrait sur les jardins. Il choisit une place où il tournait le dos au mur et voyait les escaliers. L'air climatisé refroidit sa sueur. Il regarda sa montre : neuf heures vingt-cinq. Son contact arriverait dans cinq minutes. Faisant semblant d'étudier le menu, il s'efforça de paraître calme.

Son pouls s'accéléra soudain. Deux hommes étaient apparus en haut des marches. Il n'avait rendez-vous qu'avec *un seul.*

Deux Sud-Américains. Tous deux vêtus d'un costume de lin beige à la mode et d'une chemise jaune en soie ouverte sur la poitrine. Chacun arborait une Rolex en or et plusieurs chaînes et bracelets plaqués du même métal. Âgés d'une trentaine d'années, ils étaient minces et avaient des traits marqués. Leurs cheveux noirs et abondants étaient rassemblés en une queue de cheval. Sous des sourcils épais, leurs yeux étaient aussi sombres et brillants que leur chevelure. Des yeux de prédateurs. Des yeux sans pitié. Des *gemelos*, des jumeaux. Ils descendirent dans la salle en roulant les épaules et en bombant la poitrine, sûrs d'eux-mêmes et dominateurs.

Buchanan mit tous ses sens en alerte tout en affichant un air détendu. Les deux hommes se dirigèrent immédiatement vers lui. On leur avait visiblement fourni sa description. On l'avait même sans doute photographié en cachette. Il avait horreur d'être pris en photo.

Il se leva pour serrer la main des jumeaux quand ils arrivèrent à sa table. Il avait décidé de ne pas porter de veste, afin que son contact puisse voir qu'il n'était pas armé. Une chemise flottante aurait pu laisser croire qu'elle dissimulait un pistolet. Les deux hommes ne manqueraient pas de remarquer qu'il avait passé la sienne sous sa ceinture. Ils noteraient aussi qu'elle était si tendue qu'il était impossible qu'elle masque un magnétophone ou un émetteur radio. On fabriquait bien sûr des émetteurs si miniaturisés qu'ils tenaient dans un bouton de chemise, ou des pistolets si petits qu'on pouvait les fixer sous son pantalon, au-dessus d'une cheville. Le stylo-bille qui dépassait de sa poche de poitrine pouvait aussi être une arme mortelle. Ces hommes aux yeux de faucon ne l'ignoraient pas, mais Buchanan savait qu'ils apprécieraient sa démonstration de franchise. Il était également convaincu que malgré leurs démonstrations d'assurance ils ne relâcheraient jamais la méfiance qui leur avait permis d'atteindre l'âge qui était le leur.

Ils le saluèrent en anglais. Il répondit en espagnol, en employant le « vous » de politesse, *ustedes* :

– Je vous remercie de me rencontrer.

– *De nada,* dit le premier homme en faisant à Buchanan le geste de se rasseoir.

Ils jetèrent tous les deux un regard circulaire, semblèrent satisfaits des lieux et s'installèrent à leur tour. Ils ont certainement fait contrôler l'endroit avant de venir, pensa Buchanan. Ils ont également dû poster des gardes discrets en dehors de l'hôtel et dans le couloir du restaurant. Précaution supplémentaire, les deux hommes prirent des serviettes sur la table, les ouvrirent sur leurs genoux et, d'un mouvement tranquille et rodé, glissèrent des armes dessous.

Puis le détaillèrent, enfin à l'aise.

– Tu as des *corones,* dit le premier jumeau.

– *Gracias.*

– Et une chance folle, ajouta le second. Nous aurions pu nous occuper de toi définitivement, n'importe quand.

– *Claro que sí,* dit Buchanan. Bien sûr. Mais j'espérais que vous écouteriez la voix de la raison. J'ai confiance dans l'affaire que je suis venu vous proposer.

– Nos affaires ne se portent déjà pas si mal, dit le premier frère.

– Qu'est-ce qui te fait croire qu'elles pourraient se porter encore mieux grâce à toi ? demanda le second avec une grimace.

Buchanan expliqua à voix basse :

– Vous savez à quel point mes propres affaires marchent bien. Je pars du point de vue que je discute avec des hommes d'affaires avisés. Des professionnels. La preuve en est que vous n'avez pas réagi à mes avances en... comme vous avez dit... en vous occupant de moi définitivement. Vous voyez comment...

Buchanan s'interrompit en toussotant, en signe d'avertissement, et se tourna vers la gauche. Un serveur s'approchait en leur tendant des menus. Après avoir jaugé les deux clients sud-américains et le *norteamericano,* il décida visiblement que c'était ce dernier qu'il fallait soigner.

– Voulez-vous quelque chose à boire, *señores*?

– De la tequila pour moi. *Y para mis compradres ?* dit Buchanan en se tournant vers les deux hommes.

– La même chose, dit le premier jumeau. Avec du sel et du citron.

– Une double pour chacun, dit le frère.

Le serveur parti, le premier jumeau se renfrogna, se pencha au-dessus de la table presque jusqu'à toucher Buchanan et murmura d'une voix rauque :

– Assez de baratin, *señor* Potter...

C'était la première fois qu'il utilisait le pseudonyme de Buchanan.

– Qu'est-ce que tu attends de nous ? C'est ta seule et unique chance...

Il passa la main sous la serviette qui lui couvrait les cuisses et caressa son pistolet.

– Donne-nous une raison de ne pas te tuer.

3

Le briefing s'était déroulé à Fairfax, en Virginie, dans un appartement sûr du premier étage d'un grand ensemble où Buchanan passait facilement inaperçu. Il avait loué l'endroit sous le nom de

Brian MacDonald, détenait un permis de conduire, un passeport, un acte de naissance et plusieurs cartes de crédit au même patronyme, et connaissait par cœur le passé détaillé de ce personnage imaginaire. Ses factures de téléphone indiquaient qu'il appelait tous les dimanches soir le même numéro à Philadelphie[1]. Si une personne curieuse composait ce numéro, une réceptionniste aimable lui répondrait : « Maison de retraite Les Années dorées. » L'établissement existait réellement, et son registre témoignait qu'une Mme MacDonald, la « mère » de Brian, y était en pension. C'était une couverture lucrative des employeurs de Buchanan. L'employée aurait ajouté que Mme MacDonald n'était pas dans sa chambre pour l'instant, mais qu'elle serait certainement contente de rappeler dès que possible. Peu de temps après, une femme âgée travaillant pour les patrons de Buchanan retournerait l'appel. Le numéro du poste d'où on avait appelé serait relevé et la conversation enregistrée.

À cette époque, Buchanan se faisait passer pour informaticien, ce qu'il n'avait aucun mal à simuler car il s'intéressait aux ordinateurs et les connaissait bien. Quand on l'interrogeait sur son lieu de travail, il répondait qu'il travaillait à domicile, ce que corroborait un puissant IBM fourni par ses employeurs. Pour établir une preuve supplémentaire de cette prétendue activité, il envoyait tous les mardis des disquettes par courrier express à New Age Technology, à Boston, une autre couverture rentable de ses employeurs. Mais, pour maintenir les compétences nécessaires à sa véritable occupation, il faisait chaque soir trois heures d'exercices au club de gymnastique Gold.

Il passait la majorité de son temps à attendre en maintenant sa discipline de vie, impatient d'accomplir son véritable travail. Et quand un dirigeant de New Age Technology lui téléphonait enfin, en lui annonçant qu'il venait à Fairfax pour des affaires et en lui demandant s'ils pouvaient se rencontrer, Buchanan se disait « c'est pour bientôt ». Bientôt il serait utile à quelque chose. Bientôt il ne s'ennuierait plus.

Son contrôleur frappa à la porte à l'heure précise, un vendredi à seize heures. Buchanan-MacDonald vérifia à travers le judas avant de laisser pénétrer un petit homme émacié, vêtu d'un costume fripé, qui posa sa sacoche sur la table basse du salon, attendit que Buchanan-MacDonald ferme la porte à clé, examina les lieux et demanda :

1. Aux États-Unis, les factures de téléphone mentionnent systématiquement les numéros appelés dans d'autres villes que celle de l'abonné. *(N.d.T.)*.

– Qu'est-ce que vous préférez ? On va se promener ou on reste ici ?
– L'appartement est parfait.
– Bien.
Le contrôleur aux joues creuses ouvrit son porte-documents.
– Il me faut votre permis de conduire, votre passeport, votre acte de naissance, vos cartes de crédit, tous vos documents au nom de Brian MacDonald. Voici les formulaires de décharge à signer et voici mon reçu.
Buchanan s'exécuta.
– Voilà vos nouveaux documents, poursuivit l'homme. Et voici le reçu que vous devez signer. Vous vous appelez désormais Edward Potter. Vous travaillez comme... Bon, tout est dans le dossier. Tous les détails de votre nouveau passé. Connaissant votre excellente mémoire, je suis certain que vous aurez comme d'habitude appris toutes ces informations avant que je vienne reprendre le dossier demain matin... Quelque chose ne va pas ?
– Pourquoi vous a-t-il fallu si longtemps pour me contacter ? demanda Buchanan. Deux mois.
– Nous avons préféré que vous disparaissiez quelque temps après votre dernière mission. Nous avons également pensé vous utiliser en tant que Brian MacDonald, mais ce scénario a été abandonné. Nous avons quelque chose de beaucoup plus intéressant pour vous. Je pense que cela vous plaira. C'est aussi important que dangereux. Il va y avoir du sport.
– Racontez-moi.
Son contrôleur le scruta.
– J'oublie parfois à quel point les hommes de terrain sont passionnés, impatients de... Mais c'est évidemment pour cela que vous êtes un homme de terrain. Parce que...
– Parce que ? Je me le suis souvent demandé. Quelle est la réponse ?
– Je pensais que c'était évident. Vous aimez être quelqu'un d'autre.
– Oui. Parfaitement. Aussi pardonnez-moi. Imaginez que je suis un acteur de l'école de Stanislavski et que je suis pénétré par le psychisme de mes personnages. Quelles sont les motivations de mon nouveau rôle ?

4

Buchanan ne trahit aucune crainte devant les menaces du jumeau. Il répondit d'un ton naturel :

– Vous donner une raison de ne pas me tuer ? Celles que je peux vous donner sont sonnantes et trébuchantes et se comptent en millions.

– Nous avons déjà beaucoup de millions, dit le premier jumeau. Qu'est-ce qui te fait penser que quelques-uns de plus justifieraient que nous courions le risque de te faire confiance ?

– La nature humaine. On n'est jamais satisfait, quelle que soit sa fortune. En plus, ajouta Buchanan, je n'ai pas offert quelques millions. J'ai offert *des* millions.

– Difficiles à dépenser en prison, impossibles à dépenser au cimetière, dit le second jumeau. La meilleure réponse à ta proposition est d'éliminer ta présence. On n'aime pas les concurrents et on n'a pas besoin de partenaire.

Le bruit de fond des conversations des dîneurs étouffait leurs échanges.

– Nous y voilà, dit Buchanan, toujours parfaitement détendu. Je ne veux pas être votre concurrent, et vous avez besoin d'un partenaire.

Le second jumeau répondit, irrité :

– Tu as le culot de nous dire de quoi on a besoin !

– Tu sais que tu n'es pas immortel... ajouta le frère.

– Certainement pas, dit Buchanan. Je le savais en venant discuter ici.

– Pas seulement ici, mais à Mérida, Acapulco et Puerto Vallarta, dit rageusement le second jumeau.

– Plus dans quelques autres villes où vous semblez ignorer que j'ai pris des contacts.

Le premier jumeau plissa des yeux qui ressemblèrent encore davantage à ceux d'un faucon :

– Tu as l'insolence de te vanter devant nous !

– Non, dit Buchanan en secouant la tête avec emphase. Je ne me vante pas. Je suis sincère. J'espère que vous le comprendrez. Je vous assure que je ne cherche pas à vous offenser.

Les jumeaux écoutèrent ses excuses, se regardèrent, hochèrent la tête d'un air maussade et se calèrent à nouveau dans leurs fauteuils.

– Mais d'après ce que tu dis toi-même, tu t'es beaucoup remué, dit le second jumeau. À *nos* dépens.

– Comment aurais-je pu faire autrement pour attirer votre attention ? répondit Buchanan en écartant les mains. Vous vous rendez compte des risques que j'ai pris, moi, un *norteamericano*, à démarrer des affaires non seulement au Mexique, dans les villes de votre pays, mais sur votre propre terrain et surtout ici, à Cancún. Même avec mes connaissances particulières, je ne savais pas à qui m'adresser. J'ai pensé à vous, Fernandez, dit Buchanan en s'adressant au premier homme. Mais j'ignorais que vous aviez un frère jumeau et pour dire la vérité...

Buchanan se tourna vers le second homme :

– Je ne sais pas lequel de vous deux est Fernandez. Je dois confesser que lorsque vous êtes entrés dans le restaurant j'ai été sidéré. *Gemelos*. Des jumeaux. Cela explique tout. Je n'ai jamais compris comment Fernandez pouvait être à deux endroits en même temps à Mérida et à Acapulco, par exemple.

Le premier homme tordit les lèvres en une sorte de rictus :

– C'était ce que nous voulions. Semer la confusion.

Puis, prenant brusquement un air sérieux :

– Mais comment tu as su qu'un de nous s'appelle Fernandez ?

Il poursuivit d'une voix rapide et féroce :

– Quelles sont ces informations particulières dont tu as parlé ? *Pourquoi tu as proposé ce rendez-vous et tu as transmis ce papier avec une liste de noms quand nos hommes t'ont transmis notre aimable invitation à arrêter de te mettre en travers de notre chemin ?*

Le premier jumeau plongea la main dans la poche de son costume et en sortit une feuille pliée qu'il jeta sur la table.

– Les noms qu'il y a sur cette liste sont ceux de nos associés les plus sûrs.

– Parfait, dit Buchanan en haussant les épaules. C'était juste une démonstration.

– Une démonstration *de quoi* ?

– Du point sur lequel vous vous trompez concernant des associés en qui vous avez confiance.

– De quoi est-ce que tu parles, espèce d'enculé de ta mère ? lâcha le second jumeau.

L'appât a fonctionné, pensa Buchanan. J'y suis ! J'ai réussi à éveiller leur intérêt ! Ils ne seraient pas venus tous les deux s'ils n'étaient pas inquiets. Cette liste de noms leur a fait encore plus peur que je ne l'espérais.

Buchanan s'interrompit en toussant, en signe d'avertissement. Les jumeaux se redressèrent à l'arrivée du serveur qui posa sur la table une assiette de quartiers de citron, du sel, une petite cuillère et six verres remplis de tequila.

– *Gracias,* dit Buchanan. Laissez-nous dix minutes avant de prendre la commande pour le dîner.

Il déposa du sel avec la minuscule cuillère sur la paume de sa main gauche, entre le pouce et l'index.

– *Salud,* dit-il aux jumeaux.

Il lécha le sel sur sa main, avala rapidement le contenu d'un verre et mordit aussitôt une tranche de citron. Le jus acide gicla sur sa langue, se mélangeant avec le goût suave de la tequila et le piquant du sel. Il fit une légère grimace. Ses yeux s'embuèrent.

– Ne t'occupe pas de boire à *notre* santé, inquiète-toi plutôt de la tienne, dit le premier jumeau.

– Je ne suis pas inquiet, répondit Buchanan. Je pense que nous allons établir des relations fructueuses.

Il les regarda lécher le sel, avaler la tequila et mordre le citron. Ils remirent du sel sur leur paume et attendirent qu'il les imite. Buchanan répéta le cérémonial en se disant qu'il pratiquait une des rares activités pour lesquelles la consommation d'alcool était obligatoire. Un adversaire ne ferait jamais confiance à quelqu'un qui ne trinquerait pas avec lui et interpréterait cette attitude comme un indice que son interlocuteur avait quelque chose à cacher. L'ingurgitation d'une certaine quantité de boissons alcoolisées était un examen de passage indispensable pour mettre les contacts en confiance. Il connaissait ses limites de tolérance et savait feindre l'ivresse pour justifier un refus de boire davantage.

Les jumeaux levèrent leur second verre de tequila en attendant que Buchanan les imite. L'espoir qu'il perde son contrôle et révèle une faiblesse faisait briller leurs yeux charbonneux.

– Tu disais, dit le premier frère, que tu ne crois pas à la loyauté de nos associés parce que tu as appartenu à...

– De quoi je parle ? l'interrompit-il. Je parle des raisons pour lesquelles vous devriez me faire confiance, au lieu de compter sur ces types. J'ai appartenu à la...

5

« La Drug Enforcement Administration[1] », avait dit le contrôleur à Buchanan, trois mois plus tôt, alors qu'il était assis en face de lui dans l'appartement de Fairfax. L'homme aux cheveux gris avait étalé sur la table basse les documents qui décrivaient sa nouvelle personnalité, ce qu'on appelait dans le métier sa « légende ».

– Vous devrez convaincre vos cibles que vous êtes un ancien agent de la DEA.

Buchanan commençait déjà à imaginer les caractéristiques d'Edward Potter, comment il s'habillerait et quels seraient ses plats préférés. Il joignit les deux mains comme dans une prière et les leva, songeur, jusqu'au menton :

– Continuez, dit-il.

– Vous vouliez connaître les motivations de votre personnage ? Eh bien, pour résumer il en a marre de voir la guerre contre les trafiquants de drogue tourner à la plaisanterie. Il pense que le peu d'argent consacré par le gouvernement à cette guerre montre qu'il ne veut pas la mener sérieusement. Il est dégoûté par les interventions de la CIA chaque fois que la DEA accule des gros trafiquants. Pour votre personnage, ces gros trafiquants travaillent pour la CIA. Ils lui donnent des renseignements politiques sur les pays du tiers monde où ils se fournissent. Et la CIA bloque la DEA chaque fois qu'un de ses agents met le pied où il ne faut pas.

– Cette partie-là ne sera pas dure à jouer. La CIA travaille réellement avec les plus gros trafiquants du tiers monde, commenta Buchanan.

– Parfaitement. Mais c'est sur le point de changer. Ces trafiquants sont devenus trop sûrs d'eux. Les informations qu'ils fournissent ne valent pas tripette. Ils croient pouvoir empocher l'argent de l'Agence, ne pratiquement rien lui donner en échange et lui faire un bras d'honneur. L'invasion du Panama ne leur a visiblement rien appris.

– Bien sûr que non, dit Buchanan. D'autres trafiquants ont pris la place de Noriega après qu'on l'a arrêté. Rien n'a changé, si ce n'est que des enfants ont été réduits à la famine par l'embargo économique.

– Bien. Vous commencez à ressembler à votre personnage, commenta le contrôleur de Buchanan-Potter.

---

1. Drug Enforcement Administration, DEA : Agence américaine de lutte contre le trafic de stupéfiants. *(N.d.T.)*

– Hé, j'ai perdu des amis dans l'invasion du Panama. Au début, j'ai cru que c'était nécessaire. Mais quand j'ai vu les suites minables... *Pourquoi le gouvernement américain ne fait-il rien jusqu'au bout ?* J'avais envie de vomir.

– De mieux en mieux. J'ai beau savoir que vous jouez un rôle, vous me convainquez. Vous avez vraiment toutes les chances de convaincre vos cibles.

– Mais je ne joue pas un rôle.

– Buchanan, cela suffit. Nous avons une foule de détails à discuter. Économisez vos techniques d'acteur pour plus tard.

– Ne m'appelez pas Buchanan. Je m'appelle Edward Potter.

– Bien sûr, d'accord, Edward. Vous trouverez peut-être d'autres motivations dans le fait que le but de votre mission est de compenser les demi-mesures timides qui ont suivi l'intervention au Panama. Votre but ultime est de terroriser les lords de la drogue qui informent l'Agence et font des gorges chaudes avec les vies américaines perdues dans l'invasion inutile du Panama.

– Non. Ce sont les motivations de Buchanan. Je ne veux pas les entendre. Je ne veux pas avoir l'esprit contaminé. Parlez-moi seulement d'Edward Potter. Quelles sont *ses* motivations ?

Le contrôleur baissa la tête en soupirant.

– Il faut que je vous dise, Buchanan...

– Potter.

– ... parfois vous m'inquiétez. Je me dis que vous vous identifiez trop à vos fausses identités.

– Ce n'est pas vous qui risquez votre peau si j'oublie qui je suis censé être. Ne jouez pas avec ma vie. À partir de maintenant, parlez-moi en supposant que je suis Edward Potter.

L'homme soupira à nouveau.

– Comme vous voulez, Edward. Votre femme a divorcé parce que vous vous consacriez trop à votre travail, et pas assez à vos deux enfants et à elle. Elle s'est remariée. Les nombreuses menaces que vous adressent les trafiquants de drogue lui ont permis d'obtenir un jugement qui vous interdit de vous approcher d'elle et des enfants sans son accord préalable et sans fournir de garanties de sécurité. Son nouveau mari est propriétaire de plusieurs stations thermales et gagne deux cent mille dollars par an. En comparaison, *vous* gagnez une misère de quarante mille dollars. Ou plutôt vous avez gagné quarante mille dollars. C'était un salaire humiliant au regard des millions empochés par les salauds que vous arrêtiez, qui étaient mis en liberté sous caution et négociaient finalement avec le juge une courte peine de prison dans un pénitencier pas trop dur. Vous êtes persuadé que, si vous aviez accepté les pots-de-vin qu'on vous a offerts, vous auriez pu acheter une nouvelle maison et bien d'autres choses, que vous auriez pu satisfaire votre femme et qu'elle ne vous aurait pas quitté. Vous avez pris une cuite quand vous avez vu s'effondrer tout ce en quoi vous croyiez. Vous vous êtes dit : « Merde, si c'est impossible de vaincre les seigneurs de la drogue, je vais les rejoindre. » Vous alliez montrer à votre salope de femme que vous pouviez gagner des centaines de fois plus d'argent que son pédé de nouveau mari. Vous aviez de plus grosses couilles que lui.

– Oui, dit Buchanan-Potter. *J'ai* des couilles plus grosses que lui.

Le contrôleur le regarda fixement :

– Épatant.

– Alors, comment je me venge ?

6

– *Tu as été agent de la Drug Enforcement Administration ?* dit le premier jumeau d'une voix basse mais tendue.

La nouvelle avait fait sursauter les deux frères.

– Ne vous en faites pas, dit Buchanan. Maintenant je suis de votre côté.

– Bien sûr, répliqua ironiquement le second jumeau. Corps et âme. Évidemment.

– Et tu crois qu'on va avaler cela ? demanda le premier jumeau. Croire que tu es un traître et te faire confiance ?

– J'ai tout de même fait des gestes de bonne volonté, répondit Buchanan. Ce papier plié sous votre main... Si vous insistez auprès des responsables de la Banque des Bahamas que vous utilisez pour blanchir votre argent, vous découvrirez que les associés honnêtes que j'indique sur ma liste ont tous des comptes secrets dans des paradis fiscaux. Je sais bien que la corruption est un mode de vie normal par ici. Mais je pense aussi que vous trouverez que les sommes mises de côté par vos associés honnêtes pour les mauvais jours sont trop élevées pour s'expliquer seulement par des pots-de-vin et des ristournes.

– Supposons un instant que ce que tu dis soit vrai... dit le second jumeau avec une mine menaçante.

– Ça l'est. C'est évident. Après tout, j'apporte la meilleure garantie possible.

– Quel genre de garantie? demanda le premier jumeau en tapant des doigts sur la table.

– Ma vie. Vous me tuerez si je mens à propos de ces comptes en banque, et vous n'aurez aucun mal à le vérifier.

– À moins que tu fasses ce que tu as prévu et que tu disparaisses ensuite avant qu'on ait pu te mettre la main dessus, dit le second jumeau en le regardant d'un air encore plus sinistre.

– Qu'est-ce que je pourrais faire? répondit Buchanan avec un geste des mains. Vous ne me ferez pas confiance tant que vous n'aurez pas mené votre enquête sur les hommes de cette liste et décidé que mes informations ont de la valeur. Nous ne ferons aucune affaire ensemble.

– Nous ne ferons peut-être aucune affaire avec toi même si tu dis la vérité, dit le premier jumeau en continuant de tapoter sur la table.

– C'est bien sûr une possibilité, répondit Buchanan en haussant les épaules. Mais, si vous regardez bien, c'est moi qui prends tous les risques et vous aucun. Vous ne courez aucun danger à venir dîner avec moi ici, dans un endroit neutre sur lequel nous nous sommes mis d'accord. Au pis, vous perdez votre temps. Pour moi, au pis je suis tué.

Les deux frères semblèrent atteindre la même conclusion sans se consulter du regard.

– *Exactamente.*

Le second jumeau se tourna vers la salle de restaurant et attira l'attention du serveur auquel il fit comprendre qu'il commandait une seconde tournée de doubles tequilas. Puis, s'adressant à Buchanan :

– Tu m'as coupé avant que j'aie fini de poser ma question.

– *Perdón.* Posez-la.

– En supposant que tu dises la vérité à propos de ces comptes en banque dans des paradis fiscaux, quelle est selon toi l'origine des sommes énormes que nos associés nous auraient cachées? D'où elles viennent? Ce doit être des primes données par la police en échange d'informations. La seule autre explication serait qu'ils volent une partie des marchandises ou de l'argent des paiements, mais je te garantis que nous tenons le compte du moindre kilo qui part pour l'Amérique et du moindre dollar qui revient.

Buchanan secoua la tête.

– Des primes ne suffiraient pas à accumuler autant d'argent qu'il y en a sur ces comptes. Vous savez bien que la police n'a pas la réputation d'être très généreuse. Son budget est trop maigre. Mais il se trouve que vous vous trompez quand vous croyez être protégés contre les vols. Vos hommes se livrent à une opération d'écrémage très sophistiquée.

– *Quoi ?* dit le second jumeau d'un air stupéfait. *No es posible.*

– Ce n'est pas seulement possible. C'est certain.

– Je te dis que nous le saurions !

– Pas avec la façon dont ils s'y prennent. Ils utilisent des agents corrompus de la DEA. Combien de livraisons avez-vous perdues l'an dernier ? Un pourcentage approximatif... Dix pour cent ?

– Plus ou moins, dit le premier jumeau. On ne peut pas éviter qu'une partie des livraisons soit découverte. Des convoyeurs ont peur et font des erreurs. Ou des agents de la DEA se trouvent au bon endroit, au bon moment. Nous nous attendons toujours à un certain pourcentage de pertes. Cela fait partie des affaires.

– Et si certains de ces convoyeurs n'avaient pas aussi peur qu'ils le prétendent ? demanda Buchanan. Et si ces agents de la DEA avaient été prévenus de se trouver au bon endroit, au bon moment ? Et si ces convoyeurs et ces agents de la DEA travaillaient ensemble, à leur compte ?

Les trois hommes gardèrent le silence pendant que le serveur apportait la deuxième tournée. Quand il repartit, ils jetèrent un regard circulaire pour s'assurer que personne ne risquait de les entendre, levèrent leurs verres et se livrèrent au rite du sel, de la tequila et du citron.

– Finissez ce que vous étiez en train de dire...

Le premier jumeau espérait toujours que l'alcool diminuerait les moyens de Buchanan.

– Leur système est très au point, dit Buchanan après avoir reposé le morceau de citron dans lequel il avait mordu. Les agents de la DEA doivent prouver à leurs chefs qu'ils font leur travail. Ils remettent une partie de ce qu'ils saisissent. Le gouvernement se vante des succès remportés par sa guerre contre le trafic de drogue, et les journaux télévisés américains publient régulièrement ses communiqués de victoire. Mais ce que le gouvernement ne sait pas, et encore moins les téléspectateurs américains, c'est que d'autres livraisons ont été confisquées, mais que *ces livraisons-là* ont été revendues à des dealers américains. Les revenus de ces ventes, des millions, sont divisés entre les officiers corrompus de la DEA et les associés honnêtes que vous avez chargés d'expédier la marchandise. Pour vous, ces livraisons passent aux profits et pertes. Vous dites vous-mêmes que vous prévoyez des pertes. Tant que vous récupérez vos bénéfices habituels, pourquoi iriez-vous penser qu'on vous a escroqués ?

Les deux frères lançaient des regards noirs.

– *Comment tu sais cela ?* grinça le second.

– Comme je vous l'ai dit, j'ai appartenu à la DEA. Je n'étais pas dans le coup. Je faisais partie des agents honnêtes. C'est ce que je me disais, stupide que j'étais. Je faisais mon boulot. Mais je ne suis pas aveugle. Je voyais ce qui se trafiquait. C'est pareil dans la lutte contre le trafic de stupéfiants ou dans n'importe quelle police. On ne se dresse pas contre ses collègues. Ils ont toujours le moyen de rendre la vie infernale à celui qui essaie. J'ai été obligé de me taire. Jusqu'à ce que...

Se renfrognant, Buchanan engloutit son verre de tequila.

– Oui ? Jusqu'à ce que... ? dit le second jumeau en se penchant vers lui.

– Ce ne sont pas vos affaires.

– Désolé, mais vu les raisons de notre rendez-vous, cela fait vraiment partie de nos affaires.

– J'ai eu des problèmes personnels, dit Buchanan.

– On en a tous. On est tous des hommes. Nous comprenons parfaitement les problèmes personnels. Inutile d'être sur la défensive. Soulage-toi. Cela fait du bien. Quels problèmes ont pu...

– Je préfère ne pas en parler.

Buchanan laissa son coude glisser de la table, comme sous l'effet de la tequila.

– Je vous ai dit ce que j'étais venu vous dire. Vous savez comment me joindre. Utilisez vos contacts pour enquêter sur les comptes en banque de vos associés. J'espère que quand vous aurez constaté que je vous ai dit la vérité vous déciderez que nous devons collaborer ensemble.

Jetant un regard vers les escaliers, Buchanan remarqua un Américain qui s'approchait d'un serveur en compagnie d'une Sud-Américaine très maquillée et vêtue d'une robe aguichante. Âgé d'une quarantaine d'années, c'était un homme grand, aux épaules larges et à la poitrine bombée, aux cheveux blonds coupés en brosse. Il était chaussé de baskets. Un ventre énorme tendait un T-shirt vert et débordait au-dessus d'un jean à taille basse. L'individu tirait sur une cigarette tout en parlant au garçon.

Bon sang, pensa Buchanan dont l'esprit tournait à toute vitesse. *Comment est-ce que je vais... ?*

Le premier jumeau secoua la tête :

– Il y a trop de choses chez toi qui nous dérangent.

Souhaitant désespérément échapper au regard de l'homme qui venait d'entrer dans le restaurant, Buchanan se concentra sur ses cibles.

– Crawford ! appela une voix tonitruante.
Buchanan ne réagit pas.
– Qu'est-ce qui vous dérange ?
– Crawford ! Nom de Dieu, cela fait un sacré bout de temps qu'on ne s'est pas vus !
La voix retentissante se brisa et se transforma en une toux de fumeur. Buchanan maintenait son regard braqué vers ses cibles.
– Crawford ! entendit-on encore plus fort. Tu es devenu sourd ? Tu ne m'entends pas ? Où tu es passé après l'Irak ?
Un fort accent traînant du Texas rendait la voix encore plus insolite.
– Je voulais te payer un coup pour célébrer notre évasion de ce bouge arabe quand ils nous ont emmenés en Allemagne et qu'on a atterri à Francfort. Je t'ai vu dans le terminal au milieu des journalistes et de tous les gros bonnets qui étaient venus nous accueillir, et une minute après tu avais disparu comme un vieux foret cassé au fond d'un puits de pétrole.
La voix traînante était si proche que Buchanan ne pouvait plus faire semblant de rien. Il tourna les yeux vers la figure rouge de soleil et d'alcool de l'Américain costaud qui avançait.
– Je vous demande pardon ? demanda-t-il.
– Crawford. Tu ne reconnais pas ton vieux pote ? C'est Big Bob Bailey qui te parle. Arrête ! Tu ne peux pas m'avoir oublié ! On était prisonniers ensemble au Koweït et à Bagdad. Bon Dieu, qui aurait imaginé que ce cinglé croirait qu'il pouvait tranquillement envahir le Koweït ? J'ai fait ma dose de boulots difficiles, mais j'ai pas honte d'admettre que j'ai fait dans mon pantalon quand les tanks irakiens ont envahi notre zone de forage, aussi vrai que...
Buchanan secoua la tête d'un air confus.
– Tu es victime d'un contrecoup nerveux, comme disait le psychiatre qui m'a parlé, en Allemagne ? Tu as bu encore plus que moi ? C'est Big Bob Bailey qui te parle. On a été pris en otages ensemble avec tout un tas d'autres Américains qui travaillaient pour des compagnies pétrolières.
– Ravi de faire votre connaissance, Bob, dit Buchanan. Mais vous me confondez apparemment avec quelqu'un d'autre.
Les jumeaux regardaient fixement Buchanan.
– Laisse tomber ! Tu t'appelles Crawford, dit l'Américain. Jim Crawford.
– Non. Désolé. Je m'appelle Ed Potter.
– Mais...
– Vraiment, je ne suis pas Jim Crawford. Je suis Ed Potter et je ne vous ai jamais vu. Je dois ressembler à ce Jim Crawford.

– Tu fais plus que lui ressembler !
– Mais vous vous trompez. Ce n'est pas moi.
Les deux frères observaient intensément Buchanan.
– Eh bien, ce doit être une...
L'Américain semblait mal à l'aise. Son visage devint encore plus rouge.
– Désolé, mon pote. J'aurais juré... J'ai sans doute trop bu. Pour m'excuser de vous avoir dérangés, je vous paye une tournée, à toi et à tes amis. Je jure sur la tête de Dieu que je voulais pas vous embêter.
L'Américain s'éloigna en titubant légèrement.
– Ce n'est rien, dit Buchanan.

7

Mais c'était un problème. Un problème grave. L'un des éternels cauchemars de Buchanan était qu'un contact d'une mission précédente déboule dans une mission en cours. Deux fois dans sa carrière, des collègues étaient entrés dans des lieux (un pub à Londres et un café à Paris) où il était en train de recruter, sous une fausse identité, des informateurs destinés à infiltrer des réseaux terroristes. Un léger mouvement des yeux avait, dans les deux cas, trahi le fait qu'on l'avait reconnu. Il s'était brièvement inquiété mais, respectant une règle absolue du métier, ses homologues l'avaient ignoré et quitté l'endroit dès que cela semblait naturel de partir.

Mais s'il pouvait se fier aux réactions d'un professionnel, rien ne le protégeait contre la spontanéité d'un civil rencontré lors d'une mission précédente et qui n'avait aucune idée de son véritable travail. Le gros Américain qui avait battu en retraite, gêné, et avait rejoint sa compagne à une table avait réellement séjourné avec lui au Koweït et à Bagdad. Buchanan se faisait réellement appeler Jim Crawford à l'époque. Il avait été parachuté de nuit à basse altitude au Koweït, avant la contre-offensive alliée, pour reconnaître les défenses irakiennes. Après avoir enterré son parachute dans le sable, il s'était dirigé dans le noir en direction des lumières de la ville de Koweït, vêtu d'une chemise et d'un pantalon de travail civils sales et porteur de papiers qui faisaient de lui un Américain de l'Oklahoma travaillant pour une compagnie pétrolière. En cas d'arrestation, il devait raconter qu'il s'était caché au moment de l'invasion irakienne. Sa barbe non rasée, ses cheveux mal peignés et son aspect hagard accréditeraient son histoire. Des sympathisants de l'intervention alliée l'avaient aidé à recueillir pendant trois semaines des renseignements importants qu'il transmettait à ses chefs au moyen d'un petit émetteur-récepteur. Une patrouille irakienne l'avait intercepté alors qu'il se rendait vers une plage où un sous-marin devait venir le récupérer.

Il comprenait que Big Bob Bailey secouât la tête de confusion en rejoignant son amie. Buchanan avait passé un mois en sa compagnie et celle d'autres employés des champs de pétrole, d'abord dans un centre de détention installé dans un hôtel en ruine de la ville de Koweït, puis dans l'un des camions qui avaient transporté les Américains en Irak, et enfin dans un hangar de Bagdad.

Saddam Hussein avait fini par libérer les Américains en « cadeau de Noël pour les États-Unis », et Iraqi Airlines les avait conduits dans différentes villes, dont Francfort. Assis à côté de Buchanan, Big Bob Bailey avait rêvé pendant tout le voyage à la cuite qu'il prendrait à l'arrivée avec son vieux copain Jim Crawford. Mais dès l'entrée dans le terminal Jim Crawford avait disparu dans la foule, et des agents des services secrets l'avaient emmené sans perdre une minute pour le débriefer en lieu sûr.

Buchanan avait depuis rempli onze autres missions, et Big Bob Bailey n'était plus qu'un contact parmi d'autres devant lequel il avait joué l'un de ses nombreux rôles et dont il n'avait qu'un vague souvenir.

Big Bob Bailey. Nom de Dieu ! C'était une autre vie. L'invasion du Koweït par l'Irak était de l'histoire ancienne. Ce gros type n'était qu'un personnage secondaire d'une...

Mais, dans l'immédiat, Big Bob Bailey était l'un des personnages principaux de *cette* vie, se dit Buchanan avec consternation.

Et le Texan n'arrêtait pas de lorgner vers lui en secouant la tête, d'autant plus furieux que non seulement il était convaincu que Buchanan était bien Jim Crawford, mais qu'il se sentait insulté par le fait que celui-ci n'ait pas voulu l'admettre.

Merde, se dit Buchanan, il a l'air suffisamment en colère pour rappliquer à nouveau ! Il va bousiller ma couverture. Ces deux trafiquants de drogue ne sont pas des imbéciles. Ils n'auraient pas survécu si longtemps. Il suffit de les regarder. Ils se demandent déjà ce qui se passe. Il faut que...

– J'ai l'impression que c'est une variante d'une vieille plaisanterie, dit-il au premier jumeau. Au sud de la frontière tous les Américains se ressemblent, quelquefois même à leurs propres yeux.

– Oui.

– Très amusant, ajouta sèchement le frère.

– Mais cela a attiré l'attention sur nous, poursuivit Buchanan.

– Je pense qu'on ferait mieux de partir le plus vite possible, dit le second jumeau. Avant que ce type revienne, ce qu'il s'apprête à faire.

– D'accord. On y va.

Buchanan se leva et se dirigea vers les escaliers.

– Non, par ici, dit le second jumeau en touchant le bras de Buchanan et en lui indiquant la porte vitrée coulissante qui menait vers les jardins de l'hôtel.

– Bonne idée, répondit Buchanan. C'est plus rapide. Plus discret.

Il fit signe au serveur qu'il avait laissé de l'argent sur la table et alla vers la sortie. Les jumeaux l'encadrèrent dès qu'il eut pénétré dans les jardins humides et parfumés et que la porte coulissante se fut refermée derrière eux. Ils n'avaient pas lâché les serviettes qui dissimulaient leurs armes.

Un garde du corps sortit de derrière des buissons situés à gauche de la porte et d'où il avait pu observer toute la scène sans être vu. Un Sud-Américain d'une taille et d'une corpulence surprenantes, aux épaules étonnamment larges. Il tenait un pistolet que Buchanan estima être un Beretta 9 millimètres muni d'un silencieux et affichait le même regard mauvais que ses patrons.

8

– Quel enculé tu es ? demanda le premier jumeau à Buchanan en lui envoyant un coup de poing dans la poitrine.

– Hé, qu'est-ce que vous... ?

– On est trop près du restaurant. Quelqu'un pourrait nous voir de l'intérieur, prévint le frère. Il faut aller sur la plage.

– Oui, répondit le premier trafiquant. La plage. La putain de plage.

– *Todavía no.* Pas tout de suite, dit le garde du corps.

Il décrocha un détecteur de métal portatif de sa ceinture et le passa rapidement sur tout le corps de Buchanan. L'appareil sonna trois fois.

– La boucle de la ceinture, des clés, un stylo, commenta l'homme sans avoir besoin d'expliquer que la ceinture pourrait cacher un couteau, ni que les clés et le stylo étaient des armes potentielles.

– Enlève ta ceinture, ordonna le premier jumeau à Buchanan. Laisse tomber tes clés et ton stylo par terre.

– Qu'est-ce qui ne va pas ? Je ne comprends pas, insista Buchanan.

Brandissant un Browning 9 millimètres, le frère répliqua :

– Fais ce qu'on te dit.

Le garde du corps lui enfonça son Beretta dans les reins et ajouta :

– *Rápido. Ahora.* Tout de suite.

Buchanan obéit. Il ôta sa ceinture et la laissa tomber ainsi que ses clés et son stylo. Le premier jumeau s'empara des objets pendant que le frère poussait leur prisonnier vers le jardin.

Le garde du corps suivait, son pistolet baissé pour ne pas se faire remarquer.

9

C'était un grand jardin. Des chemins serpentaient entre des buissons fleuris et des bassins où coulaient des cascades. Malgré les petites lampes de différentes couleurs qui jalonnaient les allées, c'était une zone obscure en comparaison de l'hôtel violemment éclairé. Si quelqu'un regarde dehors, il ne verra que les silhouettes de quatre hommes qui se promènent, pensa Buchanan. Il sera incapable de distinguer les pistolets des trois truands. Ce qui d'ailleurs ne changeait rien. La police arriverait de toute façon trop tard si on apercevait les armes et qu'on la prévenait.

Buchanan fit mentalement le tour de ses possibilités tout en se dirigeant vers les vagues qui déferlaient sur la plage. L'une était de profiter de l'obscurité pour maîtriser ses ravisseurs et s'échapper en se cachant dans les buissons si les hommes survivaient à son attaque et lui tiraient dessus. Il pouvait au moins *tenter* de s'enfuir. Le problème était que les trafiquants s'attendaient certainement à ce qu'il essaie de tirer avantage des ténèbres. Ils l'abattraient au moindre mouvement brusque. Le silencieux du Beretta du garde du corps étoufferait le bruit des coups de feu et les trois Sud-Américains seraient loin quand on découvrirait le corps.

Ce n'est pas le seul problème, se dit Buchanan. S'il parvenait à prendre les trois hommes par surprise, l'obscurité travaillerait alors contre lui. Il lui suffisait de buter contre un objet invisible pendant qu'il se battait avec les truands. S'il perdait l'équilibre...

Mais une autre question, la plus importante à ses yeux, était que les trois trafiquants ne cherchaient peut-être qu'à le mettre à l'épreuve. Il ne pouvait après tout pas s'attendre à ce que les jumeaux avalent son histoire simplement parce qu'il la servait avec conviction. Ils voulaient des preuves. Toutes sortes de preuves. Ils allaient vérifier le moindre détail de son passé fictif. Ses contrôleurs avaient tout prévu. Un agent féminin jouait l'ancienne femme d'Ed Potter. Un homme simulait son nouveau mari. Chacun était doté d'un passé complet et savait quoi répondre si on le questionnait. Des membres de la DEA étaient prêts à affirmer qu'ils avaient connu Ed Potter quand il travaillait avec eux et, luxe de précautions, un dossier sur la carrière d'Ed Potter avait été incorporé dans les ordinateurs de l'Agence.

Mais les trafiquants étaient peut-être prêts à accepter son histoire. Plus il y pensait, plus la question se ramenait au fait de savoir si les jumeaux étaient vraiment furieux ou faisaient semblant. Mettaient-ils sa crédibilité en doute seulement parce qu'un Américain saoul prétendait l'avoir connu sous le nom de Jim Crawford, ou profitaient-ils de l'incident pour l'intimider, le terroriser afin de trouver une faille dans son assurance ?

Chaque chose en son temps. Rien n'est jamais évident, pensa Buchanan avec inquiétude pendant que ses ravisseurs le poussaient sur une allée qui passait devant les lumières sourdes d'un bar installé au bord de la plage.

Le débit de boissons était surmonté d'un vieux toit en chaume soutenu par des poteaux, l'absence de murs permettant de jouir du spectacle des vagues qui écumaient sur le sable. Un comptoir ovale était entouré de tables et de chaises en bambou occupées par des groupes de clients. Les ailes de l'hôtel fermant le jardin de deux côtés, on était obligé de passer devant le bar pour atteindre la plage.

– Ne compte pas sur ces gens pour t'aider, murmura le premier jumeau dans l'oreille droite de Buchanan. Si tu fais le moindre geste, on te descend sous leur nez. Ils ne nous dérangent pas.

– Ils sont saouls et on est dans l'ombre. Ils ne feraient pas de bons témoins, ajouta le frère à sa gauche.

– Et ils ne peuvent pas voir mon pistolet. Je l'ai caché sous ma veste. Mais ne t'inquiète pas, il est pointé sur ta colonne vertébrale, dit le garde du corps qui suivait Buchanan.

– Hé, si on s'expliquait ? Il y a quelque chose que je ne comprends pas. Pourquoi est-ce que vous n'arrêtez pas de parler de me tirer dessus ? demanda Buchanan. J'aimerais que vous vous détendiez tous les trois et que vous me disiez ce qui se passe. Je suis venu vous voir en confiance. Je n'étais pas armé. Je ne représente aucun danger pour vous, mais tout à coup vous...

– Ferme-la pendant qu'on passe devant le bar, murmura le premier jumeau en espagnol.

– Ou les prochains mots que tu prononceras seront les derniers, dit le frère. *Entiende*? Compris ?

– Votre logique est renversante, constata Buchanan.

Quelques consommateurs levèrent les yeux de leurs margaritas pendant que le groupe passait. Puis l'un des buveurs acheva de raconter une histoire et toute la table se mit à rire.

L'explosion de rires fut si forte et soudaine que les deux frères sursautèrent et se retournèrent brusquement. Le garde du corps avait probablement été surpris également. Buchanan n'avait aucun moyen d'en être sûr, mais c'était sans doute une opportunité à saisir. Il avait des chances de réussir. Il pouvait sauter sur l'occasion pour frapper les jumeaux à la gorge avec le tranchant de ses mains et lancer son pied gauche en arrière, de biais, pour briser le genou de l'homme de main puis tordre le poignet qui tenait le Beretta. Il lui faudrait moins de deux secondes. Les lumières du bar lui permettaient d'y voir assez pour ajuster ses coups avec précision. Les jumeaux étoufferaient et seraient hors de combat le temps qu'il se débarrasse du garde du corps et revienne s'occuper d'eux. Une ou deux secondes de plus. Il serait tiré d'affaire en, maximum, quatre secondes.

Mais Buchanan ne broncha pas, aussi certain fût-il de son succès. Le plus important n'était pas sa sécurité personnelle. Il n'aurait d'ailleurs pas accepté cette mission s'il n'avait que son salut en tête. La mission. C'était l'essentiel. Quelle explication je donnerais à mes chefs ? se demanda-t-il. Imagine leur tête si tu leur racontes que la mission a échoué parce que tu as perdu ton sang-froid et tué tes contacts. Ce serait la fin de ta carrière. Ce n'est pas la première fois qu'on te met un pistolet dans le dos. Tu savais parfaitement que cela arriverait un jour ou l'autre au cours de cette mission. Ces types ne sont pas cinglés. En plus, ils ne te feront jamais confiance tant qu'ils n'auront pas vérifié que tu es capable de dominer ton stress. Laisse-les s'en rendre compte. Garde ton calme. Joue le jeu.

Les rires se calmèrent. Les jumeaux et leur homme de main se ressaisirent. Le groupe dépassa le bar et atteignit la plage obscure.

Mais que ferait Ed Potter ? se demanda Buchanan. Un ancien agent corrompu de la DEA n'essaierait-il pas de s'échapper s'il pensait que les trafiquants, dont il prenait une partie du marché, avaient décidé qu'il était plus simple et moins dangereux de le tuer que de s'associer avec lui ?

Peut-être. Ed Potter tenterait *peut-être* de s'enfuir. Après tout, ce n'est pas moi. Il n'a pas mon entraînement. Mais si je me comporte comme Ed Potter le ferait réellement, j'ai toutes les chances de me faire tuer. Je dois modifier le personnage. Mes spectateurs sont à l'affût d'une faiblesse.

Mais ils peuvent compter sur moi, ils n'en trouveront pas la moindre trace.

Une promenade longeait le sable. L'absence de lune faisait ressortir la clarté des étoiles. L'océan soufflait une brise fraîche. De nouveaux rires, lointains, parvinrent du bar caché derrière un rideau de buissons et un muret qui s'élevait à hauteur de poitrine. Buchanan s'arrêta au bord du chemin.

– D'accord, dit-il. Voilà la plage. C'est charmant. Très charmant. Maintenant, est-ce que vous pouvez ranger ces armes et me dire de quoi il s'agit, au nom de Dieu ? Je n'ai rien fait pour...

10

– Au nom de Dieu ? demanda le premier jumeau en poussant Buchanan sur le sable. Oui, c'est d'un nom qu'il s'agit. De *plusieurs* noms. C'est de cela qu'il s'agit. Ed Potter. Jim Crawford.

Buchanan sentit ses chaussures s'enfoncer dans le sable. Il se tourna vers les jumeaux et leur garde du corps qui le dominaient légèrement depuis la promenade.

– Bon sang, tout cela uniquement parce qu'un ivrogne croit me reconnaître ? On ne vous a jamais pris pour...

– La seule personne pour laquelle on ne m'a jamais pris est mon frère, dit le second jumeau. Je ne crois pas aux coïncidences. Et je ne vais pas me boucher les oreilles quand quelqu'un, même un ivrogne, affirme que l'homme avec qui je parle n'est pas celui qu'il prétend être, en plein milieu d'une discussion sur mes affaires et ma sécurité.

– Arrêtez ! Cet ivrogne a admis qu'il se trompait ! insista Buchanan.

– *Mais il n'avait pas du tout l'air convaincu*, déclara le premier jumeau d'un ton cassant.

Deux silhouettes approchaient sur la plage. Buchanan et ses interlocuteurs firent silence. Ces derniers se raidirent. Les silhouettes se rapprochèrent suffisamment pour que Buchanan distinguât un couple d'Américains d'une vingtaine d'années qui se tenaient par la main. Ils passèrent en se regardant dans les yeux et disparurent dans le noir, totalement étrangers à ce qui se passait autour d'eux.

– On ne peut pas rester ici, constata le second jumeau. D'autres gens vont venir. On est trop près de l'hôtel, surtout du bar.

– Mais je veux régler cette affaire, insista le premier jumeau. Je veux la régler *tout de suite.*

Le garde du corps examina la plage et dit en levant une main :

– *Por allí.* Par là.

Buchanan regarda. Près de la limite de l'eau se dressaient des abris contre le soleil, des toits circulaires faits de feuilles de palmier et soutenus par des poteaux d'environ deux mètres de hauteur. On distinguait des tables et des chaises en plastique installées dessous.

– Oui, dit le premier jumeau. Par là-bas.

Les trois hommes descendirent sur le sable et bousculèrent Buchanan. Ed Potter n'aurait pas résisté à la poussée et Buchanan se laissa trébucher en arrière.

– Avance ! Saloperie de ta mère ! Avance ! ordonna le premier jumeau.

Buchanan se tourna en titubant vers les abris déserts. Les trois hommes le poussèrent à nouveau. Il fit un bond en s'efforçant de conserver l'équilibre, ses chaussures glissant dans le sable.

L'accumulation d'adrénaline lui brûlait l'estomac. Il se demandait s'il avait eu raison de ne pas tenter sa chance tout à l'heure, quand la situation n'avait pas encore dégénéré. Le premier jumeau devenait maintenant enragé. Les insultes et les poussées se rapprochaient et se faisaient de plus en plus violentes. Est-ce une mise en scène, ou est-ce pour de vrai ? se demanda Buchanan.

Si c'est du cinéma, j'ai raté le test en ne répondant pas aux insultes. Ce type va finir par m'étaler par terre s'il continue à me bousculer et que je ne réagis pas. Il ne me respectera plus jamais si je ne tente pas de résister.

Mais jusqu'à quel point je peux me défendre tout en restant Ed Potter ? Quelle réaction est suffisante pour satisfaire ce type sans le rendre furieux pour de bon ?

Et...

La question harcelait Buchanan.

Et si ce n'était pas du cinéma ?

Ils atteignirent un des abris. Le premier jumeau le poussa à nouveau, l'envoyant s'étaler au travers d'une table en plastique. Il se redressa et se retourna :

– Maintenant, ça suffit ! Ne me touchez plus. Si vous avez des questions, posez-les. Je vous expliquerai ce qui vous dérange ! On peut régler ce malentendu ! Mais, bon sang, ne me touchez plus !

– Ne plus te toucher ? dit le premier jumeau en s'approchant de Buchanan dont il saisit la chemise qu'il tordit et souleva. Ce que j'ai envie de faire, c'est de t'enfoncer la main dans la gorge et de t'arracher l'estomac.

Son haleine sentait la tequila.

L'homme lâcha d'un coup sa prise.

Buchanan se laissa retomber en arrière sur la table. Il lui fallut tout son self-control pour se retenir de répliquer. La mission, se répétait-il constamment. Tu n'as pas le droit de mettre la mission en danger. Tu ne peux pas répondre tant que tu n'es pas certain qu'il veut te tuer. Jusqu'à maintenant, la seule chose qu'il ait faite est de te bousculer, de t'insulter et de te menacer. Ce ne sont pas des raisons suffisantes pour interrompre une mission par une réaction irrémédiable.

Buchanan était noyé dans l'obscurité. Il apercevait les lumières de l'hôtel derrière les deux frères et leur homme de main. Il fixa le premier jumeau qui l'attrapa de nouveau, le remit debout et le poussa sur une chaise. Son dos heurta le dossier en plastique. Les vagues clapotaient derrière lui.

– Tu as promis de t'expliquer ? Alors vas-y ! Explique-toi le mieux possible. Cela nous amusera d'entendre comment tu vas dissiper ce que tu appelles un malentendu.

L'homme appuya le canon de son Browning 9 millimètres sur le front de Buchanan, le faisant presque basculer. Le pouls du prisonnier s'accéléra. Il contracta ses muscles. Prenant sa respiration, il se prépara à...

Mais il n'a pas armé son pistolet, remarqua-t-il. Et le Browning n'a pas de silencieux. Il cherchera certainement à éviter de faire du tapage s'il veut me descendre. Il utilisera le Beretta du garde du corps pour ne pas attirer les gens du bar.

C'est peut-être toujours du cinéma.

Il transpirait abondamment, mais était résolu. Le second jumeau se plaça à côté de son frère et le fixa intensément. Même dans l'obscurité, ses yeux avaient tout de ceux d'un faucon.

– Écoute bien, dit-il à Buchanan. On va parler de noms. Mais pas du nom avec lequel l'ivrogne américain t'a appelé au restaurant. Pas de Jim Crawford. En tout cas pas seulement de Jim Crawford et pas seulement d'Ed Potter. On va parler d'autres noms. De *beaucoup* d'autres noms. Tellement de noms que je ne peux même pas me les rappeler tous.

Il sortit de sa veste de costume une feuille de papier pliée.

– Tu nous as donné une liste des associés qui selon toi nous trahissent. Eh bien, j'ai une autre liste, avec d'autres noms.

Il déplia la feuille et braqua dessus une lampe de poche miniature.

– John Block. Richard Davis. Paul Higgins. Andrew Macintosh. Henry Davenport. Walter Newton. Michael Galer. William Hanover. Stuart Malik.

Merde, se dit Buchanan.

L'homme interrompit sa lecture, secoua la tête et soupira.

– Il y a d'autres noms, mais ceux-là suffisent à titre d'exemple.

Il replia le papier et le rangea dans sa poche. Il rapprocha la lampe du visage du prisonnier et la braqua dans son œil droit.

Buchanan jeta la tête sur le côté pour éviter la lumière, mais le garde du corps, qui s'était glissé derrière lui, lui claqua brusquement les mains sur les deux oreilles pour l'immobiliser. Ses tympans résonnèrent. Sa tête semblait serrée dans un étau. Impossible d'écarter le visage pour échapper au rayon lumineux qui lui pénétrait dans l'œil. Il tenta d'attraper les doigts du garde du corps et de les tordre pour relâcher la pression.

Mais il se figea quand le premier jumeau arma son Browning et plaça la bouche du canon sur sa tempe gauche. Bon Dieu, pensa-t-il, il va peut-être y aller.

– *Bueno. Muy Bueno,* dit le trafiquant. Reste tranquille.

La lampe de poche l'éblouissait. Il cligna des yeux à plusieurs reprises, puis ferma ses paupières droites. La lumière perçait la peau fine. Il plissa l'œil plus fortement. Une main lui saisit le côté du visage et, griffant ses paupières, les força à s'ouvrir. La lumière l'aveugla à nouveau. Son œil était chaud, sec et gonflé. Il avait l'impression qu'on lui vrillait le globe oculaire avec une aiguille brûlante. Il avait recours à toute sa volonté pour ne pas lutter, pour ne pas tenter de se dégager des mains qui lui emprisonnaient la tête. L'homme qui le visait à bout portant lui ferait éclater le cerveau s'il se débattait à nouveau.

– *Bueno,* répéta le premier jumeau. *Muy Bueno. Excelente.* Maintenant, si tu veux vivre tu vas nous dire ce que les noms que mon frère a lus ont en commun. Réfléchis bien avant de répondre.

Il appuya un peu plus fort le canon de son Browning sur la tempe de Buchanan.

– Je ne peux pas respecter un menteur, ni faire des affaires avec lui, ni même le tolérer. Les noms. Quel est leur secret ?

Buchanan avala sa salive et répondit d'une voix enrouée :

– Ce sont tous les miens.

11

Le silence s'installa, troublé seulement par le bruit des vagues et les battements du cœur de Buchanan. On entendit au loin des éclats de voix provenant du bar en plein air. Les jumeaux et le garde du corps semblaient paralysés. Puis ils bougèrent ensemble, le premier frère baissant son arme, le second abandonnant les paupières de Buchanan et éteignant la lampe de poche, et le garde du corps retirant ses mains.

– Je ne m'attendais pas à ce que tu dises la vérité, dit le premier jumeau en fixant Buchanan.

Il s'assit sur une chaise et posa son Browning sur la table sans le lâcher, le canon pointé vers le prisonnier.

– Je te l'ai déjà demandé. Je répète : Qui tu es ?

– Ed Potter.

Buchanan ferma son œil droit et le massa. L'éclat brûlant de la lampe l'éblouissait toujours.

– Et pas John Block ? Ou Richard Davis ? Ou Paul Higgins ? demanda le premier jumeau.

– Ou Jim Crawford ? insista le frère.

– Je n'ai jamais entendu parler de Jim Crawford, répondit Buchanan. Je ne comprends rien à ce qu'a raconté l'ivrogne du restaurant. Mais en ce qui concerne John Block, Richard Davis et Paul Higgins, ce sont... Comment avez-vous découvert mes pseudonymes ?

– On ne pose pas de question, ordonna le premier jumeau en tapotant la table avec son pistolet. Pourquoi tous ces noms ?

– Je ne suis pas fou, répondit Buchanan en gardant fermé son œil droit qui pleurait et en plissant l'autre en direction de ses ravisseurs. Vous croyez que je vais venir au Mexique sous mon vrai nom pour expédier de la drogue en Amérique et des armes au Sud ? J'utiliserais déjà un faux nom si j'étais installé aux États-Unis. J'ai encore plus de raisons de le faire ici, au Mexique, où un *yanquí* se fait remarquer.

Le second jumeau alluma et éteignit sa lampe, en guise d'avertissement :

– Un faux nom, je comprends.

– Mais pourquoi autant de faux noms ? poursuivit le frère en tapant toujours sur la table du bord de son arme.

– Écoutez, je vous ai dit que je faisais des affaires ailleurs qu'à Cancún, dit Buchanan. J'ai des bases à Mérida, Acapulco, Puerto Vallarta et dans d'autres villes touristiques dont je n'ai pas parlé.

– Mais tu vas le faire, dit le second jumeau d'une voix menaçante. Tu vas le faire.

– Les noms. Je veux t'entendre parler de ces noms.

Buchanan ouvrit lentement l'œil droit. L'éclat de la lampe voilait encore sa vision. Si mon coup ne réussit pas, ils vont me tuer. Je sauterai sur la moindre occasion de me battre et de sauver ma peau, mais avec une vision limitée j'ai peu de chances de me tirer d'une bagarre contre trois hommes armés.

– Réponds ! aboya le second jumeau.

– Je pars du principe qu'un Américain qui a des activités illégales dans un pays étranger doit recruter des gens originaires de ce pays, expliqua Buchanan. Ils peuvent se déplacer et faire des choses qu'un Américain ne pourrait faire sans attirer l'attention. Il faut donner des pots-de-vin aux autorités. Il faut prendre la drogue auprès des fournisseurs et leur livrer les armes. Je ne vais certainement pas essayer de payer la police mexicaine. Aussi corrompue qu'elle soit, elle pourrait décider de faire un exemple avec un gringo et de me mettre en prison pour cent ans. C'est la même chose avec la marchandise. Quelqu'un d'autre doit prendre le risque de récupérer la drogue et de livrer les armes, surtout quand il s'agit de ces dingues du cartel de Medellín. C'est pas compliqué. Le pays est pauvre et il y a des quantités de jeunes qui sont contents de risquer leur vie si je les paye ce qu'ils considèrent comme une fortune, mais qui n'est rien du tout pour moi. Je cherche des associés dans toutes les villes où je fais des affaires et j'ai besoin d'une couverture quand j'y suis. Un touriste qui reviendrait toutes les trois semaines attirerait l'attention. Mais un homme d'affaires passe inaperçu. Et l'une des activités les plus banales pour un Américain dans une ville touristique mexicaine est vendeur d'appartements en multipropriété. Les Américains ne font pas confiance aux agences immobilières mexicaines, mais ils sont prêts à faire confiance à un autre Américain. Dans toutes les villes où j'ai une base, j'ai convaincu les autorités que j'exerce une activité parfaitement légitime. J'utilise bien sûr un nom différent dans chaque ville et j'ai les faux papiers correspondants. On arrive à l'explication du système. Mes associés mexicains ne savent pas quelle identité j'utilise s'ils se font arrêter par la police ou sont interrogés par des fournisseurs qui se retournent contre moi. Ils ne savent pas où j'habite ni où je fais des affaires. Ils me contactent dans des conditions que j'ai choisies moi-même et ils sont incapables de conduire la police ou des fournisseurs jusqu'à moi. Le nom sous lequel chaque homme me connaît est également faux, mais je n'ai bien sûr pas besoin de papiers pour ces noms-là.

Le premier jumeau se pencha en avant, la main toujours posée sur le pistolet :

– Continue.

– Chaque personnage que je prétends être s'habille dans son propre style de vêtements, aime des plats particuliers et a une allure particulière. L'un est empoté, un autre se tient droit comme un militaire, un autre bégaye un peu, un autre a les cheveux en arrière, un autre porte des lunettes, un autre ne quitte jamais sa casquette de base-ball. Chaque personnage a quelque chose de remarquable. La police aura du mal à trouver un homme avec un certain nom et certains traits particuliers, car les traits particuliers sont aussi faux que le nom. Quand l'ivrogne américain du restaurant m'a confondu avec quelqu'un d'autre, j'ai dit que c'était une variante d'une vieille plaisanterie selon laquelle pour les Américains tous les étrangers se ressemblent. L'inverse est vrai. Aux yeux des Mexicains la plupart des Américains se ressemblent. On est trop gros, on manque de tact, on a trop d'argent mais on n'est pas généreux. On est bruyant et mal poli. Mes hommes se rappelleront d'un trait particulier facile à décrire. Si on les force à donner une description, ils diront : « Il a des lunettes et porte toujours une casquette de base-ball. » Et la seule chose que j'aie à faire pour devenir invisible est de changer d'habitudes et de me fondre parmi les Américains moyens.

Il regarda les jumeaux en se demandant s'ils avalaient son histoire. Le premier fronça les sourcils :

– Puisque tu utilises tant de faux noms, comment on peut savoir que c'est Ed Potter ton vrai nom ?

– Quelle raison j'aurais de mentir ? Si je ne vous donne pas mon vrai nom, vous n'aurez aucun moyen de vous renseigner sur mon passé et de vérifier que vous n'avez rien à craindre avec moi.

Buchanan attendit, en espérant avoir vaincu leur méfiance. Il s'était conformé à une règle des opérations secrètes. Si vous êtes sur le point d'être découvert, la meilleure défense est la vérité, ou au moins une version de la vérité qui ne compromette pas la mission mais sonne suffisamment juste pour tromper les plus sceptiques. La couverture qu'il venait de décrire aux jumeaux était réelle mais il en disposait d'une seconde, celle d'Ed Potter, dont l'objectif était d'amener les jumeaux à collaborer avec lui. Les faux noms qu'il utilisait en se présentant comme agent immobilier ou qu'il donnait à ses recrues n'avaient cependant pas pour but d'impressionner les jumeaux pour les convaincre de s'allier avec lui. Ces fausses identités étaient des leurres pour l'État mexicain. Elles visaient à empêcher les autorités du pays de remonter la piste de ses activités illégales jusqu'à une unité secrète de l'armée américaine, car ses contrôleurs ne craignaient rien de plus qu'un incident diplomatique. En cas d'arrestation pendant qu'il jouait les Ed Potter, il nierait avoir jamais appartenu à la DEA et ses chefs supprimeraient tous les documents fabriqués pour étayer cette fausse activité. Il affirmerait avoir inventé l'histoire de la DEA pour infiltrer un réseau de trafic de drogue. Il était en fait un journaliste free-lance qui enquêtait sur la filière mexicaine de la drogue et était, bien sûr, prêt à fournir tous les détails nécessaires pour étayer cette nouvelle version. Si elles entreprenaient des recherches, les autorités mexicaines ne trouveraient pas le moindre indice qui pût relier Buchanan aux services secrets américains.

– Peut-être, dit le premier jumeau. On peut peut-être travailler ensemble.

– Peut-être ? demanda Buchanan. *Madre de Dios,* qu'est-ce qu'il faut pour vous convaincre ?

– On va d'abord se renseigner sur ton passé.

– Bien sûr ! répondit Buchanan.

– Puis on va vérifier si certains de nos associés nous ont réellement trahis, comme tu le prétends.

– Pas de problème.

Buchanan gonfla la poitrine de joie. J'ai retourné la situation, pensa-t-il. Il y a cinq minutes ils étaient prêts à me tuer et je me demandais si j'allais devoir les liquider. J'ai eu raison. J'ai gardé mon sang-froid. J'ai réussi à les convaincre. La mission n'est pas en danger.

– Tu vas rester avec nous pendant qu'on vérifie ton curriculum vitae, dit le second jumeau.

– Rester avec vous ?

– Cela te dérange ? demanda le frère.

– Pas vraiment. Mais me faire prisonnier n'est pas la meilleure façon de commencer une collaboration.

– Est-ce que j'ai parlé de te faire prisonnier? questionna le second jumeau avec un sourire. Tu seras notre invité. Tu ne manqueras de rien.

Buchanan se força à retourner le sourire.

– Cela me va. C'est un mode de vie auquel je suis prêt à m'habituer.

– Mais il y a quelque chose d'autre, dit le premier frère.

– Ah? Quoi? demanda Buchanan en se tendant intérieurement.

Le second trafiquant alluma sa lampe de poche et agita le faisceau au-dessus de la tête de Buchanan.

– L'Américain saoul du restaurant. Il faudra nous prouver que tu n'étais pas au Koweït ni en Irak au moment où il dit qu'il y était avec toi.

– Bon Dieu, vous faites une fixation sur cet ivrogne! Je ne vois pas comment je suis supposé...

12

– Crawford! rugit du côté du bar de l'hôtel une voix masculine rendue rauque par le tabac et pâteuse par l'alcool.

– Qu'est-ce qui se passe? demanda rapidement le premier jumeau.

Oh non, pensa Buchanan. Bon sang, pas ça! Pas quand j'ai presque réparé les dégâts de la première fois.

– Crawford! cria à nouveau Big Bob Bailey. C'est toi qui joues avec une lampe par là-bas?

Une silhouette balourde descendit du jardin et avança péniblement sur le sable.

– Hé, toi! Bon sang! C'est à toi que je cause, Crawford! Toi et ces bronzés avec qui tu parles sous ce foutu parasol.

Il s'approcha en trébuchant, la respiration lourde.

– Tu vas me répondre, espèce de salopard! Pourquoi tu me mens? Toi et moi on sait tous les deux que tu t'appelles Jim Crawford. On sait tous les deux qu'on a été prisonniers au Koweït et en Irak. Pourquoi tu l'admets pas? Tu veux te payer ma tête? Tu penses que je suis pas quelqu'un d'assez bien pour boire un coup avec toi et tes copains bronzés?

– Je n'aime pas ça, dit le premier jumeau.

– Il y a quelque chose de pas clair, ajouta le frère. Pas clair du tout.

Le premier jumeau détourna les yeux de la forme qui s'avançait en vacillant et les riva sur ceux de Buchanan :

– Tes affaires ne s'arrangent pas. Vous, les Américains, vous avez une expression qui dit : « Mieux vaut être trop prudent. »

– Laissez tomber, c'est une histoire d'ivrogne, affirma Buchanan.

– Crawford ! cria Big Bob Bailey.

Je n'ai pas le choix, pensa Buchanan.

– Descends-le ! ordonna le premier jumeau au garde du corps.

(Il faut que...)

– Je te parle ! éructa Big Bob Bailey en perdant l'équilibre. Crawford ! Nom de Dieu, réponds-moi !

– Descends-les tous les deux ! dit le second jumeau à l'homme de main.

Mais Buchanan était entré en action. Il avait bondi sur sa gauche hors du fauteuil en plastique, vers le premier jumeau et la main qui couvrait le Browning posé sur la table.

Le garde du corps tira un coup de feu derrière lui. Le Beretta muni d'un silencieux fit un « pop » assourdi. La balle lui manqua la tête, déjà projetée vers la gauche, mais entama son épaule droite levée dans le mouvement. Le projectile traversa le muscle. Il fut sur le jumeau avant que le garde du corps n'eût le temps de tirer une seconde fois. Il le renversa de sa chaise tout en essayant de s'emparer de son arme. Mais l'homme tenait bon.

– Tire ! hurla le second jumeau au garde du corps.

– Je ne peux pas ! Je vais toucher ton frère !

– Crawford, qu'est-ce que c'est que ce raffut ? cria Big Bob Bailey.

Buchanan roula dans le sable en serrant son adversaire contre lui et en se battant pour attraper le pistolet.

– Approche-toi ! dit le second jumeau à l'homme au Beretta. Je vais allumer ma lampe.

L'épaule de Buchanan le lancinait. Du sable pénétra dans la plaie. Le liquide visqueux qui coulait de la blessure rendait sa prise sur le jumeau difficile. Heureusement, comme il était au sol le sang ne ruisselait pas le long de son bras et sa main était sèche. Le garde du corps et le second jumeau se précipitèrent vers lui.

– Crawford ! cria à nouveau Big Bob Bailey.

Le premier jumeau tira un coup de feu. Le bruit fut étourdissant. Le garde du corps et le second jumeau jurèrent et se bousculèrent pour se mettre à l'écart. Les oreilles de Buchanan, encore sonnées par la claque des deux mains du garde du corps, tintèrent violemment. Son œil droit était toujours ébloui. Il roulait et se battait avec le premier jumeau pour s'emparer du pistolet, en se fiant davantage au toucher qu'à la vue. Son épaule lui faisait mal et se raidissait.

Son adversaire tira un deuxième coup. La balle traversa le toit de feuilles de palmier, mais Buchanan fut aveuglé par l'éclair de la décharge.

– Merde ! s'écria Big Bob Bailey.

Malgré le bourdonnement de ses oreilles, Buchanan entendit des exclamations du côté du bar. Le garde du corps et le second jumeau se rapprochèrent. Il parvint soudain à attraper le pouce droit de son adversaire et le tordit en arrière d'un coup sec.

Le doigt cassa au niveau de l'articulation du milieu avec un léger craquement. L'homme hurla et, sous la douleur, lâcha le pistolet. Buchanan arracha l'arme et roula sur le côté, du sable s'agglutinant sur son épaule ensanglantée. Le garde du corps fit feu. La balle toucha le sol près de Buchanan qui continua à rouler avant de tirer quatre coups d'affilée. Il voyait toujours si mal que c'est à l'ouïe qu'il jugea de la position de l'homme de main, en repérant le crissement du sable sous ses pas et le bruit sourd du Beretta. Trois balles atteignirent leur but et projetèrent sa cible en arrière. Il se tourna immédiatement vers la gauche et, tirant à deux reprises, toucha le second jumeau à l'estomac et à la poitrine. Du sang jaillit dans l'ouverture de la chemise en soie. L'homme se plia en deux et tomba.

Mais le garde du corps était toujours debout. Touché par trois fois, il paraissait seulement étourdi. Buchanan comprit brusquement que ses trois balles avaient frappé à la poitrine, mais que c'était à un gilet pare-balles que l'homme devait ses épaules si larges. Le Sud-Américain se redressa et le visa. Buchanan l'atteignit à la gorge, dans l'œil gauche et au front. Il craignit qu'un spasme de l'homme ne fît partir un coup et se tortilla désespérément pour s'éloigner. Mais le garde du corps se dressa comme s'il faisait des pointes, se renversa en arrière et s'effondra sur le sable. Buchanan s'était déjà tourné sur le côté vers son dernier adversaire, qui s'apprêtait à lui bondir dessus, et lui plaça une balle dans la tempe gauche. Des morceaux de crâne et de cerveau mêlés de sang chaud et gluant lui couvrirent la figure.

Le Sud-Américain tressauta en agonisant.

Buchanan respira profondément en frissonnant sous l'effet de l'adrénaline. Les coups de feu répétés avaient encore accru le tintement de ses oreilles. Il avait, par réflexe conditionné, compté les coups chaque fois qu'il appuyait sur la détente. Quatre pour le garde du corps. Deux pour le second jumeau. Trois de plus pour le garde du corps. Un pour le premier jumeau. Auparavant, le premier frère avait tiré deux fois. Douze balles. Il ne s'était pas inquiété d'avoir à tirer si souvent car il savait que le Browning contenait treize cartouches dans le chargeur et une dans la chambre. Il aurait brûlé moins de munitions dans des conditions normales, mais dans le noir il n'était pas certain de la précision de son tir. Il ne lui restait plus assez de balles si d'autres gardes du corps des trafiquants étaient attirés par les coups de feu. Il s'accroupit rapidement derrière la table et braqua son arme en direction de l'obscurité de la plage et des lumières du bar. Un groupe bruyant et excité s'était assemblé sur la promenade. Plusieurs personnes pointaient du doigt dans sa direction, mais il ne vit aucun homme armé. Il vérifia rapidement que le garde du corps et le premier jumeau étaient morts. Il récupéra sa ceinture, ses clés et son stylo sur le corps de ce dernier pour ne pas laisser de traces derrière lui. Se pressant encore davantage, il examina le second jumeau, tâtonna sous sa veste et en retira la liste de noms que l'homme lui avait lue, celle de ses pseudonymes. Il laissa l'autre liste, celle des associés censés être déloyaux. La police enquêterait sur ces individus et chercherait s'ils étaient impliqués dans les trois homicides.

C'était en tout cas ce que Buchanan espérait. Il y voyait une façon de remplir au moins partiellement la mission pour laquelle il avait été envoyé au Mexique : infliger des pertes aux réseaux de distribution de drogue. Si seulement son travail n'avait pas mal tourné, si seulement...

Buchanan s'arrêta brusquement. *Big Bob Bailey*. Où était-il ? Qu'est-ce qui lui était...?

– Crawford ? murmura dans le noir une voix mal assurée.

Buchanan plissa les yeux pour mieux percer l'obscurité. Les effets de la lampe de poche et des éclairs des coups de feu s'étaient en grande partie dissipés.

– Crawford ?

La voix de Bailey était étrangement assourdie. L'Américain s'approchait en titubant au moment où les coups de feu avaient éclaté. Il s'était aplati sur le sol et sa voix était étouffée parce qu'il avait encore la figure écrasée dans le sable.

– Hé, mec, ça va ? murmura Bailey. Qui est-ce qui tire tous ces coups de feu ?

Buchanan distingua une forme noire qui embrassait la plage. Il regarda à nouveau vers les gens qui se tenaient près du bar. Le groupe avait grossi, faisait davantage de bruit mais avait toujours peur de s'approcher. Aucun garde du corps ni policier ne se montrait. Ils ne tarderont pas, pensa-t-il. Je n'ai pas beaucoup de temps. Il faut me tirer d'ici.

La douleur de son épaule s'aggravait. La blessure enflait et le lancinait de plus en plus férocement. Il essuya le plus vite possible avec un morceau de sa chemise le dessus de la table et les accoudoirs du fauteuil aux endroits où il risquait d'avoir laissé des empreintes. Il ne pouvait rien faire pour les verres dans lesquels il avait bu au restaurant, mais leurs consommations avaient sans doute été débarrassées et les verres lavés.

Dépêche-toi.

Il s'approcha du premier jumeau, essuya les empreintes sur le pistolet et le glissa dans la main du cadavre.

– Crawford ? Tu as été touché ? demanda Bailey d'une voix plus forte.

Ta gueule ! pensa Buchanan.

La foule se faisait plus entreprenante. Deux policiers se précipitèrent sur la plage. Buchanan pivota et se mit à courir en demeurant courbé, l'épaule droite tournée du côté des vagues clapotantes. Tout le côté de son corps était couvert de sang. L'eau empêcherait la police de suivre la trace des gouttes de sang dans le sable.

– *Alto !* ordonna une voix bourrue.

Buchanan accéléra. Il avançait parallèlement aux vagues, toujours penché et espérant faire une mauvaise cible dans la nuit.

– *ALTO !* cria plus fort la même voix.

Il courait aussi vite que possible et bandait les muscles de son dos dans l'attente de la balle qui...

– Hé ! Pour qui vous vous prenez ? Pourquoi vous me bousculez ? J'ai rien fait !

Big Bob Bailey protestait avec l'indignation d'un ivrogne. La police avait attrapé la première personne qui lui était tombée sous la main.

Buchanan ne put s'empêcher de sourire malgré la douleur et la colère. Tu auras tout de même servi à quelque chose, Bailey.

Trois

1

Baltimore, Maryland

Elle était habillée comme une clocharde. L'air épuisée, elle poussait un caddie grinçant dans une allée sombre et humide du centre-ville. Elle n'avait pas dormi depuis près de quarante-huit heures et avait vécu ces deux derniers jours, comme bien d'autres avant eux, dans une angoisse constante. La peur ne l'avait en fait jamais quittée depuis sa première rencontre avec Alistair Drummond, quelques mois plus tôt, et l'acceptation de son offre.

Le travail était facile, le salaire impressionnant et les conditions de logement luxueuses. Elle avait, en prime, fort peu de choses à faire. Elle se contentait la plupart du temps de demeurer dans un splendide appartement de Manhattan avec vue sur Central Park, entourée de nombreux domestiques. Elle daignait de temps à autre répondre au téléphone, mais prétendait être enrouée à cause d'un polype à la gorge dont le médecin disait qu'il faudrait sans doute l'opérer, et abrégeait la conversation. Elle sortait rarement et toujours de nuit, en limousine, portant un manteau de fourrure, une magnifique robe du soir et de riches bijoux, et toujours escortée de fringants et solides jeunes hommes. Ces sorties la menaient habituellement au Metropolitan Opera ou à une soirée de charité. Elle y restait le temps nécessaire pour qu'on remarque sa présence et la mentionne dans les carnets mondains. Elle évitait tout contact avec les amis et l'ancien mari de son personnage. Elle expliqua dans une interview exceptionnelle accordée à un magazine qu'elle entamait une période d'auto-évaluation dans l'isolement, afin de préparer le second acte de sa vie. C'était un de ses meilleurs rôles. Personne ne considérait sa conduite comme insolite, le génie étant, c'est bien connu, sujet à excentricités.

Mais elle était terrifiée. Sa peur avait graduellement monté. Elle avait d'abord attribué son malaise à une sorte de trac du lever de rideau, à la nécessité de s'adapter à son nouveau rôle, de convaincre un public inconnu et, bien sûr, de donner satisfaction à Alistair Drummond. Celui-ci, surtout, la déconcertait. Il avait un regard si intense qu'elle le soupçonnait de porter des lunettes uniquement pour accentuer l'éclair glacé de ses yeux. Il dégageait une telle autorité qu'il dominait une pièce quels que fussent le nombre ou la stature des gens qui s'y trouvaient. Personne ne connaissait son âge, mais son allure de sexagénaire énigmatique cachait certainement plus de quatre-vingts ans. De nombreux liftings au visage, un régime macrobiotique, des quantités de vitamines et des injections hebdomadaires d'hormones semblaient avoir suspendu les atteintes de l'âge. La femme était troublée par le contraste entre le visage lisse du vieil homme et ses mains desséchées.

Drummond se faisait appeler « professeur », alors qu'il n'avait jamais enseigné. Il avait reçu son doctorat à titre honorifique pour avoir fait construire un musée d'art sur le campus de l'une des plus prestigieuses universités américaines. L'une des conditions de l'embauche de la femme était que le « professeur » pourrait la joindre quand il le désirerait et qu'elle se montrerait en sa présence chaque fois qu'il le demanderait. Le vieillard était aussi vaniteux que riche. Il gloussait de plaisir en lisant son nom accolé à celui de la femme dans les rubriques mondaines, surtout si le chroniqueur l'appelait professeur. Son rire cassant faisait froid dans le dos.

L'assistant d'Alistair Drummond était encore plus terrifiant que son patron. Connu sous le seul nom de Raymond, il avait un visage avenant, des cheveux blonds, et était toujours parfaitement habillé. Il ne changeait jamais d'expression et arborait toujours la même face joyeuse, qu'il aidât Drummond à s'injecter ses hormones, qu'il la contemplât vêtue d'une minirobe, qu'il regardât la météo à la télévision ou qu'il fût chargé d'un travail. Drummond ne discutait jamais de ses affaires en détail en la présence de la femme, mais elle était persuadée que quelqu'un qui avait bâti une telle fortune, accumulé tant de pouvoirs et acquis une telle renommée internationale ne pouvait qu'être sans pitié. Elle était également convaincue que les tâches assignées par Drummond à Raymond n'avaient rien de ragoûtant. Non pas que ce dernier trahît la moindre émotion. Il affichait le même air joyeux en partant qu'en revenant.

Ses appréhensions avaient tourné à la terreur le jour où elle avait compris que son isolement n'était pas un simple simulacre, mais qu'elle était purement et simplement prisonnière. Elle s'était autorisé une entorse à la conscience professionnelle et avait décidé d'aller se promener seule, une après-midi, dans Central Park puis au Metropolitan Museum of Art. Elle avait d'abord écarté cette idée quand elle lui était venue à l'esprit, mais ce bref aperçu imaginaire de liberté lui avait laissé un sentiment de frustration. Je ne peux pas faire cela, se disait-elle. J'ai un contrat. J'ai accepté une paye somptueuse pour tenir un rôle. Je ne peux pas rompre le marché. Mais si... ?

Cette question obsédante avait rendu insupportable son univers étroit. En dehors de quelques sorties surveillées et de rares prestations téléphoniques, elle passait ses journées à faire de la gymnastique, lire, regarder des cassettes vidéo, écouter de la musique, manger et... Tant qu'elle ne s'était pas sentie contrainte, elle avait eu l'impression d'être en vacances. Puis les journées étaient devenues de plus en plus longues. Elle était presque contente des visites d'Alistair Drummond et de son assistant qui la mettaient pourtant mal à l'aise. Ils avaient beau être glaçants, c'était au moins une rupture de la routine. Et elle s'était mise à se demander ce qui se passerait si elle sortait de son rôle. Qu'arriverait-il si j'allais me promener dans Central Park ? Ce n'était pas que l'envie de marcher la démangeât, mais elle supputait ce qui arriverait si...

Un garde du corps était soudain apparu à l'extrémité du couloir de l'immeuble et l'avait empêchée de prendre l'ascenseur.

Observer faisait partie de son métier. Elle avait remarqué dès sa première sortie dans la limousine de Drummond que des hommes surveillaient son bâtiment : un fleuriste de l'autre côté de la rue, un vendeur de hot dogs à l'angle, certainement le portier et sans doute également un mendiant à la sortie de service. Mais elle avait supposé qu'il s'agissait d'éviter qu'elle ne soit surprise par l'arrivée intempestive d'amis de son personnage. Sa tentative de promenade l'avait convaincue que la surveillance avait autant pour but de lui interdire de sortir que d'empêcher des gens d'entrer. Son univers s'était encore rétréci. Elle était devenue encore plus nerveuse. Drummond l'avait rendue plus nerveuse. Raymond l'avait rendue plus nerveuse.

Quand serai-je libre ? se demandait-elle. Quand mon rôle s'achèvera-t-il ? S'achèvera-t-il un jour ?

Un soir, au moment de passer autour de son cou un collier de diamants dont Drummond lui avait dit que ce serait sa prime à la fin de son contrat, elle avait eu l'impulsion de gratter la plus grosse pierre sur un verre. Le bijou n'avait laissé aucune marque. Ce n'était pas du diamant. Le collier, sa prime, n'avait aucune valeur.

Qu'en était-il du reste ? Elle avait examiné ses relevés bancaires mensuels. Drummond tenait parole et déposait tous les mois le montant de son salaire. Le vieil homme lui avait expliqué qu'elle n'aurait pas besoin de toucher à cet argent puisqu'elle serait entièrement entretenue, et serait ainsi à la tête d'une somme fabuleuse à la fin de son travail.

Les relevés indiquaient le numéro du compte. Son téléphone étant certainement sur écoute, elle attendit l'occasion de quitter l'appartement dans la journée, aux heures d'ouverture de la banque. Un jour qu'elle assistait à un banquet politique, elle profita d'une pause entre deux orateurs pour murmurer à Alistair Drummond qu'elle avait besoin d'aller aux toilettes. Le vieillard approuva de la tête et fit signe à un garde du corps de l'accompagner.

Elle se pencha vers lui en pressant un sein contre son bras et chuchota :

– Non, je ne vous demande pas votre permission. J'ai besoin de cinquante cents. Il faut une pièce pour ouvrir la porte des w.-c.

– Ne dites pas « w.-c. », répondit Drummond avec une moue réprobatrice.

– Je les appellerai pots de fleurs si vous voulez. Il me faut quand même cinquante cents, plus deux dollars pour la personne qui s'en occupe. Je n'aurais rien besoin de vous demander si vous me donniez de l'argent de temps en temps.

– On vous donne tout ce qu'il vous faut.

– Bien sûr. Sauf quand j'ai besoin d'aller aux w.-c. Pardon, voir les pots de fleurs.

Elle appuya son sein plus fort contre le bras osseux. Drummond se tourna vers Raymond qui se tenait derrière lui :

– Accompagne-la et donne-lui ce qu'il lui faut.

Elle traversa la foule, suivie par Raymond, sans s'occuper des regards des fans. L'homme lui remit discrètement la monnaie. Des dames de la haute société occupées à refaire leur maquillage devant les miroirs des toilettes pour femmes se retournèrent à l'entrée d'une personne aussi célèbre. Elle fit d'un air impérieux un signe de tête qui disait : « Je vous dérange ? Est-ce que je peux avoir un peu d'intimité ? » Les dames haussèrent les épaules avec la décontraction blasée qui sied aux gens du monde et reprirent leurs applications de rouge à lèvres. Elle se dirigea vers le téléphone, introduisit les pièces, composa le numéro de la banque et demanda la personne qui s'occupait de son compte.

– À votre service, dit une voix nasale masculine.

– Pouvez-vous vérifier ce compte ? demanda-t-elle avant de dicter le numéro.

– Un instant... Oui, j'ai ce compte sur mon écran.

– Quel est le solde ?

La voix nasale le lui donna. La somme était exacte.

– Y a-t-il des restrictions ?

– Une. Une seconde signature est nécessaire pour les retraits.

– Laquelle ?

La signature de Raymond. Elle comprit que Drummond ne la laisserait pas quitter son rôle vivante.

Il lui fallut plusieurs semaines pour calculer, observer et saisir le bon moment. Personne ne la soupçonnait. Elle en était certaine. Elle donnait l'impression d'être parfaitement contente. C'était incontestablement l'un des meilleurs rôles de sa carrière. Elle se coucha à minuit, fit semblant de dormir quand la femme de chambre passa à deux heures du matin, puis attendit jusqu'à quatre heures pour être certaine que sa gardienne s'était endormie. Elle enfila rapidement son survêtement gris à capuche et ses baskets, et mit dans son sac le collier, les bracelets et les boucles d'oreilles promis par Drummond et dont elle savait qu'ils étaient faux. Elle voulait laisser croire à Drummond qu'elle était dupe de leur valeur et qu'elle allait essayer de les vendre. Ses hommes perdraient du temps à interroger les bijoutiers qu'elle était susceptible de solliciter. Le seul argent dont elle disposait était ce que Raymond lui avait donné pour les toilettes, quelques dollars volés en petite monnaie dans le sac de la femme de chambre et vingt-cinq dollars qu'elle avait sur elle au début de son travail. Pas de quoi aller loin. Il lui fallait plus d'argent. Beaucoup plus.

La première difficulté fut de quitter l'immeuble. Quand elle avait découvert qu'elle était prisonnière, elle avait tout de suite pensé que sa porte était probablement reliée à une alarme qui avertirait ses gardiens en cas d'évasion nocturne. C'était une des raisons pour lesquelles elle avait attendu des semaines avant de s'enfuir. Le temps d'examiner les murs derrière les meubles et les tableaux, en profitant des instants où la femme de chambre ne la surveillait pas, pour trouver l'interrupteur du système, qu'elle avait déniché derrière le buffet à alcools.

Elle coupa l'alarme, déverrouilla puis ouvrit la porte en silence et jeta un regard vers la gauche du couloir. Le garde qui surveillait l'ascenseur était hors de vue. Il était en général assis sur une chaise, derrière un angle du mur. À une heure si matinale il s'était sans doute assoupi, confiant dans le fait que le bruit de l'ascenseur l'alerterait en cas de besoin.

Mais elle ne comptait pas emprunter l'ascenseur. Laissant la porte entrebâillée pour éviter les bruits inutiles, elle se dirigea vers la droite et marcha silencieusement jusqu'à une issue de secours. Elle ouvrit la porte avec un luxe de précautions, la referma aussi doucement derrière elle et souffla en essuyant ses mains trempées de sueur. Elle avait franchi l'obstacle qu'elle redoutait le plus. Le moindre bruit de la porte de secours aurait alerté le garde. La suite immédiate ne posait pas de problème.

Elle descendit rapidement les escaliers froids et mal éclairés, ses baskets lui permettant d'être quasiment silencieuse. Quarante étages plus bas, elle dépassa la porte du rez-de-chaussée et continua jusqu'au sous-sol, le hall étant surveillé. Elle traversa des débarras poussiéreux, puis la chaufferie et son fouillis de tuyaux et de coupe-circuits. Elle craignait de rencontrer un ouvrier de la maintenance qui se demanderait ce qu'elle faisait en un tel lieu, mais ne croisa personne et atteignit sans encombre des escaliers qui menaient à la rue. Cette porte de service était sans doute suffisamment éloignée de l'entrée principale de l'immeuble pour que les gardes en faction devant celle-ci ne puissent la voir sortir.

Elle préféra cependant éteindre la lumière avant d'ouvrir la porte pour diminuer le risque d'être remarquée. Elle déboucha dans une petite rue. La fraîcheur de cette nuit de fin octobre la fit frissonner. Elle s'éloigna en vitesse. Elle regrettait de ne pas avoir pu emporter de manteau, mais ceux de la garde-robe du personnage qu'elle jouait étaient trop luxueux pour s'accorder à sa tenue. Elle n'avait trouvé aucun blouson discret. C'était sans importance. Elle était enfin libre. Mais pour combien de temps ? La peur et le sentiment qu'elle devait agir sans perdre une minute la réchauffaient.

Sans perruque, ni postiche, ni maquillage spécial, elle ne ressemblait plus du tout à son personnage, mais Alistair Drummond possédait une photographie de son véritable visage. Elle ne voulut pas courir le risque de prendre un taxi. Si on l'interrogeait, le conducteur se souviendrait avoir chargé à cette heure et dans ce quartier une Sud-Américaine. Il se rappellerait également où il l'aurait déposée. Même si c'était suffisamment loin de sa destination réelle pour ne pas la mettre en danger, elle préférait ne laisser aucun indice à Drummond et s'évanouir, purement et simplement. Elle n'avait, en plus, guère envie de dépenser dans un taxi le peu d'argent dont elle disposait.

Elle se mit à courir dans les rues quasiment désertes, comme un coureur du petit matin. Elle partait à la chasse. Elle longea Central Park, certaine d'apparaître comme une proie facile. Deux jeunes sortirent bientôt de l'ombre, un couteau à la main. Elle leur cassa un bras chacun et s'empara des quatorze dollars qu'elle trouva dans leurs poches. Aux premières lueurs du jour, le survêtement trempé de sueur, elle se reposa dans un fast-food de Times Square ouvert nuit et jour. Elle sacrifia une partie de sa richesse pour quelques tasses de café fumantes et un petit déjeuner d'œufs brouillés, de pommes de terre sautées, de saucisse et de muffins. Ce n'était pas son menu habituel et ce n'était certainement pas recommandé par l'Association américaine du cœur, mais elle aurait besoin de toutes les calories et de tous les féculents que son estomac pourrait contenir pour affronter la journée mouvementée qui l'attendait.

Puis elle se rendit dans un cinéma permanent. Il était sept heures. Seule femme dans une salle quasiment déserte, elle ne manquerait pas d'attirer les prédateurs. C'était son but. Elle quitta la séance avec cinquante dollars supplémentaires glanés dans les poches de trois individus assommés d'un coup de coude à une demi-heure d'intervalle quand ils s'étaient assis à côté d'elle pour tenter de la violenter.

Elle entra dans un magasin de vêtements bon marché et acheta un bonnet en laine uni, une paire de gants également en laine et une veste de nylon noire fourrée. Elle releva ses cheveux sous la coiffe. Ses vêtements amples dissimulaient sa poitrine et ses hanches voluptueuses et lui composaient une silhouette androgyne et trop grosse. Le seul défaut du costume était qu'il était neuf. Elle y remédia en frottant le bonnet, les gants et la veste dans le caniveau. Elle pouvait désormais se fondre parmi les sans-abri.

Elle s'installa au milieu des marchands à la sauvette qui étalaient leurs richesses sur le trottoir de Broadway. En deux heures pendant lesquelles elle garda l'œil aux aguets, ses talents d'actrice lui permirent de vendre tous ses bijoux à des touristes, pour une somme totale de deux cent quinze dollars.

Elle était maintenant assez riche pour voyager. Pas pour prendre l'avion, bien sûr, mais de toute façon elle ne pouvait pas se permettre d'utiliser les aéroports qui étaient certainement parmi les premiers endroits que les hommes de Drummond sur veilleraient. Restait le train ou le car. Elle opta pour le car qui serait meilleur marché et dans lequel elle passerait davantage inaperçue, habillée comme elle l'était. Elle avala un hamburger en marchant jusqu'à la gare routière de Port Authority, infestée comme d'habitude de drogués. À midi elle était en route vers Baltimore.

Pourquoi Baltimore ? Pourquoi pas ? s'était-elle dit. C'était suffisamment près pour que le trajet ne lui coûte pas trop cher et assez loin pour être sûr. Elle n'avait jamais eu d'activité ni d'amis dans cette ville. Drummond ne pourrait prévoir un choix fait au hasard. Elle ne pouvait cependant exclure qu'il élimine les villes dans lesquelles elle avait des liens et, sélectionnant les agglomérations dans un périmètre autour de New York, devine juste. La prudence s'imposait.

Elle eut tout le loisir de réfléchir à ses possibilités pendant le voyage, tout en examinant les passagers pour s'assurer qu'aucun d'eux ne représentait une menace. Impossible de reprendre son ancienne vie. Sa famille et ses amis étaient potentiellement dangereux. Les hommes de Drummond les surveilleraient. Elle devait se construire une nouvelle personnalité entièrement différente de celles qu'elle avait incarnées jusque-là, trouver de nouveaux amis et s'inventer une famille. Elle accepterait n'importe quel travail décent, du moment qu'il n'aurait aucun rapport avec ses occupations précédentes. La rupture avec le passé devait être totale. Elle n'aurait aucun mal à se procurer des papiers correspondants à sa nouvelle identité. C'était une experte en la matière.

Mais elle se demandait si elle était prête à sacrifier sa vie antérieure, celle qu'elle menait avant sa rencontre avec Alistair Drummond et qui lui plaisait beaucoup. Venait-elle d'agir bêtement ? S'était-elle trompée sur les intentions du vieillard ? Elle aurait peut-être dû continuer à vivre patiemment dans le luxe.

Jusqu'à ce que tu aies rempli ta fonction et que ton rôle soit devenu inutile.

Et alors ?

Rappelle-toi. Les bijoux étaient faux. Tu n'avais aucun moyen de retirer le salaire que Drummond prétendait te verser. La seule explication de l'astuce du compte en banque est qu'il avait prévu de te tuer et de récupérer l'argent.

Mais pourquoi voudrait-il me tuer ?

Pour cacher quelque chose.

Mais quoi ?

Le bus atteignit Baltimore à neuf heures du soir. Un crachin glacé tombait sur la ville. Elle entra dans un restaurant bon marché et avala encore de la caféine, des calories et des féculents, sans oublier des matières grasses pour l'aider à lutter contre le froid. Ne voulant pas dépenser ses derniers dollars pour une chambre d'hôtel, elle parcourut pendant quelque temps les rues désertes en espérant se faire accoster. Mais l'homme qui se précipita sur elle et dont elle brisa une clavicule n'avait que cinquante cents en poche.

Elle était fatiguée, mouillée, transie et déprimée. Elle avait besoin de se reposer dans un endroit où elle se sentirait en sécurité et où elle pourrait faire le point et dormir. Un caddie qu'elle trouva dans une allée lui donna l'idée de son nouveau personnage. Elle se salit le visage et accumula des détritus dans le chariot puis se mit à pousser la voiture aux roues grinçantes en baissant les épaules et en se composant un regard vide. Elle se dirigea vers un refuge pour sans-abri devant lequel elle venait juste de passer.

Qu'est-ce que je vais faire ? se demanda-t-elle. Elle avait perdu la confiance qui la soutenait au moment de son évasion. Les rigueurs de sa nouvelle vie engluaient son imagination. Bon sang, j'aimais la vie de la femme que j'étais avant cette histoire. Je veux redevenir moi-même.

Comment ? Il faudrait d'abord gagner contre Drummond. Mais l'industriel était trop puissant pour être vaincu.

Est-il vraiment si puissant ? Pourquoi m'a-t-il engagée ? Pourquoi m'a-t-il fait jouer ce rôle ? Quel est son secret ? Que cache-t-il ? Il faut que je perce ce secret pour triompher de lui.

Une chose est sûre. Tu es sans argent et sans ressource. Commence par trouver quelqu'un qui t'aide.

Mais à qui demander de l'aide ? Je ne vais pas courir le risque d'aller trouver ma famille ou mes amis. Je tomberais tête baissée dans un piège et ils n'auraient de toute façon pas la moindre idée de ce qu'il faudrait faire.

Et les gens avec qui j'ai suivi ma formation ?

Non. Leurs noms sont du domaine public. Drummond les obtiendra grâce à ses nombreuses relations et les fera surveiller. Aussi risqué que la famille et les amis.

Le crachin se transforma en pluie. Ses vêtements ruisselants lui collaient à la peau. Marchant dans l'obscurité, elle se sentit aussi dénuée d'énergie que la clocharde qu'elle prétendait être.

Il doit bien exister *quelqu'un.*

Le caddie couinait.

Tu ne peux pas être aussi seule que cela ! avait-elle envie de crier.

Regarde les choses en face. Le seul homme en qui tu peux avoir confiance doit être aussi anonyme, caméléon et invisible que s'il n'avait jamais existé. Mais il doit aussi être capable de sauver sa peau dans n'importe quelles conditions.

Il ? Pourquoi un homme ?

Elle comprit tout à coup.

Un homme en costume noir portant un col de prêtre sortit sur le trottoir au moment où elle passait devant l'entrée du refuge.

– Entre, ma sœur. Ce n'est pas une nuit à rester dehors.

Jouant son rôle, elle résista.

– Je t'en prie, ma sœur. Il fait chaud à l'intérieur. Il y a de quoi manger et un endroit pour dormir.

Son refus mollissait.

– Tu ne risques rien. Je te le promets. Je peux ranger ton caddie. Je protégerai tes affaires.

Elle se laissa conduire comme une enfant. Abandonnant l'obscurité de la rue, elle pénétra dans la maison brillamment éclairée et d'où émanaient des odeurs de café, de vieux beignets et de pommes de terre bouillies. Un vrai festin. Elle avait trouvé un asile. Elle avança en traînant les pieds vers un banc déjà surchargé, en se répétant mentalement le nom de l'homme auquel elle avait décidé de s'adresser. Il tournait dans sa tête comme un mantra. Le problème était que son ami n'utilisait certainement plus ce nom. Il en changeait constamment. Officiellement, il n'existait pas. Comment contacter un homme aussi incolore et insaisissable que le vent ? Où diable pouvait-il se trouver ?

2

Cancún n'était jusqu'en 1967 qu'une petite ville endormie sur la côte nord-est de la péninsule du Yucatán. Jusqu'à ce que le gouvernement mexicain, à la recherche de moyens pour développer une économie en difficulté, décide de promouvoir énergiquement le tourisme. La rénovation de vieilles stations balnéaires lui paraissant insuffisante, il préféra réaliser à partir de rien un centre de vacances de classe internationale. On introduisit dans un ordinateur les différents impératifs retenus, tels que le cadre et le climat, et la machine décréta que la ville s'élèverait sur une dune étroite qui s'étirait dans un secteur isolé des Caraïbes mexicaines. Les travaux débutèrent en 1968. On construisit un tout-à-l'égout moderne, une usine de traitement des eaux efficace et une puissante centrale électrique. On traça une route à quatre voies au milieu de la dune et on la jalonna de palmiers. Des hôtels à l'allure de pyramides mayas se dressèrent du côté de la mer, tandis que des boîtes de nuit et des restaurants s'alignaient en face de la lagune. L'ancienne bande sableuse désertique accueillit rapidement des millions de touristes chaque année.

La dune de Cancún a la forme d'un « 7 ». Longue d'une vingtaine de kilomètres et large de quatre cents mètres, elle est reliée à la péninsule par deux ponts, situés à chacune des extrémités. Le Club Internacional où Buchanan avait tué les trois trafiquants se situait au milieu de la barre horizontale du 7. L'Américain fuyait le long de la plage en se tenant à l'écart des hôtels qui brillaient sur sa gauche. Il tentait de décider ce qu'il ferait en atteignant le pont de la pointe nord de la dune. Les deux policiers qui étaient arrivés sur les lieux où gisaient les trois corps préviendraient par radio leurs collègues, de l'autre côté de la lagune. La police réagirait rapidement et avec de grands moyens. Cancún se faisait un point d'honneur d'être une villégiature sans danger et il faudrait trouver un coupable le plus rapidement possible pour rassurer les touristes. On commencerait par dresser des barrages sur les ponts.

Dans d'autres circonstances, il n'aurait pas hésité à quitter la plage pour suivre le trottoir de briques rouges qui longeait la route et à franchir le pont d'un pas nonchalant en répondant d'une voix détendue aux questions des policiers. Mais il ne pouvait pas se montrer. Sa blessure à l'épaule et ses vêtements ensanglantés l'auraient fait immédiatement remarquer et arrêter. Il devait trouver un autre moyen. La plage s'incurva vers la gauche. Il découvrit la sombre silhouette du pont. Des hôtels miroitaient de l'autre côté de la lagune. Il décida de traverser à la nage.

Il fut pris de vertiges. Ses jambes fléchirent. Les battements de son cœur s'accélérèrent et il respira avec difficulté. Les effets de l'adrénaline, chercha-t-il à se rassurer. Les quatre tequilas bues en début de soirée, avant de se battre et de descendre la plage en courant, n'arrangeaient pas les choses. Mais il connaissait les effets de l'adrénaline. Elle ne lui avait jamais fait tourner la tête. Et son métier l'avait plusieurs fois obligé à entrer en action après avoir trinqué avec un contact pour gagner sa confiance. La combinaison de l'exercice physique et de l'alcool ne lui avait jamais fait tourner la tête. Il avait parfois ressenti une légère lourdeur à l'estomac. Mais jamais de vertige. Un véritable étourdissement le fit chanceler. Il eut mal au cœur. Il devait admettre la vérité : sa blessure avait beau être superficielle, il avait perdu davantage de sang qu'il ne l'avait cru. S'il ne stoppait pas l'hémorragie, il perdrait connaissance.

Sa formation de secouriste lui avait appris que la meilleure façon d'arrêter une hémorragie était de poser un bandage compressif. Une autre possibilité si on manquait du matériel nécessaire était la vieille méthode du garrot, aujourd'hui abandonnée. L'inconvénient du garrot était qu'il coupait l'arrivée du sang dans l'ensemble du membre. Des tissus pouvaient se nécroser, avec le risque de gangrène que cela représentait, si on le serrait trop ou qu'on ne le relâchait pas à intervalles réguliers et rapprochés.

Mais Buchanan n'avait pas d'autre choix. Des voitures de police s'arrêtèrent sur le pont, toutes sirènes hurlantes et gyrophares allumés. Debout au bord de l'eau, Buchanan se retourna et scruta avec inquiétude les ténèbres derrière lui. Apparemment, on ne le poursuivait pas encore. Mais on le ferait. Sans tarder. Il plongea la main dans la poche de son pantalon et en sortit la ceinture qu'il avait récupérée sur le corps du trafiquant. Elle était faite de lanières de cuir entrelacées et dépourvue d'œillet. L'ardillon de la boucle s'introduisait simplement entre les bandes, à n'importe quel niveau. Il glissa la ceinture autour de son épaule, au-dessus de la blessure, et la serra en tirant sur l'extrémité avec la main gauche tandis qu'il pliait douloureusement le bras droit pour introduire la pointe de la boucle entre les lanières. Ses jambes vacillèrent. Sa vision s'obscurcit. Il craignit d'être victime d'un malaise. Mais sa vision se rétablit soudainement et il parvint à remuer les jambes, au prix d'un effort violent. Il sentait déjà, à défaut de le voir, qu'il perdait beaucoup moins de sang. Les vertiges disparurent. Son bras droit lui donnait en revanche la désagréable impression d'être gelé et était parcouru de fourmillements.

Il enleva ses chaussures de toile bleue pour ne pas les perdre dans l'eau, les attacha ensemble par les lacets et les fixa à son poignet droit. Puis il prit la liste de ses pseudonymes et la déchira en petits morceaux. Pénétrant rapidement dans l'eau sombre, il fut surpris par sa chaleur. Il se poussa vers l'avant avec les pieds dès qu'il eut de l'eau jusqu'à la poitrine. Un courant violent l'entraîna. Il lâcha les bouts de papier un par un. Les morceaux seraient illisibles si on les retrouvait par une invraisemblable malchance.

Il s'allongea sur le côté droit, son bras blessé flottant sous lui, et se propulsa avec les jambes en s'aidant de mouvements du bras gauche. Les chaussures attachées à son poignet droit le freinaient. Il redoubla d'énergie.

Le chenal qui reliait la lagune à l'océan était large d'une centaine de mètres. L'eau détendit le cuir de la ceinture. La pression du garrot se desserra. Les fourmillements et la sensation de froid disparurent et le membre retrouva ses sensations. La plaie piquait au contact de l'eau salée.

Il se dit d'abord que le sel désinfecterait la blessure, avant de sentir l'odeur de flaques de gas-oil laissées par les hors-bord qui parcouraient la lagune. La traversée ne nettoierait pas la blessure. Elle l'infecterait.

Une seconde idée chassa la première. Si le garrot s'est desserré, le sang coule à nouveau. Et le sang peut attirer...

Il se mit à nager plus vite. Des barracudas hantaient souvent les récifs de la région. On avait même parfois vu des requins pénétrer dans la lagune par le chenal et croiser dans l'étendue d'eau entre l'île et la côte. Il ignorait leur taille et s'ils appartenaient à des espèces qui attaquent les nageurs. Mais ce dont il était sûr, c'était que des prédateurs rôdant dans les parages seraient immanquablement attirés.

Il heurta quelque chose du pied. Peut-être un morceau de bois. Ou une touffe d'algues flottantes. Mais si c'était...

Il nagea aussi vite qu'il put. Son pied toucha à nouveau une forme derrière lui.

Il avait franchi un quart de la distance et était suffisamment engagé dans le bras de mer pour se sentir petit, avalé par la nuit. Il entendit soudain le vrombissement d'un moteur sur sa gauche et plissa les yeux dans cette direction. Le bruit devint un rugissement. Les projecteurs d'un bateau à moteur approchaient rapidement. L'engin, qui arrivait de la lagune, passa à toute vitesse sous le pont et pénétra dans le chenal. Une vedette de police ? se demanda Buchanan en s'efforçant de s'écarter de la trajectoire. Il toucha de nouveau quelque chose derrière lui. Les pertes de sang l'affaiblissaient. Il vit des silhouettes à bord de l'embarcation. Ce n'était pas la police. C'était un petit yacht. Il distingua à travers les hublots des hommes et des femmes qui riaient, un verre à la main.

Mais tout danger n'était pas écarté pour autant. Le navire se dirigeait droit sur lui. L'eau lui transmettait déjà les vibrations des moteurs. Il prit une profonde inspiration et plongea au moment où le bateau fut si près qu'il risquait d'être découvert par un passager ou, pire, d'être assommé par la proue. Il s'enfonça le plus vite possible en s'aidant de ses deux bras pour éviter la coque et les hélices.

Le grondement des moteurs lui transperça les oreilles. Les chaussures attachées à son poignet droit gênaient les mouvements déjà malaisés du bras blessé. L'engin passa au-dessus de lui.

Il se cambra vers le haut quand le bruit commença à décroître. Il était à bout de souffle. Les vertiges revenaient. Quelque chose lui effleura le pied. Dépêche-toi, se dit-il. La pression de l'eau sur ses oreilles diminua. Il approchait de la surface. Il avait les poumons en feu. Son visage allait émerger dans la nuit. Il ouvrirait la bouche et...

Bang ! Son crâne heurta un objet dur. Le choc fut si inattendu, si douloureux et si étourdissant, qu'il respira par réflexe. Il avala de l'eau, toussa et eut un haut-le-cœur. Peut-être perdit-il conscience. Il ingurgita encore de l'eau et se débattit pour atteindre la surface. Il frôla l'objet qu'il avait cogné, jaillit à la surface et remplit avidement ses poumons d'air, tout en se retenant de vomir.

Qu'avait-il percuté ?

Sa tête explosait de douleur. Souffrant le martyre, il tenta de reprendre ses esprits. Le yacht vivement éclairé s'éloignait, suivi d'une longue forme sinistre. Sans doute l'objet qu'il avait heurté. Il comprit soudain. Un canot pneumatique remorqué par le bateau. Impossible de prévoir...

Quelque chose lui effleura les jambes une fois de plus. Brusquement réveillé, oubliant la douleur qui lancinait toujours son épaule et celle qui torturait maintenant sa tête, il se mit sur le ventre et nagea avec les deux bras et les deux jambes, en frappant des pieds la forme qui continuait de passer en le frôlant. Le rivage et ses hôtels illuminés approchèrent rapidement. Il sentit soudain du sable sous son pied gauche. Les eaux peu profondes. Il se redressa et se hâta vers le bord, de l'eau jusqu'aux genoux. Quelque chose clapota derrière lui. Une fois sur la plage, il se retourna et scruta les ténèbres du chenal. Une traînée blanchâtre était encore visible. À moins que ce ne fût l'œuvre de son imagination.

Mon œil !

Buchanan souffrait. Il respirait difficilement. Il n'avait qu'une envie : s'affaler sur le sable et se reposer. Mais il entendit le vacarme de nouvelles sirènes de voitures de police. Mieux valait ne pas rester à découvert, même dans le noir. Bandant sa volonté, il tourna le dos au pont et s'éloigna en titubant. Il suivait le bord de la plage en surveillant les lumières qui filtraient à l'arrière des hôtels.

3

La plage était aussi déserte que celle du Club Internacional. Les touristes se couchaient de bonne heure ou sortaient dans les nombreuses discothèques de Cancún. Buchanan marcha péniblement sur le sable en direction d'un hôtel dépourvu de bar extérieur. Sans quitter l'obscurité il atteignit une chaise longue installée sous un palmier dans laquelle il s'effondra. Un client avait oublié sa serviette sur le siège.

Il défit la ceinture qui entourait son épaule droite, plia la serviette et la posa sur la plaie. Puis il fit plusieurs tours avec la ceinture pour maintenir le tissu et serra en guise de pansement compressif. Le linge devint sombre et humide en plusieurs endroits, mais l'hémorragie semblait être au moins temporairement enrayée. La seule chose qu'il désirât dans l'immédiat était de se reposer.

Mais il avait trop à faire.

Il détacha les chaussures fixées à son poignet. Les enfiler aurait dû être d'autant plus facile que leur séjour dans l'eau avait détendu le tissu. Mais introduire ses pieds à l'intérieur et nouer les lacets fut l'une des tâches les plus difficiles qu'il eût jamais accomplies.

Il souffrait toujours d'un mal de tête lancinant. Il leva lentement la main gauche pour palper son crâne et découvrit une entaille entourée d'un gros hématome. Ses cheveux trempés l'empêchaient de sentir si la plaie saignait.

L'eau salée avait aggravé la douleur de sa blessure à l'épaule, elle aussi tuméfiée. Son sang battait contre le bandage de fortune. Pour ne rien arranger, il s'aperçut que les doigts de sa main droite tremblaient.

C'est sûrement à cause du traumatisme de mon épaule, se dit-il. Ou c'est la fatigue de la bagarre avec le jumeau et de la traversée du chenal. Le relâchement après la tension. Quelque chose de ce genre. On a parfois les mains qui tremblent après avoir fait des haltères. Bien sûr.

Mais seule sa main droite était affectée. Pas les deux. Et les doigts semblaient mus par leur propre volonté. Il ne put s'empêcher d'être inquiet. C'était peut-être sérieux.

Bouge. Tu réagis comme si c'était la première fois que tu essuyais des coups de feu.

Il se dirigea péniblement vers l'arrière de l'hôtel. Abandonnant l'obscurité de la plage, il traversa prudemment la promenade en direction d'une petite piscine ovale éclairée par des lumières sourdes.

Le bassin était entouré de buissons de plantes tropicales et de meubles de jardin. L'endroit était désert. Il avança sans s'éloigner beaucoup de la protection des buissons. Arrivé à la première lampe, il constata que ses chaussures laissaient des empreintes humides sur le sol et que sa chemise et son pantalon dégoulinaient toujours d'eau. La traversée du chenal avait au moins lavé les traces de sang. Enfin une bonne nouvelle au milieu de cette accumulation de catastrophes. Sa chemise et son pantalon passeraient inaperçus dès qu'ils auraient séché. Mais ce ne serait certainement pas le cas de la serviette ensanglantée qui lui entourait l'épaule droite.

Il lui fallait quelque chose pour cacher son bandage. Une veste serait l'idéal, mais il était hors de question de pénétrer dans une chambre pour en voler une. Il aurait facilement pu forcer une serrure avec l'équipement nécessaire, mais il n'allait certainement pas entrer dans une pièce en cassant un carreau comme un amateur. Il ne pouvait se permettre un tel tapage.

Alors, qu'est-ce que tu vas faire ?

Son mal de tête aggravait la souffrance de l'épaule blessée. La combinaison des deux était insupportable. Il eut à nouveau un vertige.

Me presser, tant qu'il me reste des forces.

Il se dirigea vers un passage qui menait à l'hôtel. Des escaliers en béton montaient sur la droite vers les chambres des étages. D'autres marches descendaient sur la gauche. Un établissement aussi luxueux ne logeait sûrement pas de clients au sous-sol. Les pièces du bas étaient probablement occupées par des réserves ou du matériel d'entretien.

Il jeta un coup d'œil à sa montre à affichage digital Seiko, le genre d'objet qu'un ancien agent de la DEA porterait au poignet. Elle fonctionnait toujours. Il pressa sur un bouton. 11:09 s'afficha. Le personnel avait probablement quitté son travail. Il écouta si du bruit provenait de l'escalier. N'entendant rien, il commença à descendre.

Ses chaussures à semelles de caoutchouc étaient quasiment silencieuses. Il atteignit un palier. Les escaliers tournèrent et le conduisirent à un couloir faiblement éclairé qui sentait l'humidité et le moisi. Avec une telle odeur, les employés ne s'éternisaient certainement pas ici. Buchanan guetta un instant au bas des marches. Ne voyant personne, ni d'un côté ni de l'autre, il sortit de l'angle où il se trouvait et se dirigea, au hasard, vers la droite. Il parvint à une porte métallique. Il écouta. Pas un bruit. Il tenta de tourner la poignée. Fermée à clef.

Il poursuivit jusqu'à une autre porte, écouta à nouveau, tenta d'ouvrir et émit un soupir de soulagement quand la poignée tourna. Il poussa lentement le battant et tâta le mur intérieur. Il sentit un interrupteur et appuya. La pièce était déserte. L'ampoule qui pendait au plafond dispensait la même lumière blafarde que celles du couloir. Des étagères métalliques sur lesquelles s'entassaient des outils et des boîtes s'alignaient sur les murs. Il aperçut un téléphone noir posé sur un petit bureau en métal rouillé, dans un coin de la pièce. Malgré son état, il ressentit une bouffée d'excitation.

Il repoussa la porte, la ferma à clef et se dirigea vers l'appareil. Il prit le combiné. Une tonalité. Son cœur battit la chamade. Il composa rapidement un numéro.

Un homme répondit. Le responsable de sa mission. Il avait loué un appartement sur la partie continentale de Cancún pour être proche de Buchanan à cette étape de son travail. Ils ne communiquaient habituellement que par l'intermédiaire de messages codés déposés en des lieux précis selon un calendrier déterminé. Se méfiant des écoutes électroniques, ils se parlaient rarement au téléphone et seulement depuis des postes publics choisis à l'avance. Ils ne s'étaient jamais rencontrés depuis le début de sa mission secrète, mais Buchanan pouvait joindre une équipe de protection s'il s'estimait en danger. Vu la paranoïa des trafiquants qu'il avait rencontrés au Club Internacional, il avait été décidé de ne pas faire appel au groupe pour ne pas encourir le risque que les contacts de Buchanan et leurs hommes découvrent qu'ils étaient surveillés. L'opération s'était jusque-là déroulée conformément aux plans et il n'y avait aucune raison qu'il n'en soit pas de même pour ce rendez-vous. C'était sans compter sur l'apparition de Big Bob Bailey. Buchanan n'avait désormais plus de raison de craindre de ruiner sa couverture en téléphonant à son chef. Que pouvait-il arriver de pire ? Ses contacts étaient morts. La mission était bousillée.

Ne pouvait-il rien arriver de pire ? Si. La situation pouvait encore empirer. La police mexicaine pouvait l'arrêter et ses chefs pouvaient être mêlés aux trois meurtres. Il devait disparaître au plus vite.

– Oui, répondit son chef.

– Allô, c'est toi, Paul ?

– Désolé. Il n'y a personne de ce nom ici.

– Vous voulez dire que ce n'est pas le... ? Buchanan indiqua un numéro de téléphone.

– Pas du tout.

– Excusez-moi.

Il raccrocha. Sa tête le faisait toujours souffrir. Il se passa la main sur le crâne. Le nombre qu'il avait donné à son contrôleur était un message codé signifiant que la mission était interrompue, qu'une catastrophe s'était produite, qu'il était blessé et en fuite, et qu'il fallait l'évacuer le plus rapidement possible. Le responsable l'attendrait quatre-vingt-dix minutes après le coup de téléphone à l'extérieur d'une cafétéria proche du carrefour entre les avenues de Tulum et de Coba, au centre de Cancún. Mais tout plan doit tenir compte des impondérables et prévoir des solutions de repli. S'il manquait le premier rendez-vous, son chef l'attendrait le lendemain matin à huit heures devant un café de l'avenue d'Uxmal. Si nécessaire, il se rendrait à un troisième rendez-vous à midi devant une pharmacie de l'avenue de Yaxchilan. En cas d'échec de ce dernier contact, il retournerait à son appartement et attendrait que Buchanan le contacte. Si ce dernier n'avait donné aucune nouvelle quarante-huit heures plus tard, l'homme en déduirait que le pire était arrivé et quitterait le pays pour ne pas tomber à son tour. Une enquête discrète chercherait ensuite à déterminer ce qui était arrivé à l'agent disparu.

Quatre-vingt-dix minutes, pensa Buchanan. Il faut que j'arrive à temps à la cafétéria. Sa main droite fut à nouveau secouée par des spasmes. Les doigts s'agitaient convulsivement, comme s'ils ne lui appartenaient plus. Il ne comprenait pas. La balle qui avait traversé son épaule aurait-elle touché des nerfs qui commandaient les extrémités du bras ?

Il eut soudain du mal à se concentrer. La douleur s'aggravait. La blessure palpitait cruellement. Un liquide chaud suintait de la serviette compressée sur la plaie. Il n'avait pas besoin de regarder pour savoir que le linge était saturé et commençait à fuir.

Des pas qui résonnèrent derrière le mur éclaircirent d'un coup sa vision devenue floue.

Le bruit se rapprochait lentement dans le couloir, comme si la personne hésitait. Elle s'arrêta au niveau de la porte. Buchanan transpirait. Il fit une grimace quand il vit tourner la poignée. Bien sûr, il avait fermé à clef. Mais l'inconnu qui essayait d'entrer travaillait certainement pour l'hôtel. Il avait peut-être la clef. On poussa sur la porte, de plus en plus fort, en tentant de l'enfoncer avec l'épaule. Sans résultat.

– Qui est là-dedans ? demanda en espagnol une voix masculine bourrue.

Des doigts frappèrent contre le battant.

– Répondez-moi.

Un poing cogna.

– Qu'est-ce vous fabriquez ici ?

S'il a une clef, il va l'utiliser, pensa Buchanan. Mais pourquoi est-il descendu et est-il venu précisément jusqu'à cette pièce ? Les pas hésitants que j'ai entendus dans le couloir... L'homme semblait presque chercher quelque chose.

Ou suivre quelque chose ?

Il se plaça silencieusement à côté de la porte, se préparant à éteindre la lumière et à attraper l'individu s'il parvenait à entrer. Regardant vers le sol, il comprit que l'homme avait effectivement suivi une piste. Celle laissée sur le béton par ses vêtements ruisselants d'eau.

Il guetta le grincement d'une clef, mais n'entendit que d'autres coups et une nouvelle question indignée :

– Qu'est-ce que vous fabriquez là-dedans ?

Puis ce fut le silence.

Il n'a peut-être pas de clef. Ou il a trop peur pour l'utiliser.

Des bruits de pas s'éloignèrent et diminuèrent pendant que l'homme montait les escaliers.

Il faut que je sorte d'ici avant qu'il ne revienne avec de l'aide, se dit Buchanan. Il ouvrit la serrure, tira la porte et vérifia que le couloir était désert. Au moment de sortir, il remarqua ce qui semblait être des chiffons, sur une étagère. C'était en fait une veste de travail sale et chiffonnée et une casquette de base-ball décolorée au logo arraché. Il s'en empara, effaça à l'aide de la veste ses empreintes digitales sur tous les endroits qu'il avait touchés, quitta la pièce et se pressa de franchir le couloir et de monter l'escalier.

Il découvrit les traces d'eau laissées à sa descente. Cela n'avait maintenant plus aucune importance. La seule chose qui comptât était de quitter l'hôtel avant que l'employé revienne avec de l'aide. On signalerait probablement la présence d'un rôdeur à la police. Mobilisée comme elle l'était pour arrêter l'auteur des trois assassinats, elle ferait immédiatement un rapprochement entre l'intrus et le triple meurtre. Elle concentrerait ses recherches sur le secteur.

Buchanan redescendit sur la plage obscure et courut en direction du nord, vers le centre-ville, en restant à mi-chemin entre l'eau et les hôtels. Une brise parfumée rafraîchissait la sueur qui lui mouillait le front et le débarrassa de l'odeur nauséabonde du sous-sol. Le vent suffirait peut-être à sécher ses vêtements.

Mais il trébucha soudain et faillit s'affaler. Cela n'aurait pas été grave s'il avait buté contre un objet. Mais il avait failli tomber pour la pire raison qu'il pût imaginer. Parce qu'il s'affaiblissait. Sa blessure palpitait et continuait de saigner. Son crâne explosait sous l'effet du mal de tête le plus violent qu'il eût jamais connu.

Il prit la casquette qu'il tenait sous son bras droit avec la vieille veste et la posa doucement sur sa tête. Son état lamentable pouvait attirer l'attention, mais certainement moins que le sang coagulé qu'elle dissimulait. Respirant avec difficulté, il drapa la veste sur son épaule droite pour cacher la serviette ensanglantée. Il pouvait maintenant courir le risque de se montrer. Il appuya sur le bouton qui éclairait le cadran de sa montre et découvrit avec stupéfaction que près d'une heure s'était écoulée depuis le coup de téléphone. Impossible ! Je viens tout juste de quitter le local de la maintenance...

C'est ce que tu crois.

Tu as dû tourner de l'œil, mon vieux.

Les pensées de Buchanan s'accélérèrent. Il devait franchir le rideau d'hôtels et arrêter un taxi sur l'avenue. Autrement, il n'arriverait jamais au rendez-vous à l'heure. Il quitta la plage en vitesse.

Il avait eu raison sur un point, au moins. La brise avait suffisamment séché ses vêtements pour qu'ils ne lui collent plus à la peau.

Mais le vent ne parvenait plus à empêcher la sueur de goutter depuis ses sourcils.

4

– Bon sang ! dit le chef de Buchanan. Il faut faire recoudre cette blessure. Enlève ta casquette. Je vais regarder... Eh bien, mon vieux, cette plaie aussi a besoin de points de suture.

Ils s'étaient arrêtés à une ancienne station-service sur la route 180, trente kilomètres à l'ouest de Cancún. Buchanan s'était fait déposer par un taxi au centre de la ville. Il était depuis moins de trente secondes en face de la cafétéria quand son responsable s'était garé au bord du trottoir au volant d'une Ford Taurus de location.

L'homme avait une cinquantaine d'années, une calvitie naissante et un peu d'embonpoint. Sa tenue — sandales, chemise polo et short jaune citron – était celle d'un touriste. C'était la première fois qu'ils travaillaient ensemble. Buchanan le connaissait sous le nom de Wade, ce qui n'était sans doute ni son vrai nom ni son pseudonyme habituel.

Après les explications de Buchanan, Wade avait commenté en soupirant :

– Merde. C'est complètement foutu. Quel foutoir ! Zut... Bon, réfléchissons deux secondes.

Il avait tapoté des doigts sur le volant.

– Il faut parvenir à... La police va surveiller l'aéroport de la ville et sans doute celui de Cozumel. Ce qui nous laisse celui de la ville la plus proche.

– Mérida, dit Buchanan.

Ils quittaient Cancún, Wade avait accéléré.

– Ceci en supposant que le mieux que nous ayons à faire est de quitter le pays. Tu devrais peut-être trouver un trou quelque part et te cacher dedans. Tout ce dont dispose la police est une description à laquelle correspondent des quantités d'Américains. Ce n'est pas comme si elle avait une photo ou des empreintes. Tu as dit que tu avais fait attention aux empreintes.

Buchanan avait hoché la tête affirmativement. Il avait mal au cœur.

– Sauf avec les verres, au restaurant. Je ne pouvais rien faire. Il faut espérer qu'ils ont été emportés à la cuisine et lavés avant que la police ne pense à les étudier.

Il avait levé son bras valide pour essuyer la sueur qui perlait en abondance sur son front.

– Le *vrai* problème est que tous les gens du restaurant ont entendu Bailey m'appeler Crawford et ont entendu que j'insistais pour dire que j'étais Ed Potter. La police dispose d'un nom qu'elle peut surveiller aux aéroports.

– Ce n'est pas gênant, avait répondu Wade. J'ai apporté un passeport et une carte d'entrée avec visa de tourisme. À un autre nom.

– Bien. Mais la police dispose aussi de Bailey. Ils vont lui demander d'aider un de leurs dessinateurs à faire un portrait-robot. Une fois que ce portrait aura été faxé aux aéroports et communiqué aux agents de la police des frontières, tous les gens qui lui ressemblent seront arrêtés en rendant leur carte d'entrée et payant la taxe de sortie. Il faut que je quitte le pays avant que ce portrait-robot ne soit distribué. Et puis...

Buchanan regarda les doigts de sa main droite qui s'agitaient à nouveau. Son bras blessé semblait en feu. La serviette était dégoulinante de sang.

– Il faut que je voie un médecin.

Wade avait jeté un coup d'œil dans son rétroviseur.

– Aucun phare derrière nous.

Scrutant les bords de la voie express qui traversait une forêt, il avait ajouté :

– Cette ancienne station-service n'est pas plus mauvaise qu'autre chose.

Il avait quitté la route et garé la voiture. Il était sorti, avait pris un objet sur le siège arrière et avait fait le tour jusqu'à la portière de Buchanan.

Après avoir examiné les blessures à l'aide d'une lampe de poche, il avait grommelé :

– Pas de pétard, tu dois voir un médecin. Il faut te mettre des agrafes.

– Un médecin local avertira la police qu'il a soigné une blessure par balle, dit Buchanan.

– Pas de problème, répondit Wade. Je connais un toubib américain dans la région. Il a déjà travaillé pour nous. On peut lui faire confiance.

– Mais je ne peux pas perdre du temps en allant le voir, dit Buchanan d'une voix âpre, la bouche sèche. La police aura bientôt le portrait-robot. Je dois aller tout de suite à Mérida. Il faut que je prenne un avion qui quitte le Mexique. La Floride n'est qu'à deux heures d'ici. Quand je disais qu'il fallait que je voie un médecin, je voulais dire aux États-Unis. Plus vite je quitte le pays, plus vite je peux...

– Tu auras saigné à mort avant, dit Wade. Tu ne m'as pas entendu ? J'ai dit que tu avais besoin d'être *recousu*. Au minimum. Je ne sais pas comment est ta blessure à la tête. Avec tout ce sang c'est difficile à dire, mais celle au bras a l'air infectée.

– Vu ce que je ressens, elle doit l'être.

Buchanan fit un effort pour se soulever.

– Qu'est-ce que tu as posé par terre ?

– Une trousse de premiers secours.

– Pourquoi tu ne l'as pas dit plus tôt ?

– Hé, même la meilleure trousse de premiers secours ne pourrait rien pour ce que tu as.

– J'oublie tout le temps. Tu es un civil. Un de ces employés de l'Agence.

Wade se redressa, sur la défensive.

– Tu ne t'attends pas à ce que je réponde à cela ? D'ailleurs, qu'est-ce que ça change ?

– Ouvre la trousse, dit Buchanan. Voyons ce qu'il y a dedans. Bien. Ce sont *mes* collègues qui l'ont préparée. Fais attention et fais ce que je te dis. Il faut arrêter l'hémorragie et nettoyer les blessures.

– Il faut ? Arrête, je n'y connais rien. Je n'ai reçu aucune formation...

– J'en ai reçu une.

Buchanan tentait d'empêcher sa tête de tourner.

– Prends ce ruban en caoutchouc et attache-le au-dessus de la blessure. Un garrot ne fera pas de mal pendant cinq minutes. Pendant ce temps...

Buchanan ouvrit un paquet d'où il sortit plusieurs compresses de gaze. Wade finit de nouer le bandeau autour du bras de Buchanan. Le saignement ralentit brusquement.

- La bouteille en plastique avec de l'alcool, dit Buchanan. Verses-en sur les compresses et commence à nettoyer le sang séché.

Il avait l'impression que sa propre voix lui parvenait de très loin. Luttant pour ne pas perdre conscience, il sortit une seringue d'un logement aménagé dans un bloc de polystyrène expansé. L'étiquette indiquait un antibiotique.

– Prends une compresse propre et nettoie le haut du bras avec de l'alcool.

Wade s'exécuta, puis se remit à nettoyer la blessure. Buchanan s'injecta l'antibiotique dans le bras droit. Les doigts de sa main droite tressautèrent à nouveau quand il retira l'aiguille. Il remit maladroitement la seringue dans son emplacement.

– Voilà, dit Wade. J'ai fini de nettoyer les lèvres de la plaie.

– Maintenant, verse cette eau oxygénée dedans, dit Buchanan.

– Que je verse ? Tu vas souffrir comme...

– Ce sera rien en comparaison d'une mort par gangrène. Il *faut* désinfecter la plaie. *Fais-le* !

Wade dévissa le bouchon du récipient, pinça les lèvres et fit couler l'équivalent de plusieurs cuillères à café dans la longue entaille.

Buchanan vit le liquide envahir la blessure, à la lumière de la lampe de poche posée sur le siège. Sa chair et son sang émirent des bulles, comme de l'acide versé sur du calcaire. La douleur le frappa d'un coup, pire que ce qu'il avait enduré jusque-là. Cela le rongeait, le poignardait, le brûlait.

Il vit double et vacilla.

– Buchanan ? dit Wade d'une voix inquiète.

– Recommence.

– Tu ne veux pas vraiment...?

– Recommence. *Je veux être sûr que la blessure est propre.*

Wade versa l'eau oxygénée. La plaie disparut sous les bulles. Ses lèvres virèrent au blanc. Des caillots de sang apparurent. Buchanan avait la figure couverte de sueur.

– Verses-en un peu sur la blessure de la tête, murmura Buchanan.

Wade surprit cette fois le blessé en s'exécutant sans aucune objection. Bien, pensa Buchanan malgré la douleur. Tu es plus fort que je ne croyais, Wade. Il va te falloir de la force quand tu vas entendre ce que je vais te demander maintenant.

L'eau oxygénée donnait l'impression d'avoir rongé son crâne et atteint son cerveau. Il frissonna.

– Parfait. Tu vois ce tube, dans la trousse de secours ? C'est une crème contenant trois antibiotiques. Mets-en un peu sur la blessure de la tête et un bon paquet dans celle de l'épaule.

Les gestes de Wade étaient plus assurés.

Le garrot pénétrait dans les chairs de l'épaule. Le bras semblait gonflé et était privé de toute sensation.

– Presque fini, dit Buchanan à Wade. Tu n'as plus qu'une chose à faire.

– Une chose ? Quoi ?

– Tu avais raison. Il faut me recoudre.

– Qu'est-ce que tu veux dire ?

– Je veux que tu me recouses.

– Te recoudre ? Nom de Dieu !

– Écoute-moi. Sans points de suture je vais avoir une hémorragie dès qu'on enlèvera le garrot. Il y a une aiguille chirurgicale et un fil stériles dans cet étui en aluminium. Désinfecte-toi les mains avec de l'alcool, ouvre l'étui et *recouds-moi.*

– Mais je n'ai jamais...

– Ce n'est pas sorcier, dit Buchanan. Je me fiche de l'allure de la cicatrice. Je te dirai comment faire les nœuds. Mais il faut le faire. Si je pouvais atteindre le côté de mon bras, je le ferais moi-même.

– La douleur, objecta Wade. Je vais être si maladroit... Il te faut un anesthésique.

– Si on en avait, je ne prendrais pas le risque de l'utiliser. Je dois rester vigilant. On n'a pas beaucoup de temps. Pendant qu'on se rendra à Mérida, tu me diras tout ce que je dois savoir sur l'identité que tu me fournis pour quitter le pays.

– Tu as déjà l'air d'être sur le point de tomber dans les pommes, Buchanan.

– Ne me refais jamais cela, espèce de salopard.

– Te refaire quoi ? De quoi tu...?

– Tu m'as appelé Buchanan. J'ai oublié Buchanan. Je ne sais pas qui est Buchanan. J'ignore tout de Buchanan. Pendant cette mission, je m'appelle Ed Potter. Je peux me faire tuer si je réponds au nom de Buchanan. À partir de maintenant... Non, je me trompe. Je ne suis plus Ed Potter. Je suis... Dis-moi qui je suis. Quel est mon nouveau nom ? Quel est mon passé ? Comment je gagne ma vie ? Est-ce que je suis marié ? Bon sang, raconte-moi tout ça pendant que tu me recouds.

À force d'ordres, de jurons et d'insultes, Buchanan obligea Wade à prendre l'aiguille incurvée et refermer la plaie béante. Il serra les mâchoires de plus en plus fort à chaque pénétration de l'instrument, au point d'avoir mal aux muscles des joues et de craindre de se briser les dents. Son désir impérieux d'assimiler son nouveau personnage l'empêchait seul de perdre conscience. Il était Victor Grant, apprit-il. De Fort Lauderdale, en Floride. Il personnalisait des cruisers et des yachts en y installant des équipements électroniques et audiovisuels. Il était venu à Cancún pour rencontrer un client. En cas de besoin, il pouvait fournir le nom et l'adresse locale de ce prétendu client. L'homme travaillait pour les employeurs de Buchanan et corroborerait l'histoire de Victor Grant.

– C'est bon, dit Wade. C'est horrible, mais je pense que cela tiendra.

– Mets de la crème antibiotique sur une compresse et pose-la sur la cicatrice. Passe plusieurs fois le bandage autour et fixe-le avec du sparadrap.

Buchanan transpirait de douleur et raidissait ses muscles.

– Bien, ajouta-t-il. Maintenant, défais le garrot.

Il sentit le sang affluer dans son bras. L'engourdissement fit place à des fourmillements. Le supplice s'accrut encore. Mais ce n'était pas cela qui le préoccupait. Il pouvait résister à la douleur. Elle est passagère. Mais si les points ne tenaient pas et qu'une hémorragie se déclenchât, inutile d'assimiler sa nouvelle identité, ni de chercher à atteindre l'aéroport de Mérida avant le portrait-robot de la police, ni de se préparer à répondre aux questions de la police des frontières. Tout cela n'aurait plus aucune importance. L'hémorragie l'aurait tué avant.

Il regarda fixement le bandage pendant une interminable minute. Aucune trace de sang.

– Parfait, allons-nous-en.

– Juste à temps, dit Wade. Je vois des phares qui arrivent derrière nous.

Il referma la trousse de premiers secours, claqua la portière de Buchanan, courut jusqu'au siège du conducteur et démarra. Ils étaient à nouveau sur la route avant que la voiture n'eût le temps d'approcher.

Buchanan renversa la tête en arrière, en émettant un souffle rauque. Il avait la bouche terriblement sèche.

– Tu as apporté de l'eau ?

– Désolé. Je n'y ai pas pensé.

– Formidable.

– On trouvera peut-être quelque chose d'ouvert où on pourra en acheter.

– Bien sûr.

Buchanan fixa la chaussée éclairée par les phares du véhicule. Il se répétait qu'il s'appelait Victor Grant. De Fort Lauderdale. Équipement de bateau de plaisance. Électronique. Divorcé. Pas d'enfant. La forêt tropicale se faisait plus dense, de chaque côté de la route étroite. Il apercevait de loin en loin des arbres entaillés à coups de machette pour recueillir une sève dont on faisait des chewing-gums. Il distinguait aussi des groupes de huttes au toit de chaume dont il savait qu'elles étaient habitées par des Mayas aux visages anguleux, aux pommettes saillantes et aux sourcils incurvés, et dont les ancêtres avaient édifié les grandioses monuments de Chichén Itzá et d'autres cités ruinées de la péninsule du Yucatán. Une porte de cabane ouverte laissait parfois discerner, sous une faible lumière, une famille endormie dans des hamacs, au frais et à l'abri des reptiles qui hantaient la nuit. Yucatán signifiait « l'endroit aux serpents ». Il remarqua surtout qu'à l'approche de chaque village un panneau indiquait « *TOPE* », « ralentissez ». Aussi lentement que Wade conduisît, la voiture sautait sur un dos d'âne, sa tête rebondissait sur le dossier de son siège et la souffrance de son crâne et de ses blessures redoublait. Sa main droite fut à nouveau agitée de spasmes. Loin de l'océan, l'humidité de la péninsule était étouffante. Mais il fallait garder les fenêtres fermées à cause des insectes. Victor Grant. Fort Lauderdale. Bateau de plaisance. Électronique.

Il s'évanouit.

5

Balam-Acab se déplaçait sans mal dans la forêt tropicale, malgré le brouillard qui masquait la clarté de la lune et des étoiles. La forêt était un être vivant, toujours changeant, mais il était né dans la région et il se sentait chez lui dans le dédale de verdure, depuis une trentaine d'années qu'il le parcourait. Le contact des pierres sous les semelles fines de ses sandales l'aidait à trouver son chemin à travers les arbres et les lianes. Il avait d'ailleurs si souvent parcouru ce trajet que c'était presque une habitude.

Il laissait les blocs plats et usés guider ses pas dans le noir. La voie était loin d'être dégagée et même de jour un novice aurait eu du mal à la suivre. Des arbres avaient poussé au milieu. Des buissons dissimulaient le pavage. Mais Balam-Acab savait que voici un millier d'années les pierres formaient un chemin régulier et continu appelé *sacbe*, « la route blanche », même si les grosses pierres étaient plus grises que blanches. Malgré son mauvais état, la voie était toujours une œuvre impressionnante.

Quand les ancêtres de Balam-Acab dirigeaient le pays, avant l'arrivée des conquistadors espagnols, les routes mayas recouvraient le Yucatán d'un véritable réseau. On avait abattu des arbres pour percer des passages dans la forêt. On avait surélevé le sol de cinquante centimètres à un mètre avec des pierres, puis on avait répandu du tout-venant dessus pour boucher les trous. On avait, enfin, recouvert l'ensemble d'un mortier fait de gravier, d'eau et de calcaire brûlé et pulvérisé.

L'itinéraire qu'empruntait Balam-Acab était autrefois une route régulière large d'un mètre cinquante et longue de cent kilomètres. Mais personne n'avait entretenu le réseau depuis l'extermination de ses ancêtres. Des siècles de pluies avaient dissous le mortier, lessivé le gravier et exposé les pierres. Celles-ci avaient bougé sous l'effet combiné de l'eau, de la végétation et des tremblements de terre. Seul un Indien aussi accoutumé que lui aux vieilles traditions et aussi familier avec la forêt pouvait suivre la voie aussi sûrement dans l'obscurité brumeuse.

Marchant de pierre en pierre, se faufilant entre des arbres, se courbant pour éviter des lianes, prêt à réagir au moindre mouvement des blocs sous ses pieds, Balam-Acab gardait un parfait équilibre. Il aurait été incapable de se rattraper avec les bras en cas de chute, car il tenait serré sur sa poitrine un vase précieux, enveloppé dans une couverture épaisse. Il avait préféré ne pas courir le risque de placer la coupe dans le sac qu'il portait sur son dos, avec les autres objets spéciaux. Le sac s'était coincé à plusieurs reprises entre des branches ou des arbres. Les autres objets étaient incassables. Pas le vase.

La sueur s'accumulait sur la figure de l'Indien, dans ce milieu humide. Sa chemise et son pantalon de coton lui collaient à la peau. Comme tous les hommes de son origine, il était petit : un mètre soixante. Bien que musclé il était maigre, autant à cause de la vie qu'il menait dans la forêt que par l'insuffisance du régime alimentaire assuré par l'agriculture du village. Il avait les cheveux noirs, raides et courts. À cause de l'isolement de la région et parce que les conquérants espagnols avaient évité de mélanger leur sang à celui des Mayas, Balam-Acab n'avait rien perdu des traits héréditaires de ses ancêtres. Il avait la tête ronde, la face large et les pommettes marquées. Sa lèvre inférieure était épaisse et incurvée vers le bas. Il avait les yeux noirs en forme d'amande. Ses sourcils étaient arqués comme ceux des Mongols.

Balam-Acab avait vu des gravures représentant ses aïeux. Il savait qu'il leur ressemblait. Il connaissait leurs coutumes que son père lui avait racontées, comme lui-même les avait apprises de son propre père, les traditions se perpétuant de père en fils depuis l'origine de la tribu. Balam-Acab était chef et chaman de son village. Son prédécesseur lui avait enseigné les rites qu'il allait bientôt pratiquer, comme il les avait recueillis de son prédécesseur, qui les avait reçus de son prédécesseur, et ce depuis 13.0.0.0.0.4 *Ahau* 8 *Cumku*, le début des temps.

Le chemin de pierres obliqua vers la gauche. Balam-Acab se glissa entre de nouveaux arbres, sous d'autres lianes, et continua de suivre les blocs qu'il sentait sous ses pieds. Il approchait du but. Il avait progressé discrètement. Il devait maintenant poursuivre sans faire le moindre bruit, avec la souplesse silencieuse d'un jaguar à la chasse. Il atteindrait bientôt la limite de la forêt et une clairière récente où se trouvaient des gardes.

Balam-Acab capta soudain l'odeur des hommes, la fumée de leurs cigarettes et l'huile de leurs fusils. Les narines grandes ouvertes, il s'arrêta pour sonder la nuit et estimer leur direction et leur distance. Quelques instants lui suffirent. Il reprit sa progression en quittant l'ancienne route pour se diriger vers la gauche. Depuis l'arrivée des nouveaux conquérants qui avaient abattu des arbres, dynamité des rochers et aplani la terre pour construire une piste d'atterrissage, Balam-Acab savait que la catastrophe prédite par les anciens était sur le point de se produire. La venue de ces envahisseurs avait été annoncée, comme avant eux celle des conquistadors. Il savait que le temps suivait un mouvement circulaire, tournait et décrivait des boucles, chaque période étant gouvernée par un dieu.

Le fracas de la dynamite rappelait à Balam-Acab le tonnerre du dieu de la Pluie, Chac aux longs crocs. Mais il évoquait aussi le grondement des nombreux tremblements de terre par lesquels le dieu du Monde Souterrain, également dieu des Ténèbres, traduisait sa colère. Et les fureurs de ce dieu annonçaient des épreuves pour les hommes. Le descendant des Mayas n'avait cependant pas encore tranché la question de savoir si c'étaient les nouveaux conquérants qui avaient mis le dieu du Monde Souterrain et des Ténèbres en colère, ou si leur débarquement était au contraire une punition infligée à Balam-Acab et son peuple par la divinité exaspérée.

Sa seule certitude était qu'il fallait pratiquer les rites d'apaisement, prier et offrir des sacrifices, pour éviter que la prédiction des vieilles *Chroniques de Chilam Balam* ne se réalise. L'un des signes, la maladie qui tuait les palmiers, était déjà une réalité.

Ce jour-là, la poussière s'empare de la terre.
Ce jour-là, une rouille recouvre la terre.
Ce jour-là, un nuage descend.
Ce jour-là, une montagne s'élève.
Ce jour-là, un homme puissant agrippe le sol.
Ce jour-là, les choses s'effondrent en ruine.

Balam-Acab redoutait les sentinelles, mais il avait confiance dans le succès de sa mission. Les dieux l'auraient déjà puni s'ils étaient réellement furieux et ne voulaient pas être apaisés. Ils ne lui auraient pas permis d'aller aussi loin. Seul un homme béni par les dieux pouvait traverser la forêt de nuit sans se faire mordre par des serpents. De jour, il les voyait et les évitait, ou faisait du bruit pour les effrayer. Mais une marche de nuit ? Une marche silencieuse ? Non. C'était impossible. Sans protection divine, il serait déjà mort.

L'obscurité s'éclaircit. Le brouillard était moins épais. Il avait atteint l'orée de la forêt. Il s'accroupit. Les odeurs rances des sentinelles se détachaient sur le fond des riches effluves de la végétation. Il observa la nuit. La brume disparut en un instant comme si un vent discret avait balayé la clairière. La lune et les étoiles brillaient. Il faisait presque aussi clair qu'en plein jour, mais l'Indien était pourtant certain que les gardes ne le verraient pas se glisser en dehors du couvert des arbres. Le brouillard était suffisant, à l'endroit où ils se tenaient, pour l'envelopper et le cacher.

Mais il était prudent. Il courut en restant courbé vers le sol. Il découvrit avec désarroi les dégâts commis par les envahisseurs depuis son dernier passage, deux jours plus tôt seulement. Une vaste surface de forêt avait été rasée. Des talus et des tertres avaient été mis à nu. La disparition des arbres révélait des buttes nettement plus élevées. Pour Balam-Acab c'était des montagnes, mais aucune n'était la montagne annoncée dans les *Chroniques de Chilam Balam* comme l'un des signes de la fin du monde.

Non, *ces* montagnes appartenaient à l'esprit de l'univers. L'Indien savait qu'elles n'étaient pas naturelles. Ce n'était pas sans raison qu'on appelait « terres plates » cette région du Yucatán. Les talus, les tertres et les montagnes n'existaient pas avant que des hommes, ses ancêtres, les érigent voici plus de mille ans. La végétation masquait aujourd'hui leurs portes, leurs escaliers, leurs sculptures et leurs gravures. Mais il savait que sous les buissons se cachaient des palais, des pyramides et des temples. Ces monuments participaient de l'esprit de l'univers car les anciens qui les avaient élevés connaissaient les liens entre le Monde Souterrain, le Monde du Milieu et la glorieuse Arche des Cieux. Leur maîtrise des mystères de l'orbite solaire leur avait permis de déterminer les endroits exacts où dresser les sanctuaires en l'honneur des dieux. Ils avaient canalisé l'énergie du Monde Souterrain et des dieux célestes vers ce lieu sacré et le Monde du Milieu.

Balam-Acab parvint jusqu'à la plus haute montagne sans attirer l'attention des hommes armés. Les envahisseurs avaient rapidement rasé la végétation au niveau du sol, mais ne l'avaient pas touchée sur les zones élevées, se réservant sans doute de la détruire plus tard. Il observa les buissons et les arbustes épais qui avaient pris racine entre les énormes blocs de l'édifice sacré. On découvrirait, sans eux, une gigantesque pyramide à terrasses surmontée par un temple du dieu Kukulcan, le « serpent à plumes ».

Une gigantesque sculpture érodée par le temps et représentant une tête de serpent, bouche ouverte et crocs tendus, pointait entre les buissons, au pied du monticule. Même dans le noir, la forme était reconnaissable. C'était l'une des têtes des alignements flanquant les escaliers qui reliaient les terrasses, de chaque côté de la pyramide. Le cœur battant, rasséréné d'être parvenu si loin sans encombre, ce qui le convainquait de plus en plus que les dieux veillaient sur sa mission, Balam-Acab serra contre sa poitrine le vase enveloppé de la couverture et commença la lente et difficile ascension vers le sommet.

Les marches lui arrivaient aux genoux et la pente de l'escalier était raide. En plein jour, l'ascension avait de quoi donner le vertige. Les lianes, les arbres et les siècles de pluie qui avaient déplacé et fait éclater les pierres la rendaient déjà dangereuse. De nuit, il fallait à Balam-Acab toute sa force et sa concentration pour ne pas perdre l'équilibre ou glisser sur un bloc instable. Ce n'était pas sa sécurité personnelle qui le préoccupait. Il avait d'ailleurs couru le risque d'être mordu par des serpents ou tué par les gardes pour arriver jusqu'ici. C'étaient les objets précieux de son sac à dos et surtout le récipient sacré qu'il tenait dans ses bras. Impossible de tomber et de casser le vase. Ce serait inexcusable. La colère des dieux serait implacable.

Ses genoux le faisaient souffrir. Il était trempé de sueur. Il comptait tout en montant. C'était la seule façon d'évaluer sa progression puisque la végétation dissimulait le temple carré juché au sommet. Dix, onze, douze... Cent quatre, cent... Il respirait difficilement. Deux cent quatre-vingt-dix. Deux cent... Bientôt, pensa-t-il. Il distinguait désormais le sommet qui se découpait sur le ciel étoilé. Trois cents... Le cœur battant rapidement, il atteignit enfin l'esplanade qui s'étendait devant le temple.

Trois cent soixante-cinq. Ce nombre sacré était celui des jours de l'année solaire et avait été calculé par les ancêtres de Balam-Acab bien avant l'arrivée des conquistadors dans le Yucatán. D'autres nombres sacrés avaient été utilisés pour construire la pyramide. Les vingt terrasses représentaient, par exemple, les unités de vingt jours en lesquelles les anciens divisaient leur année cérémonielle plus courte, faite de deux cent soixante jours. Le sommet du temple était originellement bordé de cinquante-deux figures de serpents en pierre, car le temps décrit des cercles de cinquante-deux ans.

Balam-Acab avait ces cercles à l'esprit en posant doucement son paquet sur le sol et en dépliant la couverture. Le vase sacré n'avait rien de remarquable. Large comme la distance qui allait du pouce au coude de l'Indien, épais comme son pouce, il avait l'air ancien. Très ancien. Aucune ornementation colorée. L'intérieur était seulement enduit d'une couche noire. Un étranger n'aurait certainement pas trouvé que c'était un bel objet.

Les cercles, se répétait Balam-Acab. Il se hâta, les mains désormais libres. Il ôta son sac et en sortit un couteau en obsidienne, une longue ficelle traversée d'épines et des bandes de papier d'écorce de figuier. Il retira rapidement sa chemise détrempée et exposa au dieu de la Nuit sa poitrine décharnée.

Les cercles, les cycles, les révolutions. Balam-Acab se plaça à l'entrée du temple et se tourna vers l'est, vers le point où le soleilentame ses cycles quotidiens, vers le symbole de la renaissance. De ce point d'observation élevé, son regard portait loin, tout autour de la pyramide. Il voyait nettement la vaste étendue déboisée par les envahisseurs, malgré l'obscurité. Il apercevait la zone grise de la piste d'atterrissage à cinq cents mètres sur sa droite. Il distinguait les nombreuses et grandes tentes dressées par les étrangers et les bâtiments en bois qu'ils édifiaient avec les arbres abattus. Des feux de camp invisibles depuis la forêt projetaient l'ombre de gardes armés. D'autres avions arriveraient bientôt, d'où débarqueraient de nouveaux envahisseurs et de nouvelles machines. Des hélicoptères géants déposeraient d'autres engins énormes. La profanation s'amplifierait. On traçait déjà une route à travers la forêt, à coups de bulldozer. Il fallait faire quelque chose pour les arrêter.

Les cycles. Les révolutions. Le père de Balam-Acab lui avait raconté que son nom avait une histoire particulière dans le village. Son homonyme dirigea un groupe de guerriers qui tentèrent de chasser les Espagnols du Yucatán lors de la première irruption des conquérants, des siècles auparavant. Balam-Acab avait été capturé après plusieurs années de combats, coupé en morceaux puis brûlé. La gloire du rebelle avait survécu à sa mort et perduré jusqu'à l'heure actuelle. L'Indien était fier de son nom.

Même si c'était un nom lourd à porter. Il ne l'avait pas reçu par pure coïncidence. L'Histoire décrit des cercles. Les Mayas s'étaient périodiquement révoltés contre leurs oppresseurs. Privés de leur culture, réduits en esclavage, ils s'étaient soulevés au dix-septième siècle, au dix-neuvième et, plus récemment, au début de notre siècle. Pour être chaque fois férocement vaincus. Nombre d'entre eux avaient été contraints de se réfugier dans les endroits les plus reculés de la forêt pour éviter les représailles et les maladies terrifiantes transmises par les envahisseurs.

Et voici que les étrangers étaient de retour. Balam-Acab savait que la destruction attendait son village si on ne les arrêtait pas. Les cercles, les cycles, les révolutions. Il était monté ici pour offrir un sacrifice aux dieux, solliciter leur avis, prier pour recevoir leurs conseils. Les dieux devaient le guider. Son prédécesseur du seizième siècle avait certainement pratiqué les mêmes rites. Il allait les reproduire dans toute leur vérité.

Il brandit son couteau en obsidienne. Le verre volcanique noir — « l'ongle de l'éclair » – était aussi pointu qu'un stylet. Il tira la langue et la coinça entre ses dents. Puis il leva la lame et perça la face inférieure de l'organe qui dépassait. Du sang jaillit et lui inonda la main. Il luttait contre la douleur. Il tremblait nerveusement.

Il insista jusqu'à ce que la pointe d'obsidienne transperçât entièrement la langue et vînt gratter les dents supérieures. Alors seulement il redescendit son bras. Ses yeux pleuraient. Il étouffa un gémissement. Serrant toujours sa langue avec les dents, il posa le couteau et prit la ficelle percée d'épines. Comme ses ancêtres le faisaient, il enfila la corde mince dans le trou de sa chair et commença à la tirer vers le haut. Une sueur qui n'était plus due à l'humidité et à l'effort lui couvrit le visage. La première épine atteignit la plaie. Elle résista, mais il la tira à travers l'orifice. Du sang dégoulinait le long de la ficelle. Il tirait. Une autre épine franchit la chair. Puis une autre. Le sang ruisselait en cascade le long de la corde, jusqu'à son extrémité qui reposait dans le vase sacré où le liquide imbibait les bandes de papier.

Des bas-reliefs du temple, derrière Balam-Acab, représentaient ses ancêtres pratiquant le même sacrifice. C'était parfois son pénis que le roi empalait et dans lequel il enfilait la ficelle d'épines. Mais quelle que fût la partie du corps employée, le but était le même. Accéder par la souffrance et le sang à un état visionnaire pour communiquer avec l'Autre Monde et comprendre ce que les dieux conseillaient. Exigeaient en fait.

Balam-Acab s'agenouilla, affaibli, en faisant ses dévotions aux bandes de papier ensanglantées. Il déposerait la ficelle dans le vase dès que les épines auraient toutes traversé sa langue. Il ajouterait du papier et une boule d'encens de copal, puis mettrait le feu à l'aide d'allumettes, la seule adaptation qu'il se permît des rites ancestraux. Les flammes brûleraient et dissiperaient son sang.

La tête lui tourna. Il vacilla. Il luttait pour maintenir un équilibre dans son délire, à mi-chemin entre la conscience et l'évanouissement. Ses ancêtres avaient des assistants. Il serait seul pour se remettre sur pied et traverser la forêt jusqu'au village.

Les dieux commençaient à lui parler. Il les entendait, à la limite de la perception. Il les sentait, sentait leur présence, sentait...

Le tremblement lui traversa le corps. Ce n'était pas une secousse interne provoquée par l'émotion ou la douleur. C'était une vibration qui lui parvenait à travers les pierres sur lesquelles il était agenouillé, à travers la pyramide au sommet de laquelle il pratiquait son culte, à travers la terre habitée par le dieu des Ténèbres auquel il adressait ses suppliques.

Le tremblement était l'onde de choc d'une explosion de dynamite provoquée par une équipe qui poursuivait ses ravages au milieu de la nuit. Le grondement résonna comme la plainte d'un dieu mécontent.

Il s'empara de la boîte d'allumettes, frotta un bâtonnet et le plongea dans le vase sacré au milieu des bandes de papier.

Les cercles.

Le temps était revenu.

Le lieu sacré avait été profané.

Il fallait repousser les envahisseurs.

Quatre

1

Buchanan se réveilla trempé de sueur, fiévreux et les lèvres sèches. Il prit un tube d'aspirine dans la trousse de premiers secours et avala péniblement plusieurs cachets. L'aube s'était levée. Wade et lui étaient à Mérida, à trois cent vingt-deux kilomètres à l'ouest de Cancún, près de la côte de la péninsule du Yucatán qui donne sur le golfe du Mexique. Ses grands hôtels particuliers du début du siècle donnaient à Mérida l'aspect d'une ville de l'ancien monde, contrairement à Cancún. Les marchands opulents des temps prospères avaient délibérément tenté d'imiter la capitale française où ils aimaient à passer leurs vacances, d'où le surnom de Paris de l'hémisphère occidental qu'on donnait parfois à l'agglomération. Le charme européen était toujours sensible, mais dans son délire Buchanan ne remarqua ni les avenues plantées d'arbres ni les voitures tirées par des chevaux.

– Quelle heure est-il ? demanda-t-il, trop amorphe pour regarder sa montre.

– Huit heures.

Wade gara la voiture près d'un marché encore désert.

– Je peux te laisser seul un moment ?

– Où tu vas ?

Buchanan n'entendit pas la réponse. Son esprit plongea à nouveau.

Quand il revint à lui, Wade ouvrait la portière de la Ford pour regagner son siège.

– Désolé d'avoir été si long.

Si long ? pensa Buchanan.

– Qu'est-ce que tu veux dire ?

Sa vision était trouble, sa langue pâteuse.
– Quelle heure est-il ?
– Presque neuf heures. La plupart des magasins sont encore fermés, mais j'ai réussi à te trouver une bouteille d'eau.
Wade décapsula une bouteille d'Évian et l'inclina sur les lèvres brûlantes du blessé.
La bouche de Buchanan absorba l'eau comme une éponge desséchée. Des gouttes lui coulèrent sur le menton. Frustré, il fit une nouvelle tentative et parvint cette fois à avaler.
– Redonne-moi de l'aspirine.
Sa gorge rendait un son caverneux.
– Toujours de la fièvre ?
Buchanan approuva de la tête, avec une grimace.
– Et cette saloperie de mal de tête ne veut pas s'en aller.
– Tends la main, je vais te donner des cachets.
La main gauche de Buchanan était faible et sa main droite se remit soudain à s'agiter.
– Tu ferais mieux de me les mettre directement dans la bouche.
Wade fronça les sourcils.
– Il faut que tu reprennes des forces, dit-il. Tu ne peux pas vivre que d'eau. J'ai apporté des gâteaux, du lait et du café.
– Je ne crois pas que mon estomac tolérera les gâteaux.
– Tu me fais peur, dit Wade. On aurait dû aller voir le médecin que je connais à Cancún.
– On a déjà réglé cette question, murmura Buchanan. Il faut que je sorte du pays avant que le portrait-robot soit en circulation.
– D'accord. Tu veux du jus d'orange ? Essaie au moins le jus d'orange que j'ai apporté.
– Oui, chuchota Buchanan. Du jus d'orange.
Il réussit à avaler trois gorgées.
– J'ai trouvé une femme qui défaisait des cartons et préparait son étalage pour le marché, dit Wade. Je lui ai acheté ce chapeau de paille. Il cachera la blessure que tu as à la tête. Je me suis aussi procuré ce poncho. Tu pourras recouvrir ton bandage avec pour passer le contrôle de police.
– Bien, dit faiblement Buchanan.
– Mais avant j'ai téléphoné à plusieurs compagnies aériennes. Pour une fois, tu as de la chance. AeroMexico a une place sur un vol pour Miami.
Buchanan se sentit soulagé. Bientôt, se dit-il. Je sortirai bientôt de ce pays. Je dormirai dans l'avion. Wade pourra prévenir par téléphone pour qu'on m'attende à l'arrivée et qu'on m'emmène à l'hôpital.

– Mais il y a un problème, ajouta Wade.

– Un problème ?

– Le vol ne part pas avant une heure moins dix.

– Avant ?... Mais cela fait... dans combien ? Dans quatre heures.

– C'est le premier vol sur lequel j'ai pu obtenir une place. Un autre décollait plus tôt pour Houston. J'avais un siège, mais il faisait une escale en route.

– Pourquoi est-ce qu'une escale me gênerait ? Pourquoi tu n'as pas pris une réservation ?

– Parce que l'escale était à Cozumel et l'employé avec qui j'ai parlé m'a dit que tu devrais descendre de l'avion et rembarquer.

Merde, pensa Buchanan. Cozumel, près de Cancún, était l'un des aéroports à éviter. S'il devait quitter l'avion et passer un contrôle de police, un agent de la police des frontières pouvait...

– D'accord. L'avion de une heure moins dix pour Miami, dit Buchanan.

– Je ne pourrai pas acheter ton billet à l'aéroport. Ça attirerait l'attention. En plus, l'employé demandera le passeport de Victor Grant et peu de gens laisseraient leur passeport à quelqu'un d'autre, surtout quand ils sont sur le point de quitter un pays. Cela pourrait suffire pour que la police attende ton arrivée et te pose des questions si elle a demandé aux employés des compagnies aériennes de se méfier de toute personne au comportement suspect.

– Elle pourrait nous poser des questions à tous les deux, répondit Buchanan en faisant un effort pour voir clair. Tu as raison. Je prendrai le billet.

Il regarda par la fenêtre. La circulation avait augmenté. Une foule de piétons longeaient la Ford.

– Pour l'instant, je pense que le mieux que nous ayons à faire est de rouler dans la ville. Je n'aime pas rester garé comme ça.

– Tu as raison.

Wade introduisit la voiture dans la circulation. Buchanan sortit une pochette en plastique imperméable de la poche arrière de son pantalon, à l'aide de sa main droite tremblante.

– Voilà la carte d'identité et le passeport d'Ed Potter. Quel que soit le pseudonyme que j'utilise, je porte toujours sur moi les papiers correspondants. On ne sait jamais quand ils seront utiles.

Wade prit le paquet.

– Je ne peux pas te donner de reçu officiel. Je n'en ai pas sur moi.

– Va te faire voir avec ton reçu ! Contente-toi de me donner les papiers de Victor Grant.

Wade lui tendit un portefeuille en cuir marron.

En saisissant les papiers, Buchanan sentit Ed Potter le quitter et Victor Grant s'insinuer dans son esprit. Aussi faible et différent de son état normal fût-il, la force de l'habitude lui fit imaginer les caractéristiques de son nouveau personnage, notamment un goût pour la nourriture italienne et le jazz Dixieland. Il ouvrit l'étui pour en vérifier le contenu.

– Ne t'inquiète pas. Tout y est, dit Wade. Y compris la carte de touriste.

– Mais je m'inquiète, répondit Buchanan en examinant les documents. C'est pour cela que j'ai réussi à rester en vie si longtemps. Je ne prends jamais ce qu'on me dit pour... Oui. D'accord. Tout y est, y compris la carte avec le visa de touriste. Où est le tube d'aspirine ?

– Ne me dis pas que tu as toujours mal à la tête, dit Wade avec un air soucieux.

– C'est de pire en pire.

Buchanan ne pouvait compter sur sa main droite qui remuait toujours. Levant sa main gauche qui semblait être de plomb, il fourra des comprimés dans sa bouche et avala du jus d'orange.

– Tu es certain de vouloir le faire ?

– De vouloir ? Non. De devoir le faire. Aucun doute. Maintenant, faisons le tour des problèmes à résoudre. J'ai laissé des quantités de choses en plan à Cancún.

Il avait du mal à respirer. Rassemblant son énergie, il poursuivit :

– Voici mes clefs. Ferme l'agence immobilière quand tu retourneras à Cancún. Tu sais auprès de qui j'ai loué le local. Appelle-le. Dis-lui que j'ai fait faillite. Dis-lui qu'il peut garder le reste du loyer et que tu lui enverras les clefs dès que tu auras récupéré mes affaires.

– D'accord.

– Fais la même chose pour mon appartement. Efface mes traces. Tu sais où j'habitais à Acapulco, à Puerto Vallarta et dans les autres stations. Efface-moi partout.

Des élancements lui traversaient la tête.

– Quoi d'autre ? Tu vois autre...?

– Oui.

Wade descendait le Paseo de Mayo, la principale avenue de Mérida. Buchanan ne voyait pas les plates-bandes de gazon qui séparaient les deux sens de circulation. Il attendait impatiemment que Wade continue.

– Les contacts que tu as recrutés dans chaque région. Ils vont se demander ce qui t'est arrivé et se mettre à poser des questions. Il faut également t'effacer de leurs vies.

Bien sûr, se dit Buchanan. Pourquoi je n'y ai pas pensé ? J'ai davantage perdu mes moyens que ce que je croyais. Il faut que je me concentre.

– Tu te rappelles les boîtes aux lettres que j'utilisais pour leur transmettre des messages ?

Wade approuva de la tête.

– Je vais te donner une note pour chaque contact. J'expliquerai que j'ai des problèmes avec la police et je laisserai un dernier paiement suffisamment généreux pour les encourager à garder le silence.

Buchanan rumina un moment et dit :

– Est-ce que c'est tout, maintenant ? On a tout prévu ? Il y a toujours quelque chose, un dernier détail...

– Si on a oublié quelque chose, je ne vois pas ce que c'est.

– Une valise. Je vais me faire remarquer si je n'ai pas de valise quand j'achète mon billet.

Wade quitta le Paseo de Mayo et gara la voiture dans une petite rue. Les magasins étaient maintenant ouverts.

– Je n'ai pas la force de porter quelque chose de lourd. Prends une valise avec des roues.

Il indiqua ses mensurations puis ajouta :

– Il me faut des sous-vêtements, des chaussettes, des T-shirts...

– Oui, comme d'habitude, dit Wade en sortant de la Ford. J'y arriverai, Buchanan. J'ai déjà fait ça.

– Espèce de salopard !

– Pardon ?

– Je t'ai déjà dit de ne pas m'appeler Buchanan. *Je suis Victor Grant.*

– D'accord, Victor, répondit sèchement Wade. Je ne voudrais pas que tu oublies qui tu es.

Il commença à fermer la portière, puis s'arrêta.

– Hé, pendant que tu t'entraînes à réciter ton histoire – je veux dire quand tu ne m'insultes pas –, pourquoi tu n'essaierais pas de manger ces gâteaux ? Autrement, tu seras si faible que tu vas t'étaler par terre au milieu de l'aéroport.

Buchanan regarda l'homme disparaître dans la foule. Il ferma les portières à clef, laissa tomber sa tête en arrière et sentit sa main droite s'agiter. Son corps entier se mit à trembler. La fièvre, pensa-t-il. Elle me monte à la tête. Je ne me contrôle plus. Wade est ma bouée de sauvetage. Qu'est-ce que je fabrique ? Il ne faut pas que je l'énerve !

Le sac de gâteaux était posé devant lui. Il le fit bouger avec le pied. La pensée d'en manger un redoubla la nausée provoquée par son mal de tête et la souffrance de son bras. Il frissonna. Plus que quelques heures, se dit-il. Tiens bon. Tout ce qu'il te reste à faire est de traverser l'aéroport. Il se força à boire du jus d'orange. L'acidité du liquide lui souleva l'estomac. Victor Grant, se répétait-il en se concentrant, tout en luttant pour mâcher un gâteau. Victor Grant. Divorcé. Fort Lauderdale. Équipe des navires de plaisance. Installe des équipements électroniques. Victor...

Wade le fit sursauter en ouvrant la portière du conducteur. Il jeta une valise sur le siège arrière.

– Tu as vraiment une sale tête, dit-il. J'ai acheté un nécessaire de toilette : un rasoir, de la mousse à raser, du dentifrice...

2

Ils se rendirent en voiture jusqu'à un parc avec des toilettes publiques. Wade verrouilla la porte et s'installa derrière Buchanan pour le tenir fermement pendant qu'il se penchait sur le lavabo et faisait de son mieux pour se raser en tremblant. Puis le blessé tenta sans grand succès de coiffer ses cheveux collés par le sang. Heureusement que Wade lui avait fourni un chapeau. Il se lava les dents avec de l'eau minérale. Il se sentit déjà mieux après cette toilette sommaire. L'eau de mer avait suffisamment nettoyé sa chemise et son pantalon pour qu'il ait pu passer inaperçu la nuit précédente. Mais ils étaient beaucoup trop sales et froissés pour qu'il puisse les porter en plein jour. Il les ôta et enfila des vêtements achetés par son collègue. De retour à la voiture, il fourra les vieux habits dans la valise. Sa montre était associée à feu Ed Potter. Il l'échangea contre la Timex de Wade. Il ne devait rien négliger pour entrer dans sa nouvelle peau

Il était onze heures.

– L'heure de partir, dit Wade.

L'aéroport était étrangement petit et morne pour une ville si grande et si colorée. Ils trouvèrent une place sur le parking, juste en face du terminal.

– Je vais porter ta valise jusqu'à la porte. Après...

– Je comprends.

Buchanan jeta un regard discret aux alentours en approchant du bâtiment. Personne ne semblait faire attention à lui. Il s'efforçait de marcher droit, sans tituber, pour ne pas trahir sa faiblesse. Il serra la main de Wade devant la porte, sur le trottoir.

– Merci. Je sais que j'ai été de mauvaise humeur à plusieurs reprises. Je...

– Laisse tomber. On ne se bat pas pour le hit-parade de la bonne humeur.

Wade ne lâchait pas la main de Buchanan.

– Il y a quelque chose qui ne va pas avec tes doigts. Ils tressautent.

– Cela n'a pas d'importance.

Wade fronça les sourcils.

– Bien sûr. À bientôt, Victor, répondit-il en insistant sur le pseudonyme. Fais bon voyage.

– J'y compte bien.

Buchanan vérifia que le poncho était bien accroché à son épaule droite et cachait le bandage. Il s'empara de la poignée de la valise et pénétra dans le terminal.

3

Plusieurs impressions le frappèrent en même temps. Le bâtiment était austère, chaud, petit et encombré. Tout le monde, excepté les quelques Américains présents, semblait se mouvoir au ralenti. Buchanan fut comme ses compatriotes attentivement observé par les voyageurs mexicains à mesure qu'il progressait à travers la foule. Il transpirait autant qu'eux, avait la tête qui tournait et rêvait de climatisation. J'ai au moins une bonne raison d'avoir l'air malade, pensa-t-il en cherchant à se rassurer. Il prit place dans une longue file d'attente en face du guichet d'Aero-Mexico. Il lui fallut trente minutes pour atteindre une charmante employée auprès de laquelle il s'expliqua en espagnol. Les battements de son cœur s'accélérèrent quand, dans un premier temps, la femme ne trouva aucune trace de réservation au nom de Victor Grant, avant de découvrir enfin le passager sur son écran d'ordinateur. Elle passa avec un soin excessif sa carte de crédit dans le « fer à repasser », lui demanda de signer le ticket et lui tendit son reçu.

– *Gracias.*

Dépêche-toi, pensa Buchanan dont les jambes faiblissaient.

Elle tapa sur les touches de son clavier avec encore davantage de précautions et attendit que l'imprimante, qui semblait elle aussi fonctionner au ralenti, éjectât le billet.

Buchanan l'avait enfin en main. Après un nouveau « *Gracias* » il repartit en tirant sa valise et traversa lentement la foule en direction du contrôle de sécurité, avec son détecteur de métaux et son tunnel à rayons X. Il avait l'impression de vivre un cauchemar dans lequel il essayait d'avancer au milieu d'une mer de boue. Sa vision s'obscurcit brièvement. Puis une brusque poussée d'adrénaline lui insuffla de l'énergie. Il souleva difficilement son bagage avec la main gauche pour le poser sur le tapis roulant et passa sous le portique du détecteur de métaux, tenant si peu sur ses jambes qu'il faillit heurter un des poteaux. Le détecteur n'émit aucun son. Les agents de sécurité ne lui prêtèrent aucune attention. Il reprit sa valise à l'extrémité du tapis roulant, déploya des efforts pour la poser sur le sol et poursuivit patiemment sa progression à travers les voyageurs rassemblés dans le hall. La chaleur accroissait son mal de tête. Il lui fallait toute sa maîtrise pour cacher sa douleur chaque fois que quelqu'un heurtait son épaule droite.

Presque arrivé, pensa-t-il. Plus que deux contrôles et c'est fini. Il s'installa dans la file d'attente pour franchir l'inspection des douanes. Le Mexique est laxiste sur beaucoup d'aspects, mais pas sur la contrebande d'antiquités.

Un douanier blême dit en montrant sa valise :

– *Abralo.* Ouvrez-la.

Il n'avait pas l'air commode.

Buchanan obéit. Ses muscles lui faisaient souffrir le martyre. L'agent fouilla dans les vêtements, afficha son contentement de ne rien trouver de suspect et fit un geste de la main.

Buchanan poursuivit. Plus qu'un contrôle, pensa-t-il. La police des frontières. Tout ce que j'ai à faire est de tendre ma carte de touriste et de payer les quinze dollars de droit de sortie.

Et d'espérer que l'agent n'ait pas de portrait-robot.

Buchanan avançait, tendu, dans la foule. Il entendit un brouhaha derrière lui. Il se retourna et vit un grand Américain qui tentait de se frayer un chemin en bousculant une Sud-Américaine et ses trois enfants. Il avait une barbe poivre et sel, portait une chemise d'un rouge et d'un jaune criards, tenait un sac de gymnastique et grommelait entre ses dents. Il continuait de pousser en déclenchant une onde de choc dans la foule.

Le mouvement s'approchait de Buchanan qui, coincé de tous côtés, ne pouvait l'éviter. Il put seulement s'arc-bouter au moment où un homme, heurté par un autre, vint s'appuyer contre lui. Ses jambes étaient si faibles qu'il dépendait des autres voyageurs pour le maintenir droit, mais il s'aperçut au moment où la vague l'atteignait que la personne qui le précédait avait avancé. Il fut poussé dans le dos. Ses genoux plièrent. Il tendit les mains pour se rattraper à quelqu'un, mais au même instant un autre mouvement de la foule l'atteignit à l'épaule gauche. Il tomba. Il était si étourdi que tout semblait se dérouler au ralenti. La souffrance qui le transperça quand son épaule droite heurta le sol eut l'effet d'un choc électrique et le ramena à la réalité. La sueur qui coulait de son front éclaboussa le ciment. Il réprima un cri de douleur.

Il se releva rapidement pour ne pas se faire remarquer. Une fois sur pied et le poncho à nouveau déployé sur son épaule, il regarda devant lui. Occupés à collecter les cartes de touristes et les droits de sortie, les policiers ne semblaient pas avoir vu l'incident.

Il se rapprocha du contrôle et fut soulagé de n'apercevoir aucun portrait-robot sur le bureau de l'agent. L'air du terminal était si étouffant que la sueur exsudait de son corps, lui enduisait la poitrine et les bras, et gouttait sur ses paumes.

Il essuya sa main gauche sur son pantalon, la plongea dans la poche de sa chemise et tendit au policier sa carte jaune et quinze dollars. L'agent prit le papier et l'argent presque sans lever les yeux, mais le regarda soudain en changeant d'expression, plissa des yeux et leva la main.

– *Pasaporte, por favor.*

Pourquoi ? se demanda Buchanan, inquiet. Il ne m'a pas comparé à un portrait-robot. Je ne vois d'ailleurs même pas de portrait avec lequel il pourrait comparer. S'ils en ont un, il doit être dans le bureau. C'est impossible que ce flic l'ait gardé en mémoire après avoir vu défiler tant de visages. Bon sang, pourquoi est-ce qu'il m'arrête ?

Il tendit son passeport de la main gauche. Le policier l'ouvrit, compara la photo à l'homme qui se trouvait devant lui, lu les descriptions, fit une nouvelle grimace en regardant Buchanan et dit :

– *Señor Grant, venga conmigo.* Venez avec moi.

Buchanan prit un air poli mais perplexe.

– *Porqué ?* demanda-t-il. Pourquoi ? Quelque chose ne va pas ?

L'officier plissa des yeux en désignant du doigt l'épaule droite de Buchanan. Celui-ci regarda. Il ne manifesta aucune réaction malgré le choc qu'il éprouva.

Son poncho était cramoisi. Ce qu'il pensait être de la sueur était du sang qui coulait le long de son bras et gouttait depuis ses doigts.

Mon Dieu, se dit-il. J'ai dû ouvrir les points de suture quand je suis tombé.

L'officier fit un geste en direction d'une porte.

– *Venga conmigo. Usted necesita un médico.* Vous devez voir un médecin.

– *Es nada. No es importante,* dit Buchanan. Ce n'est rien. Juste une petite blessure. Il faut changer le pansement. Je vais le refaire dans les toilettes. J'ai le temps avant de prendre l'avion.

Le policier posa sa main droite sur l'étui de son pistolet et répéta, d'une voix dure :

– Venez *immédiatement* avec moi.

Buchanan s'exécuta et suivit l'agent en s'efforçant d'avoir l'air détendu, comme s'il était parfaitement naturel d'avoir du sang qui dégouline de l'épaule. Impossible de s'enfuir. Il serait rattrapé avant d'avoir pu traverser la foule des passagers et atteindre une sortie. Sa seule chance de s'en tirer était de bluffer, mais il doutait que le policier se satisfasse de l'explication qu'il avait concoctée quand il aurait vu la blessure. On lui poserait des questions. Des quantités de questions. Le portrait-robot aurait tout le temps d'arriver, si ce n'était pas déjà fait. Il raterait le vol de douze heures cinquante pour Miami. Si près du but ! pensa-t-il.

4

Contrairement aux États-Unis où un suspect est présumé innocent jusqu'à preuve de sa culpabilité, au Mexique la police a tendance à considérer un suspect comme coupable jusqu'à preuve de son innocence. On n'avise pas les personnes arrêtées qu'elles ont le droit de demeurer silencieuses, ni qu'on leur fournit un avocat si elles ne peuvent le payer. L'habeas corpus n'existe pas, ni le droit à un procès rapide. De telles notions sont risibles. Un prisonnier n'a aucun droit.

Buchanan partageait avec une vingtaine d'hommes aux vêtements repoussants une cellule en ciment de six mètres sur cinq, infestée de puces et au toit qui fuyait. Un véritable vivier de voleurs et d'ivrognes. Pour éviter de provoquer une dispute en bousculant quelqu'un, il s'installa le dos au mur et ne bougea plus. Les détenus dormaient sur de la paille répugnante en occupant toute la place disponible. Il s'accroupit et sommeilla la tête sur les genoux. Il attendit le plus longtemps possible avant d'utiliser le trou qui servait de toilettes, dans un angle de la pièce. Il se concentrait pour rester en alerte malgré ses vertiges. Seul *yanquí* de la pièce, il était une proie évidente. Les gardiens lui avaient enlevé sa montre et son portefeuille mais ses vêtements, et surtout ses chaussures, étaient nettement en meilleur état que ceux de tous ses compagnons. La tentation était grande.

Mais Buchanan ne passerait finalement que peu de temps dans la cellule et ce ne serait pas les autres prisonniers qui le maltraiteraient, mais les représentants de la loi. On le poussa, le bouscula et le harcela pour le conduire jusqu'à une salle d'interrogatoires. On le frappa pour le faire parler avec l'extrémité de bâtons et on lui assena des coups de tuyau en caoutchouc, toujours à des endroits où les vêtements cacheraient les ecchymoses, jamais sur la figure ou le crâne. Il ignorait pourquoi les policiers prenaient tant de précautions. Peut-être parce qu'il était citoyen américain et que la crainte d'ennuis diplomatiques les retenait. Ils réussirent tout de même à le blesser à la tête en renversant la chaise en bois sur laquelle ils l'avaient attaché. Son crâne heurta le sol en béton. La douleur s'ajouta à celle du choc avec le bateau, quand il avait traversé le chenal. Il eut envie de vomir. Sa vision se dédoubla d'une manière inquiétante. Il serait sans doute décédé de gangrène ou d'hémorragie si un médecin de la prison de Mérida n'avait pas nettoyé et recousu sa blessure à l'épaule. Les soins n'avaient bien sûr pas été dispensés par compassion mais pour une raison purement pratique : un homme mort ne répond pas aux questions. Buchanan avait déjà eu affaire à ce raisonnement. Les inspecteurs ne se soucieraient pas davantage de son confort médical s'ils obtenaient les réponses qu'ils désiraient.

C'était une des raisons, la moins importante, de son refus de dire aux policiers ce qu'ils voulaient entendre. La principale raison était bien sûr que confesser la vérité aurait été une violation des règles de son métier. Trois facteurs l'aidaient à conserver cette attitude. D'abord, les policiers usaient de procédés maladroits et brutaux auxquels il était plus facile de résister qu'à l'application méthodique de chocs électriques combinés avec des drogues anti-inhibition telles que l'amytal de sodium. Ensuite, son corps lui fournissait une sorte d'anesthésique naturel : il était si affaibli par ses blessures à la tête et à l'épaule qu'il avait tendance à s'évanouir rapidement pendant les séances de torture.

Troisièmement, il avait un script à suivre, un scénario auquel se référer pour savoir comment se comporter. Premier commandement en cas d'arrestation : ne jamais admettre la vérité. Il pouvait utiliser des parties de la vérité pour produire un mensonge vraisemblable, mais il était hors de question d'aller plus loin. Il aurait temporairement sauvé sa vie en disant : D'accord, j'ai tué trois Mexicains, mais ce n'étaient que des trafiquants de drogue et je travaillais sous un nom d'emprunt pour un service secret de l'armée américaine. Mais cette vie n'aurait plus valu très cher. On pouvait fort bien lui infliger une longue peine de prison pour montrer aux États-Unis qu'ils feraient mieux de s'occuper de leurs affaires. Vu la rigueur des pénitenciers mexicains, surtout envers les *yanquís*, la sentence aurait selon toutes probabilités signifié une peine de mort. Et si le Mexique l'avait renvoyé dans son pays en geste de bonne volonté (en échange de certaines faveurs), ses supérieurs auraient transformé son existence en cauchemar pour avoir violé le pacte passé avec eux.

5

– Victor Grant !

Le gros policier portait une barbe et des cheveux noirs lissés en arrière. Il était assis sur un banc face à la chaise sur laquelle Buchanan était attaché, les deux seuls meubles de la petite pièce. La face ronde et luisante de sueur de l'inspecteur aurait aussi bien pu formuler : « diarrhée ».

– C'est mon nom.

Buchanan avait la gorge si sèche que sa voix était cassée, et le corps si déshydraté qu'il avait depuis longtemps cessé de transpirer. La corde qui le liait traversait la plaie de son épaule.

– Parle espagnol, salopard !

– Mais je ne connais pas l'espagnol, haleta Buchanan. Pas bien.

Il essaya d'avaler sa salive.

– Quelques mots seulement.

L'ignorance de la langue était l'une des caractéristiques qu'il avait choisies pour son personnage. Il pouvait ainsi toujours prétendre ne pas comprendre ce qu'on lui demandait.

– *Cabrón*, tu as parlé espagnol à l'agent de la police des frontières, à l'aéroport de Mérida !

– Oui, c'est vrai, répondit-il en baissant la tête. Quelques phrases simples. Ce que j'appelle un « espagnol de survie ».

– De survie ? demanda un policier à la voix caverneuse qui se trouvait derrière lui.

L'homme lui attrapa les cheveux, tira vers le haut et poursuivit :

– Si tu ne veux pas que je t'arrache les cheveux, tu vas survivre en parlant espagnol.

– *Un poco,* murmura Buchanan. Un peu. C'est tout ce que je sais.

– Pourquoi tu as tué ces trois hommes à Cancún ?

– De quoi vous parlez ? Je n'ai tué personne.

Le gros policier dont l'uniforme était taché de transpiration se souleva, s'approcha en faisant osciller son énorme estomac et brandit un portrait-robot sous le nez du prisonnier. Le dessin remarqué par l'agent de l'aéroport à côté d'un télécopieur, dans la pièce où il avait emmené Buchanan pour voir pour quelle raison il saignait.

– Ce dessin n'évoque personne de familier ? gronda le gros homme. *Ciertamente,* il évoque quelqu'un que je connais. *Dios, sí.* C'est toi qu'il me rappelle. On a un témoin. Un autre *yanquí* qui t'a vu tuer les trois hommes à Cancún.

– Je vous ai dit que je ne sais pas de quoi vous parlez, répondit Buchanan avec un regard furieux. Ce dessin me ressemble et ressemble à quelques centaines de milliers d'Américains.

Il laissa reposer sa voix enrouée.

– Cela peut être n'importe qui.

Il prit sa respiration.

– Je reconnais avoir été à Cancún il y a quelques jours.

Il lécha ses lèvres craquelées.

– Mais je ne sais rien sur un meurtre, quel qu'il soit.

– Tu mens !

Le policier leva un morceau de tuyau d'arrosage et frappa Buchanan sur le ventre. Celui-ci gémit mais ne put se courber à cause des liens qui le retenaient au dossier de la chaise. Il avait, heureusement, vu son tortionnaire préparer son coup et il avait contracté ses abdominaux pour amortir le choc. Faisant semblant de souffrir davantage qu'en réalité, il ferma les yeux et rejeta la tête en arrière.

– Ne m'insulte pas ! cria l'inspecteur. Admets-le ! Tu mens !

– Non, murmura l'Américain. Votre témoin ment.

Il trembla.

– S'il y a un témoin. Comment pourrait-il y en avoir un ? Je n'ai tué personne. Je ne sais pas de quoi...

Chaque coup du policier donnait à Buchanan l'occasion de tressaillir de douleur puis de respirer profondément et de se reposer. On lui avait pris sa montre et son portefeuille et il ne lui restait rien pour tenter d'acheter les brutes, ce qui aurait de toute façon certainement été impossible dans son cas. Une tentative de corruption aurait même pu être prise pour un aveu de culpabilité. La seule solution possible était de continuer à jouer son personnage et à clamer son innocence avec indignation.

Le policier leva le passeport de Buchanan en répétant sur le même ton dédaigneux :

– Victor Grant.

– Oui.

– Même la photo de ton passeport ressemble à ce dessin.

– Ce dessin ne vaut rien, dit Buchanan. On dirait qu'il a été fait par un gamin de dix ans.

L'homme frappa le pansement du bras droit de Buchanan avec le tuyau en plastique.

– Quel métier tu fais ?

Buchanan raconta en grimaçant l'histoire prévue d'avance. Le policier tapa plus fort sur la blessure.

– Et qu'est-ce que tu faisais au Mexique ?

Grimaçant davantage, l'Américain donna le nom du client qu'il était censé être venu rencontrer. Il sentait sa blessure gonfler sous le bandage. La pression douloureuse augmentait à chaque coup, comme si l'épaule allait exploser.

– Alors tu prétends être venu pour affaires, pas pour le plaisir ?

– Ce n'est pas toujours un plaisir d'être au Mexique ?

Il vit arriver la matraque que le policier assena encore plus fort sur le pansement. Sa conscience vacilla sous la souffrance. Il allait bientôt s'évanouir une fois de plus.

– Alors, pourquoi est-ce que tu n'as pas de visa d'affaires ?

Un goût acide monta à la bouche de l'Américain.

– Parce que je n'ai su que quelques jours à l'avance que mon client voulait que je vienne. Obtenir un visa d'affaires prend du temps. J'ai demandé un visa de tourisme. C'est beaucoup plus facile.

Le Mexicain souleva le menton de Buchanan avec la pointe du morceau de tuyau.

– Tu es entré au Mexique illégalement.

Il fixa les yeux du prisonnier, puis retira son arme pour le laisser parler.

La voix de Buchanan s'épaissit, gênée par le gonflement provoqué par la matraque à sa gorge.

– Vous m'accusez d'abord d'avoir tué trois hommes.

Il respirait avec difficulté.

– Vous me reprochez maintenant de ne pas avoir de visa d'affaires. Qu'est-ce qu'il va y avoir ensuite ? Vous allez m'accuser de pisser par terre ? Parce que c'est ce que je vais faire si on ne m'autorise pas à aller aux toilettes rapidement.

Le policier qui se trouvait dans son dos lui saisit les cheveux à nouveau. Ses yeux s'embuèrent.

– Tu n'as pas l'air de te rendre compte que c'est sérieux, dit l'homme.

– Ce n'est pas vrai. Croyez-moi, je suis convaincu que c'est très sérieux.

– Mais tu n'as pas l'air d'avoir peur.

– Si, j'ai peur. En fait, je suis terrifié.

L'inspecteur resplendit de satisfaction.

– Mais je n'ai pas fait ce dont vous m'accusez, et cela me rend furieux. J'en ai assez.

Chaque mot représentait un effort.

– Je veux voir un avocat.

Le policier le regarda, incrédule, puis éclata de rire en secouant son gigantesque ventre.

– Un avocat ?

L'homme qui se trouvait derrière Buchanan riait aussi fort.

– *Un jurisconsulto ?* demanda l'interrogateur avec dérision. *Que tu necesitas está un sacerdote.*

Il frappa Buchanan sur les tibias.

– Qu'est-ce que tu penses de ça ?

– Je vous ai dit que je comprenais à peine l'espagnol.

– Ce que j'ai dit, c'est que ce n'est pas d'un avocat que tu as besoin. C'est d'un prêtre. Parce que la seule chose qui peut t'aider en ce moment, Victor Grant, c'est des prières.

– Je suis citoyen américain, j'ai le droit de...

Buchanan ne pouvait plus se retenir. Sa vessie était trop gonflée. Il urina dans son pantalon et sentit un liquide chaud qui coulait sur le siège et tombait sur le sol.

– *Cochino !* Espèce de porc !

Le policier assena un coup sur l'épaule blessée.

D'un moment à l'autre, pensa le prisonnier. Mon Dieu, faites que je m'évanouisse.

L'inspecteur attrapa la chemise de Buchanan et, tirant vers lui, fit basculer la chaise en avant.

Le visage de l'Américain s'écrasa sur le sol. Il entendit le policier crier en espagnol d'apporter des chiffons et d'obliger le gringo à nettoyer sa saleté. Mais il se dit qu'il aurait perdu connaissance avant. Sa vision se brouillait. Il découvrit cependant avec horreur que son urine était teintée de sang. Ils ont lésé quelque chose à l'intérieur. Je pisse du sang.

– Tu sais ce que je pense, gringo ? demanda le policier.

Buchanan était incapable de répondre.

– Je pense que tu fais du trafic de drogue. Je pense que les hommes que tu as tués et toi, vous vous êtes disputés pour une question d'argent. Je pense...

La voix s'assourdit. Buchanan s'évanouit.

6

Il était à nouveau en position verticale, toujours attaché à la chaise, quand il revint à lui. Il lui fallut un moment pour ajuster sa vision et retrouver tous ses esprits. La douleur aiguillonnait sa conscience. Il ignorait combien de temps il était demeuré inconscient. La pièce était dépourvue de fenêtre. Le gros policier semblait porter le même uniforme trempé de sueur. Mais Buchanan vit que la flaque d'urine teintée de sang avait été nettoyée. Pas la moindre trace d'humidité ne subsistait sur le sol. Beaucoup de temps s'était écoulé, conclut-il. Puis il remarqua quelque chose d'autre : son pantalon était toujours mouillé. Ils se sont contentés de me changer de pièce. Ils essaient de me dérouter.

– On a amené un ami qui va te rencontrer.

– Bien, dit Buchanan d'une voix cassée en se battant pour rassembler ses forces. Mon client peut confirmer ce que j'ai dit. On va régler cette erreur.

– Ton client ? J'ai parlé d'un client ?

Le policier ouvrit une porte qui donnait sur un couloir mal éclairé. Un homme, un Américain, était encadré par deux fonctionnaires. Il était grand, avait de larges épaules, une poitrine proéminente et des cheveux blonds coupés en brosse. Il portait des baskets, un jean et un T-shirt vert trop petit. Les mêmes vêtements que lors de son irruption dans le restaurant du Club Internacional de Cancún, mais fripés. Il avait l'air épuisé et la rougeur de son visage provenait maintenant davantage des épreuves que du soleil et de l'alcool. Il n'était pas rasé. Big Bob Bailey.

Eh bien ! maintenant tu dois regretter de ne pas m'avoir laissé tranquille au restaurant, pensa Buchanan.

Le policier fit un geste bref et ses collègues poussèrent Bailey dans la pièce en le maintenant fermement par chaque bras. L'Américain titubait.

Évidemment, ils t'ont interrogé sans interruption depuis qu'ils t'ont arrêté sur la plage, pensa Buchanan. Ils t'ont pressuré pour extraire la moindre goutte d'information. Et la pression t'a encouragé à t'accrocher à ton histoire. S'ils obtiennent ce qu'ils veulent, ils s'excuseront et te traiteront comme un roi pour être certains que tu ne changeras pas d'avis.

On poussa Bailey devant le prisonnier.

Le gros policier releva la figure de Buchanan avec le bout du tuyau en caoutchouc.

– Est-ce que c'est l'homme que vous avez vu à Cancún ?

Bailey hésita.

– Répondez ! dit l'inspecteur.

– Je... Bailey passa une main tremblante dans ses cheveux. C'est peut-être lui.

Il puait la cigarette. Sa voix était râpeuse.

– *Peut-être* ?

L'inspecteur se renfrogna et lui montra le portrait-robot.

– On m'a dit que vous avez fourni une description parfaite quand vous avez aidé le dessinateur à composer ce portrait.

– Eh bien, oui, mais...

– *Mais* ?

Bailey s'éclaircit la gorge.

– J'avais bu. J'avais sans doute pas toute ma capacité de jugement.

– Et maintenant, vous n'avez pas bu ?

– J'aimerais bien avoir bu quelque chose. Non, je n'ai rien bu.

– Alors, votre capacité de jugement a dû s'améliorer. Est-ce que c'est l'individu que vous avez vu assassiner les trois types sur la plage, derrière l'hôtel ?

– Attendez une minute, dit Bailey. Je n'ai vu personne assassiner personne. Ce que j'ai dit à la police de Cancún, c'est que j'ai vu un ami avec trois Mexicains. Je les ai suivis depuis le restaurant jusqu'à la plage. Il faisait nuit. Il y a eu des coups de feu. Je me suis aplati par terre. Je ne sais pas qui a tiré sur qui, mais mon ami s'en est sorti et s'est enfui en courant.

– Il est logique de penser que celui qui s'en est sorti a tué les trois autres.

– Je ne sais pas, répondit Bailey en se grattant la nuque. Un tribunal américain ne suivrait peut-être pas le même raisonnement.

– Ici, on est au Mexique, dit le policier. *Est-ce que c'est l'homme que vous avez vu s'enfuir ?*

Bailey loucha en direction de Buchanan.

– Il n'a pas les mêmes vêtements. Il a les cheveux pleins de sang. Il a la figure sale. Ses lèvres sont couvertes de croûtes. Il n'est pas rasé. Il n'est vraiment pas en bon état. Mais, ouais, il ressemble à mon ami.

– *Il ressemble*? demanda le policier avec une grimace. Vous pouvez certainement être plus affirmatif, *señor* Bailey. Après tout, plus vite nous aurons réglé cette histoire, plus vite vous regagnerez votre hôtel.

– D'accord.

Bailey plissa les yeux.

– Ouais, je pense que c'est mon ami.

– Il se trompe, dit Buchanan. Je n'ai jamais vu cet homme de ma vie.

– Il affirme avoir été avec toi au Koweït et en Irak, dit le policier. Pendant la guerre du Golfe.

– Oh, bien sûr. Exactement.

Buchanan avait de plus en plus mal au ventre. Il se mordit la lèvre, puis s'efforça de continuer.

– Et puis il m'a rencontré à Cancún. Je n'ai jamais été au Koweït ni en Irak et je peux le prouver. Vous n'avez qu'à regarder les tampons dans mon passeport. Je parierais que ce gars ne connaît même pas mon nom.

– Jim Crawford, dit Bailey avec une explosion de colère. Sauf que tu m'as menti. Tu m'as dit que tu t'appelais Ed Potter.

– Jim Crawford ? dit Buchanan en adressant une grimace à l'inspecteur. Ed Potter ? Redescendons sur terre. Est-ce que ce type sait que je m'appelle Victor Grant ? Montrez-lui mon passeport. Il a admis lui-même qu'il était complètement saoul. Je ne serais pas étonné qu'il prétende carrément avoir vu Elvis Presley. Je ne suis pas celui qu'il croit et j'ignore tout de ces trois hommes qui ont été assassinés.

– Mes collègues de Cancún sont en train de se renseigner sur Ed Potter, dit le policier. En supposant que tu n'aies pas menti quand tu as donné ce nom au *señor* Bailey, tu as certainement laissé des traces dans la région. Tu devais bien habiter quelque part. Il fallait que tu mettes tes affaires et que tu dormes quelque part. On trouvera l'endroit. Il y aura des gens qui t'auront vu. On les amènera ici et ils t'identifieront comme Ed Potter et prouveront que le *señor* Bailey a raison.

Il secoua sa matraque sous le nez de Buchanan.

– Il faudra alors expliquer non seulement pourquoi tu as tué ces trois hommes, mais pourquoi tu portes un passeport avec un autre nom. Pourquoi tu utilises tant de noms différents.

– Ouais. Comme Jim Crawford, dit Bailey. Au Koweït.

Le policier avait l'air très content que l'Américain collabore à nouveau.

Buchanan ne manifestait aucune réaction, si ce n'est une colère aggravée par la douleur. Son cerveau fonctionnait à toute vitesse malgré un mal de tête infernal. Il évaluait à quel point il était couvert. Il avait négocié et payé le loyer de son bureau par courrier et n'avait parlé au propriétaire que par téléphone. Il avait pris les mêmes précautions pour son appartement de Cancún. De l'excellent travail. Tout allait bien jusque-là. Et le temps que la police contacte tous les hôtels et tous les propriétaires d'appartements en location de Cancún lui donnait du répit. Elle finirait tout de même par trouver ses propriétaires qui confirmeraient qu'ils connaissaient le nom d'Ed Potter, même s'ils étaient incapables de le décrire. Les policiers enquêteraient dans le quartier où Ed Potter vivait et travaillait. Ils finiraient par produire un jour quelqu'un qui affirmerait, comme Big Bob Bailey, que l'individu qui prétendait s'appeler Victor Grant ressemblait beaucoup à Ed Potter. La situation serait alors particulièrement délicate.

– Laissez-les faire, dit Buchanan. Ils peuvent perdre le temps qu'ils veulent à enquêter sur Ed Potter. Cela ne m'inquiète pas, parce que je ne suis pas cet homme.

La douleur lui rongeait l'abdomen. Il devait soulager sa vessie à nouveau et il craignait que son urine ne fût d'un rouge encore plus sombre.

– Le problème est que, pendant qu'ils perdent leur temps, on est en train de me démolir en me tapant dessus, dit-il en frissonnant. Et ce n'est pas près d'arrêter, parce que je jure sur le Christ que je n'avouerai jamais quelque chose que je n'ai pas fait.

Il jeta un regard sur le gros Texan qui avait une mine inquiète.

– Comment ce flic a-t-il dit que vous vous appelez ? Bailey ? Est-ce que... ?

Bailey eut l'air exaspéré.

– Crawford, tu sais parfaitement que je m'appelle...

– Arrêtez de m'appeler Crawford. Arrêtez de m'appeler Potter. Vous avez fait une erreur monumentale et si vous ne vous rappelez pas...

Buchanan ne pouvait retenir sa vessie plus longtemps. D'ailleurs, il ne le voulait pas. Il venait de choisir une tactique. Il relâcha ses muscles abdominaux. Son urine s'écoula sur le sol. Il n'eut pas besoin de regarder pour savoir que le liquide était sanguinolent. Bailey pâlit, leva une main à sa bouche et marmonna :

– Bon Dieu... Regardez... Il... C'est...

– Oui, Bailey. Regarde bien. Ils m'ont tabassé à tel point qu'ils ont fait éclater quelque chose à l'intérieur.

Buchanan avait presque le souffle coupé. Chaque mot représentait un déploiement d'énergie.

– Qu'est-ce qui se passera s'ils me tuent avant de se rendre compte que tu t'es trompé ?

Bailey devint encore plus blanc.

– Te tuer ? C'est ridicule, intervint le policier. Il est évident que tu as d'autres blessures que celles à l'épaule et à la tête. Je ne le savais pas. Je me rends compte qu'il faut que tu voies un médecin. Le señor Bailey pourra partir dès qu'il aura signé cette déclaration qui te désigne comme l'homme qui s'est enfui sur la plage, après les coups de feu. J'appellerai ensuite un médecin.

L'inspecteur tendit à Bailey un témoignage dactylographié et un stylo.

– C'est ça. Signe, chuchota Buchanan d'une voix enrouée. Et fais tes prières pour que la police comprenne qu'elle s'est trompée... avant qu'ils me tabassent encore plus... avant que je fasse une hémorragie qui...

Il reprit son souffle.

– Parce que, s'ils me tuent, tu seras le suivant.

– Quoi ? demanda Bailey en plissant les yeux. De quoi tu parles ?

– Ne sois pas bouché, Bailey. Réfléchis. C'est toi qu'on rendra responsable. Il s'agit de la mort d'un citoyen américain dans une prison mexicaine. Tu crois que ce flic reconnaîtra ce qui s'est passé ? On fera disparaître mon corps. On effacera les traces de mon arrestation. Et tu seras le seul à savoir la vérité.

Bailey regarda l'inspecteur d'un air soupçonneux. Celui-ci lui saisit le bras :

– Le prisonnier est en plein délire. Il est temps qu'on le laisse se reposer un peu. Je vais m'occuper de faire venir un médecin pendant que vous signez ce témoignage dans l'autre pièce.

Bailey hésitait. Il laissa le policier le mener vers la porte.

– Bien sûr, reprit Buchanan. Un médecin. Ce qu'il veut dire, c'est un autre coup avec ce tuyau en caoutchouc parce que je t'ai fait comprendre dans quelle situation *tu* te trouves. Réfléchis, Bailey. Tu as reconnu que tu étais saoul. Pourquoi tu ne reconnais pas qu'il y a toutes les chances que je ne sois pas l'homme que tu as vu à Cancún ?

– J'en ai assez, dit le policier en frappant l'épaule blessée de Buchanan. N'importe qui peut voir que tu es coupable. Comment tu expliques cette blessure par balle ?

Se tordant de douleur dans les liens qui le serraient contre la chaise, Buchanan répondit en serrant les dents :

– Ce n'est pas une blessure par balle.

– Mais le docteur a dit...

– Comment il peut savoir ce qui l'a causée ? Il n'a pas fait d'analyse pour chercher des traces de poudre. La seule chose qu'il a faite, c'est de recoudre. Je me suis fait cette blessure et celle à la tête dans un accident de bateau.

Les vertiges revenaient. Il craignit de s'évanouir avant de finir.

– Je suis tombé du yacht de mon client au moment où on quittait le port. La coque m'a heurté la tête... Une des hélices m'a coupé l'épaule... J'ai eu de la chance de ne pas être tué.

– C'est une invention, dit le policier.

– D'accord, répondit Buchanan avant d'avaler sa salive et de poursuivre. Prouvez-le. Prouvez que je mens. Nom de Dieu, faites ce que je vous supplie de faire. Amenez mon client. Demandez-lui s'il me connaît. Demandez-lui s'il sait comment je me suis blessé.

– Ouais, ce n'est peut-être pas une mauvaise idée, dit Bailey.

– *Quoi ?* hurla l'inspecteur en faisant un bond en direction du Texan. Est-ce que vous voulez dire que la description que vous avez donnée à Cancún et que le portrait-robot que vous avez aidé à dessiner ne correspondent pas au prisonnier ? Est-ce que vous voulez dire que l'identification que vous avez confirmée il y a cinq minutes...?

– Tout ce que j'ai dit, c'est qu'il ressemble à l'homme que j'ai vu.

Bailey frottait pensivement son gros poing calleux contre son menton couvert d'une barbe de plusieurs jours.

– Je ne suis plus aussi sûr de moi maintenant. Ma mémoire me joue des tours. Il me faut le temps de réfléchir. C'est une affaire sacrément grave.

– Tout le monde peut se tromper, dit Buchanan. C'est ta parole contre la mienne. Tout se ramène à cela jusqu'à ce qu'on amène mon client et qu'il réponde de moi.

Bailey fixait la flaque d'urine sanglante.

– J'vais rien signer jusqu'à ce que le client de ce type dise si j'ai raison ou tort.

Jubilant malgré sa douleur, le prisonnier parvint à formuler quelques mots :

– Charles Maxwell. Son yacht est amarré près du quai Christophe Colomb, à Cancún.

Puis il se laissa glisser. Il avait fait son possible. Au moment de s'évanouir, il entendit un échange furieux entre Big Bob Bailey et son tortionnaire.

7

On le ramena dans sa cellule. Il la traversa d'un pas chancelant, en faisant attention de ne heurter personne. On le dévisagea à nouveau, mais beaucoup de prisonniers avaient changé depuis son arrivée à la prison, il ignorait combien de temps auparavant. Il supposait que les ivrognes étaient relâchés quand ils avaient dessaoulé, mais que les voleurs et autres prédateurs demeuraient ici jusqu'à ce que quelqu'un se donne la peine de les faire passer devant un tribunal. Vu sa faiblesse, les voyous ne mettraient pas longtemps à s'intéresser à lui. Il s'assit contre un mur en luttant contre la torpeur. Il répondait à leurs regards, cachait sa souffrance et réfléchissait à la meilleure manière de se défendre. Il ne vit pas tout de suite les deux gardiens qui avaient ouvert la porte et lui faisaient signe de les suivre.

Ils ne le conduisirent pas vers la salle des interrogatoires mais, dans la direction opposée, vers une aile de la prison qu'il n'avait jamais vue.

Quoi d'autre, maintenant ? Est-ce que c'est l'heure de ma disparition ?

Les geôliers ouvrirent une porte. La surprise le fit cligner des yeux. Au lieu de l'inspecteur, il découvrit un lavabo, des toilettes et une douche. On lui ordonna de se déshabiller, se laver, se raser et d'enfiler une chemise et un pantalon de coton posés sur une chaise à côté d'une paire de sandales en plastique bon marché. Il obéit. L'eau tiède lui procura un sentiment agréable de propreté et regonfla son énergie. Les gardiens ne le quittaient pas de l'œil. Quand il eut fini de s'habiller, un autre homme arriva, tenant un plateau qu'il posa sur le lavabo. Buchanan était stupéfait. Une assiette de haricots. Des tortillas. Sa première nourriture depuis qu'on l'avait amené dans ces lieux. La faiblesse et la souffrance lui avaient coupé l'appétit, mais il n'eut pas besoin de se forcer pour saisir une autre richesse qui trônait sur le plateau. Une bouteille d'eau. Il fit sauter la capsule en toute hâte, dévissa le bouchon et avala de grandes gorgées. Pas trop. Tu te rendrais malade.

Il examina la nourriture. Son odeur l'attirait et le repoussait en même temps. Elle est peut-être empoisonnée, pensa-t-il. La douche et les vêtements propres pouvaient être une ruse pour désarmer sa méfiance et l'amener à manger. Il faut courir le risque. Même si mon estomac s'y oppose, je dois me contraindre à manger.

Pas trop d'un coup, se dit-il à nouveau. Il lui fallut longtemps pour mâcher et avaler la première bouchée de haricots. Son estomac ne se révolta pas. Il but encore de l'eau et mordit dans une crêpe.

Il fut incapable de finir son repas. Les doigts de sa main droite se remirent à tressauter et il faillit faire tomber la cuillère qu'il tenait. Au moment où il prenait le couvert avec son autre main, un nouveau gardien se présenta et les quatre hommes l'emmenèrent en direction des salles d'interrogatoire, au-delà de sa cellule surpeuplée. *Pourquoi ?* se demanda Buchanan. Pourquoi m'ont-ils permis de me laver et de manger s'ils ont prévu une nouvelle séance de tuyau d'arrosage ? Cela ne tient pas debout. À moins que...

Les geôliers le firent pénétrer dans une pièce inconnue, un bureau minable et en désordre où le même gros enquêteur était assis avec raideur derrière une table, en face d'un Américain au visage sombre, qui se tenait tout aussi droit sur sa chaise. Les deux hommes scrutèrent Buchanan à son entrée. Son espoir d'être libéré se transforma brusquement en méfiance.

L'Américain avait une quarantaine d'années. Il était de taille et de corpulence moyennes, avait un menton pointu, un nez fin et de gros sourcils noirs qui contrastaient avec des cheveux fins décolorés par le soleil. Il était très bronzé et portait un costume tropical bleu raffiné, avec une cravate en soie à rayures rouges et une chemise blanche resplendissante qui soulignait son hâle. Il arborait une bague de Harvard et une montre Piaget. Distingué. Impressionnant. Un homme qu'il fallait avoir de son côté.

Le problème était que Buchanan n'avait pas la moindre idée de l'identité de cet Américain. Les policiers n'avaient certainement pas accédé à sa demande et interrogé son alibi, Charles Maxwell. L'histoire avait été mise au point à la hâte. Le moindre détail d'un plan est d'habitude vérifié à de nombreuses reprises, mais cette fois Buchanan n'avait pas la moindre idée de ce à quoi Maxwell pouvait ressembler. L'homme avait dû être contacté par ses contrôleurs et il se déplacerait pour confirmer son récit. Mais si la police avait trouvé un Américain pour incarner Maxwell ? Si c'était un piège qu'on lui tendait pour qu'il dise qu'il connaissait cet Américain et démontrer qu'il mentait ?

Son compatriote se tenait debout et attendait.

Il devait réagir. Il ne pouvait se contenter de le fixer d'un regard vide. Si c'était vraiment Maxwell, le policier s'attendrait à ce qu'il manifeste sa reconnaissance. Mais si ce n'était pas Maxwell ?

L'inspecteur rentra son menton dans les multiples plis de son cou.

Buchanan soupira, s'approcha de l'Américain, sur l'épaule duquel il posa une main hésitante en disant :

– Je commençais à m'inquiéter. Cela fait vraiment plaisir de voir...

De voir qui ? Il laissa la phrase en suspens. Ainsi pouvait-il aussi bien exprimer son soulagement de retrouver son client et ami Charles « Chuck » Maxwell que son plaisir de rencontrer un autre Américain.

– Dieu merci, vous voilà, ajouta-t-il.

Une autre phrase qui pouvait s'appliquer à Maxwell autant qu'à un compatriote inconnu. Il s'écroula sur une chaise, à côté du vieux bureau. La tension augmentait ses souffrances.

– Je suis venu dès que j'ai été au courant, dit l'Américain.

Cette réaction sous-entendait une relation étroite entre l'homme et lui, mais n'était cependant pas suffisamment explicite pour que Buchanan décidât qu'il s'agissait de Charles Maxwell. Allez. Donne-moi une indication. Fais-moi savoir qui tu es.

L'Américain poursuivit :

– Et ce que j'ai appris m'a beaucoup inquiété. Mais je dois dire, Mr. Grant, que vous semblez dans une meilleure condition que ce à quoi je m'attendais.

Mr. Grant? pensa Buchanan. Ce n'est donc pas Charles Maxwell. Mais alors, qui est-ce ?

– Ouais. C'est un véritable village de vacances ici.

Une douleur pulsative lui battait les tempes.

– Cela a dû être effroyable, dit l'Américain avec une voix profonde, douce et légèrement précieuse. Mais maintenant c'est fini.

Ils se serrèrent la main.

– Je suis Garson Woodfield, de l'ambassade américaine. Votre ami Robert Bailey nous a téléphoné.

Le policier s'illumina.

– Bailey n'est pas un ami, répondit Buchanan en insistant. Je l'ai vu ici pour la première fois, mais il s'imagine qu'il m'a vu à Cancún et qu'il m'a connu au Koweït. C'est à cause de lui que je suis dans ce pétrin.

Woodfield haussa les épaules.

– Apparemment, il essaie de se rattraper. Il a aussi téléphoné à Charles Maxwell.

– Un de mes clients, dit Buchanan. J'espérais le voir apparaître ici.

– En fait, comme vous le savez, Mr. Maxwell a beaucoup d'influence. Vu les circonstances, il a pensé qu'il serait plus efficace de contacter l'ambassadeur et de demander que nous résolvions ce problème par les voies officielles.

Woodfield examina de plus près le visage de Buchanan.

– Ces craquelures sur vos lèvres... Cet hématome sur votre menton...

Puis se tournant, songeur, vers le policier :

– Cet homme a été battu.

L'inspecteur sembla offensé.

– Battu ? C'est absurde ! Ses blessures l'avaient tellement affaibli qu'il est tombé dans les escaliers en arrivant ici.

Woodfield regarda Buchanan, s'attendant visiblement à un démenti véhément.

– J'ai eu un vertige. Je n'ai pas pu me retenir à la rampe des escaliers.

Woodfield eut l'air surpris par la réponse. Le policier était stupéfait.

– Vous ont-ils menacé pour que vous mentiez sur ce qui vous est arrivé ici ? demanda le diplomate.

– Ils n'ont pas été particulièrement aimables, dit Buchanan, mais on ne m'a pas menacé pour que je mente,

L'inspecteur n'en revenait pas.

– Mais Robert Bailey affirme qu'il vous a vu attaché à une chaise, insista Woodfield.

Buchanan approuva de la tête.

– Et qu'on vous battait avec un tuyau en caoutchouc.

Nouveau signe approbateur.

– Et que vous uriniez du sang.

– C'est vrai.

Buchanan raidit son abdomen et grimaça de douleur, une réaction qu'en d'autres circonstances il ne se serait pas autorisée.

– Vous êtes conscient que si on vous a maltraité je peux effectuer des démarches diplomatiques pour essayer d'obtenir votre libération.

Buchanan n'aima pas le terme « essayer » employé par le diplomate. Il décida de continuer à suivre son instinct.

– C'est à cause de mon accident, quand je suis tombé du bateau de Chuck Maxwell, que j'ai du sang dans les urines. Quant au reste – Buchanan prit une inspiration –, cet inspecteur pense que j'ai assassiné trois personnes. De son point de vue, ce qu'il m'a fait pour tenter de me faire avouer est compréhensible. Ce qui me rend furieux est qu'il ne m'ait pas laissé prouver mon innocence. Il ne voulait pas appeler mon client.

– On s'est occupé de cela, dit Woodfield. J'ai un témoignage – il sortit une feuille de sa sacoche – indiquant que Mr. Grant, ici présent, était avec Mr. Maxwell sur son yacht au moment des assassinats. Il est évident, ajouta-t-il à l'intention du policier, que vous ne tenez pas la bonne personne.

– Ce n'est pas évident pour moi, répondit l'inspecteur en secouant ses mentons d'indignation. J'ai un témoin qui a vu cet homme sur le lieu des assassinats.

– Vous n'allez certainement pas accorder plus d'importance aux affirmations de Mr. Bailey qu'au témoignage d'une personne d'aussi bonne réputation que Mr. Maxwell, dit Woodfield.

Les yeux du policier luisirent de fureur.

– Nous sommes au Mexique. Ici, tous les individus sont égaux.

– Oui, répondit Woodfield. Comme aux États-Unis.

Puis, se tournant vers Buchanan :

– Mr. Maxwell m'a demandé d'apporter ce message, dit-il en prenant un papier dans son porte-documents et en le tendant au prisonnier. Pourrais-je m'absenter un instant ? demanda-t-il à l'inspecteur.

L'homme ne comprit pas.

– Les toilettes, dit Woodfield. Les w.-c.

– Ah ! Les toilettes. *Sí.*

Le policier souleva sa grosse masse, ouvrit la porte et demanda à un agent de conduire Mr. Woodfield au *sanitario.*

Le diplomate parti, Buchanan lut la lettre.

Vic,

Désolé de ne pas avoir pu venir moi-même. Je viendrai s'il le faut, mais épuisons d'abord d'autres solutions. Regarde ce qu'il y a dans l'étui de de l'appareil photo que Woodfield a apporté. Si tu penses que son contenu peut être utile, essaie de l'utiliser. J'espère te voir bientôt de l'autre côté de la frontière.

Chuck

Buchanan regarda la sacoche posée à côté de la chaise occupée par Woodfield et vit un étui d'appareil photo en nylon gris.

Le policier avait fermé la porte. Il dévisageait Buchanan en plissant les yeux, visiblement intéressé par le contenu du message. Il se rapprocha et grommela :

– Tu as menti sur le traitement que tu as subi. *Porqué ?*

Buchanan haussa les épaules.

– C'est simple. Je veux que nous soyons amis.

– Pourquoi ?

L'inspecteur s'approcha davantage.

– Parce que je ne sortirai pas d'ici sans votre aide. Bien sûr, Woodfield peut vous causer une quantité d'ennuis de la part de vos chefs et d'hommes politiques. Mais il faudra sans doute que j'attende qu'un juge prenne la décision pour être relâché et, pendant ce temps, je suis à votre merci.

Buchanan marqua une pause et afficha un air abattu.

– Des accidents effroyables se produisent parfois en prison. Il arrive que des prisonniers meurent avant qu'un juge ait le temps de les voir.

Le policier fixait Buchanan intensément. Montrant l'étui en plastique, celui-ci demanda :

– Est-ce que je peux ?

L'homme approuva de la tête. Buchanan posa le sac sur ses genoux.

– Je suis innocent, dit-il. Il est évident que Bailey se trompe sur ce qu'il a vu. Mon passeport prouve que je ne suis pas l'homme qu'il croit. Mon client dit que je n'étais pas sur le lieu des crimes. Mais vous avez consacré énormément de temps et d'énergie à cette enquête. À votre place, je n'aimerais pas me dire que j'ai gaspillé mes efforts. Le gouvernement ne vous paie pas assez pour tout le mal que vous vous donnez.

Il ouvrit l'étui de l'appareil photo et le plaça sur le bureau. L'inspecteur et lui écarquillèrent les yeux. Le sac était rempli de liasses de billets de cent dollars usagés. Buchanan prit un des paquets et le feuilleta. Le policier était bouche bée.

– À vue d'œil, dit Buchanan en replaçant les billets, il doit y avoir cinquante mille dollars. Ne vous trompez pas. Je ne suis pas riche. Je travaille beaucoup, comme vous, et je ne possède pas une telle quantité d'argent. Cela vient de mon client. Il me le prête pour m'aider à payer les frais d'avocat. Mais je ne vois pas pourquoi un avocat devrait toucher tout cela, puisque je suis innocent. Il n'aura certainement pas besoin de travailler aussi longtemps et aussi dur que je vais le faire pour rembourser cette somme, ou que vous devez le faire pour gagner autant.

Buchanan soupira de douleur et regarda vers la porte.

– Woodfield va revenir d'un moment à l'autre. Pourquoi vous ne nous feriez pas une faveur, à tous les deux ? Prenez l'argent et laissez-moi partir.

L'inspecteur tapotait le bureau avec ses doigts.

– Je vous jure que je n'ai tué personne, insista Buchanan.

La porte s'ouvrit lentement. Le policier masqua l'étui de l'appareil photo avec son énorme corps et le referma. Il replaça ses larges cuisses sur sa chaise craquante en cachant le sac derrière son bureau, le tout avec une agilité surprenante chez un homme si volumineux.

Woodfield entra.

– Ce serait une insulte à la justice de s'entêter, dit l'inspecteur. Señor Grant, on va vous rendre votre passeport et vos affaires. Vous êtes libre.

8

– Vous avez l'air d'avoir besoin d'un médecin, dit Woodfield.

Ils s'éloignaient de la prison et traversaient une rue poussiéreuse, en direction d'une voiture noire garée sous un palmier.

– Je connais un très bon médecin à Mérida. Je vais vous y conduire le plus vite possible.

– Non, répondit Buchanan.

– Mais...

– Non.

Il attendit qu'une camionnette dont la carrosserie avait perdu ses ailes fût passée, puis continua de traverser. L'éclat du soleil lui faisait mal aux yeux et augmentait son mal de tête, après tant de jours en prison.

– Ce que je veux, c'est quitter le Mexique.

– Plus vous attendez pour voir un médecin...

Buchanan atteignit le véhicule et se tourna vers Woodfield. Il ignorait ce qu'on avait dit au diplomate. Rien sans doute. L'une de ses règles était de ne jamais donner d'informations spontanément. Un autre principe était de ne jamais changer de personnage.

– J'irai voir un médecin quand je me sentirai en sécurité. Je n'arrive pas à croire que je suis sorti de prison. Je ne le croirai pas tant que je ne serai pas dans un avion en partance pour Miami. Cet abruti peut changer d'avis et m'arrêter à nouveau.

Woodfield plaça la valise de Buchanan dans le coffre.

– Je crois qu'il n'y a aucun risque que cela arrive.

– Aucun risque pour vous, dit Buchanan. Le mieux que vous puissiez faire est de me conduire à l'aéroport, de me trouver une place dans un avion et de téléphoner à Charles Maxwell. Dites-lui que je lui demande de faire en sorte que quelqu'un m'attende à l'arrivée et me conduise à l'hôpital.

– Vous êtes sûr de tenir le coup jusque-là ?

– Il le faudra bien.

Buchanan craignait que la police de Cancún n'enquêtât toujours sur son ancienne identité. Ils finiraient par trouver le bureau et l'appartement d'Ed Potter, et des gens qui auraient vu Ed Potter et qui confirmeraient que le portrait-robot lui ressemblait. Il suffisait ensuite qu'un policier décidât de corroborer le témoignage de Big Bob Bailey en confrontant ces témoins à Victor Grant.

Il *fallait* qu'il quitte le pays.

– Je vais téléphoner à l'aéroport pour voir si je peux vous obtenir une place dans le prochain avion.

– Parfait.

Buchanan examina la rue, les piétons et la circulation par réflexe. Il se tendit en remarquant une femme dans la foule qui encombrait le trottoir, derrière Woodfield. Une Américaine d'une trentaine d'années, rousse, attirante et grande, qui portait un pantalon beige et un chemisier jaune. Mais ce n'était ni son origine, ni la couleur de ses cheveux, ni ses avantages qui avaient attiré son attention. Il ne voyait d'ailleurs même pas sa figure. Parce qu'elle visait à travers un appareil photo. Immobile parmi les passants mexicains, près du caniveau, elle prenait des photos de lui.

– Une minute, dit Buchanan à Woodfield.

Il se dirigea vers la femme qui, en le voyant approcher, baissa son appareil, fit demi-tour et disparut derrière l'angle de la rue. Le soleil l'accablait. Sa blessure l'affaiblissait. Un étourdissement l'arrêta.

– Qu'est-ce qui se passe ? demanda Woodfield.

Buchanan ne réagit pas.

– Vous aviez l'air de vouloir aller quelque part.

Buchanan fit une grimace en direction de l'angle de la rue puis, revenant vers la voiture, répondit :

– Oui, avec vous.

Il ouvrit la porte du passager et ajouta :

– Dépêchez-vous. Trouvez un téléphone. Trouvez-moi une place pour Miami.

Buchanan rumina pendant tout le trajet sur la femme rousse. Pourquoi l'avait-elle pris en photo ? Était-ce une simple touriste et s'était-il trouvé par hasard dans le champ d'un cliché banal ? Peut-être. Mais alors pourquoi était-elle partie quand il s'était approché ? Une coïncidence ? Il ne pouvait se contenter de cette explication. Trop de choses avaient mal tourné. Et rien n'était jamais simple. Tout événement avait ses explications cachées. Mais si ce n'était pas une simple touriste, qui était-ce ? Il retournait la question : pourquoi m'a-t-elle pris en photo ? L'absence de réponse le perturbait autant que les implications menaçantes de l'interrogation. Il n'avait qu'une seule consolation. Au moins avait-il pu la regarder à loisir quand elle avait baissé son appareil pour s'enfuir.

Et il n'oublierait jamais ce visage.

9

Acapulco, Mexique

Un yacht précis intéressait Esteban Delgado, parmi tous les bateaux amarrés dans la fameuse baie. Une tache d'un blanc brillant sur le fond vert-bleu de l'océan Pacifique. Une soixantaine de mètres de longueur, estima-t-il. Trois ponts. Un hélicoptère fixé sur une plate-forme. La silhouette du navire évoquait un couteau de chasse dont la pointe aurait été la proue. À la poupe s'étendait un vaste solarium conçu pour permettre aux voyeurs d'observer depuis les fenêtres des cabines. Tout cela lui était trop familier. S'il ne disposait pas d'informations sûres, si son assistant ne lui avait pas fourni des indications précises moins d'une heure plus tôt, il aurait juré que ce yacht à l'allure si particulière était le bateau de son ennemi, celui qui apparaissait si souvent dans ses cauchemars et lui avait provoqué un ulcère d'estomac. Aucune importance que ce yacht-ci fût baptisé *Full House* alors que sa hantise s'appelait *Poseidon*. Son sentiment de persécution le poussait à un tel degré de paranoïa qu'il s'était imaginé qu'on avait maquillé le nom du bateau pour se jouer de lui. Mais son assistant l'avait assuré avec la plus grande conviction que le jour même, à midi, le *Poseidon* était en route depuis les îles Vierges vers Miami.

Mais Delgado ne pouvait s'empêcher de fixer le bateau derrière la baie vitrée de sa grande villa, indifférent à la musique, aux éclats de rire et à l'agitation de la réception qui se déroulait autour de la piscine, sur la terrasse qui s'étendait à ses pieds. Il n'accordait aucun regard aux nombreuses jolies femmes. Il ne voyait pas les buissons et les arbres en fleurs qui encadraient les riches maisons roses, semblables à la sienne, dispersées sur le flanc de la colline jusqu'à la mer. Il avait les yeux rivés au-delà du boulevard Costera Miguel Aleman qui longeait la baie entre des hôtels luxueux et la plage spectaculaire. Il était obsédé par le yacht. Ce yacht et celui auquel il ressemblait. Et surtout par le secret avec lequel son ennemi le tenait, lui, Esteban Delgado.

Il fut distrait par un mouvement. Une limousine noire qu'il attendait depuis longtemps étincelait dans le soleil, sur la route tortueuse. Elle franchit bientôt les portes de la propriété et passa les gardes. Delgado broyait du noir et jetait des regards mauvais. Il avait chaud malgré la climatisation. Son nom de famille, qui signifiait « maigre », lui était toujours allé comme un gant. Il était déjà grand et mince quand il était enfant. Mais depuis quelque temps il remarquait des chuchotements et des réflexions inquiètes sur son apparence, son amaigrissement soudain et le fait qu'il flottait dans ses costumes taillés sur mesure. Son entourage le croyait malade. On parlait de sida. Mais tout le monde se trompait.

C'étaient les soucis qui le rongeaient.

Des coups frappés à la porte interrompirent ses réflexions et le ramenèrent à la réalité.

– Qui est-ce ? demanda-t-il d'un ton ne trahissant aucune tension.

Un garde du corps répondit derrière le battant :

– Votre invité est arrivé, *señor* Delgado.

Il essuya ses mains moites à une serviette posée sur le bar, reprit l'attitude sûre de lui du deuxième homme le plus puissant du gouvernement mexicain.

– Faites-le entrer.

On ouvrit la porte. Un garde du corps sévère laissa passer un homme plutôt petit, légèrement chauve et mal à l'aise. Âgé d'une quarantaine d'années, le nouveau venu portait un costume simple et froissé et tenait une sacoche usée. Il ajusta ses lunettes et sembla encore plus embarrassé quand la porte fut fermée derrière lui.

– Professeur Guerrero... Je suis si content que vous ayez pu venir, dit Delgado en traversant la pièce pour serrer la main à son hôte. Soyez le bienvenu. Comment s'est déroulé le voyage depuis la capitale ?

– Sans problème, grâce à Dieu.

Le professeur essuya avec un mouchoir son front trempé de sueur.

– Je n'aime pas prendre l'avion, mais j'ai au moins réussi à faire passer le temps en comblant du retard dans mon travail administratif.

– Vous travaillez trop. Permettez-moi de vous offrir quelque chose à boire.

– Non merci, monsieur le Ministre. Je n'ai pas l'habitude de boire si tôt dans l'après-midi. J'ai peur de...

– Des sottises ! Qu'est-ce que vous aimeriez ? Tequila ? Bière ? Rhum ? J'ai un rhum excellent.

Le professeur Guerrero regarda Delgado et se laissa fléchir par le pouvoir du personnage qui l'avait convoqué. Le titre officiel de Delgado était ministre de l'Intérieur, mais son influence réelle en tant que meilleur ami et plus proche conseiller du président était encore plus grande que celle simplement due à ses fonctions. L'amitié des deux hommes datait de leur enfance passée à Mexico. Ils avaient ensuite suivi ensemble les cours de droit de l'Université nationale du Mexique. Delgado avait dirigé la campagne électorale du président et il était de notoriété publique que celui-ci l'avait choisi comme successeur.

Mais Delgado savait qu'il perdrait tout, et particulièrement l'opportunité de s'enrichir avec les dessous-de-table et les pots-de-vin qui reviennent à un président, s'il ne suivait pas les ordres qu'on lui avait intimés. Son maître chanteur révélerait son secret et l'anéantirait. Il ferait tout pour que cela n'arrive jamais.

– D'accord, dit le professeur Guerrero. Si vous insistez. Un Coca-Cola avec du rhum.

– Je crois que je vais vous imiter.

Delgado servit les boissons lui-même pour montrer qu'un homme du peuple comme lui n'appelait pas le maître d'hôtel. Il ajouta, avec un signe de tête en direction de la terrasse d'où montaient la musique et les rires :

– Tout à l'heure, nous nous joindrons aux festivités. Je suis certain que vous ne verrez aucun inconvénient à échanger votre costume contre un maillot de bain. Et je suis plus que certain que n'aurez aucune objection à rencontrer quelques jolies femmes.

Le professeur Guerrero jeta un regard sur son alliance et répondit :

– En vérité, je n'ai jamais beaucoup apprécié les réceptions.

– Il faut vous distraire.

Delgado posa sur une table les verres mouillés de condensation et fit signe à Guerrero de s'installer en face de lui dans un fauteuil moelleux.

– Vous travaillez trop, insista-t-il.

Le professeur s'assit avec raideur.

– Malheureusement notre budget ne nous permet pas d'embaucher assez de gens pour partager mes responsabilités.

Son interlocuteur connaissait ses fonctions de directeur de l'Institut national d'archéologie et d'histoire du Mexique.

– Nous pourrions peut-être trouver des crédits supplémentaires. Je remarque que vous n'avez pas touché à votre boisson.

Guerrero avala une gorgée, d'un air peu enthousiaste.

– Parfait. *Salud !*

Delgado but à son tour et afficha soudain un visage maussade.

– Je n'ai pas aimé votre lettre. Pourquoi ne vous êtes-vous pas contenté de prendre le téléphone pour me parler du problème ? C'est plus efficace et plus personnel.

Et moins officiel, ajouta-t-il mentalement. Les lettres et les copies qu'on en faisait pour différents dossiers entraient dans les archives gouvernementales. Delgado préférait voir archivé le moins de traces possible de ses affaires.

– J'ai essayé de vous en parler plusieurs fois, se défendit Guerrero. Vous n'étiez pas à votre bureau. J'ai laissé des messages. Vous ne m'avez pas rappelé.

Delgado n'était pas satisfait :

– J'avais des problèmes urgents à résoudre sur-le-champ. J'avais l'intention de vous rappeler dès que possible. Vous devez être plus patient.

– J'ai essayé d'être patient.

Le professeur s'essuya le front, agité.

– Mais ce qui se passe sur les nouvelles ruines du Yucatán est inexcusable. Il faut arrêter ça.

– Le professeur Drummond m'a assuré...

– Il n'est pas professeur. Son doctorat est honorifique et il n'a jamais enseigné, répondit Guerrero. Mais même s'il avait la qualification nécessaire, je ne comprendrais pas que vous ayez permis qu'une découverte archéologique de cette importance soit uniquement étudiée par des Américains. C'est *notre* passé, pas le leur !

Et je ne comprends pas le secret qui règne. Deux de mes chercheurs ont essayé de voir les ruines, mais on leur a interdit de pénétrer dans la zone. Elle est hermétiquement fermée.

Delgado se pencha en avant avec une expression sévère.

– Le professeur Drummond n'a reculé devant rien pour embaucher les meilleurs archéologues disponibles.

– Les meilleurs spécialistes de la culture maya sont des citoyens de ce pays et travaillent dans mon institut.

– Mais vous avez reconnu vous-même que votre budget n'est pas assez important, dit Delgado d'une voix railleuse. Considérez la généreuse contribution financière du professeur Drummond comme un moyen d'économiser votre propre budget. Les archéologues travaillent tellement qu'ils n'ont pas le temps d'être distraits par des visiteurs. C'est pour cette raison que vos chercheurs n'ont pas eu l'autorisation d'accéder aux fouilles. Et la zone a été totalement fermée pour éviter que les ruines ne soient pillées par les voleurs qui se précipitent systématiquement sur les objets livrés par de nouveaux sites. Tout s'explique très facilement. Il n'y a aucun secret là-dedans.

Guerrero était encore plus agité.

– Mon institut...

Delgado leva une main.

– Votre institut ?

Guerrero corrigea :

– L'Institut national d'archéologie et d'histoire, reprit-il, oppressé, doit être le seul à décider de quelle façon les ruines doivent être fouillées et qui doit avoir l'autorisation de le faire. *Je ne comprends pas pourquoi les règles et les procédures ont été violées.*

– Professeur, votre naïveté me surprend.

– Pardon ?

– Alistair Drummond est un mécène généreux envers l'art de notre pays. Il a donné des millions de dollars pour la construction de musées et pour payer des bourses à de futurs artistes. Est-ce que je dois vous rappeler que la Société Drummond a récemment financé un tour du monde de la plus grande collection d'art mexicain jamais rassemblée ? Est-ce que je dois également vous rappeler que l'admiration internationale suscitée par cette collection a été une aide considérable pour nos relations publiques ? Le nombre de touristes a augmenté et ils ne viennent plus seulement pour nos stations balnéaires mais aussi pour découvrir notre passé. Quand le professeur Drummond a proposé son aide financière et technique pour fouiller les ruines, il a ajouté qu'il considérerait comme une faveur que sa proposition soit acceptée. Il était politiquement opportun de lui accorder cette faveur, parce que c'était en fait une faveur que nous nous faisions à nous-mêmes. Nous y gagnons sur le plan financier et je suis persuadé que son équipe réalisera le travail bien plus rapidement que ce que votre équipe trop réduite aurait pu faire. La conséquence est que les touristes viendront plus tôt. Les touristes, cela signifie des devises, du travail pour les gens du pays et le développement d'une région du Yucatán auparavant sans intérêt.

– Des devises ? demanda le professeur Guerrero d'un ton irrité. Notre passé n'a pas d'autre signification pour vous ? Des touristes ? De l'argent ?

Delgado poussa un soupir.

– S'il vous plaît. C'est une trop belle après-midi pour se disputer. Je suis venu ici pour me détendre et je pensais que vous saisiriez l'occasion pour en faire autant. J'ai quelques coups de téléphone à donner. Pourquoi n'iriez-vous pas à la piscine ? Profitez du panorama, faites connaissance avec des jeunes femmes, ou ne le faites pas si vous préférez, et nous reprendrons cette conversation plus tard, pendant le dîner, après nous être calmés.

– Je ne vois pas comment le panorama pourrait me faire changer d'avis sur...

Delgado le coupa :

– Nous pouvons poursuivre cette discussion plus tard.

Il se leva et fit signe à Guerrero de l'imiter. Puis il raccompagna le professeur jusqu'à la porte et dit à un planton :

– Faites faire le tour de la propriété au professeur Guerrero. Montrez-lui le jardin. Accompagnez-le à la réception. Veillez à ce qu'il ne manque de rien. Professeur, ajouta-t-il en prenant la main de Guerrero, je vous rejoins dans une heure.

Le professeur se retrouva dans le couloir avant d'avoir le temps de répondre. Delgado ferma la porte derrière lui. Son sourire disparut. Il se dirigea avec un visage sombre vers un téléphone posé sur le bar. Il avait fait son possible. Il avait essayé une méthode douce et diplomatique. Il avait proposé tous les pots-de-vin envisageables sans risquer de froisser l'archéologue. En pure perte. Très bien, nous emploierons d'autres moyens. Puisque le professeur Guerrero ne veut pas se montrer conciliant, il découvrira bientôt qu'il n'est plus directeur de l'Institut national d'archéologie et d'histoire. Delgado avait déjà choisi son remplaçant, un homme qui lui était plusieurs fois redevable et qui n'aurait aucune objection au fait que l'équipe archéologique d'Alistair Drummond continue à fouiller les nouvelles ruines. Cette complaisance serait d'ailleurs une condition de la nomination du nouveau directeur. Et si le professeur Guerrero s'acharnait à être désagréable, il disparaîtrait dans un accident de la circulation, malencontreusement renversé par un chauffard qui s'enfuirait.

Comment peut-on être aussi cultivé et aussi bête ? se demandait Delgado, furieux, en saisissant le combiné. Il suspendit son geste avant de composer un numéro car le clignotement d'un voyant lui indiqua qu'on l'appelait sur une autre ligne. Il laissait habituellement un employé répondre aux appels depuis un autre poste de la villa, mais la ligne dont il s'agissait était privée et n'aboutissait sur aucun autre appareil. Très peu de gens connaissaient son numéro. Uniquement des collaborateurs particuliers qui ne l'utilisaient que pour des questions de la plus haute importance.

Vu les circonstances, Delgado ne voyait qu'un seul problème justifiant un appel. Il appuya immédiatement sur le bouton situé près de la lampe clignotante.

– Flèche, dit-il en annonçant le mot de passe qui l'identifiait. Que se passe-t-il ?

Delgado reconnut la voix brusque qui, au milieu des parasites d'un appel international, lui répondit avec son propre mot de passe :

– Frisson. C'est au sujet de la femme.

Delgado eut un serrement de cœur.

– Votre téléphone est sûr ?

– Je ne vous aurais pas appelé s'il ne l'était pas.

On vérifiait tous les jours si les lignes de Delgado étaient écoutées, de même qu'on inspectait la maison à la recherche de systèmes d'espionnage. Un petit appareil installé près du poste mesurait le voltage de la ligne. Un écart par rapport au niveau normal signalerait que quelqu'un avait intercepté la ligne depuis la dernière vérification.

– Qu'est-ce qui se passe avec la femme ? demanda Delgado d'une voix nerveuse.

– Je crois qu'elle a échappé à Drummond. Le système de surveillance a été retiré.

– Bon Dieu, parlez clairement. Je ne comprends rien.

– Vous nous avez demandé de la surveiller, mais on ne pouvait pas l'approcher parce que les hommes de Drummond la surveillaient aussi. Il y en avait un qui jouait les clochards et était installé sur des cartons en face de la porte de service du bâtiment. Des vendeurs ambulants observaient l'entrée principale depuis le square qui se trouve en face. Il y avait un marchand de hot dogs, un marchand de T-shirts et un marchand de parapluies. La nuit, ils étaient remplacés par d'autres hommes qui jouaient les clochards. Le concierge de l'immeuble était un homme de Drummond, et il avait un adjoint qui assurait la surveillance s'il était appelé pour autre chose. Les femmes de ménage travaillaient aussi pour Drummond.

– Je sais tout cela ! dit Delgado. Pourquoi est-ce que vous... ?

– Ils ont tous disparu.

Delgado lâcha une exclamation.

– On a d'abord pensé que Drummond avait installé un autre système de surveillance, continua l'homme. Mais on se trompait. Le concierge n'a plus d'adjoint. Le personnel qui était au service de la femme a quitté le bâtiment ce matin et n'est pas revenu. Les hommes placés à l'extérieur n'ont pas été remplacés.

Delgado était en sueur malgré la climatisation. L'avalanche des conséquences possibles de ce qu'il venait d'entendre le paralysait.

– Elle a dû partir en voyage.

– Non, répondit son interlocuteur. Mes hommes l'auraient vue partir. En plus, cela lui est déjà arrivé de partir en voyage et le personnel de service l'avait accompagnée. Cette fois-ci, elle est partie toute seule. Il y a eu une agitation inhabituelle hier matin. Les hommes de Drummond entraient et sortaient de l'immeuble, surtout son assistant.

– Si elle n'est pas partie, si elle est toujours dans l'appartement, pourquoi est-ce qu'ils ont retiré l'équipe de surveillance ?

– Je crois qu'elle n'est plus dans l'appartement.

– Expliquez-vous ! dit Delgado.

– Je pense qu'elle a dû rompre son accord avec Drummond. Elle a dû se sentir menacée et elle est parvenue à s'enfuir. Sans doute l'avant-dernière nuit, ce qui expliquerait l'agitation d'hier matin. Ils n'ont plus besoin d'hommes autour de l'immeuble et ils les ont sans doute envoyés à sa recherche. Ils n'ont plus besoin de personnel de service non plus.

– Bon sang ! s'exclama Delgado, qui transpirait de plus belle. Si elle a rompu son accord et si elle parle, je... Trouvez-la.

– On essaie, promit l'homme. Mais depuis le temps, la piste est refroidie. On étudie son passé pour essayer de trouver où elle pourrait se cacher et à qui elle pourrait demander de l'aider. Drummond dira à son adjoint de la lui ramener si ses hommes la trouvent.

– Oui. Sans elle, il a moins d'emprise sur moi. Il va tenter l'impossible pour lui mettre la main dessus.

Et si elle allait trouver la police ? se demanda Delgado, dans un accès de panique. Si elle parlait pour sauver sa vie ?

Non, pensa-t-il. À moins d'y être absolument contrainte, elle n'ira pas trouver la police. Elle aura trop peur que la police obéisse à Drummond, qu'on la livre à lui et qu'il la punisse pour avoir parlé. J'ai du temps devant moi. Mais au bout du compte elle parlera, quand elle n'aura plus d'autre solution. Elle sait que vu l'enjeu Drummond n'arrêtera jamais de la traquer. Elle ne peut pas passer sa vie à fuir.

L'homme continuait à parler au bout du fil.

– Quoi ? demanda Delgado.

– Je vous demandais ce que vous voulez que nous fassions si nous la trouvons ou si les hommes de Drummond nous conduisent à elle.

– Je verrai le moment venu.

Delgado reposa le combiné. Il ne dirait rien de plus par téléphone, même si on avait parfaitement vérifié qu'aucun micro n'était caché dans la villa et que sa ligne n'était pas écoutée. La conversation n'avait rien eu de compromettant, mais on pourrait se poser des questions si elle avait été enregistrée. Il n'allait pas courir le risque de susciter d'autres interrogations, ou même pire, en donnant à son agent les instructions détaillées qu'il réclamait. Car Delgado savait parfaitement ce qu'il fallait faire. Avec tous les moyens nécessaires. Pour soigner son ulcère à l'estomac. Pour débarrasser ses nuits de leurs cauchemars.

Il voulait que ses hommes tuent la femme dès qu'ils la trouveraient.

Avant de tuer Drummond.

Cinq

1

Miami, Floride

Les haut-parleurs du terminal firent entendre le son métallique d'une voix masculine :

– Mr. Victor Grant. Mr. Victor Grant. Vous êtes prié de décrocher un téléphone de service.

Buchanan venait d'arriver à l'aéroport international de Miami et quittait la zone de contrôle des passeports parmi les passagers du vol d'AeroMexico. Il se demandait si Woodfield avait transmis son message à Maxwell et comment le rendez-vous serait organisé. L'annonce était à peine audible au milieu du bruit du terminal. Il attendit qu'on la répétât avant de se diriger vers un téléphone blanc surmonté d'un panneau « *Airport* », installé à côté d'une rangée de téléphones publics. Il n'y avait aucun cadran. Il décrocha. Il entendit une tonalité, puis une sonnerie. Une femme répondit. Il lui dit qu'il était Victor Grant et elle lui expliqua que la personne avec laquelle il avait rendez-vous l'attendait au guichet des renseignements.

Buchanan la remercia et raccrocha. Il analysa l'organisation du contact. Une équipe surveillait les téléphones de service. Elle avait observé qui s'était dirigé vers les appareils après l'annonce adressée à Victor Grant. Les agents possédaient probablement une photo ou une description de lui. Quoi qu'il en soit, ils l'avaient identifié et ils attendaient pour voir si quelqu'un le suivait pendant qu'il se rendait au guichet des renseignements.

Buchanan était soulagé d'avoir échappé à la police mexicaine et d'être de retour aux États-Unis. Il était content qu'on prenne tant de précautions pour le contacter, mais cela l'inquiétait tout de même. Ses contrôleurs estimaient visiblement que la situation était toujours délicate. Sinon, ils n'auraient pas mobilisé tant d'hommes pour son arrivée.

Marchant lentement pour laisser à l'équipe de surveillance le temps d'observer la foule, souffrant de toute façon trop pour avancer plus vite, il tira sa valise en direction du guichet des renseignements. Un homme avenant et athlétique d'une trentaine d'années se dirigea vers lui en souriant, la main tendue.

– Salut, Vic. Content de te voir. Comment ça va ? Le voyage s'est bien passé ?

Buchanan lui serra la main.

– Très bien.

– Parfait. La voiture est par là. Donne, je vais prendre ta valise.

C'était un homme brun, bronzé, aux yeux bleus. Il toucha l'épaule de Buchanan pour lui indiquer une sortie. Celui-ci se laissait faire mais se tenait sur ses gardes car l'individu ne lui avait fourni aucun signe d'intelligence qui l'aurait mis en confiance. Il se détendit quand l'homme lui dit :

– À propos, Charles Maxwell et Wade veulent tous les deux que nous leur téléphonions pour leur dire que vous allez bien.

Plusieurs personnes connaissaient ses relations avec Charles Maxwell, mais seuls ses contrôleurs savaient que le responsable de sa mission à Cancún utilisait le pseudonyme de Wade.

L'agent ouvrit une camionnette grise garée sur le parking encombré de l'aéroport. Le flanc du véhicule arborait une inscription blanche : BON VOYAGE INC., PERSONNALISATION, MODIFICATION DE BATEAUX DE PLAISANCE. Ils avaient un peu bavardé en traversant le parking, mais Buchanan se tut en attendant que son compagnon lui dise qu'ils pouvaient parler librement ou lui fasse comprendre quel scénario il devait suivre.

La camionnette quitta la rampe de sortie du parking. L'homme poussa sous le tableau de bord le bouton d'un appareil qui ressemblait à une radio portative.

– Voilà. Le brouilleur est branché. On peut parler tranquillement. Je vais te faire un résumé. On verra plus tard pour les détails. Je m'appelle Jack Doyle. J'ai été SEAL [1]. J'ai travaillé au Panama. J'ai dû démissionner. J'ai monté une affaire d'équipement de bateaux de plaisance à Fort Lauderdale. Tout cela est la réalité. Venons-en à toi. De temps en temps je donne un coup de

1. Phoque. *(N.d.T.)*

main aux gens pour lesquels j'ai travaillé. Ils m'ont demandé de te fournir une couverture. Tu es censé être un de mes employés. Tes contrôleurs ont fourni toutes les informations nécessaires : numéro de Sécurité sociale, impôts, tout ce genre de renseignements. Victor Grant a également appartenu aux SEAL et il est naturel que je te considère autrement qu'en simple employé. Tu habites dans un appartement au-dessus de mon bureau. Tu es un solitaire et tu voyages beaucoup à ma demande. Il ne sera pas surprenant que les voisins ne te connaissent pas, si jamais on les interroge. Des questions ?

– Depuis combien de temps est-ce que je travaille pour toi ?

– Trois mois.

– Combien je gagne ?

– Trente mille dollars par an.

– Dans ce cas, je demande une augmentation.

Doyle éclata de rire.

– Bien. Le sens de l'humour. On va bien s'entendre.

– Bien sûr, dit Buchanan. Mais nous nous entendrons encore mieux si tu t'arrêtes à une station-service.

– Ah ?

– Autrement, je vais pisser du sang dans ta camionnette.

– Bon Dieu !

Doyle quitta rapidement la route pour se garer dans une station-service. Doyle quittait une cabine téléphonique quand Buchanan ressortit des toilettes.

– J'ai téléphoné à un membre de l'équipe qui servait d'agent de liaison à l'aéroport. Il est certain que personne ne t'a suivi.

Buchanan s'effondra contre le véhicule, la figure trempée de sueur.

– Tu ferais mieux de m'emmener chez un...

2

Le médecin se tenait à côté du lit de Buchanan. Il lut la courbe de température, ausculta le cœur et les poumons du blessé, vérifia la perfusion, puis ôta ses lunettes et se gratta la barbe.

– Vous avez une constitution surprenante, Mr. Grant. Les seules personnes que je vois dans cet état d'habitude sont des victimes de graves accidents de la route.

Après un silence, il commença une phrase qu'il laissa en suspens :

– Ou de...

« Combats », pensa Buchanan. Doyle ne l'aurait jamais conduit dans ce petit hôpital s'il n'avait aucun lien avec ses employeurs. Le docteur était vraisemblablement un ancien médecin militaire.

– J'ai vos radios et les résultats des autres analyses, continua l'homme en blouse blanche. Comme vous l'aviez deviné, votre blessure est infectée. Mais maintenant que je l'ai nettoyée et recousue, et qu'on vous a mis sous antibiotiques, elle devrait cicatriser dans des délais normaux et sans complication. Votre température est déjà en train de descendre.

– Ce qui signifie, à voir votre air préoccupé, que les mauvaises nouvelles viennent de mon hémorragie interne, dit Buchanan.

Le médecin hésita.

– En fait, cette hémorragie a l'air plus grave qu'elle ne l'est. Il est certain que de découvrir du sang dans vos urines a dû vous faire un sacré choc. Vous vous êtes probablement dit qu'un organe avait éclaté. La vérité rassurante est que le saignement vient de la rupture d'un petit vaisseau de la vessie. Il n'est pas nécessaire d'opérer. Le saignement s'arrêtera de lui-même et le vaisseau se cicatrisera rapidement si vous vous reposez et si vous évitez toute activité fatigante. La même chose arrive parfois chez des maniaques du jogging. Il suffit qu'ils s'arrêtent pendant quelques semaines et ils peuvent se remettre à courir.

– Alors quel est le problème ? demanda Buchanan, que la mine du médecin inquiétait de plus en plus. Qu'est-ce qui ne va pas ?

– La blessure à la tête, Mr. Grant. Et les tremblements périodiques de votre main droite.

Un poids sembla écraser la poitrine de Buchanan.

– Je pensais que les tremblements étaient dus à un traumatisme des nerfs causé par la blessure de mon épaule. Je pensais que quand la blessure se cicatriserait...

Le médecin plissa les yeux, d'un air soucieux.

– Un traumatisme... les nerfs... vous avez en partie raison. C'est effectivement un problème avec les nerfs. Mais pas comme vous l'imaginez. Je le répète, Mr. Grant, vous avez une constitution surprenante. Vous avez une fracture du crâne. Vous avez subi une commotion cérébrale. C'est ce qui explique vos vertiges et vos troubles de la vue. Honnêtement, en voyant le scanner de votre cerveau j'ai été surpris que vous ayez été capable de tenir debout, et même de ne pas perdre conscience. Vous devez avoir une endurance remarquable, sans parler de la volonté.

– On appelle cela de l'adrénaline, docteur, dit Buchanan avant de s'interrompre pendant un instant. Êtes-vous en train de me dire qu'il y a des troubles neurologiques ?

– C'est ce que je pense.

– Alors quelle est la suite ? Une opération ?

– Pas avant d'avoir un second avis. Il faut que je fasse appel à un spécialiste.

Contenant l'émotion provoquée par l'idée d'être volontairement rendu inconscient, Buchanan dit :

– Je vous demande votre avis, docteur.

– Est-ce que vous avez eu un sommeil anormalement long ?

– Un sommeil ? répondit Buchanan en se retenant d'éclater de rire parce qu'il savait qu'il aurait eu l'air hystérique. Je n'ai pas eu de temps à consacrer au sommeil.

– Vous avez vomi ?

– Non.

– Est-ce que vous avez eu d'autres manifestations physiques anormales, en dehors des vertiges, des troubles de la vue et des tremblements de la main droite ?

– Non.

– Vos réponses sont encourageantes. Il faut que j'en parle avec un neurologue. Il ne sera peut-être pas nécessaire d'opérer.

– Et quels sont les risques si on n'opère pas ? demanda Buchanan d'un ton ferme.

– J'essaie de ne pas me fonder sur des hypothèses. Pour commencer, nous allons vous observer soigneusement, attendre jusqu'à demain pour faire un nouveau scanner et voir si l'hématome du cerveau s'est résorbé.

– C'est la meilleure hypothèse, dit Buchanan. Imaginons que l'hématome se résorbe. Imaginons que je n'aie pas besoin d'une opération.

– La meilleure hypothèse est la pire, poursuivit le médecin. Dans le cerveau, les cellules abîmées ne se régénèrent pas. À votre place, je prendrais garde à ne plus jamais recevoir de coups sur la tête.

3

C'était une maison de plain-pied d'une banlieue de Fort Lauderdale appelée Plantation. La propriété était agrémentée de fleurs et d'arbustes touffus dont il était évident que quelqu'un prenait un soin amoureux. Buchanan se demanda si Doyle avait une passion pour le jardinage. Leur conversation durant le trajet depuis l'hôpital lui laissait l'impression que les affaires de son hôte avaient été touchées par la récession et qu'il n'avait pas les moyens d'employer un jardinier. Doyle gara la voiture sous un auvent et introduisit Buchanan dans la maison par une porte latérale. Celui-ci comprit alors qui s'occupait du jardin.

Doyle avait une épouse. Buchanan l'ignorait, car il posait rarement de questions personnelles et avait observé que le conducteur ne portait pas d'alliance. Une femme enjouée, énergique et un peu plus jeune que Doyle les accueillit. Âgée d'une trentaine d'années elle avait des yeux rieurs, des taches de rousseur d'adolescente et un sourire spontané et engageant. On ne pouvait dire quelle était la couleur de ses cheveux, entièrement enveloppés dans un grand mouchoir à carreaux rouges et noirs. Un tablier de coton blanc passé autour de la taille, elle était au milieu du pétrissage d'une boule de pâte et avait les mains couvertes de farine.

– Eh bien, dit-elle avec un charmant accent du Sud (de Louisiane, pensa Buchanan), je ne pensais pas que vous arriveriez aussi tôt.

Un affleurement de ses doigts sur sa joue laissa une traînée de farine.

– La maison est un vrai désordre. Je n'ai pas eu le temps de...

– La maison est impeccable, Cindy. Vraiment. Il y a eu moins d'embouteillages que ce que je craignais. C'est pour cela que nous sommes en avance. Désolé.

Cindy émit un petit rire.

– Mieux vaut prendre la chose du bon côté. Au moins, je n'ai plus besoin de me fatiguer à nettoyer partout.

Buchanan lui retourna son sourire contagieux. Doyle dit, en le désignant de la main :

– Cindy, voilà l'ami dont je t'ai parlé. Vic Grant. Je l'ai connu à l'armée. Il travaille pour moi depuis trois mois.

– Contente de vous rencontrer, dit Cindy en tendant la main avant de la retirer en se rappelant qu'elle était enduite de farine.

– Ça va, dit Buchanan. J'aime la sensation de la farine.

Et il lui serra la main.

– Ton copain a de l'allure, dit-elle à son mari.

– Tous mes copains ont de l'allure.

– À d'autres !

Elle observa Buchanan et pointa du doigt en direction du pansement qui lui entourait la tête.

– J'ai un autre mouchoir rouge et noir qui sera plus joli que cela.

Buchanan sourit.

– Je ne suis pas censé l'enlever pendant un bout de temps, même si ça ne sert pas à grand-chose. Ce n'est pas un plâtre ou quelque chose de ce genre, mais c'est fait pour me rappeler qu'il faut que je fasse attention à mon crâne.

– Fracture du crâne. Jack m'a raconté.

Buchanan approuva de la tête. Il s'attendait à ce qu'elle lui demande comment il s'était blessé et il était prêt à répéter son histoire de chute depuis un bateau. Elle le surprit en changeant de sujet. Montrant la pâte posée sur la table, elle dit :

– Je suis en train de vous faire une tarte. J'espère que vous aimez le citron vert.

Cachant sa perplexité, il répondit :

– J'ai rarement l'occasion d'apprécier la pâtisserie maison. Je suis certain que tout ce que vous préparez est excellent.

– Ton copain me plaît de plus en plus, Jack.

– Je te montre la chambre d'ami, dit Doyle.

– N'hésitez pas à demander ce dont vous avez besoin, ajouta Cindy.

– Oh, j'ai l'impression que tout est parfait, dit Buchanan. Je vous suis très reconnaissant de m'accueillir chez vous. Je n'ai pas de famille et le médecin pense qu'il vaudrait mieux que je...

– Chut ! l'interrompit Cindy. Pour les jours qui viennent, nous sommes votre famille.

Doyle le fit passer dans un hall lumineux de soleil. Il se retourna pour regarder la femme, se demandant toujours pourquoi elle ne lui avait posé aucune des questions qui viendraient à la bouche de quiconque sur ce qui lui était arrivé au crâne.

Elle s'était remise à pétrir la pâte sur une planche à pâtisserie. Ses doigts avaient laissé des traces de farine en dessous de la ceinture de son jean. Puis Buchanan aperçut quelque chose d'autre. Un revolver calibre 38 à canon court était accroché sur un mur à côté de la porte, en dessous d'un téléphone. Doyle devait considérer ce genre d'arme comme un jouet et ne l'aurait jamais choisi pour lui-même. Il préférerait certainement un 9 millimètres semi-automatique ou un calibre 45. Le petit revolver était à Cindy et Buchanan aurait parié qu'elle savait s'en servir.

Une protection contre les voleurs ? se demanda-t-il. Son passé dans les SEAL avait-il transformé Doyle en obsédé de la sécurité ? Il se rappela les remarques de son hôte sur les services qu'il rendait parfois aux gens pour lesquels il avait travaillé. C'était contre les conséquences possibles de certains de ces services que Cindy devait se protéger et le revolver n'était sans doute pas la seule arme de la maison.

– Voilà, c'est ici, dit Doyle en indiquant une chambre douillette où une chaise à bascule était posée sur un tapis oriental. La salle de bains est ici. Tu es le seul à l'utiliser. Nous en avons une autre. Il n'y a pas de baignoire. Seulement une douche.

– Pas de problème, répondit Buchanan. Je préfère prendre des douches.

Doyle posa le sac de son invité sur un banc ciré, au pied du lit.

– Je crois que c'est tout pour l'instant. Installe-toi. Fais une sieste. Il y a des quantités de livres sur les étagères. Ou regarde la télévision, ajouta-t-il en montrant un petit poste sur un bureau, dans un angle de la pièce. Fais comme chez toi. Je viendrai te chercher quand le déjeuner sera prêt.

– Merci.

Doyle ne bougeait pas. Quelque chose le tourmentait visiblement.

– Qu'est-ce qui ne va pas ? demanda Buchanan.

– Je ne connais pas ton passé et je n'ai aucune raison de le connaître, mais j'imagine, vu les gens qui m'ont demandé de te fournir une couverture, que nous sommes plus ou moins des frères d'armes. J'apprécie tes remerciements, mais ils ne sont pas nécessaires.

– Je comprends.

Doyle hésita avant de poursuivre :

– J'ai respecté les règles. Je ne t'ai posé aucune question. Je pense qu'on m'a dit tout ce que j'avais besoin de savoir. Mais il y a quelque chose. Qu'est-ce qui s'est passé et pourquoi es-tu ici ?... Si tu peux... Est-ce que Cindy court des risques ?

Buchanan aimait décidément de plus en plus cet homme.

– Non. Pour autant que je sache, Cindy ne court aucun risque.

Les muscles du visage de Doyle se détendirent.

– Bien. Elle ignore tout des services que je rends. Quand j'étais dans les SEAL, elle ne savait jamais où on m'envoyait ni pour combien de temps je partais. Elle n'a jamais posé la moindre question. Elle m'a toujours fait confiance. Elle ne m'a même pas demandé pourquoi je voulais qu'elle apprenne à tirer au pistolet ni pourquoi j'avais des armes installées dans toute la maison.

– Comme le revolver sous le téléphone, sur le mur de la cuisine ? demanda Buchanan.

– Ouais. Je vois que tu l'as remarqué. Et comme celui-ci.

Il souleva le dessus-de-lit sur le côté du meuble et montra à Buchanan un Colt 9 millimètres dans un étui accroché au cadre du sommier.

– En cas de besoin, il vaut mieux que tu saches qu'il est là. Ce qui peut m'arriver n'a pas d'importance. Mais Cindy... C'est vraiment une femme très bien. Je ne sais pas si je la mérite. Et elle ne mérite pas tous les problèmes que je ramène à la maison.

– Elle ne risque rien, Jack.

– Bien, répéta Doyle.

4

La sonnerie assourdie d'un téléphone réveilla Buchanan. Il fut rassuré de constater que tous ses sens étaient immédiatement en alerte. Ses instincts de survie fonctionnaient toujours. Il chercha du regard en direction de la table mais ne vit aucun appareil. Puis il tourna les yeux vers la porte, derrière laquelle il entendit à nouveau le bourdonnement, étouffé par la distance, d'une sonnerie qui résonnait probablement dans la cuisine. Il entendit une voix féminine. Cindy. Puis celle de Jack. La conversation fut brève et la maison retomba dans le silence.

Regardant sa montre, il fut surpris d'y lire midi et demi. Ce qu'il avait cru être une sieste d'un quart d'heure avait duré près de deux heures. Le médecin l'avait mis en garde contre un sommeil inhabituellement long. Midi passé ? Le déjeuner doit être prêt. Il se demanda pourquoi Cindy ou Jack ne l'avait pas réveillé. Il étira les bras en testant la rigidité de son épaule blessée, puis enfila ses chaussures et se leva.

Il entendit des petits coups sur la porte.

– Vic ? chuchota Cindy.

– Ça va. Je suis debout.

Buchanan ouvrit la porte.

– Le déjeuner est prêt, dit la femme avec un large sourire.

Buchanan remarqua qu'elle avait ôté son tablier mais qu'elle portait toujours sur la tête le mouchoir rouge et noir. Elle n'a sans doute pas eu le temps d'aller chez le coiffeur, se dit-il en la suivant dans le hall.

– La tarte est pour le dîner. Nous ne mangeons pas beaucoup à midi, expliqua-t-elle. Jack est obsédé par son cholestérol. J'espère que vous aimez la nourriture simple.

Trois bols de soupe de légumes fumaient sur la table, chacun flanqué d'un sandwich au thon et d'une assiette de crudités, céleri, carottes, chou-fleur et tomates.

– C'est du pain complet, ajouta la femme. Mais si vous préférez, je peux vous donner du pain blanc...

– Non, le pain complet est parfait, répondit Buchanan, qui remarqua que Doyle, déjà assis, semblait préoccupé par les dents de sa fourchette.

– Vous avez fait une bonne sieste ? demanda Cindy.

– Excellente, répondit Buchanan.

Il attendit qu'elle lui indique une chaise pour s'asseoir, puis qu'elle commence à manger pour prendre sa cuillère.

– Délicieux, commenta-t-il.

– Essayez le chou-fleur, dit Cindy. C'est censé purifier l'organisme.

– Le mien a incontestablement besoin d'être purifié, dit Buchanan sur le ton de la plaisanterie.

Il se demandait pourquoi Doyle n'avait toujours ni parlé ni touché au repas. Quelque chose l'inquiétait. Il décida de lui adresser la parole.

– Je parie que si je n'avais pas entendu le téléphone je serais toujours en train de dormir.

– Oh, j'étais sûre qu'il allait vous réveiller, dit Cindy.

– Ouais, dit enfin Doyle. Tu sais que les coups de téléphone du bureau me sont automatiquement renvoyés ici quand je n'y suis pas ?

Buchanan approuva de la tête, comme si c'était une information évidente. En présence de Cindy il jouait le rôle d'employé de son mari.

– C'était quelqu'un qui voulait te parler, dit Doyle. Un homme. Je lui ai dit que tu n'étais pas disponible pour l'instant. Il va rappeler.

Buchanan fit son possible pour ne pas trahir son inquiétude.

– C'est sans doute quelqu'un pour qui j'ai travaillé. Il a peut-être des questions sur un instrument que j'ai installé. Il a donné son nom ?

Doyle secoua la tête d'un air sombre.

– Alors, ça ne doit pas être très important, dit Buchanan d'un ton qu'il voulait détendu.

– C'est ce que je me suis dit, répondit Doyle. À propos, il faut que j'aille au bureau après le déjeuner. Je dois régler quelques questions. Si tu te sens mieux, tu as envie de m'accompagner ?

– Jack, il est censé se reposer et non travailler, intervint Cindy.

Buchanan avala ce qu'il avait dans la bouche et répondit :

– Ne vous inquiétez pas. Bien sûr. Ma sieste m'a fait beaucoup de bien. Je vais t'accompagner.

– Parfait.

Doyle se mit enfin à manger, puis s'arrêta en regardant Cindy.

– Ça ira si tu restes toute seule ?

– Et pourquoi ça n'irait pas ? dit la femme avec un sourire forcé.

– La soupe est excellente, dit le mari.

– Je suis contente qu'elle t'ait plu, répondit Cindy avec un sourire encore plus contraint.

5

– Quelque chose ne va pas, dit Buchanan.

Doyle ne répondit pas. Il se contentait de fixer la route, concentré sur la circulation. Buchanan décida de poursuivre.

– Ta femme est vraiment accommodante. J'ai l'impression qu'elle fait des efforts pour faciliter les choses. De gros efforts. Elle ne pose pas de questions mais elle remarque les changements de ton. À propos de ce coup de téléphone, par exemple. Elle aurait attrapé une crampe si elle avait forcé son sourire un peu plus. Elle n'a pas cru une seconde que nous étions des amis. Elle fait semblant, mais la vérité est que je la rends nerveuse et à table elle n'a pas été capable de le cacher plus longtemps. Il faudra sans doute que je parte si elle s'inquiète davantage.

Doyle continuait de regarder droit devant lui. Le véhicule franchissait des ponts jetés au-dessus de canaux le long desquels des bateaux de plaisance étaient amarrés en face de magnifiques villas. Le soleil frappait fort. Doyle chaussa des lunettes de soleil mais n'abandonna pas un plissement des yeux qui trahissait ses soucis.

Buchanan préféra le laisser tranquille et attendre qu'il prenne la parole de lui-même. Le silence régna si longtemps que Buchanan se demandait si son conducteur le briserait jamais et commençait à se dire qu'il allait devoir l'interroger à nouveau. Ce ne fut pas nécessaire.

– Ce n'est pas toi qui poses un problème, dit Doyle d'une voix tendue. J'aimerais que la vie soit aussi simple. Cindy est contente que tu sois chez nous. Sincèrement. Elle veut que tu restes aussi longtemps que ce sera nécessaire. En ce qui concerne les services que je rends, elle a un sang-froid incroyable. Je me rappelle une fois... J'étais affecté à Coronado, en Californie... Nous habitions en dehors du camp. Un matin je lui ai dit au revoir, je me suis rendu au travail et mon unité a, d'un coup, été mise en alerte. Nous n'avons plus eu le droit de communiquer avec l'extérieur. Je n'ai pas pu lui dire que je partais en avion. Je peux imaginer ce qu'elle a dû ressentir quand je ne suis pas rentré le soir. Ses questions. Son inquiétude. Nous nous étions peut-être vus pour la dernière fois.

La voix de Doyle se fit plus dure. Il jeta un regard sur Buchanan.

– Je suis parti pour six mois.

Buchanan remarqua qu'il ne précisait pas où il avait été envoyé. Il le laissa poursuivre.

– J'ai appris plus tard qu'un journaliste était parvenu à découvrir que j'étais un SEAL et que Cindy était ma femme. Il s'est rendu chez nous et lui a demandé où j'étais. À ce moment-là, Cindy ne savait toujours pas que j'étais parti, et encore moins pour quelle destination, ce qu'elle n'aurait de toute façon jamais su. Quelqu'un de moins fort qu'elle aurait été incapable de cacher sa surprise en entendant un journaliste lui annoncer que j'avais été envoyé en mission et lui poser des questions. Une attitude normale aurait été de montrer sa surprise, d'admettre que j'étais un SEAL et de demander si je courais un danger. Pas pour Cindy. Elle a donné des réponses évasives et affirmé qu'elle ignorait de quoi il parlait. D'autres journalistes sont venus. Elle leur a répondu de la même façon. Elle leur répétait : « Je ne sais pas de quoi vous parlez. » C'est incroyable. Elle n'a jamais téléphoné au camp pour demander ce que j'étais devenu. Elle s'est comportée comme si tout était normal. Du lundi au vendredi, elle est allée à son travail de réceptionniste dans une société d'assurances. Quand je suis revenu, elle m'a embrassé longuement et elle m'a dit que je lui avais manqué. Pas : « Où étais-tu ? » Seulement que je lui avais manqué. Je suis souvent parti en mission et je n'ai jamais douté pendant une seconde du fait qu'elle m'était fidèle.

Buchanan approuva de la tête, mais se demandait pourquoi Cindy était si tendue si ce n'était pas à cause de lui.

– Cindy a un cancer, ajouta Doyle.

Buchanan le dévisagea.

– Une leucémie, dit Doyle d'une voix douloureuse. C'est pour cela qu'elle porte ce mouchoir sur la tête. Pour cacher sa calvitie. La chimiothérapie l'a rendue chauve.

Buchanan sentit son cœur se serrer. Il comprenait maintenant pourquoi les joues de Cindy semblaient rayonner, pourquoi sa peau était si transparente. Les médicaments qu'elle prenait, ajoutés aux effets de la maladie, donnaient à sa peau un aspect éthéré, immatériel.

– Elle est rentrée de l'hôpital hier, après un traitement de trois jours. Elle a raconté toute une histoire à propos du déjeuner, mais c'est en fait tout ce qu'elle peut manger. Quant à la tarte qu'elle a préparée... La chimiothérapie a un effet sur ses goûts. Elle ne supporte pas le sucré. Pendant que tu te reposais, elle a vomi.

– Mon Dieu, dit Buchanan.

– Elle va tout faire pour que tu te sentes chez toi, poursuivit Doyle.

– Vous avez suffisamment de problèmes sans que... Pourquoi est-ce que tu n'as pas refusé cette mission ? Mes contrôleurs pouvaient certainement trouver quelqu'un d'autre pour me fournir une couverture.

– Apparemment ils ne pouvaient pas. Sinon, pourquoi est-ce qu'ils me l'auraient demandé ?

– Tu leur as dit...

– Oui, répondit Doyle d'un ton amer. Cela ne les a pas empêchés de me solliciter. Quels que soient ses doutes, on ne peut pas dire à Cindy qu'il s'agit d'une mission. Mais il est évident qu'elle le sait. J'en suis certain. Je suis également certain qu'elle est décidée à tout faire correctement. Cela la distrait.

– Que dit son médecin ? demanda Buchanan.

Doyle prit, sans répondre, une bretelle menant à une route qui longeait la plage.

– Est-ce que son traitement a les effets escomptés ? insista Buchanan.

– Tu veux dire : « Est-ce qu'elle va s'en sortir ? » demanda Doyle d'une voix voilée.

– Oui, je crois que c'est ce que je veux dire.

– J'en sais rien. Ses médecins sont encourageants, mais ne s'engagent pas. Une semaine elle va mieux. La semaine suivante elle va moins bien. La semaine d'après... C'est les montagnes russes. Mais si je devais répondre par oui ou non... Oui, je pense qu'elle va mourir. C'est pour cela que je t'ai demandé si ce que nous faisons la met en danger. J'ai peur qu'il lui reste si peu de temps. Je ne pourrais pas supporter que quelqu'un la tue encore plus tôt. Cela me rendrait fou.

6

– Qui a téléphoné à ton avis ? Qui a pu demander Victor Grant ?

Doyle était muet depuis cinq minutes. Il broyait du noir, inquiet pour sa femme. Se tournant vers Buchanan, il répondit :

– Je peux te dire qui ce n'était pas. Tes contrôleurs. Ils m'ont dit qu'ils te contacteraient par téléphone à huit heures du matin, trois heures de l'après-midi ou dix heures du soir. Un homme me demandera, me dira qu'il s'appelle Roger Winslow et proposera un rendez-vous à mon bureau pour discuter de l'aménagement d'un bateau. Cela signifiera que tu dois te rendre à un lieu de rendez-vous, une heure avant l'heure indiquée. C'est chez un grossiste d'accastillage chez lequel je me fournis. Il y a toujours du monde. On pourra te remettre discrètement un message sans que personne ne le remarque.

Buchanan réfléchit à haute voix :

– Si ce ne sont pas mes contrôleurs... Les seules autres personnes qui savent que je prétends m'appeler Victor Grant et travailler à Fort Lauderdale dans l'équipement de bateaux sont les policiers mexicains.

Doyle secoua la tête.

– L'homme avec qui j'ai parlé n'avait pas l'accent mexicain.

– Et le diplomate de l'ambassade américaine ? demanda Buchanan.

– Peut-être. Il a peut-être téléphoné pour s'assurer que tu étais bien arrivé. Il dispose des mêmes informations que la police mexicaine : ton lieu de travail, etc.

– Oui, c'est peut-être lui, dit Buchanan en espérant que ce soit vrai.

Mais il ne pouvait s'empêcher de penser que ce n'était pas vrai et que les choses allaient mal tourner.

– Puisque tu es censé travailler pour moi et habiter au-dessus du bureau, dit Doyle, tu ferais mieux de regarder à quoi cela ressemble.

Doyle quitta le boulevard de l'Océan pour s'engager sur une petite rue perpendiculaire à la plage. Il dépassa des magasins de souvenirs puis gara la camionnette devant une maison d'un étage en parpaings, au milieu d'une rangée de bâtiments identiques alignés le long d'un canal dont le quai était encombré de bateaux en réparation.

– J'ai un atelier à l'arrière, dit Doyle. Les clients apportent parfois leur bateau ici, mais le plus souvent c'est moi qui me déplace.

– Et ta secrétaire ? demanda Buchanan. Elle saura que je n'ai jamais travaillé pour toi.

– Je n'en ai pas. Cindy s'occupait du travail de bureau jusqu'à ce qu'elle soit trop malade. Elle a arrêté il y a trois mois... C'est pour cela qu'elle peut faire semblant de croire que tu as commencé à travailler pour moi depuis qu'elle a arrêté.

Ils quittèrent le véhicule. Le soleil éblouit Buchanan. Une brise chargée d'une odeur salée soufflait depuis la mer. Une jeune femme en maillot de bain les dépassa sur une moto en regardant fixement sa tête. Il toucha le bandage qui lui entourait le crâne et comprit à quel point cela attirait l'attention. La clarté du soleil lui donnait mal à la tête. Il se sentait vulnérable.

Doyle ouvrit une porte marquée « BON VOYAGE INC. » et coupa l'alarme. Buchanan observa le bureau. C'était une longue pièce étroite décorée de photos de yachts et aux murs couverts d'étagères sur lesquelles étaient disposés des instruments de navigation. Des maquettes d'intérieurs de bateaux étaient exposées sur des tables. Elles présentaient différentes façons d'installer des équipements électroniques avec le minimum d'encombrement.

– Tu as une lettre, dit Doyle en triant le courrier.

Buchanan prit l'enveloppe sans trahir sa surprise devant le fait qu'on lui ait écrit en employant son nouveau pseudonyme. Le bureau était un des premiers endroits où des gens qui le surveilleraient installeraient un micro. Il ne tiendrait que des propos que Victor Grant pourrait tenir tant que Doyle ne l'aurait pas assuré qu'il pouvait parler en toute liberté.

Le nom et l'adresse étaient tracés d'une écriture irrégulière. L'expéditeur habitait Providence, dans l'État de Rhode Island. Buchanan ouvrit l'enveloppe et lut deux pages de la même écriture.

– Qui est-ce ? demanda Doyle.

– Ma mère.

Buchanan secoua la tête d'admiration. Ses contrôleurs faisaient tout pour lui fournir des preuves de sa nouvelle identité.

– Comment va-t-elle ? s'informa Doyle.

– Bien, mais son arthrite la gêne à nouveau.

Le téléphone sonna.

7

Buchanan fronça les sourcils.

– Détends-toi, dit Doyle. Rappelle-toi que c'est une société. Et, pour dire la vérité, je ne cracherais pas sur du travail.

La sonnerie retentit à nouveau. Doyle prit le combiné.

– Société Bon Voyage.

Puis il fronça les sourcils à son tour. Posant une main sur le micro il dit à Buchanan :

– Je me trompais. C'est ce type qui demande à te parler. Qu'est-ce que tu veux que je réponde ?

– Il vaut mieux que ce soit moi qui réponde. Je suis curieux de savoir qui c'est.

Buchanan prit l'appareil, mal à l'aise.

– Ici Victor Grant.

Il reconnut tout de suite la voix éraillée qui lui répondit.

– Tu ne t'appelles pas Victor Grant.

Le cœur battant, Buchanan s'efforça d'adopter un ton naturellement surpris.

– Comment ? Qui est au téléphone ? Mon patron m'a dit que quelqu'un désirait me parler... Attendez une minute. Vous êtes... Êtes-vous le gars de Mexico qui... ?

– Bailey. Big Bob Bailey. Bon sang, Crawford, ne me tape pas sur les nerfs. Tu serais toujours en taule si je n'avais pas téléphoné à l'ambassade américaine. Tu pourrais faire preuve de reconnaissance.

– De la reconnaissance ? Je n'aurais jamais été en prison si vous ne vous étiez pas trompé sur mon compte. Combien de fois faut-il que je le répète ? Je ne m'appelle pas Crawford. Je m'appelle Victor Grant.

– Bien sûr. Exactement comme tu t'appelais Ed Potter. Je ne sais pas de quel genre de trafic tu t'occupes, mais j'ai l'impression que tu as plus de noms que l'annuaire du téléphone. Et si tu veux continuer à les utiliser, tu vas devoir payer un abonnement.

– Un abonnement ? Qu'est-ce que vous racontez ?

– Après ce qui s'est passé au Koweït, le travail sur les champs de pétrole du Moyen-Orient ne m'emballe plus beaucoup, dit Bailey. Ici, les grandes compagnies ne font plus de forage. Elles ferment des puits. Je suis trop vieux pour me mettre à chercher du pétrole tout seul. Je suis obligé de compter sur mes vieux copains comme toi, Crawford. Tu n'aurais pas cent mille dollars pour moi, en souvenir de l'époque où on a été prisonniers ensemble ?

– Cent mille... Vous n'auriez pas bu ?
– T'as gagné.
– Vous êtes complètement fou. Pour la dernière fois, écoutez-moi attentivement. Je ne m'appelle pas Crawford. Je ne m'appelle pas Potter. Je m'appelle Victor Grant et je ne sais pas de quoi vous parlez. Allez au diable !
Buchanan raccrocha.

8

Doyle le regarda.
– Des ennuis graves ?
Buchanan serra les mâchoires avant de répondre.
– Je n'en suis pas sûr. On le saura dans un instant.
Il gardait la main sur le téléphone qui sonna à nouveau immédiatement. Il se renfrogna et attendit que la sonnerie retentisse trois fois avant de prendre le combiné.
– Société Bon Voyage.
– Ne t'imagine pas que tu vas te débarrasser de moi aussi facilement, Crawford. Je suis têtu. Tu peux te payer la tête de la police mexicaine. Tu peux te payer la tête de l'ambassade américaine. Mais tu ne peux pas te payer ma tête. Je sais que tu ne t'appelles pas vraiment Grant. Je sais que tu ne t'appelles pas Potter et je me demande tout à coup si tu t'appelles vraiment Crawford. Qui tu es, mon pote ? Cela vaut le coup de payer une petite centaine de milliers de dollars pour m'empêcher de le trouver.
– Je commence à en avoir assez, dit Buchanan. Arrêtez de me harceler.
– Hé, tu ne sais pas ce que c'est d'être harcelé.
– Je suis sérieux. Foutez-moi la paix ou j'appelle la police.
– Ouais, c'est pas une mauvaise idée, la police, dit Bailey. Elle arrivera peut-être à savoir qui tu es et ce que tu trafiques. Vas-y. Fais la preuve que tu es un citoyen innocent et honnête. Appelle les flics. Je serai content de leur parler de ces trois trafiquants de drogue latinos que tu as descendus au Mexique. Je leur demanderai par la même occasion pourquoi tu utilises autant de noms différents.
– Qu'est-ce qu'il faut que je fasse pour vous convaincre... ?
– Écoute, vieux. Tu n'as besoin de me convaincre de rien. Tout ce que tu as à faire, c'est de me donner cent mille billets. Après, tu peux te faire appeler Napoléon, j'en ai rien à faire.

– Vous n'avez pas écouté le moindre mot de...
– Les seuls mots que je veux entendre, c'est : « Voilà ton argent. » Crawford ou qui que tu sois, si tu ne fais pas rapidement ce que je demande, je jure sur la tête de Dieu que je téléphone aux flics moi-même.
– Où êtes-vous ?
– Tu ne crois pas que je vais répondre à cette question ? Quand tu auras les cent mille dollars, je te dirai où je suis. Et je les veux demain.
– Il faut qu'on se rencontre. Je peux vous prouver que vous vous trompez.
– Et comment tu vas faire, mon pote ? Tu vas te mettre la main sur le cœur et dire : « Que je meure si je mens ? »
Bailey éclata de rire et cette fois ce fut lui qui raccrocha.

9

La tête de Buchanan le lancinait. Il se tourna vers Doyle.
– Oui, c'est grave.
Il ne devait pas oublier que Bailey ou quelqu'un d'autre avait peut-être placé un micro dans le bureau. Il n'avait rien dit de compromettant jusque-là. L'explication qu'il donnerait à Doyle devait correspondre au point de vue innocent de Victor Grant.
– C'est cet abruti qui m'a fait tant d'ennuis au Mexique. Il est persuadé que j'ai tué trois trafiquants de drogue là-bas et il essaie de me faire chanter. Sinon, il dit qu'il appellera la police.
Doyle joua son rôle :
– Laisse-le faire. Je ne pense pas que la police locale sera intéressée par ce qui a pu se passer au Mexique, et puisque tu n'as rien fait de mal il passera pour un fou. Ensuite tu peux porter plainte contre lui pour tentative d'extorsion de fonds.
– Ce n'est pas si simple.
– Pourquoi ?
Buchanan eut soudain une idée. Le téléphone avait sonné juste après qu'ils avaient pénétré dans le bureau. Une simple coïncidence ? Bon sang...
Il se précipita vers la porte, l'ouvrit brusquement et examina attentivement la rue. Une femme se dirigeait vers un bateau, des sacs de ravitaillement à la main. Une voiture passait. Un homme faisait son jogging. Deux ouvriers déchargeaient une caisse, à

l'arrière d'un camion. Un gamin à bicyclette regarda le bandage qui lui entourait la tête.

Buchanan retira son pansement et continua d'observer la rue. Le soleil de plomb lui donnait mal à la tête. Là-bas ! Sur la gauche. Tout au bout. Près de la plage. Un gros individu avec des épaules larges et une coiffure en brosse. Bailey était debout à côté d'une cabine téléphonique et regardait en direction de Buchanan.

Le Texan leva le bras droit en signe de salut quand il vit qu'il avait été remarqué. Buchanan se dirigea vers lui, mais l'homme fit un large sourire, monta dans une voiture sale et disparut.

10

– Cindy ? demanda Doyle en se précipitant dans la maison.

La cuisine était vide.

– Cindy ?

Pas de réponse. Il se tourna vers Buchanan.

– La porte était fermée à clef. Sa voiture est ici. Où aurait-elle pu aller à pied ? Pourquoi ? Cindy ?

Doyle parcourut la maison. Buchanan resta dans la cuisine et regarda dehors.

– Cindy ? entendit-il depuis une chambre.

La voix de Doyle s'adoucit.

– Est-ce que tu... ? Je suis désolé de t'avoir réveillée, ma chérie. Je ne savais pas que tu dormais. Quand j'ai trouvé la porte fermée à clef, je me suis demandé si quelque chose était...

Doyle baissa davantage la voix et Buchanan n'entendit plus rien. Il attendit en continuant de fixer la rue, gêné. Doyle revint dans la cuisine, s'appuya contre le réfrigérateur et frotta ses joues blêmes.

– Elle va bien ? demanda Buchanan.

Doyle secoua la tête.

– Elle a vomi son repas après notre départ. Elle était si faible qu'elle s'est allongée. Elle a dormi pendant toute l'après-midi.

– Quelqu'un a téléphoné ou l'a embêtée ?

– Non.

– Alors, pourquoi a-t-elle fermé la porte à clef ?

La question dérangea Doyle.

– Apparemment pour se sentir davantage en sécurité pendant qu'elle faisait la sieste.

– Bien sûr, dit Buchanan. Mais quand tu es arrivé, tu as été surpris de trouver la porte fermée à clef. Tu t'es dit qu'elle avait dû aller quelque part. Cela veut dire que d'habitude elle ne ferme pas à clef quand elle est dans la maison.

Buchanan se rapprocha de lui.

– Et cela veut dire qu'elle a fermé à clef parce que je suis chez vous. Elle se rend compte que je suis une source d'ennuis. Et elle a raison. Je suis une source d'ennuis. Je n'ai pas ma place ici. Tu ne peux pas te faire du souci pour moi alors que tu t'en fais déjà...

La sonnerie du téléphone sembla tonitruante.

Doyle sursauta.

Buchanan lui fit signe de décrocher.

– C'est chez toi. Cela paraîtrait bizarre que je réponde. Il faut faire comme si tout était normal. Dépêche-toi avant que Cindy...

Doyle saisit le combiné.

– Allô ?... Qui est-ce ? Qu'est-ce que vous lui voulez ?... Écoutez, espèce de salopard. Ma femme aurait pu répondre. Si vous l'embêtez, si...

Tout est en train de s'effondrer, pensa Buchanan. Nous en sommes presque au point où quelqu'un qui écouterait nos conversations finirait par se demander si je suis vraiment celui que je prétends être. D'un geste brusque il intima à Doyle de se taire, puis il lui prit l'appareil des mains.

– Je vous ai dit d'arrêter.

– On dirait que ton copain perd les pédales, Crawford, dit Bailey. Ça doit être parce que sa femme est malade, hein ? Pas de chance. Une si jolie petite bonne femme.

Tu as fait ton boulot de renseignement, pensa Buchanan. Tu as dû partir pour Miami tout de suite après moi. Tu es venu à Fort Lauderdale et tu t'es planté en face de l'endroit où je suis censé travailler. Tu as découvert où habite mon pseudo-employeur. Tu as attendu que je sorte de l'hôpital et, si je ne m'étais pas rendu au travail, cela aurait prouvé que je n'étais pas celui que je prétendais être. Tu aurais vraiment pu me causer des ennuis.

– Cent mille dollars. Demain, Crawford. Tu vas avoir des surprises si tu ne me prends pas au sérieux. Tu peux me faire confiance, je téléphonerai aux flics.

Puis Buchanan entendit la tonalité. Il raccrocha le combiné d'un air pensif.

Doyle avait le visage écarlate.

– Ne m'arrache jamais un téléphone des mains.

– Jack, mon chéri ?

Ils se retournèrent brusquement.

Cindy chancelait à l'entrée de la cuisine. Elle se rattrapa au cadre de la porte. Elle était pâle. Le mouchoir à carreaux avait glissé et laissait apparaître un crâne chauve.

– Qui était-ce ? Après qui vous avez crié ?

Doyle émit le même son que s'il s'était étranglé et se précipita pour la soutenir.

11

La voie navigable intérieure s'étire le long de la côte Est des États-Unis depuis Trenton, dans le New Jersey, jusqu'à Brownsville, dans le Texas. C'est une route aquatique faite de rivières reliées entre elles, de canaux, de lagunes, de baies et de détroits, qui court parallèlement à l'océan Atlantique. Les bateaux y sont à l'abri des vagues et des caprices océaniques. Au Nord la voie est surtout empruntée par des navires de fret, tandis qu'au Sud, notamment en Floride, ce sont principalement des bateaux de plaisance qui la parcourent. Fort Lauderdale est l'un de ses points les plus fréquentés.

Il était huit heures du matin. Buchanan gara la camionnette de Doyle sur le côté de la société Bon Voyage et ouvrit le bureau. La veille, il avait contacté ses contrôleurs depuis le téléphone public d'un bar, dans un centre commercial. Il transporta plusieurs cartons d'équipements électroniques sur un hors-bord de Doyle, amarré au quai derrière le bâtiment. Son épaule blessée le faisait souffrir. L'effort lui donnait l'impression d'avoir la tête serrée par un étau. Il dut multiplier ses aller-retour. Quand toutes les boîtes furent enfin rangées, il ferma le bureau à clef, détacha l'embarcation et commença à descendre le canal. Des restaurants, des hôtels et des résidences s'alignaient des deux côtés. D'immenses demeures étaient entourées de jardins luxuriants plantés de buissons fleuris et de palmiers. Des pontons au bord desquels des yachts étaient attachés se succédaient. Suivant les instructions de Doyle, il se dirigeait vers le sud. Il dépassa un trois-mâts, admira sur les piliers en béton d'un pont une peinture murale représentant des dauphins. Il affectait la pose de quelqu'un qui profite du vent et de l'air de l'océan, et ne se retournait jamais pour voir s'il était suivi. Il tenait à avoir l'air parfaitement innocent de quelqu'un qui ignore tout des précautions à prendre en cas de filature et ne s'inquiète pas le moins du monde des menaces de Bailey. Celui-ci avait encore téléphoné à deux reprises, à minuit et à deux heures du matin, en réveillant Cindy chaque fois. Doyle, furieux, avait fini par débrancher les téléphones avec une lueur inquiétante dans les yeux. Plus il y pensait, plus Buchanan était persuadé que Bailey n'était pas le seul problème qu'il avait à résoudre.

Poursuivant vers le sud, il passa sous d'autres ponts et fit semblant d'admirer d'autres maisons et d'autres bateaux, avant d'obliquer vers l'est en direction d'une zone d'appontement huppée appelée Quai 66. Il lui fallut un moment pour trouver le bon canal, puis il se rangea le long d'un yacht de trente mètres en bois sombre, du nom de *Clementine*. Deux hommes et une femme abandonnèrent leurs chaises longues et le regardèrent depuis le bord du pont. L'un des hommes était grand, svelte, avait des traits marqués et de courts cheveux grisonnants. Âgé d'une cinquantaine d'années, il portait un pantalon blanc et une chemise en soie verte. Le second personnage avait une quarantaine d'années. Il était plus petit, moins richement habillé et plus athlétique. La femme, d'une trentaine d'années, était magnifique. Elle portait une courte robe en tissu-éponge bleu, ouverte sur un maillot de bain écarlate bien rempli, dont la couleur s'accordait à son rouge à lèvres.

Le plus grand des hommes, visiblement le patron, demanda :

– Êtes-vous de... ?

– Société Bon Voyage, répondit Buchanan.

Et il ôta ses lunettes de soleil Ray-Ban et sa casquette pour qu'ils puissent le dévisager.

– J'ai apporté les équipements que vous avez commandés. On m'a dit que je pouvais venir les installer.

– Montez-les, répondit l'homme en faisant un signe de la main au second homme, visiblement un garde du corps, pour qu'il l'aide.

Buchanan lança des amarres pour fixer le hors-bord, puis tendit les cartons au garde du corps, oubliant son mal de tête et ses douleurs à l'épaule. Il s'efforçait de garder l'équilibre sur son embarcation qui se balançait. Le garde du corps déroula une échelle de corde. Buchanan monta sur le pont. Il eut du mal à ne pas regarder la femme.

– Où vont les équipements ?

– Par ici, répondit le garde du corps en montrant une cabine mais sans faire un geste pour l'aider à porter les colis.

Les murs de la pièce étaient plaqués d'acajou. Un piano demi-queue voisinait avec des meubles anciens. Les rideaux étaient tirés. Buchanan empila les boîtes, regarda l'athlète fermer la porte et attendit, ne sachant comment ses collègues voulaient procéder.

– Capitaine, dit le grand homme au visage autoritaire.

L'entrevue serait formelle.

– Mon colonel, salua Buchanan.

– Voici le major Putnam, dit l'officier en montrant celui que Buchanan avait pris pour un garde du corps. Et voici le capitaine Weller.

Il indiquait la femme qui avait refermé son peignoir dès qu'elle avait échappé à la vue de gens qui pourraient observer le bateau.

– Major, capitaine, dit Buchanan en saluant.

– Alors, qu'est-ce qui se passe ? demanda le colonel. Les derniers jours ont été un cauchemar administratif, un véritable champ de mines politique. Langley est furieux du fiasco de Cancún. Votre arrestation par la police mexicaine et l'intervention de notre ambassade auraient pu tout mettre en danger, voire tout révéler.

– Je suppose qu'on vous a raconté ce qui s'est passé au Mexique, monsieur. On m'a interrogé pendant mon séjour à l'hôpital.

– C'était l'Agence. Je préfère recueillir mes informations auprès de l'un des nôtres, pas par l'intermédiaire de civils.

Cela prit une heure et demie. Buchanan était régulièrement interrompu et devait multiplier les détails. Les officiers s'assombrirent à mesure qu'il faisait son rapport.

– Cent mille dollars, dit le colonel.

– Je pense que cela ne lui suffira pas, dit Buchanan. Une fois qu'il aura obtenu que je me compromette en payant, il réclamera de plus en plus d'argent.

– Bailey joue le tout pour le tout, commenta le major Putnam. Si vous refusez de payer, il a les mains vides.

Le colonel observa Buchanan.

– C'est votre avis, capitaine ?

– Bailey est un rustre, mais il n'est pas fou, monsieur. Il m'a vu utiliser trois identités différentes. Même s'il n'en a pas la preuve, il sait que je fais quelque chose d'anormal. Il me teste pour voir si je vais paniquer et lui fournir les preuves qui lui manquent.

– Eh bien, il perd son temps, dit le major Putnam. Il est évident que vous n'allez pas paniquer.

La jolie femme, le capitaine Weller, intervint enfin.

– Mais Bailey peut sérieusement compromettre l'opération s'il met ses menaces à exécution et s'adresse aux journalistes et à la police.

Buchanan fit un geste.

– Exact. La police a suffisamment de problèmes sur place pour ne pas s'intéresser à des assassinats au Mexique. Mais des changements d'identité peuvent l'intéresser. Et si elle estime que je suis peut-être un trafiquant de drogue, elle appellera la DEA et le FBI...

– Vos papiers sont parfaits, dit le colonel. Le passeport vient directement du Département d'État. Comme tous les précédents. Et tous vos dossiers ont été effacés après que vous avez abandonné ces identités. La DEA et le FBI ne découvriront rien. Il est impossible d'établir un lien entre Jim Crawford, Ed Potter et Victor Grant en utilisant les archives officielles.

– Le capitaine Buchanan serait quand même l'objet de beaucoup d'attention de la part des autorités, ce qui l'obligerait à abandonner la mission, insista la femme.

Le colonel se tapotait les doigts.

– Je suis d'accord. Ce qui nous ramène à la question : que fait-on avec cet encombrant Mr. Bailey ? Le payer est un aveu de culpabilité. Mais si le capitaine ne fait rien et que Bailey appelle la police, le FBI pourrait le faire surveiller.

– L'enjeu est suffisamment important, dit la femme. Nous devons envisager la possibilité de...

Le colonel eut l'air surpris.

– Dites ce que vous avez à l'esprit.

– Faut-il éliminer Bailey ?

Le silence régna sur la cabine. Puis l'homme athlétique le rompit.

– J'hésiterais à recommander cette solution. L'élimination pourrait provoquer plus de problèmes qu'en résoudre. Pour commencer, nous ignorons si Bailey a quelqu'un avec lui. Si c'est le cas, la menace ne disparaîtra pas avec sa mort. Ce serait encore pire car le complice pourrait utiliser la mort de Bailey comme un aliment de plus à donner à la police.

– Si... Au diable les « si » ! dit le colonel d'un ton impatient. Nous n'en savons pas assez. Major, je veux que vos hommes épluchent le passé de Bailey. Je veux savoir à qui nous avons affaire. Je veux aussi qu'on passe en revue tous les hôtels et pensions de famille de la région. Il a peut-être un complice. Dans ce cas, s'il continue à causer des ennuis...

Tout le monde attendit la suite.

– L'élimination ne sera peut-être pas exclue.

La cabine retomba dans le silence.

– Monsieur, puis-je me permettre de faire remarquer que les recherches sur le passé de Bailey vont prendre du temps ? dit Buchanan. Établir une surveillance aussi. Et nous n'avons pas de temps devant nous. Bailey a dit qu'il voulait son argent aujourd'hui. Il a beaucoup insisté. Je pense qu'il veut faire vite pour m'empêcher d'entreprendre quelque chose contre lui. Quelle que soit notre décision, il faut faire quelque chose avant ce soir.

Les trois officiers étaient troublés.

– Et il y a un autre problème, ajouta Buchanan.

– Ah ? dit le colonel d'un air encore plus mal à l'aise.

– Jack Doyle.

– Vous avez des doutes à son sujet ?

– Je suis sûr que c'était un excellent soldat, dit Buchanan.

– Il l'a été, répondit le colonel. Et le travail qu'il a fait pour nous a toujours été excellent également.

– Ce n'est plus le même homme, dit Buchanan. Sa femme a un cancer. Les traitements n'ont pas d'effet. Elle va sans doute mourir.

– Mourir ? dit le colonel. J'ai vu quelque chose sur sa maladie dans le dossier, mais il n'était pas question d'une issue fatale à court terme.

– Ce n'est sans doute pas à court terme, répondit Buchanan. Mais Doyle la protège énormément. C'est compréhensible. Il est soumis à une tension très forte. Il pense que Bailey est une menace pour elle. Il... Disons que je pense que Doyle perdra suffisamment les pédales pour s'en prendre à Bailey s'il continue à téléphoner chez lui pour faire pression en faisant peur à sa femme. Surtout si Bailey s'approche de la maison. Il faut que je quitte Fort Lauderdale pour m'éloigner de Jack Doyle et de sa femme. Parce que si Doyle attaque Bailey ce sera d'une façon incontrôlée. Doyle agira en force et nous n'aurons aucun moyen de dissimuler ce qu'il aura fait. S'il y a un procès, Dieu sait ce que les autorités apprendront sur le passé de Doyle et son travail pour vous.

– Merde, lâcha le major Putnam.

– C'est exactement ce que je pense, dit Buchanan. J'ai atterri au milieu d'une belle pagaïe. Victor Grant doit déménager.

– Mais est-ce que cela ne reviendrait pas à un aveu de culpabilité ? demanda la femme. Est-ce que cela ne va pas renforcer la détermination de Bailey à vous poursuivre ?

– Il faudra d'abord qu'il me trouve. Si je disparais et que je change d'identité, il ne me retrouvera jamais.

– Ce qui laisse toujours Jack Doyle, dit le major. Bailey peut s'en prendre à lui.

– Doyle dira alors qu'il ne sait rien à mon sujet, seulement que je suis un vieil ami du temps de l'armée et que je me suis manifesté il y a trois mois pour lui demander du travail. Doyle se plaindra à la police des persécutions de Bailey. Puis sa femme et lui partiront en voyage. De vieux amis leur offriront un séjour dans un lieu de vacances où ils trouveront un centre spécialisé dans la lutte contre le cancer.

– C'est possible, dit le colonel en pianotant pensivement sur les bras de son fauteuil. C'est une éventualité à laquelle il faudra réfléchir.

Il regarda sa montre.

– Nous avons fait le tour de la question. Pour l'instant, il vaudrait mieux que vous repartiez. Si quelqu'un nous surveille, il semblera curieux que nous restions tous à l'intérieur pendant si longtemps.

Regardant la femme en maillot de bain et l'autre homme qui jouait les gardes du corps, il poursuivit :

– Il est important de maintenir la couverture.

– Et Bailey ? demanda Buchanan.

– Nous vous communiquerons notre décision plus tard.

– Mais nous n'avons pas beaucoup de temps devant nous, monsieur.

– Nous le savons, capitaine, dit le colonel d'un ton irrité. J'ai dit que nous vous recontacterons.

– Et en attendant, qu'est-ce que je fais ?

– N'est-ce pas évident ? Faites ce que vous pensez que Victor Grant ferait.

Une réponse aussi vague remplit Buchanan d'inquiétude.

12

Buchanan descendit l'échelle de corde en essayant d'épargner autant que possible son épaule blessée. Son mal de tête avait repris dès qu'il était sorti de la cabine et s'était retrouvé sous le soleil éclatant. Il mit sa casquette et chaussa ses lunettes de soleil. Les deux hommes et la femme l'observaient. Rouvrant son peignoir bleu, cette dernière dévoila à nouveau son maillot de bain bien rempli.

– Envoyez-nous la facture, dit le colonel.

– Oui, monsieur. Merci.

Buchanan attrapa les amarres que le major lui envoya. Il mit le moteur du hors-bord en marche et s'éloigna du yacht.

Ses muscles étaient contractés par la tension nerveuse.

Bon Dieu, pensa-t-il. Ils ne savent pas quoi faire. Il me faut des ordres et ils ne m'en ont pas donné. Je ne peux pas agir sans ordres. Qu'est-ce que je vais répondre à Bailey, s'ils ne me donnent pas de consignes d'ici ce soir ?

Il passa entre un quai et une grande villa abritée par des palmiers et approcha de l'extrémité du canal qui débouchait sur la lagune. Le problème Bailey ressurgit dans toute son urgence. L'homme était là, assis dans un hors-bord semblable au sien et amarré sur la gauche, près d'un panneau de signalisation. Vêtu d'un T-shirt orange barré d'une inscription « FORT LAUDERDALE EST LA MEILLEURE PLAGE DU MONDE », Bailey occupait le siège du conducteur, les pieds posés sur le tableau de bord, un de ses gros bras étalé comme s'il se détendait sur un canapé et l'autre tenant une cigarette.

Buchanan relâcha la manette des gaz de son bateau.

Le Texan passa une main dans sa coupe en brosse, sourit et jeta sa cigarette à l'eau.

Buchanan ralentit encore. Bailey portait un appareil photo muni d'un téléobjectif autour de son cou massif. Les instructions étaient de faire exactement ce que ferait Victor Grant. Victor Grant, pensa Buchanan, ne ferait pas semblant de ne pas voir ce salopard.

Regardant Bailey droit dans les yeux, il coupa son moteur et laissa flotter son embarcation en direction de celle de l'individu, dont il saisit le bord.

– Comment ça va, Crawford ?

– Combien de fois faut-il que je le répète ? *Je ne m'appelle pas Crawford.*

Bailey ouvrit une boîte de bière bon marché.

– Ouais, je suis en train de me dire que tu as raison. Tu ne dois pas t'appeler Crawford. Je mettrais ma main à couper que tu ne t'appelles pas Victor Grant non plus.

– Écoutez. J'ai fait tout ce que j'ai pu pour vous donner des preuves. Cela commence à bien faire. Ma patience est à bout. Vous allez arrêter de me suivre. Vous allez arrêter...

– J'allais oublier. Excuse-moi pour l'incorrection. J'ai une autre bière, si tu veux...

– Vous pouvez vous la mettre quelque part, votre bière.

– Allons, est-ce que c'est une façon de parler à un vieux copain ? Et surtout à un associé ?

– Laissez tomber ! Je ne vous ai jamais vu avant votre apparition dans la prison mexicaine.

– C'est là que tu te trompes.

Bailey posa les pieds sur le plancher du hors-bord et se redressa derrière le volant.

– J'ai quelque chose à vendre et tu vas l'acheter. Quand tu es allé voir ces types sur le yacht, j'ai pensé que tu allais chercher les cent mille dollars. Mais tu n'as rien rapporté. Le temps passe. Tu as intérêt à trouver l'argent quelque part. Parce que ce soir à minuit... À propos, cette gonzesse du bateau est un sacré canon. Je l'ai vue de si près avec mon téléobjectif... J'ai pris des sacrées photos d'elle et de ces deux gars avec toi sur le pont. Des photos impeccables. La photo, c'est mon dada. J'ai d'ailleurs quelques photos dans cette enveloppe...

– Cela ne m'intéresse pas.

– Oui, mais je te garantis que tu vas trouver ces photos vraiment très intéressantes. Je dois avouer que ce n'est pas moi qui les ai prises. Elles sont tirées d'une cassette vidéo. Mais si on ne le sait pas, on jurerait...

– De quoi est-ce que vous parlez ?

– Jette un œil sur ces satanées photos, Crawford.

Buchanan prit l'enveloppe d'un geste hésitant. Il était inquiet au sujet des photos de lui avec le colonel, le major et le capitaine. Les officiers étaient inconnus. Bailey ne saurait pas qui ils étaient, mais ce serait un véritable désastre s'il donnait les clichés à la police, si on cherchait à savoir qui se trouvait sur le yacht et si le colonel était identifié. Il fallait mettre la main sur la pellicule.

Mais en sortant de la pochette la série de photos noir et blanc et en les regardant, il comprit que les clichés que Bailey venait de réaliser étaient loin d'être le seul problème. Il y avait plus grave. Les scènes qu'il avait sous les yeux dataient de décembre 1990, à Francfort. Elles provenaient d'un reportage télévisé et montraient des otages américains relâchés par l'Irak, à leur arrivée à l'aéroport de Francfort. On voyait Big Bob Bailey, de loin et en gros plan, quittant l'avion en compagnie de...

– Ça te ressemble beaucoup, Crawford, dit Bailey. J'ai des copies de la cassette originale. Personne ne pourra dire que ce sont des photos truquées. Si tu ne paies pas et que je me mette en colère, je te garantis que je les envoie aux flics, avec le portrait-robot d'Ed

Potter fait par les Mexicains et ces photos de Victor Grant, qui sont sous la pile.

Des photos de Victor Grant ? se demanda Buchanan, inquiet. Il parcourut la série de photos et eut un pincement au cœur en découvrant trois clichés de lui devant la prison mexicaine, en train de parler à Garson Woodfield de l'ambassade américaine.

– Un autre portrait ressemblant, dit Bailey. Au cas où cela t'échapperait, il fallait que ce type de l'ambassade soit sur la photo pour qu'il y ait un témoin incontestable qui t'identifie comme Victor Grant. Je t'ai sous trois noms différents, Crawford. Je te tiens.

Gagnant du temps pour réfléchir, Buchanan ne quittait pas les photos des yeux. Celles du Mexique. Comment avait-il... ? Il se rappela soudain. Il avait remarqué une femme au milieu de la foule, pendant qu'il parlait à Woodfield. Une Américaine d'une trentaine d'années. Une jolie et grande rousse vêtue d'un pantalon beige et d'un chemisier jaune. Mais ce n'était pas son allure qui avait attiré son attention.

Elle pointait un appareil photo dans sa direction.

Buchanan leva les yeux. Bailey avait un complice. Peut-être plusieurs. Les choses se compliquaient. Il fallait prévenir le colonel.

– Garde les photos, dit Bailey. J'en ai des quantités dans un endroit sûr, avec les négatifs. J'ai aussi des copies du reportage télévisé sur Francfort. Je passe pas souvent à la télévision. Un copain a enregistré le reportage et m'en a fait cadeau. Je n'ai jamais pensé que cela vaudrait un jour quelque chose.

Bailey se pencha en avant.

– Admets-le, Crawford. T'es coincé. Arrête de jouer les innocents. Accepte l'amende pour t'être fait prendre. Paye les cent mille dollars. Je ne te demande même pas pourquoi tu utilises tous ces noms. C'est tes affaires. Les miennes c'est de me faire payer.

Buchanan remarqua quelque chose. Depuis le début de leur conversation, Bailey gardait la tête tournée vers la gauche, comme s'il avait un torticolis, ce qui l'avait lui-même obligé à avancer son bateau et à tourner la tête pour le voir en face.

Un torticolis ?

Buchanan regarda sur le quai opposé. La femme aux cheveux roux était là, entre deux voiliers, et le visait avec un appareil photo qu'elle tenait devant son visage. Elle était habillée autrement. Elle avait des tennis et portait un pantalon et une veste de jean. Mais même sans voir sa figure, Buchanan était certain de la reconnaître. Son allure athlétique et la flamme de sa chevelure rousse ne pouvaient tromper.

– Tiens, tu as vu mon amie, dit Bailey. Je pense qu'il est évident que te débarrasser de moi ne résoudrait pas tes problèmes. Elle a pris une quantité de photos de nous deux ensemble. S'il m'arrive quelque chose, elle les enverra aux flics. Tu as intérêt à ce qu'il ne m'arrive rien, même pas un accident comme tomber dans les escaliers et me briser la nuque un jour où je suis saoul. En plus, elle m'a aidé à reproduire les photos que tu as dans les mains et elle t'a pris en photo sur le bateau, avec ces types. Ce serait intéressant d'essayer de savoir qui c'est.

La femme baissa son appareil et regarda dans leur direction, au-dessus de l'eau. C'est bien la même, pensa Buchanan. Un front large. Des pommettes saillantes. Des lèvres sensuelles. Elle lui rappelait un mannequin de magazine de mode. Mais, à son regard agressif, Buchanan se dit qu'un photographe aurait du mal à lui arracher un sourire.

– Tu étais très bavard jusqu'à maintenant, Crawford. Il y a quelque chose qui ne va pas ? demanda Bailey. Tu as avalé ta langue ? Tu es à court d'imagination ? Écoute bien. *Je veux mon argent.*

Buchanan hésita, puis prit sa décision.

– Où et quand ?

– Ne t'éloigne pas du téléphone de ton pote. J'appellerai chez lui ce soir à huit heures et demie. Je te dirai quoi faire.

13

Il faisait nuit. Buchanan n'avait pas allumé la lumière de la chambre d'ami et faisait sa valise à la faible lueur qui parvenait du couloir. Il vérifia qu'il n'avait rien oublié, se demanda s'il devait emporter le pistolet 9 millimètres fixé sur le côté du lit, mais décida que non. En cas de problème, la police pourrait découvrir que l'arme appartenait à Doyle et il ne voulait pas le compromettre davantage.

Il quitta la pièce. Au lieu de se diriger vers la cuisine, il tourna vers la droite et frappa à une porte, au fond du couloir. Pas de réponse. Le battant était entrouvert. Il le poussa légèrement, frappa à nouveau, puis appela :

– Cindy ?

– Qu'y a-t-il ? interrogea une voix lasse.

Il entra, traversa la chambre obscure et s'agenouilla près du lit. Il distinguait un corps sous les draps, mais pas le visage.

–J'ai regretté de ne pas vous voir au dîner.
– Fatiguée, chuchota-t-elle. Le ragoût...
– C'était excellent. Vous n'auriez pas dû vous fatiguer à faire la cuisine. Nous aurions pu acheter des plats cuisinés, Jack et moi.
– Pas *chez moi*, répondit Cindy en élevant le ton malgré son épuisement.
– Bien. Je voulais seulement vous dire que j'ai apprécié et vous remercier pour tout.
Elle se tourna lentement vers lui.
– Vous parlez comme si... Est-ce que vous partez ?
– Il le faut.
Elle essaya vainement de s'asseoir.
–J'espère que ce n'est pas à cause de moi.
– Qu'est-ce qui vous fait penser cela ?
– Les gens sont gênés par ma maladie. C'est difficile à supporter...
– Pas pour moi, dit Buchanan. C'est simplement parce que j'ai un certain nombre de choses à faire. Il faut que je m'y mette.
Elle ne répondit pas.
– Cindy ?
–Je crois que j'aimerais que vous restiez pour tenir compagnie à Jack.
Elle respirait à la façon de quelqu'un qui pleure.
–Je passe mon temps à l'hôpital ou dans mon lit. Je n'ai pas peur pour moi, mais cela me fait de la peine pour Jack.
– Il vous aime beaucoup.
–Je sais.
– Il me l'a souvent dit. Il m'a dit à quel point il est fier de vous et de la façon dont vous avez réussi à vivre avec lui quand il était dans l'armée. Il m'a raconté comment vous avez écarté les journalistes.
Elle émit un léger rire, puis renifla.
– Oui. J'étais forte. C'était la belle époque. Sauf que Jack était tout le temps parti. Et maintenant que nous sommes ensemble...
– Oui, vous êtes ensemble. Et vous n'avez pas besoin de moi pour vous encombrer. Je vais partir.
– Prenez ma voiture.
Buchanan redressa la tête sous l'effet de la surprise.
– Vous en avez besoin.
Elle lui toucha la main.
–Je suis certaine que je n'en aurai plus besoin. Même avant mon dernier séjour à l'hôpital je ne conduisais plus. Prenez-la. Je vous en prie.

– Je vous la rendrai dès que je serai installé quelque part.
– Il n'y a pas d'urgence, croyez-moi.
– Cindy ?
– Oui ?
– Je suis vraiment désolé.
– Oui. Moi aussi.
Buchanan se pencha et lui déposa doucement un baiser sur la joue. Il sentit le goût salé de ses larmes.
– Prenez soin de vous.
– J'ai toujours essayé. Cela ne m'a pas servi à grand-chose. Mais vous, prenez soin de vous.
– Il le faudra.
Il se releva.
– Je repasserai peut-être par ici, un jour.
Elle ne répondit pas.
– Il vaut mieux que je vous laisse dormir.
Il lui toucha la joue, puis sortit de la chambre et ferma la porte.

14

Doyle était assis devant la table de la cuisine et jouait au solitaire. Sans lever la tête, il dit :
– J'ai entendu.
– Alors ?
– Merci. Les amis ont beaucoup d'importance et ces temps-ci elle n'en a plus beaucoup. La plupart se sont enfuis quand ils ont découvert la gravité de sa maladie. Ils n'ont pas su dire à Cindy ce que tu lui as dit.
– Quoi ?
– « Je suis désolé. »
Doyle le regarda.
– Cindy a raison. C'est une bonne idée de prendre sa voiture, plutôt que ma camionnette. C'est plus discret. Dis-moi où je dois la reprendre quand tu n'en auras plus besoin. Cela aussi serait une bonne idée...
Il passa la main sous la table et en sortit un Beretta 9 milimètres.
Buchanan regarda les fenêtres. Les persiennes étaient baissées et personne ne pouvait voir l'arme. Mais il se méfiait toujours d'éventuels micros et refusa silencieusement, d'un signe de tête.
« Pourquoi ? » demanda Doyle d'un mouvement muet des lèvres.

Buchanan prit un bloc-notes et écrivit : « Et si je dois l'abandonner ? »
Doyle prit le crayon et répondit : « Je l'ai pris sur un soldat tué au Panama. On ne peut pas remonter jusqu'à moi. »
Buchanan observa Doyle, puis approuva de la tête. Il ôta le chargeur pour vérifier qu'il était plein, le replaça, manœuvra la culasse pour placer une balle dans le magasin, abaissa la sécurité, puis plaça le pistolet dans sa ceinture, derrière son dos. Il enfila un coupe-vent marron foncé que Doyle lui tendit.
– Il te va parfaitement, commenta Doyle.
Buchanan regarda l'horloge du four : huit heures vingt-cinq. Bailey allait téléphoner dans cinq minutes. Doyle haussa les épaules, comme pour dire « sois patient ». Par précaution, aucun d'eux ne parlait. Doyle déchira les morceaux de papier et les brûla dans une casserole qu'il lava ensuite dans l'évier. Davantage pour s'occuper, semblait-il, que pour détruire des traces compromettantes. Il retourna à son solitaire pour laisser Buchanan se concentrer.
Huit heures trente. Buchanan ne quittait pas le téléphone des yeux. Cinq minutes passèrent. Puis dix. Sa tête se mit à le lanciner. La sonnerie résonna enfin à huit heures quarante-cinq.
Il saisit le combiné avant que le bruit ne réveille Cindy.
– Il y a un petit centre commercial près de chez toi, sur Pine Island Road. À quelques pâtés de maisons de Sunrise Boulevard, dit la voix éraillée de Bailey.
– Je connais. Je suis passé devant.
– Va à la pizzeria. Attends sur le côté droit de l'entrée. Sois-y à neuf heures. Viens tout seul.
Bailey raccrocha avant qu'il eût le temps de répondre.
Buchanan se tourna vers Doyle en fronçant les sourcils.
– J'ai une course à faire tout de suite.
– Les clés de la voiture sont dans ce tiroir.
– Merci, dit Buchanan en serrant la main de Doyle.
C'était le seul témoignage d'amitié qu'il pouvait se permettre. Il prit les clés, saisit sa valise et s'empara d'une petite glacière rouge posée sur la table. Doyle ouvrit la porte. Buchanan lui fit un signe de tête et sortit.
Quatre-vingt-dix secondes plus tard, la voiture s'éloignait.

15

La glacière contenait une pomme et deux sandwichs posés sur un plateau en plastique blanc. Un second plateau contenait des glaçons. Dessous se trouvaient cent mille dollars en billets de cent dollars. Buchanan regarda l'objet tout en conduisant. Puis il chercha dans son rétroviseur si une voiture le suivait.

On lui avait remis la glacière et l'argent l'après-midi même, alors qu'il était arrêté à un stop sur son chemin pour rentrer chez Doyle. Il avait téléphoné au colonel immédiatement après sa conversation avec Bailey. L'officier lui avait dit de rester au bureau de Bon Voyage jusqu'à trois heures puis de rentrer en laissant la fenêtre du passager ouverte. Un motocycliste s'était arrêté à côté de lui au stop et avait introduit la glacière par la fenêtre avant de repartir.

Buchanan gara la voiture sur le parking encombré du centre commercial de Pine Island Road. Son pouls s'accéléra. Il marcha jusqu'à la pizzeria, la glacière à la main, et attendit sur la droite de la porte. Des clients entraient et sortaient. Un coursier passa et s'éloigna rapidement au volant de sa voiture. Buchanan scrutait la nuit. Bailey établit cette fois-ci le contact à l'heure précise.

– Vous vous appelez Grant ? demanda une voix.

Buchanan se tourna vers la porte du restaurant et vit un jeune garçon dégingandé vêtu d'un tablier blanc taché de sauce.

– Oui, c'est moi.

– Quelqu'un vient d'appeler, à l'intérieur. Il a dit qu'il est un de vos amis et que vous me donneriez cinq dollars si je vous faisais une commission.

– Mon ami a eu raison.

Buchanan lui donna cinq dollars.

– Quelle est la commission ?

– Il a dit que vous deviez le retrouver dans vingt minutes, dans le hall de l'hôtel Tower.

– L'hôtel Tower ? C'est où ? demanda Buchanan.

– À l'extrémité est du boulevard Broward. Près de Victoria Park Road.

Buchanan remercia de la tête et retourna rapidement à son véhicule. Bailey craignait de courir un risque en se montrant pour récupérer l'argent. Il avait l'intention de promener Buchanan à différents endroits de la ville et de surveiller attentivement les points de rendez-vous afin de vérifier qu'il était venu seul.

Bon instinct, se dit Buchanan en étudiant le plan de la ville. Une équipe le suivait effectivement à la trace, avec pour mission de ne pas lâcher Bailey après qu'il aurait reçu l'argent et d'essayer de trouver où il conservait la cassette vidéo, les photos et les négatifs. Surtout les négatifs de Buchanan sur le yacht en compagnie du colonel, du major et du capitaine. Le colonel avait beaucoup insisté sur ce point quand il avait immédiatement rappelé Buchanan. Il fallait détruire ces clichés.

Il descendait le boulevard Broward en direction de l'est. Il regarda dans son rétroviseur pour voir si on le suivait. Il cherchait Bailey, pas l'équipe de filature dont il savait pertinemment qu'il était impossible de la repérer. Ils avaient le moyen de le pister, puis d'en faire autant avec Bailey, en restant hors de vue. Le gros Texan prenait toutes ces précautions en pure perte. Il ne découvrirait jamais les agents. À aucun rendez-vous. Pas plus qu'il ne les repérerait quand ce sera son tour d'être suivi, après avoir reçu l'argent.

Les hommes n'avaient pas besoin d'un contact visuel. Il leur suffisait de se fier à un récepteur radio qui recevait les signaux d'un émetteur caché dans le fond en plastique de la glacière.

La circulation était dense, comme tous les vendredis. Buchanan atteignit l'hôtel Tower deux minutes seulement avant l'heure fixée. Il dit au gardien du parking qu'il resterait sans doute peu de temps et pénétra rapidement dans le hall. Avec son jean, sa veste de nylon et sa glacière il dénota immédiatement au milieu d'hommes habillés de smokings et de femmes vêtues de robes du soir. Bien sûr, pensa-t-il. Il y a une réception. Bailey l'a appris et en a profité. Il veut que les gens qui me suivent se fassent remarquer.

Buchanan était mal à l'aise en attendant dans le hall. Il était habitué à se fondre dans le milieu ambiant. Il chercha Bailey parmi les invités, mais sans s'attendre à le trouver et en se demandant comment celui-ci le recontacterait. Une horloge placée au-dessus de la réception affichait neuf heures vingt. Exactement l'heure à laquelle...

– Mr. Grant ? demanda un portier en uniforme.

Buchanan avait remarqué que l'employé se rendait d'un invité à l'autre en s'adressant doucement à chacun.

– C'est moi.

– Un ami a laissé cette enveloppe pour vous.

Buchanan se mit à l'écart et ouvrit la lettre.

Sois à dix heures moins le quart à l'entrée du restaurant Shirttail Charlie's, sur...

16

À onze heures, après deux nouveaux arrêts, Buchanan arriva à l'hôtel Riverside sur la rue Las Olas. Une plaque accrochée à un mur du hall indiquait que le bâtiment avait été construit en 1936, ce qui était vieux pour Fort Lauderdale. La région était encore déserte quelques dizaines d'années plus tôt. Les meubles en osier et les cheminées en corail passaient presque pour des antiquités.

Il avait le temps d'étudier les lieux en détail car Bailey était en retard. Toujours pas de nouvelles à onze heures vingt. Le hall était désert.

– Mr. Grant ?

Buchanan quitta la chaise sur laquelle il était assis, près d'une porte en verre donnant sur un patio, un endroit qu'il avait choisi pour être vu de l'extérieur. La femme qui l'avait interpellé se tenait derrière le comptoir de la réception.

– Oui.

– On vous demande au téléphone.

Il emporta la glacière avec lui et prit le combiné que la réceptionniste lui tendait.

– Sors par la porte de derrière, traverse la rue, passe par la porte et longe la piscine.

Les instructions sèches de Bailey firent place à la tonalité.

Buchanan rendit l'appareil à la femme, la remercia et se dirigea vers la sortie arrière. Dehors, il vit une porte, de l'autre côté de la rue, puis une allée qui longeait une piscine déserte et plongée dans le noir.

Il s'approcha, enveloppé par l'ombre de palmiers. Il s'attendait à entendre la voix de Bailey s'élever dans le noir pour lui donner l'ordre de déposer l'argent sur une table qu'il distinguait au bord de la piscine, et lui dire de continuer comme si de rien n'était.

Les seules lumières visibles étaient devant lui, sur le canal où étaient amarrés un yacht et une péniche. Le ronronnement d'un moteur lui parvint. Puis il entendit un homme appeler :

– Mr. Grant ? C'est vous qui êtes là-bas, Mr. Grant ?

Buchanan continua d'avancer en direction du canal, en s'éloignant de la piscine. Le bruit de moteur provenait d'un bateau-taxi arrêté entre le yacht et la péniche. C'était un navire jaune d'environ six mètres, avec un toit de toile rayée jaune et vert. De jour, le tissu devait protéger les passagers du soleil, mais il bloquait la lumière projetée par les lampadaires alignés le long du canal et empêchait Buchanan de voir les occupants.

Une quinzaine de personnes au moins étaient à bord. Il distinguait leurs silhouettes, sans pouvoir reconnaître quiconque. Le toit étouffait les paroles mais, à en croire le brouhaha des conversations, il s'agissait de groupes qui consacraient leur vendredi soir à une tournée des bars.

– C'est moi. Je m'appelle Grant, dit Buchanan au conducteur assis à l'avant, aux commandes de l'embarcation.

– Parfait. Votre ami est déjà à bord. Je me demandais si vous alliez arriver. J'étais sur le point de partir.

Buchanan fit un effort pour voir dans l'obscurité, sous le toit, et s'engagea sur la passerelle jetée entre le quai et le bateau. De la main droite il saisit un cordage qui servait de garde-fou, tandis que sa main gauche portait la glacière. Il descendit quelques marches et prit pied dans l'embarcation. Des jeunes d'une vingtaine d'années, habillés de vêtements décontractés mais chers, étaient assis sur les bancs, le long de chaque bord.

L'obscurité dissimulait l'arrière.

– Combien je vous dois ? demanda Buchanan.

– Votre ami a payé pour vous.

– C'est généreux de sa part.

– Par ici, Vic, dit une voix éraillée provenant du fond du bateau.

Le marinier retira la passerelle. Buchanan passa devant un groupe de jeunes gens et découvrit Bailey affalé sur un banc, à la poupe. L'homme leva une grosse main et l'interpella :

– Comment ça va, mon vieux ?

Buchanan s'assit à côté de lui, en plaçant la glacière entre eux.

– Tu n'avais pas besoin d'amener ton repas, dit Bailey.

Buchanan se contenta de le fixer pendant que le bateau s'éloignait du quai et commençait à descendre le canal en accélérant sa vitesse. Zut, pensa Buchanan. Je suis coupé de l'équipe de soutien. Ils n'ont certainement pas pu monter dans le taxi à temps. Ils ne pouvaient pas se précipiter à bord sans alarmer Bailey.

Les lumières des résidences, des restaurants et des yachts devenaient de plus en plus brillantes à mesure que ses yeux s'accoutumaient à l'obscurité. Elles étaient suffisantes pour lui permettre de voir un téléphone cellulaire plié dans un étui que Bailey portait à la ceinture.

– C'est très pratique, dit ce dernier. Tu peux appeler n'importe qui de n'importe où.

– On peut par exemple appeler une pizzeria depuis une voiture, ou un hôtel depuis un bateau-taxi.

– T'as pigé, répondit Bailey. Cela aide à rester en contact pendant que je me déplace ou que je me balade pour voir s'il y a des gens en trop dans le coin.

Il baissa la voix et montra la glacière.

– Trêve de plaisanterie. Tu as intérêt à ce que cela ne soit pas ton repas, et que tout soit au complet.

Les passagers parlaient suffisamment fort pour couvrir leurs propos.

– Après ce qu'il y a là-dedans, il n'y a rien d'autre, murmura Buchanan.

Bailey haussa ses épaules rebondies.

– Oh, je ne suis pas gourmand. Tout ce qu'il me faut, c'est un coup de main pour couvrir mes dépenses et une petite prime pour tout le dérangement.

– J'ai eu beaucoup de mal à rassembler ce qu'il y a dans cette glacière, ajouta Buchanan. Je ne recommencerai pas.

– Je ne m'attends pas à ce que tu recommences.

– Ça me soulage.

Le bateau-taxi atteignit un bar-restaurant à l'enseigne « Chez Paul sur la rivière ». C'était un bâtiment élégant, bas et tout en longueur, dont l'arrière était vitré. Des clients dansaient à l'intérieur au son d'un orchestre. D'autres se promenaient à l'extérieur, leur boisson à la main, ou discutaient autour de tables dispersées sous des palmiers.

L'embarcation s'arrêta devant une passerelle. Quatre passagers se levèrent et se dirigèrent vers la sortie d'un pas mal assuré.

Bailey se dressa brusquement, la glacière à la main.

– C'est ici qu'on se sépare, Crawford. J'avais presque oublié... je veux dire Grant. Tu pourrais rester à bord et profiter de la promenade.

– Pourquoi pas ? répondit Buchanan.

Bailey avait l'air très content de lui.

– On se reverra.

– Non. On ne se reverra pas.

– C'est vrai.

Bailey quitta le bateau et monta sur le quai. Il s'éloigna sans se presser sur la pelouse illuminée par des lampes multicolores et disparut dans la foule.

17

Le bateau ramena Buchanan à l'hôtel Riverside, une demiheure plus tard. Il ne serait pas revenu s'il n'avait dû récupérer sa valise dans le coffre de la voiture de Cindy, qu'il avait laissée à proximité dans une petite rue tranquille. Il cacha les clefs sous le tapis, referma la portière et se rendit à l'hôtel d'où il appela un taxi. Il demanda au conducteur de le déposer à une agence de location de voitures ouverte la nuit. Après avoir loué un véhicule, il téléphona à Doyle et lui dit où il pourrait récupérer la voiture de Cindy. Il acheta un carton de douze cannettes de bière, se gara dans une rue déserte, vida les bouteilles sur les sièges du véhicule et les jeta sur le plancher. Il redémarra en gardant les vitres baissées pour éviter que l'odeur de bière ne le rende malade.

Il était une heure et quart. Il se dirigea vers l'océan. Il s'assura que personne n'était dans les parages puis défonça la clôture d'un parc qui bordait la route. Les dégâts donneraient l'impression qu'il avait perdu le contrôle de son véhicule. Il s'arrêta au bord de l'eau, descendit, mit le levier de commande des vitesses automatiques sur la position « conduite » et poussa la voiture dans l'océan. Il disparaissait déjà dans la nuit quand il entendit le « plouf ! ».

Il avait laissé sa valise à l'intérieur du véhicule, ainsi que la veste empruntée à Doyle dans une poche de laquelle se trouvait son portefeuille. Il n'avait conservé que son passeport dont il préférait éviter qu'on cherche l'origine. La police trouverait les cannettes de bière quand elle repêcherait la voiture. La conclusion logique serait que le conducteur – Victor Grant selon la carte d'identité trouvée dans le coupe-vent et le nom inscrit sur le contrat de location – avait conduit en état d'ivresse, quitté la route, traversé la barrière et plongé dans l'océan. Des hommes-grenouilles chercheraient le corps quelque temps avant d'abandonner en concluant qu'il s'était coincé sous un quai ou qu'il avait été entraîné vers le large. Buchanan espérait que Bailey croirait le scénario. Accablé d'avoir cédé au chantage et craignant de devoir débourser de plus en plus d'argent à l'avenir, Crawford-Potter-Grant avait loué une voiture pour quitter la région. Il s'était saoulé, avait perdu le contrôle de son véhicule et...

Peut-être, pensa Buchanan. L'histoire prendra peut-être. Les instructions du colonel étaient de faire disparaître Victor Grant.

À tout prix. Buchanan n'avait pas averti Doyle et Cindy de ses intentions parce qu'il préférait qu'ils aient l'air réellement surpris quand la police les interrogerait. La disparition briserait les liens le rattachant à Bailey et aux événements du Mexique. Les autorités de ce pays n'auraient plus personne à poursuivre si elles décidaient de rouvrir le dossier « Victor Grant » en réclamant l'aide de la police américaine.

Tous les problèmes sont résolus, pensa Buchanan en sortant rapidement du parc. Il trouverait un lieu où se cacher jusqu'au matin, achèterait un rasoir, se rafraîchirait dans des toilettes publiques, se rendrait en car à Miami, distant d'une quarantaine de kilomètres, achèterait un billet de train en payant en liquide et monterait à Washington, passager anonyme parmi d'autres passagers anonymes. Hier vous m'avez vu. Aujourd'hui je disparais. Il était temps de prendre un nouveau départ.

Le seul détail troublant, se dit Buchanan, était la façon dont le colonel pouvait être certain de mettre la main sur les photos et les négatifs. Que se passerait-il si Bailey se rendait dans les premiers w.-c. qu'il trouverait, retirait l'argent de la glacière et la laissait sur place ? L'équipe de filature n'aurait aucun moyen de le suivre et de remonter jusqu'aux clichés. Un autre détail gênant était la femme rousse qui l'avait photographié devant la prison mexicaine, puis en compagnie du colonel sur le yacht, et enfin avec Bailey sur le canal. Que se passerait-il si Bailey l'avait déjà payée et ne l'approchait plus ? Les hommes seraient incapables de la localiser.

Et alors ? trancha Buchanan en traversant rapidement un quartier riche, prêt à se cacher derrière les buissons s'il voyait des phares approcher. Où serait le problème ? Bailey aura de toute façon récupéré les photos et les négatifs d'abord. Il ne s'est certainement pas fié à elle. Le fait que le groupe de filature n'arrive pas à la trouver n'aura aucune conséquence. D'ailleurs, même si Bailey abandonne la glacière et qu'on perde sa trace, cela n'a aucune importance. Les photos perdent toute valeur pour lui avec la mort de l'homme qu'il fait chanter.

18

TROIS MORTS DANS UNE EXPLOSION

Ft. Lauderdale

Peu avant minuit, la nuit dernière, une violente explosion a détruit une voiture garée sur le parking du restaurant « Chez Paul sur la Rivière » et tué son occupant, qu'un morceau de permis de conduire a permis d'identifier comme étant Robert Bailey, 48 ans, originaire d'Oklahoma. La déflagration a également tué deux clients qui quittaient le restaurant. De nombreuses voitures ont été détruites ou endommagées. Les débris d'une importante quantité de billets ont été trouvés sur place. Selon la police, il pourrait s'agir d'un nouvel épisode de l'escalade de la guerre entre trafiquants de drogue.

19

ASSASSINAT SUIVI D'UN SUICIDE

Ft. Lauderdale

De bonne heure ce matin, la police s'est rendue au 233 Glade Street, dans le quartier de Plantation, où des voisins avaient entendu des coups de feu. Elle a découvert les corps de Jack Doyle, 34 ans, et de sa femme Cindy, 30 ans, tous les deux tués par balles. Il semble que Mr. Doyle, désespéré par le cancer dont souffrait sa femme, l'ait tuée dans son sommeil avec un revolver à canon court de calibre 38, avant de retourner l'arme contre lui-même.

20

Péninsule du Yucatán

Jenna Lane traçait une nouvelle ligne sur le plan qu'elle dessinait, en s'efforçant de se concentrer au milieu du vacarme des bulldozers, des camions, des jeeps, des tronçonneuses, des groupes électrogènes et des cris des ouvriers. La feuille était maintenue par des livres, sur une table dressée au milieu de la tente de trois mètres sur six qui lui faisait office de bureau. La sueur coulait sur sa figure et gouttait depuis son menton. Elle porta une annotation à côté du trait qu'elle venait d'achever.

Une silhouette apparut dans l'entrée. Levant les yeux, elle vit McIntyre, le chef de chantier, qui se découpait sur un nuage de poussière soulevé par un bulldozer. Il ôta son chapeau, essuya avec un mouchoir son front sale et brûlé par le soleil et dit, en élevant la voix :

– Il arrive.

Jenna fit une grimace et regarda sa montre dont le bracelet métallique était maculé de terre.

– Déjà ? Il est seulement dix heures. Il ne doit pas venir avant...

– Je te dis qu'il arrive.

Elle posa son crayon et sortit de la tente pour regarder en plissant des yeux vers l'est, dans la direction que McIntyre lui indiquait. Une tache grossissait dans le ciel, au-dessus de la forêt. Elle imaginait le grondement de l'hélicoptère, couvert par le bruit des machines. L'appareil s'approcha de la piste d'atterrissage proche du camp. Elle distingua le vrombissement du moteur, auquel s'ajoutaient les *flap-flap-flap* du rotor.

Une tornade de poussière s'éleva. La mince couche de terre végétale avait été dénudée par l'abattage de la forêt et l'arrachage des souches. Tout le monde suspendit son travail pour regarder la piste. Ce n'était pas un de ces gros hélicoptères utilisés pour le transport des véhicules et du matériel. C'était un petit appareil de tourisme élégant, comme ceux dans lesquels les stars du cinéma ou du sport aimaient s'exhiber et qui trônaient au sommet des yachts les plus somptueux. On distinguait un logo rouge peint sur le flanc : DRUMMOND INDUSTRIES. La puissance du nom était telle que sa simple vue ramena les hommes à leur tâche, comme s'ils redoutaient la colère de Drummond s'il jugeait qu'ils ne travaillaient pas assez.

Les gardes ne se sont pas laissé distraire, remarqua Jenna. Ils n'avaient prêté aucune attention à l'hélicoptère ni cessé de patrouiller, le fusil en bandoulière. Ils n'avaient pas quitté la forêt des yeux. De vrais professionnels.

– Il vaut mieux ne pas le faire attendre, dit McIntyre.

– D'ailleurs, il n'attend pas, répondit Jenna. Regarde-le. Il est déjà sorti de l'hélico. Il arrivera au bureau avant nous. J'ai entendu dire qu'il fait trois kilomètres à la nage tous les matins.

– Ouais, le vieux saligaud a plus d'énergie que nous deux réunis, maugréa McIntyre pendant que Jenna roulait le plan et le coinçait sous son bras.

Ils marchèrent très vite jusqu'à la structure la plus robuste du camp, un bâtiment de plain-pied construit en rondins et qui renfermait les provisions indispensables pour lutter contre le climat, les animaux et surtout les hommes, de la nourriture, du combustible, de la dynamite et des munitions. La baraque abritait également l'administration. C'était là que McIntyre tenait le journal du chantier, communiquait par radio avec son employeur et réunissait tous les jours ses chefs d'équipe.

Jenna avait raison. Drummond atteignit l'édifice avant eux. On ignorait son âge exact. La rumeur affirmait qu'il avait un peu plus de quatre-vingts ans, même si la chirurgie esthétique lui avait façonné un visage de vingt ans plus jeune.

Les rumeurs étaient à la base de la notoriété de Drummond. Quelle fortune avait-il amassée ? Quelle était son influence sur le Premier ministre de la République populaire de Chine ? Quel rôle avait-il joué dans l'embargo arabe de 1973 ? Et dans le scandale des ventes d'armes entre l'Iran et la Contra ? Avait-il vraiment eu des liaisons avec Ingrid Bergman, Marlene Dietrich et Marilyn Monroe ? Plus récemment, quelle était la nature de ses relations avec la grande diva de l'opéra, Maria Tomez ? Alistair Drummond avait divorcé six fois. Il passait plus de temps à bord de son jet que dans les propriétés qu'il possédait dans onze pays différents, consacrait la branche pharmaceutique de son empire industriel à la recherche sur le sida et pouvait se vanter d'avoir été l'ami de tous les dirigeants russes, anglais et américains depuis les années quarante. Cette combinaison de succès éclatants et d'autopromotion éhontée lui conférait une stature hors du commun dans l'arène des célébrités internationales. Les rumeurs et les énigmes qui l'entouraient faisaient de lui un mélange de contradictions interprétables de diverses façons. Son engagement dans la recherche sur le sida répondait-il, par exemple, à un souci humanitaire ou à l'appât de gigantesques bénéfices potentiels ? Aux deux ? Alistair Drummond était une énigme vivante. Ceux qui le rencontraient n'oubliaient jamais cette expérience, qu'ils aient été témoins de son charme ou de son sens implacable de la manœuvre.

Je ne l'oublierai certainement jamais, pensa Jenna, pas plus que je n'oublierai ce boulot. Quand il l'avait rencontrée pour lui proposer le travail, de cette voix grinçante qui inquiétait la jeune femme, Drummond avait regardé ses cheveux couleur de miel et soupesé ses hanches bien marquées et sa poitrine haute et ferme, comme s'il s'agissait d'une avance sexuelle. C'était peut-être une avance sexuelle. Drummond considérait peut-être tous les gens qui travaillaient pour lui comme des prostitués. Mais des prostitués de luxe, pensa Jenna. Drummond était sans aucun doute le type le plus froid et le plus méchant qu'elle ait jamais connu, mais c'était également le plus généreux. Son salaire pour ce projet était l'équivalent de ce qu'elle avait touché pour l'ensemble de ses dix derniers contrats. Mais c'était mérité. Si cette mission était immorale et qu'elle vende son âme de professionnelle, elle n'avait pas l'intention de le faire à bas prix.

Drummond était déjà entouré par un groupe de contremaîtres qu'il bombardait d'ordres et de questions quand McIntyre et Jenna pénétrèrent dans le bureau au sol de terre battue. Il avait pris les choses en main si rapidement que même vêtu d'un costume il paraissait parfaitement à sa place au milieu des hommes aux vêtements de travail poussiéreux et trempés de sueur. Par contraste, l'homme élégant aux cheveux blonds qui se tenait près de lui semblait déplacé et mal à l'aise dans ces conditions rudimentaires. Il s'appelait Raymond. Son regard froid avertit Jenna que ce serait une erreur de croire que sa personnalité s'accordait à son allure plaisante. Raymond, se dit-elle, n'est dans son élément que lorsqu'il a l'occasion de faire souffrir quelqu'un.

Mon Dieu, dans quoi est-ce que je me suis embarquée ?

– Non, dit Drummond à un contremaître, d'une voix crispée mais forte. Non. Vous connaissiez les règles avant d'accepter ce travail. Vous avez signé un document qui vous oblige à respecter certaines conditions. Ni vous ni aucun de vos hommes n'a le droit de quitter le camp avant la fin du travail. Je paie tout le monde un bon prix pour travailler sept jours par semaine et je veux retirer le maximum de mon argent. Amener une femme ? Inconcevable. Aucun étranger n'est admis dans le camp. L'autorisation d'utiliser la liaison radio pour des communications personnelles ? Hors de question. Ce qui se passe ici est mes affaires et je ne veux pas que vos hommes parlent de mes affaires à des gens extérieurs. Vous savez à quel point je tiens à la discrétion. Ce camp est totalement isolé. Ne revenez plus sur cette question.

Se détournant du groupe qu'il congédia, Drummond aperçut Jenna et McIntyre qui venaient d'entrer.

– Bien, je veux vous voir tous les deux.

Il fit signe à Raymond de faire sortir les chefs d'équipe, puis aux deux arrivants d'avancer.

– Vous l'avez trouvé ?

Jenna et McIntyre détournèrent leurs regards.

– Je ne sais pas pourquoi je me suis donné la peine de poser la question, dit Drummond. Si vous l'aviez trouvé, ces imbéciles seraient en train de jacasser comme des hystériques. Ils seraient incapables de se retenir. Ce qui veut dire qu'ils ne se doutent toujours de rien. Est-ce vrai ?

McIntyre s'éclaircit la gorge avant de répondre.

– Oui. C'est vrai.

Raymond ferma la porte sur les contremaîtres, s'y adossa les bras croisés et se mit à contempler tranquillement Jenna d'un œil évaluateur. Elle sentit peser son regard provocant.

– Je ne suis pas content. Pas content du tout, dit Drummond. Je vous ai donné tous les renseignements nécessaires. Ce n'est pas un travail très difficile. Vous avez des instructions à suivre quasiment pas à pas. Mais vous ne l'avez toujours pas trouvé.

McIntyre marmonna quelque chose.

– Comment ? demanda Drummond avec un regard furieux. Bon Dieu, parlez plus fort ! Vous n'allez pas me faire croire que je suis devenu sourd parce que vous parlez dans votre barbe.

– Je ne voulais pas...

– Ne vous excusez pas. Je déteste les pleurnichards. C'est peut-être pour cela que vous n'avez pas atteint le but. Parce que vous n'êtes pas suffisamment un homme pour diriger le travail.

– Les instructions n'étaient pas aussi précises que vous le dites, interrompit Jenna.

– Ah ? dit le vieil homme en se tournant vers elle. Au moins vous, vous n'êtes pas muette. Mais je ne me rappelle pas vous avoir demandé votre avis.

– Je ne serais pas une très bonne employée, si j'avais besoin qu'on me le demande, vous ne pensez pas ?

– Bonne réponse.

Drummond l'examina un instant.

– Continuez.

– Je n'appellerais pas des instructions pas à pas une traduction imprécise et peut-être erronée.

– La traduction n'est pas erronée, dit Drummond d'un ton irrité. Nous avons payé au prix fort les meilleurs spécialistes pour déchiffrer le texte.

– Même les spécialistes ne comprennent pas tous les symboles mayas.

– Et vous êtes, vous-même, une spécialiste suffisamment qualifiée pour en juger ?

– Vous avez peut-être oublié.

– Je n'oublie jamais rien.

– Je ne suis pas seulement géomètre, dit Jenna. Je suis géomètre archéologue. Ma spécialité est la cartographie de ruines comme celles-ci. Je ne sais peut-être pas traduire les symboles mayas, mais je connais des gens qui le font et ils sont les premiers à admettre que leur discipline a encore beaucoup à apprendre.

– Peut-être. À moins que vous ne soyez en train d'essayer de chercher des excuses pour un mauvais travail. Je devrais peut-être embaucher quelqu'un d'autre et déduire son salaire du vôtre.

La crainte calma d'un coup la colère de Jenna. Arrête. Garde tes opinions pour toi. Ne te dresse pas contre lui.

– Travaillez davantage, dit Drummond. Arrêtez de vous chercher des excuses. La traduction est la meilleure possible. Elle est explicite. Ce que nous cherchons est ici. Pourquoi n'arrivez-vous pas à le trouver ?

– La topographie du Yucatán est monotone, répondit Jenna. Le site décrit par le texte pourrait se trouver n'importe où. En plus, c'est une région géologiquement instable. La description du paysage date de plusieurs milliers d'années et des tremblements de terre ont pu effacer des caractéristiques que nous recherchons.

Drummond se renfrogna et s'adressa à McIntyre.

– Je n'ai pas de temps à perdre. Il faut raser la forêt. Vos hommes sont loin d'avoir fait ce qu'ils devaient. Vous n'avez pas respecté le programme.

– Le programme ne prévoyait pas de sabotages, dit McIntyre.

Drummond rejeta la tête en arrière.

– Des sabotages ?

– Quelqu'un a saboté les bulldozers et les camions. On a mis de la terre dans les réservoirs. On a coupé les durits de radiateur. On a crevé les pneus.

Drummond était livide.

– *Pourquoi ne m'a-t-on rien dit ?*

– Nous pensions pouvoir résoudre le problème sans vous déranger. Nous avons réparé les véhicules et placé des gardes autour.

– *Et alors ?*

– Pour faire garder les véhicules, nous avons dû diminuer le nombre d'hommes qui surveillaient les abords du camp. La nuit suivante, on nous a volé des outils. La réserve d'eau a été souillée et les bidons d'essence percés. C'est pour cela que nous avons rangé des bidons ici, pour avoir une réserve de secours. Les hélicoptères ont passé un temps considérable à apporter des pièces de rechange et à reconstituer les stocks, au lieu d'apporter de nouveaux équipements.

– Reconstituer les stocks n'est pas une réponse ! lâcha Drummond. Trouvez les responsables des dégâts. Qu'est-ce que vous pensez de ces contremaîtres qui sont venus se plaindre ? Cela ne pourrait pas être quelqu'un qui voudrait arrêter le chantier pour passer un week-end à se saouler à Mérida ?

– Nous y avons pensé, dit McIntyre. Non. Les hommes sont fatigués et de mauvaise humeur, mais ils ont envie de finir le travail avant la date prévue pour toucher leur prime. Ils ne feraient jamais quelque chose qui les obligerait à rester ici plus longtemps.

– Alors, qui ?

– Les indigènes, dit Jenna. Les Mayas.

Drummond eut l'air sidéré.

– Est-ce que vous êtes en train de me raconter qu'une poignée d'Indiens ignorants sont capables d'être plus malins que vous et de paralyser nos projets ?

– Ils sont sans doute plus nombreux que vous ne le pensez. Quant à l'ignorance... c'est leur territoire, pas le nôtre. Ils le connaissent cent fois mieux que nous.

– Des excuses.

– Je suis sûre qu'ils épient le moindre de nos mouvements depuis la forêt, ajouta Jenna. Et j'ai fortement l'impression que c'est un endroit sacré pour eux et qu'ils sont furieux de ce que nous faisons.

– De la superstition et des inepties. Je suis stupéfait que vous ayez laissé cela entraver le déroulement du programme. Mais vous me donnez une idée. Vous avez raison. C'est leur territoire.

Il se tourna vers son assistant toujours appuyé contre la porte.

– Vous aimeriez aller à la chasse, Raymond ?

– Cela me plairait beaucoup, Mr. Drummond.

– Le chef des gardes vous donnera tout ce qu'il vous faut.

Drummond s'adressa de nouveau à Jenna :

– Où habitent ces indigènes ? Vous avez indiqué leur village sur la carte que vous préparez ?

– Leur village ? J'ai suffisamment de mal à faire le plan des ruines. Nous sommes entourés par la forêt. Il n'y a aucun sentier. On ne peut pas s'amuser à aller se promener dans les environs. Au mieux on se perdrait. Un village ? Nous n'avons même pas vu un seul indigène...

– Et vous êtes certaine que ce sont eux les coupables ?

Drummond ajouta pour son homme de main :

– Trouvez-les, Raymond. Et arrêtez-les.

– Oui, monsieur.

L'assistant ouvrit la porte.
– Raymond...
– Monsieur ?
– Puisque c'est leur territoire et qu'ils le connaissent parfaitement, je veux faire parler un indigène. Ramenez-en un au camp pour qu'on l'interroge. Il saura peut-être où nous pouvons trouver ce que nous cherchons.
Un homme en tenue de pilote dont le blouson arborait le logo rouge « drummond industries » apparut au moment où Raymond sortait du bâtiment.
– Monsieur, il y a un appel pour vous sur la radio de l'hélicoptère, dit-il, essoufflé.
– Faites-le transférer ici. Quelle fréquence vous utilisez, McIntyre ?
Celui-ci indiqua la fréquence au pilote, qui sortit rapidement.
Montrant la carte que Jenna tenait sous le bras, Drummond reprit :
– Voyons ce que vous avez fait.
Jenna déplia le plan sur une table.
– Non, non, non ! s'exclama le vieil homme.
– Qu'est-ce qui ne va pas ? J'ai fait très attention. J'ai vérifié tous...
– C'est cela qui ne va pas. Vous avez fait très attention. Je vous l'ai dit très clairement. Je veux un plan qui ait l'air convaincant pour les autorités mexicaines.
Drummond la fit sortir devant la porte et montra le remue-ménage du chantier, des ouvriers qui coupaient des arbres et d'autres qui entassaient du matériel.
Jenna protégea d'une main ses yeux éblouis par le soleil et regarda dans la direction désignée par le vieil homme. Les collines devenaient des pyramides, des temples et des palais à mesure que les arbres étaient abattus et brûlés et que les buissons étaient arrachés. L'héritage du grand Empire maya.
– Trop de choses dépendent de cela, dit Drummond. Votre plan ne doit pas...
Il fut interrompu par une voix grésillante émise par la radio.
– C'est votre appel, dit McIntyre.
– Est-ce que le brouilleur fonctionne ?
McIntyre approuva de la tête.
– Il suffit de tourner le bouton.
– Restez ici. Je n'en ai pas pour longtemps.
Il entra dans la baraque dont il ferma la porte, laissant Jenna et McIntyre dehors. La femme secoua la tête, furieuse.

– Quel salopard !

– Parle moins fort, dit McIntyre. Il pourrait t'entendre.

Il a raison, se dit Jenna. Elle était assez près de la porte pour être entendue de l'intérieur malgré le bruit des engins.

Mais, réciproquement...

La porte était mal ajustée. Elle bâillait légèrement. Des éclats de la voix de Drummond parvenaient à Jenna.

« ... *Trouvez la femme. Si jamais Delgado apprend qu'elle ne collabore plus... ruiné. Tout est ruiné. Trouvez-la. Utilisez tous les moyens de pression. Je me moque de ce que vous devez... Tuez-le si...* »

Puis Jenna n'entendit plus rien. Se sentant mal, elle s'éloigna de la porte et rejoignit McIntyre en s'efforçant de prendre l'air d'une employée qui attend patiemment.

Le vieil homme ouvrit brusquement la porte et surgit à l'extérieur. Un voile noir semblait l'entourer malgré le soleil qui se réfléchissait sur ses cheveux blancs et ses montures de lunettes. Il était sur le point de continuer à s'en prendre à Jenna quand quelque chose qu'il aperçut sur la gauche changea brièvement son expression.

Suivant son regard, Jenna vit Raymond qui pénétrait dans la forêt, un fusil à la main et vêtu d'un treillis. Même de loin on devinait son excitation.

Puis Drummond s'adressa à elle, de sa voix cassante et autoritaire.

– Tout cela, dit-il en faisant un geste. Votre plan est beaucoup trop précis, beaucoup trop exact. Il ne faut pas permettre aux autorités mexicaines de comprendre l'importance de cette découverte. Votre plan doit la faire apparaître comme mineure, comme des ruines insignifiantes qui ne méritent aucun intérêt excessif, comme quelque chose qui ne sera pas une perte irremplaçable.

Drummond montra les temples majestueux, les palais gravés de hiéroglyphes et la grande pyramide à terrasses dont les escaliers étaient gardés par d'immenses têtes de serpent.

– Je veux que tout soit rasé dans dix jours, à compter d'aujourd'hui. Vous m'avez entendu, McIntyre ? ajouta-t-il en fixant le chef de chantier. Vous connaissez les ordres. Vous connaissez le programme. Utilisez des bulldozers, utilisez des masses, utilisez de la dynamite. Mettez-y les ongles s'il le faut. Dans dix jours, je veux que le matériel soit installé et que tout cela ait disparu. Rasez tout. Dispersez les gravats. Emportez-les en camion. Mettez-les dans des trous. Faites-les treuiller par les hélicoptères. Faites-en ce que vous voulez, mais je veux qu'ils disparaissent !

Six

1

Alexandrie, Virginie

La retraite de Buchanan était un autre appartement, au deuxième étage d'une nouvelle résidence où il passerait facilement inaperçu. Il avait téléphoné à son contrôleur dès son arrivée à Washington, comme il l'avait fait à plusieurs reprises dans les gares où le train s'était arrêté. Une voix masculine lui avait dit d'attendre à quinze heures, assis sur les marches de la Bibliothèque du Congrès. Un homme d'âge moyen vêtu d'un blazer bleu et d'un pantalon gris s'était arrêté près de lui à l'heure précise, s'était penché pour renouer les lacets de sa chaussure droite et avait glissé une petite enveloppe dans sa direction. Buchanan avait caché la lettre sur lui et attendu cinq minutes sur les marches avant de pénétrer dans le bâtiment. Il s'était rendu aux toilettes pour ouvrir le pli dans une cabine. Il en avait sorti une clef et un papier qui lui indiquait un nom, de brèves informations biographiques, une adresse à Alexandrie et un numéro d'appartement. La feuille et l'enveloppe étaient d'une matière très spéciale : elles s'étaient dissoutes dès qu'ils les avait jetées dans l'eau de la cuvette. Il avait relevé sur un plan de la ville les noms des principales rues proches de l'appartement et s'était fait déposer par un taxi à quelques rues de sa destination, peu après dix-huit heures. Il avait terminé le trajet à pied en utilisant les techniques habituelles pour semer d'éventuels suiveurs.

Il s'appelait désormais Don Colton et était journaliste pour un magazine de voyages dont il supposait qu'il était lié à ses contrôleurs. Une excellente couverture, se dit-il. Un reporter d'une revue de tourisme était, par définition, souvent en déplacement. Les voisins ne seraient pas étonnés de ne l'avoir jamais rencontré. Ses contrôleurs n'avaient pas disposé d'assez de temps pour organiser cette couverture spécialement à son intention. C'était sans doute une identité temporaire, un personnage à tout faire, prêt à porter, que ses chefs gardaient en réserve pour des situations d'urgence. Don Colton était un nom d'attente. On l'enverrait bientôt Dieu sait où, sous Dieu sait quel nom.

Il emprunta les escaliers jusqu'au second étage. La plupart des gens préférant utiliser un ascenseur, il avait moins de risque de rencontrer quelqu'un. Il atteignit un couloir en ciment éclairé par des lampes au néon et de chaque côté duquel s'alignaient des portes. Comme il l'espérait, personne n'était en vue. Les voisins étaient déjà revenus du travail et rentrés chez eux. Il suivit un tapis vert. Il entendit de la musique derrière une porte, des voix derrière une autre. Arrivé au numéro 327, il utilisa la clef qu'on lui avait transmise pour pénétrer dans l'appartement.

Il alluma la lumière, parcourut le living-room des yeux, ferma la porte à clef puis, se tenant constamment à l'écart des fenêtres, inspecta les placards, la salle de bains et la chambre. Il éteignit les lampes et ferma les rideaux. Puis il ralluma et s'affala sur un canapé. Il était en sûreté. Pour l'instant.

2

L'appartement dégageait une impression de chambre d'hôtel. Tout y était aussi propre qu'utilitaire et impersonnel. Un angle du living avait été aménagé en bureau, avec une table de travail, un ordinateur, une imprimante et un modem. Plusieurs numéros du magazine pour lequel il était censé travailler étaient posés sur la table basse. Buchanan les ouvrit et trouva plusieurs articles signés de son pseudonyme, ce qui était une autre indication du fait que Don Colton était une identité à tout faire. Les revues avaient visiblement été préparées longtemps à l'avance, pas seulement pour lui mais pour n'importe quel agent qui aurait besoin de ce genre de couverture. Don Colton, ce Don Colton-ci au moins, ne demeurerait pas longtemps dans le quartier.

Buchanan devait pourtant essayer d'être un Colton crédible. Première chose à faire : connaître les articles qu'il était supposé avoir écrits. Mais alors qu'il était au milieu du second d'entre eux, qui portait sur Haïti, il découvrit soudain que deux heures venaient de s'écouler. Il plissa des yeux. Lire quelques pages n'aurait pas dû lui prendre si longtemps. S'était-il endormi ? Le mal de tête qui ne l'avait jamais quitté depuis qu'il s'était cogné à Cancún avait empiré. Il se surprit à ne plus se préoccuper de son personnage de journaliste touristique. Il se leva, las, et se rendit dans le coin cuisine séparé du living par un comptoir. Il prit une bouteille de bourbon rangée près du réfrigérateur, avec du gin et du rhum, et se servit un verre. Il ajouta un glaçon et de l'eau et se demanda quoi faire en premier, prendre une douche ou ouvrir une boîte de haricots cuits. Demain, il faudra se procurer des vêtements propres. Ceux qu'il avait trouvés dans les placards étaient trop petits pour lui. Mais il ne pouvait quitter l'appartement sans convenir avec ses employeurs d'une procédure pour le contacter. C'est alors que le téléphone sonna.

Il sursauta.

Il se tourna vers le salon et regarda l'appareil posé sur une table près du canapé. La sonnerie retentit une deuxième fois. Il avala une gorgée de bourbon pour se calmer les nerfs. Troisième sonnerie. Il détestait les téléphones. Il s'approcha de l'appareil et saisit le combiné avant une quatrième sonnerie.

– Allô, dit-il d'une voix neutre.

– Don ! s'exclama une voix masculine enjouée. C'est Alan ! Je n'étais pas sûr que tu serais déjà rentré ! Comment ça va, mon vieux ?

– Bien, répondit Buchanan. Parfaitement.

– Le voyage s'est bien passé ?

– La dernière partie.

– Ouais, tes cartes postales disaient que tu avais des problèmes à certaines de tes premières escales. Apparemment, tu as pu t'en tirer, j'ai l'impression ?

– C'est vrai, dit Buchanan.

– Impeccable. Écoute, je sais qu'il se fait tard, mais il y a si longtemps que je ne t'ai pas vu que je ne peux même pas me rappeler quand c'était. Tu as déjà mangé ? Tu as envie d'aller manger quelque part ?

– Non, répondit Buchanan. Je n'ai pas mangé.

– Bien. Je pourrais passer.

– Oui, pourquoi pas ?

– Parfait, Don. Je suis impatient de te voir. Je serai là dans un quart d'heure. Réfléchis à l'endroit où tu veux aller manger.

– Un endroit qui soit sombre et où il n'y ait pas trop de monde. Peut-être avec un piano.

– Tu lis mes pensées, Don.
– À tout de suite.
Buchanan reposa le combiné et se massa les tempes qui le faisaient souffrir. La mention des cartes postales par son interlocuteur et celle qu'il avait faite d'un restaurant avec piano étaient les signes de reconnaissance indiqués dans le message de la Bibliothèque du Congrès. Il ferait bientôt son rapport.
Un de plus.
Ses tempes continuaient de le tourmenter. Il se dit qu'il allait se passert de l'eau sur le visage, mais but d'abord son verre de bourbon.

3

La sonnerie de la porte retentit exactement un quart d'heure plus tard. Buchanan regarda par le judas et découvrit un homme corpulent, d'une quarantaine d'années, aux cheveux courts et vêtu d'une veste de sport à carreaux marron. C'était certainement la personne qui l'avait appelé. N'ayant pas reconnu la voix au téléphone, il n'était pas surpris de voir un inconnu. Il n'avait cependant pas pu s'empêcher d'espérer retrouver un contrôleur qu'il connaîtrait déjà. Il avait vécu tellement de changements.
Il ouvrit avec circonspection car il n'avait, après tout, aucune certitude que le visiteur était bien son contact. Mais l'homme écarta aussitôt ses doutes en s'adressant à lui sur le même ton joyeux qu'au téléphone.
– Tu as l'air en pleine forme, Don. Tes cartes postales ne disaient pas que tu avais perdu du poids.
– Le régime ne me convenait pas. Entre, Alan. J'ai réfléchi. On devrait peut-être rester ici. Je ne suis pas d'humeur à aller écouter du piano.
– Comme tu veux.
L'homme qui s'était présenté comme « Alan », sans aucun doute un pseudonyme, tenait un porte-documents métallique à la main. Il attendit que Buchanan ferme la porte et changea totalement d'attitude, comme un acteur qui abandonne un personnage en quittant la scène. Il prit les manières d'un homme d'affaires.
– L'appartement a été vérifié cette après-midi. Il n'y a pas de micro. Comment ça va ?
Buchanan haussa les épaules. En vérité il était épuisé, mais on lui avait appris à ne jamais dévoiler ses faiblesses.

– Votre blessure se cicatrise bien ? demanda le visiteur.
– L'infection est guérie.
– Bien, dit simplement l'homme. Et votre tête ? On m'a dit que vous avez heurté...
– Un accident idiot, dit Buchanan.
– Le rapport que j'ai reçu parlait d'une commotion.
Buchanan approuva de la tête.
– Et d'une fracture du crâne, ajouta l'homme.
Buchanan approuva de nouveau. Le hochement relança son mal de tête.
– Une fracture du crâne en dépression. Une petite partie interne de la calotte crânienne a été poussée contre le cerveau. C'est ce qui a provoqué la commotion. Ce n'est pas comme si j'avais eu l'os fracturé. Ce n'est pas aussi grave. À l'hôpital de Fort Lauderdale on m'a gardé en observation pendant une nuit et le docteur m'a laissé sortir. Il ne m'aurait pas laissé partir si...
L'homme qui se faisait appeler Alan s'assit sur le canapé sans quitter Buchanan des yeux.
– C'est ce que disait le rapport. Il signalait aussi que vous devez subir une autre visite de contrôle et un autre examen au scanner pour voir si l'hématome au cerveau s'est résorbé.
– Est-ce que je me promènerais comme cela si j'avais encore un hématome au cerveau ?
– Je ne sais pas, répondit l'homme en continuant de jauger Buchanan. Peut-être. Les agents des Opérations spéciales sont des hommes particulièrement volontaires. Des problèmes qui arrêteraient d'autres individus semblent ne pas vous toucher.
– Non. Le plus important, c'est ma mission. Si je pensais qu'une blessure réduise mes capacités à remplir une mission, je le dirais.
– Excellente attitude. Et si vous pensiez que vous avez besoin de repos, vous le diriez aussi ?
– Bien sûr. Personne ne refuserait une permission.
L'homme ne répondit rien. Il l'examinait.
Pour changer de sujet autant que par curiosité, Buchanan demanda :
– Que s'est-il passé à Fort Lauderdale après mon départ ? Est-ce que tout le monde est content du résultat ? Est-ce que les photos... ?
Le visiteur baissa le regard, tourna les combinaisons des serrures de sa mallette et l'ouvrit.
– Je n'ai aucune raison de le savoir, répondit-il en sortant un dossier. Il faut régler quelques questions administratives.

Buchanan s'assit en face de lui, mal à l'aise. Son instinct l'alarmait. C'était peut-être la conséquence de la fatigue, ou le contrecoup du surmenage. Quelle que fût la raison, quelque chose dans l'attitude de l'homme le gênait.

Ce n'était pas seulement les manières brusques du visiteur. En huit ans de travail comme agent secret, Buchanan avait eu affaire à des contrôleurs les plus divers, dont certains n'avaient rien de sympathique. Mais la sympathie n'était pas une qualité requise pour l'emploi. Il fallait en revanche être consciencieux et on n'avait parfois pas de temps pour les formalités de politesse. Nouer des relations personnelles avec quelqu'un qu'on avait de fortes chances de ne jamais revoir n'aurait d'ailleurs eu aucun sens.

Buchanan l'avait appris à ses dépens au fil des années. Il s'était quelquefois senti attiré par des gens rencontrés sous l'une de ses nombreuses identités d'emprunt, comme par Jack et Cindy Doyle, par exemple. Il n'était pas toujours parvenu à étouffer ses sentiments. Et il s'était chaque fois senti vidé quand ses missions l'avaient entraîné ailleurs. Il comprenait donc parfaitement que son contrôleur mène l'entretien d'une manière objective et dépourvue de toute émotion.

Mais ce n'était pas cela le problème. Ce n'était pas cela qui le mettait mal à l'aise. C'était quelque chose d'autre. Son instinct lui disait d'être encore plus prudent que d'habitude.

– Voici mon reçu signé, dit l'homme qui se faisait appeler Alan. Vous pouvez me remettre les papiers d'identité de Victor Grant.

Buchanan prit soudain une décision. Il se méfiait de cet homme.

– Je ne les ai pas.

– Comment ? dit le visiteur en levant les yeux.

– Je les ai laissés dans la voiture quand je l'ai jetée dans l'eau à Fort Lauderdale. Pour que la police puisse identifier le conducteur sans trouver le corps et pour qu'elle décrète que Victor Grant était mort.

– Vous avez tout laissé ? Tout ?

– Le permis de conduire. La carte de crédit. La carte de Sécurité sociale. J'ai tout laissé dans un portefeuille, dans une poche de veste, pour que l'eau ne les emporte pas. Il fallait que je laisse tous les papiers. La police aurait été étonnée de ne trouver qu'un permis de conduire.

– Mais le passeport, Buchanan. Je parle du passeport. Vous n'avez pas laissé le passeport. Vous savez que c'est le seul papier auquel nous tenions. N'importe quel individu un peu malin peut falsifier un permis de conduire. Les flics peuvent mettre la main dessus, cela n'a aucune importance. Mais un faux passeport. Un faux passeport de la meilleure qualité. Mieux que cela, même, puisque le passeport vierge vient directement du Département d'État. Si la police fait étudier ce passeport par un spécialiste, il y aura tout un tas de questions auxquelles les gens du Département d'État ne sauront pas répondre. Et c'est à nous qu'on demandera peut-être des explications.

– Il fallait que je le laisse, mentit Buchanan.

Le passeport était dans la pièce, à l'intérieur d'un petit sac de voyage qu'il avait emporté avec lui en quittant la Floride. Un sac qui contenait des affaires de toilette, quelques vêtements de rechange et le pistolet que Jack Doyle lui avait donné. Il passerait également l'arme sous silence.

Buchanan poursuivit :

– Si la police fait une enquête approfondie sur Victor Grant, elle découvrira que j'ai été au Mexique. Elle découvrira que j'ai montré mon passeport à la frontière et elle se demandera où il est passé. Elle a mon portefeuille et ma valise, que j'ai laissée dans le coffre de la voiture. Elle aurait tout ce que Victor Grant possédait, mais elle ne trouverait ni son corps ni son passeport ? Ce n'était pas possible. Un inspecteur intelligent pourrait penser que Victor Grant a simulé sa mort et s'est enfui avec son passeport, le seul document dont il a besoin pour quitter le pays. En laissant mon passeport dans la veste avec mon portefeuille, j'ai évité un détail qui pourrait attirer l'attention.

– Pas bête, Buchanan, dit l'homme corpulent. Il y a seulement un problème.

– Ah ?

– La police n'a pas trouvé le passeport.

– Comment ? Il a dû être entraîné par l'eau.

– Mais pas le portefeuille ?

– Le portefeuille était plus lourd. Comment je pourrais savoir ce qui s'est passé ? Les ordres étaient de faire disparaître Victor Grant. Je l'ai fait de la meilleure façon que j'ai trouvée.

Le visiteur le fixait.

– Est-ce que l'absence du passeport a fait naître des soupçons chez la police ?

L'homme le regardait encore plus fixement.

– Vous devez signer cette déclaration selon laquelle vous êtes dans l'incapacité de rendre le passeport.

– Bien sûr, dit Buchanan.

Il signa et rendit le document, puis regarda le visiteur le ranger dans sa mallette.

– Passons au point suivant.

L'homme ouvrit un sac en papier dont il vida le contenu sur la table basse d'un air compétent et dégoûté.

Buchanan vit s'étaler des magazines, des catalogues, des invitations à adhérer à des clubs de location de cassettes vidéo et d'autres publicités. Les destinataires portaient les noms de Richard Dana, Robert Chambers, Craig Madden et Brian MacDonald, les derniers pseudonymes utilisés par Buchanan avant de devenir l'Ed Potter du Mexique.

– Nettoyage périodique, commenta l'homme corpulent.

Buchanan approuva de la tête. La panoplie d'une identité d'emprunt ne se composait pas seulement d'une carte d'identité, mais aussi de courrier, par exemple. Ne pas en recevoir paraîtrait étrange. Tout le monde paye des factures et reçoit des lettres et des magazines. Beaucoup de gens sont abonnés à des revues. Si vous prétendez vous appeler Brian MacDonald, tout magazine reçu à ce nom est une preuve de plus que vous êtes bien la personne que vous affirmez. Buchanan avait donc souscrit des abonnements sous ses différents pseudonymes chaque fois qu'il comptait demeurer au même endroit pour une période relativement longue. Il choisissait des magazines qui correspondaient à la personnalité de chacun de ses personnages. Richard Dana était abonné au *Monde des coureurs.* Robert Chambers raffolait de *Gourmet.* Craig Madden était un amoureux du cinéma qui lisait *Première.* Brian MacDonald recevait *Voitures et conducteurs.* Les revues cédant leurs listes d'abonnés à des sociétés de vente par correspondance, des catalogues portant sur les centres d'intérêt de ses personnages ne tardaient pas à apparaître dans la boîte aux lettres et à parfaire le portrait du destinataire.

Jusqu'au jour où Buchanan était affecté à une nouvelle mission et changeait une fois de plus d'identité. L'ancien personnage, qui n'existait théoriquement plus, continuait de recevoir du courrier même si Buchanan prenait soin d'annuler systématiquement tous les envois à son nom. Pour éviter les soupçons, il laissait toujours aux propriétaires une adresse de réexpédition qu'on appelait dans le métier « adresse de commodité ». C'était une boîte aux lettres sûre et pratique, en général une messagerie privée qui appartenait aux contrôleurs de Buchanan, sans qu'on puisse établir de lien avec eux.

– Est-ce qu'il y a quelque chose dont il faut s'occuper, là-dedans ? demanda l'homme qui se faisait appeler Alan. Des détails à régler ? Il faut vérifier avant de tout détruire.

Buchanan parcourut les papiers.

– Non. On peut se débarrasser de ces magazines. De ces catalogues. Ce prospectus est vraiment du gaspillage de papier. Cette...

Il eut un frisson en prenant une carte postale.

– Elle est adressée à Peter Lang. Je n'ai pas utilisé ce nom depuis six ans. Où est-ce qu'elle s'est perdue pendant si longtemps ?

– Elle ne s'est pas perdue. Regardez le tampon de la poste. Quelqu'un l'a postée à Baltimore... La semaine dernière.

– La semaine dernière ? Buchanan était glacé. Qui aurait envie d'écrire à Peter Lang six ans plus tard ? Qui se rappellerait de lui ? Qui accorderait assez d'importance...

– C'est ce que nous aimerions savoir, dit Alan avec un regard lourd de menaces. Et pourquoi une carte postale ? Pourquoi pas une lettre ? Et qu'est-ce que vous dites du message ?

Buchanan étudia la carte postale, troublé. Elle était écrite à l'encre noire, d'une écriture petite, fine, fleurie mais précise.

Une écriture féminine. Sans signature.

Cinq phrases dont certaines, incomplètes, étaient du charabia.

Mais Buchanan n'avait pas besoin de signature pour comprendre qui lui avait écrit. Elle savait que plusieurs personnes, dont ses employeurs, liraient le message avant lui. Il apprécia les formules allusives.

4

Voici la carte postale que je pensais ne jamais envoyer.

J'espère que ta promesse était sincère. La dernière fois et le dernier endroit. Compte sur toi. S'IL TE PLAÎT.

Buchanan relut plusieurs fois et leva les yeux en direction du visiteur, qui dit avec une grimace :

– Alors ?

– C'est une femme que j'ai connue quand je m'appelais Peter Lang. Quelqu'un dont j'avais besoin pour la façade.

– C'est tout ?

Buchanan haussa les épaules.

– Qui est-ce, Buchanan ?

– Cela fait si longtemps. J'ai oublié son nom.

– Ne me dites pas que votre fameuse mémoire vous fait défaut.

– Je me rappelle ce qui est important. Elle n'était pas importante.

– Pourquoi n'a-t-elle pas signé ?

– C'était une *flake*. C'est tout ce dont je me souviens. Elle a peut-être pensé que ce serait charmant et plein de mystère d'envoyer une carte postale anonyme.

– Et sans qu'elle indique son nom, un nom que vous affirmez avoir oublié, vous savez quand même qui a envoyé cette carte postale.

– Elle faisait tout le temps des choses comme ça. Des messages énigmatiques anonymes. Je les trouvais dans la salle de bains, dans mes pyjamas, dans mes tiroirs de linge. Je vous ai dit que c'était une *flake*. Mais elle était vraiment très belle et je n'ai jamais vu une écriture aussi nette et élégante que la sienne. Elle en était fière, de son écriture.

– Mais qu'est-ce que cela signifie ?

– J'aimerais bien le savoir ! Elle planait peut-être quand elle l'a écrite. À moins qu'elle n'ait tellement essayé de rendre son message intrigant qu'elle n'a pas vu qu'il devenait incohérent.

Le gros homme accentua sa mimique.

– Et puis voilà. Six ans plus tard elle décide tout bonnement de vous écrire.

– Apparemment. En tout cas, c'est ce qui s'est passé. Elle n'a même pas pensé à indiquer l'adresse de l'expéditeur. Elle agissait toujours sous l'impulsion du moment.

– Qu'est-ce que c'est que cette histoire de « dernière fois et dernier endroit » ?

– Ça me dépasse.

L'homme ne faisait pas un mouvement. Il se contentait de fixer Buchanan comme pour le mettre suffisamment mal à l'aise et l'amener à se trahir.

Buchanan retourna le regard.

Le visiteur plissa des yeux au bout de trente secondes et fit signe à Buchanan de lui rendre la carte postale. Il la mit dans le sac en papier, avec les magazines, les catalogues et les prospectus, et rangea le tout dans son porte-documents qu'il ferma à clef.

– Nous nous reverrons bientôt, Buchanan.

Il se leva.

– Attendez une minute, dit Buchanan.

– Quelque chose ne va pas ? Vous avez oublié de me dire quelque chose ?

– Oui. Et mes nouveaux papiers ?

– Vos nouveaux papiers ?

– Le permis de conduire, la carte de crédit et tous les papiers de Don Colton.

Le visiteur fronça les sourcils.

– Vous avez dû mal comprendre. On ne vous remet pas de nouveaux papiers.

– Comment ?

– Vous n'en avez pas besoin. Le loyer, le téléphone et toutes les autres factures sont payés par correspondance, par l'une de nos organisations. Vous avez une quantité de provisions. Vous n'avez donc pas besoin d'un carnet de chèques pour aller faire des courses, ni d'une carte de crédit pour payer un restaurant. Et puisque nous préférons que vous ne vous éloigniez pas, vous n'avez pas besoin de permis de conduire pour louer une voiture.

– Et les vêtements ? Il me faut une carte de crédit pour remplacer ceux que j'ai laissés à Fort Lauderdale. Les vêtements qu'il y a dans les placards sont trop petits.

– Il y a un survêtement gris sur l'étagère de la chambre. Il est assez grand pour faire l'affaire dans l'immédiat. Je vous apporterai d'autres vêtements quand je vous conduirai à l'hôpital pour passer le scanner.

– C'est tout ? Vous me laissez sans moyens de justifier mon identité ?

– Nous ne voulons pas que vous essayiez de justifier votre identité de couverture, Buchanan. Nous ne voulons pas que vous vous trouviez dans une situation où vous devriez prouver qui vous êtes. Nous ne voulons pas que Don Colton quitte cet appartement. Nous ne voulons pas qu'il se promène autour du bâtiment ou aille brandir une carte d'identité au restaurant ou dans des centres commerciaux. Don Colton est invisible. Il habite ici depuis des années et personne ne le connaît. Vous comprenez, il voyage tellement. Personne ne viendra vous déranger tant que vous resterez ici. Et réciproquement nous désirons que vous ne dérangiez personne. Vous avez saisi ?

Les yeux de Buchanan se rétrécirent.

– Ouais, j'ai saisi, répondit-il.

– Nous ne voulons même pas que vous demandiez la livraison d'une pizza à domicile.

– J'ai dit que j'ai compris. De toute façon, comment est-ce que je pourrais commander une pizza ? Je n'ai presque plus d'argent.

– Bien.

L'homme prit son porte-documents et se dirigea vers la porte.

– Je suis aux oubliettes ?

– Jusqu'à ce que nous ayons fait le tour des dégâts de Cancún, Mérida et Fort Lauderdale, répondit le visiteur sans s'arrêter. Tout à l'heure, vous m'avez dit que vous demanderiez un repos si vous pensiez en avoir besoin. Vous avez dit que personne ne refuserait une permission.

Il atteignit la porte, tourna le verrou et jeta un regard à Buchanan.

– Eh bien, vous avez obtenu du repos. Vous êtes sur le terrain depuis un sacré moment. Huit ans. C'est beaucoup. Il est temps de vous reposer un peu.

– Et si je ne veux pas me reposer ?

L'homme mit la main sur la poignée de la porte.

– C'est étrange, Buchanan.

– Quoi ?

– On m'a dit que vous vous identifiez à vos nouveaux personnages comme un vrai fanatique.

– C'est vrai.

– Un véritable acteur. Vous inventez une histoire détaillée pour chacun de vos pseudonymes. Vous vous habillez, vous mangez et même quelquefois vous marchez de la façon dont vous estimez qu'un personnage particulier doit le faire. Vous composez une personnalité distincte pour chacun.

– C'est également vrai. M'identifier totalement à mes personnages m'a permis de rester vivant.

– Bien sûr. On m'a dit aussi que vous sautiez à la gorge des contrôleurs s'ils vous appelaient par votre vrai nom. C'est ce que j'ai fait à plusieurs reprises et vous n'avez pas une seule fois demandé à ce que je vous appelle Don Colton.

– Il n'y a rien d'étrange là-dedans. Je ne peux pas m'identifier à Don Colton tant que je n'ai par reçu ses papiers et que je ne connais pas son histoire. Je n'ai aucune personnalité à assumer.

– Alors dans ce cas je m'attendrais à ce que vous insistiez pour que je vous appelle Victor Grant.

– C'est impossible.

– Je ne vois pas pourquoi.

– Je n'aurais jamais répondu à ce nom.

– Pourquoi ?

– Parce que Victor Grant est mort.

Un frisson parcourut Buchanan au moment où il saisit les implications de ce qu'il disait.

L'homme qui se faisait appeler Alan comprit également.

– Comme vous l'avez dit, vous êtes aux oubliettes.

Il abaissa la poignée de la porte. Il ouvrit.

– Ne bougez pas. Je vous recontacterai.

5

Buchanan appuya son dos contre la porte et se massa les tempes. Tant de choses allaient de travers qu'il ne savait pas par où commencer pour faire le point.

Essaie d'abord de te demander pourquoi tu lui as menti à propos du passeport et pourquoi tu ne lui as pas dit que tu avais une arme.

Je ne voulais pas les perdre. Je ne lui fais pas confiance.

Sur ce point, tu n'as pas eu tort. Quel que fût le but de la conversation, ce n'était pas un rapport. Il ne t'a pas demandé de raconter ce que tu avais fait et il ne t'a pas donné de nouveaux papiers. Il t'a mis au frigidaire. Cela avait tout d'un interrogatoire, mais les seules questions qu'il t'ait posées portaient sur...

La carte postale.

Buchanan se rendit dans le coin cuisine et se servit un verre de bourbon allongé d'eau. Il but une longue gorgée, puis sentit ses muscles des mâchoires se durcir de tension.

La carte postale.

Tu n'as pas menti seulement à propos du passeport. Quel est le problème ? Pourquoi est-ce que tu ne lui as pas dit la vérité ?

Parce qu'il était beaucoup trop intéressé.

Bon sang, une carte postale arrive la semaine dernière, pour quelqu'un qui n'existe plus, que tu n'incarnes plus, depuis six ans. Voilà de quoi susciter des questions ! C'est normal qu'ils veuillent savoir ce qui se passe. Quelque chose qui vient de l'un de tes passés et qui te rattrape. Une menace pour la mission. Pourquoi ne lui as-tu rien dit ?

Parce que je ne suis pas sûr. Si je savais ce qui se passe, je le lui aurais peut-être dit.

Baratin. La vérité, c'est que tu as peur.

C'est absurde.

Oui. Tu es déconcerté et tu as peur. Tu n'as plus pensé à elle pendant toutes ces années. Tu t'es contraint à ne plus penser à elle. Et voilà que tout à coup – *paf !* – tu l'as de nouveau en tête et tu ne sais pas comment réagir. La seule chose dont tu sois certain, c'est que tu veux les tenir éloignés d'elle.

Il fixa son verre, submergé par l'émotion.

6

Voilà la carte postale que je pensais ne jamais envoyer.

Elle était furieuse la nuit où elle avait décidé de ne plus jamais le revoir. Elle lui avait dit de ne plus essayer de la rencontrer et que si elle avait besoin de lui un jour elle lui enverrait une carte postale.

J'espère que ta promesse était sincère.

Il lui avait dit qu'elle n'aurait qu'à l'appeler pour qu'il vienne, quels que soient le temps et la distance qui les sépareraient.

La dernière fois et le dernier endroit.

Il se rappelait parfaitement la date de leur séparation à cause de l'ambiance dans laquelle ils baignaient, des déguisements et de la musique. C'était le jour de Halloween, le 31 octobre, au Café du Monde, à La Nouvelle-Orléans. Il était près de minuit.

Compte sur toi. S'IL TE PLAÎT.

En lettres majuscules ? Comme si elle le suppliait.

Cela ne lui ressemblait pas.

Elle avait des problèmes.

Il continuait de fixer son verre en imaginant dans quel état de tension elle avait dû écrire ces mots. Elle n'avait peut-être disposé que de quelques secondes et avait été obligée de concentrer son message en espérant qu'il comprendrait, même en l'absence de signature.

Elle veut que personne d'autre que moi ne sache où elle sera ni quand.

Elle est terrifiée.

7

L'homme qui se faisait appeler Alan s'était engagé dans le couloir après avoir entendu le claquement du verrou de la porte de Buchanan. Il était soulagé de ne voir personne sortir d'un autre logement. Il dédaigna lui aussi l'ascenseur pour emprunter l'escalier de secours. Il courrait moins de risque de rencontrer quelqu'un. Mais contrairement à Buchanan qui aurait descendu les marches, le visiteur corpulent aux cheveux courts monta à l'étage supérieur. Il attendit sur le palier que des voix qui lui parvenaient s'éteignent dans la cabine de l'ascenseur et que ce dernier reparte. Il poussa la porte et marcha rapidement jusqu'à l'entrée d'un appartement situé juste au-dessus de celui qu'il venait de quitter. Il frappa deux coups, marqua un temps et frappa deux autres fois. Il entendit une serrure qu'on tournait. La porte s'ouvrit et on le fit pénétrer sur-le-champ.

L'endroit était à peine éclairé et il ne pouvait distinguer ni les meubles ni les personnes présentes. Une personne qui serait passée dans le couloir au moment où il entrait n'aurait absolument rien pu voir. Il entendit le *clic* d'un commutateur quand la porte se referma et la pièce s'emplit de lumière. Des rideaux épais obturaient hermétiquement les fenêtres.

Cinq personnes se trouvaient là. Un homme grand et svelte, aux traits marqués et aux cheveux gris coupés court, dégageait une impression d'autorité. Il était vêtu d'un costume bleu mais se tenait dans une attitude militaire et se faisait appeler « mon colonel ».

Le deuxième dans l'ordre hiérarchique était un homme plus jeune, plus petit et athlétique. Il portait un pantalon et un blazer marron. Le major Putnam.

À côté de lui se tenait une femme blonde d'une trentaine d'années, très avenante, dont la poitrine bombait le corsage. Le capitaine Weller.

Il y avait enfin deux gardes en civil, dont l'un avait ouvert et refermé la porte. Les deux hommes avaient vu le nouvel arrivant un peu plus tôt, juste avant qu'il ne descende rencontrer Buchanan, et ils se dispensèrent cette fois-ci de lui demander de prouver son identité. Ils le saluèrent à peine et se remirent en faction derrière, devant l'entrée.

Le colonel, le major et le capitaine ne s'occupèrent pas beaucoup de lui non plus. Après un échange de regards, ils se retournèrent vers une rangée d'écrans de surveillance vidéo qui montraient diverses vues en noir et blanc de l'appartement de Buchanan. Sur une longue table était posée une série de magnétoscopes qui enregistraient ce qui se passait dans chaque pièce du logement. Des magnétophones tournaient sur une autre table. Le matériel électronique était le seul ameublement de la pièce, excepté un canapé et deux chaises rangés contre un mur. Il n'était pas étonnant que le colonel ait demandé d'éteindre les lampes chaque fois qu'on ouvrait la porte. Il ne tenait pas à ce qu'on puisse découvrir les installations.

L'homme qui se faisait appeler Alan posa son porte-documents sur un comptoir qui délimitait un coin cuisine, à côté d'un paquet de beignets et d'un percolateur à café. Il n'y avait aucun cendrier. Le colonel interdisait de fumer. Aucune serviette en papier, aucun reste de nourriture ni aucun gobelet en plastique ne traînait. Le colonel exigeait que la salle de contrôle soit parfaitement propre.

– Qu'est-ce qu'il fait depuis que je suis parti ? demanda Alan.

La question était adressée à qui voudrait bien se donner la peine de répondre, ce que parfois personne ne faisait. Alan ne se sentait pas obligé d'employer les grades militaires, même s'il était le seul civil dans les lieux. Il commençait d'ailleurs à en avoir assez du sentiment de supériorité de ces types des Opérations spéciales envers l'Agence.

Le capitaine Weller finit par répondre, sans détourner les yeux des écrans de contrôle.

– D'abord appuyé contre la porte en se massant la tête. Apparemment mal à la tête. Est allé à la cuisine. S'est servi une autre boisson.

– Une autre ? demanda Alan d'un ton désapprobateur.

En entendant le reproche exprimé par la question, le deuxième homme dans l'ordre hiérarchique se tourna vers le nouvel arrivant :

– Hors du contexte, cela ne signifie rien. L'alcool est une de ses armes. Il l'utilise pour désarmer ses contacts. Il est aussi vulnérable s'il n'entretient pas sa tolérance à l'alcool que s'il ne s'entraîne pas au combat.

– C'est la première fois que j'entends une chose pareille, répondit Alan d'un ton sceptique. S'il s'agissait uniquement de mes affaires, je m'inquiéterais. Mais il est vrai que depuis le début rien n'est conventionnel dans cette unité.

Ce fut au tour du colonel de répondre :

– Ne nous donnez pas de leçon !

– Je ne vous donne pas de leçon. Je faisais seulement une remarque sur sa maîtrise de lui-même.

– Nous avons entendu, dit le colonel. Je m'inquiéterai s'il se sert un autre verre.

– D'accord. D'ailleurs nous avons bien d'autres sujets d'inquiétude. Qu'est-ce que vous pensez de mon entretien avec lui ?

Tous les présents regardèrent soudain l'un des écrans sur lequel un mouvement était apparu.

Buchanan rapportait sa boisson du coin cuisine.

Une autre télévision le montra dans le living-room. Il se laissa tomber sur le canapé, posa les pieds sur la table basse, s'allongea sur le dos et se frotta le front avec le verre mouillé de condensation.

– Il semble vraiment avoir la migraine, dit Alan.

– À moins qu'il ne soit seulement épuisé par le stress et les voyages, dit la femme.

– Un nouveau scanner va nous dire ce qui se passe dans sa tête, continua Alan.

La femme se tourna vers lui :

– Je suppose que vous voulez dire dans son cerveau, pas dans son esprit.

– C'est exactement ce que je veux dire. Je vous ai demandé ce que vous pensiez de ma discussion avec lui.

– Ses explications à propos du passeport sont logiques, précisa le colonel. À sa place, je ne l'aurais peut-être pas abandonné, mais c'est peut-être pour cela que je ne suis pas à sa place. Je n'ai pas son talent pour jouer différents personnages. Un passeport abîmé par l'eau confirmerait son identité sans mettre en danger la source du passeport. Ce serait un élément de plus pour accréditer la mort de son personnage.

– Mais, corrigea Alan, on n'a pas retrouvé le passeport.

– Un concours de circonstances.

– Ce n'est pas notre opinion, mais laissons cela pour plus tard, dit Alan. Et la carte postale ?

– Là aussi ses explications se tiennent, répondit le major.

– J'ai l'impression d'entendre un écho, dit Alan. Je commence à perdre patience. Pourquoi est-ce que vous aviez besoin de moi, si la seule chose que vous vouliez était le blanchir ? J'ai une femme et des enfants qui se demandent ce que je deviens.

– Le blanchir ? intervint le colonel d'une voix cassante. C'est moi qui perds patience envers vous. L'homme que vous observez sur ces écrans, l'homme que vous avez eu le privilège d'interroger, est sans aucun doute le meilleur agent secret que j'aie jamais eu l'honneur de commander. Il a survécu plus longtemps, il a incarné plus de personnages différents, il a couru plus de risques et accompli des missions plus importantes qu'aucun autre agent secret dont j'aie jamais entendu parler. Il est unique en son genre et c'est avec le plus grand regret que je suis contraint d'envisager la fin de sa carrière.

Ah, pensa Alan. Nous y voilà. Nous arrivons au point crucial. Faisant un geste en direction des plantons, il ajouta :

– Êtes-vous certain que vous voulez parler de quelque chose d'aussi sérieux devant...

– Ils sont sûrs, dit le colonel.

– Comme Buchanan.

– Personne ne met en cause la loyauté de Buchanan. Ce n'est pas sa faute s'il a été compromis. Il était absolument impossible de prévoir que quelqu'un qu'il avait connu au Koweït et en Irak entrerait dans un restaurant de Cancún pendant qu'il racontait son histoire à ces deux trafiquants de drogue. C'est le pire cauchemar des agents secrets : le télescopage de deux personnages. Et il n'y avait aucun moyen de prévoir que Bailey serait si obstiné qu'il irait jusqu'à rassembler des preuves de trois identités différentes de Buchanan. Saloperies de photos ! Si seulement cet abruti ne s'était pas mis à prendre des photos.

Surtout de Buchanan et toi ensemble, pensa Alan.

Le colonel sembla répondre au regard accusateur du civil.

– Je reconnais l'erreur. C'est pour cela que je vous ai demandé de l'interroger. Je n'entrerai plus jamais directement en contact avec lui. Mais les dégâts sont faits et vos hommes aussi font des erreurs. Si nous avions eu assez de temps à Fort Lauderdale, j'aurais fait venir l'une de mes propres équipes de filature. Alors que j'ai dû m'en remettre... Vos hommes m'ont affirmé qu'ils avaient trouvé la chambre d'hôtel de Bailey et récupéré toutes les photos.

– C'est ce qu'on m'a dit aussi, avança Alan.

– Mais c'était faux. On n'a trouvé aucune photo de Buchanan et moi. Et la bombe cachée dans la glacière a explosé avant qu'on ait le temps d'interroger Bailey.

– C'était les ordres, insista Alan. L'émetteur caché dans la paroi devait mener l'équipe jusqu'à Bailey quand Buchanan lui donnait l'argent. Puis l'explosion devait être déclenchée à distance et Bailey ne posait plus de problème.

– Vous simplifiez pour excuser l'échec. Les ordres précis étaient d'attendre au cas où Bailey avait un rendez-vous avec la photographe qui l'aidait. On avait choisi un explosif puissant pour pouvoir se débarrasser des deux à la fois.

– *Au cas où ils avaient rendez-vous*, insista Alan. Et si Bailey lui avait déjà donné sa part et ne la revoyait plus ? Ou si Bailey avait pris l'argent et abandonné la glacière ?

– Alors vous admettez que vos hommes ont désobéi aux ordres en agissant prématurément.

Alan ne répondit pas.

– Alors ? demanda le colonel.

– La vérité est que personne n'a désobéi. La bombe a explosé toute seule.

– Toute seule ?

– Le spécialiste qui l'a préparée pensait avoir réglé le récepteur du détonateur sur une fréquence radio inutilisée dans la région. Il fallait même deux fréquences rares pour le déclencher : une pour l'armer, l'autre pour l'allumer. Avec tous les bateaux qu'il y a à Fort Lauderdale, tous les émetteurs-récepteurs... Apparemment, toutes les fréquences sont utilisées dans ce coin.

– Bon sang, lâcha le colonel. La bombe aurait pu exploser pendant que Buchanan la transportait, avant qu'il ne remette la glacière à Bailey.

– Je ne vois pas pourquoi cela vous tracasserait. Vous venez juste d'envisager de mettre fin à la carrière de Buchanan.

Le colonel eut l'air sidéré. Puis il comprit.

– Une fin sans dommage pour l'individu. Qu'est-ce que vous allez imaginer ? Vous pensez que je vais ordonner de tuer l'un de mes hommes, un officier qui m'a servi fidèlement pendant des années ?

– Encore faut-il prouver qu'il est fidèle.

Alan montra l'écran où apparaissait Buchanan, allongé sur le canapé, les yeux fermés, le verre sur lequel perlait l'humidité posé sur son front plissé.

– Je ne crois pas qu'il m'ait dit la vérité.

– À propos du passeport ?

– Je ne parle pas du passeport. La carte postale. C'est cela qui me gêne. Je pense qu'il cache quelque chose. Je pense qu'il m'a menti.

– Pourquoi aurait-il fait cela ?

– Je n'en suis pas certain. Mais, vous l'avez dit vous-même, il travaille comme agent secret depuis un temps inhabituellement long. Il a joué beaucoup de personnages. Il a beaucoup souffert physiquement au Mexique. Il est évident qu'il a toujours mal à la tête. Il est peut-être sur le point de s'effondrer. Il y a ces photos de vous et de lui que nous ne parvenons pas à trouver. Et il y a cette femme qui l'a vu avec Bailey et qui l'a vu avec vous. Cela fait beaucoup de problèmes potentiels. Si Buchanan est compromis et s'il s'effondre... Disons qu'il est évident que nous n'avons pas besoin d'un nouvel Hasenfus dans les jambes.

Alan évoquait un ancien marine du nom d'Eugen Hasenfus dont l'avion avait été abattu au-dessus du Nicaragua marxiste en 1986, alors qu'il transportait des armes américaines pour les Contras. Interrogé par les autorités nicaraguayennes, Hasenfus avait impliqué la CIA et provoqué un scandale politique qui avait révélé la guerre secrète menée par la Maison-Blanche au Nicaragua. Les intermédiaires utilisés pour engager Hasenfus avaient permis à la CIA de nier tout lien avec lui. Les questions soulevées par les médias et le Congrès avaient failli entraîner une catastrophe pour l'Agence.

– Buchanan ne parlera jamais, dit le colonel. Il ne violera jamais nos règles de sécurité.

– C'est sans doute ce que quelqu'un a dit de Hasenfus quand il a été engagé.

– On n'en viendra jamais là, reprit le colonel. J'ai pris ma décision. Je retire Buchanan du service actif. Nous allons nous y prendre doucement pour éviter qu'il ne subisse un choc culturel. Il sera peut-être d'accord pour devenir instructeur. Mais ses jours d'agent secret sont terminés.

– Demain, quand il ira subir son nouvel examen au scanner...

– Où voulez-vous en venir ? demanda le colonel.

– J'aimerais qu'on lui administre de l'amytal de sodium et qu'on l'interroge sur cette carte postale, dit Alan.

– Non.

– Mais...

– Non, répéta le colonel. C'est un de *mes* officiers et je sais comment il réagirait si on le droguait pour l'interroger. Il se sentirait menacé, insulté et trahi. C'est alors que nous aurions des problèmes. La meilleure façon de rendre un homme déloyal est de le traiter comme s'il était déloyal.

– J'insiste alors au moins pour qu'on le garde sous surveillance, reprit Alan. Il y a quelque chose chez lui qui me dérange. Et je me demande toujours ce qu'il y a derrière cette carte postale.

– Le garder sous surveillance ? dit le colonel en haussant les épaules et en se tournant vers les écrans. Je n'ai pas d'objection. Après tout, c'est ce que nous sommes déjà en train de faire.

8

Buchanan n'avait pas remarqué que l'homme corpulent à la veste de sport à carreaux marron l'avait appelé par son vrai nom pendant qu'il l'interrogeait, la veille. Mais dès que celui-ci le lui avait fait observer, dès qu'il avait compris qu'il était suspendu entre deux identités, il était devenu extrêmement attentif à l'emploi de son nom. Il incarnait si profondément ses personnages qu'en huit ans il avait rarement pensé à lui-même en tant que « Buchanan ». C'était incompatible avec ses identités d'emprunt. Il ne jouait pas seulement des personnages. Il *était* ces personnages. Il n'avait pas le choix. La plus légère erreur d'interprétation pouvait lui coûter la vie. Il effaçait si radicalement de sa conscience le nom de Buchanan qu'il ne se serait pas retourné si on avait essayé de le tester en l'appelant ainsi, par surprise, dans son dos. Non par habitude de se contrôler, mais parce que le patronyme était celui de quelqu'un d'autre.

L'homme qui se faisait appeler Alan l'emmenait au rendez-vous pour subir un scanner. Et Buchanan était au supplice chaque fois que son conducteur l'appelait par son vrai nom, ce que ce dernier faisait souvent, visiblement de façon délibérée. Cela lui rappelait la première fois qu'il avait invité une fille à danser, ou qu'il avait entendu un enregistrement de sa voix, ou encore qu'il avait fait l'amour. Mais alors que les appréhensions et les découvertes de ces expériences avaient été positives, s'entendre appeler Buchanan n'éveillait chez lui que la peur. Il se sentait exposé, vulnérable, menacé. Ne m'appelle pas comme cela. Je me ferai descendre si certaines personnes découvrent qui je suis réellement.

Il fut de nouveau mal à l'aise à la clinique de Fairfax, en Virginie, un établissement probablement dépendant de ses contrôleurs, où le médecin l'appela également à de nombreuses reprises par son vrai nom.

Comment ça va, Mr. Buchanan ? Est-ce que vous souffrez toujours de la tête, Mr. Buchanan ? Très bonnes réponses, Mr. Buchanan. L'infirmière va vous conduire en bas pour votre examen au scanner, Mr. Buchanan.

Bon sang, ils ne se sont même pas donné la peine de me fournir une identité minimale, pensa Buchanan. Même pas une couverture du genre Jacques Dupont. Je n'aurais pas eu besoin de papiers pour la prouver. Un nom aurait suffi pour tous les examens. Ma véritable identité figure maintenant dans les dossiers du médecin. Je comprends qu'ils aient voulu protéger le pseudonyme

Don Colton. Mais je n'étais pas obligé de l'utiliser. J'aurais pu m'appeler n'importe comment. Quelqu'un pourrait un jour associer ces clichés qui portent mon nom à ceux de Victor Grant.

Le docteur se détourna du film.

– Bonne nouvelle. L'hématome a considérablement diminué, Mr. Buchanan.

S'il m'appelle encore une fois comme cela, je vais...

– Et il n'y a aucun indice d'atteintes neurologiques. Les tremblements de votre main droite ont cessé. C'était sans doute un effet secondaire de votre blessure à l'épaule.

– Et mon mal de tête ?

– Un mal de tête peut persister pendant quelque temps après une commotion cérébrale. Cela ne me dérange pas.

– On voit que ce n'est pas vous qui avez mal à la tête...

Le médecin ne réagit pas à cette tentative d'humour.

– Je peux vous prescrire quelque chose contre la douleur, si vous voulez.

– Quelque chose avec un avertissement du genre : « Ne pas conduire ni travailler sur machine pendant la prise du médicament ? »

– C'est cela.

– Merci, mais je me contenterai d'aspirine, dit Buchanan.

– Comme vous voulez. Revenez dans une semaine, disons le 2 novembre, et je vous examinerai à nouveau. Faites attention d'ici là. Ne vous cognez pas la tête. Tenez-moi au courant si vous avez des problèmes.

Des problèmes ? pensa Buchanan. Vous ne pouvez pas résoudre le genre de problèmes que j'ai.

9

Voilà la carte postale que je pensais ne jamais envoyer.

10

– Allez-vous me dire ce qui se passe ? demanda Buchanan alors qu'ils roulaient en direction d'Alexandrie sur l'autoroute de Little River.

C'était un jour gris et un crachin de fin octobre mouchetait le pare-brise. L'homme qui se faisait appeler Alan lui jeta un regard, puis fixa la route en se concentrant sur la circulation. Il mit en marche les essuie-glaces puis répondit :

– Qu'est-ce que vous voulez dire ?

– Pourquoi est-ce que j'ai été exposé ?

Le crachin se transforma en pluie. Le conducteur tourna le bouton du dégivrage.

– Exposé ? Qu'est-ce qui vous fait penser... ?

Buchanan le dévisagea.

L'homme alluma les phares.

– Il ne vous reste plus grand-chose avec quoi jouer pour éluder la question. Qu'est-ce que vous allez faire maintenant ? Allumer la radio et passer votre temps à chercher une station ? Vous arrêter pour une vidange ?

– De quoi est-ce que vous voulez parler, Buchanan ?

– De cela. De mon nom. Pour la première fois depuis huit ans, on l'utilise ouvertement. On me compromet délibérément. Pourquoi ?

– Je vous l'ai dit hier. Il est temps de vous reposer.

– Cela ne justifie pas qu'on viole des règles élémentaires.

– Le médecin a fait l'objet d'une enquête de sécurité.

– C'était une violation inutile, insista Buchanan. Il n'avait pas besoin de savoir qui je suis pour pratiquer un examen au scanner. Il a parlé de ma blessure à l'épaule alors qu'il ne l'a jamais vue et que je ne lui en ai jamais parlé. Qu'est-ce qu'on lui a dit d'autre qu'il aurait dû ignorer ? Comment j'ai été blessé ?

– Bien sûr que non.

– Bien sûr. C'est évident. Je ne suis pas seulement sur la touche. On est en train de m'écarter. Je me trompe ?

Le conducteur passa sur la file de gauche.

– Je vous ai posé une question. Est-ce qu'on est en train de m'écarter ?

– Rien n'est éternel, Buchanan.

– Arrêtez de m'appeler comme ça.

– Comment est-ce que je dois vous appeler ? Qui croyez-vous être ?

La douleur à la tête de Buchanan était lancinante. Il n'avait rien à répondre.

– Un agent avec votre compétence et votre expérience peut faire un excellent instructeur, dit Alan.

Buchanan ne desserra pas les lèvres.

– Est-ce que vous pensiez travailler comme agent secret toute votre vie ?

– Je n'y ai jamais pensé.

– Allons. J'ai du mal à vous croire.

– Je dis ce que je pense. Je n'y ai littéralement jamais pensé. Je n'ai jamais vu plus loin que le personnage que j'étais pendant une mission donnée. Planifier sa retraite pendant qu'on travaille sous une fausse identité est un bon moyen d'accumuler les erreurs. On oublie qui on est censé être. On sort de son personnage. C'est le meilleur moyen de ne pas vivre assez longtemps pour profiter de la retraite qu'on est supposé planifier.

– Eh bien, maintenant il est temps d'y songer.

La tête de Buchanan le faisait de plus en plus souffrir.

– Pourquoi est-ce qu'on me fait cela ? Je n'ai rien fait rater. Ce qui s'est passé n'était absolument pas ma faute. J'ai parfaitement rattrapé la situation. La mission n'a pas été mise en danger.

– Oui, mais elle a failli l'être.

– Ce qui n'aurait de toute façon pas été ma faute, dit Buchanan.

– Nous ne parlons pas de faute. Nous parlons de ce qui s'est passé, de ce qui ne s'est pas passé et ce qui s'est *presque* passé. La chance vous a peut-être quitté. Le point capital est que vous avez trente-deux ans. Cela fait de vous un vétéran dans ce jeu. Huit ans ? Il est incroyable que vous soyez toujours en vie. Il est temps de vous retirer.

– Le fait que je sois toujours vivant démontre mes qualités. Je ne mérite pas...

La pluie qui redoublait tambourinait sur le toit de la voiture. Les balais d'essuie-glaces peinaient.

– Est-ce que vous avez déjà vu votre dossier ?

Buchanan secoua la tête, malgré la douleur.

– Voulez-vous le voir ?

– Non.

– Le profil psychologique est très révélateur.

– Cela ne m'intéresse pas.

– Vous avez ce qu'on appelle une « dissociation de la personnalité ».

– Je vous ai dit que cela ne m'intéressait pas.

– Je ne suis pas psychologue, mais le dossier m'a semblé cohérent. Vous ne vous aimez pas vous-même. Vous faites votre possible pour éviter de faire face à vous-même. Vous vous dédoublez. Vous vous identifiez à des gens et à des objets. Vous objectivez. Vous... vous dissociez.

Buchanan fronça les sourcils en regardant la circulation à travers la pluie.

– Dans la société, cet état serait un handicap. Mais vos instructeurs ont compris leur chance quand ils ont demandé à leur ordinateur d'effectuer une recherche et qu'il a sorti votre profil. Vous avez démontré votre talent d'acteur dès le lycée. Un mot plus exact que « talent » serait sans doute « compulsion ». Vos officiers des Opérations spéciales à Fort Benning et Fort Bragg ont écrit des rapports élogieux sur vos aptitudes au combat. Vu la tendance exceptionnelle de votre personnalité, la seule chose qui manquait pour achever votre formation était une instruction encore plus spécialisée à la Ferme.

– Je ne veux pas entendre un mot de plus, dit Buchanan.

– Vous êtes un agent secret idéal. Il n'est pas étonnant que vous ayez été capable d'adopter de nombreuses identités différentes pendant huit ans et que vos chefs aient pensé que vous pouviez le faire sans être brisé. En fait, vous étiez déjà brisé. Travailler comme agent secret était un moyen de vous guérir. Vous vous détestiez tellement que vous auriez fait n'importe quoi, auriez supporté n'importe quoi pour ne plus être vous-même.

Buchanan tendit calmement la main et agrippa l'épaule droite du conducteur.

– Hé, dit l'homme.

L'annulaire de Buchanan trouva le nerf qu'il cherchait.

– *Hé !*

Buchanan serra.

L'homme cria. La douleur le fit sursauter. La voiture fit une embardée et les roues arrière dérapèrent sur la chaussée mouillée. D'autres conducteurs firent des écarts et se mirent à klaxonner, derrière eux et sur le côté.

– Maintenant, dit Buchanan, ou bien vous la fermez, ou bien vous allez voir ce que cela fait de perdre le contrôle d'une voiture qui roule à quatre-vingt-dix.

La figure de l'homme avait la couleur du ciment. Il avait la bouche ouverte de souffrance. La sueur perlait sur son front tandis qu'il s'efforçait de maintenir le volant.

Il approuva de la tête.

– Parfait, dit Buchanan. Je savais que nous pouvions nous mettre d'accord.

Lâchant sa prise, il se rassit correctement et regarda devant lui. Le conducteur marmonna quelque chose.

– Pardon ? demanda Buchanan.

– Rien, répondit l'homme.
– C'est bien ce que je me disais.
Mais Buchanan savait parfaitement ce que l'autre avait dit.
À cause de votre frère.

11

– Qu'est-ce qu'il fait, maintenant ? demanda l'homme qui se faisait appeler Alan en entrant dans l'appartement situé au-dessus de celui de Buchanan.
– Rien, répondit le major Putnam.
L'officier buvait du café dans un gobelet en polystyrène en surveillant les écrans de télévision. Il était à nouveau en civil.
– Il doit bien être en train de faire quelque chose.
Alan jeta un coup d'œil autour de lui. Le colonel et le capitaine Weller étaient absents.
– Que dalle, dit l'officier. Rien. Quand il est rentré, je pensais qu'il se verserait un verre, irait à la salle de bains, lirait un journal, regarderait la télévision, ferait des exercices, bref qu'il s'occuperait. Mais il est directement allé s'asseoir sur le canapé et il n'a pas bougé depuis que vous l'avez quitté. Il n'a rien fait.
Alan s'approcha de la rangée d'écrans. Tout en massant son épaule droite, où le nerf pincé par Buchanan lui faisait toujours mal, il regarda l'image en noir et blanc de l'agent, assis sur la banquette.
– Mon Dieu !
Buchanan se tenait parfaitement droit, sans un geste, avec une expression figée, et fixait d'un regard intense une chaise posée en face de lui.
– Mon Dieu ! répéta Alan. Il est en catatonie. Est-ce que le colonel est au courant ?
– Je lui ai téléphoné.
– Et ?
– Je suis censé continuer à surveiller. De quoi est-ce que vous avez parlé, tous les deux ? Quand il est rentré, il semblait...
– Le problème est ce dont nous n'avons pas parlé.
– Je ne comprends pas.
– Son frère.
– Bon sang, dit le major. Vous savez que c'est un sujet tabou.
– Je voulais le mettre à l'épreuve.

– Eh bien, il ne fait aucun doute que vous avez obtenu une réaction.

– Oui, mais ce n'est pas celle que j'attendais.

12

Cela rappelait à Buchanan une vieille histoire sur un âne arrêté entre deux bottes de paille. L'animal se tenait exactement au milieu. Chaque botte avait la même taille et était aussi attirante. N'ayant aucune raison de choisir l'une par rapport à l'autre, la bête mourait de faim.

L'histoire ne pourrait jamais se produire dans le monde réel, parce que l'équidé ne serait jamais précisément au milieu ni les bottes exactement les mêmes. Mais c'était une façon d'illustrer la question du libre arbitre. La liberté de choisir, que la plupart des gens considéraient comme allant de soi, dépendait de certaines conditions. Un individu pouvait être paralysé en l'absence de ces conditions. C'était la situation de Buchanan.

Son frère.

Il était si bien parvenu à en effacer le souvenir que l'événement dramatique qui dominait son comportement ne lui était jamais venu à l'esprit en huit ans. Il n'y avait pas pensé une seule fois. Il lui était arrivé la nuit, à de rares moments de faiblesse, de sentir avec inquiétude que le cauchemar le guettait dans l'ombre de son inconscient, prêt à ressurgir. Il avait chaque fois rassemblé toute sa force de résolution pour dresser une barrière mentale qui l'avait protégé contre l'inacceptable.

Même aujourd'hui, alors que ses défenses étaient démantelées, que son identité était exposée, il maîtrisait suffisamment sa mémoire pour ne laisser ses souvenirs le rattraper que partiellement, comme une impression et pas comme une réalité vivante.

Son frère.

Son merveilleux frère.

Douze ans.

Gentil Tommy.

Mort.

Et il l'avait tué.

Buchanan eut la sensation d'être pris dans la glace. Impossible de bouger. Il était assis sur le canapé, les jambes, le dos et les bras engourdis, le corps entier gelé. Il fixait la chaise sans la voir, à peine conscient du temps qui s'écoulait.

Cinq heures.
Six heures.
Sept heures.
La pièce était plongée dans le noir. Buchanan regardait devant lui sans rien distinguer.
Tommy était mort.
Et il l'avait tué.
Du sang.
Il avait pris dans ses bras le corps empalé de Tommy, pour essayer de le dégager.
Les joues de Tommy étaient terriblement pâles. Sa respiration émettait un gargouillement. Ses gémissements étaient étouffés par un liquide, comme dans un gargarisme. Mais ce qu'il avait dans la gorge n'était pas de l'eau. C'était...
Du sang.
« J'ai mal. J'ai très mal.
– Tommy, mon Dieu, je suis désolé. Je ne voulais pas faire cela. »
Poussé.
Un simple jeu.
Je ne pensais pas que Tommy perdrait l'équilibre et tomberait.
Je ne savais pas qu'il y avait quelque chose dans le trou.
Un chantier. Une après-midi d'été. Deux frères partis à l'aventure.
« J'ai tellement mal.
– Tommy !
– Ça ne me fait plus mal.
– *Tommy !* »
Du sang. Beaucoup de sang.
Buchanan avait quinze ans.
Toujours catatonique, assis rigide sur le canapé et fixant le noir, Buchanan avait l'impression qu'une partie de son esprit se dressait pour repousser l'affreux souvenir. Il était frigorifié, mais de la sueur lui couvrait le front. C'est trop, pensa-t-il. Il n'avait jamais revécu ces détails depuis les jours et les nuits qui avaient précédé l'enterrement de Tommy, puis l'insupportable été qui avait suivi et le deuil sans fin et chargé de culpabilité qui s'était enfin achevé quand...
L'esprit de Buchanan ruait et creusait, cherchant à se protéger du souvenir angoissant du sang de Tommy sur ses vêtements et de la pointe qui émergeait de la poitrine de son frère.
« C'est ma faute.
– Non, tu ne l'as pas fait exprès, lui avait dit sa mère.

– Je l'ai tué.
– C'était un accident », avait-elle répété.
Mais Buchanan ne l'avait pas crue. Et il serait devenu fou s'il n'avait trouvé un moyen de se protéger contre son propre esprit. La réponse fut incroyablement simple. Devenir quelqu'un d'autre.

Une dissociation de la personnalité. Buchanan s'imaginait être ses vedettes du sport ou du rock préférées, ses idoles du cinéma ou de la télévision. Il trouvait l'évasion dans des romans aux héros desquels il s'identifiait. Il adhéra au club de théâtre de son lycée au cours du premier trimestre suivant, inconsciemment motivé par le besoin de perfectionner son aptitude à emprunter des identités, à incarner des personnages qui lui permettraient de s'échapper de lui-même.

Il entra dans l'armée après sa scolarité, peut-être pour se mettre à l'épreuve, à moins que ce ne fût pour se punir ou aller au-devant d'une mort prématurée. Pas dans n'importe quelle unité, mais dans les Forces spéciales. Le nom disait la raison. Pour être spécial. Il voulait se sacrifier, se racheter. Il cherchait également autre chose. Voir de nombreux morts chasserait peut-être de son esprit le mort particulier qui le hantait.

Comme l'homme qui se faisait appeler Alan l'avait dit, les instructeurs de Buchanan avaient mesuré leur chance quand l'ordinateur l'avait sélectionné. Quelqu'un qui devait désespérément changer d'identité. Un agent que de longues périodes passées sous un pseudonyme ne lasseraient pas, mais rendraient au contraire heureux.

Et voilà que maintenant ils lui arrachaient ses barrières de protection, lui retiraient ses boucliers et faisaient ressurgir le sentiment de culpabilité qui l'avait poussé à devenir agent secret et qu'il avait réussi à maîtriser.

Buchanan ? Qui c'était, Buchanan ? Il comprenait Jim Crawford. Il comprenait Ed Potter, Victor Grant et tous les autres. Il avait inventé un passé détaillé pour chacun. Certains de ses personnages avaient de la chance (en tant que chrétien régénéré, Richard Dana avait été touché par la grâce de Dieu). D'autres n'en avaient pas (la femme d'Ed Potter l'avait quitté pour un homme qui gagnait plus d'argent). Buchanan connaissait leurs goûts vestimentaires (Robert Chambers était guindé et portait toujours costume et cravate). Il savait quelle musique ils aimaient (Peter Sloane était fou de musique folklorique de l'Ouest), quelle nourriture (Jim Crawford détestait les choux-fleurs), quel type de femmes (Victor Grant aimait les brunes), quel genre de films (Craig Madden pouvait regarder *Chantons sous la pluie* tous les soirs) et...

Mais qui était Buchanan ? Ses contrôleurs autant que lui-même ne pensaient à lui que comme à un nom. D'une façon impersonnelle. Objective. C'était significatif. Après avoir représenté – erreur, après avoir *été* – des centaines d'individus en huit années, il ne savait pas comment se représenter lui-même. Quelle était sa façon de parler ? Avait-il une démarche particulière ? Quels vêtements, nourriture, musique, etc., préférait-il ? Était-il croyant ? Avait-il des hobbies ? Des villes préférées ? Quels choix lui venaient spontanément à l'esprit ?

Cela faisait si longtemps qu'il n'avait plus été Buchanan qu'il ne savait pas qui était Buchanan. Il *ne voulait pas savoir* qui était Buchanan. L'histoire de l'âne entre les deux bottes de paille était son histoire. Il se trouvait entre Victor Grant, qui était mort, et Don Colton, qui n'était pas composé. Aucune voie de sortie. Rien pour l'aider à choisir qui il devait être. Il était paralysé.

L'autodéfense, son instinct de survie, le fit bouger. Il entendit un bruit, le grincement d'une clé dans la serrure de la porte d'entrée. Une portion de son esprit le secoua. Le froid et l'engourdissement l'abandonnèrent. Sa léthargie s'effaça, chassée par l'adrénaline.

La poignée grinça. Quelqu'un poussa lentement le battant et la lumière du couloir pénétra dans le living-room. Buchanan avait déjà quitté le canapé. Il s'était précipité vers la gauche pour disparaître dans l'obscurité de la chambre. Il entendit le bruit d'un commutateur et s'enfonça davantage dans la pièce au moment où les lampes du salon s'allumaient. Il perçut le son métallique d'une clé qu'on retire d'une serrure, puis le léger bruit de la porte qu'on refermait doucement. Des pas prudents s'avancèrent sur la moquette.

Buchanan se contracta.

– Buchanan ?

La voix était familière. Celle du gros homme qui se faisait appeler Alan. Mais elle avait un ton inquiet, agité.

– Buchanan ?

Mal à l'aise, il ne voulait pas répondre à ce nom. Il s'avança, en prenant soin de demeurer en partie caché par l'obscurité de la chambre.

Alan se tourna vers lui avec une expression préoccupée et surprise.

– Vous ne frappez jamais avant d'entrer ? demanda Buchanan.
– Eh bien... dit Alan en frottant sa main droite sur sa veste de sport à carreaux marron. J'ai pensé que vous dormiez peut-être et...
– Alors vous vous êtes dit que vous alliez vous installer jusqu'à mon réveil ?
– Non, dit Alan. Hum, pas exactement.
– Alors quoi, exactement ?
Le comportement de l'homme était étrange. Il était d'habitude si sûr de lui qu'il en était brusque.
Que se passait-il ?
– Je me suis seulement dit que j'allais passer vous voir pour m'assurer que vous alliez bien.
– Pourquoi est-ce que je n'irais pas bien ?
– Vous... Hum... Vous étiez furieux dans la voiture et...
– Oui ? Et quoi ?
– Rien. Je voulais seulement... Je pense que j'ai dû me tromper...
Buchanan sortit de la chambre. En s'approchant, il remarqua un regard furtif et nerveux d'Alan en direction de l'angle droit du plafond.
Ah, pensa-t-il. Ils ont installé un espionnage électronique. Et pas seulement des micros.
Des caméras cachées. Des caméras avec des objectifs gros comme des têtes d'épingle.
Il s'était senti soulagé d'avoir trouvé un refuge quand il était arrivé, la veille. Il n'avait aucune raison de se méfier de ses contrôleurs et donc de vérifier si l'appartement était surveillé. Plus tard, après la conversation avec Alan, il était perturbé et préoccupé par la carte postale, cet écho inattendu d'une vie datant de six années, et il ne lui était pas venu à l'idée de contrôler le logement. Pourquoi, d'ailleurs, se serait-il inquiété ? La seule personne à laquelle il était susceptible de parler était l'homme qui se faisait appeler Alan et des micros n'auraient rien eu à espionner.
Mais une surveillance vidéo était un autre problème. Beaucoup plus sérieux, se dit Buchanan. Quelque chose les effraie suffisamment pour qu'ils veuillent m'avoir à l'œil de très près.
Mais quoi ? Qu'est-ce qui peut les inquiéter ?
Pour commencer, mon attitude catatonique pendant toute l'après-midi et une partie de la soirée. J'ai dû affoler celui qui m'observe. Ils ont envoyé Alan pour voir si j'étais au bout du rouleau. La façon dont il passe la main sur sa veste. Avec ce que je lui ai fait au bras ce matin, il se demande s'il va être obligé de sortir son pistolet.

Pendant ce temps, les caméras transmettent le moindre de mes mouvements.

Mais Alan ne veut pas que je le sache.

Buchanan se sentit libéré. Être donné en spectacle lui fournit la motivation dont il avait besoin pour jouer son propre personnage.

– J'ai frappé, dit Alan. Vous n'avez pas dû m'entendre. Comme vous n'êtes pas censé quitter l'appartement, je me suis demandé s'il vous était arrivé quelque chose.

Alan semblait moins tendu, maintenant qu'il avait mis au point une histoire vraisemblable. Il affichait davantage d'assurance.

– Votre blessure à la tête. Vous vous étiez peut-être cogné à nouveau. Vous étiez peut-être tombé sous la douche, ou autre chose. J'ai préféré entrer pour vérifier. Je rencontre souvent des agents ici et j'ai toujours une clé.

– Je pense que je dois être flatté de vos marques d'attention.

– Hé, vous n'êtes pas un type qui rend la vie facile, dit Alan en se frottant l'épaule droite. Mais je fais mon travail et je m'occupe des gens qui me sont confiés.

– Écoutez, dit Buchanan, je suis désolé pour ce qui s'est passé dans la voiture ce matin.

Alan haussa les épaules.

– Il s'est passé beaucoup de choses. Je crois que j'ai du mal à ne plus être sous pression.

L'homme haussa les épaules à nouveau.

– Je comprends. Les agents continuent parfois à ressentir la pression, même quand elle est passée.

– À propos...

– Quoi ?

– À propos de pression...

Buchanan en sentait une dans son bas-ventre. Il montra la salle de bains, s'y rendit, ferma la porte et vida sa vessie.

Une caméra miniature était sans doute dissimulée dans un mur, comme partout dans l'appartement. Mais qu'on l'observe pendant qu'il urinait ne le dérangeait pas. Et s'il avait été gêné, il ne l'aurait pas montré.

Et même si sa vessie n'avait pas insisté, il aurait été aux toilettes.

Comme diversion.

Parce qu'il avait besoin d'être seul un moment, pour réfléchir tranquillement.

13

Voici la carte postale que je pensais ne jamais envoyer.
J'espère que ta promesse était sincère. La dernière fois et le dernier endroit. Compte sur toi. S'IL TE PLAÎT.

Buchanan sortit de la salle de bains après avoir tiré la chasse d'eau.

– Vous m'avez parlé de permission, hier soir.

Alan eut l'air soupçonneux.

– C'est vrai.

– Et vous appelez cela une permission, d'être en cage ici ?

– Je vous ai dit que Don Colton était censé être invisible. Si vous vous mettez à sortir et rentrer, les voisins vont penser que vous êtes Don Colton et se méfieront quand le prochain Don Colton arrivera.

– Et si je partais d'ici. Moi. Buchanan. En congé. Je n'en ai pas eu depuis huit ans. Qui s'en apercevrait ? Qui s'en soucierait ?

– Un congé ?

– Sous mon vrai nom. Cela me fera peut-être du bien d'être moi-même, pour changer.

Alan redressa la tête en faisant une grimace, trahissant son intérêt.

– Je suis censé retourner voir le docteur la semaine prochaine, dit Buchanan. D'ici là vos hommes et le colonel auront peut-être décidé quoi faire à mon sujet.

– Je ne peux pas prendre une telle décision tout seul.

– Parlez-en au colonel, dit Buchanan.

Alan demanda, avec le même air intéressé :

– Où iriez-vous ? Vous ne pouvez pas quitter le pays, puisque vous n'avez pas de passeport.

– Je n'ai de toute façon pas envie de quitter le pays. Je ne veux pas aller aussi loin. Dans le Sud. À La Nouvelle-Orléans. C'est Halloween dans deux jours. Il y a de quoi s'amuser pendant Halloween, à la Nouvelle-Orléans.

– C'est ce qu'on dit, répondit Alan. On dit même qu'à La Nouvelle-Orléans on s'amuse n'importe quand.

Buchanan hocha la tête. Sa demande serait acceptée.

Mais il n'irait pas là-bas sous son propre nom.

C'est hors de question, pensa-t-il.

Il reviendrait six ans en arrière.

Il recréerait le personnage qu'il était à l'époque. Cent vies plus tôt.

Un homme autrefois heureux qui aimait le jazz, le whisky glacé à la menthe et les haricots rouges avec du riz.

Un pilote de charter dénommé Peter Lang et qui avait vécu une triste histoire d'amour.

14

Voici la carte postale que je pensais ne jamais envoyer.

Sept

1

Un pilote est censé prendre l'avion. Surtout s'il n'est pas vraiment pilote et qu'il compose un personnage. Mais c'est par le train que Lang-Buchanan partit pour La Nouvelle-Orléans.

Ce moyen de transport offrait divers avantages. L'un deux était que c'était reposant. Un deuxième était que le compartiment de wagon-lit qu'il avait retenu serait plus privé qu'une cabine d'avion. Un troisième était que la durée du trajet meublerait le temps et qu'il n'avait rien à faire jusqu'à Halloween, le lendemain soir. Il aurait pu passer la journée à visiter La Nouvelle-Orléans, mais il connaissait déjà très bien la ville, les quais, le French Quarter, le Garden District, le lac Ponchartrain, le restaurant Chez Antoine, le Preservation Hall et, bien sûr, les cimetières exotiques. Peter Lang était fasciné par les cimetières exotiques. Il ne manquait jamais une occasion de s'y rendre. Buchanan se gardait d'en analyser les implications.

Mais sa principale raison pour avoir choisi le train plutôt que l'avion était qu'il n'y avait pas de portique de détection de métaux ni d'examen des bagages aux rayons X dans les gares. Il pouvait emporter le Beretta 9 millimètres que Jack Doyle lui avait donné à Fort Lauderdale et qu'il avait rangé dans sa valise avec le passeport de Victor Grant, entre deux chemises et deux slips, à côté de la trousse de toilette achetée en Floride. Ses doutes sur ses employeurs autant que sur lui-même ne cessant de le tourmenter, il était content d'avoir menti pour le passeport et de n'avoir rien dit du pistolet. L'arme et la fausse identité lui ouvraient des possibilités. Ils représentaient la liberté. Il aurait peut-être dû être troublé d'avoir caché pour la première fois la vérité à un contrôleur.

Cela aurait peut-être dû l'avertir que sa blessure à la tête était plus grave qu'il ne le croyait et qu'il ne se rendait pas compte à quel point il était perturbé. Assis près de la fenêtre de son compartiment fermé à clé, il écoutait les *clac-clac-clac* des roues sur les rails et admirait les magnifiques couleurs de l'automne en Virginie, en se massant un crâne qui le tourmentait constamment. Il se félicitait de ne pas avoir dissimulé le pistolet quelque part dans l'appartement de Don Colton. Les caméras l'auraient trahi. Il avait su convaincre ses chefs. Autrement, ils ne lui auraient jamais fourni de l'argent et une carte d'identité à son vrai nom. Ils l'auraient encore moins autorisé à partir pour ce court voyage.

Il ouvrit à peine le roman qu'il avait acheté à Union Station avant de monter dans le train. Il se contentait de regarder par la fenêtre le défilé des collines, des champs et des villes, et de se masser le front, autant à cause de la douleur que pour s'aider à se concentrer.

Peter Lang. Il devait se remémorer le personnage, *redevenir* Peter Lang. Prétendre être pilote n'était pas difficile, car il l'était réellement. C'était une des formations qu'il avait suivies pendant son instruction. Ses employeurs lui avaient fait acquérir des notions sur pratiquement toutes les activités qu'il était censé exercer. Il était même devenu un spécialiste de certaines d'entre elles.

La véritable difficulté était de retrouver les attitudes de Peter Lang, ses manies et sa personnalité. Il ne prenait aucune note sur ses nombreux personnages. Consigner par écrit une usurpation d'identité aurait été absurde. Mieux valait éviter au maximum les traces écrites, toujours susceptibles d'être utilisées un jour contre lui. Il ne pouvait compter que sur sa mémoire, soumise à rude épreuve lors de missions au cours desquelles il devait se métamorphoser plusieurs fois au cours d'une même journée. Il redoutait toujours de changer de personnage involontairement, de se comporter comme l'identité X avec un contact qui le connaissait sous le nom Y.

Peter Lang.

2

À La Nouvelle-Orléans, Buchanan s'était fait passer pour un pilote de charter travaillant pour une société pétrolière et chargé d'acheminer du personnel et des équipements sur différents chantiers d'Amérique centrale. Sa véritable mission était de déposer des conseillers des Forces spéciales sur des terrains d'atterrissage secrets dans la forêt nicaraguayenne, où ils rejoignaient les contras qu'ils formaient à la lutte contre le régime marxiste du pays. L'avion d'Eugene Hasenfus avait été abattu un an plus tôt, en 1986, alors que le pilote s'apprêtait à parachuter des armes aux rebelles, et celui-ci avait déclaré avoir toujours considéré qu'il travaillait pour la CIA. L'ennui était que le Congrès avait spécifiquement interdit à la CIA de se mêler des événements du Nicaragua. La campagne médiatique qui s'était ensuivie avait provoqué un scandale politique. Les dénégations farouches de l'Agence lui avaient évité des sanctions car, d'une part, l'homme avait été engagé par des intermédiaires et, d'autre part, il avait fini par revenir sur ses déclarations. Mais le Nicaragua était resté un sujet politiquement sensible, même après que le président Reagan eut publié un décret-loi qui annulait l'interdiction d'aider les contras formulée par le Congrès. L'aide qui fut alors restaurée n'était de toute façon pas censée inclure la présence de soldats américains sur le sol nicaraguayen. Une participation militaire directe pouvant être considérée comme un acte de guerre, les soldats que Buchanan emmenait au Nicaragua étaient, comme lui, habillés en civil et munis de fausses identités pour ne pas être associés à l'armée américaine.

Les journalistes s'intéressaient particulièrement aux compagnies aériennes privées qui envoyaient des appareils en direction de l'Amérique latine depuis La Nouvelle-Orléans et Miami, les deux villes considérées comme les bases arrière du soutien secret aux contras. Un avion dont le plan de vol prévoyait la livraison de marchandises légales au Salvador, au Honduras ou au Costa Rica pouvait fort bien faire une escale secrète au Nicaragua pour y déposer des hommes. Un journaliste capable de prouver une telle implication militaire des États-Unis aurait été un excellent candidat pour le prix Pulitzer[1]. Buchanan avait particulièrement bien soigné sa couverture. L'une de ses techniques avait consisté à demander à ses employeurs de lui fournir une épouse, une femme qui travaillerait avec son mari, aimerait l'avion, parlerait espagnol et serait même si possible sud-américaine, afin de justifier qu'elle accompagne fréquemment son époux lors de ses nombreux voyages en Amérique latine. L'intention de Buchanan était de leurrer les journalistes trop curieux qui se diraient que personne ne serait assez dénué de sentiments pour emmener sa femme avec lui au cours de missions clandestines dans une zone de guerre.

---

1. Fameux prix littéraire américain qui récompense notamment des enquêtes journalistiques. *(N.d.T.)*

La femme que ses chefs lui avaient trouvée était une jolie et courageuse Latino-Américaine de vingt-cinq ans, appelée Juana Mendez, dont les parents étaient des Mexicains naturalisés américains. Sergent dans les services de renseignements de l'armée de terre, elle avait grandi à San Antonio, au Texas, ville dans laquelle Peter Lang affirmait également avoir passé son enfance. Buchanan avait séjourné quelques semaines à San Antonio avant le début de sa mission, pour le cas où quelqu'un testerait son histoire en le faisant parler de sa ville d'origine. Juana devait, en plus, l'aider à esquiver les questions gênantes sur San Antonio en répondant à sa place s'il en était incapable.

Le rôle de Peter Lang avait été l'un des plus longs de Buchanan. Quatre mois. Juana et lui avaient vécu ensemble dans un petit appartement du premier étage d'un bâtiment pittoresque avec des balustrades en fer forgé et un agréable jardin fleuri, sur Domaine Street, dans le Quartier français. Ils connaissaient tous les deux les dangers d'une liaison sentimentale avec un partenaire d'une mission secrète et s'étaient efforcés de conserver un caractère strictement professionnel à leurs démonstrations publiques d'affection. Ils avaient tâché de ne pas se laisser influencer par leur intimité forcée, le fait de manger ensemble, de mélanger leur linge, d'utiliser la même salle de bains et de dormir dans les mêmes lieux. Ils n'eurent aucune relation sexuelle. Leur indiscipline n'alla pas si loin. L'effet n'aurait guère été différent s'ils avaient fait l'amour ensemble, l'acte charnel n'étant finalement qu'une composante – souvent négligeable et parfois inexistante - d'un mariage réussi. Buchanan et Juana tinrent si bien leurs rôles durant ces quatre mois qu'ils finirent par reconnaître tous les deux, embarrassés, qu'ils se sentaient réellement mari et femme. Il lui arrivait, la nuit, d'écouter la respiration paisible de sa compagne et d'être littéralement enivré par son odeur de cannelle.

Les épreuves vécues en commun sont des liens puissants. Ils se trouvèrent un jour pris au milieu d'un combat en pleine forêt nicaraguayenne, et Buchanan n'aurait jamais pu atteindre et manœuvrer son avion si Juana ne l'avait couvert avec un fusil d'assaut. Puis elle avait quitté en courant l'abri des arbres et foncé en direction de la porte du passager qu'il avait ouverte. Elle s'était arrêtée pour se retourner, avait lâché une rafale de son M-16, puis s'était remise à courir. Des impacts de balles tirées depuis la forêt avaient soulevé des gerbes devant elle. Elle avait à nouveau fait demi-tour, avait tiré et était repartie. Emballant les moteurs, il était parvenu à placer l'avion dans une position qui lui permettait de la couvrir en tirant par la porte. Des projectiles avaient traversé le flanc de la carlingue. Il avait relâché les freins pour avancer sur la piste défoncée au moment où elle atteignait l'ouverture. Elle avait grimpé à l'intérieur, s'était arc-boutée et avait arrosé la forêt de balles. Son chargeur vide, elle avait saisi l'arme de Buchanan dont elle avait épuisé toutes les munitions. S'agrippant à une ceinture de sécurité pour ne pas être éjectée, elle avait éclaté de rire quand l'avion avait rebondi deux fois avant de s'élever brusquement en rasant les arbres.

On se sent proche d'une personne dont dépend son existence. Buchanan en avait déjà fait l'expérience avec des hommes. Cela lui arrivait pour la première fois avec une femme. À la fin de ses quatre mois de mission, il jouait son rôle de mari mieux qu'il ne l'avait souhaité. Il était amoureux d'elle.

Il n'aurait jamais dû. Il s'était battu avec lui-même pour réprimer le sentiment qui montait en lui. Mais il avait échoué. Ils avaient toujours respecté les codes de leur profession et n'avaient jamais eu de rapports sexuels, malgré une tentation violente. Mais ils avaient tout de même violé la règle selon laquelle il fallait se garder de confondre les rôles et la réalité. Il est vrai que Buchanan ne croyait pas à cette règle, son succès comme imposteur venant précisément du fait qu'il confondait ses rôles et la vérité. Tout personnage qu'il incarnait *était* la réalité.

Un soir, alors qu'il regardait la télévision, Juana était rentrée de faire des courses avec un air préoccupé.

– Ça va ? lui avait-il demandé en se dirigeant vers elle. Il t'est arrivé quelque chose pendant que tu étais dehors ?

Elle avait posé le sac à provisions et commencé à le déballer, comme si elle n'avait pas entendu la question. Elle ne toucha pas à ses achats, mais sortit un tract publicitaire qu'on lui avait distribué sur le trottoir. Une annonce pour un concert de jazz. Elle lui montra la feuille. Buchanan comprit son air abattu en découvrant un petit « x » en haut, à droite. C'était leur contact qui lui avait remis le papier, et la marque tracée avec un stylo à pointe fine était le signal d'interrompre leur mission.

On les changeait d'affectation.

À cet instant, Buchanan avait profondément ressenti la présence de Juana, de son visage ovale, de sa peau mate et du dessin ferme de sa poitrine sous son corsage. Il avait voulu le lui dire, mais la discipline l'avait emporté.

La voix habituellement gaie de la femme était tendue.

– Je pense que j'ai toujours su que la mission se terminerait un jour. Rien n'est éternel, avait-elle poursuivi après avoir avalé sa salive.

– Oui, avait-il répondu d'un air sombre.

– Alors... Tu crois qu'ils vont nous affecter ensemble à nouveau ?

– J'en sais rien.

Juana avait pensivement secoué la tête.

– Ils ne le font presque jamais.

– Oui.

Ils s'étaient longuement promenés dans le Quartier français la veille de leur départ de La Nouvelle-Orléans. C'était Halloween et la vieille ville était plus animée et colorée que d'habitude. De nombreux fêtards étaient déguisés, souvent avec des costumes évoquant des squelettes. On dansait, on chantait et on buvait dans les rues étroites. Du jazz s'écoulait par les portes et les fenêtres ouvertes, se répandait au-dessus de la foule.

Oh, when the saints...

Leurs pas les avaient menés au Café du Monde, la fameuse brasserie en plein air spécialisée dans les cafés au lait et les beignets, près de Jackson Square sur Decatur Street. L'établissement était bondé de noctambules qui comptaient sur la caféine pour faire passer l'alcool qu'ils venaient de boire, avant de poursuivre leurs réjouissances. Buchanan et Juana s'était placés dans la file d'attente. La nuit d'octobre était douce. Les quelques gouttes de pluie qui étaient tombées s'étaient rapidement arrêtées et une brise agréable soufflait du Mississippi. Un serveur les avait installés à une table et avait pris leur commande. Ils avaient parcouru du regard les gens qui s'amusaient, s'étaient sentis déplacés et avaient enfin discuté du sujet qu'ils avaient jusque-là évité. Buchanan ne se souvenait pas qui avait abordé la question ni comment. Mais l'essentiel de la discussion était : « Est-ce la fin ou continuons-nous à nous voir après ? » Buchanan avait compris à quel point la question était absurde dès qu'il y fut clairement confronté. Demain, Peter Lang aurait cessé d'exister. Comment pourrait-il continuer à avoir des relations avec sa femme qui elle non plus n'existerait plus ?

D'une voix suffisamment basse pour que personne n'entende, il lui avait expliqué que leurs personnages touchaient à leur fin. Elle l'avait regardé comme s'il parlait une langue étrangère.

– Je me moque de qui nous avons été, avait-elle dit. Je parle de nous.

– Moi aussi.

– Non, avait-elle répondu. Ces gens-là n'existent pas. *Nous* existons. La réalité commence demain. La fiction est finie. Qu'est-ce qu'on va faire ?

– Je t'aime, avait-il dit.

Elle avait soupiré, en tremblant légèrement.

– J'attendais que tu dises cela... J'espérais... Je ne sais pas comment cela est arrivé, mais je ressens la même chose. Je t'aime.

– Je veux que tu saches que tu seras toujours quelqu'un de spécial pour moi, avait dit Buchanan.

Juana avait froncé les sourcils.

– Je veux que tu saches, avait-il poursuivi, que...

Le serveur l'avait interrompu en déposant un plateau avec leur café fumant et leurs beignets couverts de sucre. Après le départ de l'employé, Juana s'était penchée en avant et avait répondu d'une voix basse mais tendue :

– De quoi est-ce que tu parles ?

– Tu seras toujours quelqu'un de spécial pour moi. Je me sentirai toujours proche de toi. Si un jour tu as besoin d'aide, si un jour je peux faire quelque chose...

– Arrête, l'avait-elle interrompu en plissant davantage les yeux. Cela ressemble à un adieu.

– Je viendrai. N'importe quand. N'importe où. Tout ce que tu auras à faire sera de m'appeler. Je ferai n'importe quoi pour toi.

– Espèce de salaud, avait-elle dit.

– Quoi ?

– C'est injuste. Je suis assez bien pour risquer ma vie avec toi. Je suis assez bien pour te servir de couverture. Mais je ne suis pas assez bien pour que tu envisages quelque chose après...

– Ce n'est pas ce que j'ai voulu dire.

– Alors qu'est-ce que tu as voulu dire ? Tu m'aimes, mais tu es en train de m'envoyer balader ?

– Je ne pensais pas que je tomberais amoureux. Je...

– Il n'y a pas beaucoup de raisons pour lesquelles un homme quitte une femme qu'il prétend aimer. Et la seule que je voie est qu'il pense qu'elle n'est pas assez bien pour lui.

– Écoute-moi...

– C'est parce que je suis sud-américaine.

– Non. Pas du tout. C'est complètement idiot. Je t'en prie. Écoute-moi.

– C'est à toi de m'écouter. Je suis peut-être la meilleure chose qui te soit jamais arrivée. Ne me perds pas.

– Mais demain je dois...

– Tu dois ? Pourquoi est-ce que tu dois ? À cause des gens pour lesquels on travaille ? Qu'ils aillent se faire voir ! Ils veulent que je renouvelle mon contrat, mais je ne vais pas le faire.

– Ça n'a rien à voir avec eux, avait-il répondu. Cela ne concerne que moi. Ce que je fais. Nous ne pourrons jamais avoir les mêmes relations après, parce que je ne serai plus le même. Je serai un étranger.

– Quoi ?

– Je serai différent.

Elle l'avait considéré, en comprenant soudain les conséquences de ce qu'il venait de dire.

– Tu choisis ton travail plutôt que...

– Mon travail est tout ce que j'ai.

– Non, avait dit Juana. Tu peux m'avoir, moi.

Buchanan l'avait regardée attentivement, avait baissé les yeux, les avait relevés, s'était mordu les lèvres et avait doucement secoué la tête.

– Tu ne me connais pas. Tu connais celui que je prétends être.

Elle semblait en état de choc.

– Je serai toujours ton ami, avait-il ajouté. Rappelle-toi cela. Je te le jure. Si un jour tu as besoin d'aide, si un jour tu as des difficultés, la seule chose que tu auras à faire sera de m'appeler. Même si c'est dans longtemps et même si je suis loin. Je...

Juana s'était levée en faisant crisser sa chaise sur le sol en ciment. Des gens s'étaient retournés.

– Si j'ai besoin de toi un jour, je t'enverrai une carte postale.

Elle était sortie rapidement en cachant ses larmes.

C'était la dernière fois qu'il lui avait parlé. Elle était déjà partie en emportant ses affaires quand il était revenu à l'appartement. Il n'avait pas fermé l'œil de la nuit et était demeuré assis dans le noir à fixer le mur, au-delà du lit qu'ils avaient partagé.

Et il contemplait maintenant à nouveau l'obscurité, avec la même fixité, à travers la fenêtre du compartiment.

3

J'ai recommencé, se dit-il.

Il était à nouveau tombé en catatonie. Il massa son crâne qui le faisait encore souffrir. Il avait l'impression de revenir de loin. Le compartiment était noir. Les lumières de fermes dispersées perçaient l'obscurité. Combien de temps était-il... ?

Il regarda les chiffres lumineux de sa montre de pilote, la montre de Peter Lang, et fut troublé de constater qu'il était dix heures huit. Il avait quitté Washington peu avant midi. La Virginie était dépassée depuis longtemps. Le train était en Caroline du Nord, peut-être même en Géorgie. Toute l'après-midi et le début de la soirée ? se demanda-t-il, consterné. Qu'est-ce qu'il m'arrive ?

Il se leva. Sa tête lui élançait. Il alluma la lumière. Se sentant menacé par son reflet dans la vitre, il baissa brusquement le rideau. Ce visage défait lui était inconnu. Il prit trois cachets d'aspirine dans son sac et les avala avec un verre d'eau qu'il remplit au petit lavabo du cabinet de toilette. Alors qu'il était en train d'uriner, il sentit son esprit dériver à nouveau vers les événements vieux de six ans. Il décida de se concentrer sur le présent.

Incarner son personnage. Redevenir Peter Lang. Mais il fallait aussi conserver ses moyens. Il ne pouvait continuer à fixer le vide. Le véritable motif de son voyage à La Nouvelle-Orléans, la raison pour laquelle il voulait savoir pourquoi Juana lui avait envoyé la carte postale, était de se trouver un but.

Juana. Il devait se concentrer sur elle autant que sur Peter Lang. Elle avait maintenant – combien ? – trente et un an. Il se demandait si elle avait conservé sa forme physique. Elle était petite et mince, mais l'entraînement militaire avait fait d'elle une athlète. Son corps était ferme, fort et splendide. Porterait-elle ses cheveux noirs aussi courts qu'à l'époque ? Il avait eu envie de les caresser des doigts. Ses yeux noirs seraient-ils toujours aussi ardents ? Ses lèvres auraient-elles encore leur contour sensuel ? Elle avait l'habitude de les serrer en les avançant légèrement quand elle réfléchissait et il avait voulu les toucher bien souvent.

Quelles sont mes vraies motivations ? se demandait-il. Uniquement le besoin de bouger ?

La carte postale avait-elle réveillé quelque chose chez lui ? Il avait réprimé les souvenirs gardés d'elle, comme il réprimait tant d'aspects de sa personnalité. Et maintenant...

Je n'aurais peut-être pas dû la laisser partir. J'aurais peut-être dû...

Non. Le passé est un piège. Oublie-le.

Tu n'as visiblement rien à y gagner, puisque cela te rend catatonique. Tu es victime d'un mirage ridicule. Tu as laissé des quantités d'affaires en plan au cours de toutes tes vies. Tu as abandonné beaucoup de gens vers lesquels tu étais attiré, ou au moins vers lesquels tes personnages étaient attirés. Tu n'es jamais revenu en arrière. Attention.

Mais je n'étais pas amoureux de ces gens. Pourquoi a-t-elle envoyé cette carte postale ? Dans quelles difficultés se trouve-t-elle ?

Tes contrôleurs deviendraient fous s'ils lisaient dans tes pensées.

Le problème est que je me souviens d'elle avec une telle précision.

En plus, je lui ai fait une promesse.

Non, lui répétait une voix. Tu n'as rien promis. C'était Peter Lang.

C'est vrai. Et je suis à nouveau Peter Lang.

Je pensais ce que je lui disais. Je lui ai fait une promesse.

4

La faim vint le distraire. Heureux d'avoir quelque chose à faire, Lang-Buchanan ouvrit la porte du compartiment et vérifia que le couloir était désert. Au moment où il allait s'y engager, il se dit que le verrou du panneau coulissant n'était pas une protection suffisamment fiable, et il décida d'emporter avec lui son petit sac de voyage contenant le pistolet et le passeport. Puis il referma la porte à clé et se dirigea vers le wagon-restaurant.

Trois voitures plus loin, il pénétra dans une salle pratiquement vide où quelques voyageurs finissaient leurs gobelets de café pendant que des serveurs débarrassaient des tables. Le puissant éclairage du wagon projetait sa clarté par les fenêtres et occultait les lumières de la nuit.

Buchanan frotta son front douloureux et s'approcha du garçon le plus proche qui, anticipant sa question, lui dit :

– Désolé, monsieur. Nous sommes fermés. Nous servons le petit déjeuner à partir de six heures.

– Je me suis reposé un peu et je me suis réveillé trop tard. Je suis affamé. Il n'y aurait pas moyen de trouver quelque chose pour empêcher mon estomac de se plaindre toute la nuit ?

Buchanan tendit discrètement un billet de dix dollars.

– Oui, monsieur. Je comprends votre problème. Je vais voir ce que je peux faire. Je peux peut-être trouver des sandwichs au rôti de bœuf que vous pourrez emporter.

– Ce serait parfait.

– Vous voulez également un soda ?

– Je préférerais une bière.

– Dommage, dit une voix derrière Buchanan. Je n'ai pas de bière. Mais je me suis organisée à tout hasard et j'ai mis de côté quelques sandwichs.

Buchanan attendit un instant pour cacher sa surprise, avant de se retourner lentement vers la femme qui venait de parler. Il prit encore davantage soin de masquer sa stupéfaction quand il la découvrit. Car il était littéralement stupéfait.

C'était une grande femme, proche de la trentaine, dont le visage sportif au front large et aux pommettes marquées était digne d'un mannequin, et qui arborait une luxuriante chevelure rousse.

Il la connaissait. Il l'avait, en tout cas, déjà vue. La première fois, elle portait un pantalon beige et un corsage jaune. C'était au Mexique. Elle le prenait en photo à la sortie de la prison de Mérida.

La seconde fois, elle était vêtue d'un pantalon et d'une veste de jean. Elle se tenait sur le quai 66 de Fort Lauderdale et le photographiait en compagnie de Big Bob Bailey.

Elle portait cette fois-ci un pantalon en popeline marron et une veste de safari kaki avec de nombreuses poches, dont plusieurs étaient pleines. Elle ressemblait à une publicité pour un catalogue de vêtements de plein air. Elle avait un sac de photographe en bandoulière, mais l'appareil pendait à son cou. Le seul détail qui aurait dénoté dans une publicité était le sac en papier qu'elle tenait dans la main droite.

De la main gauche elle ajouta dix dollars au billet que Buchanan avait donné au serveur.

– Merci, dit-elle avec un sourire. Je croyais que mon ami ne viendrait jamais. Je vous remercie pour votre patience.

– De rien, madame, répondit le garçon en empochant l'argent. Si vous avez besoin de quelque chose...

– Non, merci.

Le serveur se remit à nettoyer les tables. Elle tourna les yeux vers Buchanan.

– J'espère que vous n'êtes pas fixé sur ces sandwichs au rôti qu'il a annoncés. Les miens sont à la salade de poulet.

– Je vous demande pardon ? demanda Buchanan.

– Du poulet...

– Je ne parlais pas de cela... Est-ce que nous nous connaissons ?

– Vous me posez cette question après tout ce que nous avons vécu ensemble ?

Les yeux émeraude de la femme scintillaient.

– Madame, je ne suis vraiment pas d'humeur à plaisanter. Je suis sûr qu'il y a une quantité d'hommes dans le train qui...

– D'accord, si vous insistez, je vais jouer le jeu. Est-ce que nous nous connaissons ?

Elle réfléchit un instant.

– Oui. Si on veut. Même si nous ne nous sommes jamais rencontrés, on peut dire que nous sommes des connaissances.

Elle avait l'air de s'amuser.

– Je ne veux pas être grossier...

– Aucune importance. J'ai l'habitude.

– Vous avez trop bu.

– Pas une goutte. Mais j'aurais bien bu quelque chose. Je me suis tellement ennuyée en attendant ici pendant si longtemps. Après tout...

Elle se tourna vers le serveur.

– Je crois que nous aimerions deux bières. Vous pensez que c'est encore possible ?

– Bien sûr, madame. Rien d'autre ?

– Disons quatre bières. Et vous pourriez aussi ajouter les sandwichs au rôti dont vous avez parlé. J'ai l'impression que la nuit va être longue.

– Alors, peut-être des cafés...

– Non. Les bières feront l'affaire, répondit-elle.

Le garçon s'éloigna. Elle se tourna vers Buchanan :

– À moins que vous ne préfériez un café ?

– Ce que je préférerais, c'est savoir ce que vous croyez que vous êtes en train de fabriquer ? dit Buchanan.

– De demander une interview.

– Quoi ?

– Je suis journaliste.

– Félicitations. Mais quel est le rapport avec moi ?

– Faisons un pari.

– Tout cela est absurde, dit Buchanan en secouant la tête.

Il se leva pour s'en aller.

– Non, c'est sérieux. Je parie que je peux deviner votre nom.

– Dans un pari on gagne ou on perd quelque chose. Je ne vois pas ce que je gagnerais ou...

– Si je ne devine pas votre nom, je vous laisse tranquille.

Buchanan la considéra un instant.

– D'accord. Si cela peut me permettre de me débarrasser de vous... Comment est-ce que je m'appelle ?

– Buchanan.

– Perdu. C'est Peter Lang.

Et il se retourna pour s'éloigner.

– Prouvez-le.

– Je n'ai rien à prouver. Je commence à en avoir assez.

Il continua de marcher. Elle le suivit.

– Écoutez, j'espérais que nous discuterions en privé, mais libre à vous de compliquer les choses. Vous ne vous appelez pas Peter Lang, pas plus que Jim Crawford, Ed Potter, Victor Grant ou Don Colton. Vous avez utilisé ces noms, et beaucoup d'autres, mais votre vrai nom est Buchanan. Prénom : Brendan. Surnom : Bren.

Il s'arrêta à la sortie du wagon-restaurant, les muscles crispés. Il se retourna en s'efforçant de paraître détendu et nota avec soulagement que personne n'occupait les tables de cette partie de la voiture. Il fit semblant d'être sincèrement exaspéré.

– Qu'est-ce qu'il faut que je fasse pour me débarrasser de vous ?

– Vous débarrasser de moi ? J'espère que c'est une façon de parler.

– Je ne sais pas de quoi vous...

Brandissant le sac en papier, elle l'interrompit :

– J'ai faim. Comme je n'ai pas réussi à vous trouver dans le train, je me suis dit que je vous attendrais dans le wagon-restaurant. Puis j'ai pensé que vous aviez peut-être apporté quelque chose à manger. Il a fallu que je donne dix dollars au serveur toutes les demi-heures pour qu'il me laisse ma table sans consommer. Dix minutes de plus et la salle était vide et il m'aurait demandé de partir. Grâce à Dieu, vous êtes arrivé.

– Oui, dit Buchanan. Grâce à Dieu.

Il vit le garçon s'approcher d'eux.

– Voici les sandwichs et les bières, dit-il en tendant un sac en papier à la femme.

– Merci. Combien je vous dois ?

Elle le paya en ajoutant un nouveau pourboire. Ils furent seuls à nouveau.

– Qu'est-ce que vous disiez ? demanda la femme avec des yeux lumineux. Au moins, vous avez quelque chose à manger. Puisque je ne vous ai pas trouvé en parcourant le train, je suppose que vous avez un compartiment privé. Pourquoi est-ce que nous ne... ?

– Si j'utilise vraiment tous les noms que vous dites, je dois participer à quelque chose de louche.

– J'essaie de ne pas porter de jugement.

– Mais qu'est-ce que je suis ? Un membre de la mafia ? Un agent secret ? Vous n'avez pas peur d'être toute seule avec moi ?

– Qui a dit que j'étais toute seule ? Vous ne pensez sûrement pas que je ferais ce travail toute seule.

– Ne me dites pas que ces deux types qui finissent leur café à l'autre bout du wagon sont avec vous, dit Buchanan. Ils s'en vont et ils ne viennent pas par ici. Je n'ai pas l'impression que vous ayez quelqu'un avec vous.

– Qui que ce soit, il ne se montrera pas.

– Ouais. Bien sûr. Vous avez raison.

– De la même façon que, si quelqu'un vous suit, il ne se montrera pas.

– Pourquoi est-ce que quelqu'un me suivrait ? répondit Buchanan en se demandant soudain s'il n'était pas réellement filé. C'est certainement l'idée la plus bizarre... D'accord. J'ai faim et j'ai l'impression que vous ne me ficherez pas la paix. Allons manger.

Il ouvrit la porte du wagon. Le *clac-clac-clac* des roues retentit.

– Mais je vous préviens.

– De quoi ? dit-elle en se raidissant.

– Je suis coriace.

– Quelle surprise !

Elle le suivit.

5

Buchanan fit semblant de ne pas remarquer l'inquiétude de la femme quand il referma la porte à clé. Il leva la tablette du compartiment et la bloqua. Puis il ouvrit les sacs en papier et étala leur contenu. Se disant qu'elle avait pu droguer les sandwichs au poulet en l'attendant, il choisit ceux au rôti de bœuf. Il décapsula deux bouteilles de bière.

Elle était demeurée debout. Sa proximité, dans le compartiment si étroit, ne laissait pas Buchanan indifférent.

Il lui tendit une bouteille, mordit dans un sandwich et s'assit d'un côté de la table.

– Vous croyez connaître mon nom. D'après vous, j'en utilise même plusieurs. Mais quel est le vôtre ?

Elle s'installa en face de lui et remonta une mèche de ses cheveux roux. Son rouge à lèvres était de la même couleur.

– Holly McCoy.

– Et vous dites que vous êtes journaliste ?

Buchanan avala une gorgée. Elle ne touchait pas à sa bière. Elle espère peut-être que je boive les quatre bouteilles et que je ne fasse plus attention à ce que je raconte, se dit-il.

– Dans quel journal ?

– Le *Washington Post.*

– Je le lis souvent. Je ne me rappelle pas avoir vu votre signature.

– Je suis nouvelle.

– Ah !

– Nouvelle au *Post.* Avant, je travaillais pour le *Los Angeles Times.*

– Ah !

Buchanan mangea un morceau de sandwich. La viande n'était pas mauvaise. Un peu sèche, mais la mayonnaise et la salade verte compensaient. Il but un peu de bière.

– Je croyais que vous aviez faim. Vous ne mangez rien.

Elle grignota un sandwich au poulet. Il poursuivit :

– Alors, qu'est-ce que c'est que cette histoire d'interview ? Et ces noms que je suis censé utiliser... Je vous ai dit que je m'appelais Peter Lang.

Buchanan regrettait avoir dit cela. C'était une erreur. Quand la femme s'était adressée à lui dans le wagon-restaurant, il avait automatiquement avancé le nom du personnage sur lequel il était en train de se concentrer et avait mélangé ses identités. Il ne disposait d'aucun papier au nom de Peter Lang. Il devait rattraper sa mégarde.

– Je dois vous avouer quelque chose, fit-il. J'ai menti. Vous m'avez dit que vous me laisseriez tranquille si vous deviniez comment je m'appelle. Quand vous avez dit mon nom, je me suis dit que j'allais prétendre être quelqu'un d'autre en espérant que vous alliez partir.

– Ce que je n'ai pas fait.

– Alors, autant être honnête.

Il reposa sa boisson et prit son portefeuille dans sa poche revolver. Lui montrant son permis de conduire, il reprit :

– Je m'appelle Buchanan. Brendan. Surnom : Bren. Mais personne ne m'a appelé Bren depuis longtemps. Comment le savez-vous ?

– Vous appartenez à l'armée.

– Vrai. Je répète : comment le savez-vous ? Ce ne sont pas vos affaires, mais je suis capitaine des Forces spéciales. Je suis basé à Fort Bragg. Je suis en permission et je me rends à La Nouvelle-Orléans où je vais pour la première fois. Et alors ? Vous vous intéressez aux militaires ? C'est cela ?

Elle redressa la tête en un mouvement qui mit son cou élancé en valeur.

– C'est une façon de parler.

– À propos de parler, pourquoi est-ce que vous ne parleriez pas clairement ? dit Buchanan. Assez est assez. Vous ne m'avez toujours pas dit comment vous savez mon nom. J'ai joué le jeu. De quoi s'agit-il ?

– Un peu de patience, répondit-elle. J'aimerais vous donner quelques mots de passe.

– Des mots de passe. Allons bon... dit Buchanan avec un geste exaspéré.

– Dites-moi s'ils signifient quelque chose pour vous. Détachement spécial 160. Brume de mer. Action de soutien aux renseignements. Fruit jaune.

Bon sang, pensa Buchanan sans manifester sa surprise.

– Jamais entendu.

– Maintenant, pourquoi est-ce que je ne vous crois pas ?

– Écoutez...

– Détendez-vous, dit-elle. Profitez des sandwichs. Je vais vous raconter une histoire.

6

Opération Serre d'aigle. Le 24 avril 1980, une unité contreterroriste de l'armée américaine appelée Delta est envoyée en Iran pour sauver cinquante-deux Américains détenus en otages à Téhéran depuis novembre 1979. Huit hélicoptères, trois avions de transport de troupes MC-130 et trois ravitailleurs EC-130 doivent se poser dans une zone inhabitée dont le nom de code est Desert One. Après avoir fait le plein d'essence, les hélicoptères s'approcheront de Téhéran. Les cent dix-huit hommes du commando pénétreront dans la ville à la faveur de la nuit et se dirigeront sur leur cible.

Mais des difficultés contrarient la mission dès le départ. L'un des hélicoptères est contraint de rejoindre le porte-avions *Nimitz*, qui croise dans le golfe Persique, à cause d'un ennui de rotor. Une panne du système de navigation oblige un deuxième appareil à en faire autant peu après. À Desert One, un troisième engin est victime d'une fuite dans un circuit hydraulique. La mission ne pouvant être accomplie avec moins de six hélicoptères, l'opération Serre d'aigle est annulée. L'un des appareils restants accroche un avion de ravitaillement EC-130 au moment où le commando se retire. Une explosion tue huit soldats. Cinq autres sont grièvement brûlés. Les flammes empêchent de récupérer les corps des victimes. Des documents confidentiels et du matériel secret sont abandonnés sur place.

Humilié et furieux, le Pentagone décide de tirer au clair les causes de l'échec. La faute ne peut être uniquement imputée à des défaillances matérielles. Une enquête approfondie conclut que les différentes branches de l'armée se sont livrées à une telle concurrence pour participer à l'opération que c'est devenu un obstacle à son bon déroulement. La liste des erreurs est interminable : incompétence, manque de préparation, entraînement insuffisant, moyens de transport mal adaptés, renseignements incomplets et inexacts... Il devient rapidement évident que, si les États-Unis veulent disposer d'une unité antiterroriste, celle-ci doit être en mesure d'opérer seule, sans faire appel à des services extérieurs, qu'ils soient civils ou militaires. Le commando envoyé à la rescousse des otages est affecté à un camp d'entraînement spécial à Fort Bragg, en Caroline du Nord. Une unité similaire, le groupe SEAL 6, est installée dans la base navale de Little Creek, en Virginie. Un Commandement unifié des opérations spéciales est créé pour superviser toutes les unités spéciales des diverses armes. On met sur pied la Division des opérations spéciales chargée de coordonner les opérations secrètes entreprises par l'armée de terre seule.

7

Buchanan finit une bière et en ouvrit une autre pendant que la femme parlait. Il ramassa les emballages des sandwichs et les mit dans un des sacs en papier. Après avoir réprimé un bâillement, il dit :

– En fait d'histoire, cela ressemble davantage à un cours d'histoire. Rappelez-vous que j'étais basé à Fort Bragg. Je connais tous les détails de l'échec de la récupération des otages et de la création du commando Delta.

– Je suis certaine que vous en savez bien plus que cela, répondit Holly McCoy. Mais chaque chose en son temps.

Buchanan haussa les épaules. Le *clac-clac-clac* du train emplit de nouveau le compartiment. Il lui fit signe de poursuivre.

– L'un des premiers problèmes que la Division des opérations spéciales décida de résoudre fut celui du transport, dit Holly. Le commando Delta avait mis trop longtemps pour atteindre l'Iran. Les appareils utilisés ne convenaient pas à l'opération. Trop de services militaires avaient été informés du lieu et de la date. Il fallait visiblement rationaliser le fonctionnement. Le commando Delta devait atteindre ses cibles aussi rapidement et secrètement que possible, et dans les meilleures conditions. C'est la raison pour laquelle on a créé le Détachement spécial 160 et Brume de mer.

Buchanan avait à nouveau besoin de toute sa maîtrise de soi pour ne pas trahir sa surprise en entendant ces noms de code. Ses muscles du ventre se contractèrent. Il simula un autre bâillement.

– Désolé. Je ne voudrais pas que vous pensiez que vous m'ennuyez. Finissez votre bière.

Holly rejeta une mèche en arrière, lui lança un regard irrité et reprit :

– Le Détachement spécial 160 était une unité secrète de l'armée de terre qui assurait le transport aérien du commando Delta, des Forces spéciales et des rangers. Il disposait de gros hélicoptères cargos Chinook, d'hélicoptères légers et d'hélicoptères de combat. Brume de mer était, elle, une unité secrète de l'armée de l'air totalement clandestine. Elle achetait des avions par l'intermédiaire de civils, leur ajoutait des équipements ultramodernes, comme des silencieux de moteurs, des radars à infrarouges, des lanceurs de roquettes et d'autres appareils du même genre, et les utilisait pour des missions secrètes de faible envergure. La CIA fournissait les intermédiaires civils de Brume de mer. Mais Brume de mer travaillait aussi pour une autre agence civile, la DEA, et j'ai l'impression que c'est là que les ennuis ont commencé. Des civils et des militaires collaboraient dans des opérations qu'ils cachaient au Pentagone et au Congrès.

Buchanan avala une gorgée de bière et regarda sa montre.

– Il est presque minuit. Je suggère que vous me disiez où vous voulez en venir avant que je m'endorme.

– Cela m'étonnerait que vous vous endormiez, dit Holly. Je suis même persuadée que vous êtes beaucoup plus intéressé que vous ne le prétendez.

– Vous m'intéressez beaucoup. Mais, en général, je préfère que les filles avec qui je sors soient moins bavardes.

– Écoutez-moi, continua Holly. La deuxième question à résoudre par la Division des opérations spéciales était l'obtention de renseignements. La CIA avait perdu presque tous ses contacts en Iran lors de la chute du Shah en 1979. Pendant la crise des otages, elle avait été incapable de fournir des renseignements fiables sur leur lieu de détention et la façon dont ils étaient gardés. Il était évident que le commando Delta avait besoin de renseignements détaillés sur les situations qu'il devait affronter, mais ces informations devaient en plus être collectées dans la perspective d'une intervention militaire. On a créé l'Action de soutien aux renseignements.

Buchanan se tendit à nouveau. Mon Dieu, pensa-t-il. Où est-ce que cette bonne femme trouve ses informations ?

– C'était une nouvelle unité secrète de l'armée de terre, poursuivit Holly. Son rôle était d'envoyer sur place des militaires, dotés d'une identité civile, en cas de crise aiguë, l'attaque d'un commando terroriste sur un aéroport par exemple. Ils effectuaient une reconnaissance des cibles possibles pour le commando Delta et fournissaient un appui tactique si nécessaire. C'était quelque chose de nouveau : une unité militaire qui effectuait sous des couvertures civiles le travail de renseignement habituellement fourni par la CIA. Des militaires qui faisaient de l'espionnage. L'Action de soutien aux renseignements était si peu orthodoxe et si secrète que la plupart des responsables du Pentagone en ignoraient l'existence. En théorie, elle n'existait pas.

Buchanan ouvrit sa troisième bière. Il allait bientôt fermer les yeux et faire semblant de s'endormir sous l'effet de l'alcool.

– Écoutez-moi, répéta Holly.

– J'écoute, j'écoute...

– Vous allez aimer la suite. La Division des opérations spéciales tomba sur une difficulté. Comment allait-elle garder ces unités secrètes, y compris envers le Pentagone qui n'a jamais beaucoup aimé les tactiques non conventionnelles. La réponse fut la création d'une unité de sécurité, elle-même secrète. Son nom de code était Fruit jaune. C'était à nouveau des militaires travaillant sous couverture civile, habillés en civil et prétendant avoir des activités civiles ordinaires. Ils étaient en fait chargés d'assurer la sécurité de Brume de mer, de l'Action de soutien aux renseignements et de quelques autres unités secrètes. Le travail de Fruit jaune était de vérifier que le secret était bien gardé.

Holly l'examina dans l'attente d'une réaction.

Buchanan reposa sa bouteille. Se composant l'expression la mieux adaptée, il commenta :

– Fascinant.

– C'est tout ce que vous avez à dire ?

– Eh bien, si ce n'est pas une pure invention, l'opération a été un succès complet, dit Buchanan. Je suis bien placé pour le savoir, car je n'ai jamais entendu parler de Fruit jaune, ni de l'Action de soutien aux renseignements, ni de Brume de mer, ni du Détachement spécial 160.

– Je pense que pour la première fois vous dites peut-être la vérité.

– Vous voulez dire que je suis susceptible de vous mentir ?

– Peut-être pas cette fois-ci. Ces unités étaient compartimentées. Les membres d'une unité ignoraient souvent l'existence des autres. L'Action de soutien aux renseignements était elle-même cloisonnée. Certains de ses hommes ne connaissaient pas leurs collègues. En plus, Brume de mer et Fruit jaune ont finalement été découverts et dissous. Ces unités n'existent plus. En tout cas pas sous ces noms-là. Je sais que Brume de mer a été reconstituée plus tard, pendant un certain temps, sous le nom de code de Talent du quasar.

– Alors si elles n'existent plus...

– Certaines d'entre elles n'existent plus, dit Holly. D'autres continuent de fonctionner. Et d'autres ont été créées récemment, beaucoup plus secrètes, beaucoup plus cloisonnées et beaucoup plus ambitieuses. Scotch et Soda, par exemple.

8

« Scotch et Soda » ? Un frisson glacé parcourut Buchanan.

– C'est le nom de code d'un autre groupe secret de l'armée, dit Holly. Il travaille en collaboration avec la DEA et la CIA pour infiltrer les réseaux de trafic de drogue d'Amérique centrale et d'Amérique du Sud, pour les détruire de l'intérieur. Mais on n'a jamais demandé aux gouvernements de ces pays d'accepter la présence de militaires américains en civil sur leur sol, des militaires armés et qui utilisent de fausses identités. L'opération est plutôt illégale.

– Ou bien vous avez une imagination incroyable, ou bien vos sources devraient être internées, commenta Buchanan. De toute façon, cela ne me regarde pas. J'ignore absolument tout de ce que vous racontez, alors pourquoi... ?

– Vous avez travaillé pour l'Action de soutien aux renseignements, mais il y a six mois on vous a transféré à Scotch et Soda.

Buchanan en eut le souffle coupé.

– Vous êtes l'un des nombreux hommes des Opérations spéciales affectés à des missions secrètes, qui sont habillés en civil mais sont armés et utilisent de fausses identités. Des hommes qui agissent, de fait, comme un bras militaire de la DEA et de la CIA dans des pays étrangers.

Buchanan se redressa lentement.

– Bien, maintenant j'en ai assez. C'est fini. Ce que vous êtes en train de me dire... ce dont vous m'accusez... est grotesque. Ces âneries que vous racontez pourraient tomber dans de mauvaises oreilles, celles de quelqu'un qui les croirait, un homme politique par exemple. Et je serais dans la merde jusqu'au cou et passerais la fin de ma carrière à répondre à des questions. À cause d'une pure invention.

– Cela aussi, c'est de l'invention ?

Holly plongea la main dans son sac et en sortit des copies du portrait-robot de la police de Cancún et des photographies que Big Bob Bailey lui avait montrées à Fort Lauderdale.

– On ne dirait pas des inventions.

Buchanan avait la poitrine serrée en examinant le dessin de la police et les photos où on le voyait descendre d'un avion en compagnie de Bailey et parler avec Garson Woodfield, de l'ambassade américaine, en face de la prison de Mérida. Il découvrit d'autres clichés. Il était sur un hors-bord, à proximité du quai 66 de Fort Lauderdale, et discutait avec Bailey, assis sur un autre bateau. Les photos avaient été prises depuis l'autre côté du canal

(Buchanan se souvenait s'être retourné et avoir vu Holly baisser son appareil), sous un angle qui permettait de voir un panneau « Fort Lauderdale » à l'arrière-plan.

Nom de Dieu, pensa Buchanan, ces photos sont censées avoir été détruites. Qu'est-ce qui s'est passé à Fort Lauderdale après mon départ ? Les hommes n'ont pas fait leur travail ?

– Alors ? demanda-t-il en s'efforçant de ne pas trahir son émotion. Qu'est-ce que cela veut dire ?

– Vous êtes vraiment incroyable.

– Pardon ?

– Vous êtes assis là avec un visage impassible... Vous êtes capable de nier n'importe quoi, quelles que soient les preuves qu'on vous montre, dit Holly.

– Ce ne sont des preuves de rien du tout. De quoi est-ce que vous parlez ?

– Allons ! Ces photos vous montrent sous trois identités différentes.

– Elles montrent trois hommes qui me ressemblent. Je ne sais pas ce qu'ils sont en train de faire, mais on ne dirait pas du travail d'agent secret.

– Jim Crawford. Ed Potter. Victor Grant.

– Huey, Dewey et Louie. Curly, Larry et Moe. Je ne comprends rien à ce que vous racontez. Vous êtes très bonne pour poser des questions, mais vous n'aimez pas répondre. Alors, *je vous demande à nouveau* : comment avez-vous su mon nom ? Comment avez-vous su que j'étais dans l'armée ? Et comment avez-vous su que je serais dans ce train ?

– Confidentiel, répondit Holly en secouant la tête.

– Et toutes ces absurdités dont vous m'accusez, ce n'est pas confidentiel ? Écoutez, il y a un bon moyen de prouver que vous vous trompez sur mon compte. Un moyen simple. Pas difficile. Vous savez que je m'appelle Buchanan. Pour vous prouver que je n'ai rien à cacher, je vous ai même montré mon permis de conduire. Vous savez que je suis basé à Fort Bragg. Vérifiez. Vous verrez bien que je suis capitaine et spécialisé dans l'entraînement sur le terrain. C'est tout. Rien de plus. Il n'y a rien d'obscur ni de mystérieux. Pas de trafic clandestin.

– J'ai vérifié, dit Holly. Et vous avez raison sur un point. Les seuls renseignements que j'aie obtenus sont ceux que vous venez de me donner. Il y a beaucoup de dossiers sur vous, mais vous voyagez tellement pour ces exercices imaginaires sur le terrain que je n'ai pas trouvé une seule personne qui vous ait rencontré.

– Vous n'avez pas demandé aux bonnes personnes.

– *Qui* ? Dites-moi qui je dois interroger. Non pas que cela changerait quoi que ce soit. Il est évident que si vous me dites de m'adresser à quelqu'un ce sera, par définition, quelqu'un qui sera dans le secret.

– Vous savez à quoi vous ressemblez, mademoiselle ? Vous allez bientôt me raconter que je suis mêlé à l'assassinat des deux Kennedy, sans parler de celui de Martin Luther King.

– Ne le prenez pas de haut.

– Je suis surtout furieux.

– Ou plutôt vous faites semblant. J'ai l'impression que vous êtes fait de fumée et de faux-semblants. Couche après couche. Votre nom. Votre permis de conduire. Comment est-ce que je peux être certaine que Buchanan n'est pas un pseudonyme de plus ?

– Pour l'amour de Dieu...

– Prenons le commando Delta, qui est secret mais dont tout le monde connaît l'existence. C'est loin d'être aussi secret et dissimulé que l'Action de soutien aux renseignements ou Scotch et Soda. Les membres de Delta logent en dehors du camp, dans des appartements civils ordinaires, et se déplacent dans des voitures civiles ordinaires. Ils partent travailler le matin, comme s'ils se rendaient à n'importe quel travail. La différence est que leur travail consiste à pénétrer dans des avions détournés pour sauver des otages. Ils sont habillés en civil et utilisent des cartes d'identité civiles. Des faux papiers. Les noms et les curriculum vitae sont bidon. Personne autour d'eux n'a la moindre idée de qui ils sont réellement, ni de ce qu'ils font. Même la plupart des gens du camp de Fort Bragg l'ignorent. Si les membres du commando Delta utilisent des couvertures de ce genre, quelle est celle des agents d'unités beaucoup plus secrètes comme l'Action de soutien aux renseignements ou Scotch et Soda ?

– Il faudrait savoir ce que vous voulez, Holly. Vous dites que vous voulez la vérité, mais apparemment vous ne croyez pas un moindre mot de ce que je dis. Qu'est-ce que vous allez faire, si je vous dis que j'appartiens à cette espèce de Scotch et Soda ? Vous direz que je mens et que j'appartiens en fait à quelque chose d'autre ?

– Vous êtes très doué. Sincèrement. Mes compliments.

– Supposez que vous ayez raison ? demanda Buchanan. Ne serait-il pas imprudent de votre part de m'accuser d'être une sorte d'espion ? Et si je me sentais menacé ? Je pourrais essayer de vous réduire au silence.

– Je ne le pense vraiment pas, répondit Holly. Vous ne tenterez rien sans être certain de vous en tirer sans problème. J'ai pris le soin de me faire protéger.

– Vous avez l'air très sûre de vous, dit Buchanan en se massant une tête qui le faisait souffrir à nouveau. Vous pensiez sérieusement que j'allais regarder ces photos, m'effondrer et me confesser ? Même si je l'avais fait, je pouvais nier plus tard. Votre parole contre la mienne. À moins que...

Buchanan saisit le sac de photographe.

– Hé ! s'exclama-t-elle.

Il le lui arracha de l'épaule. Elle tenta de l'en empêcher, mais il lui maintint les deux poignets avec la main gauche, tandis qu'il ouvrait le sac avec la main droite. Un petit magnétophone tournait à l'intérieur, son voyant rouge allumé.

– Ah, ah, dit-il. Je passe à la Caméra invisible, sauf qu'au lieu d'être une caméra c'est un magnétophone invisible. C'est pas beau, ça. C'est pas bien de tromper les gens.

– C'est un expert qui parle.

Buchanan sortit l'appareil et tira sur un fil qui conduisait à un petit micro caché dans la fermeture du sac.

– Qu'est-ce que vous utilisiez ? Un appareil à vitesse très lente pour ne pas avoir à retourner la cassette ? Et si vous deviez la tourner, vous aviez l'intention d'aller aux toilettes pour le faire ?

– Vous ne pouvez pas me reprocher d'avoir essayé.

Buchanan éteignit l'appareil.

– Pour ce que cela vous a rapporté... Je vous ai dit que je n'avais rien à voir avec toutes ces histoires que vous racontez. C'est tout ce que vous avez sur votre cassette. Mes démentis.

Holly haussa les épaules, l'air moins assurée.

– On ne rigole plus, dit Buchanan en s'approchant d'elle. Déshabillez-vous !

Elle le regarda méchamment.

– Quoi ?

– Déshabillez-vous ou je vais le faire moi-même.

– Vous ne parlez pas sérieusement !

– Mademoiselle, quand vous draguez des hommes dans un train, vous devez vous attendre à ce qu'ils veuillent autre chose que simplement discuter. *Déshabillez-vous !*

Buchanan tapa du poing sur la table.

On frappa à la porte du compartiment.

– Impressionnant, dit Buchanan. Plus rapide que je ne pensais.

Le visage de Holly exprimait à la fois la peur, le soulagement et la confusion.

– Qu'est-ce que vous... ? Plus rapide que... ?

Buchanan ouvrit la porte. Un grand type d'une trentaine d'années aux mâchoires carrées et aux épaules larges, du genre ancien joueur de football américain, s'apprêtait à enfoncer la porte avec l'épaule. Il cligna des yeux de surprise en voyant apparaître Buchanan.

– Et vous, qui êtes-vous ? demanda ce dernier. Le mari ?

L'homme regarda derrière Buchanan avec un air renfrogné, pour s'assurer que Holly allait bien.

– Ou le petit ami ? continua Buchanan. Aidez-moi, je suis à bout d'imagination.

– Quelqu'un qui s'intéresse à ce qui se passe.

– Eh bien, vous devriez vous joindre à ce qui se passe, dit Buchanan en ouvrant la porte en grand et en faisant un geste. Inutile de rester dans le couloir et de réveiller les voisins. J'espère seulement que nous allons tous tenir dans ce compartiment minuscule.

L'individu entra lentement, son visage rude trahissant sa méfiance.

Les épaules de l'homme bousculèrent Buchanan au passage. Celui-ci parvint à fermer la porte et commenta :

– Heureusement que vous n'avez pas amené un copain. On aurait manqué d'oxygène.

– Vos plaisanteries commencent à bien faire, dit le nouveau venu. Qu'elle se déshabille ? Qu'est-ce que vous aviez l'intention de... ?

– Vous inviter, l'interrompit Buchanan.

L'homme demeura bouche bée.

– Le coup du magnétophone était un peu gros, dit Buchanan en se tournant vers Holly. Je me suis dit que vous vous attendiez à ce que je le trouve. Ensuite, je n'aurais plus eu peur de parler en me disant que je pourrais toujours nier plus tard, cela aurait été votre parole contre la mienne. Mais j'aurais parlé sans savoir que tout était transmis par un micro que vous avez caché sur vous, à votre acolyte installé dans un autre compartiment. La seule façon de trouver ce micro était de vous fouiller au corps. Je me suis dit que j'allais vous demander de vous déshabiller et voir ce qui se passerait.

Se tournant vers l'homme, il ajouta :

– Et vous voilà.

– Vous... commença Holly sans poursuivre.

– Attention, dit Buchanan. Ce que je vous ai dit était la vérité. Je n'ai rien à voir avec ces histoires d'agents secrets. Mais cela ne veut pas dire que je suis complètement idiot. Il y a autre chose que vous voulez savoir, maintenant ? Il commence à se faire tard. Je suis fatigué et j'aimerais bien dormir un peu.

– Vous...

– Ouais, je le suis sans doute également, dit Buchanan.

– Allez, Holly, dit le collègue de la femme.

Buchanan s'écarta et ouvrit difficilement la porte.

– Merci pour les bières et les sandwichs. Vous savez vous rendre agréable auprès des hommes.

– Je reste, dit Holly en plissant les yeux.

– Ne sois pas folle, dit le costaud.

– Je sais ce que je fais.

– Écoutez, tout cela est passionnant, dit Buchanan. Mais je vous l'ai dit, je suis fatigué.

– Et je vous l'ai dit aussi, je reste.

– D'accord, dit Buchanan. Tout ce que vous voudrez pour vous convaincre que je dis la vérité. Vous pourrez vérifier vous-même que je ne dis rien de compromettant dans mon sommeil.

– Réfléchis, Holly, dit son collègue.

– Tout ira bien, Ted.

– Ouais, Ted, dit Buchanan en lui montrant la porte. Tout ira bien. Je vous promets de ne pas la déshabiller. Bonne nuit, Ted. Restez sur écoute, j'espère que je ne vous empêcherai pas de dormir en ronflant.

Une femme âgée aux cheveux blancs et portant une chemise de nuit se pencha à l'extérieur du compartiment de droite, chaussa ses lunettes et les dévisagea.

– Désolé de vous avoir réveillée, madame, dit Buchanan.

Il regarda Ted descendre le couloir et pénétrer dans le dernier compartiment à droite. Buchanan lui fit un signe d'adieu, en même temps qu'à la vieille dame, rentra dans le compartiment et verrouilla la porte. Examinant Holly, il demanda :

– Quelle position vous préférez ? Dessus ou dessous ?

– Ne vous trompez pas sur les raisons pour lesquelles je reste. Ted ne rigole pas. S'il pense qu'il m'arrive quelque chose, il...

– Les couchettes.

– Quoi ?

– Je parle des couchettes.

Il leva le bras, saisit une poignée et abaissa la couchette supérieure. Il se pencha vers celle du bas.

– Je ne sais pas ce que vous espérez obtenir de cette façon. Je vous propose de tirer au sort pour savoir qui utilisera les toilettes en premier.

– Oh.
– Vous pouvez utiliser ma brosse à dents si vous avez oublié la vôtre.
– Finalement, je préfère...
– Bien sûr, dit Buchanan en déverrouillant et en ouvrant la porte. Bonne nuit, Holly.
– Bonne nuit.

9

– *Comment connaît-elle mon vrai nom ? Comment connaît-elle tous ces pseudonymes ? Comment savait-elle où me trouver ?* Je le lui ai demandé plusieurs fois.

Buchanan était dans une cabine téléphonique de l'avenue Loyola, près de la gare Union Passenger de La Nouvelle-Orléans. La rue était bruyante. Le ciel d'octobre était bleu mais brumeux. Il faisait un temps chaud et humide. Les seules préoccupations de Buchanan étaient ce qu'on lui répondait et de vérifier s'il était suivi.

– Nous allons chercher à le savoir, dit la voix profonde de l'officier. Faites ce que vous aviez l'intention de faire. Ne changez pas vos plans. Nous vous recontacterons. Mais appelez-nous immédiatement s'il y a du nouveau. Dites-vous seulement que les preuves qu'elle prétend détenir, les photos, ne prouvent rien.
– Mais elle n'était pas censée avoir ces photos, dit Buchanan. Qu'est-ce qui s'est passé à Fort Lauderdale après mon départ ? On devait régler ce problème.
– Nous avons pensé que la femme avait seulement été embauchée pour l'occasion. Personne n'avait deviné que c'était une journaliste. Comme elle ne s'était plus manifestée, nous avons pensé qu'elle était sans importance.
– Bailey a encore l'air d'être dans le coup.
– Non, répondit fermement son interlocuteur. Il n'est pas dans le coup. Restez calme. Profitez de votre permission. Pour l'instant, cette femme n'a la preuve de rien.
– Dites au colonel qu'il est sur l'une des photos qu'elle m'a montrées.
– Ne vous inquiétez pas. Je le lui dirai. En attendant, ne quittez pas votre chambre d'hôtel cet après-midi entre six heures et huit heures, au cas où nous voudrions vous contacter. Après, faites un

tour aux différents lieux de rendez-vous que nous avons fixés avant votre départ.

Buchanan raccrocha, nerveux, prit son sac et sortit de la cabine.

La femme rousse et son compagnon apparurent derrière les arbres d'un parc.

Bon sang, pensa Buchanan.

Il se dirigea vers eux d'un air indigné.

– Assez est assez. Vous n'allez pas bousiller ma permission en me suivant partout.

Holly McCoy semblait déçue d'avoir été repérée.

– À qui est-ce que vous téléphoniez ? À vos chefs pour leur dire que vous avez été découvert ?

– Un vieil ami qui s'est installé ici. Mais ce n'est pas vos affaires.

– Prouvez-le. Allons le voir.

– Sa compagne m'a dit qu'il était parti à Houston pour une réunion commerciale de dernière minute.

– Cela tombe à pic. Comment il s'appelle ?

– Mademoiselle, je ne suis déjà pas content de ne pas pouvoir le voir, vous n'allez pas aggraver les choses en...

– Holly. Je vous en prie, appelez-moi Holly. J'y tiens. Puisque nous avons passé quasiment toute la nuit ensemble, nous pourrions nous appeler par nos prénoms.

Buchanan se tourna vers l'homme.

– J'espère qu'on vous paie bien. L'écouter toute la journée doit donner envie de se passer une corde autour du cou et d'en finir une fois pour toutes.

Il marcha en direction d'un bureau de poste qui se trouvait à proximité.

– Brendan ! appela Holly.

Il ne répondit pas.

– Bren ! insista-t-elle.

Il continua d'avancer.

– Hé ! reprit-elle. Dans quel hôtel vous êtes descendu ?

Il y avait si longtemps que personne ne l'avait appelé par son nom ou son surnom qu'il ne s'identifiait plus à eux. Ils pénétrèrent lentement en lui. Se tournant, il répondit :

– Vous ne croyez pas que je vais vous simplifier la vie ? Trouvez-le vous-même !

Un homme descendit d'un taxi en face de la poste. Buchanan plongea dans le véhicule et indiqua une destination au conducteur. Au moment où la voiture se mêlait à la circulation, il entendit Holly qui criait :

– Hé !

10

Brendan. Bren. Les deux noms résonnaient dans son esprit. Il prenait conscience du temps depuis lequel il n'avait pas joué son propre personnage.

Et il se trouvait dans la situation la plus compliquée qu'il eût jamais connue. Il n'avait pas une identité à assumer, mais deux. Simultanément. Brendan Buchanan et Peter Lang. Et pas deux identités en alternance, comme un schizophrène. Non, les deux personnages devaient coexister. Être compatibles mais différents. Un équilibre de tous les instants.

Il devait recomposer Peter Lang pour atteindre le but qu'il s'était fixé en venant à La Nouvelle-Orléans : découvrir pourquoi Juana lui avait envoyé la carte postale et quelles difficultés elle rencontrait. Peter Lang lui avait promis de l'aider. Peter Lang était amoureux d'elle. Désespéré de ne pas être lui-même, Buchanan voulait ardemment être Peter Lang.

Mais ce n'était pas Peter Lang que Holly McCoy poursuivait. Peter Lang n'avait pas travaillé pour l'Action de soutien aux renseignements. Il n'était pas affecté à Scotch et Soda. Peter Lang avait, bien sûr, travaillé pour une branche clandestine des Opérations spéciales, mais aucune de celles nommées par la journaliste. Ce n'était pas Peter Lang sur lequel le *Washington Post* enquêtait. C'était Brendan Buchanan. Et c'était Brendan Buchanan qui devait tromper et décourager Holly McCoy.

Alors, Peter Lang prétendrait être Brendan Buchanan. Et Brendan Buchanan... Bon. Il devait faire quelque chose pendant son séjour. Il n'allait pas demeurer enfermé dans une chambre d'hôtel et laisser voir son inquiétude à Holly. Il se comporterait comme Peter Lang et irait visiter les lieux qu'il avait admirés quand il avait vécu dans la ville, six ans plus tôt.

Peter Lang serait descendu dans un hôtel qu'il connaissait, dans le Quartier français. Mais Brendan Buchanan venait pour la première fois à La Nouvelle-Orléans et ignorait les secrets de la ville. Il choisirait un hôtel de première catégorie, mais moins pittoresque et plus facile à trouver. Un établissement proche du Quartier français en même temps que du centre commercial de Riverwalk et des autres quartiers animés. Le grand et resplendissant Holiday Inn de Crowne Plaza semblait idéal, et il y avait fait une réservation au nom de Brendan Buchanan. Il s'inscrivit. On le conduisit à sa chambre, au onzième étage. Il ferma la porte à clé derrière le chasseur et sortit le pistolet et le passeport de Victor Grant de son sac de voyage. Quelqu'un pouvait fouiller la pièce. Il mit le passeport dans une poche de sa veste de sport grise et l'arme sous sa ceinture, dans son dos, couverte par le blouson. Il ne jeta pas un regard au panorama.

Il ressortit de sa chambre deux minutes plus tard et descendit dans le hall par les escaliers de secours. Il s'assura que Holly McCoy n'était pas en vue et monta dans le taxi auquel il avait demandé de l'attendre.

– Où est-ce qu'on va maintenant, m'sieu ? lui demanda d'une voix sonore le vieux conducteur noir aux cheveux d'argent.

– Cimetière Metairie.

– Un décès, m'sieu ?

– Il y a tout le temps des décès.

– Ça c'est vrai, m'sieu.

L'officier de liaison lui avait dit d'être à l'hôtel entre six heures et huit heures au cas où on voudrait le joindre. Cela lui laissait trois heures devant lui et il voulait bouger. Il tenait surtout à se comporter comme Peter Lang. Il s'installa sur le siège, comme s'il admirait la vue pendant que la voiture descendait Tchoupitoulas Street, prenait la voie express 90 où elle rencontra des embouteillages, et accélérait sur Metairie Road.

L'immense cimetière, ouvert en 1873, avait été un champ de courses avant la guerre civile. Il consistait en alignements de tombeaux en pierres, comme tous les vieux cimetières de La Nouvelle-Orléans. Chaque mausolée faisait trente mètres de long et comportait quatre étages dans lesquels des niches scellées renfermaient les cercueils. L'humidité du terrain plat et proche du Mississippi obligeait au siècle dernier à aménager les sépultures au-dessus du niveau du sol. L'irrigation avait, depuis, considérablement réduit la présence d'eau, mais la tradition avait persisté et la plupart des tombes s'élevaient toujours en hauteur.

Peter Lang venait souvent ici. C'était son cimetière préféré, parmi tous ceux qu'il visitait. Ses raisons ostensibles étaient un goût pour l'atmosphère qui y régnait et une passion pour l'Histoire, mais son véritable intérêt résidait dans les coins et les recoins des cimetières abandonnés qui fournissaient de nombreuses cachettes pour transmettre des messages. Un agent de liaison lui avait même parfois communiqué directement des notes en passant près de lui, au milieu de la foule des visiteurs et des personnes en deuil.

Lang-Buchanan avait cette fois une autre raison. Le cimetière lui rappelait Juana qui l'avait souvent accompagné en ce lieu et dont l'intérêt pour les vielles tombes avait bientôt rivalisé avec le sien. Il se souvenait nettement de sa joie quand elle avait découvert le mausolée miniature édifié pour Josie Arlington, une femme importante de la ville, décédée voici longtemps. Josie avait voulu un tombeau symboliquement construit de pierres rouges et orné de torches en granite. Il entendit presque à nouveau le rire de Juana en atteignant la sépulture. La brume s'était dispersée. Le soleil brillait dans un ciel parfaitement bleu. Il imagina Juana près de lui dans la clarté contrastant avec la mélancolie du cimetière qui tombait en ruine, la tête en arrière, souriante, une main posée sur son épaule. Il avait voulu la prendre dans ses bras.

Aujourd'hui, il la prendrait dans ses bras.

Je n'aurais jamais dû te laisser partir. Ma vie aurait été si différente.

Je ne te laisserai pas partir une seconde fois. J'ignorais à quel point j'avais besoin de toi.

Je pensais ce que je disais, il y a six ans. Je t'aime.

Ou Peter Lang t'aime.

Et Lang-Buchanan ? se demanda-t-il.

Et Buchanan ?

Sa tête ne cessait de le faire souffrir. Il se massa les tempes. La torture persista.

11

Six heures de l'après-midi

Obéissant aux consignes, il attendait dans sa chambre au cas où ses chefs voudraient le contacter. Il avait eu l'intention de commander à manger, mais avait perdu son appétit. Il décida de regarder CNN, mais n'en eut nulle envie. Juana. Il imaginait leur nouvelle rencontre. Il revivait leur dernière nuit ensemble, six ans plus tôt. Il regrettait l'occasion perdue.

Il s'assit sur une chaise, et la pièce fut soudain plongée dans le noir. Il avait laissé les rideaux ouverts pour profiter du coucher de soleil. Un instant auparavant, semblait-il, le ciel était cramoisi. Tout était brusquement noir. Troublé, mal à l'aise, il regarda les chiffres lumineux de sa montre.

Neuf heures seize ?

Non. C'était impossible. Des ombres lui jouaient un tour. Il ne lisait pas correctement. Il se pencha au-dessus d'une table, alluma une lampe et examina sa montre. Il était bien neuf heures seize, découvrit-il avec inquiétude. Trois heures et seize minutes s'étaient écoulées sans qu'il s'en rende compte.

Mon Dieu, pensa-t-il. C'est la troisième fois en trois jours. Non. Je me trompe. La quatrième fois. Bon sang. Est-ce que je suis si préoccupé que je me coupe de tout ce qui m'entoure ?

Il se leva, se rendit aux toilettes, revint et se mit à faire les cent pas en essayant de retrouver son sens du mouvement. Il sursauta en passant devant le téléphone qui se trouvait sur une table, près du placard. Le clignotement d'un voyant rouge indiquait qu'on avait laissé un message à son intention à la réception.

Mais je n'ai pas entendu sonner le téléphone.

Se demandant avec inquiétude si on n'avait pas tenté de lui transmettre des instructions urgentes, il prit immédiatement le combiné et composa le 0.

Après trois sonneries, une femme répondit :

– Ici le standard.

D'une voix qu'il s'efforça d'être calme, il dit :

– Ici la chambre 1214. Mon témoin de messages clignote.

– Un instant, monsieur. Je... Oui.

Les battements du cœur de Buchanan s'accélérèrent. L'employée continua :

– Holly McCoy a laissé un message pour vous à dix-sept heures quarante-cinq. Il dit : « Nous sommes dans le même hôtel. Nous pourrions nous voir plus tard. » Si vous voulez, je peux appeler sa chambre.

– Non, merci. Ce n'est pas la peine.

Buchanan raccrocha, assailli par des sentiments contradictoires. Il était soulagé de ne pas avoir manqué un message urgent de ses chefs et rassuré de savoir que l'appel avait été enregistré à six heures moins le quart, avant son retour dans la chambre. Avant qu'il n'ait perdu plus de trois heures assis. Au moins, il n'était pas coupé de la réalité au point de ne pas entendre sonner le téléphone.

Mais il était troublé d'apprendre que Holly McCoy était parvenue à repérer son hôtel. Ce n'était pas seulement son insistance agaçante ni la pression qu'elle exerçait qui l'inquiétaient. Comment l'avait-elle découvert ? Était-elle acharnée au point de téléphoner aux centaines d'hôtels de la ville pour demander à me parler ?

J'aurais dû réserver sous un autre nom.

Mais non. C'est l'utilisation de pseudonymes qui est à l'origine de tout cela. Et Holly McCoy serait vraiment devenue très méfiante si elle s'était aperçue que tu utilisais un autre nom. Tes chefs se seraient, en plus, demandé ce que tu étais en train de faire. Tu es censé être en vacances. Pas en mission.

Mais c'est exactement ainsi que Buchanan se considérait. En mission. Et le moment du rendez-vous approchait. Il devait être au Café du Monde à onze heures. L'heure à laquelle Juana et lui étaient arrivés six ans plus tôt.

Ce soir. Il s'assura que sa veste recouvrait le pistolet coincé sous sa ceinture, dans son dos, ouvrit la porte, vérifia que le hall était désert, ferma à clé et descendit rapidement les escaliers de secours.

12

La nuit était étrangement semblable à celle de l'époque. L'air était adouci par une légère pluie et une brise agréable soufflait du Mississippi quand il quitta l'hôtel. Comme autrefois.

S'assurant que Holly McCoy n'était pas en vue, il descendit Tchoupitoulas Street en refrénant son allure pour ne pas attirer l'attention. Une autre similitude le frappa. C'était Halloween. Beaucoup de gens étaient déguisés et, comme alors, le costume le plus prisé était celui de squelette : un masque représentant un crâne et un vêtement collant noir sur lequel étaient peints des os phosphorescents. Avec tous ces individus qui se ressemblaient, il était difficile de vérifier s'il n'était pas suivi. Il suffisait à Holly McCoy de porter un masque pour cacher sa voyante chevelure rousse. C'était en revanche lui qui tranchait, car il était l'une des rares personnes à ne pas être costumées.

Il commença à percevoir la musique de jazz en traversant Canal Street pour pénétrer dans le Quartier français. Il avait lu dans un journal que la ville avait pris un arrêté interdisant le tapage nocturne, mais ce soir tout le monde l'avait oublié. Des orchestres de rue rivalisaient avec ceux des restaurants. Du Dixieland, du blues et bien d'autres genres de jazz résonnaient dans les rues étroites et encombrées. Des fêtards costumés dansaient, chantaient et buvaient pour célébrer la nuit des morts.

... gone and left me.

When the saints.

Buchanan essaya de se perdre dans la foule. Il avait près d'une heure devant lui et voulait en profiter pour faire en sorte que personne ne surveille son rendez-vous avec Juana.

Il remonta les rues Bienville, Royal et Conti jusqu'à celle de Bourbon. La densité de la foule était désespérante. Elle l'empêchait d'avancer aussi vite qu'il l'aurait voulu et de disparaître dans une cour ou une petite rue. Un groupe surgissait devant lui chaque fois qu'il essayait. Un poursuivant n'aurait eu aucun mal à le filer en se mêlant aux passants. Il acheta un masque de diable à un vendeur ambulant. Mais l'accoutrement gênait tellement sa vision qu'il se cognait dans des passants et se sentait diminué, et il l'enleva. Il regarda sa montre et fut surpris de voir à quel point ses préoccupations avaient raccourci le temps. Presque onze heures. Le rendez-vous approchait.

Bientôt. Il prendrait bientôt Juana dans ses bras. Il saurait bientôt pourquoi elle avait besoin de lui. Il l'aiderait. Il lui montrerait à quel point il l'aimait. Il corrigerait l'erreur commise six ans plus tôt.

Qui l'avait commise, cette erreur ?

Descendant Orleans Avenue, il atteignit l'obscurité de St. Anthony Garden. De là, il suivit Pirate's Alley jusqu'à Jackson Square. La statue de bronze d'Andrew Jackson monté sur un cheval dominait comme un fantôme le jardin ténébreux et désert. Longeant la grille du parc, il arriva enfin à Decatur Street et s'arrêta un instant dans l'ombre des arbres pour examiner l'endroit où il se rendait.

Le trottoir était étonnamment tranquille, comparé au reste du Quartier français. Buchanan se sentit étranger et vulnérable. Quelques coups d'œil derrière lui le convainquirent qu'il était seul.

Mais il avait le sentiment d'une menace. Il étudia à nouveau sa destination avant de sortir du couvert. Réintégrant le monde, il traversa Decatur Street et s'approcha du Café du Monde.

C'était un grand bâtiment en béton dont les côtés étaient de vastes arches. Lors de fortes pluies, on abaissait des stores en toile rayée vert et blanc, mais les clients n'étaient généralement séparés de la rue, comme ce soir-là, que par des balustrades en fer forgé. Le restaurant était, comme six ans plus tôt, plus encombré que d'ordinaire. À cause des vacances. À cause de Halloween. Une longue queue s'étirait sur le trottoir.

Buchanan chercha Juana en espérant que devant l'affluence elle aurait décidé de l'attendre à l'extérieur. Ils s'éloigneraient du bruit et de la cohue. Il lui passerait le bras autour de la taille et ils trouveraient un endroit tranquille. Elle lui raconterait quelle urgence dramatique l'avait amenée à écrire cette carte postale et à lui offrir ainsi une seconde chance.

On avait ajouté une extension au restaurant. C'était une zone couverte d'un toit vert et blanc soutenu par des poteaux immaculés et encore plus ouverte que la partie principale. Il fouilla du regard parmi les clients assis autour de tables rondes. Des gens bougeaient dans tous les sens. Des centaines de conversations se mêlaient.

Juana. Il plissa des yeux pour mieux voir. Il changea de position pour observer sous un angle différent. Il parcourut la file d'attente.

Et si elle est déguisée ? pensa-t-il. Si elle est effrayée au point de se travestir ? Impossible de la reconnaître. Elle ne se précipitera peut-être pas vers moi. Elle préférera peut-être vérifier qui m'entoure avant de se dévoiler.

Juana. Même si elle n'était pas déguisée, était-il certain de la reconnaître ? Six années s'étaient écoulées. Elle portait peut-être les cheveux longs. Elle...

Et lui ? À quel point avait-il changé en six ans, comme ses identités ? Ses cheveux étaient-ils teints de la même couleur ? Avait-il grossi ? Devrait-il arborer une moustache ? Impossible de se souvenir si Peter Lang avait une moustache. Avait-il... ?

Juana. Il dépassa en les bousculant des gens qui attendaient et entra dans le restaurant, déterminé à la trouver. Elle était là. La carte postale ne pouvait signifier rien d'autre. Elle avait besoin de le voir. Elle l'appelait à l'aide.

– Hé, mon gars, attends ton tour, dit quelqu'un.

– Monsieur, vous devez retourner à la fin de la queue, lui dit un serveur.

– Vous ne comprenez pas. J'ai rendez-vous avec quelqu'un et...

– S'il vous plaît, monsieur. À la fin de la queue.

Juana. Il recula en examinant la foule des dîneurs. Il revint sur le trottoir. Son mal de tête réapparut. Il se massa le crâne. Un groupe de gens costumés passa près de lui. Il se retourna pour voir si Juana n'était pas parmi eux.

Le couteau lui pénétra dans le dos, sur le côté. Pointu. Froid. Cuisant. Brûlant, tout à coup. Ce fut comme un coup de poing. Il perdit l'équilibre en gémissant. Il sentit couler un liquide chaud. Quelqu'un hurla. On se bouscula pour s'éloigner de lui. Un homme le heurta. Essayant d'endiguer de la main le flot de sang, il glissa. La balustrade métallique se précipita vers lui.

Non ! cria-t-il intérieurement. Pas ma tête ! Pas à nouveau ! Je ne peux pas me cogner la...

Huit

1

Cuernavaca, Mexique

La limousine noire et ses voitures de gardes du corps roulaient sur l'autoroute Insurgentes Sur, ralenties par la circulation dense des véhicules s'éloignant des fumées de Mexico, en ce jour de congé. Au bout d'une soixantaine de kilomètres, le convoi atteignit Cuernavaca, le lieu de villégiature le plus célèbre et le plus huppé de la capitale. Abritée dans une charmante vallée boisée, la ville offrait l'espace, le calme, un climat agréable et surtout un air pur. Les Aztèques y avaient construit des palais. Cortés les avait imités. L'empereur Maximilien avait été captivé par ses jardins. Mais ce que les visiteurs importants de notre époque recherchaient, c'étaient ses hôtels luxueux et ses immenses propriétés.

La grosse voiture parcourut les rues majestueuses d'un quartier tranquille et stoppa devant le grand portail en fer d'un hôtel particulier. Des arbres magnifiques s'élevaient au-dessus du mur d'enceinte. Le conducteur en uniforme descendit, s'approcha d'un garde armé en faction derrière les grilles et lui montra un document. Après une brève discussion, le planton pénétra dans une guérite en bois et décrocha un téléphone. Trente secondes plus tard, il ouvrit le portail en faisant signe au véhicule d'entrer. Il leva la main gauche pour arrêter les voitures d'accompagnement qui s'apprêtaient à suivre. Un deuxième garde apparut et referma l'entrée.

L'automobile suivit une courbe ombragée bordée d'arbres, de massifs et de fontaines, et s'arrêta devant l'escalier de pierre de la maison. L'une des deux doubles portes s'ouvrit pour livrer passage à un homme moustachu à l'allure aristocratique qui avait tenu à manifester son respect en venant lui-même accueillir le visiteur. Esteban Delgado. Il portait encore mieux son nom que lorsqu'il avait reçu à Acapulco le directeur de l'Institut national d'archéologie et d'histoire, une semaine plus tôt. Il n'était plus seulement svelte, mais émacié. Son visage aquilin était pâle et maladif. Il aurait presque cru les rumeurs selon lesquelles il était malade, s'il n'avait été parfaitement conscient des effets de la tension insupportable à laquelle il était soumis.

Arrivé en bas des marches, Delgado eut un sourire forcé pour l'Américain d'une trentaine d'années, blond, avenant et bien habillé, qui descendit par la portière arrière. Il ne se laissait pas abuser par l'air sympathique de l'individu. Les rares fois où il l'avait vu sourire, c'était sans aucune chaleur, et en ce moment il ne souriait même pas. Raymond. Le seul rictus que Delgado eût décelé un jour chez lui, c'était pendant un combat de coqs.

Raymond ne prêta aucune attention à Delgado. Il parcourut la propriété des yeux avant de faire le tour de la voiture et d'ouvrir la portière. Un homme âgé portant d'épaisses lunettes et une abondante chevelure blanche apparut. Il avait plus de soixante-dix ans mais en paraissait soixante, excepté des mains extrêmement ridées.

– Professeur Drummond, dit Delgado avec un enjouement contraint. J'ignorais que vous aviez l'intention de passer me voir. J'aurais préparé une réception en votre honneur, si je l'avais su.

Drummond lui serra la main avec autorité, regarda par-dessus son épaule et attendit un instant avant de répondre en espagnol, l'une des sept langues qu'il possédait.

– Je suis venu à Mexico pour affaires et il y a quelque chose dont j'aimerais discuter avec vous. Votre ministère m'a dit que vous étiez ici. Si vous avez une heure à m'accorder...

– Mais bien sûr.

Delgado conduisit Drummond et son assistant sur le perron.

– C'est un honneur de vous recevoir chez moi.

Il était en sueur malgré l'ombrage des arbres.

– Je vais faire apporter des rafraîchissements. Que désirez-vous ? Un Coca-Cola avec du rhum ? Quelque chose d'autre ?

– Je ne bois jamais d'alcool. Mais que cela ne vous empêche pas de prendre quelque chose.

– J'allais justement demander de la limonade.

Ils pénétrèrent dans la lumière douce de la maison et traversèrent un vaste vestibule en marbre. Une jeune fille habillée de couleurs vives se montra en haut de grands escaliers incurvés, parut surprise de voir des visiteurs et se retira rapidement sur un geste énergique de Delgado. Celui-ci mena ses deux hôtes au bout d'un couloir, jusqu'à un bureau aux murs en placage d'acajou, meublé de fauteuils en cuir. De nombreuses armes, souvent des antiquités, étaient exposées dans des vitrines tandis que des trophées de chasse ornaient les murs. Les yeux de Raymond trahirent, pour une fois, un certain intérêt. Deux domestiques apportèrent les boissons et ressortirent immédiatement.

Ni Drummond ni Raymond ne prirent leur limonade.

Le vieil homme s'assit dans un fauteuil, raide et impérieux, ses longs bras posés sur les accoudoirs. D'une voix crispée mais forte, le regard fixe, il dit :

– Je suppose que vos hommes vous ont déjà mis au courant, mais nous devons en discuter directement.

Delgado fit semblant de ne pas comprendre.

– La femme, monsieur le Ministre. Vous ne serez pas surpris si je vous dis qu'elle a disparu.

– Ah !

Le cœur de Delgado battait la chamade, mais il ne manifesta aucune réaction.

– Oui. La femme. J'ai effectivement reçu des informations qui m'ont amené à penser qu'elle avait disparu.

– Et ?

– Qu'est-ce que vous avez l'intention de faire ? demanda Delgado d'une voix qu'il voulait ferme.

– Ce que je suis en train de faire, c'est d'utiliser tous les moyens à ma disposition pour la retrouver. Nous explorons le moindre détail de son passé, le moindre endroit où elle pourrait se cacher, la moindre personne à qui elle pourrait demander de l'aide.

– Et en deux semaines vous n'avez obtenu aucun résultat.

Drummond hocha la tête en guise de compliment.

– Vous avez d'excellentes informations.

– Vous n'avez toujours pas répondu à ma question. Qu'est-ce que vous avez l'intention de faire ?

– À votre sujet ? Rien du tout, répondit Drummond. Notre accord est toujours valable.

– Je ne vois pas comment il pourrait toujours être valable. Vous n'avez pas respecté vos obligations. Vous m'avez garanti que la femme était sous votre contrôle. Vous m'avez catégoriquement affirmé qu'elle résoudrait mon problème.

– C'est ce qu'elle a fait.

– Temporairement. Mais maintenant qu'elle a disparu, le problème est le même qu'avant.

Drummond plissa les yeux.

– Je ne suis pas d'accord. On ne peut pas remonter jusqu'à vous à partir de cette disparition.

– *À moins qu'elle ne parle.*

– Elle ne parlera pas, répondit le vieil homme. Parce que si elle en avait eu l'intention elle l'aurait déjà fait. C'est un moyen d'essayer de sauver sa peau. Elle sait que si elle parle nous la tuerons. Par principe. Je crois que c'est par peur qu'elle garde le silence. Pour nous faire savoir que si nous la laissons tranquille nous n'avons rien à craindre d'elle. Je devrais dire que *vous* n'avez rien à craindre. Après tout, c'est votre problème. Je me contentais de vous rendre un service en essayant de le résoudre.

La colère fit tourner le sang de Delgado.

– Pas un service. C'était un contrat.

– Je ne vais pas me disputer sur des mots. Je suis venu vous dire que malgré sa disparition je compte poursuivre mes affaires dans les conditions que vous avez acceptées.

Delgado se leva pour relâcher sa tension.

– Cela sera très difficile. Le directeur de l'Institut national d'archéologie et d'histoire est furieux de votre mainmise sur le site du Yucatán. Il est en train de réunir des soutiens au sein du gouvernement pour entreprendre une fouille complète.

– Découragez-le, dit Drummond.

– Il est très déterminé.

Ce fut le tour de Drummond de se dresser. Malgré sa frêle stature, il dominait la pièce.

– Il me faut seulement quelques semaines de plus. Je suis trop près du but. Rien ne m'arrêtera.

– À moins que vous n'échouiez.

– Je n'échoue *jamais*, répondit Drummond d'une voix irritée. Et je suis un partenaire impitoyable. Si vous me faites faux bond, je m'arrangerai pour que vous le regrettiez. Malgré la disparition de la femme.

– Comment ferez-vous, si vous ne la retrouvez pas et qu'elle ne parle pas ?

– On avait besoin d'elle pour vous protéger. Pour vous accuser, il suffit de cela...

Drummond claqua des doigts. Raymond ouvrit une mallette, en sortit une grande enveloppe dans laquelle on distinguait une cassette vidéo et la tendit à son patron.

Drummond remit le paquet à Delgado.

– Bien sûr, c'est une copie. Je l'avais mise de côté pour la suite des négociations. Faites attention. Ne la laissez pas à un endroit où votre femme ou votre fille pourrait avoir envie de la regarder. Ni le président. Il vaut mieux pour vous qu'il ne la voie pas. Un scandale politique de ce genre menacerait son gouvernement et, inutile de le dire, mettrait fin à vos chances de lui succéder un jour.

Delgado prit la cassette. La sueur lui mouillait le dos.

La porte du bureau s'ouvrit. Delgado se retourna brusquement et sentit son estomac se nouer en découvrant sa femme. Intelligente, cultivée, sophistiquée, elle savait tenir son rang d'épouse d'homme politique et se conduisait toujours à la perfection. Elle admettait les absences fréquentes et les aventures de son mari. Elle était toujours là quand il avait besoin d'elle lors d'apparitions publiques. Elle avait grandi dans une famille d'hommes politiques et connaissait les règles du milieu. C'était la sœur du meilleur ami de Delgado, le président du Mexique.

– Je suis désolée de te déranger, chéri. Je ne savais pas que tu avais des invités. Comment allez-vous, Mr. Drummond ? demanda-t-elle dans un anglais excellent.

Sa tenue recherchée et ses bijoux rehaussaient des traits quelconques.

– Très bien, répondit Drummond en espagnol. Et vous-même ? Je suis certain que vous vous portez à merveille, señora.

– Oui, parfaitement. Voulez-vous rester avec nous pour le dîner ?

– Je vous remercie, mais j'étais sur le point de partir. Votre mari et moi avions quelques affaires à discuter. Je pars pour l'Europe.

– Vous serez toujours le bienvenu, dit-elle. Je serai dans le jardin, Esteban.

Elle referma la porte.

Un silence gênant régna un instant.

– Réfléchissez, dit Drummond. Ne soyez pas stupide et ne gâchez pas tout ce que vous avez si difficilement acquis. Ne vous privez pas de la possibilité d'aller encore plus loin. Regardez cette cassette, détruisez-la et prenez les mesures dont nous avons discuté.

Delgado contint la colère violente qui montait en lui. Tu viens chez moi. Tu refuses mon hospitalité. Tu me menaces. Tu menaces mes relations avec ma femme et ma fille. Ses mâchoires se contractaient de fureur. Un jour, tu n'auras plus aucun pouvoir sur moi.

Et je te réduirai en poussière.
– Le directeur de l'Institut d'archéologie et d'histoire, poursuivit Drummond. Quand je vous ai dit de le décourager de se mêler de ce que je fais sur le site, je voulais dire l'éliminer. Je veux qu'il soit remplacé par quelqu'un qui acceptera de faire un compromis, qui ne fera pas d'histoires, qui apprécie les cadeaux.

2

La Nouvelle-Orléans

Buchanan remua.
– Bienvenue parmi nous. Comment te sens-tu ?
Il lui fallut un instant pour comprendre ce que la femme lui avait demandé et un autre pour répondre.
– J'ai mal.
– Ça ne m'étonne pas.
La femme rit légèrement, non par dérision mais par sympathie. C'était un rire doux et profond.
Il aima l'entendre.
Le brouillard dans lequel il se trouvait encore se dissipa. Il était dans un lit d'hôpital. Il souffrait autant de sa tête qui le lancinait que de son côté droit qui le brûlait. Il avait le crâne entouré de bandages et le flanc raidi par des pansements. Et des agrafes.
– Je m'inquiétais pour toi, dit la femme.
Il la regarda, s'attendant à découvrir une infirmière ou, avec de la chance et même si la voix n'avait pas d'accent sud-américain, Juana.
Il eut un mouvement de recul en découvrant une chevelure rousse.
– Détends-toi, dit Holly McCoy. Tout va bien. Tout va bien se passer.
Tu parles ! Tout a mal tourné, très mal, pensa-t-il malgré la brume dans laquelle il se débattait et qui l'empêchait encore d'évaluer la gravité de la situation.
– Parfait, dit un homme. Je vois que vous reprenez vos esprits.
Un médecin. Sa peau noire contrastait avec la blouse blanche. Il venait d'entrer dans la pièce et étudiait la feuille de température accrochée au pied du lit. Il commenta :

– Les infirmières de l'équipe de nuit vous ont réveillé régulièrement pour tester vos réponses neurologiques. Vous vous en souvenez ?

– ... Non.

– Vous vous souvenez de moi ?

– ... Non.

– Bien. Parce que je ne me suis pas occupé de vous quand on vous a amené aux urgences, hier soir. Répondez sincèrement à mes questions. La première chose qui vous vient à l'esprit. D'accord ?

Buchanan approuva de la tête. Le mouvement le fit grimacer.

– Vous savez pourquoi vous êtes ici ?

– ... Poignardé.

– Autre bonne réponse. Vous vous rappelez où ?

– ... Sur le côté.

Le médecin eut un léger sourire.

– Non. Je veux dire où cela s'est passé.

– ... Dans le Quartier français... Café du Monde.

– Exact. Vous avez été agressé sur le trottoir du restaurant. La police vous interrogera dès que vous serez en état de répondre. Mais je pense que votre amie lui a déjà fourni la plupart des renseignements qu'elle voulait.

Holly hocha la tête.

Mon amie ?

La police ?

– Si cela peut vous réconforter, vous n'êtes pas le seul dans votre cas, poursuivit le docteur. Nous avons reçu plusieurs victimes d'agressions cette nuit aux urgences. Certaines d'entre elles n'ont pas eu autant de chance que vous. Elles sont très grièvement blessées.

– ... Une agression ?

– J'ai donné à la police une description de l'homme qui t'a attaqué, dit Holly. Cela ne l'aidera pas beaucoup. Quelqu'un déguisé en pirate. Beaucoup de gens étaient déguisés, hier soir.

Elle approcha un gobelet en plastique et plaça une paille entre les lèvres du blessé.

L'eau était fraîche.

– Vous êtes à l'hôpital LSU, dit le médecin. Il a fallu vous poser vingt agrafes. Mais vous avez eu de la chance : aucun organe vital n'a été touché. La lame a fait une grande ouverture mais n'a pas pénétré très profondément.

La police ? pensa Buchanan. Nom de Dieu ! J'avais un pistolet sur moi. Est-ce qu'elle l'a trouvé ? Elle l'a sûrement découvert. Et le faux passeport de Victor Grant... On va se demander ce que...

– Vous vous êtes cogné la tête en tombant, dit l'homme en blouse blanche. Vous avez une commotion.

Une autre ?

– Apparemment, il n'y a pas de dommages neurologiques. Vous en avez peut-être assez qu'on vous pose toujours les mêmes questions... Par exemple, combien est-ce que je montre de doigts ?

– Trois.

– Quel âge avez-vous ?

– Trente-deux ans.

– Comment vous appelez-vous ?

– ...

– Comment vous appelez-vous ? répéta le médecin.

Il se concentra.

De toutes les questions...

Allons. Allons. Qui est-ce que je suis supposé être ?

– ... Peter Lang.

Il poussa un soupir.

– Non. Mauvaise réponse. Votre portefeuille, que d'ailleurs le voleur n'a pas réussi à prendre, votre portefeuille dit que vous vous appelez...

– Brendan Buchanan.

– C'est mieux. Beaucoup mieux. Alors, reprenons. Comment vous appelez-vous ?

– ... Brendan Buchanan.

– Alors pourquoi avez-vous dit que vous vous appeliez Peter Lang ?

– ... Un ami. Il faut que je lui dise ce qui m'est arrivé.

– Mlle McCoy peut téléphoner pour vous. Vous m'avez fait peur. J'ai craint que la commotion ne soit plus grave que ce qu'indiquait le scanner.

Il n'a pas réussi à prendre mon portefeuille ? Alors, cela veut dire que la police m'a fouillé. Elle a sûrement trouvé le pistolet.

Et aussi le passeport ! Ce médecin s'attend peut-être à ce que je dise que je m'appelle Victor Grant.

Une infirmière prit sa tension :

– 10-6.

Le docteur hocha la tête avec satisfaction.

– Essayez d'ouvrir les yeux le plus possible. Je vais éblouir vos pupilles avec cette lampe. Bien. Maintenant, suivez le mouvement de ma main. Encore un peu de patience. Je tape sur les articulations. Je vais parcourir vos plantes de pied avec le bout du marteau. Parfait. Vos réflexes n'ont pas l'air diminués. Les poumons font un bruit normal. Les battements du cœur sont forts et réguliers. Je suis optimiste. Tâchez de vous reposer. Je reviendrai cette après-midi.

– Je lui tiens compagnie, dit Holly en tendant le gobelet d'eau à Buchanan.

– Du moment qu'il se repose, répondit le médecin. Je ne veux pas qu'il parle trop. Mais je ne veux pas non plus qu'il dorme trop. Pas jusqu'à ce que je sois certain qu'il est hors de danger.

– Je comprends. Je vais me contenter de lui faire prendre son mal en patience, dit Holly.

– Un peu d'affection féminine ne peut pas faire de mal.

Le docteur commença à se retirer puis, se retournant :

– Vous avez eu votre dose de blessures, Mr. Buchanan. Comment vous êtes-vous blessé à l'épaule ?

– ... Euh. C'est...

– Un accident de bateau, dit Holly. Le bord d'une hélice.

– Vous avez bien fait de prendre une assurance médicale, conclut l'homme en blouse blanche.

3

Buchanan attendit, nerveux, que le médecin et l'infirmière sortent. Tournant lentement la tête vers Holly, il la regarda fixement. Elle sourit d'un air engageant.

– Encore un peu d'eau ?

– ... Qu'est-ce qui se passe ?

– Quand j'étais gamine, j'hésitais entre devenir infirmière ou journaliste. Voilà que je suis les deux.

Buchanan respira difficilement et murmura d'un ton grave :

– Qu'est-ce qui s'est passé ? Comment avez-vous... ?

– Économisez vos forces. Je vous ai suivi depuis votre hôtel, hier soir.

– Comment avez-vous su où j'étais descendu ?

– C'est confidentiel. Je vous dis de vous reposer. Laissez-moi parler. J'ai pensé que vous finiriez par quitter l'hôtel et j'ai attendu de l'autre côté de la rue. La seule sortie à l'arrière est l'escalier de service. Je me suis dit que vous n'alliez pas courir le risque de vous faire remarquer par le personnel de l'hôtel en utilisant l'escalier de service et que j'avais plus de chances que vous utilisiez l'entrée principale. J'avais quand même demandé à Ted – vous vous rappelez de Ted, celui du train ? –, je lui ai demandé de surveiller l'arrière. Nous étions reliés par radio. J'étais dissimulée au milieu des gens déguisés quand vous êtes sorti. Autrement, la couleur de mes cheveux m'aurait trahie. Vous n'avez pas remarqué que je vous suivais.

Buchanan prit sa respiration.

– Vous devriez les teindre.

– Pardon ?

– Vos cheveux. Pour suivre les gens. Teignez-les d'une couleur moins voyante.

– Jamais. Mais je suppose que vous changez souvent de couleur de cheveux.

Il ne dit rien.

Holly lui tendit le gobelet.

– À propos, est-ce que j'ai bien répondu ? Quand le docteur vous a demandé comment vous vous étiez blessé à l'épaule ? Un accident de bateau ? Ce n'est pas ce que vous avez dit à la police mexicaine, quand vous vous appeliez Victor Grant ?

– Je ne comprends rien à ce que vous racontez.

– Bien sûr.

Ses paupières s'alourdissaient.

Où trouve-t-elle ses informations ? se demanda-t-il.

– Confidentiel, dit-elle.

– Quoi ?

– Vous avez demandé où je trouvais mes informations. C'est confidentiel.

J'ai demandé quelque chose ? Je lui ai posé une question à voix haute ?

Impossible de garder les yeux ouverts.

4

Le médecin montra le sandwich au thon qu'il n'avait pas touché.

– Votre manque d'appétit m'inquiète.

– Je n'ai jamais aimé la nourriture des hôpitaux. Je retrouve l'odeur de tous les autres plats qui étaient dans le chariot.

– Mr. Lang...

– Buchanan.

– Exact. Mr. Buchanan. Je voulais juste vérifier. Si vous voulez sortir, il faut écarter tous mes doutes sur les conséquences de votre commotion. À votre place, je mangerais ce sandwich et je demanderais à l'infirmière de m'en apporter un autre.

Buchanan rassembla ses forces pour prendre la nourriture.

– Attends, je vais t'aider, dit Holly.

– J'ai l'impression que le docteur veut voir si j'y arrive tout seul.

– Vous allez jouer le cobaye, dit le médecin. Après avoir mangé, vous allez vous lever et marcher un peu. Aller aux toilettes par exemple. Je veux être certain que vos jambes et tous vos organes fonctionnent correctement.

– On ne vous a jamais dit que vous étiez un négrier ?

Le médecin noir ouvrit de grands yeux.

– Si vous plaisantez, c'est que vous allez mieux. Je reviendrai vous voir après le déjeuner.

Buchanan reposa son sandwich dès que l'homme fut sorti. Il regarda Holly.

– Je me demande si vous mangeriez cela pour moi. Ou si vous le jetteriez quelque part pour faire croire que j'ai tout fini.

– Comportez-vous comme un homme et mangez-le si vous voulez sortir d'ici.

Les yeux émeraude de la femme brillaient de malice.

– Comment obtenez-vous cette couleur d'yeux ? Vous portez des lentilles de contact colorées ?

– Des gouttes. Beaucoup de vedettes de cinéma en utilisent. Elles renforcent la couleur des yeux. C'est un truc que j'ai appris quand je travaillais à Los Angeles. Vous verrez que c'est pratique, si vous y réfléchissez. Pour quand vous voulez changer de visage. Plus besoin de s'embêter avec ces lentilles de contact colorées dont vous parliez.

– Pourquoi est-ce que je voudrais changer de visage ?

Elle eut l'air exaspéré.

– Vous insistez.

– Vous aussi. Qu'est-ce qui s'est passé hier soir ? Vous n'avez pas fini de me le raconter.

– Je vous ai suivi dans le Quartier français, jusqu'au Café du Monde. Il était onze heures. Vous sembliez chercher quelqu'un. En fait, vous regardiez vraiment partout.

– Je devais rencontrer un vieil ami. La seule raison pour laquelle je ne voulais pas que vous me suiviez était que j'en avais assez de vos questions.

– Et voilà que vous êtes en train d'en entendre d'autres...
– Le Café du Monde...
– J'observais depuis l'autre trottoir et je n'ai pas tout vu en détail. Vous êtes sorti du restaurant. Il y a eu du chahut. Un groupe de gens déguisés est passé. Ils avaient l'air saouls. L'un d'eux, un homme déguisé en pirate, vous a bousculé. Vous vous êtes agrippé le côté en vous pliant en deux. Une femme a crié. Les gens se bousculaient pour s'écarter. Vous avez trébuché contre quelqu'un. Vous vous êtes cogné la tête contre une rambarde métallique. Je me suis précipitée et j'ai vu le type déguisé en pirate remettre un couteau dans sa ceinture avant de disparaître dans la foule. Je suis restée avec vous en essayant d'arrêter l'hémorragie pendant qu'un serveur du restaurant appelait une ambulance.
– Le sang ne vous dégoûte pas ?
– Hé, je ne peux pas finir mon reportage si vous me claquez dans les doigts.
– Et moi qui croyais que c'était ma personnalité qui vous attirait...
– Laquelle ?
– Pardon ?
– Quelle personnalité ? Vous en avez tellement.
Buchanan reposa le reste du sandwich.
– J'abandonne. Je ne vois vraiment pas comment vous convaincre que...
– Vous avez raison. Il n'y a aucun moyen de me convaincre. Et depuis hier soir, je suis encore plus certaine d'avoir raison. L'homme habillé en pirate n'a pas essayé de vous voler. J'ai dit à la police qu'il avait essayé de vous voler pour qu'elle ne se pose pas de questions. Mais ce n'était pas une tentative de vol. C'était une tentative de meurtre.
Elle se redressa.
– Pourquoi ? Avec qui aviez-vous rendez-vous ? Pour quelle...
– Holly.
– ... raison quelqu'un... ?
– J'ai moi aussi une question, dit Buchanan. J'avais quelque chose sur moi. Si quelqu'un l'a trouvé, je suis sûr que la police l'a...
– Bien sûr, dit Holly.
– ... rendu ou...
– Voudra avoir une explication approfondie avec vous à son sujet.
Elle ouvrit son sac.
– C'est cà que vous avez perdu ?

Buchanan vit son Beretta 9 millimètres semi-automatique. Il plissa les yeux.

– Vous ne l'avez pas perdu. Je l'ai senti en essayant d'arrêter l'hémorragie. J'ai réussi à le retirer de votre ceinture avant l'arrivée de l'ambulance et de la police.

– Cela n'a rien d'extraordinaire. Je le porte sur moi pour me protéger.

– Bien sûr. Par exemple quand vous avez rendez-vous avec un vieil ami. Je ne connais pas les lois sur le port d'armes dans cet État, mais je suppose qu'il faut un permis. Et même si vous êtes en règle, je suis certaine que l'armée ne serait pas d'accord pour que vous vous promeniez avec une arme pendant une permission.

– Beaucoup de gens portent des armes sur eux à notre époque, dit Buchanan. Cette tentative de vol d'hier soir explique pourquoi.

– Une tentative de meurtre, pas de vol.

– Cela confirme ce que je dis. Un dingue se saoule ou s'envoie en l'air avec de la drogue. Comme il est déguisé en pirate, il se dit tout à coup qu'il est un vrai pirate. Il poignarde quelqu'un. C'est la même chose qu'un fou qui se met à tirer au hasard dans une foule, mais là c'est avec un couteau.

– Vous croyez que je vais avaler ça ?

– Écoutez, j'ignore complètement pourquoi on m'a donné ce coup de couteau, répondit Buchanan. C'est un scénario pas plus mauvais qu'un autre.

– Mais est-ce que la police le croirait si elle trouvait aussi l'autre objet que vous avez perdu ?

L'autre... ? Buchanan eut un frisson.

– J'attendais que vous me demandiez ce qu'il était devenu.

Holly jeta un regard en direction de la porte vitrée pour vérifier que personne ne regardait et sortit un passeport de son sac.

– Les ambulanciers vous ont retiré votre veste pour examiner la blessure. Je leur ai dit que j'étais votre petite amie et je l'ai gardée. J'ai eu une bonne idée. Pour votre bien.

Elle ouvrit le passeport.

– Victor Grant. Ça, par exemple !

Buchanan était pétrifié.

– La photo n'est pas mauvaise. Vous aviez les cheveux un peu plus courts. Le pistolet plus un passeport qui ne correspond pas à la carte d'identité de votre portefeuille, la police avait de quoi se poser des questions. Elle se serait tout de suite dit que vous faisiez du trafic de drogue. Elle ne se serait d'ailleurs pas beaucoup trompée, vu que vous participez à des opérations secrètes comme Scotch et Soda.

Buchanan avait le souffle coupé.

– Alors ? demanda Holly en rangeant le passeport dans son sac. D'habitude, vous avez toujours d'excellentes explications. Qu'est-ce que vous me proposez cette fois-ci ?

Buchanan rapprocha son assiette de salade.

– Une petite faim, tout à coup ? À moins que vous n'essayiez de gagner du temps pour trouver une explication à ce faux passeport ?

– Holly, je...

Il prit sa fourchette.

– Une panne d'imagination ? demanda-t-elle.

Il reposa son couvert en soupirant.

– Vous feriez mieux de ne pas vous mêler de tout ça. Rendez-vous un bon service à vous-même en disparaissant discrètement. Oubliez ce passeport.

– Impossible. J'ai toujours voulu le prix Pulitzer. J'ai l'impression que je le tiens.

– Écoutez-moi bien. Supposons un instant que vous ayez raison.

Buchanan leva une main.

– Je ne reconnais rien, mais supposons. Les gens à qui vous allez mettre des bâtons dans les roues ne respectent aucune des règles habituelles. C'est un cercueil que vous allez gagner, au lieu du prix Pulitzer.

– C'est une menace ?

– C'est un avertissement bien intentionné, à tout hasard.

– Vous ne croyez pas que j'ai pris mes précautions ? J'ai fait des copies de tout ce que j'ai trouvé. Elles sont entre les mains de cinq personnes différentes en qui j'ai confiance.

– Bien sûr. Par exemple votre avocat, votre rédacteur en chef et votre meilleure amie.

– Vous avez compris le principe.

– C'était prévisible, dit Buchanan. Un bon détective trouverait où les documents sont cachés, mais il est probable qu'il ne se donnerait même pas la peine de chercher. Si vous aviez obtenu tant d'informations, vous auriez déjà publié votre reportage. Vous n'avez que des soupçons. On peut tout nier. Mais si quelqu'un se sent menacé par vos investigations, il pourrait ignorer que vous avez remis des copies à des gens, ou s'en moquer. Il pourrait tout bonnement décider de se débarrasser de vous.

– Et vous ? demanda Holly.

– Vous voulez dire : est-ce que je pense que je devrais me débarrasser de vous ? Ne soyez pas idiote. Je n'ai rien à voir avec toutes ces histoires. Je me contentais de vous donner un conseil.

– Non. Ce que je voulais dire, c'est : est-ce que vous ne vous sentez pas menacé ?

– Mais, bon Dieu, pourquoi est-ce que je... ?

– Si vous étiez en train de remplir une mission régulière, vous ne voyageriez pas sous votre vrai nom, certainement pas en portant un passeport à un autre nom. Vos contrôleurs ne vont pas aimer cela. Après ce qui s'est passé au Mexique et en Floride, ils se diront qu'il y a quelque chose qui ne tourne pas rond. Ils se demanderont ce que vous fabriquiez avec un pistolet et un passeport que vous n'êtes pas censé détenir. Je ne suis pas le seul problème dans votre vie. Vos chefs ont dû vous donner une série de rendez-vous pour garder le contact. Ils doivent sérieusement s'inquiéter si vous en avez manqué. Vous feriez mieux de les appeler.

– Vous croyez vraiment que je vais les appeler devant vous, si je suis celui que vous croyez ? Depuis un téléphone qui n'est pas sûr ?

– En tout cas, vous feriez mieux de faire quelque chose. Ils vont s'impatienter. Et n'oubliez pas que plus cela dure, plus ils se poseront de questions sur votre aptitude à faire votre travail.

Buchanan sentait une pression derrière ses oreilles.

– Je vois que votre appétit s'est amélioré, dit le docteur en pénétrant dans la chambre.

– Oui, j'ai presque fini la salade.

– Bien. Finissez votre dessert, Mr. Lang.

– Buchanan.

– Et allez aux toilettes. Cela m'encouragera à vous laisser sortir.

5

Vêtu de baskets, d'un jean et d'une chemise bleue à manches courtes qu'il avait demandé à Holly de lui acheter pour remplacer ses vêtements maculés de sang, Buchanan se sentait prisonnier dans la chaise roulante dont l'infirmière ne voulait pas qu'il descende. Elle poussa le fauteuil hors de l'ascenseur puis tout le long du hall, jusqu'à la sortie.

– Je vous ai dit que je pouvais marcher, répéta Buchanan.

– Jusqu'à ce que vous glissiez, tombiez et fassiez un procès à l'hôpital. Vous serez libre de faire ce que vous voulez une fois les portes franchies. En attendant, vous êtes sous ma responsabilité.

Ils sortirent dans le bruit de la circulation. Le soleil contraignit Buchanan à plisser douloureusement les yeux. Il mit sa main au-dessus des sourcils pour se protéger.

L'infirmière l'aida à quitter la chaise roulante.

– Vous avez dit que quelqu'un viendrait vous chercher.

– Oui, oui, mentit Buchanan.

Il n'avait pas vu Holly depuis un bon moment et ignorait ce qu'elle était devenue. Il aurait dû être soulagé de ne pas avoir à subir ses questions, mais il était mal à l'aise. Inquiet. Le pistolet et le passeport. Il fallait les récupérer.

– Je vais attendre sur ce banc. Mon ami va venir d'un moment à l'autre.

– Bonne journée, Mr. Buchanan.

– Lang.

L'infirmière le regarda curieusement en écartant le fauteuil.

Il se demanda pourquoi.

Puis il comprit.

Il eut la chair de poule.

Qu'est-ce qui m'arrive ?

Il se releva dès que l'infirmière disparut dans l'hôpital. Il ne voulait pas quitter le bâtiment avant d'avoir téléphoné depuis une cabine, et c'est la raison pour laquelle il avait insisté pour descendre de sa chambre tout seul.

Il pénétra à nouveau dans le hall, en s'efforçant de ne pas tituber, et se dirigea vers une rangée de téléphones. Sa main tremblait en introduisant les pièces dans la fente d'un appareil. Trente secondes plus tard il parlait avec un officier de liaison.

– Où étiez-vous passé ? demanda une voix bourrue.

Buchanan répondit en parlant doucement, soulagé de constater que personne n'utilisait les téléphones voisins du sien.

– J'étais à l'hôpital.

– Quoi ?

– Un type a essayé de me voler, mentit-il. Je ne l'ai pas vu venir. Il m'a poignardé dans le dos.

– Bon Dieu ! Nous nous sommes inquiétés quand vous avez raté les rendez-vous de ce matin. Nous avons mis une équipe en alerte, au cas où vous auriez des problèmes.

– J'ai eu de la chance. La blessure n'est pas grave. On m'a gardé en observation à l'hôpital. Il y avait sans arrêt des infirmières qui passaient et je n'ai pas voulu prendre le risque de vous appeler. Surtout parce que l'hôpital aurait automatiquement enregistré le numéro. Je n'ai pas pu vous appeler avant.

– Vous nous avez fait peur, mon vieux.

– La crise est passée. Si vous avez envoyé des gens aux rendez-vous, c'est que vous aviez quelque chose à me dire. Qu'est-ce que c'est ?

– À propos de la journaliste que vous avez rencontrée dans le train... Est-ce que votre téléphone est sûr ?

– Oui.

– Alors voici la consigne. Poursuivez votre permission. Ne vous inquiétez pas à propos de la journaliste. Nous faisons en sorte de la décourager.

La main de Buchanan se crispa sur le combiné.

– Passez aux lieux de rendez-vous prévus. Nous vous tiendrons au courant s'il y a quelque chose de nouveau.

– Compris.

Buchanan raccrocha, la bouche sèche.

Faire en sorte de la décourager ? Bon sang, qu'est-ce que cela veut dire ?

Les règles du métier lui interdisaient de demander des précisions sur une expression volontairement vague. Ses chefs ne disaient ni plus ni moins que ce qu'ils voulaient dire. Leur langage était toujours pesé, même dans ses imprécisions. « Décourager » pouvait signifier n'importe quoi, depuis lui faire perdre son travail... tenter de l'acheter... discréditer ses investigations... essayer de l'effrayer, ou...

Il refusait d'envisager la possibilité que Holly soit l'objet d'un découragement définitif.

Non, se dit-il. Ils ne tueraient jamais une journaliste. Surtout une journaliste du *Washington Post.* Cela ferait exploser l'affaire au lieu de l'étouffer.

Mais des journalistes ont déjà été assassinés, pensa-t-il.

Et l'affaire ne ressemblerait pas à un assassinat.

Il se détourna de la cabine en touchant le pansement de son côté droit.

Holly était assise sur une chaise à vingt mètres de là, vêtue d'une robe en cachemire marron qui rehaussait la flamme de ses cheveux et le vert de ses yeux.

Buchanan ne manifesta pas la moindre surprise.

Elle s'approcha de lui.

– Le point avec vos supérieurs ?

– Je téléphonais à un ami.
– Pourquoi est-ce que je ne vous crois jamais ?
– Écoutez, je ne veux plus que vous vous approchiez de moi, dit Buchanan.
– Vous voulez que je mette fin à une si belle amitié ? Vous essayez de me blesser.
– Je suis sérieux. Il vaut mieux que vous restiez loin de moi. Ne vous faites pas remarquer.
– De quoi est-ce que vous parlez ?
Buchanan traversa le hall, en direction de la boutique de souvenirs.
– Hé, vous n'allez pas vous débarrasser de moi aussi facilement !
Ses talons hauts faisaient un bruit assourdi sur la moquette.
– J'essaie de vous aider, dit Buchanan. Tâchez de comprendre. Ne m'approchez plus.
Il acheta une boîte d'aspirine. Son mal de tête ne cessait pas. Il avait pensé à demander au médecin une ordonnance contre la douleur, mais avait craint que cela ne suffise pour qu'on le garde.
Holly le suivit de nouveau à la sortie du magasin.
– J'aimerais vous montrer différentes choses.
– Pas intéressé.
Il s'arrêta à une fontaine, avala trois cachets, but une gorgée et se dirigea vers la sortie.
– Ce qui m'intéresse, c'est de récupérer mes affaires.
– Impossible.
– Holly, fit-il en se tournant brusquement vers elle. Supposons que je sois celui que vous croyez. Qu'est-ce que vous pensez qu'il va vous arriver si je dis aux gens pour qui je travaille que vous détenez un faux passeport avec ma photo ? Combien de temps est-ce que vous croyez que vous allez continuer à vous balader avec ?
Ses yeux émeraude devinrent intenses.
– Alors vous ne le leur avez pas dit.
– Qu'est-ce que vous voulez dire ?
– Je me demandais si vous le diriez. Cela m'aurait étonné. Vous ne voulez pas que vos chefs sachent que vous aviez ce passeport, et que vous l'avez perdu. Pour commencer, pourquoi est-ce que vous l'aviez sur vous ?
– Ce n'est pas évident ? Pour pouvoir quitter le pays.
– Quelque chose vous empêche d'utiliser votre propre passeport ?
– Oui.
Buchanan regarda autour de lui avant de poursuivre :

– Je n'en ai pas. On ne m'en a jamais donné.

Ils sortirent dans la rue bruyante. L'éclat du soleil lui frappa les yeux.

– Où est votre ami ? Ted. Le type du train. Je parie que vous n'allez nulle part sans lui.

– Il n'est pas loin et surveille qu'il ne m'arrive rien.

– Vous utilisez une radio ? Je ne vous dis plus rien jusqu'à ce que vous me prouviez que la conversation n'est pas enregistrée.

Elle ouvrit son sac.

– Vous voyez ? Pas de radio.

– Mes affaires n'y sont pas non plus. Où est-ce que vous les avez mises ?

– Elles sont en sécurité.

Un couple descendit d'un taxi devant l'hôpital. Buchanan se précipita dans le véhicule. Holly se hâta de monter derrière lui.

– Ce n'est pas une bonne idée, dit Buchanan.

– Où va-t-on ? demanda le conducteur.

– Le Holiday Inn de Crowne Plaza.

Le taxi démarra. Buchanan se tourna vers Holly.

– Vous ne vous rendez pas compte du jeu auquel vous êtes en train de jouer. Je veux récupérer mes affaires. Donnez-moi la clé de votre chambre. Je vais récupérer ce qui m'appartient, faire votre valise et régler votre chambre.

– Qu'est-ce qui vous fait croire que je veux quitter l'hôtel ?

Buchanan se pencha vers elle.

– Parce que vous préférez qu'on ne vous voie pas dans mes parages. Ne me demandez pas de précisions. C'est tout ce que je peux vous dire.

– Vous essayez à nouveau de me faire peur.

– Vous avez deviné. Et j'espère réussir.

6

– Vous pouvez vous arrêter ici, dit Buchanan au conducteur.

– Mais c'est deux rues plus loin, m'sieu.

– C'est parfait. Emmenez la dame faire un tour et revenez à cet angle de rue dans une demi-heure.

Puis, regardant Holly dans les yeux en tendant une main :

– La clé de votre chambre.

– Vous êtes vraiment sérieux ?

– La clé.
Holly la lui donna.
– Qu'est-ce que vous croyez ? Vos affaires, comme vous dites, ne sont pas dans ma chambre.
– Où sont-elles ? Dans la chambre de Ted ?
Pas de réponse.
– Je suis sérieux, Holly. Il vaudrait mieux qu'on ne trouve mes affaires ni chez vous ni chez votre ami. Cela ne serait pas bon pour votre santé.
Elle pâlit légèrement, comme si elle comprenait enfin ce qu'il lui disait.
– Qu'est-ce je gagne en échange ?
– La tranquillité.
– Ce n'est pas assez, répondit-elle.
– Qu'est-ce que vous voulez ?
– Que nous continuions à parler ensemble.
– Je vous ai dit que je serai de retour dans une demi-heure.
Holly le scruta.
– Oui. D'accord. Elles sont dans la chambre de Ted.
– Je suppose que vous n'avez pas sa clé.
– Je l'ai, dit-elle en la lui tendant. Au cas où j'aurais besoin de prendre vos affaires en son absence.
– Vous avez eu une excellente idée.
Buchanan descendit du taxi.
– Faites attention en rangeant mes slips. Ils coûtent cher. Ne déchirez pas la dentelle.
Buchanan la dévisagea et ferma la portière.

7

Les deux pâtés de maisons lui parurent deux kilomètres. En chemin il défit le pansement qui lui entourait la tête et le jeta dans une poubelle. Il avait des vertiges et le front en sueur en arrivant à l'hôtel. Sa seule consolation fut que son mal de tête diminua quand il pénétra dans le hall où l'éclairage était agréable.

Il se dit qu'il ferait mieux de vérifier s'il n'avait aucun message avant de monter dans les chambres de Ted et de Holly. Tout en se dirigeant vers la réception, il parcourut le hall des yeux pour voir si quelqu'un s'intéressait à lui.

Là-bas. Dans l'angle, à droite de l'entrée. Un homme costaud d'une trentaine d'années, vêtu d'un costume de coton bleu et assis dans un fauteuil en train de lire un journal.

L'individu occupait un endroit idéal pour observer les gens qui entraient dans le hall avant qu'ils ne le remarquent. Il lança en direction de Buchanan un regard aussi rapide qu'intense et, en bon agent secret, resta de marbre même s'il l'avait reconnu.

Voilà. Ils surveillent l'hôtel, pensa Buchanan.

Mais ce n'est pas moi qu'ils cherchent.

Non. C'est Holly qui les intéresse.

Il se rendit, parfaitement impassible, à la réception où il attendit que l'employé termine de renseigner un client. Puis il s'avança.

– Que puis-je faire pour vous ?

– Est-ce que j'ai des messages ? Mon numéro de chambre est...

Le réceptionniste attendait avec un sourire.

– C'est le...

– Oui ?

– Zut ! dit Buchanan, dont le cœur accéléra. Je n'arrive pas à me le rappeler. J'ai laissé ma clé ici en sortant et je ne peux pas vous dire le numéro.

– Ce n'est pas grave, monsieur. Donnez-moi votre nom et je vais chercher votre chambre dans l'ordinateur.

– Victor Grant, dit automatiquement Buchanan.

L'employé tapa sur un clavier, fit un « hum ! » et étudia l'écran en fronçant les sourcils.

– Désolé, monsieur. Il n'y a personne de ce nom à l'hôtel.

– Victor Grant. Il doit y être.

– Non, monsieur.

Bon sang, se dit soudain Buchanan.

– Brendan Buchanan. Je vous ai donné un mauvais nom.

– Un mauvais nom ? Qu'est-ce que vous voulez dire, monsieur ?

– Je suis acteur. Nous sommes en train de tourner un film. Mon personnage s'appelle Victor Grant. Je suis tellement habitué à être appelé par ce nom... Je vais décrocher un oscar si j'incarne aussi bien mon personnage !

– C'est quel genre de film, monsieur ?

– Vous avez vu *Big Easy* ?

– Bien sûr. Je vois tous les films tournés à La Nouvelle-Orléans.

– Eh bien, c'est la suite.

– Voilà, j'ai trouvé. Brendan Buchanan. Chambre 1214. Non, il n'y a pas de message.

– Est-ce que je peux avoir ma clé, s'il vous plaît ?

L'employé s'exécuta.

– Dans quels autres films vous avez joué ?

– Aucun. Je n'ai fait que du théâtre. C'est mon grand tournant. Merci.

Buchanan alla vers les ascenseurs. Il appuya sur le bouton d'appel et regarda droit devant lui en attendant que les portes s'ouvrent, certain que le réceptionniste l'observait. Ne te retourne pas. Ne te retourne pas !

Victor Grant ? Tu perds les pédales. Tu as fait la même erreur en quittant l'hôpital. Tu as dit à l'infirmière que tu t'appelais...

Non. C'était une autre erreur. Tu lui as dit que tu t'appelais *Peter Lang.* Tu viens de dire que tu t'appelais...

Tu ne donnes même pas le même nom chaque fois.

Sa tête le faisait souffrir. Elle n'arrêtait pas de le faire souffrir.

Les portes s'ouvrirent enfin. Seul à l'intérieur, Buchanan s'appuya contre la paroi pendant que la cabine montait et essuya la sueur de son front en se demandant s'il était en train de tomber malade.

Impossible. Il faut que je continue.

Il n'avait pas l'intention de se rendre dans sa chambre. Il s'était présenté à la réception uniquement pour demander s'il avait des messages. Il était terrifié de ne pas avoir été capable de se rappeler le numéro de sa chambre.

Il sortit de l'ascenseur deux étages au-dessus du sien et pénétra dans la chambre de Ted avec la clé que Holly lui avait donnée. Il trouva en moins de cinq minutes le pistolet et le passeport de Victor Grant, cachés sous le matelas.

Victor Grant. Buchanan regarda la photo du passeport. Il fut tenté de déchirer le document et de brûler les morceaux dans le lavabo. Cela résoudrait au moins un problème. Une preuve de ses fausses identités disparaîtrait. Mais Holly avait raison. Il avait besoin du passeport pour pouvoir quitter le pays. Vu la situation, il ferait mieux de conserver cet atout.

Victor Grant.

Peter Lang.

Brendan Buchanan.

Choisis un personnage, nom de Dieu. Sois cohérent.

Pourquoi es-tu venu ici ?

Juana.

Où était-elle hier soir ? Pourquoi m'a-t-on poignardé ? Veut-on m'empêcher de l'aider ?

Réfléchis un peu. Que vas-tu faire ?

Bon sang, quel personnage je vais être ?

Holly. Il devait encore s'occuper de...

Il trouva dans un placard une veste de sport marron appartenant à Ted. Elle lui alla mieux qu'il ne l'escomptait étant donné la largeur d'épaules du garde du corps. Il glissa le passeport dans une poche et le pistolet dans son dos, derrière la ceinture. Personne ne le vit sortir de la pièce.

Au tour de la chambre de Holly.

C'était deux portes plus loin. Il ne pouvait s'empêcher de penser à l'homme en costume bleu assis dans le hall. S'ils surveillent l'hôtel, ne serait-il pas logique qu'ils attendent Holly dans sa chambre ? Je devrais peut-être m'arrêter ici, prendre l'ascenseur et laisser Holly libérer elle-même sa chambre ou demander à Ted de le faire pour elle. Maintenant que j'ai le pistolet et le passeport, le reste m'est...

Buchanan ralentit pour réfléchir. Plus Holly perd de temps, plus le risque que quelqu'un l'attende dans sa chambre augmente.

Et alors ? Ce ne sont pas tes affaires. S'il lui arrive quelque chose, cela te fera un souci de moins. Un autre...

Il toqua à sa porte et dit :

– Nettoyage des chambres !

Il frappa à nouveau puis ouvrit.

La chambre était vide. Il lui fallut encore moins de temps pour tout empaqueter que pour trouver le pistolet et le passeport chez Ted. Il prit soin de ne pas abîmer les slips en les pliant dans la valise. Holly avait dit vrai. Ils étaient en dentelle. Il aima leur toucher.

La journaliste avait sans doute fourni son numéro de carte de crédit en prenant la chambre. Il trouva un formulaire de départ près de la télévision, le remplit et le laissa sur le lit. Il descendit l'escalier de secours, content de n'avoir que deux sacs à porter, et sortit par la porte de service. La dentelle des sous-vêtements ne quittait pas son esprit. Il n'avait pas partagé d'intimité avec une femme depuis longtemps. Il avait fait l'amour, mais sans partager d'intimité. Pas depuis six ans.

Depuis Juana.

8

La marche et le poids des bagages, ajoutés au soleil, le mirent en sueur. Sa blessure au flanc droit l'obligeait à tenir les deux sacs du côté gauche, l'un dans la main et l'autre sous le bras. La fumée des pots d'échappement renforçait son mal de tête et lui donnait envie de vomir.

Le taxi, au moins, était au rendez-vous. Le conducteur descendit pour l'aider à porter les sacs.

– Attendez, je vais vous donner un coup de main, m'sieu.

– Merci.

Buchanan lui donna dix dollars et se tourna vers Holly et la personne assise à côté d'elle.

Il fronça les sourcils.

Il s'assit sur le siège arrière près d'un homme au visage carré, bâti comme un joueur de football américain.

– Hello, Ted. Ça faisait longtemps.

Holly se pencha en avant, à l'autre extrémité de la banquette.

– Je me suis dit qu'il ferait mieux de venir avec nous, au lieu de suivre dans un autre taxi. Nous l'avons pris pendant que vous étiez parti.

– Merci de m'avoir aidé à porter les sacs, Ted.

– Vous auriez dû me le demander.

– Je ne devrais pas avoir besoin de vous le demander.

– De même que vous estimez ne pas avoir besoin de mon autorisation pour entrer dans ma chambre. Je n'aime pas qu'on fouille dans mes affaires. Et c'est ma veste que vous avez sur le dos.

– Très observateur. Qu'est-ce que vous en pensez ? Elle ne me va pas trop mal, non ? Voilà votre clé.

Holly tenta de changer de sujet.

– Vous avez trouvé ce que vous cherchiez ?

– Tout de suite. Ted n'est pas très bon dans ce domaine.

– Hé ! lâcha Ted.

– D'accord, je comprends que vous ne soyez pas content, dit la femme. J'aurais dû venir vous aider quand je vous ai vu arriver avec les sacs. Je savais que vous sortiez tout juste de l'hôpital. J'aurais dû vous donner un coup de main, en amie.

– Je n'ai pas l'impression que ce type soit un ami, commenta Ted.

– Ted, dit Holly d'un ton de reproche avant de se tourner vers Buchanan. Écoutez, je suis désolée. Rappelez-vous que c'était votre idée de vider ma chambre. Vous ne pouvez pas vous attendre à ce que je collabore à votre mise en scène destinée à me faire peur.

– On devrait peut-être retourner là-bas pour que je vous présente au type qui vous attend dans le hall.

Holly fit une grimace.

– C'est une plaisanterie ?

– Il n'avait pas l'air d'avoir le sens de l'humour.

– C'est du baratin, dit Ted.

– C'est ça, Ted, du baratin, répondit Buchanan. Je me moque de ce qui peut vous arriver, mais Holly et moi avons différentes questions à discuter et je veux qu'elle demeure en bonne santé jusqu'à ce que ça soit fait.

– Arrêtez d'essayer de me faire peur, dit Holly.

– Où est-ce qu'on va ?

Le conducteur avait rejoint son siège et attendait.

– Cette course m'a épuisé, dit Buchanan en s'essuyant le front. Je suis venu ici pour profiter du paysage. Une croisière sur la rivière me ferait du bien. Vous pourriez nous conduire à l'embarcadère de Toulouse Street. Il est presque deux heures et demie. Nous arriverons peut-être à temps pour prendre le *Natchez*.

Le taxi se mêla à la circulation.

– Vous connaissez bien les attractions touristiques pour quelqu'un qui vient pour la première fois à La Nouvelle-Orléans, dit Holly.

– Je les ai étudiées dans un guide.

– Bien sûr. Et quand ? Pendant que vous étiez dans les pommes ?

9

Le navire à aubes coloré et pimpant s'éloigna du ponton et s'engagea sur le Mississippi, au son de « *Way Down South in Dixie* » sifflé par son orgue à vapeur. Des centaines de passagers se serraient le long des balustrades des trois ponts pour profiter de la brise du fleuve et regarder défiler des quais, des entrepôts, une raffinerie, un champ de bataille de la guerre de 1812 et les bâtiments d'une plantation d'avant la guerre civile.

Alors que tout le monde recherchait la chaleur du soleil, Buchanan restait à la poupe, à l'ombre d'un auvent. Holly était assise à côté de lui. La plupart des touristes étant appuyés aux rambardes, ils couraient peu de risques d'être entendus.

– Je ne comprends pas pourquoi vous avez voulu faire une excursion en bateau, dit la femme en secouant la tête.

– Par élimination.

Buchanan but une gorgée à l'une des boîtes de Coca-Cola qu'il avait achetées en montant à bord.

– Il me faut du temps pour réfléchir. Un endroit où réfléchir.

Après avoir avalé deux nouveaux cachets d'aspirine, il inclina la tête en arrière, les yeux clos.

– Vous auriez dû rester plus longtemps à l'hôpital.

– Trop de choses à faire, dit Buchanan.

– Ouais, comme d'admirer un fleuve boueux. Ted n'a pas été content que vous l'ayez laissé attendre avec mes sacs.

– Vous avez dit que vous vouliez parler. Le problème est que je veux que nous parlions tout seuls et, comme ca, il ne peut pas nous suivre. Nous serons bientôt assez loin pour que les radios dont vous parliez ne puissent plus communiquer. À propos, où est-ce que vous cachez la vôtre ? Dans votre sac ? Ou plutôt...

Buchanan indiqua d'un geste le col de sa robe.

– D'accord.

D'un air découragé, elle passa la main sous sa robe, décrocha un micro et un émetteur miniatures fixés à une bretelle de soutien-gorge et les lui tendit.

– Vous avez gagné.

– C'était trop facile.

Il éteignit l'appareil en remarquant la chaleur du corps de la femme sur le métal.

– Comment puis-je savoir qu'il n'y en a pas un autre ?

– Il n'y a qu'un seul moyen. Mais si je n'ai pas voulu vous laisser me fouiller dans le train, je ne vais certainement pas...

– De quoi est-ce que vous vouliez discuter ?

– Pour commencer, qui a essayé de vous tuer ? Et, s'il vous plaît, ne me sortez pas la blague du coup de couteau donné au hasard.

– Qui ? Oui. C'est une bonne question.

– Une des bonnes questions.

Buchanan y pensait depuis son réveil à l'hôpital. Cela fera peut-être oublier à Holly son rôle dans Scotch et Soda.

– Ouvrez votre sac.

Elle s'exécuta. Pas de magnétophone.

– D'accord, je vais vous raconter. Je n'ai pas menti quand je vous ai dit que j'étais venu à La Nouvelle-Orléans pour voir un ami...

Il se demanda s'il devait continuer.

– Une femme. Ce n'est pas « secret défense ». Je ne vois pas pourquoi je ne... Je n'avais pas eu de ses nouvelles depuis six ans et récemment elle m'a envoyé un mot pour me dire qu'elle avait besoin d'aide. C'est quelqu'un de très indépendant. Ce n'est pas son genre d'appeler à l'aide si ce n'est pas un problème grave.

– C'était votre petite amie ?

– Vous êtes journaliste ou vous cherchez des ragots ? Je vous fais remarquer que ce ne sont pas vos affaires.

Holly attendit.

Buchanan se mordit la lèvre inférieure.

– Elle aurait pu être ma petite amie. Cela aurait peut-être été mieux. Nous aurions même pu nous marier.

– Mais...

– Disons simplement que j'avais du mal à savoir qui j'étais.

J'« avais » ? se demanda Buchanan. Et aujourd'hui ?

– Quoi qu'il en soit, je devais la rencontrer hier soir, à onze heures, au Café du Monde. Je ne l'ai pas vue, mais je suis tombé sur ce type avec son couteau.

S'appuyant contre le dossier de la chaise longue, Buchanan sentit le pistolet sous sa ceinture, derrière sa colonne vertébrale. L'arme a dévié la lame. C'est pour cela que la blessure n'a pas été plus grave, comprit-il soudain. Être passé si près de la mort le mit à nouveau en nage.

Il avait, en revanche, la bouche sèche. Troublé, il but un peu de Coca-Cola.

– Est-ce une coïncidence que cet homme se soit trouvé là et m'ait attaqué pendant que je cherchais mon amie qui, justement, n'est pas venue ? J'essaie de garder la tête froide. J'essaie de garder un esprit critique. Mais la coïncidence serait trop grande. Je suis obligé de penser qu'il y a un lien entre l'homme qui m'a attaqué et mon amie.

– Et qu'il voulait vous empêcher de l'aider ?

– À moins que vous ayez une meilleure explication à me proposer.

– Quelque chose me gêne dans votre raisonnement. Puisqu'elle n'est pas venue, vous ignorez ce qu'elle voulait et ce n'était pas la peine d'essayer de vous empêcher de l'aider.

– À moins que...

Le rythme des battements du cœur de Buchanan accéléra jusqu'à rejoindre celui des *teuf-teuf-teuf* du moteur des roues à aubes.

– À moins qu'on ait eu peur que je sois inquiet de ne pas la voir au rendez-vous et que je ne me tienne pas tranquille tant que je ne l'aurais pas trouvée et que je n'aurais pas découvert pourquoi elle a besoin de moi.

Il durcit le ton de sa voix.
– Si c'est cela, ils ont eu raison. Parce que c'est exactement ce que je vais faire.

10

Le bateau à vapeur suivait une boucle du fleuve.
– À l'hôpital vous avez dit que vous aviez quelque chose à me montrer.
Holly se redressa.
– Oui, mais vous ne m'en avez pas laissé l'occasion.
– Parce que je voulais récupérer mes affaires. Maintenant, je les ai.
Il rassembla ses forces, malgré son mal de tête. Il devait continuer à jouer son rôle.
– Je vais regarder ce que vous voulez me montrer. Si cela peut effacer vos soupçons... Je dois aider mon amie et je ne peux pas le faire tant que vous vous mettez au milieu. Posez vos questions. Je veux qu'on en finisse.
Holly ouvrit son sac et l'examina comme si elle avait un doute. Puis elle sortit d'une enveloppe trois coupures de journaux.
Buchanan les prit, étonné, et regarda la date en haut de la première.
– C'était il y a six jours.
Il fronça les sourcils en voyant que l'article était daté de Fort Lauderdale.

TROIS MORTS DANS UNE EXPLOSION

Ft. Lauderdale

Peu avant minuit, la nuit dernière, une violente explosion a détruit une voiture garée sur le parking du restaurant « Chez Paul sur la rivière » et tué son occupant, qu'un morceau de permis de conduire a permis d'identifier comme étant Robert Bailey, 48 ans, originaire d'Oklahoma. La déflagration a également tué deux clients qui quittaient le restaurant. De nombreuses voitures ont été détruites ou endommagées. Les débris d'une importante quantité de billets ont été trouvés sur place. Selon la police, il pourrait s'agir d'un nouvel épisode de l'escalade de la guerre entre trafiquants de drogue.

Le rythme de son cœur dépassa celui du moteur. Relevant les yeux, il se tourna vers Holly, déterminé à ne pas trahir son émotion. Sa tête le faisait encore davantage souffrir.

– Tous ces morts. C'est affreux. Mais quel est le rapport avec moi ? Pourquoi est-ce que vous me montrez ça ?

– Est-ce que vous niez le fait que vous connaissiez Bailey ?

– J'ignore absolument tout de cette histoire.

Et c'est incontestablement vrai, ajouta-t-il intérieurement.

Il se concentra pour garder un visage placide malgré le désarroi qui l'envahissait.

Holly le regarda du coin de l'œil.

– En général, il se faisait appeler « Big Bob » Bailey. Cela vous rappelle peut-être quelque chose.

– Je n'ai jamais entendu parler de ce type.

– Bon sang, Buchanan, vous commencez à me faire perdre patience. Nous savons tous les deux qu'il vous a rencontré par hasard à Cancún. J'y étais.

Il eut l'impression de recevoir une décharge électrique.

– J'observais dans un coin du restaurant, poursuivit Holly. Le Club Internacional. J'ai tout vu. C'est là que vos ennuis ont commencé. Quand Bailey a débarqué d'un coup au milieu d'une de vos vies.

Buchanan faillit trahir sa surprise.

– Les deux trafiquants de drogue ont commencé à se méfier quand Bailey vous a appelé Crawford au lieu de Potter. Ils vous ont emmené sur la plage. Bailey vous a suivis. Il m'a raconté plus tard qu'il avait arrêté une bagarre. Vous avez tué les deux trafiquants et leur garde du corps. Puis vous vous êtes enfui sur la plage et la police a arrêté Bailey en pensant que c'était lui le coupable.

– Vous n'êtes pas journaliste. Vous écrivez des romans policiers. Quand est-ce que cela est censé s'être produit ? Je ne suis jamais allé à Cancún. Je n'ai jamais...

– Pas en tant que Brendan Buchanan. Mais je sais sacrément bien que vous y étiez sous le nom d'Ed Potter. Je vous ai dit que j'étais dans le restaurant. J'ai tout vu !

Comment ? se demanda-t-il. *Comment a-t-elle appris que je me trouvais là-bas ? Comment a-t-elle... ?*

– Vous m'avez vue vous prendre en photo devant la prison de Mérida, dit Holly. Bien sûr, cela ne prouve pas que vous connaissiez Bailey, même si j'ai vu la police l'amener pour le confronter avec vous. Mais vous m'avez aussi vue vous prendre en photo avec lui à Fort Lauderdale, près du quai 66, pendant que vous parliez avec lui sur le canal. Je vous ai montré les photos que j'ai prises.

– C'est vrai que vous m'avez montré des photos sur lesquelles il y avait un homme qui me ressemblait. Il me ressemblait, mais ce n'était pas moi. Le problème est que je n'ai jamais été à Fort Lauderdale non plus.

– Je vous crois.

– Bien.

– Vous n'y avez pas été en tant que Brendan Buchanan. Mais il n'y a aucun doute que vous y étiez sous le nom de Victor Grant.

Buchanan secoua la tête, comme s'il était désolé qu'elle persiste dans l'erreur.

– Et l'un des hommes que montrent vos photos était Bailey? demanda-t-il.

Holly eut l'air exaspéré.

– Je ne comprends pas, dit Buchanan. Vous le connaissiez, ce Bailey? Vous le suiviez? Pourquoi est-ce que vous vous intéressez autant à...?

– Je ne le suivais pas. C'est vous que je suivais. Et pourquoi est-ce que je m'intéressais à Bailey? *Parce qu'il travaillait pour moi.*

L'estomac de Buchanan se contracta.

Deux enfants passèrent en courant et dévalèrent les escaliers qui descendaient au pont inférieur. La mère les suivit tout aussi rapidement en leur criant de faire attention. Buchanan leur fut reconnaissant de cette interruption.

– Oh, il ne travaillait pas pour moi quand il vous est tombé dessus à Cancún, poursuivit Holly. Mais je me suis assuré son aide après... Comment est-ce qu'on dit dans votre métier? Je l'ai recruté. Mille dollars, plus les frais. Bailey était dans une mauvaise passe. Il n'a pas hésité une minute avant d'accepter.

– C'est beaucoup d'argent pour une journaliste...

– C'est un reportage important. J'ai un bon budget.

– Votre rédacteur en chef ne sera pas content de constater que votre histoire ne tient pas debout.

Holly eut l'air furieux.

– Vous êtes sur une autre planète? On vous apprend à toujours tout nier en bloc, même si c'est l'évidence? Ou bien vous êtes coupé de la réalité au point d'être convaincu que rien de tout cela n'est arrivé, parce que c'est arrivé à quelqu'un d'autre, même si ce quelqu'un d'autre, c'était vous?

– Je suis désolé pour ce qui est arrivé à ce Bailey, dit Buchanan. Je suis sincère. C'est vraiment affreux. Mais vous devez me croire. Je n'ai rien à voir avec tout cela.

Mais qui est dans le coup? pensa-t-il. Comment est-ce que...?

La réponse était évidente.

On avait dissimulé du plastic dans la paroi de la glacière que je lui ai donnée. Arrivé à sa voiture il a dû l'ouvrir pour voir l'argent et...

Et s'il avait ouvert la glacière en ma présence ?

– Quelque chose ne va pas ? demanda Holly.

– ... Pardon ?

– Vous êtes devenu tout pâle, à nouveau.

– C'est simplement ce mal de tête.

– Je me disais que c'était peut-être parce que vous aviez regardé le deuxième article.

– Le deuxième... ?

Buchanan baissa les yeux sur la deuxième coupure de journal qu'il avait en main.

ASSASSINAT SUIVI D'UN SUICIDE

Ft. Lauderdale

De bonne heure ce matin, la police s'est rendue au 233 Glade Street, dans le quartier de Plantation, où des voisins avaient entendu des coups de feu. Elle a découvert les corps de Jack Doyle, 34 ans, et de sa femme Cindy, 30 ans, tous les deux tués par balles.

Il semble que Mr. Doyle, désespéré par le cancer dont souffrait sa femme, l'ait tuée dans son sommeil avec un revolver à canon court de calibre 38, avant de retourner l'arme contre lui-même.

Il relut l'article. Une fois. Deux fois. Il ne sentit plus les mouvements du navire ni le vent frais qui lui balayait la figure. Il n'entendit plus le bruit du moteur ni des roues qui frappaient l'eau. Il ne vit plus la foule ni les arbres qui s'alignaient le long du fleuve.

Il se contentait de fixer le morceau de journal.

– Je suis désolée, dit Holly.

Il fallut un moment à Buchanan pour percevoir qu'elle avait parlé. Il ne répondit pas. Il continuait de fixer le papier.

– Allez-vous nier que vous le connaissiez ? Au cas où vous seriez tenté, je vous conseille de vous en abstenir. J'ai pris des photos de Jack Doyle avec vous. Comme de Bailey avec vous.

– Non, dit Buchanan.

Il abaissa lentement l'article et se tourna vers la femme. Les implications de ce qu'il venait de lire lui donnaient le tournis. Pour la première fois de sa longue carrière d'agent secret il fit l'impensable.

Il rompit le secret.

– Non.

Les balancements du bateau s'ajoutant à son vertige, il avait l'impression qu'il allait tomber de sa chaise.

– Je ne le nie pas. Je connaissais Jack Doyle. Et Cindy. Sa femme. Je la connaissais aussi. Je l'aimais beaucoup.

Les yeux de Holly brillèrent d'intensité.

– Tout à l'heure vous parliez de coïncidences et vous disiez que quelquefois il faut bien admettre que ce ne sont pas des coïncidences. Comme quand votre amie n'est pas venue au Café du Monde mais qu'un individu vous y a donné un coup de couteau. Ce que vous venez de lire me donne la même impression. Vous connaissiez Bailey. Il est mort. Vous connaissiez Jack Doyle et sa femme. Ils sont morts aussi. Et tout s'est passé la même nuit. Qu'est-ce que... ? Je viens juste de comprendre quelque chose.

– Quoi ?

– Votre expression. Vous êtes un sacrément bon acteur, mais personne ne pourrait être bon à ce point-là... C'est vrai que vous ne saviez pas que Bailey et les Doyle avaient été tués.

– C'est vrai, dit Buchanan, la gorge si sèche qu'il parlait difficilement. Je ne le savais pas.

Il prit sa boîte de Coca-Cola et but une gorgée.

Il cherchait à se convaincre que les coupures étaient des faux et qu'on essayait de le piéger. Mais il n'y parvint pas. Ce qui était arrivé à Bailey et aux Doyle était si juste d'un point de vue opérationnel, si logique d'un point de vue tactique que la vérité sautait aux yeux. Oui, on l'avait piégé. Mais ce n'était pas Holly.

– À moins que ce ne soit une coïncidence, dit la femme. C'est peut-être un hasard que Jack Doyle ait tué sa femme au moment où Bailey mourait dans une explosion.

– Non.

– Vous pensez que c'est un double meurtre ?

– Cela ne peut pas être autre chose.

– Comment en êtes-vous sûr ?

Buchanan montra l'article.

– « *... tuée dans son sommeil avec un revolver à canon court de calibre 38* ». Impossible.

– Il y a quelque chose que je ne comprends pas, dit Holly. Pourquoi n'aurait-il pas utilisé un calibre 38... ?

– À canon court ? Parce que Jack Doyle était un ancien SEAL.

– Oui. Le commando de marine. Je ne comprends toujours pas...

– C'était un spécialiste des armes. Un calibre 38 à canon court était un jouet pour lui. Bien sûr il y en avait un chez lui. Pour sa femme. Au cas où Cindy aurait eu besoin de se défendre pendant son absence. Mais il avait une quantité d'autres armes. Son pistolet préféré était un 9 millimètres semi-automatique. Il aimait tellement sa femme que j'en étais jaloux. Son cancer était grave. Les traitements n'avaient plus d'effet et elle allait mourir. Mais elle n'en était pas au point où la souffrance dépasse ce que la dignité permet de supporter. Et si elle en était arrivée à ce point et que Jack ait décidé, avec sa permission, de la libérer de ses souffrances, il n'aurait certainement pas utilisé une arme pour laquelle il n'avait aucun respect.

– Votre monde est vraiment différent du mien, dit Holly. Des considérations morales sur l'arme à utiliser pour un meurtre-suicide...

– Jack n'était pas fou. N'imaginez pas une seconde que...

– Non. Ce n'est pas ce que je voulais dire. Je pensais littéralement ce que j'ai dit. Votre monde est différent du mien. Je n'émettais aucun jugement de valeur. Mon père était juge. Il était contre les armes. La première fois que j'en ai vu une, en dehors des films, c'était pendant un reportage sur la guerre des gangs à Los Angeles.

Buchanan attendait.

– Alors, dit Holly. Si c'est un double meurtre, qui l'a commis ? Les mêmes gens que ceux qui ont tué Bailey ?

Les tempes battantes, Buchanan avala un peu de Coca-Cola. Puis il continua, en fixant la boîte :

– Je n'ai rien à voir avec tout cela.

– Vous n'avez toujours pas lu le troisième article.

Il baissa les yeux en redoutant ce qu'il allait découvrir.

LA VICTIME D'UN ACCIDENT
TOUJOURS INTROUVABLE

Ft. Lauderdale

Des plongeurs continuent à rechercher le corps de Victor Grant, l'occupant présumé d'une voiture de location qui a enfoncé une barrière le long de la voie express côtière, au sud d'Oakland Park Boulevard, avant de plonger dans l'océan. Vu le grand nombre de boîtes de bières vides trouvées dans le véhicule, la police émet l'hypothèse que Victor Grant était en état d'ébriété et a perdu le contrôle de son véhicule. Une valise et un coupe-vent contenant un portefeuille avec les papiers du conducteur ont été retrouvés à l'intérieur de la voiture. La police suppose que le corps de la victime a été entraîné par une fenêtre ouverte et a dérivé au milieu des nombreux pontons du secteur.

Buchanan avait l'impression de tomber dans un trou sans fond.

– Je me suis laissé faire quand vous avez voulu récupérer votre passeport au nom de Victor Grant, dit Holly, parce que j'ai photographié chaque page. J'ai des photos de vous à Fort Lauderdale. Je peux vous associer à Bailey. Je peux vous associer à Doyle. Cet article prouve que quelqu'un du nom de Victor Grant était à Fort Lauderdale et a disparu la nuit où Bailey et Doyle ont été tués. Vous disiez que mon rédacteur en chef serait déçu parce que mon histoire ne tient pas debout. On dirait qu'en réalité elle tient parfaitement debout.

Buchanan eut une secousse, comme s'il avait touché le fond.

– J'attends votre réaction, dit Holly. Qu'est-ce que vous pensez de mon histoire maintenant ?

– La vraie question est : « Qu'est-ce que je ressens ? »

– Je ne comprends pas.

Buchanan se massa le front avant de poursuivre :

– Pourquoi est-ce que l'ambition rend les gens si idiots ? Holly, la réponse à la question « Qu'est-ce que je ressens ? » est que j'ai peur. Et vous devriez avoir peur aussi. Vous ne savez pas que je suis très bon pour prévoir l'avenir ? J'ai vraiment un don. Avec ce que vous venez de me dire, je peux vous garantir que si vous continuez cette enquête vous serez morte avant demain à la même heure.

Holly cligna les yeux.

– Et moi aussi, continua Buchanan d'une voix rauque, si je ne joue pas le meilleur rôle de ma vie. Parce que les gens qui ont tué Jack Doyle et Bob Bailey vont s'en occuper. C'est assez clair ? C'est ce que vous vouliez que je vous dise ? Cela ferait une bonne citation. C'est dommage que vous ne puissiez pas l'utiliser.

– Qu'est-ce qui m'empêche de l'utiliser ? Ça m'est égal que vous démentiez ou...

– Vous ne m'avez pas écouté.

Buchanan parla si fort que plusieurs personnes accoudées à la balustrade se retournèrent pour les regarder.

Se penchant vers Holly, il chuchota d'une voix âpre :

– Dans votre univers, les gens ont peur de se faire prendre à enfreindre la loi. Dans *mon* univers, les gens font leurs propres lois. S'ils se sentent menacés, ils vous tueront d'un coup de pistolet, ou vous jetteront du haut d'un immeuble, ou vous écraseront avec une voiture. Après quoi ils iront faire un gueuleton en se sentant dans leur bon droit parce qu'il fallait qu'ils se protègent. Si nous ne trouvons pas un moyen de convaincre les gens pour qui je travaille que vous n'êtes pas un danger, je suis absolument certain que vous serez morte avant demain à la même heure. Je suis catégorique. Si moi j'ai peur, vous êtes totalement inconsciente de ne pas avoir peur aussi.

Holly le dévisagea.

– C'est encore du cinéma. Vous essayez de me manipuler pour que je laisse tomber.

– C'est moi qui laisse tomber, répondit Buchanan. Occupez-vous de vous-même. Et faites-moi confiance, je vais m'occuper de moi.

11

Buchanan traversa le hall du Holiday Inn. Il jeta un coup d'œil circulaire en attendant l'ascenseur. L'homme au costume bleu avait un remplaçant, vêtu d'un survêtement, qui faisait également semblant de lire un journal. Les recettes pour attendre quelqu'un dans une entrée d'hôtel en ayant l'air naturel ne sont pas nombreuses. Le second individu était un clone du premier : un peu moins de trente ans, costaud, cheveux courts, regard scrutateur.

Un militaire, pensa Buchanan. Comme le premier. Les agences de renseignements civiles disposent d'un personnel varié, alors que les agents des unités militaires sont presque toujours identiques par le sexe, l'âge, l'allure physique et la coupe de cheveux.

Holly. C'est elle qu'ils cherchent.

Il prit l'ascenseur, monta au douzième étage et sortit sa clé. Les révélations de la femme ajoutées à ses douleurs au flanc et à la tête l'avaient épuisé. La peur le tourmentait. Il devait se reposer. Réfléchir.

Quand il ouvrit la porte...

Trois personnes l'attendaient assises bien en vue, certainement pour éviter de provoquer une réaction de défense.

Buchanan les connaissait.

Alan, l'agent corpulent qui avait recueilli son rapport quelques jours plus tôt à Alexandrie, était assis sur le lit. Il portait, cette fois, une veste à carreaux de couleur bleue.

Un homme athlétique, le major Putnam, se tenait sur le canapé près d'une jolie femme, le capitaine Weller. Buchanan les avait rencontrés sur le yacht, à Fort Lauderdale. Ils étaient en civil. Le major était vêtu d'un costume beige et le capitaine d'une jupe bleue et d'un corsage en soie blanc suffisamment serrés pour détourner les regards qui pourraient se porter sur ses deux compagnons.

Buchanan jeta un coup d'œil vers la droite, dans la salle de bains, pour vérifier que personne ne s'y trouvait. L'armoire de la chambre était ouverte et vide.

Il enleva sa clé de la serrure, ferma la porte et la verrouilla. Il se dirigea vers les trois personnages. Une lumière de fin d'après-midi emplissait la chambre.

– Capitaine, dit le major.

Buchanan fit un salut de la tête et s'arrêta à deux mètres.

– Vous n'avez pas l'air surpris de nous voir, poursuivit l'officier supérieur.

– À la Ferme, j'avais un instructeur de l'Agence qui aimait répéter : « La seule chose à laquelle vous devez toujours vous attendre est l'inattendu. »

– Un conseil judicieux, dit la femme. Si j'ai bien compris, un voleur vous a donné un coup de couteau.

– Voilà bien une chose à laquelle je ne m'attendais pas.

– Comment va la blessure ?

– Cela guérit. Où est le colonel ?

– Je crains qu'il n'ait pas pu venir, dit Alan.

– Eh bien, j'espère que vous ne m'avez pas attendu trop longtemps.

– Vous ne vous demandez pas comment nous sommes entrés ?

Buchanan secoua la tête.

– Capitaine, dit le major avec un air mécontent, on vous a vu dans le hall de l'hôtel à treize heures quarante-cinq. Vous étiez censé monter dans votre chambre. Vous venez de revenir, mais personne ne vous a vu sortir dans l'intervalle. Où étiez-vous pendant les trois dernières heures ?

– Je faisais une excursion en bateau à vapeur.

– Avant ou après que vous ayez libéré la chambre de la journaliste ?

– Alors vous êtes au courant ? Après. La journaliste a d'ailleurs fait cette excursion avec moi.

– *Pardon ?* demanda le capitaine Weller en se penchant dans un mouvement qui tendit son corsage. Saviez-vous que nous la recherchons ?

– On m'a dit que vous vouliez la décourager. Mais elle continuait à me harceler et j'ai décidé de la décourager moi-même. Je lui ai suffisamment fait peur pour qu'elle abandonne son reportage.

– Vous... ? Comment avez-vous... ?

– En retournant contre elle ses propres arguments. Elle m'a montré ceci...

Il sortit les coupures de journal d'une poche de sa veste et les posa sur la table basse. Le major les prit pour les lire. Buchanan poursuivit :

– C'est sur la mort de Bob Bailey dans une explosion et sur le suicide de Jack Doyle après qu'il eut tué sa femme. Alan, dit-il en se tournant vers le civil, vous avez oublié certains détails quand on a parlé de ce qui s'était passé à Fort Lauderdale après mon départ. Vous étiez au courant pour Bailey et les Doyle ?

– Il n'était pas nécessaire de vous en parler.

– Pourquoi ?

– Moins vous en savez sur Bailey, mieux cela vaut. Votre ignorance sera sincère, si on vous interroge. En ce qui concerne les Doyle, nous ne voulions pas vous tracasser en vous apprenant qu'un homme avec qui vous aviez travaillé avait tué sa femme et s'était suicidé juste après votre départ.

– J'ai convaincu la journaliste que ce qui est arrivé aux Doyle est un double meurtre.

– Vous avez... ? Nom de Dieu ! dit le major.

– Je lui ai demandé d'envisager un cas de figure hypothétique, reprit Buchanan. Si Bailey a été tué parce qu'il me faisait chanter et si les Doyle ont été tués parce qu'ils en savaient trop et pouvaient être associés à moi après ma disparition, qu'est-ce que cela permettait d'imaginer sur les mesures que certaines personnes étaient capables de prendre pour maintenir le secret sur Scotch et Soda ? C'est elle qui a mentionné ce nom en premier. Je crois qu'il n'y a rien de plus blanc qu'une rousse qui pâlit. Elle a compris quels risques elle prenait et qu'un article en première page ne valait pas la peine de se faire tuer. En ce moment, elle est dans un taxi en direction de l'aéroport où elle prendra le premier avion pour Washington. Il n'y aura pas d'article.

– Et vous la croyez ?

– Oui. Je lui ai dit que je la tuerais moi-même si jamais elle écrivait son reportage. Je la crois, parce que je sais qu'elle m'a cru.

La pièce fut plongée dans le silence.

– Elle a laissé tomber, dit Buchanan.

Le major et le capitaine se regardèrent.

Allez, pensa Buchanan. *Mordez à l'hameçon.*

– Nous voulons les négatifs et toutes les photos, dit Alan.

Le major et le capitaine se tournèrent vers lui comme s'ils découvraient seulement sa présence.

– Pas de problème, dit Buchanan. Elle est d'accord pour me les donner. En signe de bonne volonté, elle m'a donné les photos qu'elle avait sur elle.

Il prit des photos dans une poche intérieure de sa veste.

– Vous croyez vraiment qu'elle respectera le marché ? demanda le major.

– Elle a trop peur pour ne pas le faire.

– Vous avez dû vous montrer très convaincant.

– C'est ma spécialité d'être convaincant, répondit Buchanan.

Mais est-ce que je vous ai convaincu ? pensa-t-il.

– Elle peut reprendre des photos à partir des premières photographies et recréer des négatifs, dit le major.

– Ou en garder quelques-uns, ajouta le capitaine. La seule façon d'être tranquille est de se débarrasser d'elle.

Alan bougea, puis se leva.

– Je ne sais pas, dit-il en secouant la tête. Est-ce que cela résoudrait quoi que ce soit ? Même si elle était éliminée, il resterait le risque qu'elle ait caché des copies de ce qu'elle a chez des amis. Nous n'avons aucun moyen d'être certains de toutes les trouver. La peur peut être une motivation efficace. Nous devrions peut-être nous ranger à l'avis de Buchanan, s'il pense qu'il a réussi à neutraliser la situation sans utiliser la force. Autrement, on ne pourra pas éviter qu'il y ait des vagues, même si nous faisons le maximum pour que sa mort ait l'air d'un accident. Il y aura des soupçons. On pourrait créer davantage de problèmes en la tuant qu'on en résoudrait.

Buchanan soupira intérieurement. Je l'ai amorcé. Il est d'accord. La seule chose qu'il me reste à faire...

Le major fronça les sourcils.

– Je dois en parler avec le colonel.

– Bien sûr, dit Alan d'un ton sarcastique. Le colonel a le dernier mot. Dans cette affaire, l'Agence ne compte pas. Seulement vos hommes.

Le major répondit sèchement :

– Nous avons autant d'autorité que vous. Il faut demander son avis au colonel.

Merde, pensa Buchanan. Je n'ai obtenu qu'un sursis.

Il tenta rapidement une nouvelle approche.

– J'ai quelque chose d'autre pour le colonel.

– Ah ?
– Je démissionne.
Ils le regardèrent fixement.
– Vous aviez déjà l'intention de me retirer du service actif et de m'affecter à un poste d'instructeur. Pourquoi faire les choses à moitié ? Acceptez ma démission. Je ne suis plus une menace si je n'appartiens plus à l'armée.
– Une menace ? Qu'est-ce que vous voulez dire ? demanda le major.
– Je pense que c'est évident. Le vrai problème, c'est moi.
La pièce sembla se rapetisser.
– Je répète, capitaine. Qu'est-ce que vous voulez dire ? insista l'officier supérieur.
– Nous n'en serions pas là s'il ne m'était rien arrivé à Cancún et à Fort Lauderdale. L'opération ne serait plus en danger si j'étais en dehors du coup. Ce n'est pas un voleur qui m'a poignardé hier soir. C'est quelqu'un qui travaillait pour vous.
– C'est absurde, dit le capitaine.
– En utilisant une arme de petit délinquant pour que cela ne ressemble pas à un travail de professionnel. Je n'ai pas compris tout de suite, à cause du couteau. Un tueur confirmé n'utiliserait pas un couteau. C'est beaucoup moins sûr qu'une balle. C'est aussi trop risqué parce qu'il faut s'approcher de la cible. Puis j'ai compris que le fait d'imiter un assassinat d'amateur serait une couverture parfaite pour une exécution par un professionnel. Bailey, les Doyle, moi. Nous serions tous morts. Bien sûr, la coïncidence serait suspecte, mais chacune des morts serait explicable sans avoir besoin de faire appel à une conspiration. Et si la journaliste avait un accident de voiture...
Tout le monde était parfaitement immobile.
– Tout cela à cause des photos, dit Buchanan. Celles qui vous montrent vous, major, et vous, capitaine, et surtout le colonel avec moi sur le yacht, à Fort Lauderdale. Le problème n'est pas que je sois découvert. Vous savez que je n'impliquerais jamais personne. Mais c'est autre chose d'avoir votre photo à tous les deux en première page du *Washington Post*, et surtout la photo du colonel. Cela conduirait à la mise au jour de beaucoup de choses. Mais vous n'avez plus à vous inquiéter. La journaliste n'écrira pas d'article. Et même si je ne lui avais pas fait peur, la photo de moi avec vous deux et le colonel ne signifie rien si on ne peut pas m'impliquer dans Scotch et Soda. Vous n'avez pas besoin de vous donner le mal de me tuer. Je vais vous rendre un service. Je vais disparaître.

Le groupe était pétrifié.

Le major s'éclaircit finalement la gorge et regarda d'un air gêné la femme, puis Alan.

– Allons-y, dit Buchanan. Le problème est posé. Discutons-en.

– Vous vous rendez compte quelle impression vous donnez? demanda le major, mal à l'aise.

– Celle d'être direct.

– Disons plutôt paranoïaque.

– Bien, dit Buchanan. Personne n'a ordonné mon élimination. Nous allons prétendre que c'était l'acte de violence aveugle auquel vous vouliez le faire ressembler. Vous pouvez jouer ce jeu. Cela ne change rien pour moi, mais si cela vous permet de m'écouter... Je disparais. Vous êtes protégés à deux niveaux. Holly McCoy n'écrit pas ses articles. Je ne suis plus là pour qu'on me pose des questions.

– En vous entendant, dit le major, je me dis que je suis content qu'on ait décidé de vous placer en observation. Vous avez vraiment travaillé trop longtemps dans la clandestinité.

– Je crois que vous devriez vous reposer un peu, dit Alan. Vous sortez de l'hôpital. Vous devez être fatigué.

– Un coup de couteau, poursuivit la femme. Une nouvelle blessure à la tête. À votre place, je...

– Comment est-ce que vous savez que je me suis encore blessé à la tête? Je ne l'ai dit à personne.

– Une simple supposition.

– À moins que celui que vous avez envoyé me tuer ne vous l'ait dit.

– Vous êtes visiblement en état de choc, capitaine, dit le major. Je vous demande, en fait je vous ordonne, de rester dans cette chambre, d'essayer de vous détendre et de dormir. Nous reviendrons demain matin à neuf heures pour poursuivre cette discussion. J'espère que vous aurez retrouvé vos esprits.

– Sincèrement, je ne vous blâme pas d'essayer de protéger l'opération, dit Buchanan. Mais ne parlons pas dans le vide. Jouons cartes sur table. Maintenant que je vous propose une meilleure solution, vous n'avez plus besoin de me tuer.

Alan dévisagea Buchanan d'un air préoccupé, puis suivit le major et le capitaine qui franchissaient la porte.

12

Buchanan traversa la chambre, les jambes mal assurées, pour fermer la porte à clé. La tension de la conversation avait aggravé son mal de tête. Il avala trois cachets d'aspirine et se rendit à la cuisine pour prendre un verre d'eau. Il avait la bouche si desséchée qu'il se versa un second verre. Son image dans la glace montrait deux poches sombres sous ses yeux. Je m'épuise, pensa-t-il.

Il ferma les rideaux de la chambre. Sa blessure au côté lui fit mal quand il s'allongea sur le lit. L'obscurité était apaisante.

Mais son cerveau ne cessait de fonctionner.

Est-ce que j'ai réussi ?

Ont-ils été convaincus ?

Il ne comprenait pas pourquoi le sort de Holly le préoccupait tant. Il ne la connaissait que depuis quelques jours. En principe, ils étaient ennemis. Il lui devait la plupart de ses ennuis. On pouvait même avancer que c'était à cause d'elle que Jack et Cindy Doyle étaient morts. Mais ce n'était pas elle qui les avait tués. C'était les gens de son propre bord. Comme ils avaient assassiné Bailey. Et ils l'auraient liquidé, lui aussi, s'il avait été présent quand Bailey avait ouvert la glacière pour voir l'argent.

Ils ont attendu une autre occasion pour se débarrasser de moi. Un moyen qui n'éveillerait aucun soupçon, même aux yeux d'une journaliste.

Holly McCoy.

Est-ce que je suis attiré par elle ?

À une époque il aurait justifié n'importe quoi au nom de la sécurité d'une mission. L'assassinat d'un journaliste par exemple. Aujourd'hui...

Oui ?

Le sort des missions ne m'intéresse peut-être plus. À moins que...

Quoi ?

Je ne devienne un être humain.

Oui, mais quel être humain ?

13

– Encore une fois, dit Alan, je veux en être absolument certain.

Il s'éloignait de l'hôtel au volant d'une Pontiac de location. Le major Putnam était assis près de lui. Le capitaine Weller, qui se trouvait à l'arrière, se pencha en avant.

– Est-ce que vous avez entendu parler d'un ordre d'éliminer Buchanan ?

– Absolument pas, dit le capitaine.

– Je n'ai jamais reçu des instructions pareilles, dit le major.

– Moi non plus, dit Alan.

– Et qu'est-ce que c'est que cette histoire à propos de Jack et Cindy Doyle ? demanda le major. Je croyais qu'il s'agissait d'un meurtre suivi d'un suicide.

– Moi aussi, répondit le capitaine. Buchanan m'a totalement surprise quand il a dit que c'était un double meurtre. Je n'ai jamais entendu parler d'ordre pour les éliminer.

– Qui a essayé de tuer Buchanan ? demanda Alan.

– Une tentative de vol est encore la meilleure explication, dit le major.

– Au milieu de la foule, devant un restaurant ? demanda Alan en serrant le volant. Un pickpocket... Mais je n'ai jamais vu de pickpocket attirer l'attention en poignardant la personne dont il veut voler le portefeuille.

– Et si c'était un dingue qui trouve excitant de poignarder les gens en public ? avança le capitaine.

– C'est déjà plus vraisemblable, dit Alan en s'engagea sur Canal Street. C'est absurde, mais vraisemblable.

– Le problème est que Buchanan croit que c'est nous qui avons donné l'ordre, dit le major. Et c'est tout aussi absurde.

– Vous êtes sûr qu'il le croit vraiment ? demanda le capitaine. C'est un acteur. Il parle pour produire un effet. Il sait être très convaincant.

– En tout cas il m'a convaincu, dit Alan.

– Mais pourquoi est-ce qu'il mentirait ? demanda le major.

– Pour faire diversion. Pour nous égarer et nous faire oublier la journaliste.

– Pourquoi ? répéta l'officier supérieur.

– Buchanan a sans doute raison quand il dit que tuer la journaliste créerait davantage de problèmes que cela n'en résoudrait, dit le civil. Nous avons atteint notre but si elle a tellement peur qu'elle n'écrit pas d'article.

– *Si.* Cela fait beaucoup de si.

– Je suis d'accord avec Buchanan, dit le capitaine. Je pense que le mieux est de ne rien faire et d'attendre.

– C'est le colonel qui tranchera sur ce point, dit le major.

Ils roulèrent en silence pendant un moment.

– Nous n'avons toujours pas..., dit Alan.

– Quoi ? demanda le capitaine.

– Est-ce que quelqu'un a essayé de tuer Buchanan ? Pas un dingue, mais un professionnel qui exécutait un ordre ? Et si nous n'en avons pas donné l'ordre, qui l'a fait ?

14

La règle, quand un contact manquait un rendez-vous et qu'aucun rattrapage n'avait été convenu, était de revenir au même endroit vingt-quatre heures plus tard. Mais si la personne ne venait pas au second rendez-vous...

Buchanan ne voulait pas y songer. Il traversait le Quartier français. Les rues étroites et encombrées. Le dixieland. Le blues. Les danseurs sur les trottoirs. La cohue. Mais pas de déguisements. Il lui serait, cette fois, plus facile de se rendre compte s'il était suivi. La veille, il se faisait remarquer parce qu'il n'était pas costumé. Il avait davantage de chances aujourd'hui de se fondre dans la foule et de disparaître dans une petite rue pour semer ses éventuels poursuivants.

Il retrouva l'ombre des arbres de Jackson Square, examina Decatur Street qu'il traversa à nouveau en direction du Café du Monde. L'impression de déjà-vu réveilla le souvenir de la lame lui pénétrant dans le côté du dos. Le restaurant était encore bondé, mais moins que la soirée de Halloween. Il était dix heures et quart. Il voulait être certain que la file d'attente ne l'empêcherait pas, cette fois-ci, d'être à l'heure dans la salle.

Il attendit son tour sans montrer qu'il bouillait d'impatience. Un serveur le conduisit à une petite table ronde et blanche, entourée de tables identiques auxquelles des clients étaient assis, dans un angle opposé à l'entrée. Exactement l'endroit qu'il aurait lui-même choisi pour pouvoir observer discrètement la porte.

Mais cela ne lui convenait pas. Il voulait mettre toutes les chances de son côté. Il se leva et appela le serveur dès qu'il vit une table se libérer au centre du restaurant. C'était là que Juana et lui avaient pris place, six ans plus tôt. Il ne pouvait être sûr que c'était la même table, mais c'était approximativement l'endroit. Elle le trouverait tout de suite en arrivant. Elle parcourrait la salle des yeux, s'arrêterait sur la zone où ils s'étaient quittés. Il se lèverait en souriant et se dirigerait vers elle pour la prendre dans ses bras.

Il regarda sa montre. Dix heures quarante. Bientôt, pensa-t-il. Elle ne va pas tarder.

Son mal de tête lui donnait des nausées. Le garçon vint prendre sa commande. Il demanda la spécialité de la maison, du café au lait avec des beignets, et un verre d'eau. C'était surtout cela qu'il voulait. De l'eau. Le café et les beignets étaient son droit de demeurer à la table. Avec l'eau, il reprendrait des cachets d'aspirine.

Bientôt.

Juana.

« Je t'aime, lui avait-il dit. Je veux que tu saches que tu seras toujours quelqu'un de spécial pour moi. Je me sentirai toujours proche de toi. Je te le jure. Si un jour tu as besoin d'aide, si un jour tu as des difficultés, la seule chose que tu auras à faire sera de m'appeler. Même si c'est dans longtemps et même si je suis loin. Je... »

Buchanan cligna les yeux. Le serveur déposait l'eau, le café et les beignets. Il fut stupéfait en regardant sa montre, après avoir avalé l'aspirine. Quinze minutes s'étaient écoulées comme quinze secondes. Presque onze heures.

Il fixait l'entrée.

Voici la carte postale que je pensais ne jamais envoyer.

J'espère que ta promesse était sincère. La dernière fois et le dernier endroit. Compte sur toi. S'IL TE PLAÎT.

– Quelque chose ne va pas, monsieur ?

– Pardon ?

– Vous êtes assis depuis une demi-heure sans toucher votre café ni vos beignets.

– Une demi-heure ?

– D'autres personnes voudraient s'asseoir.

– J'attends quelqu'un.

– Cela n'empêche pas que d'autres clients...

– Servez-moi la même chose. Voilà dix dollars pour le dérangement.

– Merci, monsieur.

Buchanan fixait la porte.
Minuit.
Une heure. Des gens le regardaient en murmurant.
À deux heures il savait qu'elle ne viendrait plus.
Que lui était-il arrivé ? Elle avait besoin de son aide. Pourquoi ne le laissait-elle pas lui prouver son amour ?

15

Il fit son sac et plaça sa feuille de sortie remplie sur le lit. Personne ne le vit quitter l'hôtel par la porte de service, à trois heures du matin. Abandonnant les ombres protectrices, il héla un taxi qui passait sur Lafayette Street.

– Où allez-vous, m'sieu ?

Le chauffeur avait l'air inquiet, comme si un homme portant un sac au milieu de la nuit représentait un danger.

– À une agence de location de voitures ouverte toute la nuit.

Le conducteur réfléchit rapidement.

– Montez. C'est un peu tard pour partir en voyage.

– Ça, c'est certain.

Il s'effondra sur le siège arrière. Il aurait été plus facile de prendre l'avion, mais il aurait dû attendre jusqu'au matin pour attraper le premier vol. Le major, le capitaine et Alan pouvaient venir plus tôt qu'ils ne l'avaient annoncé. En plus, il n'avait pas assez d'argent liquide sur lui et aurait dû payer le billet avec sa carte de crédit au nom de Brendan Buchanan et laisser derrière lui une trace qui aurait permis de le suivre.

Il utiliserait bien sûr également sa carte bancaire pour louer une voiture, mais sans indication de destination. Sa trace s'évanouirait à La Nouvelle-Orléans. Avec un peu de chance, ses supérieurs se diraient qu'en disparaissant il ne faisait qu'appliquer ce qu'il leur avait dit. Si tout allait pour le mieux, ils considéreraient cela comme une garantie et non comme une menace. Il avait laissé sur le lit, à côté de la fiche d'hôtel, une enveloppe adressée à Alan et dans laquelle il avait glissé une lettre expliquant sa décision de disparaître.

– Nous y sommes, m'sieu.

– Pardon ?

Se redressant, il regarda par la vitre du taxi. Une agence de location de voitures était violemment éclairée, près d'une station-service.

– À votre place, je ne conduirais pas trop longtemps. Vous avez l'air crevé.

– Merci, ça va aller.

Mais je ferais mieux d'avoir l'air plus en forme pour louer la voiture, ajouta-t-il intérieurement.

Il paya le chauffeur et se rendit dans le bureau en dissimulant l'effort qu'il déployait pour porter son sac. La lumière lui fit mal aux yeux.

Un employé fatigué, portant des lunettes, lui tendit un contrat de location.

– Il me faut votre carte de crédit et votre permis de conduire. Mettez vos initiales ici pour l'assurance. Signez en bas.

Il dut regarder la carte qu'il avait posée sur le comptoir pour voir quel nom il utilisait. « Buchanan. Brendan Buchanan. »

Si seulement son mal de tête voulait s'apaiser.

Juana.

Il devait trouver Juana.

Et il n'y avait qu'un endroit par où commencer.

16

– Le problème est réglé, dit Raymond.

Alistair Drummond était assis à l'arrière du compartiment de son jet privé. Il leva les yeux du rapport qu'il lisait. La carlingue de l'avion vibrait légèrement.

– Mais encore ? dit-il.

– D'après un message radio que je viens de recevoir, le directeur de l'Institut national d'archéologie et d'histoire est mort hier soir dans un accident de voiture, à Mexico, près du Palais national.

– Quel dommage, dit Drummond.

Malgré son âge, il ne semblait pas fatigué par quarante-huit heures de voyage à Moscou puis à Riyad pour des réunions d'affaires, avant le vol transatlantique qui le ramenait vers la péninsule du Yucatán.

– Nous avons des preuves de la responsabilité de Delgado ?

– L'homme à qui il a donné l'ordre de faire le coup travaille pour nous. Il mouillera Delgado si nous le lui demandons, du moment que nous lui garantissons l'impunité.

– Nous ?

– Je veux dire « vous ».

– Votre confusion dans les pronoms me gêne, Raymond. Je n'aimerais pas penser que vous vous considérez comme mon égal.

– Non, monsieur. Certainement pas. Je ne referai plus cette erreur.

– Son successeur a été désigné ?

Raymond approuva d'un signe de tête.

– Quelqu'un qui est favorable à nos intérêts ?

Nouveau hochement de tête.

– Et l'argent le rendra encore plus favorable.

– Bien, dit Drummond. Nous n'avons plus besoin de la femme, même si on la retrouve. Le moyen de pression qu'elle nous offrait sur Delgado n'est plus nécessaire, maintenant que nous en avons un autre. Il a toutes les chances d'être le prochain président du Mexique, sauf si nous révélons ses crimes. Faites-lui savoir que nous disposons de preuves selon lesquelles il a ordonné l'assassinat du directeur de l'institut et que son avenir politique dépend toujours de moi.

– Oui, monsieur.

– Et j'aurai encore plus de pouvoir quand il sera président.

– Tout le pouvoir dont vous avez besoin.

– Jamais, le corrigea Drummond.

– Alors vous avez peut-être besoin de la femme.

Une grimace du vieil homme souligna ses rides et trahit son âge.

– J'ai presque tout perdu à cause d'elle. Quand vos hommes la trouveront...

– Oui, monsieur ?

– Faites en sorte qu'ils la tuent sur-le-champ.

Neuf

1

San Antonio, Texas.

Buchanan arriva à la tombée de la nuit. Il avait suivi l'autoroute 10 depuis La Nouvelle-Orléans jusqu'à Baton Rouge, traversé un grand nombre de petites villes du Texas, Beaumont, Houston et finalement atteint...

Son mal de tête et sa blessure l'avaient contraint à s'arrêter plusieurs fois pour se reposer. À Beaumont, au milieu de la matinée, il avait pris une chambre d'hôtel pour se doucher, se raser et dormir quelques heures. Le réceptionniste avait été étonné de le voir repartir à midi. Ce n'était pas une bonne chose d'attirer ainsi l'attention. Ni que son manque d'argent liquide l'eût obligé à payer la chambre avec sa carte de crédit et laisser une nouvelle trace derrière lui. Il serait heureusement déjà loin quand Alan, le major et le capitaine découvriraient qu'il était passé par cet hôtel. Et cela ne leur indiquerait d'ailleurs pas sa destination. Ils pourraient, bien sûr, la deviner en étudiant la liste de ses missions, mais il avait eu de nombreuses affectations et il leur faudrait un certain temps pour établir le rapport entre Juana, La Nouvelle-Orléans et San Antonio. D'ici là, il serait ailleurs.

Il mangea tout en conduisant. Des hamburgers, des frites, des tacos. N'importe quoi procurant de l'énergie. Il ajouta les calories et la caféine d'une bonne dose de Coca-Cola. Il s'arrêta trois fois pour dormir sur des aires de repos, en garant la Taurus de location près des toilettes pour que le bruit des voitures et des voyageurs l'empêche de s'assoupir trop profondément. Il savait que s'il s'endormait vraiment il ne se réveillerait pas avant le lendemain.

Il devait continuer jusqu'à San Antonio et découvrir ce qui était arrivé à Juana. Pourquoi avait-elle manqué le rendez-vous ? Dans quelles difficultés se débattait-elle ? Il avait suffisamment de sang-froid, malgré sa souffrance physique et sa confusion d'esprit, pour se demander s'il ne dramatisait pas. Une promesse faite six ans plus tôt à une femme jamais revue. Un appel au secours sous forme de message énigmatique.

La carte postale signifiait peut-être autre chose. Était-il possible que Juana veuille le contacter après si longtemps ? Et pourquoi lui ? N'avait-elle personne d'autre à appeler à l'aide ?

Pour quelle raison serait-ce de lui, précisément, dont elle avait besoin ?

Il ignorait les réponses. Ce dont il était sûr, c'était qu'il lui était arrivé quelque, à lui, Buchanan.

Quelque chose de terrifiant.

Il essaya de déterminer quand cela avait commencé. Peut-être quand il avait été blessé par les trafiquants, à Cancún, ou quand il s'était cogné la tête en traversant le chenal. À moins que ce ne fût durant les séances de torture, à Mérida, quand son crâne avait heurté le sol. Ou, plus tard, quand il avait été poignardé et s'était à nouveau cogné la tête.

Mais plus il y réfléchissait, plus il était convaincu que ce n'était pas là qu'il trouverait l'explication de sa peur. Tous ces traumatismes étaient certainement des facteurs aggravants. Mais en se remémorant les semaines passées et toutes les blessures subies, il comprit qu'un incident l'avait perturbé davantage que tous les autres.

Pas un traumatisme physique. Un choc mental.

Un choc qui menaçait sa personnalité.

Ou plutôt ses personnalités. Il avait incarné plus de deux cents personnages au cours des huit dernières années. Il s'était parfois fait passer pour une demi-douzaine d'individus différents en une seule journée pour recruter une série de contacts. Au cours des deux semaines précédentes, il avait été pris pour Jim Crawford, s'était remis dans la peau de Peter Lang et avait joué les Ed Potter, Victor Grant, Don Colton et... Brendan Buchanan.

Là était le problème. Après avoir quitté la peau de Victor Grant, il s'était attendu à recevoir une autre identité. Mais Alan lui avait dit que non. C'était fini. Il quittait le service actif et serait désormais... lui-même.

Mais qui était-ce ? Il n'avait plus été Brendan Buchanan depuis si longtemps qu'il ignorait tout du personnage. Au niveau superficiel, il ne savait, par exemple, ni comment il s'habillait ni quelle nourriture il aimait. Plus profondément, il avait complètement perdu le contact avec lui-même. Il assimilait si totalement ses rôles que, quand on les lui retirait, il ne restait qu'un vide.

Sa profession n'était pas seulement ce qu'il faisait, elle définissait qui il était. Il s'en rendait maintenant compte : la découverte qu'il lui serait impossible de demeurer Brendan Buchanan pour le reste de sa vie l'avait terriblement affecté. Pour échapper à Brendan Buchanan, il était redevenu Peter Lang. Et il était parti à la recherche de la personne la plus importante dans l'univers de Peter Lang. Dans son propre univers, peut-être. Car, plus il y songeait, plus il se disait que sa vie aurait été meilleure s'il était resté avec Juana.

Peter Lang me plaisait, se dit-il.

Et Peter Lang était amoureux de Juana.

2

Il s'arrêta à une cabine téléphonique, après Houston. Il était stupéfait et troublé par la constatation que la seule personne dont il se souciât dans l'univers de Buchanan était Holly McCoy. Il ne la connaissait que depuis quelques jours. Elle représentait une menace. Mais quelque chose le poussait à la protéger, à s'assurer qu'elle avait échappé au danger auquel elle s'était exposée en enquêtant sur lui. Il estimait avoir convaincu le major, le capitaine et Alan du désir de la journaliste d'abandonner ses recherches. Il était probable qu'ils la laissent tranquille. Mais le colonel ? Suivrait-il leurs recommandations ?

Buchanan n'avait pas menti en leur disant que Holly prenait l'avion pour Washington et qu'il l'avait suffisamment effrayée pour qu'elle renonce à ses articles. Mais il devait renforcer la femme dans sa décision. Les téléphones de Holly pouvant être sur écoutes, il lui avait dit qu'il utiliserait le pseudonyme de Mike Hamilton s'il devait laisser un message sur son répondeur ou à quelqu'un du *Washington Post.* Il la trouva au journal.

– Comment allez-vous ?

– Je me demande si je n'ai pas fait une erreur, répondit Holly.

– Ce n'était pas une erreur, croyez-moi.

– Et vos négociations ? Est-ce que cela a marché ?

– Je ne sais pas, pour l'instant.

– Ah.

– Oui. *Ah.* Est-ce que vous leur avez envoyé ce que vous avez promis ?

– ... Pas encore.

– Faites-le.

– C'est que... C'est si important. Cela m'embête vraiment de...

– Faites-le, répéta Buchanan. Ne les mettez pas en colère.

– Mais j'ai l'impression d'être lâche si j'abandonne mon reportage.

– Il m'est arrivé souvent de faire quelque chose sans me demander si j'étais lâche. Aujourd'hui, cela n'a plus aucune importance. Il faut que je continue ce que je suis en train de faire. Le meilleur conseil que je puisse vous donner c'est...

Il voulait dire un mot rassurant, mais rien ne lui vint à l'esprit.

– Arrêtez de vous poser des questions sur le courage et la lâcheté. Suivez votre bon sens.

Il raccrocha, remonta dans la Taurus et rejoignit le flot de circulation de l'autoroute. Le soleil était bas devant lui, vers l'ouest, et lui faisait mal aux yeux. Malgré les Ray-Ban achetées à midi, à Beaumont, des flèches brûlantes lui transperçaient les pupilles et lui vrillaient le cerveau.

3

Il atteignit la banlieue de San Antonio peu après vingt et une heures. Il avait passé quelques semaines dans la ville six ans plus tôt pour composer le personnage de Peter Lang. Il avait visité les lieux touristiques comme Alamo, qui, apprit-il, signifie « cotonnier » en espagnol, le palais récemment restauré du gouverneur espagnol, la mission San Jose et la Villita, le petit village, reconstruction d'un quartier de la colonie espagnole du dix-huitième siècle. Il avait passé beaucoup de temps à Riverwalk, le centre commercial décoré de motifs ibériques, le long des rives aménagées du fleuve San Antonio.

Il avait également parcouru les banlieues, dont celle où habitaient les parents de Juana, Castle Hills. La femme avait utilisé un pseudonyme afin d'éviter que quelqu'un ne pût découvrir ses parents et les interroger sur son prétendu mari. Buchanan n'avait aucune raison de les rencontrer. Cela n'aurait pu que compliquer la mission. Mais il savait où ils habitaient et se dirigea directement vers leur maison, se surprenant lui-même en constatant à quel point il se souvenait de la ville.

C'était un pavillon d'un étage en briques et bardeaux devant lequel s'étendait une pelouse bien entretenue, ombragée par des chênes. Il vit de la lumière dans une pièce, en garant la Taurus. Sans doute le séjour. Il descendit de la voiture, la ferma à clé et regarda son image reflétée dans la vitre de la portière. Il avait un visage fatigué, mais se donna une apparence propre et respectable en se coiffant et en défroissant ses vêtements. Il portait toujours la veste de sport marron de Ted. Légèrement trop large, elle offrait l'avantage de dissimuler le pistolet qu'il avait coincé sous sa ceinture avant de quitter le véhicule.

Il regarda par habitude des deux côtés de la rue, en scrutant les zones d'ombre à la recherche de guetteurs. Les ennemis de Juana surveillaient peut-être la maison de ses parents, pour le cas où elle viendrait les voir ou leur téléphonerait. C'était même probable, si elle était réellement en danger et si elle se cachait, comme le suggéraient la carte postale et le rendez-vous manqué. La Juana de l'armée n'aurait jamais laissé connaître le nom et l'adresse de ses parents, mais bien des événements avaient pu se passer depuis. Elle avait pu imprudemment faire confiance à quelqu'un et lui donner des informations qu'on utiliserait aujourd'hui contre elle, même si l'imprudence n'était pas un de ses défauts.

Sa seule imprudence avait peut-être été de tomber amoureuse de Peter Lang.

Aucune menace n'était en vue. Aucune voiture n'était rangée le long du trottoir. Personne n'attendait à un angle de rues en faisant semblant d'attendre un autobus. Les lumières des autres maisons révélaient des soirées familiales normales. Quelqu'un pouvait, bien sûr, être caché dans les buissons. Mais un étranger ne pouvait certainement pas demeurer aux aguets très longtemps dans ce quartier propret. Le berger allemand qu'un voisin promenait sur le trottoir d'en face le débusquerait rapidement.

Ces observations ne lui prirent que quelques secondes, le temps d'une simple pause d'un visiteur qui se recoiffe avant de se présenter chez des gens. La nuit douce était chargée d'une odeur de feuilles mortes. Il s'arrêta sous un porche en brique d'où il entendit les rires d'une série télévisée. Il appuya sur le bouton de la sonnette. Des pas s'approchèrent. Une silhouette apparut derrière la porte vitrée.

On alluma une lampe suspendue au-dessus de lui. Une femme sud-américaine l'examina. Elle avait une cinquantaine d'années, des cheveux noirs qui lui tombaient jusqu'aux épaules et un agréable visage ovale. Ses yeux noirs et vifs dénotaient intelligence et perspicacité. Ils lui rappelèrent Juana, mais il n'avait aucun moyen d'être certain que c'était bien sa mère. Ni la boîte aux lettres ni la porte n'indiquaient de nom. En six ans, ils avaient pu déménager, ou même décéder. Buchanan s'était dit qu'il vérifierait leur adresse dans un annuaire de téléphone à son arrivée dans la ville, mais il était si impatient qu'il n'avait finalement pas voulu perdre la moindre minute. Il serait fixé assez tôt.

Une personne moins expérimentée que lui aurait peut-être téléphoné depuis La Nouvelle-Orléans pour leur demander s'ils étaient au courant des ennuis de leur fille. Il n'aurait rien appris ou n'aurait recueilli que des informations douteuses. La plupart des gens sont crédules, mais même les plus insouciants ont tendance à se refermer si un inconnu leur pose des questions personnelles par téléphone, quelles que soient ses explications. Le téléphone est un moyen d'investigation pour enquêteur paresseux. Rien ne remplace le contact direct. À la Ferme de la CIA où l'armée l'avait envoyé suivre une formation, Buchanan avait rapidement acquis la réputation d'exceller dans cette spécialité. En guise de travaux pratiques, l'instructeur envoyait les stagiaires dans des bars à une heure d'affluence pour engager la conversation avec des consommateurs et gagner suffisamment leur confiance pour apprendre le jour, le mois et l'année de leur naissance ainsi que leur numéro de Sécurité sociale[1]. L'expérience avait montré qu'il était quasiment impossible d'obtenir des informations aussi personnelles lors d'une première rencontre. Inventer une question anodine susceptible d'amener quelqu'un à donner son numéro de Sécurité sociale à un inconnu n'était pas évident. Vous aviez davantage de chance de susciter des soupçons que des réponses. Tous les membres du stage avaient échoué. Excepté Buchanan.

La femme entrouvrit la porte, sans détacher l'entrebâilleur. Elle s'adressa à lui d'un ton perplexe, à travers l'espace de dix centimètres.

– Oui ?

– *Señora Mendez ?*

– *Sí.*

---

1. Le numéro de Sécurité sociale est beaucoup plus souvent utilisé aux États-Unis qu'en France, notamment pour des démarches administratives. *(N.d.T.)*

– *Perdone.* Je sais qu'il est tard. Je m'appelle Jeff Walker et je suis un ami de votre fille.

Buchanan recourait à l'espagnol qu'il avait appris à l'école de langues des armées à Monterey, en Californie, en préparant sa mission au Mexique.

– Je ne l'ai pas vue depuis plusieurs années et je ne sais pas où elle habite. Je suis à San Antonio pour quelques jours et... Eh bien, j'espérais qu'elle serait ici. Pouvez-vous me dire où je pourrais la trouver ?

La mère de Juana le dévisagea d'un air soupçonneux, en semblant toutefois amadouée par le fait qu'il utilisait l'espagnol. Juana lui avait dit que ses parents étaient bilingues mais qu'ils préféraient parler dans leur langue maternelle et qu'ils étaient offensés quand des Nord-Américains parlant espagnol les obligeaient à parler anglais.

– *Conoce a mi hija ?*

– *Sí,* répondit Buchanan en poursuivant en espagnol. Je connais Juana. Nous avons été à l'armée ensemble. Je l'ai connue quand elle était à Fort Sam Houston.

C'était l'une des affectations de couverture de Juana. Elle travaillait pour les services de renseignements militaires et dépendait des Forces spéciales de Fort Bragg, mais son unité officielle était le quartier général de la Ve Armée ici, à San Antonio.

– Nous nous entendions très bien. Nous sommes sortis ensemble plusieurs fois. Je pense qu'on peut dire que... Eh bien, nous étions très proches. J'aurais aimé rester en contact avec elle, mais je suis parti à l'étranger pendant un certain temps et... J'aimerais bien lui dire bonjour.

La femme continuait à l'examiner avec méfiance. Buchanan était persuadé qu'elle ne l'aurait pas écouté si longtemps s'il n'avait pas parlé espagnol ni mentionné Fort Sam Houston. Il lui fallait quelque chose de plus pour être crédible.

– Vous avez toujours votre chien ? Le labrador ? Comment est-ce qu'il s'appelle ? Pepe. Ouais. Juana l'aimait beaucoup. Elle parlait de lui, quand elle ne parlait pas de base-ball. Elle disait qu'elle aimait emmener Pepe avec elle quand elle n'était pas de service et qu'elle allait courir le long du fleuve.

La mère perdait sa méfiance.

– Non.

– Pardon ?

– Le chien. Pepe. Il est mort l'an dernier.

– Oh. Je suis désolé, *señora* Mendez. Perdre un animal est souvent... Juana a dû avoir de la peine.

– Vous dites que vous vous appelez Jeff Walker ?

– C'est cela.

Buchanan prenait soin de se tenir parfaitement droit, comme si c'était une habitude héritée de l'armée.

– Je ne me rappelle pas l'avoir entendue parler de vous.

– Six ans, cela fait beaucoup. En tout cas, elle m'a beaucoup parlé de vous. D'après ce qu'elle disait, vos *fajitas* au poulet sont les meilleures de la ville.

Elle sourit légèrement.

– C'était le plat préféré de Juana.

Le sourire se transforma en mine renfrognée.

– Je me rappellerais de vous si je vous avais déjà vu. Pourquoi est-ce que Juana ne vous a jamais amené ici ?

Un autre « pourquoi » si dit Buchanan avec inquiétude. Pourquoi toutes ces questions ? Mais, bon sang, qu'est-ce qui se passe ?

4

Une petite camionnette grise était garée deux rues plus loin, en face d'une maison dont la pelouse portait une pancarte « À vendre ». Elle était là depuis plusieurs jours sans que les voisins ne s'en inquiètent. Ils étaient même rassurés. Le conducteur leur avait tous rendu visite pour leur expliquer qu'il travaillait pour une société de gardiennage qui avait des clients dans le quartier et qui avait décidé de mettre un agent en faction à la suite d'actes de vandalisme dans le voisinage. Il était chargé de surveiller différentes maisons, surtout des maisons vides qui représentaient une cible logique pour des vandales. Si quelqu'un avait téléphoné au numéro indiqué sur la carte de visite qu'il leur avait remise, une secrétaire au ton très professionnel lui aurait confirmé ce que le garde en civil avait dit. Il travaillait effectivement pour la société. L'employée n'aurait évidemment pas ajouté qu'elle répondait depuis un bureau d'une pièce, quasiment vide, ouvert depuis moins de deux semaines.

Le détective privé s'appelait Duncan Bradley. Il avait vingt-huit ans. Grand et mince, il portait presque toujours des chaussures de sport et un survêtement, comme s'il était constamment prêt à jouer au basket, son sport préféré. Une tenue décontractée était plus confortable pour une longue surveillance et celle-ci promettait de s'éterniser.

Son partenaire et lui alternaient en équipes de douze heures, ce qui signifiait que la camionnette, dont les vitres étaient occultées par des rideaux, disposait d'un nécessaire pour cuisiner et de toilettes portables. L'espace réduit avait été aménagé pour offrir quelque confort. Tous les sièges arrière avaient été ôtés et remplacés par un matelas fixé sur une planche redressée de quinze degrés par rapport à l'horizontale, pour pouvoir observer sans effort tout en étant allongé.

Ce que Duncan observait était un petit écran de télévision relié à une caméra cachée sur le toit, sous le capot d'une fausse bouche d'aération. C'était une caméra spéciale, du même genre que celles montées sur les hélicoptères d'assaut, dotée d'un zoom très puissant qui permettait de lire les plaques minéralogiques d'une voiture garée deux rues plus loin, une Ford Taurus bleue immatriculée en Louisiane. Grâce à un système de vision nocturne, Duncan recevait l'image verdâtre d'un homme qui descendait du véhicule, se coiffait, regardait alentour comme pour admirer le quartier et se dirigeait vers la maison. C'était un homme blanc, d'environ un mètre quatre-vingts, âgé d'une trentaine d'années. Sans être un athlète, il était costaud. Il était habillé de façon quelconque et portait des cheveux ni longs ni courts. Il avait des traits marqués mais pas sévères, de même qu'il était bel homme mais pas suffisamment pour attirer les regards.

– Nous sommes le 2 novembre, dit Duncan devant un magnétophone. Il est neuf heures et demie du soir. Je suis dans mon véhicule de surveillance, dans la rue de la cible. Un homme vient d'arriver à la maison.

Il décrivit la voiture, dont il donna le numéro minéralogique, et son conducteur, ni grand ni petit, un peu comme ci et un peu comme ça, pas trop comme ci et pas trop comme ça.

– J'écoute ce que transmettent les micros.

Il reposa le magnétophone et augmenta le volume d'un récepteur avant de placer sur sa tête un casque muni d'écouteurs. Ils recevait les sons captés par plusieurs émetteurs miniatures qu'il avait dissimulés dans les téléphones et les commutateurs électriques de toutes les pièces de la maison. Les appareils étaient branchés sur le circuit électrique de l'habitation et disposaient ainsi d'une source d'énergie permanente. Ils étaient réglés sur une bande FM inutilisée à San Antonio pour éviter des interférences avec les postes de radio et de télévision des occupants.

Duncan avait attendu que les deux cibles quittent leur maison, le premier jour de cette mission. Ils lui avaient facilité la tâche en sortant après le dîner, à la nuit tombée, pour se rendre à un centre commercial où son partenaire les avait suivis, muni d'un téléphone cellulaire pour pouvoir le prévenir en cas de retour anticipé. L'homme ne comptait bien sûr pas seulement sur la chance que les deux habitants quittent leur logement de nuit. Il aurait pu pénétrer dans la maison en plein jour en se déguisant en employé de la société de jardinage qui entretenait les pelouses. Personne n'aurait trouvé étrange qu'un employé en uniforme de la société et portant un pulvérisateur de la taille d'un extincteur explore les buissons sur le côté du pavillon, puis en fasse le tour. Il était entré par une porte du patio dont il avait crocheté la serrure en quinze secondes, puis avait installé les micros émetteurs en moins de trois quarts d'heure.

Des boutons regroupés sur une console installée dans la camionnette permettaient de régler le volume de chaque récepteur, dont on pouvait également enregistrer séparément le son. Cela n'avait toutefois pas souvent été nécessaire car, depuis deux semaines qu'il était en observation, Ducan n'avait capté rien d'autre que les conversations ordinaires d'un ménage. Il n'avait repéré aucun code de communication d'informations secrètes. Les conversations téléphoniques consistaient en bavardages normaux entre voisins. Les discussions à table portaient essentiellement sur le garage automobile du mari, dont les affaires allaient fort bien. Le couple regardait souvent la télévision le soir. Ils n'avaient eu aucun rapport sexuel depuis le début de la surveillance.

Duncan avait passé la soirée à écouter les rires d'une émission de télévision. Quand il entendit la sonnerie et que le mari dit à sa femme d'aller ouvrir, il alluma une série de magnétophones, baissa le volume du récepteur correspondant au salon et augmenta celui du récepteur de l'entrée.

Une des raisons pour lesquelles il avait été affecté à cette maison était qu'il parlait espagnol. Dès le début de la conversation il fut en alerte. Car l'étranger dit tout de suite qu'il s'appelait Jeff Walker et qu'il cherchait Juana Mendez. Le travail commence, mon vieux, se dit-il. Enfin un peu d'action. Tout en écoutant intensément et en réglant des boutons pour être certain que les magnétophones ne perdraient pas un mot, il poussa une touche de son téléphone cellulaire. Le numéro qu'il appelait était programmé.

– Vous connaissez ma fille ? demandait Mme Mendez en espagnol.

L'individu qui se présentait comme Jeff Walker expliquait qu'il l'avait rencontrée à l'armée, à Fort Sam Houston.

Duncan entendit une sonnerie.

L'individu qui se présentait comme Jeff Walker parlait d'un chien que Juana Mendez avait possédé. Qui que ce fût, il semblait réellement la connaître.

Deuxième sonnerie.

Jeff Walker racontait comme Juana vantait les *fajitas* au poulet de sa mère.

Tu insistes lourdement, mon pote, pensa Duncan.

Une voix masculine répondit calmement :

– Ici Tucker.

– Ici Bradley. Je crois qu'on tient quelque chose.

5

– Pourquoi est-ce que Juana ne m'a jamais amené chez vous ?

Buchanan reprit, toujours en espagnol, la question que la femme venait de lui poser.

– Vous savez, je me le suis demandé. Je crois que c'est parce qu'elle ne savait pas si votre mari et vous seriez d'accord.

Il prenait un risque, mais il fallait qu'il tente de désarmer sa méfiance. Il était évident qu'il y avait un problème, mais il ne savait pas quoi. S'il confirmait ses soupçons sur un aspect, elle redoublerait de questions.

– Pourquoi est-ce que nous n'aurions pas été d'accord ? demanda la femme avec des yeux indignés. Parce que vous êtes blanc ? Juana avait beaucoup d'amis blancs au lycée. Elle savait que nous n'avions pas de préjugés.

– Je suis désolé. Ce n'est pas ce que je voulais dire. Je ne voulais pas vous offenser. Juana m'a dit, en fait elle insistait beaucoup là-dessus, que vous n'aviez aucune objection au fait qu'elle sorte avec quelqu'un qui n'était pas sud-américain.

– Alors, pourquoi est-ce que nous n'aurions pas été d'accord ? insista la mère avec des yeux à nouveau étincelants.

– Parce que je ne suis pas catholique.

– ... Ah, dit-elle d'une voix plus conciliante.

– Juana disait que vous lui aviez souvent répété que vous attendiez une chose d'elle... que si elle fréquentait sérieusement un garçon il devait être catholique... parce que vous vouliez être certaine que vos petits-enfants iraient à l'église.

– Oui, dit la femme avant d'avaler sa salive. C'est vrai. Je le lui ai souvent dit. Apparemment, vous la connaissez bien.

La voix rude d'un homme, parvenant de loin, l'interrompit :

– À qui est-ce que tu parles, Anita ? Pourquoi est-ce que c'est si long ?

La femme regarda derrière elle, vers l'entrée du salon.

– Attendez ici, dit-elle à Buchanan avant de refermer la porte.

Il entendit des voix étouffées.

La mère de Juana revint.

– Si vous voulez entrer...

Sa voix ne trahissait guère d'enthousiasme et ce n'est vraiment pas avec un air content qu'elle ferma la porte à clé derrière lui, puis l'accompagna dans le séjour.

La pièce communiquait avec la cuisine par un passage voûté et Buchanan sentit immédiatement une odeur d'huile, d'épices, d'oignon et de poivre qui subsistait du dîner. Le salon était encombré de meubles, surtout des chaises rembourrées et diverses tables en bois. Un crucifix pendait à un mur. Un homme d'une cinquantaine d'années, petit, aux épaules larges, avec des cheveux et des yeux encore plus noirs que ceux de sa femme, était assis dans un fauteuil à dossier inclinable, fumant un cigare et tenant une bouteille de bière Corona à la main. Il avait un visage rond mais taillé à coups de serpe. Il portait des chaussures de sécurité et un bleu de travail sur lequel on lisait « Garages Mendez ». Buchanan se rappela que Juana lui avait dit que son père possédait six garages dans la ville.

– Qui êtes-vous ?

Il était difficile de l'entendre à cause du bruit de la télévision.

– Comme j'ai dit à votre femme, je m'appelle...

– Oui. Jeff Walker. Qui êtes-vous ?

Buchanan fit une grimace.

– Je suis désolé, je ne comprends pas.

La mère de Juana montra des signes d'impatience.

– Je suis un ami de votre fille, dit Buchanan.

– C'est ce que vous dites, répondit l'homme d'un air inquiet. Quelle est la date de son anniversaire ?

– Mais pourquoi est-ce que... ?

– Contentez-vous de répondre. Si vous êtes un aussi bon ami que vous le dites, vous devez connaître la date de son anniversaire.

– ...

– Alors ?

– Si je me rappelle bien, c'est en mai. Le 10.

Buchanan s'en souvenait parce que c'était également en mai que Juana et lui avaient commencé à travailler ensemble à

La Nouvelle-Orléans, six ans plus tôt. Et, en couple parfait, ils avaient fêté l'événement comme il se devait.

– N'importe qui peut trouver cela dans un dossier. Est-ce qu'elle a des allergies ?

– Mais qu'est-ce qui se passe, *señor* Mendez ? Je ne l'ai pas vue depuis six ans. C'est difficile de se souvenir si...

– C'est ce que je me disais.

– Mais je me rappelle qu'elle avait un problème avec la coriandre. J'ai toujours été étonné qu'elle soit allergique à une épice qu'on utilise si souvent dans la cuisine sud-américaine.

– Des marques de naissance ?

– C'est une question...

– Répondez à la question.

– Elle a une cicatrice derrière la jambe droite, en haut, près de la hanche. Elle disait qu'elle s'était blessée en passant par-dessus des fils de fer barbelés, quand elle était enfant. Qu'est-ce que vous voulez savoir d'autre ? Est-ce que vous allez me demander comment j'ai vu cette cicatrice ? Je crois que j'ai fait une erreur. Je n'aurais pas dû venir ici. J'aurais dû aller voir des amis de Juana pour leur demander s'ils savent où je peux la trouver.

Au moment où il se tournait vers la porte, la mère de Juana dit sèchement :

– Pedro !

– Attendez, dit le père. S'il vous plaît. Restez, si vous êtes vraiment un ami de ma fille.

Buchanan l'examina, puis approuva de la tête.

– Je pose toutes ces questions parce que... reprit-il avec agitation, en deux semaines vous êtes le quatrième ami de Juana à demander où elle est.

Buchanan masqua sa surprise.

– Le quatrième...

– Est-ce qu'elle a des ennuis ? demanda Anita d'une voix anxieuse.

– Ils étaient tous blancs, comme vous, ajouta Pedro. Des hommes, aussi. Et comme vous ils n'avaient pas vu Juana depuis plusieurs années. Mais contrairement à vous, ils ne savaient rien de personnel sur elle. L'un d'eux a affirmé qu'il avait servi avec elle à Fort Bragg, mais Juana n'a jamais été basée à Fort Bragg.

Ce qui était faux. Juana était officiellement affectée à Fort Sam Houston, mais l'unité dont elle dépendait se trouvait en réalité à Fort Bragg. Elle ne l'avait bien sûr jamais dit à ses parents et ceux-ci avaient naturellement cru que l'homme qui prétendait être un ami de leur fille avait menti en affirmant l'avoir connue à Fort Bragg. Il connaissait au contraire très bien le passé de Juana mais avait commis une erreur en croyant que ses parents en sauraient autant que lui.

Le père de Juana poursuivit :

– Un autre a prétendu avoir connu Juana ici, à l'université. Quand je lui ai demandé laquelle, il s'est troublé. Il avait l'air d'ignorer qu'elle avait quitté l'université Notre-Dame-du-Lac pour finir à Sainte-Marie. N'importe quelle personne qui l'aurait connue à l'époque le saurait.

Buchanan approuva mentalement. Quelqu'un avait foutu la merde en se contentant de parcourir le dossier de Juana au lieu de le lire en détail.

– Le troisième de ces prétendus amis a affirmé, comme vous, qu'il était sorti avec elle quand ils travaillaient ensemble à Fort Sam Houston, mais il était incapable d'expliquer pourquoi Juana ne l'avait jamais amené chez nous, comme elle le faisait avec la plupart de ses copains. Au moins, vous avez une explication. Et vous avez l'air de connaître des détails personnels à son sujet. Je vous demande à nouveau... Jeff Walker... est-ce que notre fille a des ennuis ?

La mère de Juana attendait, en serrant nerveusement les pans de sa robe.

Buchanan était devant un choix difficile. Pedro lui demandait de se dévoiler. Mais c'était peut-être un leurre. S'il expliquait ses véritables intentions, le père allait peut-être se dire qu'il était un nouvel envoyé des ennemis de Juana.

Il décida de prendre le risque.

– Je le pense, répondit-il.

Pedro soupira, consterné, mais comme s'il venait enfin d'entendre ce qu'il attendait.

– Je le savais, dit la femme. Quel genre d'ennuis ? Dites-nous. Nous sommes mortellement inquiets...

– Anita, s'il te plaît, ne parle pas de mort, l'interrompit son mari.

Se tournant vers Buchanan il répéta la question :

– Quel genre d'ennuis ?

– Je ne serais pas ici si je le savais, dit Buchanan. La semaine dernière, j'ai reçu un message dans lequel elle me disait qu'elle voulait me voir. C'était vague, comme si elle avait voulu que personne d'autre que moi ne puisse comprendre ce qu'elle écrivait. Mais j'ai compris. Elle avait impérieusement besoin d'aide. Il y a un endroit à La Nouvelle-Orléans qui représente quelque chose de particulier pour nous. Elle me demandait, en fait elle me suppliait, de la retrouver là, le même jour et à la même heure que la dernière fois que nous y étions ensemble. C'était à onze heures du soir, le jour de Halloween. Elle n'est pas venue, ni le lendemain soir. Il est évident que quelque chose ne va pas. C'est pour cela que je suis venu ici. Parce que vous êtes les seules personnes que je voie qui pourraient m'aider à la contacter. Je me suis dit que vous étiez les mieux placés pour avoir une idée de ce qui se passe.

Ils demeurèrent tous les deux silencieux.

Buchanan leur laissa du temps.

– Non, dit Anita.

Il attendit encore.

– Nous ne savons rien, reprit la mère. La seule chose est que nous nous sommes inquiétés parce qu'elle ne se comportait pas comme d'habitude.

– C'est-à-dire ?

– Nous n'avons pas eu de ses nouvelles pendant neuf mois. D'habitude elle nous téléphone au moins une fois par semaine, même quand elle est en déplacement. Elle nous avait prévenus qu'elle serait absente pendant un moment. Mais neuf mois ?

– Quelle métier fait-elle ?

Pedro et Anita hésitèrent.

– Vous ne le savez pas ?

– Cela a un rapport avec la sécurité, dit le père.

– La sécurité nationale ?

– La sécurité privée. Elle a monté une affaire ici, à San Antonio. Mais elle ne nous en a jamais dit plus. Elle ne donnait jamais de détails. Elle disait que ce ne serait pas correct envers ses clients. Elle ne pouvait pas trahir leur confiance.

Bien, pensa Buchanan. C'est toujours une professionnelle.

– D'accord, dit-il. Alors vous n'avez pas eu de nouvelles depuis neuf mois. Et tout à coup plusieurs hommes qui prétendent être ses amis viennent vous voir et vous demandent où ils peuvent la trouver. Qu'est-ce qu'il y a d'autre qui... ?

Il remarqua un changement dans l'attitude des parents de Juana. Leur regard se fit plus dur et inquiet. Une méfiance à son égard refrénait à nouveau leur envie de partager leur inquiétude à propos de leur fille. Il était victime du pari qu'il avait fait. Ses remarques sur les autres hommes qui cherchaient Juana les avaient amenés à l'identifier à ces individus.

Mais quelque chose d'autre le gênait. Son mal de tête lui avait momentanément fait relâcher sa vigilance. Si un ennemi était sur les traces de Juana et n'avait pas hésité à envoyer trois hommes de suite interroger ses parents, ne serait-il pas allé plus loin dans ses tentatives pour découvrir ce que les Mendez savaient ? Est-ce qu'on n'aurait pas... ?

– Excusez-moi. Est-ce que je pourrais utiliser vos toilettes ?

La méfiance de Pedro lui donnait un air bourru. Il approuva de la tête avec réticence.

– C'est dans le couloir. La première porte à gauche.

– Merci.

Buchanan se leva en simulant la gêne et se dirigea vers le couloir. Il ferma à clé la porte de la salle de bains, blanche, impeccable et soigneusement rangée, fit un effort pour uriner. Il tira la chasse d'eau et tourna un robinet du lavabo pour se laver les mains.

Laissant l'eau couler, il ouvrit silencieusement l'armoire à pharmacie. Il trouva une lime à ongles à l'aide de laquelle il dévissa la plaque de protection du commutateur électrique. Il défit les vis qui fixaient le mécanisme au mur puis, prenant garde à ne pas toucher les fils, le sortit de la cavité pour voir si quelque chose se trouvait derrière.

Ce qu'il découvrit redoubla la nausée provoquée par son mal de tête. Un micro émetteur miniature était attaché aux fils. La majorité des gens considèrent leur salle de bains comme un endroit intime et c'est la pièce où ils soupçonneraient le moins la présence d'un micro. C'était toujours le premier lieu que Buchanan vérifiait. Et comme la salle de bains était parfaitement propre et rangée, le seul endroit où un micro pouvait être installé sans que la maîtresse de maison le découvre était derrière le commutateur électrique, l'une des caches favorites des spécialistes. Les postes téléphoniques étaient sans doute également sur écoute.

Voilà, se dit Buchanan. Nous y sommes.

Il coupa l'eau, en espérant que le bruit de l'écoulement avait dissimulé celui du démontage de l'interrupteur. Il ouvrit la porte et retourna dans le living-room. Il était évident qu'en son absence les parents de Juana avaient échangé à voix basse leurs impressions à son sujet.

– Je suis désolé, Pedro, dit Buchanan.

– Pourquoi ?

– J'ai dû tirer trop fort la manette de fermeture du lavabo, en me lavant les mains. J'ai dû la casser. Je n'arrive pas à vider l'eau. Je suis vraiment désolé. Je...

L'homme se leva et se dirigea à grands pas vers la salle de bains, le torse en avant.

Buchanan le précéda dans le couloir et plaça un doigt sur ses lèvres pour faire signe à Pedro de garder le silence. Ne comprenant pas, ce dernier ouvrit la bouche pour demander ce qui se passait et Buchanan fut contraint de lui poser fermement une main sur le bas du visage. Il secoua en même temps énergiquement la tête de gauche à droite et articula silencieusement, en amplifiant le mouvement de ses lèvres, « silence ». Pedro était stupéfait. « La maison est écoutée », continua Buchanan silencieusement.

Le père de Juana ne saisissait pas. Il se débattit pour ôter le bras de Buchanan et celui-ci dut lui placer la main gauche derrière la tête tout en maintenant la pression de sa main droite. Il poussa Pedro dans la salle de bains et le pencha pour qu'il regarde derrière le commutateur qui sortait du mur. Le mécanicien devait posséder des notions d'électricité suffisantes pour comprendre que le petit gadget logé dans le mur n'avait aucune raison de se trouver là et que c'était un micro émetteur.

Pedro ouvrit de grands yeux.

Comprende ? demanda silencieusement Buchanan.

Pedro approuva de la tête.

Buchanan retira ses mains.

Le père de Juana s'essuya la bouche, autour de laquelle les doigts de Buchanan avaient laissé leur empreinte, regarda ce dernier et poussa le levier du lavabo.

– Voilà. Vous voyez, ce n'était rien. Vous n'aviez pas assez poussé le levier.

– Au moins, je n'ai rien cassé, dit Buchanan.

Pedro portait plusieurs stylos-bille et un carnet dans la poche de poitrine de son bleu de travail. Buchanan prit rapidement le bloc et un stylo puis écrivit : *Nous ne pouvons pas parler dans la maison. Où et quand pouvons-nous nous voir ? Vite.*

Le père de Juana lut le mot, fronça les sourcils et répondit : *Demain matin à 7 heures. Mon garage est au 1217 Loma Avenue.*

– Je n'ai pas confiance en vous, dit tout à coup Pedro.

– Quoi ?

L'effet était si convaincant qu'il fallut un instant à Buchanan pour comprendre que c'était une ruse.

– Sortez de chez moi !

– Mais...

– Sortez.

Et Pedro attrapa Buchanan par le bras et le poussa dans le couloir.

– Comment est-ce qu'il faut que je vous le dise ? Sortez de chez moi !

– Pedro ! cria Anita en sortant du salon. Qu'est-ce que tu fais ? Il peut peut-être nous aider.

– Dehors !

L'homme bousculait Buchanan en direction de la porte. Celui-ci fit semblant de résister.

– Pourquoi ? Je ne comprends pas. Qu'est-ce que j'ai fait ? Il y a quelques minutes nous discutions de la façon d'aider Juana, et tout à coup...

– Il y a quelque chose que je n'aime pas chez vous. Vous tombez trop à pic. Je pense que vous êtes avec les autres types qui sont venus poser des questions sur Juana. Vous n'êtes pas son ami. Vous faites partie de ses ennemis. Je n'aurais jamais dû vous parler. Sortez immédiatement, avant que j'appelle la police.

Pedro déverrouilla la porte et l'ouvrit brusquement.

– Vous faites une erreur, dit Buchanan.

– Non, c'est vous qui avez fait une erreur. Et vous en ferez une encore plus grande si jamais vous vous approchez encore de chez moi.

– Bon sang, si vous ne voulez pas de mon aide...

– Je veux que vous sortiez ! dit-il en poussant Buchanan dehors.

Buchanan prit pied en vacillant sous le porche.

– Ne me touchez plus !

– Pedro ! appela Anita.

– Je ne sais pas où est ma fille, mais si je le savais je ne vous le dirais certainement pas ! dit le père.

– Alors allez vous faire voir.

6

– Tu ferais mieux de rappliquer tout de suite, dit Duncan Bradley dans son téléphone cellulaire tout en écoutant les échanges qui lui parvenaient de la maison. Le gars qui est entré dans la maison a mis Mendez hors de lui. Ils se disputent. Mendez le met dehors.

– Je suis pas loin. Je suis à deux pâtés de maisons, répondit le partenaire de Duncan.

– C'est comme si tu étais à deux kilomètres.

Duncan fixait l'image verdâtre de son écran de télévision.

– Le type traverse la pelouse et se dirige vers sa voiture. Il sera parti avant que tu arrives.

– Je te dis que je suis à côté. Tu ne vois pas mes phares ?

Duncan regarda un autre écran qui montrait la zone obscure derrière la camionnette.

– Affirmatif.

– Parfait, dit Tucker. Quand il démarrera, je me mêlerai aux autres voitures pour le suivre. Il ne s'étonnera pas de voir mes phares derrière lui.

– Il monte dans sa voiture.

– Pas de problème. Le numéro de la plaque d'immatriculation que tu m'as donné...

– Et alors ?

– J'ai fait chercher sur l'ordinateur qui gère la liste des véhicules immatriculés en Louisiane. La Taurus appartient à une agence de location de véhicules de La Nouvelle-Orléans.

– Cela ne nous apprend pas grand-chose, dit Duncan.

– Ce n'est pas tout. J'ai téléphoné à l'agence en disant que je faisais partie de la police d'État. J'ai dit qu'il y avait eu un accident et que je voulais savoir qui avait loué la voiture.

– Et ?

– Brendan Buchanan. C'est le nom du contrat de location.

Les phares du véhicule de Tucker grossirent sur l'écran qui surveillait l'arrière. Sur l'autre écran il vit s'allumer les feux de la Taurus, deux pâtés de maisons plus loin dans l'autre direction. La voiture s'éloigna du trottoir.

La Jeep Cherokee de Tucker dépassa la camionnette. Duncan abandonna les écrans des yeux et regarda avec un sourire en direction de son collègue.

– Tu vois. Je te l'avais dit, fit Tucker dans le téléphone. Pas de panique. Je le suis. Il n'a vu personne démarrer derrière lui. Il n'a aucune raison de se méfier.

– Brendan Buchanan ? demanda Duncan. Qui est ce foutu Brendan Buchanan ? Et qu'est-ce qu'il a à voir avec la femme ?

– Le quartier général est en train de chercher.

Les feux arrière de la Jeep de Tucker diminuèrent jusqu'à n'être plus que des points minuscules.

– Mais en attendant, je vais trouver où il habite. On ira lui rendre visite. Et on saura tout ce qu'on a besoin de savoir sur Brendan Buchanan.

7

La présence de micros émetteurs impliquait celle d'un récepteur. Selon la puissance des émetteurs, le récepteur pouvait se trouver à plus d'un kilomètre. Mais pour des raisons pratiques, par exemple à cause des parasites émis par les équipements électriques des maisons du quartier, le récepteur était en général installé beaucoup plus près. Il était également utile pour la personne qui écoutait de pouvoir exercer en même temps une surveillance visuelle. L'installation était probablement dans le voisinage immédiat, conclut Buchanan. Peut-être dans une maison, mais il devait être difficile de trouver une maison disponible dans ce quartier résidentiel. Plutôt dans un véhicule en stationnement. Mais en arrivant il n'avait vu aucune voiture garée dans la rue. Il vérifia en se dirigeant vers la Taurus.

Il se tourna en direction de Pedro Mendez qui le regardait d'un air furieux depuis le porche.

Sacrée performance, se dit-il. Vous avez raté votre vocation. Vous auriez dû être acteur.

Buchanan marcha rapidement jusqu'à sa voiture, comme s'il était en colère. En faisant le tour pour atteindre la portière du conducteur, il regarda des deux côtés de la rue. Là-bas. Ce véhicule garé deux rues plus loin. Il ne l'avait pas remarqué plus tôt à cause de l'éloignement et parce qu'il se trouvait dans l'ombre, entre deux lampadaires. Seuls les phares d'une voiture qui approchait lui avaient permis de le découvrir.

J'ai l'impression que c'est le moment de rendre une petite visite, se dit-il en mettant le contact. Il alluma ses phares et s'éloigna. Le véhicule qui arrivait se plaça juste derrière lui. La lumière violente relança son mal de tête.

Trouver Juana est si important pour ceux qui la cherchent qu'ils ont mis la maison de ses parents sur écoute. Mais elle aurait pu leur faire passer un message d'une façon indétectable par des micros. Ils se sont impatientés et ils ont envoyé quelqu'un demander où elle était, en se faisant passer pour un ami. Sans succès. Alors ils ont recommencé. Toujours pas de résultat. Ils en ont envoyé encore un autre...

C'est idiot, se dit-il. Ils ont bien dû se rendre compte que l'apparition de trois vieux amis en deux semaines rendrait les parents de Juana méfiants. Alors, pourquoi ?

Oui, pensa-t-il. Ils veulent faire savoir à Juana qu'ils surveillent ses parents, pour le cas où elle serait en contact avec eux. Ils veulent l'inquiéter. Ils veulent la menacer en menaçant ses parents. Ils veulent l'obliger à se montrer.

Et maintenant qu'ils m'ont vu et qu'ils savent qu'il y a quelqu'un de plus dans le jeu, ils peuvent se dire que le mieux serait encore de faire parler de force les parents de Juana. Il faut que je prévienne Pedro et Anita qu'ils sont en danger.

Et moi ? se demanda-t-il en tournant dans une rue. Ceux qui cherchent Juana vont vouloir interroger un inconnu qui apparaît d'un coup et pose les mêmes questions qu'eux.

Il changea à nouveau de rue.

Les phares qui le suivaient ne le quittèrent pas.

Tiens ! Tiens ! se dit Buchanan.

8

Falls Church, Virginie

Le colonel avait réservé une chambre sous un pseudonyme, dans un motel de la périphérie de la ville. Il avait tout de même vérifié l'absence de micro avec un scanner électronique. Ses trois adjoints étaient arrivés à onze heures du soir, trempés par la pluie froide de novembre qui les avait accueillis à National Airport, à Washington, à leur retour de La Nouvelle-Orléans.

Ils avaient tous les trois l'air épuisé, même le capitaine Weller qui exhalait habituellement une vitalité sexuelle. Son chemisier était froissé et sa chevelure blonde emmêlée. Elle enleva sa veste, s'affala sur le canapé et retira ses chaussures à talons hauts. Le major Putnam et Alan avaient les joues rouges, sans doute à cause de la fatigue et de la déshydratation du voyage en avion et de l'alcool.

– Est-ce qu'il y a du café ? demanda le capitaine Weller.

– Par là, répondit sèchement le colonel. Il y en a sur le plateau, à côté du téléphone.

L'officier supérieur avait l'air frais et dispos, contrairement à ses visiteurs. Il avait pris une douche et s'était rasé, autant pour avoir l'air plus en forme qu'eux que par soin personnel. Il s'était changé et portait des chaussures bien cirées, un pantalon gris au pli net, une chemise blanche amidonnée, une cravate rayée toute neuve et un blazer croisé bleu. Il affichait sa posture raide et attentive habituelle. Même en civil, il avait une allure militaire.

– Ah oui.

La femme se tourna vers l'endroit indiqué par le colonel. Elle était en civil, comme le major Putnam qui s'était laissé tomber sur une chaise à côté de la télévision.

– C'est une bonne chose. Je ne l'avais pas vu en entrant.

Le colonel ferma légèrement les yeux, comme pour dire qu'il y avait beaucoup de choses qu'elle n'avait pas remarquées.

Alan, seul civil dans la pièce, desserra son nœud de cravate et déboutonna un bouton de sa chemise, avant de remplir un gobelet de café. Tout le monde eut l'air surpris de le voir apporter le café au capitaine Weller et de retourner s'en verser un.

– Qu'est-ce que nous faisons ici ? Nous n'aurions pas pu attendre jusqu'à demain matin ? Je dors debout, sans parler du fait que j'ai une femme et des enfants qui ne m'ont pas vu depuis...

La voix tranchante du colonel l'interrompit.

– Je veux que nous fassions un point complet. Il ne s'agit plus des allusions et périphrases que vous employez au téléphone parce que vous vous méfiez.

– Hé, dit Alan, je parlerais au téléphone autant que vous voulez si on nous avait donné des brouilleurs portatifs. Chat échaudé craint l'eau froide, colonel. Dans la situation actuelle nous devons redoubler de précautions.

– Je suis parfaitement d'accord avec vous.

L'officier s'assit plus raide. La pluie qui battait contre la fenêtre rendait la pièce encore plus maussade.

– C'est pourquoi je vous ai ordonné de venir ici immédiatement au lieu d'aller rejoindre votre femme dans son lit.

Alan prit un visage dur.

– « Ordonné », colonel ?

– Qui m'explique ce qui se passe ? poursuivit l'officier supérieur d'une voix encore plus glacée. D'habitude vous n'êtes pas aussi silencieux, major.

– Vous savez déjà beaucoup de choses, répondit l'officier en se passant une main sur la nuque. Nous sommes allés comme convenu retrouver Buchanan à neuf heures dans sa chambre, à La Nouvelle-Orléans. Nous n'avons pas eu de réponse quand nous avons frappé à la porte. Après avoir insisté, nous avons demandé à une femme de ménage d'ouvrir. Il était sorti de l'hôpital la veille et il avait pu perdre connaissance. Nous avons trouvé la clé de sa chambre, une fiche de sortie remplie et signée – il ne tenait visiblement pas à ce que l'hôtel le recherche – et cette note adressée à Alan.

Le colonel prit la lettre et la lut attentivement.

– Alors, comme cela, il dit qu'il nous rend service en disparaissant. Il devient un homme invisible et si elle continue son investigation la journaliste du *Washington Post* n'a aucun moyen de vérifier ses informations.

– C'est apparemment ce qu'il veut dire, commenta le major.

– Et qu'est-ce que vous en pensez ? demanda le colonel avec une mine renfrognée.

– Je n'en sais rien, dit le major. Tout cela échappe à notre contrôle. C'est compliqué. Il a peut-être raison.

– Nom de Dieu, vous avez oublié que vous êtes officier de l'armée américaine ?

Le major se redressa avec une indignation mesurée.

– Non, mon colonel. Certainement pas.

– Alors, pourquoi faut-il que je vous rappelle que le capitaine Buchanan est absent sans permission ? *C'est un déserteur.* Nos agents ne peuvent pas s'amuser à décider de partir et de mener leur vie comme bon leur semble, surtout quand ils savent autant de choses que Buchanan. Sinon ce sera le chaos. Ce sera impossible de préserver la sécurité. Je vois que je ne vous ai pas contrôlés d'assez près. Cette opération a besoin de davantage de discipline, davantage de...

Ce fut le tour d'Alan de le couper.

– Non, ce dont cette mission a besoin c'est que *tout le monde* se rappelle qui est officier de l'armée américaine.

Il reposa si brusquement son gobelet que du café gicla sur les côtés.

– C'est pour cela que l'opération a commencé à mal tourner. Parce que des militaires ont fait un travail qui revient aux civils. Vous vous faites passer pour des civils depuis si longtemps que vous ne voyez plus la différence.

– Par « civils », vous entendez sans doute l'Agence ?

– Évidemment.

– Eh bien, vous ne croyez pas que si l'Agence avait fait son travail elle n'aurait pas eu besoin de faire appel à nous ? Dans les années quatre-vingt vos hommes se sont tellement amusés avec les satellites et les gadgets électroniques qu'ils ont oublié qu'il faut des agents sur place pour obtenir les informations vraiment utiles. Après avoir cafouillé si souvent, en Iran, en Irak, en Union soviétique – même l'effondrement de l'Empire soviétique vous a pris par surprise –, vous vous êtes dit que vous aviez besoin de gens compétents et disponibles pour vous tirer les fesses du brasier. Nous.

– Pas mes fesses, à moi, dit Alan. Je n'ai jamais été un mordu des gadgets. Ce n'est pas ma faute si...

– La vérité, reprit le colonel, est qu'avec la fin de la guerre froide vous vous êtes dit que vous alliez vous retrouver au chômage si vous ne trouviez pas autre chose à faire. Mais le problème était que tout ce qu'il fallait faire, comme par exemple de se débarrasser des caïds de la drogue des pays producteurs, exigeait de prendre plus de risques que vous ne le vouliez. Alors vous nous avez demandé, à nous, de prendre les risques. Après tout, si la lutte contre les trafiquants de drogue n'a pas eu davantage de succès, c'est que vous utilisiez les chefs des cartels comme informateurs en échange de l'immunité. C'est difficile de s'en prendre à des types avec qui on était copains. Alors vous nous avez demandé de nous attaquer à eux, en faisant en sorte qu'ils ne comprennent pas que vous vous étiez retournés contre eux.

– Hé, dit Alan. Ce n'est pas un de mes hommes qui s'est dit tout à coup qu'il était libre de faire ce qu'il veut et qui a disparu.

– Le capitaine Buchanan n'aurait pas disparu si vos hommes avaient convenablement surveillé l'hôtel.

– Ce n'est pas à mes hommes qu'on a demandé de surveiller cet hôtel, dit Alan. Si on me l'avait demandé... C'est de a jusqu'à z un échec de l'armée. Ce n'est pas le travail de militaires de...

– Cela suffit, dit le colonel. On ne vous demande pas davantage votre opinion.

– Mais...

– C'est tout.

Le colonel se tourna vers le major et le capitaine qui étaient sous le coup de l'affrontement auquel ils venaient d'assister.

– Que faisons-nous à propos de Buchanan ?

La femme s'éclaircit la gorge.

– J'ai téléphoné à la banque où il a sa carte de crédit. J'ai dit que j'étais sa femme et que sa carte avait été volée. Je m'étais dit qu'il avait peut-être acheté un billet d'avion. Je m'étais trompée. Selon la banque, une personne utilisant son nom a loué une voiture à La Nouvelle-Orléans.

– Et ? demanda le colonel.

– On a ensuite utilisé sa carte de crédit pour louer une chambre dans un motel à Beaumont, dans le Texas.

– Félicitations, capitaine. Je suppose que nous avons envoyé des hommes à Beaumont.

– Oui. Mais Buchanan n'y est plus.

– Il n'y est plus ?

– Il n'est resté que quelques heures. Il est reparti à midi.

– *Comment ?*

– Il veut visiblement se déplacer constamment, dit le capitaine Weller.

– Mais où va-t-il ?

– Il a l'air de se diriger vers l'ouest, répondit-elle avec un signe de tête. La banque a promis de me tenir au courant.

– Il y a un seul problème, dit Alan.

Ils le regardèrent.

– La banque ne va pas se contenter d'annuler sa carte de crédit. Elle préviendra la police la prochaine fois qu'il l'utilisera. Ce serait épatant de voir la police se mêler de tout cela.

– Merde, dit le capitaine Weller.

– Et qu'est-ce que vous allez faire si vous lui mettez la main dessus en premier ? demanda le civil. Le mettre aux arrêts de rigueur ? Vous ne voyez pas à quel point tout cela peut déraper ? Pourquoi ne le laissez-vous pas tranquillement disparaître comme il l'a promis ?

Il pleuvait toujours à torrents.

– Hier soir, vous avez signalé qu'il était convaincu que nous avions tenté de l'assassiner, dit le colonel.

– Exact.

– C'est une absurdité. Mais s'il pense réellement que nous nous sommes tournés contre lui, cela montre qu'il est paranoïaque. Et que peut-on en déduire sur sa promesse de disparaître ? Il risque de revenir pour nous harceler. Et la journaliste ? Elle a donné ses documents. Mais est-ce qu'elle a gardé des copies ? Est-ce qu'elle va tenir sa promesse de ne rien écrire ?

– Quelles que soient les décisions que nous prenons, il faut les prendre rapidement, dit le major. J'ai plus de vingt agents en Amérique latine qui ont besoin de nous. Le temps que je passe sur Buchanan m'empêche de m'occuper correctement de tout le reste. Si seulement il se montrait coopératif. La seule chose qu'il avait à faire était de respecter sa couverture et de devenir instructeur. Qu'est-ce qu'il y a de mal à être instructeur ?

– Mais ce n'est pas ce qu'il est, dit Alan.

Ils le dévisagèrent.

– Et je ne suis pas sûr de savoir qui est Buchanan, ajouta-t-il.

9

La voiture qui suivait Buchanan se fondit davantage dans la circulation à mesure qu'ils se rapprochaient du centre de San Antonio. Dans une rue mieux éclairée, Buchanan vit que c'était une Jeep Cherokee grise, une couleur peu voyante qui convenait parfaitement à une voiture de surveillance, surtout de nuit. Le conducteur prenait soin de demeurer autant que possible au milieu d'autres véhicules. Il ne s'était trahi que pendant les deux premières minutes.

Mais cela avait suffi.

Buchanan s'arrêta à une station-service pour faire le plein. En revenant de la caisse, il vit la Jeep Cherokee garée un peu plus loin dans la rue.

Il stoppa une seconde fois devant un petit centre commercial et pénétra dans un restaurant texan-mexicain où il commanda un *burrito* avec de la viande et des haricots, accompagné d'un Coca-Cola. Il mangea en observant par la fenêtre la Jeep qui était rangée dans l'obscurité, en bordure du parking. L'homme qui était au volant utilisait un téléphone de voiture.

Les épices du burrito lui donnèrent chaud au visage. À moins que ce ne fût une fièvre causée par la fatigue. Il ne savait pas. Sa blessure au côté le faisait souffrir. Il faut que je me repose un peu, pensa-t-il, en avalant trois cachets d'aspirine.

Il sortit du restaurant par une porte située à l'arrière, près des toilettes, et se dirigea rapidement vers la Jeep en suivant une allée plongée dans l'obscurité.

Le conducteur était trop occupé à parler dans son téléphone tout en surveillant l'entrée principale du restaurant pour remarquer que Buchanan surgissait derrière lui, du côté du passager. Il avait près de trente ans et portait un blouson de l'équipe des Oilers de Houston. Au moment où il raccrochait, Buchanan ouvrit la portière, monta et lui enfonça son pistolet dans les côtes.

L'homme grogna de douleur autant que de surprise.

– Comment tu t'appelles ? demanda Buchanan.

Le conducteur était muet de terreur.

Buchanan appuya son arme plus fort.

– Ton nom.

– Frank... Frank Tucker.

– Eh bien, allons faire un tour, Frank.

L'individu était paralysé par la peur.

– Démarre, Frank, ou je te tue, dit Buchanan d'un ton calme et naturel.

Le conducteur obéit.

– Très bien. Mêle-toi tranquillement à la circulation. Garde les deux mains sur le volant.

Ils dépassèrent la voiture de Buchanan, qu'il avait garée au milieu d'autres véhicules sur le parking du restaurant, où elle passerait inaperçue jusqu'à l'heure de fermeture.

– Qu'est-ce que vous voulez ? demanda l'homme d'une voix tremblante.

– Eh bien, pour commencer...

Il tâtonna avec sa main libre sous la veste de l'individu, où il trouva un étui de revolver vide.

– Où il est, Frank ?

D'un regard inquiet, le conducteur montra la boîte à gants.

Buchanan l'ouvrit et trouva un revolver Smith & Wesson Magnum.

– Où sont les autres ?

– Je n'en ai pas d'autre.

– Peut-être, Frank. Je ne vais pas tarder à vérifier. Et si tu m'as menti, je mets ton genou droit en miettes et tu boiteras toute ta vie. C'est vrai qu'elle risque d'être beaucoup plus courte que ce que tu espérais. Rentre dans ce parking. Fais demi-tour. On retourne d'où on vient.

– Écoutez, je ne sais pas ce que vous voulez, mais je vous donnerai tout l'argent que j'ai et...

– Ne gaspille pas ta salive, Frank. Et fais attention. Je t'ai dit de garder les deux mains sur le volant.

Buchanan arma son arme et l'enfonça plus fort dans les côtes de l'homme.

– Hé, arrêtez ! Si je passe dans un trou, ce machin pourrait partir tout seul.

– Alors évite les trous, dit Buchanan. Qu'est-ce que tu es ? Officiel ou privé ?

– Je ne comprends pas de quoi...

– Pour qui est-ce que tu travailles ?

– Je ne travaille pour personne.

– C'est cela, Frank. Tu as simplement décidé de me suivre parce que tu t'ennuyais.

– Je ne vous suivais pas. C'est la première fois que je vous vois.

– Bien sûr, Frank. On est deux inconnus qui se rencontrent par hasard et qui portent par hasard des pistolets. Une coïncidence. Un signe des temps.

Buchanan l'examina un instant.

– Tu n'es pas flic. Sinon, tu aurais toute une équipe avec toi. Tu pourrais appartenir à un gang, mais une veste des Oilers et une Jeep Cherokee ne sont vraiment pas leur genre. Qui es-tu ?

Pas de réponse.

– Je commence à en avoir assez de parler tout seul, Frank. Si je trouve une carte de détective privé sur toi, je te loge une balle dans les deux genoux.

Buchanan prit le portefeuille de l'homme.

– D'accord, d'accord, dit le conducteur, le visage en sueur. Je suis détective privé.

– Enfin. On commence à faire connaissance. Dis-moi, Frank : où est-ce que tu as suivi ta formation ? Allez. Entretiens la conversation. Ta formation. Où l'as-tu suivie ?

– J'ai appris sur le tas.

– C'est bien ce qu'on dirait. Sur le tas et au cinéma. Voilà un tuyau. Quand il n'y a pas beaucoup de circulation, suis ton client dans une rue parallèle à la sienne. Si tu vas à la même vitesse que lui, tu le verras à chaque carrefour. Tu peux parier qu'il ne te remarquera pas. Tu rejoins la rue dans laquelle il se trouve uniquement quand tu ne le vois plus. Tu as commis ta première erreur en restant derrière moi. Ta deuxième erreur a été de ne pas fermer tes portières à clé. J'aurais dû avoir plus de mal à t'atteindre. Troisième erreur : c'est peut-être inconfortable quand on reste longtemps assis, mais tu devrais garder ton pistolet dans son étui pour pouvoir l'attraper en cas d'urgence. Un pistolet dans une boîte à gants est parfaitement inutile si quelqu'un monte dans ta voiture et te braque avec une arme.

Le téléphone sonna.

– Non, Frank. Garde les mains sur le volant.

La sonnerie retentit à nouveau.

– Il peut attendre pour te parler, dit Buchanan. D'ailleurs, si on allait lui parler face à face ? On retourne à Castle Hills.

10

Installé sur son matelas incliné, Duncan Bradley surveillait l'écran qui montrait le devant de la maison des Mendez. Il avait gardé ses écouteurs sur les oreilles, bien que les transmissions se fussent arrêtées une demi-heure plus tôt, peu après que l'individu qui se faisait appeler Jeff Walker avait été expulsé. La femme avait fait des reproches à son mari en lui disant que l'inconnu pouvait peut-être les aider à retrouver leur fille. L'homme lui avait répondu de se taire, affirmant que le type n'était visiblement pas différent des autres imposteurs qui cherchaient Juana. Puis ils étaient allés se coucher dans un brusque silence.

Duncan essayait en même temps de téléphoner à son partenaire. Il avait laissé deux fois de suite le téléphone sonner à dix reprises. Il se demandait pourquoi Tucker ne répondait pas. Il y avait certainement une explication logique et naturelle. Il avait peut-être suivi Jeff Walker dans un hôtel. Mais, inquiet, il s'empara de l'appareil une troisième fois et poussa le bouton qui composait automatiquement le numéro de Tucker.

Un mouvement attira son regard vers le second écran, celui qui renvoyait les images verdâtres de la zone située à l'arrière de la camionnette, et il suspendit son geste. La Jeep Cherokee de Tucker se garait derrière lui. Les phares s'éteignirent. Duncan poussa un soupir. Le téléphone de voiture de Tucker était sans doute tombé en panne. Il revenait lui raconter ce qu'il avait appris sur Jeff Walker.

Duncan vit son partenaire descendre de la voiture et s'approcher de la portière arrière. Il se redressa pour marcher à quatre pattes vers l'arrière. Tucker frappa et il ouvrit la portière.

– Qu'est-ce qui se passe avec ton téléphone ? J'ai essayé de...

Il s'arrêta bouche-bée. Un homme se tenait près de Tucker. Un homme qui devait être caché dans la Jeep. Un homme qui était Jeff Walker.

Un homme qui brandissait un pistolet.

Oh, merde, pensa Duncan.

11

La sonnerie insistante de la porte rendit Pedro Mendez furieux.

Pour beaucoup de raisons. Son anxiété à propos de sa fille, ses questions sur Jeff Walker et son inquiétude de savoir qu'il y avait un micro dans la salle de bains l'avaient empêché de dormir. Et qu'est-ce que Jeff Walker lui dirait quand ils se rencontreraient au garage ? Il avait remué pendant longtemps sous les couvertures avant de parvenir enfin à s'endormir. Et voilà que quelqu'un n'arrêtait pas de sonner.

– Reste au lit, Anita, ordonna-t-il en se levant et en tâtonnant à la recherche de sa robe de chambre et de ses pantoufles.

Il prit une batte de base-ball dans un placard avant de descendre les escaliers. Il vit à travers la porte vitrée la silhouette d'un homme sous le porche sombre. Si c'était encore quelqu'un qui cherchait sa fille, il allait faire en sorte que le type explique à fond ce qui se passe.

Mais sa colère s'apaisa quand il alluma la lampe extérieure et découvrit Jeff Walker qui lui faisait impatiemment signe d'ouvrir la porte.

Le père de Juana entrouvrit sans détacher l'entrebâilleur.

– Qu'est-ce que vous... ?

– Dépêchez-vous, je veux vous montrer quelque chose, dit Jeff Walker en pointant la main vers la rue.

Pedro vit une camionnette garée au bord du trottoir.

– Qu'est-ce que vous faites ici à... ?

– S'il vous plaît. C'est au sujet de Juana. C'est important.

Pedro hésita un bref instant. Quelque chose chez Jeff Walker lui inspirait confiance. Réprimant ses craintes, il ouvrit la porte.

Jeff Walker avait déjà descendu les marches et se dirigeait rapidement vers le véhicule.

Pedro courut pour le rattraper.

– Qu'est-ce que vous voulez me montrer ? À qui est cette camionnette ?

Jeff Walker ouvrit la portière arrière du véhicule et alluma une lampe de poche.

Deux hommes étaient allongés par terre, complètement nus, les mains attachées derrière le dos avec leurs chemises, leurs pantalons noués autour des chevilles et leurs slips enfoncés dans la bouche. Les deux individus étaient liés ensemble par leurs ceintures. Ils s'agitèrent sous le faisceau de lumière.

– Je sais que c'est difficile à dire dans ces conditions, fit Jeff Walker, mais est-ce que ces types font partie des hommes qui sont venus vous demander où était Juana ?

Pedro prit la lampe et s'approcha en éclairant un visage après l'autre.

– Oui. Comment avez-vous... ?

– Ils surveillaient votre maison.

Pedro dirigea la lumière vers le matériel électronique qui s'alignait sur des étagères, sur un côté de la camionnette. Un écran de télévision montrait l'image verdâtre et agrandie d'une partie de la rue. Des magnétophones étaient raccordés à des récepteurs radio.

On n'a pas installé qu'un micro dans la maison, se dit Pedro avec stupéfaction. Toutes les pièces sont... Ses jambes faiblirent. La chaussée vacilla.

Jeff Walker ôta le bâillon d'un des hommes.

– Qui d'autre travaille avec vous ? Où est-ce que je peux le trouver ?

La bouche desséchée par le tissu, l'individu eut du mal à parler.

– Qui est le troisième homme qui est venu chez les Mendez ? insista Jeff Walker en plaçant l'extrémité du canon de son pistolet sur les testicules de l'homme.

Pedro tressaillit mais se pencha en avant dans l'espoir d'apprendre quelque chose.

– Quelqu'un... Quelqu'un qui travaille pour nous de temps en temps. On l'a utilisé seulement pendant une journée. Il est retourné...

L'homme sembla se rendre compte qu'il en disait trop et se tut.

– Retourné où ? demanda Jeff Walker.

Pas de réponse.

– J'ai l'impression que tu ne me prends pas au sérieux, reprit-il avec une mimique expressive.

Il remit le slip dans la bouche du prisonnier, prit une paire de pinces dans une boîte à outils ouverte et lui arracha une touffe de poils du pubis.

L'homme cria silencieusement et des larmes coulèrent de ses yeux.

Pedro était choqué mais il était en même temps si inquiet pour Juana qu'il aurait volontiers cogné la tête de l'individu par terre jusqu'à ce qu'il réponde.

Jeff Walker se tourna vers le second homme, ôta son bâillon et dit d'un ton très calme :

– Je suis persuadé que tu n'as pas envie qu'il t'arrive la même chose. Après t'avoir épilé, je demanderai à Pedro de me donner des allumettes pour flamber les petits poils qui resteront. Quand j'aurai fini, tu auras le sexe aussi rouge que le cou d'une dinde bien cuite. Et j'aime pas les cous de dinde. D'habitude je les...

Il fit avec une main le geste de trancher.

Le premier individu continuait à gigoter sous la douleur.

– Où est retourné l'homme que vous avez employé une seule fois ? demanda Jeff Walker. Vous n'avez pas l'accent du Texas. D'où venez-vous ?

Il approcha la paire de pinces du pubis du prisonnier.

– De Philadelphie, lâcha ce dernier.

– Vous surveillez cette maison et vous cherchez Juana Mendez, pourquoi ?

Oui, se dit le père de Juana, *pourquoi* ?

Pas de réponse.

– Va chercher des allumettes, Pedro.

Buchanan fut surpris par la réaction furieuse et décidée du Sud-Américain qui se retourna pour se rendre dans la maison.

– Attendez, dit précipitamment le prisonnier. Je ne sais pas. C'est la vérité. Je ne le sais vraiment pas. On nous a dit de surveiller et de chercher où elle était.

– Et si vous la voyiez ? Si vous trouviez où elle était ? demanda Jeff Walker.

Pedro écoutait d'un air tendu.

Aucune réponse.

– Tu me déçois, dit Jeff Walker. Il faut te rafraîchir l'esprit.

Il se pencha vers le premier prisonnier et lui arracha une nouvelle touffe de poils à l'aide des pinces.

Pedro comprit brusquement que la tactique de Jeff Walker consistait davantage à infliger une douleur psychologique qu'une douleur physique aux deux hommes.

Le premier individu rua et cria silencieusement tandis que des larmes lui coulaient sur le visage. Les deux hommes étant attachés ensemble, les soubresauts du premier secouaient le second.

– On essaie à nouveau ? demanda Jeff Walker au second prisonnier qui ouvrait des yeux terrorisés. Qu'est-ce que vous étiez censés faire si vous voyiez Juana ou que vous trouviez où elle était ?

– Téléphonez aux gens qui nous ont engagés.

– Qui est-ce ?

– Je ne sais pas.

– Tu ne sais pas pourquoi ils la cherchent. Tu ne sais pas qui ils sont. J'ai l'impression qu'il y a beaucoup de choses que tu ne sais pas et cela me met de mauvaise humeur.

Jeff Walker saisit avec les pinces la peau du pubis du second homme.

– Non, dit le prisonnier d'une voix suppliante.

– Qui vous a engagés ?

– Ils ont utilisé un intermédiaire. Je ne connais aucun nom.

– Mais tu sais comment les contacter.

– Par téléphone.

– Quel est le numéro ?

– Il est programmé dedans... répondit l'individu en montrant d'un geste du menton un téléphone cellulaire posé sur le sol de la camionnette. Tout ce que j'ai à faire est d'appuyer sur la touche « programme », sur le chiffre 8 et sur « envoi ».

– Est-ce qu'ils savent que je suis venu voir les Mendez ?

– Oui.

– Quel est votre nom de code ?

– Rose jaune.

Jeff Walker prit le combiné.

– J'espère pour toi que tu as dit la vérité.

Il appuya sur les trois touches, plaça l'appareil contre son oreille et attendit qu'on réponde.

On décrocha avant la fin de la première sonnerie. Pedro était suffisamment près pour entendre une voix masculine aguichante annoncer :

– Agence d'escorte Amour Fraternel.

La suite stupéfia le père de Juana. Jeff Walker imitait la voix du second prisonnier.

12

– Ici Rose jaune, dit Buchanan. Je m'inquiète toujours à propos de ce type qui est venu chez les Mendez ce soir. Vous n'avez rien appris de plus sur lui ?

La voix perdit son ton agréable.

– Rien de plus que ce que je vous ai dit. Il ne s'appelle pas Jeff Walker, mais Brendan Buchanan. Il a loué la Taurus à La Nouvelle-Orléans et... Attendez une minute. On m'appelle sur un autre ligne.

Le contact fut interrompu. Buchanan attendit, troublé d'apprendre qu'on avait découvert son nom aussi rapidement.

La voix revint, tendue :

– C'est une bonne chose que vous ayez appelé. Faites attention. Notre informaticien a découvert que ce Brendan Buchanan est capitaine dans les Forces spéciales et instructeur à Fort Bragg.

Bon sang, pensa Buchanan.

– Alors j'avais raison de m'inquiéter, dit-il. Merci pour l'avertissement. On va faire attention.

Mal à l'aise, Buchanan appuya sur la touche « fin ». Le numéro qu'il avait appelé avait été affiché pendant toute la conversation sur l'écran à cristaux liquides du téléphone. Il prit un bloc-notes et un crayon qui se trouvaient dans le véhicule, inscrivit le numéro, arracha la feuille et la glissa dans une poche de sa chemise.

Il examinait le second homme en réfléchissant à ce qu'il allait lui demander quand il entendit des pas approcher. Anita Mendez, vêtue d'un peignoir, traversait la pelouse dans leur direction. Sa figure trahissait sa peur.

– Retourne à la maison, Anita, dit son mari.

– Il n'en est pas question. C'est à propos de Juana. J'en suis sûre. Je veux savoir ce qui se passe.

Faisant le tour de la camionnette, elle s'arrêta interloquée en découvrant les deux hommes nus et attachés.

– *Madre de Dios.*

– Ces deux types peuvent nous aider à trouver Juana, dit Pedro. Il le faut. Retourne à la maison.

Anita lui lança un regard furieux.

– Je reste.

La fatigue réveillait le mal de tête de Buchanan.

– Est-ce que Juana a un bureau en ville ?

Anita et Pedro se retournèrent.

– Oui, dit Anita. Chez elle. Même si elle y est rarement.

– Je ne peux pas attendre jusqu'à demain matin, dit Buchanan. Vous pouvez m'y accompagner ?

Pedro fit une grimace.

– Vous pensez qu'elle est chez elle ? Vous pensez qu'on l'a... ?

– Non, dit Buchanan. Mais ses dossiers me permettront peut-être de découvrir pourquoi quelqu'un de Philadelphie veut la trouver.

– Je m'habille et je vous accompagne, dit Anita en se dirigeant vers la maison.

– On vous accompagne tous les deux, dit son mari en la suivant.

– Si Juana habite ici, vous devez avoir des hommes qui surveillent son domicile, dit-il au second prisonnier.

Aucune réponse.

– La manière douce, ou la manière forte ? lui demanda Buchanan en brandissant les pinces.

– Oui, il y a une autre équipe.

– Combien ils sont ?

– Deux. Comme ici.

– Ils se remplacent ?

– Oui.

Mauvaise tactique, pensa Buchanan. Il est impossible d'exercer une surveillance efficace avec un seul homme à la fois. Si Juana arrive, il sera obligé de téléphoner pour demander du renfort et elle sera repartie avant qu'ils aient le temps de l'attraper.

Pendant qu'il réfléchissait, l'ombre d'un objet longiforme attaché à la paroi gauche du véhicule attira son attention. Il dirigea le faisceau de la lampe de poche dans cette direction.

Son estomac se serra. La tactique de surveillance était parfaitement bien choisie, efficace et mortelle.

L'objet accroché dans la camionnette était un fusil de précision équipé d'une lunette de visée nocturne ultramoderne. Le but de la surveillance n'était pas de capturer Juana. C'était de la tuer sur-le-champ.

13

Juana habitait au sud de la ville, sur la rive occidentale du fleuve San Antonio. Il leur fallut quarante-cinq minutes pour s'y rendre. Pedro conduisait la camionnette tandis que Buchanan surveillait les prisonniers et qu'Anita suivait avec la Jeep Cherokee. Durant le trajet Buchanan obtint, à l'aide des pinces, le numéro de téléphone du tireur qui surveillait la maison.

Le téléphone avait à peine sonné qu'un homme répondit d'une voix grave :

– Rose jaune numéro deux.

– C'est Frank, dit Buchanan en imitant la voix du premier homme. Rien de nouveau ?

– C'est aussi mort qu'un tombeau. Pas le moindre signe de vie depuis deux semaines. J'ai l'impression qu'on perd notre temps.

– Au moins, on est payés pour le perdre, dit Buchanan. Je reste avec Duncan pour surveiller les Mendez. Mais je préfère te prévenir que j'envoie quelqu'un là-bas avec ma Jeep. Comme cela tu sauras que c'est un de nos hommes. Il va entrer par la porte de devant et vérifier différentes choses qu'on a l'impression d'avoir manquées. Il va regarder dans ses dossiers.

– Je ne crois pas que ce soit une bonne idée. Il n'est pas impossible qu'elle observe la maison pour voir si elle est surveillée. Si elle voit quelqu'un, elle disparaîtra.

– Je suis d'accord. Le problème est que je n'ai pas le choix. Ce n'est pas mon idée. Ce sont les ordres.

– Des enfoirés typiques ! dit le tireur. Ils nous payent pour faire un travail, mais ils ne nous laissent pas le faire correctement.

– Contente-toi de laisser le gars que j'envoie faire son travail quand il arrive, dit Buchanan.

– Pas de problème. À bientôt.

Ce sera plus tôt que tu ne crois, se dit Buchanan en raccrochant.

14

Un peu après une heure du matin, Pedro prévint Buchanan qu'ils étaient à un kilomètre de chez Juana.

– C'est bon. Arrêtez-vous ici, dit Buchanan.

Anita se gara derrière eux. Buchanan descendit de la camionnette et dit à la femme d'attendre avec son mari. Repartant avec la Jeep Cherokee, il monta une côte mal éclairée et suivit une route qui traversait une zone boisée. Il découvrit des rues tout juste tracées et les chantiers de construction d'un nouveau lotissement.

Juana n'aimera pas cela.

Tu veux dire que tu fais une prière. Tu espères qu'elle est toujours en vie pour ne pas aimer ces constructions quand elle les verra.

Pedro et Anita lui avaient décrit la maison. Comme elles n'étaient pas encore nombreuses sur cette rive du fleuve, il n'eut aucune difficulté à la trouver. C'était un bâtiment en bois, de plain-pied et monté sur pilotis pour éviter les inondations, qui ressemblait davantage à un bungalow de vacances qu'à une résidence principale. Il longea un cotonnier et s'arrêta sur une allée en graviers. Pittoresque et rustique. Il imagina à quel point Juana aurait aimé courir le long du fleuve avec son chien, s'il avait encore été vivant.

... s'il avait été vivant.

Mon vieux, tu penses beaucoup à la mort.

Il y a de quoi, avec un tireur qui me surveille depuis je ne sais où.

Son dos se crispa pendant qu'il ouvrait la porte-moustiquaire et tendait la main vers la porte. Et si le brouillard venant de la rivière avait empêché le guetteur de reconnaître la Jeep ? S'il venait vérifier qui était là ?

Fais ce que tu lui as dit que tu ferais, pensa-t-il.

Il crocheta les deux verrous et entra. La maison sentait le renfermé. Conscient de sa vulnérabilité, il repoussa la porte, la ferma à clé et tâtonna le long du mur à la recherche d'un commutateur. Il était dans un salon où se trouvaient une bibliothèque, une télévision, un magnétoscope et une chaîne stéréo, mais aucun autre meuble qu'un canapé en cuir, une chaise à bascule et une table basse. Juana ne passait visiblement pas beaucoup de temps ici. Elle n'avait probablement également pas souvent de compagnie.

Il traversa la pièce en remarquant la poussière déposée sur le canapé et la table. Il alluma la lumière de la cuisine et jeta un coup d'œil dedans. Elle était bien rangée et équipée au minimum. L'impression de solitude qui se dégageait de cette maison isolée et austère fit de la peine à Buchanan.

La première porte qu'il trouva sur sa gauche, dans le couloir, était le bureau, qui donnait sur la rivière. Il alluma. Là aussi, l'ameublement était minimum : un classeur métallique, un fauteuil pivotant, une table en bois sur laquelle étaient posés un ordinateur, une imprimante laser, un modem, un téléphone, une lampe d'architecte, un bloc-notes jaune et une boîte contenant des crayons et des stylos. Rien d'autre. Ni tapis sur le sol, ni photo sur les murs. Une pièce impersonnelle.

Il se demanda ce que le tireur pensait, dans l'obscurité humide. Comment réagirait-il en voyant des lumières s'allumer successivement dans la maison ? Viendrait-il, malgré les instructions, vérifier par lui-même ce qui se passait ?

Buchanan ouvrit le tiroir supérieur du classeur. Il était rempli de dossiers suspendus rangés par ordre alphabétique. Les chemises qui allaient jusqu'à *D* étaient serrées ensemble et séparées par un espace des suivantes, celles correspondant à la fin de la lettre *D* jusqu'à *L*. Les crochets de suspension avaient empêché les pochettes de glisser et d'occuper l'écartement. Quelqu'un avait retiré un dossier commençant par un *D*. Soit Juana, soit un intrus qui avait effectué les mêmes recherches avant lui. Il n'avait aucun moyen de trancher.

Il ouvrit le deuxième tiroir. Les dossiers de *M* à *Z*. Nouvel espace, là ou une chemise semblait avoir été enlevée, au niveau de la lettre *T* cette fois. *D* et *T*. C'était les deux seuls espaces pouvant correspondre à des dossiers retirés. Dans le tiroir inférieur il découvrit un Browning 9 millimètres semi-automatique. Le minimum vital, pensa-t-il.

De quoi Juana vivait-elle ? Les parents de la femme lui avaient dit qu'elle travaillait dans la sécurité, ce qui serait une application logique de ce qu'elle avait appris dans l'armée. Mais la sécurité pouvait signifier n'importe quoi depuis l'évaluation de risques jusqu'à l'installation d'alarmes, en passant par la protection rapprochée. Et était-elle à son compte, ou travaillait-elle pour une société ?

Il referma le tiroir du bas, rouvrit celui du haut et parcourut divers dossiers. La principale activité de Juana était garde du corps. Elle avait escorté des femmes chefs d'entreprise, actrices, chanteuses ou occupant des fonctions politiques, ou les épouses d'hommes célèbres. Principalement pour des déplacements dans des pays d'Amérique latine et en Espagne, ou dans des villes nord-américaines comportant une importante communauté sud-américaine. Les raisons étaient évidentes. Un garde du corps devait se confondre avec la population locale. Le visage typé et la peau mate de Juana l'aidaient à passer inaperçue dans ces pays, alors qu'ils l'auraient fait remarquer en Afrique, en Asie, au Moyen-Orient, en Europe et dans un grand nombre d'États nord-américains. Il n'était pas étonnant qu'elle fût souvent absente plusieurs mois d'affilée. Son absence actuelle n'avait peut-être rien d'extraordinaire.

Alors, pourquoi la carte postale ? Et pourquoi cet appel à l'aide ?

Un rapport avec le travail qu'elle effectuait ? Elle voulait peut-être simplement m'embaucher.

Buchanan fut brièvement désemparé à l'idée que l'intérêt de Juana envers lui pût être purement professionnel. Mais elle n'aurait pas eu recours à un moyen si mystérieux pour lui proposer une simple collaboration.

Et des tueurs professionnels ne seraient pas à son affût.

Non. Juana avait des ennuis. D'ailleurs, s'il ne s'agissait que d'une longue mission, elle n'aurait pas manqué de téléphoner à ses parents. Pas pendant neuf mois. Pas délibérément.

Quelque chose l'en avait empêchée. Soit elle en était matériellement incapable, soit elle voulait éviter de faire courir des risques à sa famille.

Chaque dossier s'achevait par un bilan financier, avec copies des factures envoyées et des chèques reçus. Les affaires marchaient bien. Ses honoraires allaient de cinq mille dollars pour des audits à dix mille dollars pour deux semaines de protection et même cent mille dollars pour deux mois d'escorte en Argentine, une mission au cours de laquelle, indiquait une note, des coups de feu avaient été échangés. Le métier de garde du corps était exigeant et délicat si on le faisait correctement et les meilleurs professionnels étaient payés en fonction de leur mérite. Mais même dans ces conditions, Juana avait remarquablement bien réussi. Buchanan estima rapidement qu'elle gagnait près d'un demi-million de dollars par an.

Et elle vivait aussi simplement ? Sans aucun système d'alarme ? Qu'est-ce qu'elle faisait de son argent ? Est-ce qu'elle l'économisait et le plaçait pour prendre sa retraite avant la quarantaine ? Impossible de savoir. Il fouilla le bureau, mais ne trouva ni relevé bancaire, ni certificat d'investissement, ni aucune indication de la façon dont elle aurait pu placer ses revenus. D'ailleurs, il n'avait pas vu de courrier non plus, ni dehors ni sur la table du salon. Juana avait probablement demandé à la poste de le conserver ou à ses parents de passer le relever. Anita lui avait dit que son mari et elle venaient parfois pour vérifier que tout allait bien. Il devait se rappeler de leur demander ce que devenait le courrier et si Juana recevait des relevés bancaires.

La pièce sembla tout à coup vaciller. Ses jambes flageolaient. Il s'assit, épuisé, dans le fauteuil pivotant et se massa les tempes. Sa dernière nuit complète était celle passée à l'hôpital, quarante-huit heures plus tôt, au cours de laquelle les infirmières l'avaient réveillé régulièrement. Il n'avait, depuis, dormi que quelques heures dans le motel de Beaumont et fait quelques sommes sur les aires de repos de l'autoroute. La plaie du coup de couteau le faisait souffrir. Les agrafes le démangeaient. Sa blessure à l'épaule, presque cicatrisée, lui faisait mal à nouveau. Le manque de sommeil lui cuisait les yeux.

Les dossiers, pensa-t-il. Des gens suffisamment inquiets pour vouloir tuer Juana ont certainement fouillé ses dossiers à la recherche d'indices sur l'endroit où elle se cache. S'ils veulent l'éliminer parce qu'elle en sait trop sur eux, ils ont probablement supprimé tout ce qui les concerne.

Un nom commençant par un *D*. Un autre avec un *T*. Les deux dossiers manquants. Ils ne manquent peut-être pas du tout. Juana a pu laisser les espaces en bougeant les chemises pour ranger des papiers. Les écartements sont peut-être seulement les endroits où elle a mis ses doigts.

Mais il faut bien que je commence quelque part, se dit Buchanan. Partons de l'hypothèse que deux dossiers capitaux ont été retirés. Il se renversa dans le fauteuil, qui craqua. Les feuilles des dossiers ressemblaient à des documents sortis d'une imprimante. Il se demanda si les originaux des dossiers ne se trouvaient pas dans l'ordinateur.

Il s'aperçut que le craquement ne provenait pas du fauteuil, mais du couloir.

15

Buchanan tourna lentement la tête.

Un homme se tenait devant la porte. Vingt-cinq ans environ. Un mètre soixante-quinze. Soixante-quinze kilos. Des cheveux blonds et très courts. Le visage aussi mince que le corps. Il avait l'allure d'un amateur de jogging. Il portait des bottes de cow-boy, une ceinture avec une boucle en forme de selle, une chemise en coton délavée et un pantalon et une veste de jean. Cette dernière, trop large, accentuait sa minceur.

– Tu trouves ce que tu veux ?

L'accent de la côte Est ne s'accordait pas à la tenue de cow-boy.

– Pas encore, répondit Buchanan en abaissant ses mains qu'il se passait sur la tête. J'ai encore quelques endroits à vérifier.

J'ai fermé la porte à clé derrière moi, se dit-il. Je n'ai entendu personne entrer. Comment a-t-il... ?

Ce salopard n'était pas embusqué à l'extérieur. Il se cachait dans la maison.

– Où, par exemple ?

L'homme gardait les mains le long du corps.

– Où est-ce que tu n'as pas regardé ?

– Les fichiers de l'ordinateur.

– Eh bien, je ne voudrais pas te faire perdre ton temps.

Les joues de l'individu était noires de barbe non rasée.

– D'accord.

Buchanan alluma l'ordinateur. Le ventilateur de la machine se mit à tourner.

– Tu as une mine de déterré, mon vieux, dit l'homme.

– J'ai eu quelques journées difficiles. J'ai surtout besoin de dormir.

– Ce n'est pas une partie de plaisir non plus, de passer son temps ici. Il n'y a rien d'autre à faire que d'attendre dans mon campement.

Il montra la pièce adjacente, qui donnait également dans le couloir.

– C'est invraisemblable. Pas étonnant qu'elle ferme à clé. Elle ne veut pas que ses parents voient ce qu'il y a dedans. J'ai d'abord cru que c'était des morceaux de corps humain.

– Des morceaux de corps humain ? demanda Buchanan avec une grimace.

– Le matériel dans cette pièce. On dirait que ces putains de trucs viennent d'un film d'horreur. On ne t'en a pas parlé ?

Mais de quoi est-ce qu'il parle ? se demandait Buchanan.
– Ils ont pas dû juger nécessaire de le faire.
– C'est curieux.
– Le matériel de cette pièce ?
– Non. Qu'on ne t'ait rien dit, répondit le tueur. S'ils t'ont envoyé ici pour chercher à nouveau des renseignements sur l'endroit où elle se cache, la première chose qu'ils auraient dû faire, c'est de t'avertir de ce bordel étrange.
– On m'a seulement parlé des dossiers.
– L'ordinateur est prêt.
– Oui.
Buchanan ne voulait pas détourner les yeux de l'assassin, mais il n'avait pas le choix. L'homme deviendrait encore plus méfiant s'il donnait l'impression de ne pas prendre sa tâche au sérieux.
Cette méfiance était d'ailleurs peut-être seulement le fruit de son imagination.
Le curseur clignotait sur l'écran, en attente d'une commande.
– Comment tu t'appelles ? demanda le tueur.
– Brian MacDonald.
Buchanan avait automatiquement retrouvé cette identité qu'il avait utilisée avant de devenir l'ancien agent de la DEA Ed Potter et de se rendre à Cancún, où tous ses ennuis avaient commencé.
Brian MacDonald était informaticien et pour corroborer cette couverture Buchanan avait suivi des cours d'informatique.
– Tu as des problèmes pour utiliser l'ordinateur ? demanda l'individu. Je n'ai eu aucun mal quand on m'a demandé d'effacer les fichiers. Tu es au courant ? Ils t'ont dit que j'ai effacé des fichiers ?
– Oui, mais ce ne sont pas ceux-là qui m'intéressent.
Le curseur continuait de clignoter. Les pages des dossiers de Juana n'étaient pas présentées comme des tableaux, mais comme des textes ordinaires.
Sans doute un logiciel de traitement de textes. Lequel ?
Buchanan-MacDonald tapa DIR. Le disque dur émit des cliquetis et la liste des logiciels s'afficha.
L'un des symboles était WS, les initiales du traitement de textes WordStar.
Buchanan-MacDonald quitta la liste des logiciels et tapa WS, puis DIR. Le disque dur se fit à nouveau entendre. Une autre liste de fichiers apparut.

RÉPERTOIRE DU DISQUE C :\WORDSTAR>
A \ B \ C \ D \ E \ F \ G \ H \ I \ J \ K \ L \ M \ N \ O \
P \ Q \ R \ S \ T \ U \ V \ W \ X \ Y \ Z \
AUTOEXEC.BAK .1K AUTOEXEC.BAT .1K

Buchanan-MacDonald savait que AUTOEXEC.BAK était un fichier de sauvegarde de AUTOEXEC.BAT, un programme qui comportait les commandes de lancement de l'ordinateur. « 1K » indiquait la taille réduite du fichier, un kilooctet. Juana avait visiblement réparti ses dossiers dans des répertoires correspondant aux lettres de l'alphabet.

C'est ce que se dit Buchanan qui, dans l'immédiat, était surtout préoccupé par la présence du tueur dans son dos. La respiration de l'individu se fit plus lourde et plus forte, comme s'il était mal à l'aise.

– Quelque chose ne va pas ? demanda l'homme. Tu ne sais pas ce qu'il faut faire maintenant ? Tu veux que je te montre ?

– Non, dit Buchanan.

S'il avait été seul, il aurait ouvert les répertoires *D* et *T*. Mais le tueur se demanderait pourquoi il s'intéressait aux mêmes groupes de noms que lui, si c'était parmi eux qu'il avait effacé les fichiers dont il venait de parler.

– Mais ce que je voudrais faire maintenant, dit Buchanan, c'est de m'occuper de ce foutu mal de tête.

Il se leva lentement en se massant l'arrière du crâne avec la main gauche.

– Elle n'aurait pas de l'aspirine quelque part ?

Le tueur recula légèrement en gardant les deux mains le long de son corps, mais sans être encore totalement en alerte. Buchanan, le cœur battant, sentait l'approche du combat.

L'homme ne reculait peut-être pas par réaction défensive, mais simplement pour le laisser passer.

C'était impossible à savoir.

– Du Bufferin, dit le tueur. Dans l'armoire à pharmacie. Sur l'étagère du haut.

– Impeccable.

L'homme recula à nouveau quand Buchanan s'approcha et cette fois-ci il fut évident que c'était pour demeurer hors de son atteinte.

La salle de bains, qui ouvrait en face du bureau, était poussiéreuse. Des murs blancs. Un sol blanc. Un rideau de douche blanc. Simple. Le minimum.

Buchanan n'avait d'autre choix que de faire semblant de chercher le médicament, même si son mal de tête était son dernier souci. Il ouvrit l'armoire.

Et il entendit un bourdonnement. Il regarda, surpris, le téléphone cellulaire qu'il avait pris dans la camionnette et accroché à sa ceinture. Le téléphone de la Jeep n'étant pas portatif, il avait emporté celui de Duncan. Pedro et Anita pouvaient ainsi l'appeler à partir d'un second appareil fixé sur la console électronique de la camionnette. L'un des deux cherchait à le joindre.

À moins que ce ne soient les chefs de l'équipe de surveillance qui appelaient depuis Philadelphie.

Buchanan ne pouvait pas laisser le téléphone sonner. Cela ne ferait que renforcer la méfiance du tueur.

Au moment où il allait décrocher l'appareil de sa ceinture, il vit un mouvement dans le couloir. L'homme apparut, tenant également à la main un téléphone cellulaire qu'il avait dû prendre dans la pièce où il se cachait.

Il n'avait pas l'air content.

– C'est marrant, dit-il. Je n'ai jamais entendu parler d'un Brian MacDonald. Je viens d'appeler la camionnette de Duncan pour vérifier que tout était normal avec toi et je me les coupe si ce n'est pas ton téléphone qui répond, ce qui voudrait dire que ton téléphone est en fait celui de Duncan, et je me demande pourquoi...

Tout en parlant et en tenant l'appareil dans la main gauche, le tueur glissa sa main droite sous sa veste de jean. Une veste trop large, avait remarqué Buchanan, et qui cachait sans doute un étui de pistolet.

– Une coïncidence. Tu as appelé Duncan au moment où quelqu'un d'autre m'appelait. Je vais te montrer.

Il mit sa main gauche sur le téléphone. L'homme suivit son geste des yeux.

Buchanan plongea en même temps sa main droite derrière sa veste de sport et tira son arme.

Les yeux du tueur s'agrandirent quand il sortit son propre pistolet de dessous sa veste de jean.

Buchanan fit feu.

La balle frappa l'individu à la poitrine.

Le tueur fit un bond en arrière mais continua à lever son arme.

Buchanan le toucha à la gorge.

Du sang gicla.

L'homme fut propulsé davantage dans le couloir.

Mais son pistolet montait toujours.

La troisième balle l'atteignit au front.

L'impact renversa le tueur. Son pistolet se dressa. Animé d'un mouvement spasmodique, son index droit appuya sur la détente. Une balle transperça le plafond. Des éclats de plâtre tombèrent.

L'homme s'affala sur le plancher du bureau, tressauta, ahana, puis s'immobilisa. Il baignait dans son sang.

Buchanan se précipita vers le corps en maintenant son arme pointée vers la tête, écarta le pistolet d'un coup de pied et vérifia si l'homme donnait signe de vie.

Les pupilles dilatées ne réagirent pas quand il passa les mains devant.

Il fouilla rapidement le cadavre sur lequel il trouva un peigne, de la monnaie, un mouchoir et un portefeuille. Il posa celui-ci sur la table et alla rapidement chercher un tapis qu'il avait vu dans le salon. Il roula le corps dedans et le tira dans le couloir, le salon et la cuisine où s'ouvrait une porte qui donnait derrière la maison.

La nuit épaisse le dissimulait. L'humidité le fit frissonner. Il fit descendre trois marches au cadavre et le tira vers le fleuve. Il le laissa glisser en le retenant le long de la rive. Il installa le corps en travers d'un rondin qui se trouvait là et poussa le tout loin du bord. L'homme mort bascula dans l'eau quand le courant commença à entraîner le tronc d'arbre. Les deux objets s'éloignèrent rapidement en flottant. Buchanan jeta le tapis et le pistolet du tueur aussi loin qu'il put dans les flots. Une règle élémentaire était de ne jamais conserver une arme dont on ne savait pas à quoi elle avait servi. Il s'empara enfin du téléphone de l'homme et des trois douilles vides provenant des balles qu'il avait tirées, et qu'il avait ramassées avant de sortir de la maison, et les lança dans la même direction. Il regarda dans le vide, inspira profondément pour se calmer et retourna en vitesse vers le bâtiment.

16

Ses oreilles tintaient encore du bruit des détonations. Une odeur infecte de poudre et de sang dominait la maison. En brandissant son arme puis en remorquant le cadavre, il avait arraché des agrafes de sa blessure récente et tiré sur les muscles de son épaule blessée. Il avait l'impression qu'une vrille lui transperçait la tête.

Il referma la porte à clé derrière lui, prit un autre tapis et le posa sur la flaque de sang qui s'étalait dans le bureau. Puis il ouvrit une fenêtre. Il explora le portefeuille du tueur, dans lequel il trouva trois cents dollars en différentes coupures, un permis de conduire et une carte de crédit au nom de Charles Duffy, demeurant à Philadelphie. Sans doute un pseudonyme. Aucune importance. Si ces papiers étaient suffisamment bons pour l'homme de main, ils lui conviendraient. Il rangea le portefeuille dans une de ses poches. Il repartirait avec une nouvelle identité. Il ramassa les débris de plâtre. Le trou gros comme le doigt au plafond du couloir n'avait pas de quoi susciter la méfiance. Tout aurait l'air normal si quelqu'un ayant entendu les coups de feu venait voir ce qui s'était passé. Mais en un lieu si isolé, c'était improbable.

Il s'assit devant l'écran de l'ordinateur, amena le curseur clignotant sur D et appuya sur ENTRÉE.

Le disque dur émit ses sons métalliques. La liste des fichiers du répertoire D apparut.

...		DARNELL	3K	DARNELL.BAK	3K
DAYTON	2K	DAYTON.BAK	2K	DIAZ	4K
DIAZ.BAK	4K	DIEGO	5K	DIEGO.BAK	5K
DOMINGUEZ	4K	DOMINGUEZ.BAK	4K	DRUMMER	5K
DRUMMOND.BAK	5K	DURAN	3K	DURAN.BAK	3K
DURANGO	5K	DURANGO.BAK	5K		

Il ouvrit le tiroir supérieur du classeur et sortit les dossiers commençant par un *D.* Il découvrirait peut-être si on avait enlevé des dossiers en comparant ceux que contenait le meuble aux fichiers du répertoire. Il avait peu d'espoir car c'était sans doute précisément pour rendre impossible ce qu'il tentait de faire que le tueur avait effacé des fichiers. La liste affichée sur l'écran correspondrait sûrement aux noms des dossiers et il serait impossible de découvrir quels étaient les manquants.

Chaque fichier de l'ordinateur avait un doublet dont l'extension était BAK, pour BACKUP, et qui était la version antérieure d'un document mis à jour. DARNELL. DARNELL.BAK. Buchanan trouva le dossier correspondant.

Il poursuivit. DAYTON. DAYTON.BAK. Vérification. DIAZ. DIAZ.BAK. Vérification. DIEGO. DIEGO.BAK. Vérification. Il trouvait des dossiers pour tous les noms affichés. DOMINGUEZ. DOMINGUEZ.BAK. DRUMMER. DRUMMER.BAK. DURAN. DURAN.BAK. DURANGO. DURANGO.BAK. Aucun dossier ne manquait.

Il s'appuya contre le dossier du fauteuil, épuisé. Il perdait son temps. Il avait risqué sa vie pour rien en venant ici. Il avait seulement confirmé ce qu'il savait déjà, qu'on était déterminé à tuer Juana.

Et il s'était presque fait assassiner pour cela.

Il frotta ses paupières gonflées, jeta un regard sur l'écran avant d'éteindre l'ordinateur et suspendit son geste en se disant que même si les chances étaient minces il devait persévérer et explorer les fichiers du répertoire T.

Il retirait sa main de l'interrupteur et la replaçait sur le clavier pour changer de répertoire quand un détail sur l'écran le paralysa. Quelque chose à la limite de son inconscient le troublait depuis un moment, mais il avait mis cette sensation sur le compte de l'appréhension et des suites du combat.

Il comprit soudain. Ses yeux l'avaient trompé. *DRUMMER. DRUMMER.BAK* ? Non ! Le fichier BACKUP ne correspondait pas à Drummer, mais à DRUMMOND. Il était certain de ne pas avoir vu de dossier au nom de Drummond mais préféra vérifier. Il parcourut à nouveau les dossiers, d'une main tremblante. Drummer. Duran. Durango. Pas de Drummond.

Bon sang. Le tueur avait oublié d'effacer le fichier de sauvegarde ou avait été trompé, comme lui, par ses yeux et avait confondu DRUMMOND.BAK et DRUMMER.BAK. Les noms étaient si proches.

Drummond.

Buchanan ignorait qui Drummond pouvait être. Il ouvrit le fichier et fut consterné de découvrir qu'il était vide. Soit Juana l'avait créé et ne l'avait jamais utilisé, soit l'homme en avait effacé le contenu.

Il ouvrit le répertoire T et compara tout de suite les noms des fichiers de sauvegarde à ceux des dossiers.

TAMAYO.BAK. TANBERG.BAK. TAYLOR.BAK. TERRAZA-.BAK. TOLSA.BAK. Beaucoup de noms d'origine espagnole. TOMEZ.BAK. Son pouls s'accéléra.

Aucun dossier au nom de Tomez. Aucun fichier primaire non plus. Il ouvrit le fichier de sauvegarde. Vide. Il se demanda en jurant si c'était Juana qui avait elle-même effacé ces informations. Ses seuls indices étaient deux noms, deux noms dont il n'aurait même pas disposé si l'assassin n'avait commis l'erreur de ne pas les effacer.

Déçu, il éteignit l'ordinateur et décida de fouiller rapidement la maison même s'il était probable que les gens qui voulaient tuer Juana l'eussent déjà passée au peigne fin.

Il se rappela soudain avec un frisson ce qu'avait dit le tueur à propos de la pièce où il se cachait : « *C'est invraisemblable. Pas étonnant qu'elle ferme à clé. Elle ne veut pas que ses parents voient ce qu'il y a dedans. J'ai d'abord cru que c'était des morceaux de corps humain.* »

17

Des morceaux de corps humain ?

Buchanan n'avait pas encore eu le temps de regarder de quoi il s'agissait. Il se leva, inquiet, sortit du bureau et se dirigea vers la pièce adjacente. La porte était ouverte mais la lumière éteinte et il ne vit rien. Le tueur savait où trouver son téléphone et n'avait pas eu besoin d'allumer pour aller le chercher. Buchanan remarqua un verrou de sûreté inhabituel pour une porte intérieure. Il rassembla ses forces et tâtonna à la recherche d'un interrupteur.

Il cligna des yeux. Autant à cause de ce qu'il vit que de la clarté diffusée par le plafonnier.

Le contenu de la pièce était ahurissant.

Des morceaux de corps humain ? Il comprenait parfaitement la méprise de l'assassin.

La pièce était encombrée de tables sur lesquelles étaient disposés des miroirs et des objets ressemblant à des nez, des oreilles, des mentons, des joues, des dents et des fronts. La seule place disponible était celle où l'homme avait installé son matelas. Une table était couverte de perruques de teintes et d'aspects variés. Les morceaux de corps humain étaient en fait des prothèses du genre de celles utilisées pour des visages en chirurgie plastique. Des trousses de maquillage étaient disposées sur une table.

Buchanan fit le tour de la pièce et examina les panoplies humaines, aussi réalistes que sinistres. Juana était devenue dans le domaine de la sécurité privée l'équivalent de ce qu'il était lui-même. Sa spécialité était de composer de nouveaux personnages, celle de la femme de créer de nouveaux visages.

Il n'avait jamais aimé les déguisements. Il s'était quelquefois laissé pousser la moustache ou la barbe, ou avait porté des postiches. Il avait changé de coupe et de teinte de cheveux et parfois même utilisé des lentilles de contact pour modifier la couleur de ses yeux. Il avait toujours adapté ses montres, ses ceintures, ses chaussures, ses chemises, toute sa garde-robe, et même ses lunettes de soleil ou ses stylos, en fonction des personnages qu'il incarnait. Chacun avait également ses plats préférés, sa musique préférée, ses écrivains préférés, ses...

Mais Juana était devenue l'usurpatrice d'identité suprême. Elle n'adaptait pas seulement sa personnalité en fonction de son travail, mais également son apparence physique. Elle ne changeait pas seulement de style de vêtements, mais de visage, de taille et de corpulence. Il trouva des rembourrages destinés à lui élargir les épaules ou à lui donner la silhouette d'une femme enceinte, des baskets spéciales dotées de talons pour augmenter la taille, et des tubes de fond de teint destiné à éclaircir la peau mate de la Sud-Américaine.

Il était rempli d'admiration professionnelle et stupéfait à l'idée qu'il avait peut-être vu Juana au Café du Monde, mais qu'il ne l'avait pas reconnue parce qu'elle était déguisée. Peut-être l'avait-il frôlée ou lui avait-il parlé sans s'en rendre compte.

Qu'avait-elle fait pendant six ans ? Où avait-elle appris tous ces trucages ? Qui cherchait-il ? Elle pouvait être n'importe qui. Elle pourrait ressembler à n'importe qui. Il se rappela leur dernière conversation. « Tu ne me connais pas, lui avait-il dit pour justifier son refus de demeurer avec elle. Tu connais celui que je prétends être. »

Elle l'avait battu sur son propre terrain. Il avait été déçu de ne trouver aucune photo d'elle dans la maison. Il aurait voulu revoir ses yeux bruns, ses cheveux noirs brillants et son visage dont la beauté l'obsédait. Il s'était dit que les hommes qui étaient à la recherche de Juana les avaient sans doute emportées pour les aider à la reconnaître. Ces clichés ne leur seraient d'aucune utilité. À moins que Juana n'eût retiré les photographies parce qu'elle ne se reconnaissait plus dans aucune image d'elle-même. Il eut soudain l'impression terrifiante que la femme dont il était tombé amoureux, ou dont Peter Lang ou Dieu sait qui était tombé amoureux, était aussi irréelle qu'un fantôme. Comme lui. Il se sentit mal. Mais il devait quand même la trouver.

18

Il referma la fenêtre du bureau, prit un mouchoir et effaça ses empreintes sur tous les objets qu'il avait touchés. Il éteignit les lumières dans toutes les pièces, réfléchi un instant pour vérifier qu'il ne négligeait aucune possibilité et sortit enfin avant de crocheter à nouveau la serrure pour la fermer à clé derrière lui. Il faudrait un moment au partenaire du tueur pour comprendre ce qui s'était passé. Disparition d'un tapis, un autre déplacé dans le bureau et sous lequel se trouvait une flaque de sang séché, un trou de balle dans le plafond du couloir, rien ne lui sauterait aux yeux mais en découvrant toutes ces anomalies il finirait par deviner. Il perdrait alors un certain temps à chercher le corps. Le compte rendu qu'il ferait à ses chefs serait confus, ce qui ajouterait de nouvelles questions à celles suscitées par la disparition des deux hommes qui surveillaient la maison des parents de Juana. Les gens qui la traquaient savaient qu'un certain Brendan Buchanan s'était rendu chez les Mendez. Ils mettraient certainement sur le compte de ce Buchanan les événements survenus au cours de la même nuit. Dès la matinée ils se mettront à ma recherche, se dit-il. Non. Ils chercheront Brendan Buchanan. Si j'ai de la chance, il leur faudra un moment pour comprendre que je suis devenu Charles Duffy.

Il tapota dans sa poche le portefeuille du tueur. Il monta dans la Jeep Cherokee et sortit de l'allée en marche arrière. Ses mains tremblaient. Ses blessures le faisaient souffrir. Sa douleur à la tête était lancinante. Mais il devait continuer.

Il reprit la route noire et rejoignit la camionnette, un kilomètre et demi plus loin. Il descendit de la voiture et s'approcha en conservant sa main droite dans son dos, pour pouvoir dégainer rapidement au cas où quelque chose aurait mal tourné pendant son absence. Il se crispa en distinguant un mouvement dans l'obscurité, mais se détendit en voyant Anita venir vers lui et en l'entendant lui dire en espagnol que Pedro était à l'arrière avec les deux prisonniers.

– Le téléphone n'a pas arrêté de sonner.

– Je sais, dit Buchanan.

– On s'est dit que c'était peut-être vous. Mais il n'a pas sonné deux fois avant de s'arrêter et de sonner à nouveau. Comme vous l'avez dit, on n'a pas répondu.

– Vous avez bien fait.

Buchanan la dévisagea. Bien sûr elle était nerveuse, mais pas à la façon de quelqu'un qui serait sous la menace de l'arme d'un individu caché quelque part. Il ne fut cependant complètement rassuré que lorsqu'il découvrit que les prisonniers n'avaient pas bougé et que rien n'était arrivé à Pedro.

– Vous avez trouvé Juana ? demanda le père.

– Non.

– Vous avez trouvé des traces d'elle ?

– Non, mentit Buchanan.

– Alors, tout cela était inutile. Qu'est-ce qu'on va faire ?

– Laissez-moi tout seul avec eux pendant dix minutes, répondit Buchanan. Allez vous asseoir dans la Jeep avec votre femme.

– Pourquoi ? dit Pedro d'un air soupçonneux. Je veux entendre ce qu'ils vont répondre, si vous leur posez des questions sur Juana.

– Non.

– Comment, non ? Je vous dis que si c'est à propos de ma fille je veux être au courant.

– C'est quelquefois mieux de ne pas être au courant.

– Je ne comprends pas, dit le père.

– Vous comprendrez. Laissez-moi tout seul avec eux.

Pedro hésita puis descendit du véhicule, l'air mécontent.

Buchanan vérifia que les deux Sud-Américains montaient dans la Jeep puis ferma les portières de la camionnette. Avant de se rendre chez Juana, il avait permis aux deux individus d'utiliser les toilettes portatives et l'odeur n'avait pas disparu. Ils étaient toujours entièrement nus et semblaient transis.

Il dirigea le faisceau d'une lampe de poche successivement sur les deux hommes.

– Vous auriez dû me dire que le type était dans la maison.

Leurs yeux s'agrandirent de terreur. Leurs visages se creusèrent.

– Maintenant il est mort, dit Buchanan.

Leur terreur augmenta.

– Cela vous place dans une situation désagréable, dit Buchanan.

Il sortit son pistolet et défit, à l'aide de sa main libre, le bâillon du premier prisonnier.

– J'ai compris, dit l'homme. C'est pour cela que vous avez renvoyé les deux autres. Vous ne voulez pas qu'ils vous voient nous tuer.

Buchanan prit une couverture dans un coin de la camionnette.

– C'est ça, dit l'individu, au désespoir. Une couverture peut servir de silencieux.

Buchanan étala la couverture sur les deux prisonniers.

– Je ne voudrais pas que vous attrapiez une pneumonie.

– Quoi ? dit l'homme d'un air surpris.

– Qu'est-ce que vous me feriez si les rôles étaient inversés ? demanda Buchanan.

Le prisonnier resta muet.

– Nous nous ressemblons, mais nous sommes différents. Toi et moi, on a tué des gens. Mais la différence est que je ne suis pas un tueur.

– Je ne comprends rien à ce que vous racontez.

– La nuance est trop subtile pour que tu la saisisses ? Je vais être plus clair. Je ne vais pas vous tuer.

L'homme eut l'air perplexe, comme si la miséricorde était une attitude totalement étrangère à ses yeux.

– À condition que vous respectiez certaines règles élémentaires, poursuivit Buchanan.

– Quel genre de... ?

– D'abord, vous allez rester attachés jusqu'au coucher du soleil. On vous donnera à manger et à boire. Vous pourrez utiliser les toilettes. Mais vous resterez dans la camionnette. C'est clair ?

L'homme fronça les sourcils et approuva de la tête.

– Ensuite, quand on vous relâchera, vous ne toucherez pas à Pedro et Anita Mendez. Ils ne savent rien sur moi. Ils ne savent rien à propos de leur fille. Ils ignorent complètement ce qui se passe. Si vous les torturez ou utilisez n'importe quel moyen pour les interroger, je me mettrai en colère. Et vous avez intérêt à ce que je ne mette pas en colère. S'il leur arrive quoi que ce soit, ce que je vous ferai sera pire que vos pires cauchemars. Vous pourrez vous cacher où vous voudrez. Vous pourrez changer de nom. Cela ne servira à rien. Je suis un spécialiste pour trouver les gens. Vous passerez le reste de votre vie à regarder derrière vous. C'est clair ?

– Oui, dit l'individu après avoir avalé sa salive.

Buchanan descendit du véhicule et, laissant les portières ouvertes, fit signe à Pedro et Anita de venir.

Le père de Juana commença une phrase en espagnol. Buchanan l'interrompit.

– Non. Il faut parler en anglais. Je veux être certain qu'ils comprennent tout ce qu'on dit.

Pedro ne comprenait pas.

– Vous allez passer votre journée à les surveiller, dit Buchanan. Trouvez un endroit où on ne remarquera pas cette camionnette. Peut-être au fond d'un de vos garages.

Il expliqua ce qu'il avait dit aux prisonniers.

– Laissez-les partir à la tombée de la nuit.
– Mais...
– Ne vous inquiétez pas. Ils ne vous feront rien. Ils vont quitter la ville. Hein, vous allez partir ? demanda-t-il au premier homme.
Ce dernier avala à nouveau sa salive et approuva de la tête.
– Parfait, dit Buchanan. Maintenant, la seule chose que je veux savoir c'est si vous avez des rendez-vous téléphoniques. Est-ce que vous devez appeler à des horaires précis pour signaler à vos chefs qu'il ne s'est rien passé ?
– Non, dit l'individu.
– Tu en es certain ? C'est ta vie que tu es en train de négocier. Fais attention.
– On n'est censé appeler que si on a des questions ou qu'on veut signaler quelque chose, dit l'homme.
– Alors finissons-en.
Buchanan avait les jambes lourdes de fatigue. Il se tourna vers Pedro et Anita :
– Il faut que je mange quelque chose et que je dorme.
– Ce sera un honneur pour nous de vous recevoir, dit la femme.
– Merci, mais je préfère que vous ignoriez où je me trouve.
– On ne le dira jamais.
– Bien sûr, dit Buchanan qui savait que les parents de Juana n'avaient pas la moindre idée de ce que pouvait être la torture. Mais moins vous en saurez, mieux cela vaudra. Vous serez en sûreté tant que ces types comprendront que vous ne pouvez rien leur apprendre. Restons-en à ce que j'ai discuté avec eux. Relâchez-les à la tombée de la nuit. Je récupérerai ma voiture en retournant en ville avec vous. J'ai mes affaires dans le coffre.
– Et ensuite ? Une fois que vous vous serez reposé ? Qu'est-ce qui va se passer ? demanda Pedro.
– Je quitterai San Antonio.
– Pour aller où ?
Buchanan ne répondit pas.
– Vous allez à Philadelphie ? Chercher les gens qui ont engagé ces types ? Les gens avec qui vous avez parlé au téléphone ?
Buchanan ne dit toujours rien.
– Qu'est-ce qui s'est passé chez Juana ?
– Rien, dit Buchanan. Pedro, vous voulez conduire la camionnette pendant que je reste derrière pour surveiller ces deux types ? Anita, vous suivrez avec la Jeep.
– Et Juana.
– Vous avez ma parole. Je n'abandonnerai jamais.

19

Péninsule du Yucatán

McIntyre, le chef de chantier de l'équipe de démolition, était allongé fiévreux et épuisé sur un lit de camp de la baraque en bois, la première construction édifiée par ses hommes à leur arrivée sur le site. Quand une dense couverture d'arbres et de buissons cachait les ruines. Quand les édifices mayas étaient toujours debout. Quand le bon sens n'avait pas encore été insulté.

L'homme au teint bronzé par le soleil mexicain rassembla toutes ses forces pour lever son bras valide et essuyer la sueur qui gouttait de ses sourcils. Il n'aurait jamais dû signer ce maudit contrat avec Alistair Drummond. La paye était considérable. Irrésistible. C'était de loin la plus élevée que McIntyre ait jamais touchée pour aucun travail. La prime promise par Alistair Drummond à l'achèvement des travaux était aussi mirobolante. Le chef de chantier avait travaillé dans le monde entier. Son existence nomade lui avait coûté deux divorces. Il avait perdu deux femmes qu'il aimait et des enfants qu'il adorait. Tout cela à cause de son besoin impérieux de dompter la nature, de faire régner l'ordre là où dominait le chaos. Mais ce chantier du Yucatán l'avait contraint à démanteler l'ordre pour instaurer le chaos. Et il avait été châtié.

La terre elle-même semblait révoltée par l'indécence de ce que McIntyre et ses hommes avaient fait. À moins que ce ne fussent les dieux en l'honneur desquels les Mayas avaient construit leurs temples. Étrange pensée pour moi, se dit le malade qui n'avait jamais été croyant. L'approche de la mort faisait surgir les grandes questions ultimes. Ce qu'il aurait autrefois appelé superstition lui paraissait aujourd'hui parfaitement normal. Les dieux étaient furieux parce que leurs temples et leurs sanctuaires avaient été violés.

Détruisez les ruines, avait ordonné Drummond. Dispersez-les. Ils avaient suivi ses instructions à la lettre. Et la terre et les dieux avaient protesté à chaque explosion de dynamite, à chaque coup de bulldozer, pour chaque pierre gravée de hiéroglyphes jetée dans un trou. La terre s'était mise à trembler périodiquement sous leurs pieds. La durée des secousses avait augmenté. Et ce fut l'horreur : des myriades de serpents sortant des trous et des fissures du sol. Une véritable invasion qu'on n'avait pu combattre qu'en épendant du kérosène et en dévastant encore davantage la forêt. Un nuage de fumée s'était élevé au-dessus des ruines dévastées.

Les serpents avaient d'abord semblé omniprésents, avant de disparaître avec la fin des secousses pour retourner dans leurs nids à nouveau tranquilles.

Pas assez vite cependant. Pas assez vite pour McIntyre. La veille, juste avant le coucher du soleil, en plongeant la main dans une boîte à outils pour prendre une clé, il avait ressenti une douleur aiguë et cuisante juste au-dessus du poignet droit. Il avait à peine aperçu un minuscule serpent se glisser hors de la caisse et entrer dans un trou et s'était précipité, terrorisé, vers la tente-infirmerie. Le médecin du camp, un homme toujours mal rasé que ne quittaient ni sa cigarette ni une haleine chargée de whisky, lui avait administré du sérum antivenimeux et avait désinfecté la blessure. Tout en l'assurant qu'il avait eu beaucoup de chance car les crochets avaient manqué les grosses veines du bras.

Frissonnant sous le coup du choc psychologique et de la peur, McIntyre n'avait pas partagé le sentiment du docteur sur sa bonne fortune. Le sérum antivenimeux n'était pas le même en fonction du serpent et il n'avait pas suffisamment observé le reptile qui l'avait mordu pour pouvoir l'identifier. Mais même avec l'injection d'un sérum approprié, il lui fallait d'urgence se faire soigner dans un hôpital. Le plus proche se trouvait à Campêche, à plus de deux cents kilomètres. On n'avait pas encore percé de route à travers la forêt et le seul moyen d'atteindre la ville était l'hélicoptère. Mais deux des appareils du camp étaient partis à Veracruz chercher du ravitaillement et ne seraient pas de retour avant une demi-journée, tandis que le troisième était en panne. C'était d'ailleurs parce qu'il aidait le mécanicien à réparer le système hydraulique de l'engin que McIntyre était venu chercher une clé dans la boîte à outils.

L'esprit de McIntyre flottait pendant que la mort envahissait progressivement son corps. La mort était chaude à suffoquer. Elle le faisait transpirer et trempait ses vêtements. Mais elle était en même temps insupportablement froide. Il frissonnait et rêvait de s'enfouir sous un tas de couvertures.

Sa vision s'obscurcissait. Les sons lui parvenaient étouffés. Les rugissements des bulldozers, les grondements de la dynamite et les trépidations des marteaux-piqueurs semblaient provenir de loin et non des ruines qui subsistaient, juste à côté du bureau. Il guettait le rapide *flap-flap-flap* d'un hélicoptère. Il était certain de le distinguer de loin, au milieu de tout le vacarme. Mais il avait beau tendre l'oreille, il n'entendait rien. Il allait mourir si on ne réparait pas immédiatement l'appareil du camp ou si les autres ne revenaient pas à l'instant. Il s'en souvint brusquement. Alistair Drummond leur avait garanti que le camp disposerait d'une installation médicale adéquate. Malgré sa faiblesse, il eut une bouffée de rage. Et si le vieillard n'avait pas tenu sa promesse sur ce point, qu'en serait-il des autres ? Les respecterait-il ? À propos de la prime, par exemple. Ou de la paye. Allait-il multiplier les raisons de ne pas honorer les termes du contrat ?

Ce soupçon n'avait visiblement effleuré l'esprit d'aucun des rescapés du camp. Ils étaient si impatients de sortir d'ici qu'ils s'attelaient à leur tâche avec un regain d'énergie. Ni les tremblements de terre, ni les serpents, et certainement pas la fin de McIntyre, ne refrénaient leur cupidité. Les tentatives des Indiens pour les faire fuir avaient échoué. Outragés par le démantèlement des ruines, les descendants des Mayas avaient saboté le matériel, empoisonné l'eau du camp, placé des pièges, déclenché une véritable guerre. En réaction, les ouvriers s'étaient livrés, au nom de l'autodéfense, à une chasse aux Indiens dont ils jetaient les corps dans des puits en imitant inconsciemment les sacrifices humains des anciens Mayas. Le conflit qui faisait rage dans cette région à l'écart de la civilisation moderne rappelait au chef de chantier l'invasion du pays par les Espagnols, quatre cents ans plus tôt. La zone était totalement isolée. Personne n'apprendrait jamais ce qui s'y était passé. Si un jour on avait des soupçons, il n'y aurait aucune preuve. La seule chose qui compterait, une fois le travail achevé, serait les résultats.

Au milieu de son délire, McIntyre entendit la porte du bureau s'ouvrir. Des bulldozers passèrent bruyamment. On referma la porte. Des pas s'approchèrent.

Une main lui toucha doucement le front.

– Tu as toujours de la fièvre, dit une voix féminine.

Jenna.

– Tu ne te sens pas mieux ?

– Non.

L'homme frissonna. La sueur coula encore plus abondamment.

– Bois un peu d'eau.

– Je ne peux pas, répondit-il en faisant un effort pour respirer. Je la recracherais.

– Tiens bon. Les mécaniciens font tout ce qu'ils peuvent pour réparer l'hélicoptère le plus vite possible.

– Pas assez vite.

Jenna s'agenouilla à côté du lit pliant et prit la main gauche de McIntyre. Il se souvenait de sa surprise en apprenant que le géomètre-cartographe du camp serait une femme et de son insistance à répéter que ce n'était pas un endroit pour une femme. Jenna avait eu vite fait de renverser ses préventions sexistes en démontrant qu'elle était aussi capable qu'un homme de s'adapter à la vie en forêt. Elle avait une belle chevelure couleur de miel, une poitrine ferme et un sourire agréable. En trois mois de travail côte à côte, McIntyre était tombé amoureux. Il ne lui avait rien dit par crainte d'une rebuffade qui aurait rendu leurs relations de travail infernales. Mais il avait l'intention de lui parler dès la fin du chantier.

Jenna se pencha vers lui, tout en lui caressant la main, et interrompit le cours de ses pensées.

– Mais je suis certaine qu'un hélicoptère reviendra avant qu'on ait le temps de finir de réparer celui-ci.

– Je... commença-t-il avec une bouche aussi sèche que du parchemin. Je ne sais pas...

– Drummond va bientôt arriver. On te mettra dans son hélicoptère pour t'emmener à l'hôpital.

– Drummond ?

– Tu ne te rappelles pas ? demanda la femme en lui passant un linge mouillé sur le front. Nous en avons parlé quand j'ai eu une liaison radio, il y a une demi-heure.

– Une liaison radio ? Il y a une demi-heure ?

– On a trouvé ce qu'il cherche, dit Jenna d'une voix qui trahissait une certaine excitation. C'était là depuis le début. Sous notre nez. Nous avions les instructions traduites par Drummond, mais nous nous sommes crus trop intelligents. Nous avons compliqué les choses. Nous pensions que les instructions utilisaient un langage imagé, alors qu'il fallait prendre le texte au pied de la lettre. Le dieu des Ténèbres. Le dieu du Monde Souterrain. Le dieu de la Pyramide. C'était sacrément facile, Mac. La raison pour laquelle les Mayas ont construit la pyramide à cet endroit précis est devenue évidente une fois que tes hommes l'ont eu détruite. On a trouvé ce que Drummond cherchait.

Dix

1

Washington

National Airport. Treize heures trente. À sa descente du vol de la TWA en provenance de San Antonio, Buchanan se dirigea directement vers une rangée de téléphones publics. Il avait réussi à dormir pendant les cinq heures d'un voyage interrompu par plusieurs escales. Ajouté à quatre heures de sommeil dans un motel proche de l'aéroport de San Antonio et à deux petits déjeuners riches en hydrates de carbone, le premier avant son départ et le second dans l'avion, ce repos lui avait restitué une partie de son énergie. Ses blessures le faisaient toujours souffrir, ainsi que son mal de tête. Mais soutenu par des afflux d'adrénaline il se sentait plus en forme qu'il ne l'avait été depuis plusieurs jours. Il voyageait sous le nom de Charles Duffy. Il dominait à nouveau la situation.

Il composa le numéro de téléphone de Holly au *Washington Post.* Un homme répondit qu'elle était sur une autre ligne et demanda qui voulait lui parler.

– Mike Hamilton.

Le colonel et Alan faisaient probablement surveiller la journaliste pour vérifier qu'elle respectait leur accord. Ils réagiraient immédiatement au moindre signe qu'elle poursuivait son enquête et n'avait pas remis tous ses documents. Il suffisait qu'ils découvrent que Buchanan était toujours en contact avec elle pour avoir des soupçons aux conséquences potentiellement mortelles. Indépendamment des risques courus par Holly, il ne pouvait de toute façon pas utiliser son véritable nom car ses chefs étaient certainement à sa recherche.

Les idées qui lui traversaient l'esprit en attendant que la journaliste réponde le mettaient mal à l'aise. Pas à cause de sa propre sécurité, mais parce qu'il se demandait quelles étaient les véritables motivations de son comportement. Qu'était-il en train de faire ? On n'abandonne pas une opération militaire top secret comme on quitte un travail au restaurant du coin. Il n'avait jamais désobéi à un ordre pendant ses onze années dans l'armée, dont huit comme agent secret. Il était soldat. L'obéissance faisait partie de son travail. Il en avait été fier. Mais voilà que soudain son sens de la discipline s'était évanoui. Il était parti. Et même pas pour regarder vers l'avenir, mais pour se tourner vers le passé. Même pas pour vivre sa vie, mais pour vivre celle d'un de ses personnages.

Allez, mon vieux, se dit-il, ce n'est pas trop tard. Tu ferais mieux de rentrer dans le rang. Téléphone au colonel. Dis-lui que tu as commis une erreur, mais que c'est fini. Dis-lui que tu feras ce qu'il voudra. Tu deviendras instructeur. Tu disparaîtras. N'importe quoi.

Mais une pensée plus forte s'imposa.

Je dois retrouver Juana.

Il avait sans doute parlé à voix haute car il entendit une voix féminine qui lui disait:

– Quoi ? Je n'ai pas entendu ce que tu as dit. C'est toi, Mike ?

La voix sensuelle et profonde de Holly.

Il se redressa.

– Ouais, c'est moi.

Il avait téléphoné chez elle avant de quitter San Antonio pour s'assurer qu'elle était bien à Washington et qu'il ne ferait pas le voyage pour rien. Il était six heures trente au Texas et sept heures trente sur le Potomac. Elle se préparait à partir au journal. Craignant que son téléphone ne soit sur écoute, il avait utilisé le nom de Mike Hamilton pour convenir de se retrouver à l'heure du déjeuner.

– Toujours partant pour le déjeuner ? lui demandait-elle maintenant.

– Si tu es libre.

– Je suis toujours libre pour toi. On se retrouve au square McPherson.

– J'y serai dans quarante minutes.

– Ne te presse pas.

– À tout à l'heure.

Buchanan raccrocha. Une conversation parfaite. Tout en semblant naturelle, elle leur avait permis d'échanger les mots de code convenus à La Nouvelle-Orléans. « Ne te presse pas » signifiait que Holly ne se sentait pas menacée. « À tout à l'heure » était la réponse équivalente de Buchanan.

Saisissant son sac de voyage, il s'éloigna des téléphones et se mêla à un groupe de passagers provenant d'un autre avion. Les deux aéroports de Washington, National et Dulles, étaient constamment surveillés par diverses agences gouvernementales. En partie par habitude prise durant la guerre froide, en partie parce qu'on voulait repérer les voyageurs importants qui débarquaient sans prévenir dans la capitale. En grande partie aussi à cause de la conviction grandissante que les terroristes du Moyen-Orient pourraient lancer l'attaque qu'ils méditaient depuis longtemps contre les États-Unis.

Buchanan ne craignait pas que des hommes du colonel le guettent à cet endroit. Washington était, en bonne logique, une des villes qu'il avait le plus de raisons d'éviter. La série de factures laissées derrière lui avait certainement conduit les militaires à San Antonio. Il avait rendu la voiture de location avant de quitter le Texas. Ce serait la fin de la piste. L'agence étant située près de l'aéroport de San Antonio, les agents du colonel supposeraient qu'il avait pris l'avion. Mais ils n'avaient aucun moyen de savoir qu'il avait utilisé le nom et la carte de crédit de Charles Duffy pour louer la chambre du motel et acheter un billet pour Washington.

Le seul risque que Buchanan courait à l'aéroport de la capitale était que quelqu'un le remarque par malchance. Mais encore fallait-il qu'il attire l'attention sur lui, ce qu'il prit soigneusement soin d'éviter. Buchanan-Lang-Duffy-Hamilton se fondit habilement au milieu d'autres voyageurs, quitta le bâtiment et prit un taxi pour le centre-ville. C'était un après-midi sombre et pluvieux. Tout s'était bien passé à l'aéroport.

Mais le square McPherson serait un autre problème.

2

Buchanan avait également expliqué à Holly que, s'il lui téléphonait pour la voir, elle devait proposer qu'ils se retrouvent dans un lieu public proche de son journal. Cela devait être un endroit qu'elle fréquentait souvent (« Ne fais rien qui attire l'attention »), doté de nombreuses entrées (« Pour ne pas se faire piéger »), et qui ne risquait pas de fermer à des heures imprévisibles (« Un jour on m'a donné un rendez-vous avec quelqu'un dans un restaurant qui avait brûlé la veille. Aucun membre de l'équipe qui me conseillait n'avait vérifié l'endroit pour s'assurer que c'était un lieu de rendez-vous valable »).

Le square McPherson répondait idéalement à tous ces critères. On pouvait difficilement imaginer qu'il pût brûler, il était aussi public qu'un restaurant mais nettement plus ouvert et, situé à quelques rues du *Washington Post*, c'était pour elle un endroit naturel où retrouver quelqu'un.

Buchanan arriva en avance. Mêlé à la foule d'un arrêt d'autobus dans la rue L, il vit Holly sortir de l'immeuble du journal et se diriger vers la 15ᵉ Rue. Ce n'était pas à elle qu'il s'intéressait, mais aux gens qui étaient susceptibles de la suivre. Il attendit une quinzaine de secondes après l'avoir perdue de vue, puis se rendit au milieu des piétons jusqu'à l'angle de la rue. Attendant que le feu passe au rouge, il examina la 15ᵉ Rue, dans la direction suivie par la femme.

Elle portait un long imperméable beige, une couleur excellente pour ne pas se faire remarquer au milieu de la foule. Un chapeau assorti avait le mérite supplémentaire de dissimuler ses cheveux roux qu'elle avait remontés en dessous. Le seule détail inhabituel était le sac d'appareil photo qu'elle portait en bandoulière, en guise de sac à main.

C'était suffisant pour permettre à Buchanan de la distinguer parmi les autres femmes vêtues d'imperméables beiges. Il suivit lentement, en jetant des regards neutres sur les devantures de magasins et les voitures, examinant en fait discrètement la rue pour voir si Holly était suivie.

Oui. Un homme en veste de cuir marron, de l'autre côté de la rue.

Il ne quittait pas la journaliste des yeux, tout en marchant. Il semblait porter de temps à autre la main à quelque chose, dans une de ses oreilles, tout en baissant le menton vers la gauche et en remuant les lèvres.

Buchanan scruta la rue plus attentivement et vit un deuxième homme à l'angle, devant Holly. Celui-ci portait un costume, tenait un parapluie et regardait sa montre comme s'il attendait quelqu'un. Au moment où le premier individu abaissait le menton et remuait les lèvres il portait, lui aussi, la main à l'oreille. Des micros de cravate miniatures.

Mais qui suivait Holly ? Des agents du colonel ou d'Alan ? Des militaires ou des civils ? Des hommes des Opérations spéciales ou de l'Agence ? Holly atteignit la rue K et traversa en direction du parc. Buchanan étudia le dos des deux individus qui la suivaient. Des hanches étroites, des épaules larges. La silhouette typique des hommes des Opérations spéciales. Leur entraînement visait à les rendre agiles mais dotés d'un haut du corps puissant. Des jambes et des hanches trop musculeuses les auraient ralentis, alors que la force du torse et des bras n'offrait que des avantages. C'était également la silhouette de Buchanan des années plus tôt. Pour éviter qu'elle ne trahisse sa formation auprès de gens bien informés, il avait abandonné les exercices de musculation des bras et des épaules pour cultiver l'endurance et la souplesse.

Sachant désormais quelle silhouette rechercher, il remarqua deux autres hommes à l'allure d'agents des Opérations spéciales. Le colonel se méfie d'elle, sinon il ne la ferait pas surveiller autant, se dit Buchanan. Les deux individus qu'il venait de remarquer se trouvaient déjà dans le parc. S'ils savaient que Holly s'y rendrait, cela signifiait que la ligne téléphonique de la journaliste était sur écoute. Il avait eu raison d'être prudent.

Buchanan fit demi-tour au lieu de suivre la femme dans le jardin, tourna à droite dans la rue K et contourna le pâté de maisons. Il se retrouva dans la 15e Rue, mais cette fois davantage au sud, à l'intersection avec la rue I. Il examina le square depuis l'entrée très fréquentée de l'immeuble des Anciens Combattants et aperçut Holly, assise sur un banc au milieu du jardin, près de la statue du général McPherson. Des promeneurs passaient. Les quatre hommes aux larges épaules s'étaient dispersés dans le parc et demeuraient immobiles. Portant parfois une main à l'oreille et baissant le menton, ils se concentraient sur Holly et sur toute personne qui semblait s'approcher d'elle.

Comment lui faire passer un message ? se demanda Buchanan.

Poursuivant le long de la rue I, il aborda un Noir qui tenait une petite pancarte sur laquelle était écrit : « Cherche du travail pour manger ». L'homme avait besoin d'une coupe de cheveux, mais était bien rasé et portait des vêtements propres et des chaussures usées jusqu'à la corde mais cirées.

– Vous pourriez me donner de quoi m'acheter un hamburger ? lui dit le mendiant.

Ses yeux témoignaient d'une amertume rentrée. Pris entre la honte et la faim, il cherchait à sauvegarder sa dignité tout en tendant la main.

– Je crois que je peux faire mieux que le prix d'un hamburger, dit Buchanan.

L'homme plissa les yeux. Il eut une expression surprise et quelque peu inquiète.

– Vous voulez travailler ? lui demanda Buchanan.

– Écoutez, je ne sais pas ce que vous voulez, mais j'espère que ce n'est pas des ennuis. Le dernier type qui s'est arrêté pour me demander si je voulais travailler m'a dit : « Alors qu'est-ce que tu fous là au lieu de travailler ? » Il m'a traité de salopard de fainéant. Travailler ? Putain de merde. Je ne serais pas ici à faire la manche et me faire insulter si je pouvais trouver du travail.

– Qu'est-ce que vous en dites ? reprit Buchanan. Cent dollars pour cinq minutes de travail.

– Cent dollars ? Pour une somme pareille, je... Attendez une minute. S'il s'agit de revendre de la drogue ou...

3

Le téléphone eut à peine le temps de sonner avant que le colonel arrête de faire les cent pas et décroche, dans l'appartement sûr où il attendait, à cinq pâtés de maisons au nord du *Washington Post.*

– Home Video Service.

– On dirait qu'on lui a posé un lapin, dit une voix masculine. Le dénommé Mike Hamilton était censé la retrouver à deux heures vingt. Il est trois heures moins le quart, le crachin se transforme en pluie et elle remue comme si le banc sur lequel elle est assise était gelé.

– Continuez à surveiller jusqu'à ce qu'elle retourne à son bureau. L'homme que nous avons dans son service prendra le relais, dit l'officier supérieur.

– C'est peut-être un rendez-vous de travail, répondit son interlocuteur. Mike Hamilton est peut-être un informateur pour un article sur lequel elle travaille, même si son voisin de bureau n'a jamais entendu parler de lui. C'est peut-être aussi quelqu'un qu'elle a connu quand elle travaillait en Californie.

– Peut-être, major ? Je n'aime pas que mes officiers se lancent dans des suppositions. Les enregistrements des conversations ne parlent ni de Californie ni de rien d'autre. Hamilton et elle se sont parlé comme s'ils avaient déjà des relations. Mais quelles relations ? C'est le mystère.

– Oui, mais la plupart des gens ne racontent pas leur vie quand ils téléphonent à quelqu'un pour l'inviter à déjeuner.

– Serait-ce des sarcasmes, major ?

– Non, monsieur. Certainement pas. Je suis seulement en train de réfléchir à voix haute pour analyser la question. Je me dis que si ce rendez-vous avec Hamilton avait quelque chose à voir avec nous elle ne l'aurait pas fixé en pleine vue. En plus, nous avons vérifié nos fichiers informatiques. Aucun Hamilton n'a jamais participé à une opération.

– Aucun Hamilton ? s'exclama le colonel. Vous avez oublié que tous nos hommes sont des spécialistes des pseudonymes ? Bon sang, et si Hamilton n'est pas son vrai nom ?

La ligne fut silencieuse pendant un instant.

– Oui, monsieur. Je vois ce que vous voulez dire.

– Depuis son retour de La Nouvelle-Orléans, tout ce qu'elle a fait était parfaitement habituel. Pour la première fois, elle est en train de faire quelque chose que nous ne parvenons pas à expliquer. J'espère pour son bien que cela n'a rien à voir avec nous. Je veux bien croire qu'elle a dit la vérité quand elle a promis à Buchanan qu'elle laissait tomber son reportage. Mais je voudrais aussi savoir qui est ce foutu Hamilton.

– Vous pouvez compter sur moi, mon colonel. Attendez. L'équipe de surveillance me communique quelque chose... Quelqu'un s'approche de la femme.

Le colonel se figea et retint sa respiration, fixant le mur en face de lui.

– Fausse alarme, monsieur. C'est un Noir avec une pancarte demandant du travail. Il fait la manche auprès de tous les gens qui se trouvent dans le square.

Le colonel expira et sembla sortir de transe.

– Maintenez la surveillance. Tenez-moi au courant. Je veux savoir ce que cette femme fabrique, minute par minute.

Il raccrocha brusquement.

Alan le regardait, assis dans un fauteuil dans un coin de la pièce.

– Pourquoi est-ce que vous ne laissez pas tomber ! Ce qui doit arriver arrivera, même si vous quittez ce téléphone des yeux.

– Vous n'avez pas l'air de prendre cela au sérieux.

– Si, je le prends très au sérieux, répondit le civil. Pour moi c'est significatif du dérapage de cette opération. Au lieu de vous occuper du travail en cours, vous gaspillez tous vos moyens pour Buchanan et cette journaliste.

– « Gaspillez » ?

– En ce qui me concerne, les deux questions sont réglées. Laissez Buchanan creuser un trou pour se cacher dedans. Il est parti et je dis bravo. On l'oubliera. Quant à la journaliste, sans Buchanan elle n'a plus d'article. C'est aussi simple que ça. Si elle ne respecte pas sa parole, nous nions tout ce qu'elle dit et nous l'accusons de placer sa carrière au-dessus de la vérité. Nous la défions de montrer cet homme mystérieux dont elle prétend qu'il a usurpé Dieu sait combien d'identités.

– Elle en sera peut-être capable.

– Qu'est-ce que vous dites ? demanda Alan.

– C'est à cause d'elle que Buchanan nous a quittés, dit l'officier. Mais ce n'est peut-être pas uniquement pour des raisons professionnelles. Après tout, il a essayé de la protéger. Il y a peut-être quelque chose entre eux.

Alan fit une grimace.

– Buchanan a un don pour changer de voix, pour imiter la voix des gens, ajouta le colonel. Vous ne vous êtes jamais dit que, quelle que soit la voix de ce type, Mike Hamilton pourrait être Buchanan ?

4

Buchanan n'avait pas eu le temps d'expliquer en détail à Holly les règles à suivre si elle craignait d'être suivie. Il avait insisté sur le fait que l'essentiel était de ne pas se laisser perturber et de ne pas exagérer tous ses gestes comme si elle était en représentation. « Ne fais jamais quelque chose que tu ne ferais pas normalement. Fais en revanche tout ce que tu ferais normalement. »

Dans l'immédiat, son comportement normal n'aurait certainement pas été de continuer à attendre sous la pluie, au milieu d'un square. Elle était assise sur le banc depuis deux heures vingt, l'heure du rendez-vous fixé par Buchanan. Vingt-cinq minutes s'étaient écoulées. À La Nouvelle-Orléans, Buchanan lui avait dit de ne jamais l'attendre plus d'une demi-heure. Autrement, si elle était surveillée, on aurait pu se demander pourquoi elle s'attardait. Le mauvais temps rendrait son attitude encore plus suspecte.

Holly se dit que le comportement naturel serait de partir. Buchanan lui avait dit de revenir vingt-quatre heures plus tard au même endroit s'il manquait un rendez-vous et qu'elle n'ait pas de nouvelles de lui entre-temps. Revenir demain attirera l'attention, mais certainement moins que de rester sous la pluie. Il n'y avait plus grand monde dans le square. La plupart des gens s'étaient abrités. Elle avait l'impression d'être au milieu d'une scène de théâtre et tenta de regarder autour d'elle d'un air naturel. Au moment où elle se décidait à se lever, elle remarqua un mouvement sur sa gauche.

La scène se déroulait depuis une minute, mais elle était si banale qu'elle ne l'avait pas remarquée. En se tournant elle vit un Noir qui, une pancarte « Cherche du travail pour manger » à la main, s'approchait d'une femme qui traversait le square à grands pas. Le mendiant lui dit quelque chose. La passante secoua énergiquement la tête sans s'arrêter. L'homme poursuivit. La pluie avait commencé à ruiner son écriteau qui portait maintenant « erche u trava our anger ».

Holly ressentit de la sympathie envers le mendiant qui se dirigeait vers une autre personne pressée, un homme cette fois, qui continua comme s'il ne l'avait pas vu. La pancarte s'affaissait.

Il sortira au moins une bonne chose de tout cela, se dit Holly. Elle plongea la main dans son sac, prit un dollar dans son porte-monnaie et le tendit à l'homme qui venait vers elle. Elle était si abattue que, pour se remonter le moral, elle lui aurait volontiers donné davantage. Mais elle se répétait la consigne de Buchanan selon laquelle elle ne devait rien faire d'inhabituel. Un dollar était déjà mieux qu'un *quarter*[1].

– Merci, madame.

Ce que le mendiant ajouta la stupéfia.

– Mike Hamilton dit que vous êtes surveillée.

Le pouls de Holly s'accéléra.

– Quoi ?

– Vous allez prendre le métro à la 14e Rue. Prenez la direction de... Metro Center. Sortez par la sortie est. Dirigez-vous vers la... oui... la Galerie nationale des portraits. Il vous contactera.

Le Noir repartit en empochant le billet que Holly lui avait donné.

La femme fut tentée de se précipiter derrière lui pour lui demander des détails, savoir comment Buchanan avait appris qu'elle était suivie.

Mais elle savait que ce serait une erreur complète et, réprimant la tentation, elle n'accorda plus aucune attention au mendiant et jeta un regard circulaire comme si elle espérait toujours que la personne qu'elle attendait arrive. Elle ne voulait pas bouger tout de suite après que l'homme lui eut parlé. Sinon des gens qui la surveilleraient pourraient en déduire qu'elle avait reçu un message.

---

1. Le quart d'un dollar. *(N.d.T.)*

Elle attendit. Cinq secondes. Dix secondes. Quinze secondes. Des gouttes d'eau tombaient du bord de son chapeau. Quelle était la façon la plus naturelle de se comporter ? Vérifier autour d'elle une dernière fois, secouer la tête d'un air contrarié, puis partir.

Elle se dirigea d'abord vers le journal avant de s'arrêter comme si une meilleure idée lui venait à l'esprit, et de changer de direction. Elle prit le métro dans la 14e Rue. Les émotions se bousculaient en elle. Buchanan l'avait effrayée durant leur conversation sur le bateau à aubes, deux jours plus tôt. Il avait décrit d'une façon terriblement éloquente la menace qui pesait sur elle. À cause de son enquête. À cause de l'investigation qu'elle avait entreprise sur lui. La conviction fatale qui brillait dans les yeux de Buchanan l'avait glacée. Cet homme avait tué. Les gens pour qui il travaillait avaient tué. Leurs règles n'étaient pas les siennes. Un prix Pulitzer serait une faible consolation à emporter dans sa tombe.

Et sa responsabilité de journaliste ? Et son courage professionnel ? Elle avait éludé ces questions en repoussant ses décisions, en se disant que son reportage serait peut-être encore meilleur si elle attendait de nouveaux développements.

Elle n'avait pas abandonné son article. Elle le laissait seulement mijoter. Bien sûr. Alors, pourquoi le fait que Buchanan soit entré en contact avec elle la terrifiait-il autant ? Que voulait-il ? Elle aurait dû être impatiente, si elle avait été le reporter qu'elle avait toujours cru être. Elle avait, au contraire, l'impression de vivre le début d'un cauchemar.

Dix minutes plus tard elle montait les escaliers encombrés de la station Metro Center et quittait le bruit des rames pour celui de la circulation congestionnée de la rue G. Elle marcha sous la pluie vers le grand bâtiment rectangulaire de style grec qui abritait la Galerie nationale des portraits. Une foule de gens se hâtaient sur le trottoir, malgré le mauvais temps. Ici aussi se trouvaient des mendiants portant des vêtements usés et détrempés, qui sollicitaient de la monnaie, de la nourriture ou du travail, et dont certains tenaient des pancartes indiquant ce dont ils avaient besoin.

L'écriteau de l'un d'eux était semblable à celui du Noir qui l'avait accostée dans le square : « Cherche du travail pour manger ». Elle continua son chemin.

– Attends, Holly. Donne-moi un *quarter*, dit le mendiant.

Entendre son nom la secoua comme une décharge électrique. Elle s'arrêta sur-le-champ, se força à se retourner et vit que l'homme en haillons, au chapeau affaissé et au visage sale était Buchanan.

– Mon Dieu, dit-elle.

– Ne dis rien, Holly. Donne-moi un *quarter.*

Elle obéit et fouilla dans son sac d'appareil photo, à la recherche de son porte-monnaie. Elle aimait la façon dont il disait son nom.

Buchanan parla doucement :

– Drummond. Tomez. C'est tout ce que je sais. Pas de prénom. Le genre de gens qui ont des gardes du corps. Trouve tout ce que tu peux à leur sujet. Fais semblant de téléphoner depuis une cabine, dans la galerie. On se retrouve à huit heures ce soir. Au Ritz-Carlton. Demande au réceptionniste d'appeler la chambre de Mike Hamilton. Tu as tout saisi ? Bien. Va-t'en.

Buchanan n'avait cessé de tendre la main, en attendant que Holly lui donne le *quarter.* Le prenant, il dit à voix haute :

– Merci, madame. Que Dieu vous bénisse.

Puis, se tournant pour s'adresser à un homme qui approchait :

– Vous n'auriez pas un *quarter,* rien qu'un *quarter*?

Holly s'éloigna. Conformément aux instructions de Buchanan, elle se dirigea d'un air qu'elle espérait naturel vers la Galerie nationale des portraits. Mais si sa démarche était régulière, son cerveau tourbillonnait de peur et d'interrogations.

5

Le gros hélicoptère bleu projetait une ombre striée sur les arbres de l'épaisse forêt du Yucatán. La mine renfrognée d'Alistair Drummond, assis à l'arrière de l'appareil, devint si dure et son visage si plissé qu'il apparut comme l'homme de plus de quatre-vingts ans qu'il était. Il se tenait de plus en plus roide à chaque information que Raymond lui communiquait. Il éleva sa voix cassante pour couvrir le bruit des moteurs :

– Brendan Buchanan ?

– Un instructeur des Forces spéciales de l'armée de terre, basé à Fort Bragg. Il a loué une voiture à La Nouvelle-Orléans et est allé rendre visite aux parents de la femme à San Antonio. Notre homme qui les surveille a téléphoné pour dire qu'il avait utilisé le nom de Jeff Walker, s'était présenté comme un ami de leur fille et avait demandé s'ils savaient où elle se trouvait.

– Est-ce que c'est vraiment un ami de la femme ? demanda Drummond en jetant un regard en biais derrière ses grosses lunettes. Pourquoi un pseudonyme ? Il cache sûrement quelque chose. Mais quoi ? Pourquoi est-ce qu'il veut voir la femme ?

– Nous l'ignorons, dit Raymond. Mais les deux hommes qui surveillaient la maison des Mendez ont disparu. Et c'est la même chose pour celui qui s'occupait de la maison de la femme, dans la banlieue de San Antonio. Son partenaire a trouvé du sang récent sous un tapis et un trou de balle dans le plafond. Il serait absurde de ne pas faire un rapprochement entre l'apparition de Buchanan et leur disparition. J'ai donné l'ordre de le tuer s'il se montre à nouveau.

La vieille carcasse de Drummond trembla.

– Non. Annulez cet ordre. Trouvez-le. Suivez-le. Il nous conduira peut-être jusqu'à elle. Est-ce qu'ils ont travaillé ensemble à Fort Bragg ? Trouvez quels sont ses liens avec elle. Il connaît peut-être des endroits où chercher et auxquels nous n'avons pas pensé.

6

Pendant le vol qui l'avait amené de San Antonio, Buchanan avait utilisé la carte de téléphone de Charles Duffy pour réserver une chambre d'hôtel à Washington. Cela n'avait pas été facile car les hôtels confortables de la capitale sont toujours pleins. Il avait commencé par des hôtels aux prix moyens, mais avait finalement décidé d'essayer les plus luxueux en se disant qu'avec la récession ils étaient peut-être moins fréquentés. Il eut de la chance avec le Ritz-Carlton. Plusieurs chambres avaient été libérées par un groupe vénézuélien qui avait regagné son pays le matin même à cause d'une crise politique. L'employé lui avait dit qu'une demi-heure plus tard toutes les chambres auraient été réservées. Il en prit deux.

Le Ritz-Carlton était l'un des meilleurs hôtels de la ville. Il était décoré comme un club de chasse anglais, avec une dominante de couleurs ambrées, des meubles européens et des scènes de chasse du dix-huitième et du dix-neuvième siècle sur les murs. Après son rapide contact avec Holly près de la Galerie nationale des portraits, il avait constaté que la journaliste était toujours suivie, mais aucun des hommes qui la surveillaient ne l'avait apparemment remarqué. Par précaution, il avait cependant utilisé toute ses techniques pour semer d'éventuels poursuivants et passé deux heures à changer de métro, autobus et taxi. Il se sentait relativement tranquille quand il se présenta à la réception du Ritz-Carlton peu après cinq heures. Il prit une douche, refit le pansement de sa blessure au côté, mit des vêtements propres, se fit apporter un hamburger et s'allongea sur le lit pour rassembler son énergie et concentrer ses pensées.

Il avait du mal à réfléchir. Les deux derniers jours de voyage permanent et son déploiement d'activités de l'après-midi l'avaient épuisé. Il n'aurait jamais été aussi fatigué huit ans plus tôt, ou même seulement l'année précédente. Avant de devoir récupérer de deux blessures et de souffrir de maux de tête incessants et lancinants. Il avait acheté une nouvelle boîte d'aspirine mais ne se faisait aucune illusion. Ce n'était pas un problème passager. C'était la conséquence de la succession de coups qu'il avait reçus au crâne et il avait besoin d'une prise en charge médicale. Mais il n'avait pas le temps de s'inquiéter pour lui-même. S'il consultait un médecin, il passerait sans doute la semaine suivante en observation dans un lit d'hôpital. Avec les hommes qui étaient lancés à sa poursuite, une immobilisation si longue représentait un danger certain. Pas seulement pour lui.

Juana. Il n'avait pas le droit de perdre du temps à se préoccuper de lui-même. Il l'avait déjà trop fait, pendant trop longtemps. Il devait s'occuper de quelqu'un d'autre. Juana. Il fallait la trouver. Il fallait l'aider.

7

Le téléphone sonna à huit heures du soir. Ponctuellement. Bien. Buchanan s'assit sur le lit et, prenant le combiné, répondit avec une voix neutre :

– Allô !

– Mike ?

La voix féminine, profonde et sensuelle, de Holly était reconnaissable entre toutes.

– Oui. Où es-tu ?

– Dans le hall. J'utilise un téléphone intérieur. Tu veux que je monte ? Quel est ton numéro de chambre ?

– Pour l'instant, je suis au 322, mais tu vas aller au 512. Tu vas procéder comme je vais te le dire. Prends l'ascenseur jusqu'au troisième et monte jusqu'au cinquième par les escaliers. Si quelqu'un regarde les numéros au-dessus de la porte de l'ascenseur, dans le hall, il pensera que tu t'es arrêtée au troisième étage.

– J'arrive, répondit la femme d'une voix tendue.

Il coupa la communication et poussa le bouton qui appelait la réception.

– Pourriez-vous ne me transmettre aucun appel jusqu'à demain matin huit heures, s'il vous plaît ? dit-il à l'employé.

Il laissa la lumière allumée, prit son sac de voyage, sortit de la chambre, mit un panneau « Ne pas déranger » sur la porte qu'il ferma à clé, puis se dirigea vers l'escalier de secours. Au moment où il commençait à monter, il entendit l'ascenseur s'arrêter sur le palier.

Il s'était fait enregistrer pour la chambre 512 sous le nom de Charles Duffy et l'avait payée, ainsi que celle de Mike Hamilton, avec la carte de crédit de l'homme qu'il avait tué. Il avait dit à la réceptionniste que Mike Hamilton arriverait bientôt. Après avoir pris une douche et changé de vêtements, il était redescendu, avait attendu que l'employé s'absente et s'était présenté au remplaçant sous le nom de Mike Hamilton.

Holly arriva à la chambre 512 une minute après lui. Il referma la porte à clé derrière elle. Elle laissa tomber son sac d'appareil photo et une sacoche sur une chaise, se retourna et, lui passant les bras autour de la poitrine, se serra contre lui.

Elle tremblait.

Buchanan se demanda si elle ne simulait pas et ne cherchait pas à apparaître plus affolée qu'elle ne l'était.

– Comment peux-tu vivre comme ça ? dit-elle contre son épaule.

– Vivre comment ? C'est normal, dit-il en l'enlaçant à son tour.

– Normal..., reprit-elle d'une voix déclinante.

– C'est le trac.

Il respirait son parfum.

Elle s'écarta, l'air déprimé.

– Bien sûr.

La pluie frappait les vitres, derrière les rideaux tirés. Elle ôta son imperméable et son chapeau mouillés et secoua doucement la tête pour libérer ses cheveux.

Il avait oublié à quel point sa chevelure était rousse et de quel vert brillaient ses yeux.

Elle portait un tailleur-pantalon couleur sable, un T-shirt blanc et une ceinture marron. Une tenue qui mettait en valeur sa taille et sa poitrine.

Il se sentit attiré vers elle, se rappela la pression de sa poitrine contre lui et se força à se concentrer sur les raisons de leur rencontre.

– Je voulais une chambre où nous ne serions pas dérangés si les types qui te suivent ont envie de se mêler de ce qui ne les regarde pas. S'ils posent des questions au réceptionniste, ils croiront savoir où tu es et avec qui tu as rendez-vous.

– Ça, je comprends, dit Holly en s'affalant sur un canapé victorien. Mais ce que je ne comprends pas, c'est pourquoi tu m'as demandé de faire semblant de donner un coup de téléphone à la Galerie nationale des portraits. Qui j'étais censée appeler ?

– Mike Hamilton.

Holly se passa la main dans les cheveux d'un air dubitatif.

– Autrement, comment pouvais-tu savoir que Mike Hamilton voulait te rencontrer ici ?

– Mais... fit la journaliste, tu me l'avais déjà dit à la sortie de la station de métro.

– Les gens qui te suivent ne le savent pas. Holly, tu ne dois jamais oublier que dans cette affaire tout est de la comédie. Ton public ne doit savoir que ce qui est indispensable pour maintenir l'illusion. Imagine que je t'aie simplement laissée retourner au travail et que je t'aie téléphoné pour te dire de venir ici. Ta ligne est sur écoute. Un quart d'heure plus tard, l'hôtel était surveillé. Ils auraient compris qui était Mike Hamilton. Le changement de chambre n'aurait rien modifié. Nous serions en ce moment tous les deux soumis à un interrogatoire.

– Tu ne fais rien au hasard.

– C'est ce qui me permet de rester en vie.

– Mais comment puis-je savoir que je suis vraiment suivie ? Qu'est-ce qui me prouve que toute cette histoire au square et à la station de métro n'est pas seulement une mise en scène pour me faire peur et m'empêcher de poursuivre mon reportage ?

– Rien. Je ne peux pas te le prouver. En fait, non. Je *peux* te le prouver, mais la preuve pourrait t'être fatale.

– Et voilà. Tu recommences, dit Holly. Tu essaies de me faire peur.

Elle croisa les bras et les frotta comme si elle avait froid.

– Tu as mangé ? demanda Buchanan.

– Non.

– Je vais commander quelque chose.

– Je n'ai pas faim.

– Il faut manger quelque chose.

– Ouais, la peur est un excellent régime amaigrissant.
– Tu veux du café, ou du thé ?
– Et si tu me disais ce que les noms que tu m'as donnés ont à voir avec mon reportage ?
– Ils n'ont rien à voir, dit Buchanan.
– *Quoi* ? Alors pourquoi est-ce que tu m'as contactée ? Pourquoi tu m'as entraîné dans toute cette histoire d'hommes qui me suivent, de messages secrets et de... ?
– Parce que je n'avais pas le choix. J'ai besoin que tu m'aides.
Holly rejeta brusquement la tête en arrière.
– Besoin que je t'aide ? Qu'est-ce qui peut... ?
– Drummond et Tomez. Des gens suffisamment importants pour utiliser des gardes du corps. Tu as trouvé quelque chose sur eux ?
– Pourquoi est-ce que tu en as besoin ?
– Il vaut mieux que tu n'en saches rien...
– C'est du baratin, dit Holly. Depuis que je t'ai rencontré dans le train de La Nouvelle-Orléans, tu essaies de me manipuler. Tout doit se faire selon tes désirs et tu te débrouilles sacrément bien pour manipuler les gens. Eh bien, cette fois ça ne se passera pas comme ça. Si tu veux que je t'aide, il faut que tu me donnes quelque chose en échange. De quoi s'agit-il, si cela n'a aucun rapport avec l'enquête que je menais ? Cela pourrait peut-être faire un article. Donnant, donnant, mon vieux. Si je dois abandonner quelque chose, je veux quelque chose en échange.
Buchanan la dévisagea et eut l'air de céder avec regret.
– Tu as peut-être raison.
– Tu es vraiment incroyable. Tu n'arrêtes jamais de jouer la comédie. Depuis le début je me suis dit que tu allais tout me raconter, mais de cette façon on dirait que c'est moi qui te rends un service et non l'inverse.
Buchanan sourit lentement.
– J'ai l'impression que tu es trop intelligente pour moi. Et ce café ?
– Du thé. Et j'ai l'appétit qui revient à l'idée que tu vas me raconter une histoire.

8

– C'est à propos de la femme dont je t'ai parlé à La Nouvelle-Orléans, commença Buchanan après avoir commandé le repas. L'amie qui m'a envoyé un message pour me demander de l'aider. Celle que j'étais censé rencontrer au Café du Monde. Sauf qu'elle n'est pas venue.

Holly approuva de la tête.

– Votre ancienne maîtresse.

– Non. Je t'ai dit que nous n'avons jamais été amants.

Buchanan rumina un instant.

– Je pense qu'en fait c'est là que beaucoup de mes problèmes ont commencé. Parce que je n'ai pas voulu franchir le pas de rester avec elle.

Il se rappelait à quel point il avait désiré faire ce pas et comment il avait jugulé son envie au nom du devoir.

Holly demeura impassible mais plissa les yeux, comme si elle évaluait ses paroles.

– Une des dernières choses que je lui ai dites, poursuivit Buchanan, était qu'elle ne pouvait pas m'aimer parce qu'elle ne me connaissait pas. Elle ne connaissait qu'un personnage que je prétendais être.

Fermant davantage les yeux, Holly commenta :

– C'est vrai qu'on dirait que tu n'arrêtes jamais de jouer un personnage. En ce moment, par exemple. Je suis incapable de dire si c'est la vérité ou une manœuvre de plus.

– Oh ! c'est la vérité. Même si tu ne le crois pas, c'est la vérité. C'est une des choses les plus véridiques que tu ne m'entendras jamais dire. Je veux l'aider parce que je voudrais redevenir la personne que j'étais quand je l'ai rencontrée. Je veux choisir d'être quelqu'un et demeurer cette personne. Je veux arrêter de changer. Je veux être conséquent avec moi-même.

– À cause de tous les personnages que tu as incarnés ?

– Je t'ai déjà dit que j'ignore tout de...

– Ne sois pas si méfiant. Je ne suis pas en train d'essayer de te faire reconnaître quelque chose. Tu veux arrêter de changer ? Pourquoi tout compliquer ? Pourquoi voudrais-tu être quelqu'un d'autre ? Pourquoi ne serais-tu pas toi-même ?

Buchanan ne répondit rien.

– Tu ne t'aimes pas ?

Il resta silencieux.

– Comment s'appelle cette femme ?

Buchanan hésita. Son instinct et sa formation lui interdisaient de révéler des informations. Il se prépara à mentir.

Mais il dit la vérité.

– Juana Mendez.

– Je suppose que tu l'as connue au cours d'une mission à laquelle vous participiez ensemble.

– Tu sais ce que tu peux faire de tes suppositions.

– Il n'y a pas de quoi te froisser.

– Depuis la première fois que je t'ai parlé, je n'ai jamais révélé la moindre information confidentielle. Tout ce que j'ai dit sur mon passé était des hypothèses, des scénarios « en admettant que ». La seule chose que tu saches, c'est que je suis instructeur du service des Opérations spéciales de l'armée. Je n'ai jamais rien reconnu d'autre. Ce dont je parle maintenant n'a aucun rapport avec le reportage que tu as abandonné. Je veux que ce soit clair.

– Comme je l'ai dit, il n'y a pas de quoi te froisser.

– Après ton départ de La Nouvelle-Orléans...

Il lui raconta son voyage jusqu'à San Antonio, sa découverte que les maisons de Juana et de ses parents étaient surveillées et son exploration des dossiers de la femme. Il passa sous silence toute mention de l'homme qu'il avait tué.

– Drummond et Tomez. Les seuls dossiers qui semblent manquer sont ceux qui correspondent à ces deux noms. Juana est une spécialiste de sécurité rapprochée. Je suppose que ce sont des clients.

– Suffisamment important pour utiliser des gardes du corps, dit Holly en allant pensivement prendre sa sacoche qu'elle ouvrit. J'ai cherché dans la documentation du *Post*.

– C'est pour cette raison que je t'ai contactée. Je ne pouvais m'adresser à personne d'autre pour obtenir aussi rapidement les informations dont j'avais besoin.

– Tu sais...

Holly s'interrompit pour le regarder.

– Tu devrais un jour essayer de jouer un personnage qui ait du tact.

– Pardon ?

– Je ne me fais aucune illusion. Tu ne te serais pas donné autant de mal si tu n'avais pas un intérêt à le faire. Mais cela ne gâterait rien si tu donnais en même temps l'impression que je ne te laisse pas indifférent.

– Oh... Je suis désolé.

– Excuses acceptées. Mais ce n'est pas étonnant que ta relation avec Juana Mendez n'ait pas abouti si tu étais aussi galant avec elle.

– Écoute, je suis en train d'essayer de réparer mes erreurs.

Holly demeura silencieuse un instant.

– Voyons si cela peut être utile. Drummond et Tomez. J'avais mon idée, mais j'ai d'abord voulu vérifier à fond avant de tirer des conclusions.

– Drummond, c'est *Alistair* Drummond, dit Buchanan. C'est ce que je me suis plus ou moins dit. C'est le premier nom qui vient à l'esprit. Il est riche, célèbre et suffisamment puissant pour correspondre au profil recherché.

– C'est ce que je pensais. J'ai bien cherché, c'est le seul Drummond susceptible de nous intéresser.

La journaliste sortit un livre et un dossier de sa sacoche.

– De la lecture pour s'endormir. Sa biographie et des articles récents à son sujet. Je t'aurais bien apporté son autobiographie mais c'est une telle sauce de relations publiques que c'est inutilisable pour des informations fiables. Elle ne révèle aucun cadavre dans les placards, et dans le cas de Drummond les cadavres dans les placards ne sont peut-être pas qu'une image.

– Et Tomez ? demanda Buchanan.

– C'était plus dur. Je suis plutôt une fan de Frank Sinatra.

– Qu'est-ce que cela a à voir avec... ?

– Le jazz. Les orchestres célèbres. Tony Bennett. Billie Holiday. Ella Fitzgerald.

– Je ne vois toujours pas...

– Tu as écouté du Puccini récemment ?

Buchanan avait l'air interdit.

– Verdi ? Rossini ? Donizetti ? Cela n'évoque rien ? Essayons des titres. *La Bohème. La Traviata. Lucia di Lammermoor. Carmen.*

– Des opéras, dit Buchanan.

– Bravo ! Des opéras. Tu n'es pas un assidu des salles de concert.

– Mon goût musical..., dit Buchanan avant d'hésiter. Je n'ai aucun goût musical.

– Allons, tout le monde aime au moins une sorte de musique.

– Mes personnages ont des musiques préférées.

– Pardon ?

– Les gens que je... *Hard rock*. La musique du Far West. *Bluegrass.* Je n'ai jamais eu à me faire passer pour quelqu'un qui aimait la musique classique.

– Buchanan, tu me fais peur à nouveau.

– Depuis une semaine je pense à moi-même comme à un homme qui s'appelle Peter Lang. Il aime Barbra Streisand.

– Tu me fais vraiment peur.

– Je t'ai dit que je suis interchangeable, dit Buchanan-Lang avec un sourire étrange. Mais aucun des personnages que j'ai incarnés n'aimait l'opéra. Sinon, tu peux me croire, je pourrais te faire un cours sur la question. Quel rapport avec le nom de Tomez ?

– *Maria* Tomez, dit Holly. Le nom m'est lui aussi venu à l'esprit tout de suite, mais j'étais moins sûre que pour Drummond. J'ai voulu vérifier s'il n'y avait pas d'autres gens riches ou célèbres qui s'appelaient Tomez et que je ne connaissais pas.

Holly sortit un autre livre et un second dossier.

– En fait il y en a plusieurs, mais ils n'ont pas de rapport avec ce qui nous intéresse. D'après ses communiqués de presse, Maria Tomez est la mezzo-soprano la plus controversée, la plus charismatique et la plus irrésistible de l'opéra actuel. C'est la seule Tomez valable pour tes recherches.

– Comment en es-tu si sûre ?

– Parce que, malgré la différence d'âge, Alistair Drummond et Maria Tomez sortent ensemble depuis neuf mois.

Holly marqua un temps pour ménager son effet.

– Et Maria Tomez a disparu il y a deux semaines.

9

– *Disparu* ? demanda Buchanan en se penchant en avant.

– C'est ce qu'affirme son ancien mari. Tu ne lis pas les journaux ?

– Depuis quelques jours, je n'ai pas beaucoup eu le temps.

– Eh bien, l'ancien mari vient d'aller déclarer à la police de New York que sa femme avait disparu depuis au moins deux semaines. Pour être certain d'être pris au sérieux, il avait convoqué une vingtaine de journaux et de télévisions. C'était un vrai cirque.

Buchanan secoua la tête.

– Mais pourquoi est-ce qu'il craignait de ne pas être pris au sérieux ?

– Parce que Maria Tomez et lui ont divorcé en déballant leur linge sale à grand fracas. Et depuis il n'a pas cessé de la critiquer. Il a récemment porté plainte contre elle en l'accusant d'avoir menti sur la valeur de sa fortune lors du partage de leurs biens. Il réclame dix millions de dollars. La police pourrait penser qu'elle a disparu pour le fuir. Mais il jure qu'il est sincèrement convaincu qu'il lui est arrivé quelque chose.

Holly lui tendit une page du *Washington Post* de la veille et une photocopie d'un portrait publié cinq ans plus tôt dans le magazine dominical du journal. Il parcourut les articles. L'ancien mari, Frederick Maltin, était l'agent qui avait découvert Maria Tomez à l'âge de vingt-deux ans, alors qu'elle chantait à Mexico dans *La Tosca.* Aucune femme de langue espagnole n'avait connu de carrière équivalant à celle de quelques hommes de même origine, comme Placido Domingo. Jusqu'à l'avènement de Maria Tomez. Le fait qu'elle fût mexicaine l'avait défavorisée et, malgré son talent et son extraordinaire présence sur scène, elle était reléguée dans des opéras régionaux de pays d'Amérique latine. Les grandes voix féminines suivent en général leur formation en Europe ou aux États-Unis. Venant de Mexico, Tomez se présentait avec un handicap lors des auditions organisées par les grands opéras américains et italiens.

Frederick Maltin, en vacances à Mexico, avait été enchanté dès la première minute où il avait entendu Maria Tomez. Il lui avait envoyé des fleurs dans sa loge, après le spectacle, ainsi que sa carte de visite et son numéro de téléphone dans la ville. Elle l'avait elle-même appelé dès le lendemain matin et il en avait déduit que soit elle n'avait pas d'imprésario, soit elle ne lui faisait pas confiance. D'un point de vue professionnel, elle était disponible.

Maltin l'invita à déjeuner. Ils poursuivirent leur discussion après une répétition qui eut lieu l'après-midi, puis au dîner, après la représentation de *Rigoletto.* Maltin répéterait souvent par la suite que l'emploi du temps de Maria à cette époque était tyrannique et qu'il lui avait juré d'y mettre bon ordre si elle acceptait qu'il la représente. Elle deviendrait une vedette internationale et ne chanterait que quand et où elle le souhaiterait. Deux ans plus tard, il avait tenu sa promesse.

Entre-temps ils s'étaient mariés. Travaillant sans relâche pour défendre les intérêts de la cantatrice, il la conseillait sur ses vêtements, sa coiffure et son maquillage, insista pour qu'elle maigrisse, engagea un professeur de gymnastique pour développer ses formes et mit à contribution pour sa promotion toutes les relations dont il disposait dans le monde de l'opéra. Il fit de Maria Tomez une diva dans la tradition passionnée de Maria Callas et Teresa Stratas. Le coup de génie de Maltin fut de transformer à son avantage le point faible de sa cliente, en utilisant les origines de Maria Tomez et de ces stars pour les associer dans l'esprit du public. La Sud-Américaine devint une attraction. On vint l'écouter par curiosité. On revint avec enthousiasme. Quand Frederick

Maltin eut parachevé son image, Maria Tomez ne chanta plus qu'à guichets fermés.

Buchanan se passa la main sur le front.

– Ce Frederick Maltin a l'air de quelqu'un à mi-chemin entre Svengali et le professeur Henry Higgins.

– C'est la raison pour laquelle le mariage n'a pas marché, dit Holly. Il voulait la contrôler en permanence. Il surveillait tout ce qu'elle faisait. Elle étouffait. Elle a supporté cette situation le plus longtemps possible, puis elle l'a brusquement quitté au bout de quinze ans. Ce fut comme si quelque chose s'était tout à coup cassé en elle. Elle a cessé de chanter. Elle s'est complètement isolée et n'a plus fait que de rares apparitions publiques.

– Cela a commencé..., dit Buchanan en prenant un article pour se rafraîchir la mémoire. Elle a divorcé il y a six mois, quelques mois après le début de sa liaison avec Alistair Drummond. Mais pourquoi est-ce qu'une femme relativement jeune – quel âge a-t-elle ? trente-sept ans – a-t-elle choisi un homme de plus de quatre-vingts ans ?

– Drummond ne lui demande peut-être rien. Je sais que cela paraît surprenant de sa part, mais il ne réclame peut-être que le plaisir de sa compagnie en échange de sa protection.

– Alors elle s'est d'abord isolée et son ancien mari affirme aujourd'hui qu'elle a carrément disparu, commenta Buchanan avec une grimace. Il peut se tromper ou il peut mentir. C'est un spécialiste des relations publiques. Il essaie peut-être de faire le maximum de bruit pour qu'elle accepte un repartage des biens afin d'avoir la paix.

– À moins qu'il ne lui soit réellement arrivé quelque chose.

– Mais quoi ? dit Buchanan avec impatience. Et quel est le rapport avec Juana ? Est-ce que Juana est son garde du corps ? Est-ce qu'elles se cachent ensemble quelque part ? Est-ce qu'elles sont... ?

Il était sur le point de dire « mortes », mais le mot demeura coincé dans sa gorge, lui donnant l'impression de s'étrangler.

On frappa à la porte. Buchanan se leva d'un bond.

– Service à l'étage, dit une voix masculine.

Buchanan souffla.

– O.K.

Puis il ajouta à voix basse en regardant Holly :

– On ne sait jamais... prends ta sacoche et son sac et cache-toi dans le placard.

Elle plissa le front d'inquiétude.

– Je pense que tout ira bien, dit Buchanan. Ce n'est qu'une précaution. N'oublie pas ton chapeau et ton imperméable.

– Je t'ai demandé tout à l'heure : Comment tu peux vivre de cette façon ?

Il ferma le placard puis regarda à travers le judas de la porte de la chambre. Il vit l'image déformée d'un homme portant l'uniforme de l'hôtel à côté duquel se trouvait un chariot.

Buchanan n'avait plus d'arme. Après avoir transporté son pistolet de Fort Lauderdale à Washington, puis à La Nouvelle-Orléans et à San Antonio, il avait finalement été contraint de le jeter dans une bouche d'égout. Ses instructeurs avaient insisté : ne jamais conserver une arme qui peut vous impliquer dans un assassinat. Pour gagner du temps, il était revenu à Washington en avion et ne voulait, de toute façon, par courir le risque d'être pris avec une arme sur lui dans un aéroport.

N'ayant que ses ressources physiques comme moyen de défense, il ouvrit la porte en cachant sa nervosité.

– Désolé d'avoir mis si longtemps.

– Ce n'est rien.

L'employé poussa le chariot dans la chambre, puis le transforma en table et disposa le repas dessus.

Buchanan signa la note en ajoutant un pourboire de quinze pour cent, tout en se tenant sur ses gardes parce que cela l'obligeait à utiliser ses mains.

– Merci, Mr. Duffy.

– Il n'y a pas de quoi.

Buchanan referma la porte à clé derrière le serveur. Il se détendit lentement et soupira.

Holly sortit du placard, le visage anxieux.

– Je pense que dans ton genre de travail tu ne peux faire confiance à personne.

– C'est une des premières leçons. Quelqu'un appartient à votre camp ou n'y appartient pas.

– Et s'il n'y appartient pas.

– Il n'y a pas de spectateur innocent.

– C'est cynique.

– Pratique.

– Et moi ?

Buchanan mit longtemps à répondre.

– Tu n'es pas une spectatrice.

10

Buchanan avait commandé deux plats de pâtes à la *primavera*. Mais, délaissant les plats, il regarda sa montre, vit qu'il était vingt-deux heures et prit le téléphone. Avant de quitter San Antonio, il avait choisi avec Pedro Mendez une cabine téléphonique proche du bureau de ce dernier où celui-ci attendrait son appel à vingt et une heures, vingt-deux heures à Washington. Personne ne pouvait prévoir que le père de Juana utiliserait cet appareil et le placer sur écoute. Buchanan voulait vérifier que tout s'était bien passé après la libération des prisonniers.

Pedro devait employer l'anglais si quelqu'un le menaçait. Buchanan l'entendit avec soulagement répondre en espagnol.

– Pas de problème ?

– Les types ont respecté le marché, dit Pedro. Ils ne nous ont rien fait quand nous les avons relâchés.

Buchanan appréciait le courage dont Pedro et Anita avaient dû témoigner pour accomplir leur part du marché.

– Mais cela m'étonnerait qu'ils soient loin, ajouta l'homme. Je suppose qu'ils sont à proximité et continuent à nous espionner.

– C'est aussi ce que je pense, dit Buchanan. Je ne les ai jamais crus quand ils ont dit qu'ils quitteraient la ville. Laissez les micros en place. Comportez-vous comme d'habitude. Les deux choses qui vous protègent sont qu'ils pensent que vous ignorez ce que votre fille est devenue et qu'ils ont besoin que vous restiez vivants pour le cas où Juana essaierait de vous contacter. S'ils vous touchent, ils se privent d'une possibilité de la retrouver. Je dois vous poser une question, Pedro. Cela a peut-être quelque chose à voir avec Juana, mais je veux que vous réfléchissiez sérieusement avant de me laisser vous la poser. Si cela aide à comprendre pourquoi Juana a disparu, cela vous mettra du même coup en danger. Vous posséderez le genre d'informations dont les gens qui cherchent Juana ont besoin.

La ligne demeura silencieuse pendant un instant.

– Je n'ai pas le choix, dit le père de Juana. Si c'est à propos de ma fille et si cela peut l'aider, je dois faire de mon mieux pour répondre à vos questions.

L'estime de Buchanan pour Pedro monta encore d'un cran.

– Est-ce que le nom de Maria Tomez vous dit quelque chose ? Est-ce que Juana l'a mentionné devant vous ? Est-ce que Maria Tomez a quelque chose à voir avec... ?

– Bien sûr, dit Pedro. La chanteuse. Je ne connais rien à l'opéra, mais je l'ai vue chanter. Elle est venue à San Antonio il y a un an pour chanter à l'HemisFair.

C'était l'une des principales attractions de San Antonio. La foire internationale de 1968 s'y était tenue et la zone était ensuite devenue un complexe culturel et sportif relié à la ville par un canal.

– Je m'en rappelle parce que c'est une des rares fois où Juana nous a parlé de son travail. Elle avait été engagée pour la sécurité du spectacle et elle nous avait obtenu des places au premier rang. D'abord je ne voulais pas y aller, mais Anita m'a forcé. J'ai été surpris d'aimer cela. Je ne me souviens pas du nom de l'opéra. C'était à propos d'étudiants qui vivaient dans des taudis. Maria Tomez jouait le rôle de quelqu'un qui mourrait de maladie. C'était en italien, mais l'italien est assez proche de l'espagnol pour que je comprenne. Maria Tomez chantait comme un ange. J'étais sidéré. Mais quel est le rapport avec Juana et ce qui lui est arrivé ? Comment est-ce qu'une chanteuse d'opéra qui est venue ici il y a un an... ?

– Pour l'instant je n'en sais rien. Écoutez bien, Pedro. Je téléphonerai de temps en temps à votre bureau pour être certain que personne ne vous embête. J'utiliserai le nom de Ben Clark. Vous vous en souviendrez ? Ben Clark. Je vous poserai des questions sur une Ford que vous êtes censé avoir en réparation. Si vous avez des problèmes, vous me direz que la réparation coûtera très cher et je viendrai vous aider le plus vite possible.

– ... Ben Clark.

– C'est cela. À bientôt, Pedro.

– Merci, Jeff Walker ou qui que vous soyez.

Exactement, se dit Buchanan en raccrochant. Qui que je sois.

Se retournant, il vit que Holly l'observait.

– Qu'est-ce qui se passe ? Pourquoi est-ce que tu me regardes comme ça ?

– Ben Clark ? Une Ford ? Dans cette chambre tu es Charles Duffy. En bas, tu es Mike Hamilton. Tu as parlé de Peter Lang. Sans mentionner... Comment tu fais pour ne pas t'y perdre ?

– Je me le demande parfois.

Il s'assit et se mit à manger pour faire diversion. À la première bouchée il sentit à quel point il était affamé. Il dévora les pâtes qui avaient refroidi pendant le coup de téléphone.

Holly posa sa fourchette.

– Tu n'as pas arrêté depuis que tu es sorti de l'hôpital.

Buchanan continuait à manger en essayant d'oublier son mal de tête.

– Tu ne crois pas qu'il serait temps de ralentir un peu ?

– Impossible. Dès qu'on aura fini de manger, je te ferai sortir de l'hôtel. Je dois partir en voyage.

– Où ?

– Il vaut mieux que tu l'ignores.

– Tu ne me fais pas confiance ? Après que je t'ai donné la preuve que j'étais prête à t'aider ? Tu as dit que j'étais dans ton camp.

– Ce n'est pas une question de confiance. Ce que tu ignores ne risque pas de te faire du tort. Et cela ne me fera pas de tort non plus si...

– Ce que tu essaies d'éviter de dire est que je ne pourrai pas indiquer où tu te trouves si jamais on me questionne.

Buchanan avala un morceau de pain et la fixa.

– Les gens qui te suivent n'ont aucun rapport avec ce qui est arrivé à Juana. Mais s'ils nous voient ensemble, ils en concluront que tu as décidé de poursuivre ton enquête sur leurs activités et ils feront n'importe quoi pour se protéger.

– Voilà, tu l'as fait, dit Holly avec un frisson.

– Quoi ?

– Tu m'as à nouveau fait peur. Juste quand je commençais à me sentir normale, tu m'as rappelé...

– Rien n'est jamais normal.

– C'est vrai. J'oublie tout le temps.

11

Buchanan descendit l'escalier de secours avec Holly jusqu'au troisième étage où elle devait prendre l'ascenseur pour rejoindre le hall. Si quelqu'un surveillait les chiffres lumineux qui apparaissaient au-dessus de la porte de l'appareil, il croirait que la journaliste avait passé toute la soirée au troisième étage, dans la chambre de Mike Hamilton. « Si des types essaient de t'arrêter, dis-leur de te laisser tranquille ou tu appelles la police, lui avait expliqué Buchanan. Mais si cela tourne mal, donne-leur une version de la vérité. Tu enquêtes sur la disparition de Maria Tomez et tu cherches s'il y a un lien entre Tomez et Drummond. S'ils insistent pour savoir qui est Mike Hamilton, dis-leur que c'est une source confidentielle qui travaille pour Drummond. Dis-leur que cet homme t'a contactée sous un faux nom. C'est un employé mécontent qui veut créer des ennuis à Drummond sans qu'on puisse remonter jusqu'à lui. Jusque-là, cela ne t'a pas servi à grand-chose. »

Buchanan fit signe à Holly d'attendre sur le palier de l'escalier pendant qu'il vérifiait dans le couloir si la voie était libre. Il regarda prudemment de l'autre côté de la porte et recula, le visage préoccupé.

Il indiqua à la journaliste de le suivre.

– Il faut se presser. Il y a deux types devant la chambre de Mike Hamilton.

Buchanan avait rangé dans son sac de voyage ses affaires, les livres et les dossiers, avant de quitter la chambre 512. Il avait rempli un formulaire de sortie qu'il avait laissé sur le lit. Un mot expliquait que Mike Hamilton quittait également sa chambre et que, comme convenu, la facture devait être débitée sur la carte de crédit de Mike Hamilton.

– Je n'ai pas envie d'avoir plus de gens que nécessaire à mes trousses. Dépêchons-nous. Partons d'ici.

Ils dévalèrent l'escalier jusqu'à porte qui ouvrait dans le hall.

– Attends que des gens quittent l'ascenseur. Sors derrière eux. Où est-ce que tu habites ?

Elle lui donna son adresse.

– Je sortirai une minute après toi. Je prendrai un taxi et, si personne ne me suit, je demanderai au conducteur de passer devant chez toi. D'ici là tu seras déjà rentrée. Laisse une pièce qui donne sur la rue allumée, avec une fenêtre ouverte. Cela m'indiquera que tout va bien.

– Un taxi ? Je suis venue en voiture.

– Alors tu seras chez toi encore plus rapidement. L'ascenseur arrive. Vas-y.

– Sois prudent, dit-elle en lui touchant la joue.

La sensation de ce geste resta sur la peau de Buchanan.

12

– Buchanan !

C'était la fatigue.

– Buchanan !

Ou bien c'était une conséquence de sa conversation avec Holly. Il était venu à Washington en se considérant comme Peter Lang qui incarnait Charles Duffy et Mike Hamilton, mais il s'était laissé aller à parler à la femme avec sa véritable personnalité, celle qu'il cherchait à éviter.

– Buchanan !

Quand il entendit un homme l'appeler par son nom alors qu'il s'éloignait à pied de l'hôtel, sous la pluie, il faillit se retourner par réflexe pour voir qui le hélait.

Il comprit immédiatement que c'était une erreur et s'arrêta avant de pivoter. Il avait cependant commencé à tourner la tête et c'était une indication suffisante pour son poursuivant.

– Hé ! Vous ! Buchanan !

Il poursuivit du même pas d'une allure décontractée, malgré la tension qui l'envahissait. Son sang ne fit qu'un tour quand il entendit dans son dos des pas rapides sur le trottoir mouillé. Une seule personne, apparemment. Mais il ne se risqua pas à vérifier s'il avait raison.

Il était près de dix heures et demie. Il y avait peu de circulation, les phares de rares véhicules trouant seulement de temps en temps l'air humide. En sortant de l'hôtel, Buchanan avait nonchalamment regardé des deux côtés de la rue pour vérifier si rien n'indiquait que Holly avait eu des ennuis et si personne ne l'attendait. Tout semblant normal, il avait quitté l'avenue du Massachusetts pour emprunter la 21e Rue en direction du sud.

Le cœur battant, il découvrit qu'il était dans une rue à sens unique et que le trafic allait dans le même sens que lui, les voitures arrivant derrière lui. Il lui était impossible de voir si un véhicule s'approchait de lui sans regarder par-dessus son épaule. Et s'il faisait cela, il renforcerait les soupçons de son poursuivant. De ses poursuivants. D'autres bruits de pas s'ajoutaient aux premiers.

– Bon sang, Buchanan ! cria une autre voix.

L'homme était tout proche de lui, suffisamment pour pouvoir attaquer.

N'ayant pas d'autre choix, Buchanan fit demi-tour et se trouva en face d'un homme d'une vingtaine d'années, aux cheveux courts, qui s'arrêta soudain en position de défense.

Pas assez vite. Buchanan le frappa à la poitrine avec la paume de sa main droite. Un coup fort mais contrôlé, calculé pour déséquilibrer l'individu sans lui casser de côtes.

L'homme fut projeté en arrière. Il expira violemment pour absorber le coup, une réaction acquise par entraînement. Sa poitrine était solide. Ce n'est pas un civil, se dit Buchanan. C'est un militaire. Pendant que son adversaire tâchait de garder l'équilibre,

Buchanan balança sa jambe droite le plus fort qu'il pouvait et, la tournant légèrement pour présenter son tibia, le frappa sur le côté de la cuisse. Un nerf très sensible traversait cette zone. S'il le touchait, non seulement sa victime souffrirait terriblement mais elle aurait la jambe temporairement paralysée.

Avant d'avoir le temps de répondre au premier coup, l'homme grogna, se saisit la cuisse et tomba lourdement. Mais le second individu se ruait sur Buchanan en jurant et en plongeant une main sous son blouson. Buchanan lança son sac de voyage dans sa direction, ce qui l'obligea à lever la main pour se protéger et à faire un écart. Buchanan s'approcha avant que l'individu eût le temps de se ressaisir et de tirer son pistolet, et le frappa violemment sur le nez avec la paume d'une main. Il sentit le cartilage s'écraser. La vision de son adversaire s'obscurcit. La douleur le submergea. Buchanan lui donna un coup de coude dans le plexus solaire et lui arracha son arme au moment où il se pliait en deux.

Buchanan se retourna immédiatement, attrapa le premier homme qui tentait de se remettre debout et le cogna contre un réverbère. La tête de l'individu rendit un son sourd. Faisant à nouveau demi-tour, Buchanan revint vers le second militaire qui, affalé sur le trottoir, crachait du sang et cherchait à respirer par son nez brisé.

Buchanan aurait pu les tuer, mais il ne voulait pas rendre l'incident encore plus sérieux qu'il n'était. S'il éliminait les agents du colonel, les prochains ordres seraient d'en faire autant avec lui, au lieu de seulement l'arrêter. À moins que ces deux types n'aient déjà été envoyés pour le tuer. Autrement, pourquoi le second aurait-il cherché à sortir son arme ?

Un couple de personnes âgées bien habillées regardaient, bouche bée, depuis l'angle de l'avenue du Massachusetts et de la 21e Rue. La femme pointa une main tremblante dans sa direction et poussa un cri strident.

Buchanan attrapa son sac et s'enfuit en courant. Pas seulement par peur de la police qui ne tarderait pas à arriver. Deux hommes qui s'étaient précipités dans la rue après le cri de la femme provoquèrent chez lui une énorme décharge d'adrénaline. À sa vue ils chargèrent. Leurs épaules étaient aussi larges et leur torse aussi musclé que ceux des hommes qui gisaient sur le trottoir.

Buchanan courut plus vite. Les agrafes de sa blessure au flanc menaçaient de s'ouvrir. Aucune importance. Il devait pousser ses limites à bout. Quand ils s'étaient précipités vers lui, les deux derniers individus avaient passé une main sous leurs blousons et dégainé leurs armes. Aucun doute n'était plus possible. Ce n'était pas seulement un groupe de surveillance. C'était un commando de tueurs.

Qu'avaient-ils fait à Holly?

Pas le temps d'y penser. Il devait se concentrer sur sa propre survie. La première urgence était de quitter cette satanée rue à sens unique où il était vulnérable par l'arrière. À l'approche de la rue P, il prit le risque d'un retard en jetant un coup d'œil derrière lui, sur sa gauche, vit un espace entre deux voitures qui arrivaient et se précipita entre elles. Les deux hommes avaient levé leurs pistolets. Il espérait que les véhicules le dissimuleraient. Un klaxon hurla. Des freins crissèrent. Il monta sur le trottoir opposé, glissa dans une flaque boueuse, parvint à garder son équilibre, puis, n'étant plus protégé par les voitures, tourna précipitamment derrière l'angle d'un bâtiment. Deux coups de feu résonnèrent. Des balles brisèrent une vitrine, de l'autre côté de la rue.

Serrant la main sur le pistolet qu'il avait pris à l'homme dont il avait cassé le nez, Buchanan courut avec une frénésie redoublée. La pluie semblait plus épaisse, la nuit plus noire. Aucune circulation. Le mauvais temps décourageait les piétons. En face de lui, sur la droite, de l'autre côté de la chaussée, un lampadaire faible révélait une allée qui traversait le pâté de maisons, entre les 21e et 20e Rues. Il obliqua dans cette direction. Son sac de voyage le gênait, mais il ne pouvait le lâcher. Il ne pouvait abandonner les livres et les dossiers apportés par Holly.

Il entendit des jurons et des bruits de course derrière lui. L'allée s'appelait Hopkins. Quittant la rue P pour se précipiter à l'intérieur, il tressaillit quand des balles frappèrent l'angle qu'il venait de franchir. Il se retourna, s'accroupit et, se penchant en dehors de l'abri du mur, visa avec une main, le coude appuyé sur un genou pour contrôler son bras tremblant. La sueur et la pluie se mêlaient sur son front. Il ne voyait pas assez clairement pour aligner les deux crans de la ligne de mire. S'il était gêné pour viser, ses poursuivants l'étaient autant. Il appuya rapidement trois fois sur la détente, en ajustant de son mieux. L'écho des coups de feu dans la ruelle lui heurta les tympans.

Il entendit le son métallique des douilles projetées sur le sol et un grognement, comme s'il avait touché l'un des hommes. Il était incapable de le vérifier car les deux individus s'étaient plaqués sur le bitume et tiraient dans sa direction. Les bouches de leurs armes projetaient des flammes. Un éclat arraché par une balle à l'angle de l'immeuble frôla ses yeux. Il sursauta et tira trois nouveaux coups. Les deux militaires roulèrent sur eux-mêmes, à l'opposé l'un de l'autre, pour s'abriter derrière des voitures en stationnement.

Buchanan ne tenait pas à s'installer dans une bataille rangée avec des adversaires plus nombreux que lui. Quand ses deux poursuivants disparurent, il recula, se releva et enfila en courant l'allée étroite. Des lumières s'étaient allumées. Des gens inconscients se penchaient à leurs fenêtres. Il continua de courir. Le son d'une sirène qui se rapprochait lui parvint. Il entendit qu'on ouvrait une fenêtre. On cria au-dessus de lui. Mais les seuls bruits qui le préoccupaient étaient ceux d'une course dans son dos.

Pivotant, il vit les deux militaires apparaître à l'entrée de la ruelle. Il tira deux balles. Les hommes plongèrent dans des entrées d'immeuble.

Buchanan zigzaguait pour les empêcher de viser. Un projectile traversa sa manche gauche. Un deuxième siffla à son oreille droite. Mais cette fois, il n'entendit aucun coup de feu. Seulement de sinistres bruits étouffés, comme ceux de poings qui frapperaient un oreiller. Les tueurs avaient muni leurs armes de silencieux. Le vacarme du pistolet de Buchanan sembla encore plus violent quand il tira à son tour. D'autres fenêtres s'éclairèrent. La sirène se rapprochait rapidement. Une seconde retentit.

Buchanan sortit de l'allée et traversa sous la pluie la rue O, en obliquant sur la droite vers la 20e, échappant temporairement à la ligne de feu de ses poursuivants. Il se tendit brusquement car il se trouvait dans la clarté de phares qui jaillissaient derrière lui. Au beau milieu de la rue, il ne savait de quel côté plonger. Il se retourna. Les phares lui arrivaient droit dessus. Des freins crissèrent, mais il était évident que la voiture ne parviendrait pas à s'arrêter à temps. Il bondit en avant sur le capot. La glissade sur le métal amortit le choc. Il s'arrêta quand son visage atteignit le pare-brise et fut ébahi de découvrir derrière le volant la chevelure rousse si caractéristique de Holly.

Le visage de la journaliste était tordu dans un cri horrifié et silencieux. Un essuie-glace frappa une joue de Buchanan. Il redressa brusquement la tête pour regarder par-dessus le toit de la voiture qui dérapait. Les deux militaires sortirent de la ruelle. Buchanan, essoufflé, leva son arme et tira à quatre reprises au ras du toit. Il était incapable de viser correctement, mais ce fut suffisant pour contraindre les deux hommes à reculer dans l'allée pour se mettre à l'abri.

– Vas-y, Holly ! Ne t'arrête pas ! Conduis !

La voiture cessa de déraper et accéléra. Buchanan glissa et se cogna la figure contre le pare-brise. Il regarda anxieusement pardessus son épaule gauche. Ils arrivaient à la 20e Rue, en sens unique en direction du nord. Holly fut obligée de faire un écart vers la gauche pour passer entre deux voitures. Le mouvement du véhicule provoqua une nouvelle glissade de Buchanan sur le capot mouillé. Son sac dans la main gauche et son pistolet dans l'autre, il était dans l'incapacité de se rattraper, mais le métal n'offrait de toute façon aucune prise.

La voiture continuait de tourner. Il continuait d'être déporté. Il anticipa sa chute sur la chaussée. Rentre les coudes. Roule sur toi-même. Lève la tête ! se cria-t-il mentalement. Il ne pouvait se permettre un nouveau traumatisme crânien. Puis il tomba sur le côté droit du véhicule. Le rétroviseur extérieur. Le cœur battant, il passa son bras droit au-dessus, plia les jambes, sentit une secousse et se balança. Il serra son coude autour de l'accessoire qui pliait sous son poids et se balança de plus en plus bas, les semelles au ras du bitume. La voiture dérapa. Ses chaussures touchèrent le sol. Le véhicule ralentit. Le rétroviseur cassa. La chute fut rude. Il roula dans une flaque, le souffle coupé.

Il vacilla sur ses pieds. D'autres phares arrivaient. Il entendit des sirènes. Il pensa distinguer les bruits de personnes qui couraient. Holly cria, à l'intérieur du véhicule. Elle appuya sur le bouton de déverrouillage des portières.

Buchanan ouvrit violemment la portière arrière et plongea entre les sièges en refermant derrière lui. S'aplatissant pour ne pas être vu, il hurla :

– Vas-y, Holly ! Démarre !

13

Elle obéit. Elle plissait les yeux en regardant à travers le pare-brise et en jetant des coups d'œil à son rétroviseur pour voir si des voitures de police la poursuivaient. La circulation derrière elle demeurait normale. Personne sur le trottoir ne brandissait d'arme dans sa direction. Elle s'éloignait des sirènes.

– Qu'est-ce qui s'est passé ? demanda-t-elle d'un air consterné.

Elle prit à droite dans l'avenue du Massachusetts, emprunta le rond-point Dupont Circle sur un quart de tour et s'engagea dans l'avenue du Connecticut, vers le sud. Buchanan lui expliqua ce qui lui était arrivé tout en demeurant couché sur le siège arrière pour ne pas être vu. Leurs poursuivants connaissaient la voiture de la journaliste, mais ils chercheraient un couple et pas une femme seule.

Holly avait les mains trempées de sueur.

– Tu es blessé ?

– Des agrafes se sont défaites, répondit-il d'une voix tendue. S'il n'y a rien de pire, ça va aller.

– Jusqu'à la prochaine fois.

– Heureusement que tu prenais cette rue.

– Il n'y a pas d'« heureusement » là-dedans.

– Qu'est-ce que tu veux... ?

– Quand tu as pris la 21e Rue et qu'ils t'ont couru après, tu es descendu du trottoir et tu as traversé en courant entre deux voitures.

– Oui, mais comment tu le sais ?

– C'est moi qui t'ai klaxonné, dans la seconde voiture. Après que le portier de l'hôtel me l'eut rapportée, j'ai décidé de faire le tour du pâté de maisons pour voir si j'étais suivie.

– On dirait que tu apprends vite.

– Je voulais aussi voir si tu étais sorti sans problème de l'hôtel. Je conduisais dans ta direction quand j'ai vu la bagarre, mais tu es parti en courant devant moi avant que je puisse t'appeler. Tu as disparu dans la rue P. J'ai dépassé le croisement et j'ai tourné dans la rue O en me disant que je te verrais peut-être sortir de l'allée Hopkins ou de la 20e Rue.

– Et si j'étais resté dans la rue P ?

– Tu n'as pas l'air d'un gars à courir en ligne droite.

– Tu apprends vraiment vite, dit Buchanan.

– Fuir et disparaître, dit Holly avec un soupir. J'ai manqué le cours à l'école de journalisme.

– Je ne voulais pas te mêler à cela. Je n'en avais pas la moindre intention. Je suis vraiment désolé, Holly.

– C'est fait, mais j'y ai contribué. Je n'étais pas obligée d'accepter de te rencontrer. J'aurais pu garder mes distances. Je suis une grande fille. Cela fait longtemps que je prends mes propres décisions. Tu veux savoir la vérité ? J'ai cru que tu voulais me voir pour me dire quelque chose qui me permettrait de reprendre mon enquête. Cela m'a rendue folle et impatiente. J'en paie le prix.

– Alors tu comprends.

Buchanan poursuivit à contrecœur, toujours allongé sur la banquette arrière :

– Tu comprends que parce qu'ils nous ont surpris ensemble, ils croient que nous représentons toujours une menace contre eux. Avant ce n'était qu'un risque, mais maintenant tu es vraiment en danger de mort.

Holly essayait de contrôler sa respiration.

– J'avais une autre raison pour accepter de te rencontrer. Une raison encore plus dingue. Rien à voir avec mon reportage. Au fond de moi-même je voulais te revoir. C'est stupide, hein ?

On n'entendit plus que les frottements des essuie-glaces et le bourdonnement du moteur.

Elle attendit avant de reprendre, enfin :

– Ne réponds rien. Contente-toi de laisser suspendu en l'air ce que je viens de dire. Laisse-moi me sentir ridicule.

– Non. Je...

– Quoi ?

– Je suis flattée.

– Tu ferais mieux de dire quelque chose de plus positif que cela. Aide-moi un peu. Sinon j'arrête cette voiture et...

– Ce que j'essaie de dire... Je ne suis pas très bon pour ce genre de choses. Je n'ai pas l'habitude qu'on s'intéresse à moi.

La voix désincarnée de Buchanan provenait de l'obscurité du siège arrière.

– Je ne suis jamais resté suffisamment longtemps au même endroit pour établir une relation affective.

– Une fois.

– Oui. Avec Juana. C'est vrai. Une fois.

– Et je suis en train de risquer ma vie pour t'aider à retrouver une autre femme. Magnifique. Extraordinaire.

– C'est plus compliqué, dit Buchanan.

– Je ne vois pas en quoi...

– Ce n'est pas seulement que je ne suis jamais resté suffisamment longtemps au même endroit. C'est que je n'ai jamais été la même personne pendant assez longtemps. Ce n'est pas moi qui veux retrouver Juana. C'est Peter Lang.

– Peter Lang ? Tu ne m'as pas dit que c'était l'un de tes pseudonymes ?

– L'une de mes identités.

– J'ai l'impression que je vais me mettre à hurler.

– Non, pas maintenant. Plus tard. Conduis-nous hors de la ville.

– Dans quelle direction ?

– Vers le nord. Vers Manhattan.

– Qu'est-ce qu'il y a à... ?

– Frederick Maltin. L'ancien mari de Maria Tomez. Nous avons encore quelque chose à faire.
– Te trouver un psychiatre.
– Ce n'est pas le moment de plaisanter.
– Ce n'était pas une plaisanterie.
– Arrête-toi à une cabine téléphonique.
– Je commence à me dire que c'est moi qui ai besoin d'un psychiatre.

14

Il était une heure du matin. Holly s'arrêta à un relais routier sur l'autoroute I-95, entre Washington et Baltimore. Buchanan descendit pour utiliser un téléphone public.

Un homme répondit :

– Potomac Restauration.

– Ici Protée. Je dois parler au colonel.

– Il n'est pas ici pour l'instant mais je peux lui transmettre un message.

– Dites-lui que j'ai bien reçu le message. Dites-lui qu'il n'y aura aucun problème. Dites-lui que j'aurais très bien pu tuer les quatre types ce soir. Dites-lui de me laisser tranquille. Dites-lui de laisser Holly McCoy tranquille. Dites-lui que je vais disparaître. Dites-lui que ce que je fais avec Holly n'a rien à voir avec lui. Dites-lui que Holly ne sait rien à son sujet et ne s'intéresse pas à lui.

– Vous avez vraiment beaucoup de choses à lui dire.

– Ne manquez pas de le lui dire vous-même.

Buchanan raccrocha. Il savait que le numéro de la cabine s'était automatiquement affiché sur un écran du « service de restauration ». Un commando serait rapidement envoyé dans le secteur si le colonel n'acceptait pas sa proposition de trêve.

Il retourna immédiatement à la voiture. Il monta à l'avant.

– J'ai fait de mon mieux. Allons-y.

Elle reprit l'autoroute. Il tendit la main vers son sac, l'effort le faisant grimacer de douleur.

Il ôta son pantalon.

– Hé, qu'est-ce que tu es train de faire ? demanda Holly.

Il avait les jambes nues.

– Je me change. Je suis trempé.

Il profita de la lumière des phares d'une voiture qui les doublait pour regarder la taille de son pantalon.

– Et je saigne. J'avais raison. Des agrafes ont lâché.

Il prit dans son sac un tube de crème antibiotique et un rouleau de bande de gaze, et nettoya sa blessure.

– Tu sais ce qu'il me faudrait ?

– Une vie normale ?

– Du café et des sandwichs.

– Ben voyons. Un pique-nique.

15

Le colonel raccrocha en faisant une grimace, dans l'appartement proche du *Washington Post.* Alan, qui avait écouté sur un autre poste tout en observant l'officier, en fit autant.

On n'entendit que le bruit assourdi d'une voiture qui passait dans la rue.

– Vous voulez mon avis ? demanda le civil.

– Non.

Le visage du colonel était défait de fatigue et de tension.

– Eh bien, je vous le donne quand même, dit Alan dont la barbe mal rasée accentuait la rondeur des joues. Buchanan se retire. Il vous propose la paix. Acceptez. Vous n'avez rien à gagner et tout à perdre dans cette affaire.

– C'est votre opinion, répondit sèchement le militaire. Je n'ai pas l'habitude de demander l'avis de civils, surtout quand ils ne comprennent pas la gravité de la faute de Buchanan. On ne peut pas se contenter de laisser un soldat déserter son unité. Surtout Buchanan. Il sait trop de choses. Comme je vous l'ai déjà dit, son comportement représente une menace pour la sécurité. Nous allons tout droit vers le chaos.

– Et une bataille rangée dans la rue, ce n'est pas le chaos ? Cela n'a rien à voir avec les principes ou la sécurité. C'est une question de fierté. J'avais peur de ce qui allait se passer avec la participation de militaires à des opérations secrètes civiles. Vous n'aimez pas suivre les conseils de civils ? Vous devriez peut-être lire la Constitution. Parce que ce que vous êtes censé faire est exactement de suivre des conseils. Sans le contrôle de l'Agence sur tout cela, vous seriez autonome. Vous aimeriez beaucoup, n'est-ce pas ? Votre propre armée privée que vous pourriez utiliser à votre guise. Vos petites guerres privées...

– Sortez d'ici, dit le colonel. Vous vous plaignez sans arrêt de ne pas voir votre femme et vos enfants. Rentrez chez vous.

– Et je vous abandonnerais le contrôle des événements ? Jamais de la vie. Je resterai ici jusqu'à ce que cette question soit réglée, dit Alan.

– Alors vous vous embarquez dans une affaire qui sera longue et difficile.

– Pas nécessairement. Tout ce que vous avez à faire, c'est de laisser Buchanan tranquille.

– Impossible ! Pas tant qu'il est avec cette journaliste.

– Mais il vous a dit que ce qu'il fait avec la journaliste n'a rien à voir avec vous.

– *Et vous croyez cette histoire ?*

– Il n'est pas fou. Je parlais de ce qu'on avait à perdre et à gagner. Il n'a rien à gagner à se dresser contre vous et tout à perdre. Mais, si vous le traquez, il se retournera contre vous par rancune. Et honnêtement, colonel, c'est la dernière personne que je voudrais avoir comme ennemi.

Onze

1

Buchanan se réveilla avec un mal de tête lancinant aggravé par des bruits métalliques et le vacarme d'un moteur. Il se redressa et regarda en clignant des yeux à travers le pare-brise. Des éboueurs vidaient des poubelles et jetaient des sacs à l'arrière d'un camion à ordures. Sa montre indiquait huit heures. New York. Holly remontait l'avenue Madison vers le nord.

– Tu aurais dû me réveiller, dit Buchanan en se protégeant les yeux contre le soleil.

– Pour que tu me tiennes compagnie ? Non. Tu avais visiblement besoin de te reposer. En plus, le silence ne m'a pas gênée. Cela m'a permis de réfléchir.

– À quoi ?

– J'ai compris que je ne peux plus revenir en arrière. Pas avant que nous ayons trouvé un moyen de les convaincre que tout cela n'a rien à voir avec eux. Je suis obligée de continuer à avancer.

– Mais dans l'immédiat tu ne peux pas continuer à conduire sans arrêt. Je ne suis pas le seul à avoir besoin de se reposer.

– J'ai suivi tes conseils, dit Holly.

– Je ne me rappelle pas t'avoir...

– Hier soir, je t'ai demandé comment tu étais parvenu à conduire tout le long depuis La Nouvelle-Orléans jusqu'à San Antonio, avec la fatigue de la blessure. Tu m'as dit que tu avais fait des petits sommes sur des aires de repos. Chaque fois que je me suis arrêtée pour aller aux toilettes, j'ai verrouillé les portes de la voiture et j'ai fermé les yeux. Tu as raison. Les gens font tellement de bruit en claquant leurs portières qu'il est difficile de dormir plus de quelques minutes.

– Tu n'as vraiment pas l'air de quelqu'un qui n'a pratiquement pas dormi de la nuit.

– Un miracle du maquillage, des lavabos et des glaces des aires de repos. Tu ferais d'ailleurs mieux de te raser, si on veut mener cette affaire à bien.

Buchanan se frotta la joue. Il sortit un rasoir de son sac et commença à se faire la barbe.

– Ouille, dit Holly. Cela ne fait pas mal ?

– On s'y habitue. En mission, je n'ai souvent pas eu le choix pour avoir l'air correct.

Il attendit, mal à l'aise, en espérant qu'elle ne profiterait pas de l'occasion pour l'interroger sur ses missions.

Passant correctement l'épreuve, elle se contenta de conduire en silence.

– Il reste du café ? demanda-t-il.

– On a tout bu. Mais maintenant que tu en parles...

Elle se gara le long du trottoir en laissant tourner le moteur, entra rapidement dans un bar et en ressortit avec deux gobelets de liquide noir fumant et quatre gâteaux feuilletés.

– Tu es une excellente cantinière.

– Et tu ferais mieux de continuer à être un bon professeur, dit Holly. Le Sherry-Netherland est à l'angle de la prochaine rue, sur la Cinquième Avenue. Il était mentionné dans l'article du *Post* d'hier. Comment tu veux t'y prendre ?

– Il faut d'abord trouver de la place dans un parking.

– Plus facile à dire qu'à faire.

– Puis on cherche si quelqu'un surveille l'appartement de Frederick Maltin.

– Pourquoi est-ce qu'on le surveillerait ?

– Pour résoudre un problème inattendu. Cela m'étonnerait qu'on ait prévu qu'il créerait autant de difficultés en parlant à des journalistes et en attirant l'attention sur la disparition de Maria Tomez. Je parierais que ceux qui sont en cause veulent régler le problème.

2

Le Sherry-Netherland se trouvait sur la Cinquième Avenue, en face du Grand Army Plaza et d'une entrée de Central Park. Il y avait tant d'allées et venues sur les trottoirs que, même si le quartier était des plus huppés, Buchanan et Holly n'eurent aucun mal à se fondre parmi les touristes lorsqu'ils arrivèrent une heure plus tard. Le temps était frais mais agréable pour un début novembre. Ils se promenèrent autour du pâté de maisons, avec l'air d'admirer les bâtiments et les abords du parc, mais en réalité occupés à étudier les lieux.

– Il y a peut-être quelqu'un dans un autre immeuble, dit Buchanan en prenant un gratte-ciel en photo avec l'appareil de Holly, mais je ne vois personne qui surveille au milieu de la foule.

Ils s'assirent sur un banc proche de la statue dorée de William Tecumseh Sherman.

– Et maintenant ? demanda Holly.

– C'est le moment où tu vas entrer en scène. Mais j'ai peur que ce soit un rôle difficile.

– Ah ?

– Tu vas jouer une journaliste.

Elle lui envoya un coup de coude dans les côtes.

– Hé, bon Dieu, fais attention ! s'exclama Buchanan. Tu as failli toucher l'endroit où j'ai reçu le coup de couteau.

– Je vais t'en donner un moi-même si tu continues ce petit jeu.

Buchanan éclata de rire.

– J'espère que tu as apporté ta carte de journaliste.

– Je l'ai toujours avec moi. Elle est dans le sac.

– Eh bien, je suis devenu ton assistant. Appelle-moi... Comment s'appelait ce gars qui t'accompagnait à La Nouvelle-Orléans ?

– Ted.

– C'est cela. Appelle-moi Ted. Nous allons rendre une visite professionnelle à Mr. Maltin. Tu ferais mieux de laisser ton assistant porter le sac de l'appareil photo.

– Tu sais, tu devrais le faire plus souvent.

– Porter ton sac ?

– Non. Tu viens de sourire.

Ils attendirent que le feu passe au vert, traversèrent au niveau de la 59e Rue et remontèrent la Cinquième Avenue au milieu des piétons qui l'encombraient. Buchanan fit un signe de tête au portier en uniforme qui hélait un taxi pour une femme élégante du troisième âge, en face de la marquise en toile qui s'étendait devant l'entrée du Sherry-Netherland. Il poussa le tambour et pénétra en premier dans le bâtiment pour contrôler le hall.

Une lumière douce donnait à l'entrée une teinte dorée. Un vase de fleurs colorées était posé sur un guéridon. Sur la droite, un petit couloir menait aux ascenseurs, tandis qu'à gauche se trouvaient la réception et un marchand de journaux. Une femme à lunettes, entre deux âges, rangeait les rayonnages.

Aucun signe de danger, se dit Buchanan en attendant que Holly franchisse à son tour le tourniquet.

– Oui, monsieur ? demanda le réceptionniste en avançant d'un pas.

L'employé s'adressait, comme d'habitude, à l'homme du couple. Mais, étant censé être l'assistant de Holly, Buchanan ajusta la bandoulière du sac sur son épaule et se tourna vers sa compagne, les sourcils levés, en attendant qu'elle réponde.

Holly joua immédiatement son rôle.

– Je suis journaliste, dit-elle en tendant sa carte de presse.

Le réceptionniste jeta un coup d'œil rapide au document. Buchanan espéra qu'il ne relèverait rien d'autre que le nom du journal. Holly n'avait pas dit son propre nom et, avec un peu de chance, l'employé ne l'aurait pas remarqué.

– Je viens voir Mr. Maltin, dit la journaliste en reprenant sa carte.

– Vous avez rendez-vous ?

– Non. Mais s'il est libre, j'aimerais beaucoup le rencontrer pendant dix minutes.

– Un instant.

L'homme s'approcha du comptoir et composa un numéro sur un appareil téléphonique.

– Mr. Maltin, il y a quelqu'un du *Washington Post* qui aimerait vous voir. Une femme et un photographe... Bien, monsieur, je vais leur dire.

L'employé raccrocha.

– Mr. Maltin souhaite ne pas être dérangé.

– Mais hier il ne trouvait pas assez de journalistes à qui parler.

– Tout ce que je sais, c'est qu'il ne veut pas être dérangé.

– S'il vous plaît, appelez-le à nouveau.

– Je crains que...

– C'est vraiment important. J'ai des informations sur la disparition de sa femme.

Le réceptionniste hésitait.

– Il ne sera pas content du tout s'il découvre que vous ne lui avez pas transmis le message.

L'homme eut un regard noir.

– Un instant.

Il retourna à son comptoir, prit de nouveau le téléphone. Il parla le dos tourné, et Holly et Buchanan ne purent entendre ce qu'il disait. Après avoir raccroché, il se retourna vers eux avec un air irrité.

– Mr. Maltin va vous recevoir. Suivez-moi.

L'employé les précéda jusqu'à une batterie d'ascenseurs. L'homme pressa sur le bouton du douzième étage et regarda fixement devant lui pendant tout le trajet. Bien sûr, pensa Buchanan. Il veut être certain que nous descendions à l'étage où nous sommes censés aller.

Le réceptionniste sortit de la cabine avec Holly et Buchanan, dans le couloir du douzième étage. La journaliste sonna à la porte de l'appartement de Frederick Maltin qui ouvrit et, de mauvaise grâce, leur fit signe d'entrer. L'employé remonta alors dans l'ascenseur.

Maltin referma la porte d'un air impatient, et pénétra à grands pas dans une pièce spacieuse.

Spacieuse est peu dire. Le salon était suffisamment vaste pour contenir au moins quatre pièces de taille normale. Le mur de gauche et celui face à l'entrée étaient deux immenses baies vitrées. On jouissait d'une vue spectaculaire d'un côté sur Central Park, de l'autre sur la Cinquième Avenue. Le mobilier était ancien et de bon goût. Des tapis orientaux reposaient sur le sol. Des peintures cubistes décoraient les murs. Un piano à queue brillait dans un angle de la pièce, à côté d'une vitrine qui exhibait des céramiques dignes de figurer dans un musée. Il n'était pas surprenant que Frederick Maltin se fût plaint des conditions financières de son divorce avec Maria Tomez. Il aimait visiblement le luxe.

– Je ne sais pas quelles informations vous détenez sur mon ancienne femme, mais elles n'ont plus aucun intérêt parce que je viens juste d'avoir de ses nouvelles.

Buchanan fit un effort pour ne poser aucune question. C'était à Holly de jouer. À elle de prendre l'initiative.

Et elle réagit fort bien.

– Alors, vous devez être soulagé.

– Bien sûr. Très soulagé.

Frederick Maltin était un homme d'une quarantaine d'années, de taille et de corpulence moyennes, avec une légère calvitie et quelques cheveux gris. Il portait d'élégantes chaussures noires à semelles fines, un costume bleu croisé impeccable, taillé sur mesure, et une chemise et une cravate en soie. Un mouvement qu'il fit pour regarder l'heure sur sa montre Cartier incrustée de diamants révéla des boutons de manchette ornés des mêmes pierres. Un saphir était inséré dans une chevalière passée à son auriculaire gauche. Il avait sur lui la valeur de vingt mille dollars, minimum.

– Le réceptionniste m'a dit que vous aviez besoin de dix minutes, mais je ne peux même pas vous consacrer ce temps-là, poursuivit l'imprésario d'une voix aiguë et impérieuse.

– Mais vous avez certainement envie de communiquer la bonne nouvelle à la presse, dit Holly. Votre certitude qu'il lui était arrivé un malheur a fait tellement de bruit hier. Vous désirez sûrement prévenir le public que c'était une fausse alarme.

– Eh bien, oui, bien sûr, répondit l'homme. Je n'avais pas... Il est important que vous-même et vos confrères informent ses fans qu'il ne lui est rien arrivé de mal.

Holly eut l'air stupéfait.

– La façon dont vous le dites... C'est comme si vous n'aviez pas encore téléphoné à la presse.

– Je... La nouvelle vient tout juste de me parvenir. Je suis en train de récupérer. Je suis si soulagé, vous savez.

Maltin sortit un mouchoir en soie rouge de sa poche de poitrine et s'essuya le front.

Tu m'as l'air aussi soulagé que si tu descendais aux enfers, pensa Buchanan.

– Je n'ai pas encore eu le temps de me ressaisir et de faire des plans.

– Qu'est-ce que votre ancienne femme vous a dit? demanda Holly. Où était-elle depuis deux semaines?

– Partie, répondit Maltin avec une expression vide. Elle m'a dit où elle était, mais elle ne veut pas que je révèle le lieu exact. Elle veut s'isoler encore un peu. Pour se reposer. Après ce malentendu, les journalistes vont se jeter sur elle.

– Mais pouvez-vous nous donner une indication générale sur l'endroit où elle se trouve?

– En France. Mais c'est tout ce que j'ai l'intention de dire.

– A-t-elle expliqué pourquoi elle avait disparu?

– Elle voulait partir en voyage. Ces regrettables questions légales m'ont rendu tellement impatient que j'ai fait l'erreur de conclure qu'il lui était arrivé un malheur, simplement parce que je n'arrivais pas à la joindre.

Alors qu'il examinait à nouveau le salon, Buchanan perçut une discrète odeur de cigarette, en provenance d'un lieu éloigné du grand appartement. Mais il n'y avait aucun cendrier dans cette pièce parfaitement rangée et les vêtements de Maltin ne dégageaient aucun relent de tabac. Buchanan était toujours étonné que les fumeurs ne se rendent pas compte à quel point les émanations de leurs cigarettes sont pénétrantes. Il était convaincu que non seulement Frederick Maltin ne fumait pas, mais qu'en plus il n'autorisait certainement pas qu'on fume en sa présence, encore moins chez lui.

– Je dois avouer quelque chose, dit Maltin. J'ai réagi trop vivement parce que Maria ne retournait pas mes coups de téléphone. Quand elle a vendu son appartement, il y a quelques semaines, et qu'elle a semblé disparaître, j'étais furieux qu'elle ne m'ait pas demandé mon avis et qu'elle ne m'en ait même pas parlé. Elle me demandait mon avis sur n'importe quoi. Je ne pouvais pas imaginer qu'elle soit devenue aussi indépendante, même si nous avons divorcé. Ma fierté m'a convaincu qu'elle avait été victime d'un mauvais tour. C'était ridicule de ma part.

– Oui, dit Buchanan en ouvrant la bouche pour la première fois. Est-ce que cela vous dérangerait que j'utilise vos toilettes ?

– Oui, cela me dérangerait beaucoup.

– Mais c'est urgent. Il faut absolument que j'y aille.

Il traversa la pièce en direction d'une porte située au fond.

– Attendez. Où est-ce que vous vous croyez ? s'exclama Maltin, furieux. Vous n'avez pas le droit... Arrêtez-vous tout de suite !

– Mais je vous ai dit qu'il fallait que j'aille aux toilettes.

Buchanan ouvrit la porte et pénétra dans un couloir richement décoré.

Maltin courut derrière lui.

– Si vous ne vous arrêtez pas, j'appelle la police !

Buchanan poursuivit. L'odeur de cigarette était plus forte. Elle semblait provenir de...

Il ouvrit une porte sur sa gauche et découvrit un bureau aux meubles en chêne. La fumée provenait de là. Un homme appuyé contre un grand bureau en bois vernis se redressa, surpris. Âgé d'une trentaine d'années, une cigarette à la main, il avait visiblement besoin d'une coupe de cheveux et portait un costume ordinaire et des chaussures non cirées. Le type d'individu que Frederick Maltin n'aimait certainement pas rencontrer.

– Désolé, dit Buchanan. Je croyais que c'était les toilettes.

– Ce n'est rien, répondit l'homme.

La crosse d'un pistolet faisait une bosse sous le pan gauche de sa veste. Il devrait dégainer avec la main droite, mais celle-ci tenait la cigarette. Il se pencha en avant pour secouer la cendre dans une corbeille, mais laissa tomber la cigarette et plongea la main sous son costume.

Pas assez vite. Buchanan ne voulait pas attirer l'attention des habitants de l'immeuble avec des coups de feu. Empoignant la courroie du sac de l'appareil photo, il pivota sur lui-même comme s'il repartait. Et continua de tourner. Prenant de l'élan, il lança à toutes forces le lourd objet qui frappa l'homme à la mâchoire. On entendit un *crac* assourdi. L'homme fut projeté sur le côté. Ses yeux se révulsèrent. Du sang coula de sa bouche. Il s'affala avec un grognement sur un tapis oriental et se cogna la tête au bas d'une bibliothèque remplie de livres à reliures de cuir. Il respirait mais ne faisait aucun mouvement.

– Mon Dieu ! s'exclama Frederick Maltin qui s'était précipité et regardait le blessé, bouche bée. Mon Dieu, qu'est-ce que vous avez fait ?

– Il n'a pas voulu que j'utilise les toilettes.

– Oh, mon Dieu !

– Oui, j'ai compris. Mais Dieu est incapable de vous aider.

Buchanan sortit son arme. Maltin retint sa respiration et Holly, arrivée derrière lui, tressaillit. Il s'approcha de l'individu allongé en le visant à la tête et lui prit son revolver. Puis il vérifia le pouls de sa victime et, avant de se relever, lui tourna la tête pour qu'il ne s'étouffe pas avec son propre sang.

– Désolé pour le sang sur le tapis, Fred, mais tu devrais mieux choisir tes fréquentations, dit Buchanan en secouant la tête. Ou plutôt...

Il remarqua un cartable posé sur le bureau. Il le prit et l'ouvrit.

– Ou plutôt les gens avec qui tu fais des affaires. Combien il y a dans cette sacoche ? Beaucoup de billets de cent dollars. Attachés en liasses de cinq mille dollars.

Il empila l'argent sur la table.

– À combien tu estimes cela ? Voyons... Cent mille dollars. Deux cent mille dollars. C'est encombrant à trimballer. Oui... je dirais qu'en tout il doit bien y avoir un million de dollars.

Maltin était pâle, la bouche grande ouverte.

Derrière lui, dans le couloir, Holly était stupéfiée, pas seulement par l'argent mais par le déroulement des événements.

– À genoux, Fred, dit Buchanan.

– Pour quoi faire ? demanda Maltin en tremblant.

– Agenouille-toi ici et ne pose pas de questions.

Buchanan passa à côté de l'imprésario et tendit le revolver à Holly en lui disant :

– Descends-le s'il essaie de se relever.

Il jeta un regard sinistre à Maltin et sortit dans le couloir.

– Où tu vas? demanda Holly.

– M'assurer que nous sommes seuls.

3

Buchanan visita prudemment toutes les pièces et fouilla partout. Il avait trouvé un homme, mais d'autres se cachaient peut-être dans le grand appartement.

Il ne trouva personne. Il revint dans le bureau, soulagé, examina à nouveau l'individu allongé sur le plancher pour vérifier qu'il donnait toujours signe de vie et lui attacha les mains avec sa ceinture. Il se tourna vers le Maltin qui suait tellement qu'il ne parvenait plus à s'essuyer avec son mouchoir de soie trempé.

– Assieds-toi, Fred. On dirait que tu vas tourner de l'œil. On peut t'offrir quelque chose à boire? Un verre d'eau? Un whisky? Fais comme chez toi.

La figure de l'imprésario était couleur ciment. Transpirant encore davantage, il approuva de la tête d'un air désespéré.

– Là. Dans le tiroir du haut.

En ouvrant le meuble, Buchanan provoqua un bruit de verre.

– Tu me déçois, Fred. Tu sniffes de la coco? C'est pas bien du tout, Fred. On ne t'a jamais dit que la drogue est un esclavage?

Buchanan prit une fiole de poudre blanche et la posa sur le bureau.

– Mais après tout, en privé, chez toi, un adulte conscient... blablabla. Sers-toi.

Maltin lui lança un regard furieux, ouvrit le flacon et inhala la cocaïne par une narine après l'autre.

– Tu en as un peu là, sur la lèvre, Fred.

Maltin essuya le produit avec un doigt qu'il lécha.

– C'est bien. Ne gaspille pas. Tu te sens mieux, Fred? Prêt pour une petite conversation?

– Espèce de salopard.

Buchanan lui administra une claque si violente que la tête de l'homme fut projetée de côté et que de la poudre lui tomba du nez. Le bruit emplit la pièce comme le claquement d'un fouet. La joue de Maltin portait l'empreinte rouge des doigts de Buchanan.

Holly porta une main à la bouche.

Buchanan gifla encore plus fort l'autre joue de l'homme, renvoyant sa tête dans l'autre direction.

Maltin pleurait d'une façon incontrôlée.

– Je vous en prie, ne me tuez pas.

Il gémit en levant d'un air pitoyable des yeux inondés de larmes.

– Je vous en prie.

– Tu n'écoutes pas, dit Buchanan. Je veux discuter. Ce cartable. Cet argent, Fred. Personne ne se promène avec autant d'argent liquide pour une affaire parfaitement légale. Qu'est-ce que c'est ? Un pot-de-vin ? Tu te demandais déjà comment le déposer dans un paradis fiscal pour ne pas payer d'impôts dessus ? Cela n'aurait pas de sens de payer des impôts sur un pot-de-vin. Pourquoi est-ce qu'on t'a donné ce pot-de-vin, Fred ? C'est à cause de ton ancienne femme, hein ? Quelqu'un n'a pas apprécié que tu attires l'attention sur elle. On t'a ordonné de la fermer en échange de... En fait, on t'a donné le choix. Une balle dans la tête ou un million de dollars à la banque. Tu n'es pas fou. Pour un million de dollars, tu vendrais n'importe qui. Qu'est-ce que cela peut faire que Maria Tomez soit dans la mouise ? Elle a voulu divorcer, alors la salope n'a qu'à s'occuper d'elle-même. C'est cela, Fred ? Fais attention, Fred. Dis-moi que j'ai raison ou je te donne des claques jusqu'à ce que ta tête fasse demi-tour.

Buchanan leva une main. Maltin eut un mouvement de recul.

– Non. Ne faites pas cela. Je vous en prie.

– Ne marmonne pas entre tes dents, Fred. L'argent est un pot-de-vin et nous sommes arrivés au moment où vous concluiez le marché. Tu étais censé joindre les médias et comme nous avons insisté tu as décidé d'interrompre la discussion et de t'occuper de nous. Sauf que tu n'avais pas encore mis au point ton scénario. D'ici midi, tu avais le temps de préparer ton baratin et d'appeler les journalistes auxquels tu as parlé hier. J'ai raison, Fred ? *J'ai raison ?*

Buchanan fit un mouvement de la main dans sa direction.

Maltin avala ses larmes, pleurnicha et approuva de la tête.

– Maintenant, pour que ce ne soit pas un monologue, j'ai une question pour toi, Fred. Tu es prêt ?

Maltin respirait avec bruit.

– Qui t'a payé ?

Pas de réponse.

– Je te parle, Fred.

Maltin se mordit une lèvre et ne répondit rien.

Plissant les yeux, Buchanan dit à Holly :

– Je crois qu'il vaut mieux que tu nous laisses tout seuls. Il vaut mieux que tu ne voies pas cela.

– Drummond, chuchota Maltin.

– Comment, Fred ? Voilà que tu marmonnes à nouveau. Parle plus fort.

– Alistair Drummond.

– Ça, par exemple ! Le nouveau compagnon de ton ancienne femme. Et pourquoi est-ce qu'Alistair Drummond te donne un million de dollars ? Pour que tu arrêtes de dire aux médias que tu ne la trouves pas ?

– Je...

– Tu peux me le dire, Fred.

– Je ne sais pas.

– Allons, ne me déçois pas, Fred. Tu te débrouillais si bien. Pourquoi est-ce que Drummond te paye ? Réfléchis un peu. Fais une supposition.

– Je vous l'ai dit, je n'en sais rien.

– Tu as déjà eu une fracture, Fred ?

Buchanan tendit la main vers l'annulaire droit de Maltin.

– Non ! Je dis la vérité ! cria l'homme en retirant sa main. Ne me touchez pas, espèce de salaud ! Laissez-moi tranquille ! C'est vrai ! Je dis la vérité ! Je ne sais rien !

– Pour la dernière fois, Fred, je te demande de faire une supposition.

– Tout le comportement de Maria est aberrant depuis qu'elle m'a quitté et qu'elle a fait une croisière avec Drummond, il y a neuf mois.

– Une croisière, Fred ? De quelle croisière tu parles ?

– Au départ d'Acapulco. Drummond a un bateau de soixante mètres. Il lui a proposé de venir se détendre à bord en attendant que le divorce soit réglé. Elle me détestait peut-être comme mari, mais elle m'a toujours fait confiance en tant qu'imprésario. Après la croisière elle n'a plus voulu me parler, de quoi que ce soit. Elle a annulé des rendez-vous de travail que nous avions fixés. Elle ne répondait pas à mes coups de téléphone. Les rares fois où je l'ai vue en public, au Met[1] ou à des galas de charité, les gardes du corps de Drummond m'ont empêché de l'approcher. Et merde, en refusant de traiter avec moi elle me fait perdre de l'argent, beaucoup d'argent !

– T'inquiète pas, Fred. Le million de dollars qu'on t'a donné pour que tu arrêtes de la chercher va te permettre de te payer

1. L'un des grands musées new-yorkais, le Metropolitan Museum of Art. *(N.d.T.)*

ta cocaïne pendant un bon moment. Mais tu veux un conseil ? À ta place, j'utiliserais cet argent pour partir en voyage. Loin et sans laisser d'adresse. Parce que je mettrais ma main à couper que quand tout sera terminé, quoi que ce soit, Alistair Drummond voudra faire en sorte que tu restes tranquille et que tu ne reviennes pas lui redemander de l'argent. Il t'offrira un sniff de coca qui t'emmènera directement dans un autre monde, si tu vois ce que je veux dire. Je suis même surpris qu'il ne l'ait pas encore fait. Il ne voulait sans doute pas que cela arrive tout de suite après tes discours devant les micros. La coïncidence aurait été trop grande. On aurait pu avoir des soupçons. Mais c'est ce qui se passera, Fred. Je te conseille de liquider tes affaires, de filer, de changer de nom et de t'enterrer quelque part. Un jour ou l'autre, ils reviendront.

Maltin fit une grimace.

– À la prochaine, Fred.

– Mais... ? commença Maltin en faisant un geste en direction de l'homme allongé, inconscient, sur le plancher. Qu'est-ce que... ?

– J'ai l'impression que tu n'as qu'une alternative. Trouve une histoire convaincante à lui raconter ou disparais avant qu'il se réveille. Tu n'as pas de temps à perdre, Fred.

4

– Mon Dieu, je n'ai jamais assisté à une scène comme celle-là, dit Holly.

Ils étaient sortis du Sherry-Netherland, avaient quitté la Cinquième Avenue et longeaient le sud de Central Park. La circulation était bruyante. Des touristes attendaient leur tour de calèche.

– Marche moins vite, dit Buchanan dont le soleil aggravait le mal de tête. Il ne faut pas avoir l'air de s'enfuir.

– Et qu'est-ce qu'on est en train de faire ? murmura nerveusement la journaliste. Tu as cassé la mâchoire d'un type. Tu as agressé Maltin. Il a dû appeler la police dès qu'on est sortis de chez lui.

– Non. Il est en train de faire ses valises.

– Comment tu peux en être certain ? Chaque fois que j'entends une sirène de police...

– Parce que, si tu n'as jamais assisté à une scène pareille, c'est aussi le cas de Maltin. S'il avait appelé la police, il aurait aussi appelé le gardien de l'immeuble, et personne n'a essayé de nous arrêter quand nous sommes sortis.

Buchanan guida Holly vers l'entrée du parc qui donne sur la Septième Avenue. Un petit vent frais de novembre le décoiffa.

– Pourquoi est-ce que nous entrons dans le...?

– On revient sur nos pas. On va prendre à droite dans cette allée devant nous et on va retourner dans la direction d'où on vient. Pour voir si on n'est pas suivis par un collègue du type de l'appartement de Maltin. En plus, comme il n'y a pas grand monde dans le parc, on peut parler tranquillement. Maltin était terrorisé.

– Sans plaisanter, moi aussi j'étais terrorisée. J'avais l'impression que tu ne te contrôlais plus. Bon sang, tu as failli lui casser le doigt.

– Non. Je savais que ce ne serait pas nécessaire. Mais vous avez tous les deux cru que j'étais prêt à le faire. J'ai bien joué mon rôle.

– Tu ne fais jamais rien sans calcul ?

– Tu aurais préféré que je lui casse le doigt ? Voyons, Holly. Ce que j'ai fait là-haut est l'équivalent d'une interview.

– Pas d'une interview comme celles que je mène.

Buchanan regarda derrière lui et examina les arbres et les buissons de chaque côté de l'allée.

– Je ne parle pas seulement des menaces, poursuivit la journaliste. Pourquoi est-ce que tu n'arrêtais pas de lui poser des questions ? Comment tu savais qu'il disait la vérité ?

– Ses yeux, répondit-il.

– Tes yeux à toi ressemblaient à ceux d'un fou.

– C'est un de mes points forts. Je m'entraîne beaucoup. Les yeux sont l'organe crucial d'un agent secret. Si quelqu'un croit mes yeux, il croira tout le reste.

– Alors, comment es-tu si sûr de toi à propos des yeux de Maltin ? Il faisait peut-être semblant.

– Non. Crois-moi, je suis un spécialiste. Maltin est incapable de simuler. C'est un pauvre mec qui tombe en miettes dès qu'on lui retire son pouvoir. Pas étonnant que Maria Tomez ait divorcé. Il m'a raconté tout ce que j'avais besoin de savoir. J'aurais pu continuer à l'interroger pour vérifier, mais cela aurait été une perte de temps. Je sais quelle est la prochaine chose à faire.

– Quoi ?

Ils quittèrent le parc et retrouvèrent sur l'avenue des Amériques le vacarme de la circulation.

– Faire preuve d'esprit pratique. Prendre une chambre d'hôtel, dit Buchanan. Manger et se reposer. Effectuer quelques recherches.

– Et après ?
– Trouver le yacht d'Alistair Drummond.

5

Après avoir pris le métro et trois taxis différents pour être certains de ne pas être suivis, ils revinrent dans le quartier d'où ils étaient partis et allèrent chercher la voiture de Holly au parking. Ils trouvèrent une chambre libre à l'hôtel Dorset, entre l'avenue des Amériques et la Cinquième Avenue, où ils se firent enregistrer sous le nom de M. et Mme Charles Duffy. Buchanan fut rassuré de constater que leur chambre, au vingtième étage, se trouvait près des ascenseurs et des escaliers de secours. Ils courraient peu de risques dans un endroit si passant et disposeraient, en plus, de plusieurs possibilités pour s'échapper en cas de besoin.

Ils commandèrent du café, du thé, de la salade, des steaks, des pommes de terre, du pain, de grandes quantités de légumes et de la glace. Ils prirent une douche à tour de rôle en attendant le repas. Quand Buchanan sortit de la salle de bains, vêtu du même peignoir blanc de l'hôtel que celui de Holly, celle-ci était en train de se sécher les cheveux. Éteignant le séchoir, elle lui dit :

– Assieds-toi. Baisse ton peignoir jusqu'à la ceinture.

– Pardon ?

– Je vais vérifier tes agrafes.

Le contact des doigts de la femme sur sa peau lui fit frissonner le dos.

Elle palpa autour de la blessure presque cicatrisée de l'épaule gauche, puis descendit la main pour inspecter la plaie du coup de couteau.

– Tu as fait sauter quelques agrafes ici.

Elle prit la crème antibiotique et les pansements dans le sac de Buchanan.

– Cela n'a pas l'air infecté. Ne bouge pas pendant que je...

– Aïe !

– Tu es un drôle de dur, dit-elle en riant.

– Comment sais-tu que je ne fais pas semblant ? Comment sais-tu que je n'essaie pas simplement de t'attendrir ?

– Tu vérifies à leurs yeux ce que pensent les gens. J'ai d'autres moyens.

– Ah bon ?

Elle fit remonter ses doigts jusqu'à l'épaule de Buchanan, le fit tourner et l'embrassa.

Ce fut un long et doux baiser, ses lèvres légèrement ouvertes et sa langue touchant celle de l'homme. Déroutant. Sensuel.

Buchanan hésita.

Mais malgré ses réflexes d'autoprotection, il l'enlaça, sentant sous ses mains le dos ferme de la femme.

Elle soupira de plaisir et se repoussa doucement en arrière.

– Ouais. Aucun doute. Tu cherches à m'attendrir.

Buchanan éclata de rire à son tour.

Il se pencha pour l'embrasser à nouveau.

Et fut interrompu par un coup frappé à la porte.

– Service des chambres, dit dans le couloir une voix masculine.

– Tu es en train de me corrompre, dit Holly.

– Qu'est-ce que tu veux dire ?

– Je commence à penser que tes habitudes sont parfaitement normales.

Elle passa une main sous l'oreiller.

– Tiens ! Est-ce qu'un individu moyen n'a pas besoin de ceci quand le garçon d'étage arrive ? Mets-le dans la poche de ton peignoir.

Elle lui tendait son pistolet.

6

La nuit tombait derrière les rideaux fermés, quand Buchanan se réveilla. Il s'étira et savoura la sensation d'avoir bien mangé, d'avoir dormi nu dans des draps agréables et d'être allongé à côté du corps de Holly. Elle portait encore son peignoir. Il l'avait enlevé après avoir fait l'amour. L'épuisement avait agi comme un somnifère. Elle l'attirait. Son humour. Ses traits sensuels. Sa grâce athlétique. Mais il avait toujours soigneusement évité que sa vie personnelle n'interfère avec son travail. Il s'était toujours gardé d'établir des relations physiques ou sentimentales pendant une mission. Cela obscurcit vos capacités de jugement. Cela...

Mais tu n'as jamais eu de vie personnelle. Ce n'était pas toi. Tout ce que tu avais, c'était les personnages que tu incarnais.

Et c'est précisément pour cette raison que tu es dans cette chambre en ce moment. C'est ce qui t'a amené jusqu'ici. Tu as repoussé Juana quand tu travaillais avec elle. Même si tu avais énormément envie d'elle. Aujourd'hui tu la cherches pour essayer de te rattraper.

Vas-tu commettre la même erreur avec Holly?

Qu'est-ce qui ne tourne pas rond chez moi? se demanda-t-il. Être attiré par une femme alors que j'en cherche une autre...

Il faut savoir ce que tu veux.

Il se leva, enfila son peignoir et posa à côté d'un fauteuil les livres et les dossiers que la journaliste lui avait donnés. Il plaça une lampe sur la moquette pour que la lumière ne réveille pas Holly, puis, s'installant dans le fauteuil, il se mit à lire.

Deux heures plus tard, Holly leva la tête, se frotta les yeux et le regarda.

– Bonjour, dit-elle avec un sourire charmant.

– Bonjour.

– Comment ça va?

– Comme si je venais de rencontrer un fantôme.

– Je ne comprends pas.

– Les documents que tu m'as apportés... Je crois que je sais ce qui se passe. Je n'ai pas facilement peur, mais cela me fait froid dans le dos.

Holly s'assit.

– Qu'est-ce que tu veux dire?

– Les photos des livres. Elles ont quelque chose de...

Holly se leva, ajusta la ceinture de son peignoir et s'approcha rapidement de lui.

– Montre-moi.

Elle poussa un fauteuil près du sien et regarda le livre qu'il avait posé sur ses genoux.

– Quelles photos?

– Celles de la biographie de Maria Tomez. Je suis loin de l'avoir finie, mais une chose est certaine, c'est que Frederick Maltin ne s'est pas contenté de la découvrir et d'être son imprésario. Il l'a littéralement créée.

Holly attendait qu'il continue.

– Je ne l'ai jamais entendue chanter, dit Buchanan, mais d'après ce que j'ai compris elle ne chante pas seulement bien, mais avec passion. Elle a la réputation d'une diva ardente. Un critique d'opéra ne le dirait certainement pas de cette façon, mais, pour parler crûment, Maria Tomez est...

– Sexy, dit Holly.

– C'est le mot juste. Mais regarde ces vieilles photos, dit Buchanan en tournant les pages. Voilà Maria Tomez au début de sa carrière. Avant Frederick Maltin. Quand elle chantait au Mexique et en Amérique du Sud et que les grands critiques ne s'intéressaient pas à elle.

Il montra du doigt l'image d'une jeune femme à la peau mate, petite, un peu grosse, avec un regard mal assuré, un nez large, une coiffure affreuse, des joues rondes et de vilaines dents.

– Des cheveux en touffe au sommet de la tête, dit Holly. Une robe bouffante comme si elle voulait cacher son poids...

– Les premières critiques sont unanimes sur la qualité de sa voix, mais il est évident que les auteurs ont des réserves, dit Buchanan. Tout en essayant d'être gentils, ils critiquent son manque de présence sur scène. Autrement dit, elle est trop mal fagotée pour être traitée comme une véritable chanteuse d'opéra.

– C'est sexiste, mais c'est vrai, dit Holly. Le succès va aux femmes qui ont une voix magnifique et du magnétisme.

– Maria n'était même pas au programme, le soir où Maltin l'a entendue chanter *La Tosca* à Mexico. C'était la doublure prévue pour le cas où la star tomberait malade.

– Je me demande ce que Maltin a trouvé chez elle.

– Quelqu'un à dominer. Quelqu'un à modeler et à façonner. S'il l'avait entendue chanter dans d'autres circonstances, il n'aurait pas imaginé qu'elle puisse jouer un rôle aussi sexy que celui de la Tosca. Mais quand il l'a eu compris, il a utilisé toutes les possibilités. Selon cette biographie, personne ne s'était intéressé à elle auparavant. Elle n'avait aucun avenir. Qu'est-ce qu'elle avait à perdre ? Elle s'en est entièrement remise à lui. Elle lui a intégralement obéi.

– Et ?

– Regarde les photos suivantes. Qu'est-ce que tu remarques ?

– Éh bien, elle est de plus en plus mince. Et ses vêtements le soulignent.

Holly prit le livre pour examiner les clichés de plus près.

– Elle a visiblement changé de coiffure. Au lieu d'avoir les cheveux remontés sur la tête, elle les coiffe en arrière. Ils sont longs, abondants, flottants, bouclés... Ils ont quelque chose de sauvage.

– Comme si le vent les repoussait, ajouta Buchanan. Comme si elle se trouvait au sommet d'une falaise, avec les vagues qui se brisent à ses pieds. Comment dire ? Ardente. C'est ce que je me suis dit aussi. Sa coupe de cheveux évoque la passion. Maintenant, regarde cette photo.

Holly s'exécuta et secoua la tête.
– Je ne sais pas ce que c'est...
Puis, pointant tout à coup son doigt :
– Son nez. Il est plus étroit et plus droit.
– Et regarde cette photo, trois mois plus tard.
– Là, je ne vois vraiment pas..., dit la journaliste.
Elle sourit.
– C'est vrai.
– Est-ce qu'elle sourit sur la photo précédente ?
– Non.
– Et sur celle d'avant ?
– Sur celle-là non plus elle ne sourit pas, mais sur la première elle sourit... Oh ! bon sang, dit Holly. Les dents. Elles ont changé. Au début elles sont horribles et maintenant... Elle les a fait aligner et blanchir.
– Ou Frederick Maltin l'a fait faire, dit Buchanan. Il lui a promis de bouleverser sa carrière en moins de deux ans. Aucun article n'explique toutes les transformations physiques qu'il a fallu. Sur la photo suivante, trois mois plus tard, ses sourcils sont différents. Sur la photo d'après, on dirait qu'on a relevé la ligne d'implantation des cheveux, à l'aide d'une intervention chimique ou chirurgicale, pour agrandir son front et remodeler l'ensemble du visage.
– Et pendant ce temps elle continue à maigrir, dit Holly avec excitation. Ses tenues deviennent plus élégantes. Leur style la fait apparaître plus grande. Elle porte des colliers et des boucles d'oreilles chers qui brillent et ressortent bien sur les photos. Ces changements attirent l'attention, de telle sorte qu'on remarque moins les autres transformations, graduelles, subtiles, aussi importantes mais qui se réalisent sur une plus longue période. Personne ne se rend compte à quel point Maria Tomez a été refaçonnée.
– Elle n'avait pas encore atteint la célébrité, dit Buchanan. Elle n'était pas encore scrutée de près comme à son apogée. Elle allait d'un opéra à un autre, dans des pays différents, et une grande partie de ces transformations passaient inaperçues. Mais regarde ces photos plus récentes, après qu'elle fut devenue une vedette. Les transformations continuent. Ici. On dirait qu'elle a subi des opérations de chirurgie esthétique aux yeux pour leur donner une expression plus vive. Sur cette photo, on dirait que ses lobes d'oreilles ont été raccourcis. Ils ont quelque chose de différent qui donne de meilleures proportions au visage.
– Pas seulement, dit Holly. Sa poitrine semble plus haute. Là aussi, elle a peut-être subi une opération chirurgicale. On dirait

qu'elle est plus grande. C'est stupéfiant. Au premier abord, on a l'impression qu'elle est seulement en train de mûrir et que le succès l'épanouit. Mais je crois que tu as raison. Elle a été sculptée et façonnée. Frederick Maltin l'a littéralement créée.

– Une fois que son corps a correspondu aux rôles passionnés que Maltin voulait qu'elle chante, les critiques ont fait davantage attention à sa voix, dit Buchanan. Elle est devenue une star du jour au lendemain, après deux années et Dieu sait combien de visites chez des dentistes et de passages sur la table d'opération. À partir du moment où elle n'était plus gênée par son apparence, elle a été d'un seul coup parfaitement à l'aise sur scène. On l'avait rendue belle et elle aimait être adulée. Plus le public l'applaudissait, plus elle améliorait ses techniques de scène pour encourager les applaudissements. Sa voix s'épanouit. Elle devint riche. Ou plutôt, Maltin et elle devinrent riches. Un aspect du contrat était qu'elle devait se marier avec lui. Je ne crois pas que ce soit parce que Maltin tenait particulièrement à coucher avec elle. Je pense qu'il devait vouloir contrôler son argent et qu'il était mieux en mesure de le faire en étant son mari, en plus que son imprésario. Il l'a totalement contrôlée pendant quinze ans. Il la menaçait peut-être de révéler ce qui se cachait derrière son succès, et de montrer des photos d'elle avant et après. Ce genre de choses. Un jour, au début de l'année, la coupe a débordé et elle l'a quitté. Drummond et elle se sont rencontrés à un gala de bienfaisance, à Monaco, et sont devenus amis. Drummond est devenu son cavalier. Elle se sentait peut-être en sécurité avec lui. Après tout, il était assez vieux pour être son grand-père. Il était des milliers de fois plus riche qu'elle. Il n'avait sans doute aucune intention de coucher avec elle. En fait, à première vue, elle n'avait rien à lui offrir dont il ait besoin ou qu'il n'ait déjà. Elle a continué à le voir, mais les photographes chasseurs de stars les poursuivaient partout et Drummond lui a proposé de s'éloigner des objectifs et des regards, de se détendre, de faire le point, et de se mettre hors de portée du sale type dont elle divorçait. Drummond l'a amenée en hélicoptère sur son yacht, au large des côtes du Mexique, pour des vacances au pays. Elle est restée à bord pendant trois semaines, avant de revenir à New York, d'acheter un appartement, d'abandonner le chant et, comme Greta Garbo, de demander au monde entier de lui ficher la paix.

– Et aujourd'hui, des mois plus tard, elle disparaît, dit Holly. Et ton amie qui lui servait parfois de garde du corps disparaît aussi. Qu'est-ce qui s'est passé il y a deux semaines ? Qu'est-ce qui se passe en ce moment ?

– Je ne crois pas que ce soit arrivé il y a deux semaines.

Holly demeura immobile un instant, avant de se redresser.

– Je crois que c'est arrivé sur le yacht, dit Buchanan.

– Qu'est-ce qui est arrivé ? Je ne vois toujours pas...

– Les photos ne sont pas bonnes sur les photocopies d'articles que tu m'as apportées. Mais celles de cette page du *Washington Post* d'hier sont très claires. Une photo de Maltin pendant sa conférence de presse. Une photo récente de Maria Tomez lors d'une de ses rares apparitions publiques. Des lunettes noires. Un chapeau qui la dissimule.

– Dis-moi où tu veux en venir.

– On dirait que la mâchoire de Maria Tomez a été modifiée, dit Buchanan. Elle est légèrement différente. L'arête des clavicules est également différente.

– Retoucher un nez est une chose, dit la femme. Mais modifier une mâchoire ? Changer des clavicules ? C'est un travail considérable.

– Exactement. Cette dernière photo... Je ne crois pas que ce soit Maria Tomez. Plus je la regarde... plus je suis convaincu que c'est Juana qui se fait passer pour elle.

7

– *Mais comment une chose pareille est-elle possible ?*

Holly conduisait rapidement sur l'autoroute encombrée. Les phares des voitures en sens inverse les éblouissaient.

– Montgomery, par exemple, avait une doublure pendant la Seconde Guerre mondiale. Les vedettes de cinéma en ont souvent. Le maquillage est aujourd'hui tellement au point que des acteurs parviennent à transformer leur visage d'une façon radicale. Mais Montgomery ne se montrait pas dans des galas de charité et le cinéma permet tous les trucages. Nous avons affaire à autre chose. Il s'agit d'une chanteuse d'opéra acclamée dans le monde entier. Le maquillage peut être excellent, mais personne ne peut imiter une voix unique à son époque.

– Mais Juana n'a pas eu besoin d'imiter la voix de Maria Tomez, dit Buchanan, toujours sous le choc des conséquences de ce qu'il avait découvert.

Holly accéléra et dépassa un camion.

– Les articles de journaux insistent sur un aspect, continua l'homme. Maria Tomez a arrêté de chanter après sa croisière sur le yacht de Drummond. Elle s'est isolée à New York et n'est plus sortie, à part de rares apparitions publiques au cours desquelles elle n'a jamais chanté. Selon certains articles, elle s'est plainte d'une pneumonie et d'une laryngite récurrente. Les journalistes ont remarqué qu'elle avait la voix enrouée. Comme c'était un aspect qu'elle ne pouvait imiter, Juana a réglé la question en prétendant avoir des problèmes de voix. Autrement, elles sont toutes les deux sud-américaines et elles ont en gros la même silhouette et la même forme de visage. Et comme Maria Tomez transformait graduellement son aspect physique, le fait que Juana ne lui ressemble pas parfaitement n'a pas attiré l'attention. Tant que le maquillage professionnel de Juana garantissait que les ressemblances l'emportent sur les différences, ce n'était qu'une des nouvelles transformations de Maria Tomez. Combien de gens la connaissent intimement ? Son ancien mari qu'elle a refusé de voir. Ses autres associés avec lesquels elle a rompu les ponts quand elle s'est isolée. Son personnel de service, qu'elle a apparemment changé après la croisière. Alistair Drummond, qui a continué à la voir après la croisière et qui la considérait comme étant Maria Tomez. Il s'agit d'une femme qui de toute façon préservait son intimité. Tout ce que Juana avait à faire était de répondre de temps en temps au téléphone, de se plaindre d'un coup de froid, d'apparaître rapidement en public, d'avoir sa photo dans le journal, et personne n'irait soupçonner qu'elle était une usurpatrice.

– Excepté toi, dit Holly en doublant un autre véhicule. Tu l'as soupçonné.

– Parce que j'avais une raison de le faire. Parce que chez Juana j'ai vu son matériel de maquillage. Parce que plus j'ai regardé les photos, plus j'ai été frappé par la ressemblance de Juana avec Maria Tomez. C'est parce que j'avais Juana à l'esprit que j'ai fait le rapprochement. Elle a fait un travail magnifique. Je n'en reviens pas de son génie à incarner quelqu'un d'autre. Je n'aurais jamais pu en faire autant.

– La question est : pourquoi ? dit Holly. Pourquoi est-ce que Juana l'a remplacée ?

– Alistair Drummond est un dénominateur commun. L'isolement de Maria Tomez a suivi la croisière sur son yacht. Il a considéré Juana comme étant Maria Tomez. C'est quelqu'un travaillant pour lui qui a payé Frederick Maltin pour qu'il arrête de parler de son ancienne femme aux journalistes. La disparition... Je crois que j'ai compris, ajouta Buchanan avec un débit rapide.

Le ton de sa voix fit frissonner Holly.

– Quoi ?

– Il y a eu *deux* disparitions.

– *Deux ?*

– Ce n'est pas Maria Tomez mais Juana qui a disparu il y a quelques semaines. Drummond fait tout ce qu'il peut pour la retrouver. *Pourquoi ?* Parce que, si j'ai raison, neuf mois plus tôt Maria Tomez n'est jamais redescendue du bateau de Drummond. C'était Juana. Et Drummond ne veut pas qu'on découvre la substitution.

– Qu'est-ce qui s'est passé sur ce foutu bateau ? demanda Holly en crispant ses mains sur le volant.

8

Buchanan et Holly s'étaient rendus à l'aéroport de La Guardia avec la voiture de la journaliste pour ne pas attirer l'attention en abandonnant le véhicule au parking de l'hôtel. Il n'était en revanche pas inhabituel de laisser une voiture pour une longue période sur un parking d'aéroport.

Ils avaient d'abord eu la chance de trouver deux places sur le premier vol pour Miami et, ensuite, de ne pas rencontrer trop d'embouteillages. Ils avaient franchi la porte d'embarquement à la dernière minute. Ils étaient enfin dans l'avion.

Ils étaient trop tendus pour pouvoir dormir et mangèrent sans appétit, uniquement pour restaurer leurs forces, les lasagnes servies par la compagnie aérienne.

– Ton itinéraire : Cancún, Mérida, Fort Lauderdale, dit Holly.

– Je n'ai jamais reconnu être allé dans aucune de ces villes, répondit Buchanan.

– Mais le reste ne fait aucun doute. Washington, La Nouvelle-Orléans, San Antonio, Washington à nouveau, New York et maintenant Miami en direction du sud. Tout cela en deux semaines. On s'épuiserait à te suivre, mais pour toi c'est une vie normale.

– Tu ferais mieux de t'habituer.

– Je crois que cela ne me déplairait pas.

Quand il avait entamé ses recherches au Dorset, Buchanan s'était demandé si le port d'attache du yacht de Drummond était la ville où se trouvait le siège de son empire économique. Sachant que les navires de gros tonnage devaient déposer leur itinéraire auprès des autorités maritimes avant tout voyage, il avait téléphoné pour se renseigner aux garde-côtes de San Francisco. Un officier lui avait répondu que le bateau était probablement immatriculé ailleurs et qu'il ne disposait d'aucune information à son sujet. Buchanan avait alors appelé l'Association nationale des agents d'assurance, à Long Beach, en Californie. Il était huit heures du soir sur la côte Est, soit cinq heures sur la côte Ouest. Il avait joint le bureau juste avant la fermeture.

– Je m'appelle Albert Drake, avait-il dit d'une voix agitée. Mon frère Rick travaille sur le... Zut, je ne m'en souviens plus... Le *Poseidon.* C'est cela.

Il avait trouvé le nom dans les documents rassemblés par la journaliste.

– Il appartient à Alistair Drummond. C'est un yacht de soixante mètres. Mais Rick ne m'a pas laissé son itinéraire. Notre mère a eu une attaque. Il faut que je le joigne, mais je ne sais pas comment faire... Les garde-côtes m'ont suggéré de...

Les contrats d'assurance des gros navires portent sur de telles sommes que les agents veulent savoir en permanence où les bateaux se trouvent. Le capitaine du yacht de Drummond était obligé de communiquer sa situation à la compagnie d'assurances, dès son entrée dans un nouveau port.

9

Ile de Key West

Buchanan et Holly étaient arrivés à Miami à minuit passé et avaient loué une voiture avec la carte de crédit de Charles Duffy pour se rendre à Key West, deux cents kilomètres plus au sud. Ils s'étaient arrêtés à plusieurs reprises et s'étaient relayés au volant pour sommeiller à tour de rôle. La lumière violente des lampes à vapeur de mercure des quarante-deux ponts de l'autoroute maritime heurtait les yeux et accentuait la fatigue.

Ils atteignirent leur destination peu avant l'aube. Key West, la ville la plus méridionale des États-Unis continentaux, n'avait qu'une superficie de sept kilomètres carrés mais comptait près de trente mille résidents. L'île couleur de sable et de corail était l'un des derniers bastions de la contre-culture américaine. Elle restait synonyme de Hemingway qui l'avait habitée et dont la maison, peuplée de nombreux chats censés être les descendants des maux de l'auteur, avait été transformée en monument historique. L'atmosphère et l'architecture de la ville mélangeaient les influences exotiques des Bahamas, des Antilles et de Cuba. L'endroit était réputé pour sa pêche en haute mer et sa cuisine tropicale. On y trouvait une base aérienne de la marine américaine. John James Audubon et Harry Truman avaient séjourné ici. Le chanteur et écrivain Jimmy Buffet était son plus célèbre habitant du moment.

Mais Buchanan n'avait qu'un seul centre d'intérêt dans l'île. Holly et lui revinrent à l'objet de leur voyage après avoir dormi quelques heures, s'être lavés et avoir mangé dans un motel bon marché réglé à l'avance, en liquide pour ne plus courir le risque d'utiliser la carte de crédit du mort. Une heure de promenade parmi la foule du port permit à Buchanan de questionner d'un air anodin les vendeurs et les pêcheurs. Pour prendre la couleur locale, ils s'achetèrent des sandales, des pull-overs à manche courte et des jeans coupés. Une fois changés, ils vinrent s'appuyer sur la rambarde du quai pour étudier leur cible en respirant l'air humide et salé qui venait du large.

Le yacht de Drummond était ancré à une centaine de mètres, blanc, resplendissant sur le fond bleu-vert des eaux du golfe du Mexique. Sa taille, ses trois ponts et la piste d'atterrissage pour hélicoptère qui le couronnait avaient de quoi inspirer le respect. Malgré une température de trente degrés, Buchanan était transi en le contemplant. La ligne du bateau, qui rappelait la lame incurvée d'un couteau de chasse, avait quelque chose de menaçant. Le vaste solarium de la poupe, sur lequel donnaient les hublots des ponts supérieurs, le fit penser à des voyeurs et des exhibitionnistes. Le yacht semblait voilé d'un drap de tristesse malgré son apparence immaculée.

– Quelquefois, dit Holly, quand tu réfléchis profondément, tes yeux et ton visage changent. Tu sembles devenir quelqu'un d'autre.

– Comment ?

– Tu as l'air grave, préoccupé.

– Pour qu'il n'y ait pas de malentendu, tout cela n'a rien à voir avec Maria Tomez, dit Buchanan. Bien sûr, je voudrais savoir ce qui lui est arrivé, mais ce que je veux surtout savoir c'est ce qui est arrivé à Juana.

Il détourna les yeux du bateau et regarda Holly qui le fixa, gênée.

– Beaucoup de choses me dépassent. Par exemple ce que je ressens pour toi. Mais je dois d'abord régler les vieilles histoires avant d'en commencer de nouvelles. Quand tout cela sera fini, nous pourrons discuter ensemble de nous deux.

Holly réfléchit à ce qu'il venait de dire. Ses cheveux flamboyants flottaient dans le vent. Elle approuva de la tête.

– Je n'ai jamais pensé avoir de garanties. Je n'avais pas prévu tout cela. J'ai été entraînée. Parfait. Nous nous comprenons. Chaque chose en son temps. Qu'est-ce qu'on fait, maintenant qu'on a trouvé le bateau ?

– Tu as remarqué comment j'ai parlé aux pêcheurs et aux vendeurs ? Une petite conversation et quelques questions bien choisies. C'est ce qu'on appelle la technique d'obtention d'informations. C'est l'équivalent de ce que tu appelles une interview, mais la différence est que tes sujets savent presque toujours qu'ils sont interviewés, alors que les miens ne doivent jamais le savoir. Leur réaction pourrait quelquefois être mortelle s'ils découvraient qu'on leur soutire des informations.

Holly écoutait attentivement.

– J'ai eu peur que tu te vexes parce que je t'explique comment pratiquer une interview, poursuivit Buchanan.

– J'ai déjà appris beaucoup de choses, dit Holly. Il n'y a pas de raison pour que cela s'arrête aujourd'hui.

– Bien, dit Buchanan. Donc, c'est l'obtention d'informations.

Il lui raconta sa formation, comment à titre d'entraînement il devait se rendre dans des cafés et engager la conversation avec des inconnus pour qu'ils lui révèlent des renseignements aussi personnels que leur numéro de Sécurité sociale ou leur date de naissance.

– Comment tu faisais ? demanda la femme. Tu espionnais la vie privée des gens ?

– Je m'asseyais à côté de ma cible. Je buvais quelques verres. Je parlais un peu, je faisais des commentaires sur l'émission qu'on était en général en train de regarder sur une télévision posée au-dessus du bar. À un moment, je disais que je venais d'apprendre le jour même quelque chose d'intéressant. La réponse était bien sûr : « Quoi ? » Je sortais mon portefeuille et lui montrais une fausse carte de Sécurité sociale. « Ces chiffres signifient tous quelque chose. Je croyais qu'ils étaient attribués dans l'ordre d'immatriculation, mais si on les divise en plusieurs groupes on voit qu'ils indiquent tout un tas de choses, par exemple ma date et mon lieu de naissance. Regardez, ce nombre signifie que je suis né à Pittsburgh, celui-ci est attribué à tous les gens nés en 1960 et celui-là indique le mois, et... Attendez, je vais vous montrer. Quel est votre numéro ? Je vous parie un dollar que je peux vous dire quand et où vous êtes né. »

Holly secoua la tête d'un air ébahi.

– C'est vrai ?

– Qu'on m'a fait faire cela pendant ma formation ?

– Non. À propos du numéro de Sécurité sociale.

– Quel est le tien ? On va voir si je peux te dire ta date et ton lieu de naissance.

Holly éclata de rire.

– Ça marche. Tu inventes une date et un lieu, et pour te montrer à quel point tu te trompes la personne que tu interroges te donne l'information que tu recherches. Pas mal !

– L'obtention d'informations, répéta Buchanan. L'art d'extirper des informations sans que la cible s'en aperçoive. C'est une méthode classique pour obtenir des secrets militaires, politiques ou industriels. Elle est en général appliquée dans des cafés, et les cibles sont le plus souvent des assistants, des secrétaires ou des officiers de rang inférieur, le genre de gens susceptibles d'être frustrés et qui n'hésiteront pas à parler de leurs problèmes au travail, à condition de les y encourager discrètement. Quelques verres. Une manifestation d'intérêt. Une information en amène une autre. En général cela prend du temps. Il faut plusieurs rencontres. Mais on y arrive quelquefois très rapidement et c'est ce qu'il faut faire aujourd'hui, parce que je dois savoir ce qui est arrivé à Juana. Si elle est toujours en vie...

Buchanan durcit sa voix.

– Si elle est toujours en vie, il faut que je la tire de là.

Holly le regarda attentivement.

– Qu'est-ce qu'on fait ?

– Ce que tu va avoir à faire est de te contenter d'être ce que tu es : sexy et attirante.

Holly eut l'air surpris.

– Pendant que nous parlions un canot, a quitté le yacht de Drummond. Il s'approche du quai avec trois hommes d'équipage.

Holly suivit le regard de Buchanan en plissant les yeux à cause de la réverbération du soleil sur l'eau.

– On va regarder où ils vont, dit Buchanan. Ils sont peut-être à terre pour faire des courses, mais il est possible que ce soit leur jour de congé. S'ils entrent dans un bar, je...

10

– Merde, pour commencer je ne voulais pas venir ici, dit Buchanan. Qu'est-ce que je fabrique ici ? Chaque fois que je regarde ailleurs, tu fais de l'œil à un jeune branleur avec son short qui le démange.

– Baisse la voix, dit Holly.

– Harry m'avait prévenu. Il m'a dit de te surveiller sans arrêt. Il m'a dit que tu baiserais avec n'importe quel mec en âge d'avoir une érection et que plus il était jeune mieux ce serait.

– Baisse la voix, répéta Holly plus fort.

– Tu ne nies pas. Tu veux simplement éviter que tout le monde entende la vérité.

– Arrête, dit Holly. Tu me mets dans une situation impossible.

Ils étaient attablés dans un angle du café Coral Reef, entre des filets de pêche et un marlin empaillé. Le napperon décoré de lignes ondulées et de nombres ressemblait à une carte nautique. Les plafonniers imitaient des roues de gouvernail.

Affalé dans un fauteuil de capitaine, Buchanan vida la moitié de son verre de bière.

– *Baisse la voix.* C'est tout ce que tu sais dire. Je te propose un marché. Je baisse ma voix si tu arrêtes de baisser ton pantalon. Garçon, deux autres bières.

– Je n'ai pas soif, dit Holly.

– J'ai dit que je commandais quelque chose pour toi ? Garçon ! J'ai changé d'avis. Donnez-moi un bourbon avec des glaçons.

– Tu en as déjà pris deux là où nous étions avant. Tu as déjà bu deux bières ici et... Dave, il est seulement midi. Pour l'amour de Dieu...

– Ferme-la, d'accord ? cria Buchanan en frappant sur la table. Je bois quand je veux. Si tu arrêtais de te mettre au lit avec n'importe...

– Monsieur, dit une voix, vous dérangez les autres clients.

– Je t'emmerde.

– Monsieur, insista l'homme grand et costaud dont les muscles faisaient rebondir le T-shirt, si vous ne parlez pas moins fort, je vais être obligé de vous demander de sortir.

– Tu peux demander ce que tu veux, mon pote, mais je vais rester ici.

Buchanan vida son verre de bière et fit un signe au serveur.

– Où est mon bourbon ?

Les autres clients regardaient la scène.

– Dave, dit Holly.

Buchanan frappa à nouveau sur la table.

– Je t'ai déjà dit de la fermer !

– D'accord, dit l'armoire à glace. On y va, mon vieux.

– Hé ! protesta Buchanan au moment où l'homme se saisissait de lui. Qu'est-ce que... ?

Mis d'un coup sur ses pieds, Buchanan fit semblant de tituber et bouscula la table, renversant les verres.

– Bon sang, mon bras ! Fais attention ! Tu vas me le casser !

– Cela ne me déplairait pas, mon vieux.

Le videur tordit le bras de Buchanan derrière son dos et le poussa vers la sortie. Celui-ci jeta un regard à Holly en disant :

– Qu'est-ce que tu attends ? On s'en va.

Holly ne répondit rien.

– J'ai dit : on s'en va !

La femme demeura silencieuse. Les cris de Buchanan qui parvinrent de l'extérieur la firent tressaillir. Elle leva lentement son verre de bière d'une main tremblante, avala une gorgée, reposa sa boisson et s'essuya les yeux.

– Est-ce que ça va ?

Holly leva les yeux sur un bel homme mince et bronzé d'une vingtaine d'années, vêtu d'un uniforme blanc.

Elle ne répondit pas.

– Je ne voudrais vraiment pas vous embêter, dit le marin. Vous avez déjà eu assez d'ennuis comme ça. Mais vous avez l'air toute remuée. Si je peux faire quelque chose... Est-ce que je peux vous offrir un autre verre ?

Holly s'essuya les yeux à nouveau, se redressa avec dignité et regarda la porte d'un air effrayé.

– S'il vous plaît.

– Une autre bière pour la dame.

– Et...

– Quoi ?

– J'ai... Ce serait très gentil si vous pouviez empêcher qu'il me fasse du mal quand je sortirai.

11

Buchanan était appuyé sur la rambarde. Dissimulé au milieu de la foule des touristes et des pêcheurs, il pouvait observer discrètement le canot qui, passant entre des navires de plaisance et des bateaux de pêche, retournait en direction du grand yacht blanc ancré au-delà. Il avait maintenant le soleil dans le dos et n'était pas gêné par ses reflets sur l'eau. Il distinguait parfaitement la jolie femme rousse qui, une main sur le volant, bavardait joyeusement avec les trois matelots, dans la petite embarcation.

Quand le canot aborda le yacht, Buchanan secoua la tête, regarda autour de lui pour vérifier que personne ne le surveillait, puis se mit à déambuler sur le quai. Ou plutôt à faire semblant. La vérité est que, tout en marchant le long de l'eau, il ne cessait d'étudier le bateau, tout en faisant mine de prendre des photos de la ville à l'aide de l'appareil photo équipé d'un téléobjectif de la journaliste. Holly avait catégoriquement affirmé être capable de se débrouiller toute seule, mais il lui avait tout de même dit qu'il arriverait le plus vite possible s'il la voyait sortir sur un des ponts avec un comportement anormal.

Le canot quitta le yacht à nouveau vers cinq heures de l'après-midi, avec à bord les trois mêmes matelots et Holly. Elle prit pied sur le quai, embrassa un des hommes sur la joue, passa la main dans les cheveux du deuxième et serra dans ses bras le dernier. Puis elle pénétra d'un air content dans la ville.

Buchanan arriva à leur petit motel une minute avant la journaliste. L'inquiétude lui fit paraître le temps long.

– Comment cela s'est-il passé ? demanda-t-il dès qu'elle entra.

Elle ôta ses sandales et s'assit sur le lit, l'air épuisée.

– Ils ont eu du mal à tenir leurs mains tranquilles. Je ne pouvais pas arrêter de bouger. J'ai l'impression d'avoir couru un marathon.

– Tu veux un verre d'eau ? J'ai acheté des fruits. Tu en veux un ?

– Ouais, j'aimerais bien un fruit. Une orange ou... Parfait.

Elle avala une gorgée du Perrier qu'il lui apporta.

– C'est ce que tu appelles un rapport ?

– Oui. Si c'était une mission.

– Cela n'en est pas une ? Tu commences par mettre à l'aise l'agent que tu as recruté. Puis tu le...

– Hé, tout ce que je fais n'est pas aussi calculé que cela.

– Ah ? dit Holly en le scrutant. Bien. Alors, passons au bateau. Il y a quinze membres d'équipage. Ils descendent à terre à tour de rôle. Ils considèrent Drummond comme un salaud autoritaire, selon les propres termes de l'un d'entre eux. Ils en ont peur. Tant qu'il est là. Mais quand le chat est parti, les souris dansent. Ils amènent quelquefois des femmes à bord pour leur faire visiter le bateau et se venger de la façon dont Drummond les traite.

Buchanan posa un bloc de papier et un crayon sur la table.

– Fais un plan avec la disposition de toutes les cabines de chaque pont. Il faut que je sache où tout se trouve, où et quand l'équipage mange et dort. Tous les détails dont tu te rappelles. Je sais que tu es fatiguée, Holly. Je suis désolé. Cela va te prendre un certain temps.

12

Il avait facilement trouvé une combinaison de plongée dans l'un des nombreux magasins de sports nautiques de Key West. Il n'aurait normalement pas été obligé de louer une tenue spéciale pour nager dans une eau aussi chaude. Mais il voulait protéger sa blessure au dos et limiter le saignement que provoquerait la dissolution de la croûte dans l'eau. Il redoutait d'attirer les requins et les barracudas, comme lorsqu'il avait traversé le chenal de Cancún à la nage. Un coup de couteau valait bien une blessure par balle. Cette fois-ci, au moins, il avait pu se préparer. Une conséquence de sa fuite à travers le lagon le poursuivait cependant. Son mal de tête.

Il était trois heures du matin. Son crâne le faisait souffrir constamment, mais il ne pouvait se laisser distraire par la douleur. Il devait continuer de nager, caché dans la nuit par sa combinaison noire. Il se propulsait avec ses palmes, les bras le long du corps, en prenant garde de ne faire aucun bruit et de ne pas créer de remous blancs à la surface de l'eau. Il gardait autant que possible le visage baissé, bien qu'il l'eût noirci pour éviter qu'il ne se détache sur le fond sombre. Les étoiles scintillaient. Un croissant de lune se levait. Déjà trop de lumière, se dit-il en approchant du yacht.

Il atteignit la chaîne de l'ancre. Il regarda vers le pont en tendant l'oreille et ne distingua ni voix ni bruit de pas. Malgré la combinaison, il eut un frisson. Il plissa des yeux en direction des lumières de la ville, eu une pensée pour Holly qui l'attendait, rassembla son énergie, ôta son masque et ses palmes, les attacha à la chaîne et se mit à grimper. L'effort tirait sur ses blessures à l'épaule et au flanc. Mais il devait poursuivre. Il se hissa lentement et silencieusement jusqu'à l'orifice d'où sortait l'amarre. Le trou était trop petit pour qu'il s'y glisse, mais il put y prendre appui avec ses chaussons en caoutchouc tout en saisissant le bord de la rambarde. Se redressant, il regarda dans le bateau. Personne. Il chercha des yeux une alarme et, n'en voyant pas, enjamba le bord et prit pied sur le pont faiblement éclairé.

Il courut se mettre à l'abri derrière un escalier extérieur. Il laissait derrière lui les empreintes mouillées de ses pas, mais n'avait pas le choix. Sa combinaison s'était heureusement en grande partie égouttée pendant son ascension. Il n'avait pas le temps d'attendre qu'elle soit complètement sèche.

De la lumière s'échappait de plusieurs hublots, sur les ponts qui se profilaient au-dessus de lui. Les escaliers, les passerelles et les coursives étaient également éclairés. Mais les lampes étaient faibles et espacées et Buchanan put se glisser d'une zone obscure à une autre. Les semelles de ses chaussons étaient pourvues de bandes rugueuses qui lui assuraient une bonne prise sur le sol. Il emprunta une passerelle, traversa un couloir et monta des escaliers, pratiquement sans laisser de traces derrière lui.

Il suivait les instructions détaillées de Holly. Il était évident, comme elle le lui avait dit, qu'en l'absence du patron l'équipage se laissait aller. Il tendit l'oreille et, n'entendant personne, quitta l'escalier pour entrer dans une coursive qui ouvrait sur le deuxième pont. Des portes s'alignaient de chaque côté. Il se dirigeait vers un endroit précis, la dernière porte sur la droite, derrière laquelle se cachait la seule partie du navire que l'équipage n'avait pas montrée à Holly.

– Interdit, avait dit un homme à la journaliste.

– Pourquoi ?

– On ne sait pas. C'est toujours fermé à clef.

La pièce se trouvait entre la suite de Drummond et le salon de réception, une vaste salle luxueuse qui occupait un tiers du niveau et dont les fenêtres dominaient le solarium de la poupe.

– Vous devez tout de même avoir une idée de ce qu'il y a à l'intérieur, avait dit Holly à ses guides.

– Aucune. On nous a dit qu'on serait licenciés sur-le-champ si on essayait d'entrer.

La porte avait deux verrous de sûreté. Buchanan sortit deux courtes aiguilles métalliques d'une poche de sa combinaison. Il venait de finir de crocheter la première serrure quand il entendit des pas dans l'escalier qui débouchait à l'extrémité opposée de la coursive. Il s'efforça de contrôler le mouvement de ses mains pour ouvrir le second verrou.

Les pas descendaient, se rapprochaient.

Buchanan ne jetait pas un regard dans cette direction. Il se concentrait sur le mécanisme du verrou.

Les pas atteignaient le bas de l'escalier.

Buchanan tourna le bouton, se glissa dans une pièce sombre et referma la porte derrière lui. Retenant sa respiration, il appuya une oreille contre la cloison et écouta. N'entendant toujours aucun bruit après un trentaine de secondes, il chercha un commutateur électrique, le bascula et cligna des yeux sous la brusque illumination.

Ce qu'il découvrit était surprenant. Plusieurs rangées d'écrans de télévision et de magnétoscopes occupaient la pièce étroite, qui communiquait par une porte équipée d'un verrou avec les quartiers d'Alistair Drummond.

Buchanan baissa les commandes de son et alluma les appareils. Les écrans montrèrent diverses cabines et plusieurs vues des ponts. Sur l'un il vit deux matelots sur la passerelle. Sur un autre, deux hommes regardaient la télévision. Sur un troisième, une demi-douzaine de marins dormaient sur leurs couchettes. Sur un quatrième, un autre homme, sans doute le capitaine, sommeillait dans sa cabine particulière. Des chambres vides apparaissaient sur d'autres écrans. Toutes ces images étaient teintées de vert, comme celles des zones extérieures. Les caméras étaient équipées d'objectifs de vision nocturne, probablement automatiquement remplacés par des objectifs normaux durant la journée ou si on allumait la lumière.

Alistair Drummond s'amuse à espionner ses invités, se dit Buchanan. Le vieil homme se rend dans sa chambre, ferme la porte derrière lui, ouvre celle de la pièce adjacente et observe le comportement de l'équipage en son absence. Il regarde, surtout, ses invités se déshabiller, aller aux toilettes, faire l'amour ou se droguer. Et il peut tout enregistrer pour renouveler le plaisir.

Buchanan s'approcha d'un meuble métallique fermé à clef. Il crocheta la serrure, tira la porte et découvrit des rangées de cassettes vidéo étiquetées. 5 août 1988. 10 octobre 1989. 18 février 1990. Il les parcourut rapidement du regard. Une bonne centaine. Le hit-parade de Drummond.

La croisière sur laquelle Buchanan enquêtait avait eu lieu en février. Il trouva une cassette correspondant à la période, l'introduisit dans un magnétoscope, vérifia que le son était coupé et poussa le bouton « on ». La qualité des images était remarquable, même quand elles avaient été tournées de nuit. Le yacht accueillait de nombreux invités. Des vues prises dans de multiples endroits montraient les passagers dans les attitudes les plus intimes et les plus compromettantes. La fellation et la sodomie étaient les sujets préférés des enregistrements. Buchanan compta treize hommes et douze femmes. Les hommes étaient d'âge moyen et affichaient tous l'air autoritaire de gens habitués à exercer le pouvoir. Les femmes étaient jolies, élégantes et traitées comme des prostituées. Hommes et femmes étaient sud-américains.

Buchanan brancha un écouteur, le plaça dans son oreille et régla le volume. Les voix qu'il entendit parlaient toutes espagnol. Leurs propos indiquaient que les femmes étaient réellement des prostituées et les hommes des membres influents du gouvernement mexicain. Et il comprit soudain. Ces enregistrements n'avaient pas pour seul but de satisfaire le voyeurisme de Drummond.

Le mot « chantage » traversa l'esprit de Buchanan au moment où il vit Maria Tomez apparaître sur l'écran. Ou quelqu'un qui lui ressemblait. Il ne pouvait être certain que c'était elle tant que l'image ne se serait pas rapprochée. Cela pouvait être Juana se faisant passer pour la cantatrice. Les couleurs verdâtres étaient celles d'une scène nocturne. On voyait ce qui semblait être le solarium arrière. La vue était plongeante, comme si la caméra était cachée très haut dans une paroi, ou sous une passerelle. Un affichage digital indiquait une heure trente-sept. Le son n'était pas bon, mais Buchanan distinguait des bruits lointains de musique et un léger rire féminin.

Maria Tomez, vêtue d'une élégante robe du soir décolletée, s'appuya sur la rambarde de la poupe, le dos à la caméra, pour contempler le sillage du navire. Un homme lui adressa la parole en espagnol. Elle se retourna. Un grand et svelte Sud-Américain au visage mince et au nez busqué apparut. Il dit à nouveau quelque chose. Maria Tomez répondit. La qualité du son devint meilleure, Drummond ayant sans doute réglé à distance le micro directionnel caché sur le solarium. « Non, je n'ai pas froid », dit la chanteuse en espagnol.

L'homme la rejoignit. Le plan se rapprocha.

13

– Mon Dieu ! dit Holly, le cœur soulevé par la scène de la cassette vidéo.

Buchanan, bouleversé, avait fait une copie de l'original qu'il avait visionné et l'avait hermétiquement enfermée dans un sac plastique trouvé dans la pièce. Il avait, à cette exception près, tout laissé dans l'état où il l'avait trouvé, puis refermé la porte à clé derrière lui et était redescendu sans un bruit jusqu'au pont inférieur. Il était redescendu le long de la chaîne d'ancrage, avait récupéré son masque et ses palmes, puis était revenu à terre, en nageant cette fois sur le dos pour maintenir la cassette hors de l'eau.

Les images disparurent. Holly continua de fixer l'écran d'un air écœuré.

– J'espère que ce salaud finira en enfer !

Un magnétoscope loué par Buchanan venait de la faire assister au viol et au meurtre de Maria Tomez. À moins que ce ne fût un meurtre suivi d'un viol. C'est peut-être cela que le grand Sud-Américain avait recherché : l'absence totale de résistance d'un cadavre.

Après avoir demandé à Maria Tomez si elle avait froid, l'individu lui avait passé le bras autour des épaules en prétendant vouloir la réchauffer. La femme avait repoussé le geste. Il avait insisté. La chanteuse s'était débattue. « Non, non, avait dit l'homme d'une voix avinée, tu ne peux pas être froide avec moi. C'est interdit. » Il avait gloussé et l'avait prise dans ses bras et embrassée sur le visage et dans le cou. Il avait essayé d'embrasser sa poitrine pendant que, tournant la tête d'un côté et de l'autre, elle se débattait et essayait de le repousser. « Réchauffe-toi, avait-il dit en espagnol. Réchauffe-toi. Tu ne sens pas comme je brûle ? » Il avait ri à nouveau. Elle l'avait bousculé. Il s'était esclaffé et l'avait secouée. Elle l'avait giflé. Il l'avait frappée. Elle lui avait craché au visage. « *Puta !* » avait-il lâché en lui assenant un uppercut qui l'avait projetée en arrière. Au moment où elle s'était effondrée, il avait attrapé le haut de sa robe qui s'était déchirée en dévoilant sa poitrine. Le crâne de la femme avait heurté le plancher. D'un mouvement brusque, il avait continué à tirer sur le vêtement, mettant à nu le ventre, le sous-vêtement, les cuisses puis les genoux de sa victime. Il avait arraché son slip puis marqué une pause. Maria Tomez gisait sans un geste, nue, allongée sur le dos, les lambeaux de sa robe étalés à ses côtés comme deux ailes brisées. La paralysie de l'individu n'avait duré que deux secondes, puis il avait brusquement défait sa ceinture et baissé son pantalon avant de s'allonger sur la femme. Sa respiration était devenue rauque et rapide. Son arrière-train s'était animé d'un mouvement saccadé. Puis il avait poussé un grognement, s'était écroulé et avait une fois de plus gloussé. « Tu as chaud, maintenant ? » Elle n'avait pas répondu. Il l'avait secouée. Elle n'avait pas bougé. Il l'avait giflée. Elle n'avait pas réagi. Il s'était agenouillé, avait saisi le visage de Maria Tomez en lui serrant les joues et l'avait tourné d'un côté et de l'autre. Il s'était précipitamment relevé, avait remis son pantalon et regardé autour de lui. Puis il avait soulevé la femme pour la mettre debout.

Et, avec une expression à la fois craintive et écœurée, il avait jeté sa victime par-dessus bord.

Holly fixait toujours l'écran qui ne montrait plus que des parasites. Buchanan se leva pour éteindre le magnétoscope et la télévision. La journaliste bougea enfin. Elle baissa les yeux et secoua la tête. Buchanan s'affala dans un fauteuil.

– Est-ce qu'elle était morte, demanda rapidement Holly, quand il l'a jetée à la mer ?

– Je n'en sais rien, dit Buchanan d'un ton hésitant. Il lui a peut-être brisé la nuque en la frappant. Elle a pu se faire une fracture du crâne en tombant. Il l'a peut-être étouffée quand il était allongé sur elle. Mais elle était peut-être seulement en état de choc et toujours en vie quand il l'a jetée à l'eau. Ce salaud ne s'est même pas donné la peine de vérifier. Il se moquait de savoir si elle était encore vivante. La seule chose qui le préoccupait, c'était lui-même. Il l'a jetée après l'avoir utilisée. Comme un sac d'ordures.

La pièce était sombre. Ils demeurèrent un moment assis en silence.

– Et qu'est-ce qui s'est passé ensuite ? demanda Holly d'une voix affectée. À ton avis ?

– Le type qui l'a tuée pensait sans doute pouvoir raconter qu'elle était tombée du bateau. Il était suffisamment saoul pour ne pas disposer de toute sa capacité de jugement. Ou bien il s'est senti assez sûr de lui pour dire qu'il l'avait vue tomber, ou bien il a préféré retourner dans sa cabine, dessaouler, et prendre l'air aussi étonné que tout le monde quand on a constaté la disparition de Maria Tomez. À ce moment-là, il a pu suggérer qu'elle avait trop bu et qu'elle était tombée par-dessus la rambarde.

– Sauf qu'Alistair Drummond savait la vérité, dit Holly.

Buchanan approuva de la tête.

– Il avait tout vu sur l'écran de sa pièce secrète de surveillance vidéo. Et une cassette qui montre un viol et un meurtre est beaucoup mieux pour faire chanter un membre du gouvernement mexicain que des cassettes de fellation, de sodomie et d'utilisation de drogue. Drummond devait être aux anges. Je l'imagine aller trouver l'assassin, lui révéler ce qu'il a enregistré et lui proposer d'arranger une mise en scène en échange de certains avantages. Le début n'était pas difficile. Il suffisait à Drummond de dire à son pilote d'aller à terre avec l'hélicoptère, puis d'expliquer aux invités que Maria Tomez avait quitté la croisière plus tôt que prévu. Ils n'avaient aucune raison d'avoir des soupçons.

– Et après ? demanda Holly.

– Oui, qu'est-ce qui a pu se passer après ? Drummond a eu la bonne idée de penser à Juana. Maria Tomez lui avait peut-être dit qu'elle avait trouvé un excellent stratagème pour éviter les soirées ennuyeuses en se faisant remplacer par Juana. À moins qu'il ne l'ait appris d'une autre façon. La seule chose certaine est qu'il l'a appris. Il n'a pas eu besoin de raconter quoi que ce soit de compromettant. Il lui suffisait d'expliquer à Juana que Maria Tomez voulait s'isoler totalement pendant un certain temps et de lui proposer une somme d'argent irrésistible pour la remplacer.

– C'est à la fois simple et compliqué, dit Holly. Si je n'étais pas si dégoûtée, je dirais que c'est brillant.

– Mais qu'est-ce que veut Drummond du type qu'il fait chanter ? Certainement pas de l'argent. Il est si riche qu'il est difficile d'imaginer que l'argent puisse être un motif suffisant. Et ce que le plus riche des hommes politiques mexicains pourrait lui donner ne serait de toute façon pas grand-chose pour lui. Tu es journaliste. Tu n'as pas reconnu le type de la cassette ?

– Je ne suis pas spécialisée dans le Mexique, répondit Holly en secouant la tête. Je suis incapable de reconnaître les hommes politiques.

– Mais on peut trouver qui c'est, dit Buchanan en se levant.

– Comment ?

– On retourne à Miami, fit-il d'une voix dure. Puis on ira à Mexico.

14

– Ici Bouton d'or.

La femme utilisait son nom de code. Elle se cramponnait au combiné et parlait à voix basse avec un débit rapide. À l'autre bout de la ligne, un homme au ton ensommeillé ne cacha pas son irritation.

– Quelle heure est-il ? Nom de Dieu, il est cinq heures. Il y a une heure que je suis couché.

– Je suis désolée. Je n'ai pas pu téléphoner avant.

– Ils vous cherchent partout.

L'homme s'était présenté comme Alan, mais c'était probablement un pseudonyme.

– C'est ce que je craignais. Est-ce qu'on peut parler sans danger ?

– Votre appel est transféré depuis une autre ligne. Les deux lignes sont reliées par des brouilleurs. Pourquoi est-ce que vous m'appelez ? Je vous ai dit de ne le faire qu'en cas d'urgence.

– Je suis avec le lutin.

La femme employait le nom de code convenu.

– Oui. C'est ce que je pensais.

– Vous devez comprendre. Il dit la vérité. Ce qu'il fait en ce moment n'a aucun rapport avec...

Par diplomatie, elle ne mentionna pas le nom de Scotch et Soda.

– C'est ce que je me suis dit. Je crois qu'il veut vraiment se retirer. Mais ce sont ses chefs qu'il faut convaincre.

– Mais *comment* ?

– C'est un peu tard pour poser cette question, dit Alan. Après tout, vous avez contribué à créer le problème. Si vous étiez restée à l'écart de lui...

– Mais c'est lui qui est venu me voir, à Washington.

– C'est du pareil au même. Vous êtes ensemble. Vous êtes coupable par association. Ses chefs pensent que vous avez tous les deux renié votre promesse de ne rien publier sur leurs activités.

– Mais tout cela n'a rien à voir avec leurs activités. Comment est-ce que je veux le leur... ? Est-ce qu'il faut que je téléphone ? Donnez-moi un numéro et je...

– Non, dit sèchement Alan. Cela ne ferait qu'aggraver les choses. Ils repéreraient immédiatement l'endroit d'où vous appelez. Vous les amèneriez jusqu'à vous.

– *Alors, qu'est-ce qu'il faut que je fasse* ?

– Séparez-vous du lutin, dit Alan. Cachez-vous. Attendez jusqu'à ce que je vous dise que vous pouvez réapparaître sans danger.

– Mais cela peut prendre des mois.

– Exact.

– Merde, je n'aurais jamais dû vous écouter. J'aurais dû vous dire que je n'étais pas intéressée quand vous m'avez contactée.

– Mais c'était impossible, dit Alan. Le sujet était trop intéressant pour vous.

– Et maintenant il va peut-être me coûter la vie.

– Pas si vous faites attention. Pas si vous arrêtez d'accumuler les erreurs. Il y a encore un moyen de tout arranger.

– Espèce de salaud, dit-elle. Vous pensez encore au reportage.

– Je pense à contacter un autre journaliste qui pourrait raconter *votre* histoire. Cela attirerait l'attention sur vous et ils n'oseraient plus vous éliminer. Je peux vous mettre dans le coup. On peut encore obtenir tous les deux ce qu'on veut.

– Ce que *vous* voulez. Moi, tout ce que je veux c'est mener une vie normale. Quelle qu'elle soit. Et je ne suis même pas sûre de ce qu'elle pourrait être.

– Vous auriez dû penser à tout cela avant d'accepter mes informations, dit Alan. Mais je vous le répète, si vous êtes prudente et si vous faites ce que je vous dis, je crois que je peux vous faire participer à l'affaire sans danger. Pour l'instant, cachez-vous. Changez d'identité.

– Et le lutin ?

Alan ne répondit pas.

– Je vous ai demandé ce que devenait le lutin, insista Holly.

– Tout ne se passe pas toujours comme on veut.

– Qu'est-ce que vous voulez dire ?

– Je n'ai jamais voulu que cela tourne de cette façon. Sincèrement. J'ai espéré que... C'est un soldat. Il comprendrait cela mieux que vous. Il y a quelquefois des...

– Des quoi ?

– Des pertes.

Holly était dans une cabine, à proximité de la chambre du motel de Key West. Détournant les yeux du téléphone qu'elle fixait, elle aperçut une ombre projetée par les premières lueurs du jour près d'un buisson de fougères. Les oiseaux commençaient à gazouiller dans les palmiers.

– Je ne peux pas parler plus longtemps, dit Holly.

– Des ennuis ? demanda Alan.

– Disons que je n'ai pas gagné le gros lot au sweepstake.

Holly raccrocha.

Buchanan sortit des arbustes. L'air était humide, malgré la brise.

– Je croyais que tu rapportais la combinaison, dit Holly.

– C'est ce que j'ai fait. J'ai donné un pourboire à l'employé du motel pour qu'il la rapporte à ma place quand le magasin ouvrira, dit Buchanan en se rapprochant. À qui tu parlais ?

Elle détourna le regard.

– Au moins tu n'essaies pas de mentir. Et au moins tu as eu l'intelligence de ne pas appeler depuis la chambre où le numéro serait indiqué sur la note. Mais cela ne change rien. La région est si petite que les équipements de détection vont informer nos poursuivants que nous sommes à Key West.

– Non, dit Holly. C'est un numéro privé. Vos collègues ne le connaissent pas.

– C'est ce que tu penses. Dans mon métier, on n'est jamais sûr de rien tant qu'on ne l'a pas vérifié. Tous les téléphones sont suspects. Ce coup de fil devait être très important pour toi.

– C'est pour nous que je l'ai donné.

– Ah ?

– J'essayais de nous tirer au moins d'une partie du pétrin dans lequel nous sommes.

– Quelle partie ? En ce moment, on dirait que c'est pas le pétrin qui nous manque.

Holly se mordit les lèvres.

– Il ne vaudrait pas mieux parler de tout cela dans la chambre ?

– Pour te donner le temps de trouver une histoire plausible ? Non, je crois qu'on ferait mieux de continuer à parler.

Buchanan lui prit le bras.

– Tu essayais de nous tirer de quelle partie du pétrin ?

Il la guida le long de l'allée. Le ciel s'éclaircissait. Le vent s'intensifiait. Des oiseaux se montraient.

– D'accord, dit Holly. Depuis New York, j'ai envie de tout te raconter. Cela me soulage... Au début, la raison pour laquelle je savais que tu étais à Cancún, la raison pour laquelle je t'ai précédé au Club Internacional et que j'ai pu assister à ta discussion avec ces deux...

Elle faillit dire « trafiquants de drogue » mais elle jeta un regard circulaire et, optant pour la discrétion tant qu'ils n'auraient pas atteint leur chambre, ajouta :

– ... hommes d'affaires. La raison pour laquelle...

– C'est un coup monté par quelqu'un de mon unité, l'interrompit Buchanan au moment où il poussait la porte grinçante de leur chambre.

Holly se retourna, surprise.

– Tu le savais ?

– C'était la seule explication plausible. Quelqu'un de l'intérieur. Personne d'autre ne pouvait savoir où je me trouverais. Et c'est la même personne qui t'a parlé de Fruit jaune, de Brume de mer, de l'Action de soutien aux renseignements et de Scotch et Soda. Ces informations ne pouvaient venir que de mes chefs.

Buchanan tenait toujours le bras de la journaliste. Il la fit entrer dans la pièce, referma la porte à clé et la conduisit jusqu'au lit sur lequel il l'assit avec rudesse.

– Qui ? demanda-t-il.
Holly donna des signes d'impatience.
– *Qui* ?
– Qu'est-ce que tu vas faire ? Me frapper pour que je parle ?
– Non, répondit Buchanan en l'examinant. Couper les amarres.
Il rangea sa trousse de toilette dans son sac, vérifia qu'il n'oubliait rien et se dirigea vers la porte.
– Il y a des bus qui te ramèneront à Miami.
– Attends.
Il continua de marcher.
– Attends. Je ne connais pas son vrai nom. Je le connais seulement sous le nom d'Alan.
– Taille moyenne, dit Buchanan en s'arrêtant. Joufflu. Des cheveux courts, bruns. Un peu plus de quarante ans.
– Oui. C'est lui.
– Je le connais. C'était mon contrôleur, il y a quelque temps. Il travaille pour...
Holly interpréta l'hésitation de Buchanan comme un test. Elle décida de remplir le vide.
– L'Agence.
Apparemment rassuré par sa franchise, Buchanan revint vers le lit.
– Continue, dit-il.
– Il a été très clair sur ses intentions. Il n'est pas d'accord avec la participation de l'armée dans des opérations de renseignement civiles. Des soldats américains, armés, habillés en civil et utilisant des fausses identités pour mener des opérations de l'Agence dans des pays étrangers. Cela fait déjà assez de dégâts quand un civil est pris à espionner. Mais s'il s'agit d'un membre des Forces spéciales de l'armée ? En service commandé ? Qui se fait passer pour un civil ? Un membre d'une équipe chargé de renverser un gouvernement hostile ou de mener une guerre privée secrète contre les rois de la drogue ? Si l'opinion publique découvrait à quel point les relations entre la CIA et l'armée échappent à tout contrôle, le Congrès serait obligé de mener une enquête sur les stratégies de renseignement du pays. L'Agence est déjà suffisamment sur la sellette. Une controverse de plus, et on pourrait la remplacer par un service de renseignements aux compétences nettement plus limitées. C'est ce que craint Alan. C'est pour cela qu'il m'a contactée et qu'il m'a donné certaines informations en insistant sur le fait qu'il ne devait jamais être nommé et que je le citerais anonymement, comme une source gouvernementale bien informée. Il ne

m'a pas tout dit, pour que mon reportage n'apparaisse pas comme un coup monté. Il ne m'a donné que le minimum d'informations. Mon enquête pour les vérifier et les relier entre elles devait démontrer que j'avais découvert l'histoire moi-même... Pourquoi me regardes-tu comme ça ?

– Cela n'a pas de sens. Si Alan avait peur que l'Agence ne soit menacée par la découverte qu'on utilise illégalement du personnel militaire, pourquoi est-ce qu'il t'a raconté tout ça ? C'est exactement ce dont il a peur.

– Non, répondit Holly. Il a été très clair et j'étais d'accord. Tu étais le seul et unique élément de la démonstration.

– Merde ! dit Buchanan.

– L'idée était que je te présente comme un exemple de l'utilisation hasardeuse de militaires dans des opérations de renseignement civiles. Le gouvernement n'aurait rien appris de plus que ce que j'aurais dit dans mes articles. J'aurais juré ne rien savoir d'autre. L'enquête du Congrès n'aurait mené nulle part, mais le message aurait été clair. La CIA ferait mieux d'arrêter d'utiliser des militaires, sinon on lui imposerait des limites étroites, ainsi qu'aux unités d'Opérations spéciales. On pourrait même les dissoudre. Certains auraient vu leur carrière ruinée.

– Bien sûr, dit Buchanan, la voix tendue. Et tu serais devenue une journaliste célèbre. Et Alan aurait repris toute l'affaire en main.

– C'était le projet.

– De la politique, dit Buchanan d'un ton méprisant.

– Mais ce n'est plus du tout le projet.

– Qu'est-ce que tu veux dire ?

– C'est pour cela que j'ai appelé Alan, dit Holly. Pour annuler mes engagements envers lui. Je lui ai dit que je laissais tomber. Je lui ai dit que je voulais parler à tes chefs pour leur garantir que ce que nous sommes en train de faire n'a rien à voir avec eux, et que nous ne représentons aucun risque pour eux, ni toi ni moi.

– Et tu crois réellement qu'ils marcheraient ? Sans remords ? Qu'ils trouveraient la démarche sympathique ? On ne peut pas toujours gagner... Ce genre d'attitude... Merde !

– Alan m'a dit qu'il était désolé que tout cela ait dégénéré.

– Je veux bien le croire.

– On nous recherche toujours. Il m'a conseillé de prendre mes distances avec toi pendant qu'il cherche un moyen de me tirer de là.

– Une sacrément bonne idée, dit Buchanan en plissant les yeux. Prends tes distances.

– Non. Je ne vais pas te laisser partir.
– Et comment est-ce que tu crois que tu vas m'en empêcher ?
– En te suivant.
– Bonne chance ! Qu'est-ce que tu as ? Tu crois toujours que je pourrais faire un article pour la une ?
Pas de réponse.
– Tu crois peut-être que tu seras plus en sécurité en t'enfuyant avec moi qu'en le faisant toute seule ?
Toujours pas de réponse.
– Écoute, je n'ai pas le temps d'essayer de deviner ce que tu penses. Je dois quitter Key West avant que ton coup de téléphone n'amène un commando de tueurs.
– C'est pour toi.
– Quoi ? demanda Buchanan.
– C'est pour toi que je veux rester avec toi.
– Explique-toi.
– Je ne peux pas être plus claire. Je veux rester avec toi. Ce n'est pas seulement parce que je me sens en sécurité avec toi, même si c'est vrai que je me sens en sécurité. C'est que... Je ne m'attendais pas à ce que tu sois ce que tu es. Je ne m'attendais pas à être attirée par toi. Je me suis tellement habituée à toi que j'ai l'estomac qui se serre à l'idée que tu pourrais partir.
– Qui joue un personnage, maintenant ?
– C'est la vérité ! Je me suis habituée à ta présence. Et puisqu'on en est aux responsabilités, n'oublie pas que c'est toi qui es venu me voir la seconde fois. Je ne serais pas en danger aujourd'hui si tu n'avais pas décidé de m'utiliser. Bon sang, je t'ai sauvé la vie à Washington. Cela prouve tout de même quelque chose.
– Ouais. Et je suis si merveilleux que tu es tombée amoureuse de moi.
Elle ouvrit la bouche pour parler.
– Économise tes forces, l'interrompit Buchanan. Ton vœu est exaucé.
Holly écarquilla les yeux.
– Je ne peux pas te laisser derrière moi, dit Buchanan. Je viens de comprendre que j'ai fait une erreur. Je t'ai dit où je vais.
– Oui. À Mexico.
– Je ne peux pas changer mes plans, à cause de Juana. J'ai juré de l'aider si un jour elle avait besoin de moi. J'ai l'intention de tenir ma promesse. Ce qui signifie que je ne peux pas te laisser te balader jusqu'à ce que tu te fasses prendre et que tu leur dises où je suis et ce que je fais. Prépare ton sac. Je veux quitter cet endroit avant qu'ils arrivent.

Holly poussa un soupir.

– Merci.

– Ne me remercie pas. Ce n'est pas une faveur. On se séparera dès que j'estimerai que tu ne représentes plus de danger pour moi. Mais en attendant, écoute bien, Holly. Suis mon conseil. Ne m'oblige pas à te considérer comme une ennemie.

15

Péninsule du Yucatán

Un nuage de fumée était prisonnier de l'immense clairière. Les travaux continuaient. Les claquements de coups de fusil se mêlaient aux ronflements des bulldozers, des grues et autres engins. Les feux sur lesquels brûlaient des arbres fraîchement abattus crépitaient en fumant. On élargissait la surface déboisée pour repousser autant que possible le couvert d'où les indigènes, les descendants des anciens Mayas, s'acharnaient à attaquer les équipes d'ouvriers et le matériel. Les pierres des majestueux temples et des pyramides rasés gisaient au milieu de tours d'acier. Les gardes et les ouvriers ne prêtaient plus aucune attention aux tremblements de terre épisodiques. Ils s'y étaient habitués, comme à la fumée, aux serpents et aux coups de fusil. Seul le travail comptait. Terminer. Être payé. S'en aller.

Tout cela est la faute d'Alistair Drummond, se disait Jenna en mettant la dernière touche au relevé archéologique qui montrerait que les ruines n'étaient pas aussi imposantes que les spécialistes l'avaient cru d'après les photos prises par les satellites. Quelques structures mineures. Un grand nombre de pierres dispersées par les séismes. Les restes pitoyables d'une éblouissante culture. À une exception près. Le terrain de jeu de balle. Pour des raisons inconnues, peut-être parce qu'il estimait que la préservation du site rendrait son histoire plus plausible, Drummond avait tenu à ce qu'on épargne l'emplacement situé en dehors de la zone de travaux. Sur le terrain rectangulaire entouré de terrasses en pierres où s'installaient des spectateurs royaux, s'étaient affrontées des équipes d'hommes revêtus d'armures en cuir. Le jeu consistait à lancer un ballon de la taille et du poids d'un médecine-ball à travers des anneaux verticaux dressés de chaque côté du terrain. L'enjeu était la vie ou la mort. Drummond avait peut-être trouvé dans ce lieu l'expression de sa propre cruauté, de sa détermination à atteindre ses buts à tout prix.

Il était arrivé l'avant-veille, en compagnie de Raymond, à bord du grand hélicoptère bleu des Entreprises Drummond, impudemment, comme s'il n'avait rien à cacher, pour prendre en main les dernières étapes de l'opération.

– Vous avez fait un excellent travail, dit-il à Jenna. Vous aurez une prime.

Elle avait marmonné son assentiment. Tout ce que je demande, c'est de partir d'ici avant de devenir folle, criait-elle intérieurement. Le chef de chantier, son collègue, son ami, son futur amant peut-être, était mort une demi-heure avant l'arrivée de l'hélicoptère. Elle avait prié pour que l'appareil arrive à temps pour emporter Mac à l'hôpital. Mais en voyant le visage ratatiné et déterminé du vieil homme qui s'avançait vers elle à travers la fumée, elle avait compris qu'il n'aurait jamais accepté de gaspiller les ressources de l'engin pour évacuer un mourant. Elle l'imaginait disant : « Il sera mort avant d'arriver à l'hôpital. On n'a pas le temps. Installez-le le mieux possible. » En apprenant le décès du chef de chantier, il avait déclaré :

– Enterrez-le à un endroit où les indigènes ne pourront pas le déterrer... Non, je change d'avis. Brûlez-le. Brûlez-les tous.

« Tous » étaient les Indiens tués au cours de leurs tentatives pour empêcher la violation de leur terre sacrée. Jenna pensait qu'elle allait devenir folle quand elle avait découvert l'étendue du massacre. Elle savait qu'on exterminait des tribus indigènes en Amérique du Sud, au fin fond de la forêt amazonienne. Mais il ne lui était jamais venu à l'esprit que certaines régions du Mexique étaient aussi isolées et que les communications avec l'extérieur étaient si difficiles que le monde entier ignorerait ce qu'il s'y passait. Le temps que l'information puisse filtrer, il n'y aurait plus aucune preuve des atrocités. Et qui parlerait ? Les ouvriers ? En acceptant des payes si énormes et en approuvant les meurtres, ils se rendaient complices. Seul un insensé romprait le silence.

Debout dans le bureau en rondins, elle écoutait, transie, les derniers ordres de Drummond à propos des plans qu'elle avait tracés, tout en se rappelant Mac frémissant de fièvre sur un manteau, dans un coin de la pièce.

– Le principal, dit Drummond d'une voix flegmatique, est que l'importance de la véritable découverte réduise à peu de choses les découvertes archéologiques. Bien sûr, on prendra des photos. Mais c'est surtout vos plans qui compteront.

La porte s'ouvrit. Raymond entra, un fusil à la main, le visage noirci par la fumée et la chemise de son treillis couverte de sang.

– S'il y en a d'autres, je ne les ai pas trouvés.

– Mais on va peut-être voir arriver une autre sorte d'ennemi, dit Drummond. Je crois qu'il nous cherche.

Raymond se redressa sous la provocation.

– Qui ?

– Un mort.

Raymond plissa le front.

– Charles Duffy, dit Drummond. Vous vous rappelez ce...

– Oui, on l'a engagé pour surveiller la maison de la cible à San Antonio. Pour s'occuper d'elle si elle venait. Il a disparu de la maison il y a trois jours.

– On l'a retrouvé. Son corps s'est échoué sur le bord de la rivière San Antonio. Tué par balles. La police dit qu'il n'avait aucun papier d'identité, mais un des hommes que vous avez engagés a réussi à voir le corps à la morgue. Il est certain que c'est Duffy. Mais ce Mr. Duffy est remarquable. Alors qu'il est mort, il a utilisé sa carte de crédit pour prendre l'avion de San Antonio à Washington, payer une chambre au Ritz-Carlton, puis une autre le lendemain à l'hôtel Dorset à Manhattan, et ensuite prendre un vol pour Miami avec une autre personne et louer une voiture.

– Je ne comprends pas le passage par Washington, dit Raymond. Mais le Dorset n'est pas loin de l'appartement de la cible à Manhattan.

– Ni de l'ancien mari. Avant-hier, il a reçu la visite d'un homme et d'une femme. Ils ont fait irruption au moment de la remise de la somme convenue.

– Maltin ne sait rien, dit Raymond. Vous l'avez simplement payé pour cesser d'attirer l'attention sur la disparition de la cible.

– Rien ? demanda Drummond d'un air furieux. Maltin sait que c'est moi qui l'ai payé. Il l'a dit à ce type et à cette femme. On n'a pas encore identifié la femme, mais elle est rousse et prétend travailler pour le *Washington Post*. La description de l'homme correspond à celle de celui qui a attaqué l'équipe qui surveille la maison des parents de la cible.

– Buchanan ? demanda Raymond avec une grimace.

– Oui. Buchanan. Maintenant, réfléchissez. Quelle raison avait-il d'aller à Miami ?

– Le bateau. Il est au sud de Miami. À Key West.

– Exact, dit Drummond. Le capitaine a signalé que trois matelots ont amené une femme à bord hier après-midi. Une rousse.

– Elle devait aider Buchanan. Elle devait chercher un moyen de s'introduire dans le bateau.

Drummond approuva de la tête.

– Je dois partir de l'hypothèse qu'il connaît l'existence de l'enregistrement. Et qu'il va continuer à se rapprocher. Interceptez-le. Tuez-le.

– Mais où est-ce que je vais le trouver ?

– Ce n'est pas évident ? Quel est le prochain maillon de la chaîne ?

– Delgado.

– Oui. À Mexico. Mes contacts à l'aéroport international de Miami viennent tout juste de m'informer qu'un homme qui se fait passer pour Charles Duffy a acheté deux billets pour Mexico. L'hélicoptère t'y déposera dans l'après-midi.

Douze

1

Mexico

La plus grande ville du monde. Celle dont l'expansion était la plus rapide. Une inversion de température rendait l'air quasiment irrespirable en emprisonnant les fumées d'une multitude de cheminées d'usine dépourvues de filtre et de pots d'échappement de voitures vétustes et déréglées. À peine sorti de l'aéroport international Juárez en compagnie de Holly, Buchanan se mit à tousser, la gorge irritée. Le nuage toxique était si dense que sans son odeur et son goût amer on aurait pu le prendre pour du brouillard. Les yeux de Buchanan le piquaient. La climatisation du taxi dans lequel ils montèrent ne fonctionnait pas, mais ils préférèrent garder leurs vitres fermées et étouffer de chaleur plutôt que de respirer l'air pollué de la ville.

Il était neuf heures quinze. Ils réussirent à attraper le vol d'United Airlines qui quittait Miami à huit heures, sept heures à Mexico. Buchanan avait sommeillé un peu après avoir mangé. Ses horaires étaient erratiques depuis trop longtemps. Sa fatigue s'accumulait et son mal de tête ne cessait de le tourmenter.

L'amertume qu'il ressentait à l'égard de Holly l'accablait. Allant à l'encontre de toutes ses habitudes, il lui avait fait confiance. Bien sûr, elle l'avait aidé et lui avait même sauvé la vie, comme elle le lui avait rappelé. Mais c'était une journaliste. Il ne devait jamais l'oublier. La tension due à sa recherche de Juana l'avait déjà amené à trop parler de son passé. Sa colère montait à la pensée que cette femme qu'il avait laissée pénétrer son intimité avait été envoyée par Alan pour le détruire.

Holly, de son côté, demeurait silencieuse. Quoi qu'elle dise, il interpréterait mal ses propos. Il ne tolérait sa présence qu'à condition qu'elle se fasse oublier.

– Au Palais national, dit Buchanan au chauffeur, en espagnol.

Ils se rendaient au siège du gouvernement mexicain.

L'immense place sur laquelle le taxi les déposa était impressionnante. Des bâtiments gigantesques l'entouraient, dont deux cathédrales. L'architecture du Palais national lui-même était réputée pour ses piliers, ses voûtes et ses patios.

Holly et Buchanan pénétrèrent dans le hall de l'immeuble gouvernemental en fendant la foule. De grandes peintures murales de Diego Rivera, aux couleurs vives, décoraient la volée d'escaliers et les couloirs qui partaient du vestibule. Elles retraçaient l'histoire mouvementée du Mexique depuis l'époque des Aztèques et des Mayas. On y voyait l'invasion par les Espagnols, le mélange des types humains qui habitent le pays, les nombreuses révolutions et, enfin, un futur idéal peuplé de paysans heureux coexistant harmonieusement avec la nature. À voir la pollution ambiante, ce futur idéal n'était visiblement pas pour bientôt.

Buchanan ne perdit pas de temps à contempler les fresques. Il était plus tendu et résolu que jamais, comme si une prémonition funeste l'avertissait qu'il n'avait pas une seconde à perdre. Il s'adressa, au milieu du bruit, à un appariteur qui lui indiqua une porte, au fond du hall. La boutique de souvenirs. Buchanan ne prêta aucune attention aux livres et objets exposés sur les étagères, mais scruta les photos accrochées aux murs et qui représentaient les membres du gouvernement, seuls ou en groupes. Holly l'imitait, d'un regard en biais, tout en observant la rigidité des muscles des mâchoires de son compagnon et la force avec laquelle son pouls battait sur son cou et à ses tempes. Ses yeux noirs lançant des éclairs, il désigna du doigt une photo qui avait également retenu l'attention de la journaliste. Un grand et mince Sud-Américain au visage fin et au nez busqué, moustachu et vêtu d'un costume élégant, posait d'un air arrogant.

– Oui, dit Holly.

Buchanan se tourna vers une jeune vendeuse en montrant la photo.

– *Este hombre. Cómo se llama, por favor ?*

– *Quien ? Ah, sí. Esteban Delgado. El ministro de Asuntos interiores.*

– *Gracias*, répondit Buchanan.

Il acheta un livre et en profita pour poser quelques autres questions. Quand il quitta le magasin cinq minutes plus tard en compagnie de Holly, Buchanan avait appris que le violeur et assassin de Maria Tomez n'était « pas seulement le ministre de l'Intérieur. C'est le deuxième homme le plus puissant du Mexique. Sans doute le prochain président ».

– D'après la vendeuse, c'est de notoriété publique, dit Buchanan. Au Mexique, quand le président sortant choisit son successeur, l'élection n'est pratiquement plus qu'une formalité.

Holly fut surprise qu'il lui adresse la parole. Elle sauta sur l'occasion en espérant que sa mauvaise humeur s'était estompée.

– Sauf si quelqu'un a entre les mains une cassette vidéo si choquante qu'elle pourrait détruire sa carrière et même l'envoyer en prison.

– Ou au boureau, ajouta Buchanan en massant son front douloureux. Un homme comme Delgado donnerait n'importe quoi pour que la cassette ne soit pas divulguée. Mais la question est : quoi ? Qu'est-ce que veut Drummond ?

– Et qu'est-il arrivé à Juana Mendez ?

Le regard de Buchanan s'intensifia.

– Oui. Tout ramène finalement à Juana.

Le mot claqua. Son implication était claire : « Pas toi ».

– Ne te contente pas de me tolérer, dit Holly. Ne me garde pas seulement parce que tu as peur que je me retourne contre toi. Je ne suis pas ton ennemie. Je t'en prie. Utilise-moi. Laisse-moi t'aider.

2

– Je m'appelle Ted Riley, dit Buchanan en espagnol.

Il se tenait avec Holly dans un bureau lambrissé, au sol couvert de tapis, dont la porte affichait *Ministro de Asuntos Interiores* (ministre de l'Intérieur). Une secrétaire aux cheveux gris et portant des lunettes hocha la tête et attendit la suite.

– Je suis l'interprète de la *señorita* McCoy, dit-il avec un geste en direction de Holly. Comme sa carte de journaliste l'indique, elle travaille pour le *Washington Post.* Elle est venue spécialement au Mexique pour rencontrer des membres influents du gouvernement et les interviewer sur la façon dont, à leur avis, les États-Unis pourraient améliorer leurs relations avec votre pays. Est-ce que le *señor* Delgado pourrait lui consacrer quelques instants ? Nous lui en serions très reconnaissants.

L'employée écarta les mains avec un air compréhensif mais désolé.

– Le *señor* Delgado ne viendra pas au bureau avant la semaine prochaine.

Buchanan plissa les yeux de déception.

– Il pourra peut-être nous rencontrer si nous nous déplaçons. Le journal de la *señorita* McCoy attache une grande importance à son point de vue. Tout le monde sait qu'il a de fortes chances d'être le prochain président.

La secrétaire sembla flattée qu'on sache qu'elle travaillait pour un futur chef d'État.

– Et je suis certain que le *señor* Delgado ne pourra que se féliciter de commentaires sympathiques écrits à son sujet dans le journal que le président des États-Unis lit tous les matins. Ce serait une excellente occasion pour le ministre d'avancer des propositions qui prépareront le gouvernement américain à ses conceptions, quand il sera président.

La secrétaire examina Holly, réfléchit et hocha la tête.

– Je vous prie d'attendre un instant.

Elle entra dans une autre pièce dont elle referma la porte, laissant Holly et Buchanan se regarder perplexes. Ils entendirent de nombreux bruits de pas dans le couloir. Des voix parvenaient de différents bureaux.

La secrétaire revint.

– Le *señor* Delgado est à sa maison de Cuernavaca, à une heure de route d'ici, vers le sud. Je vais vous indiquer comment vous y rendre. Il vous invite à déjeuner.

3

– Est-ce que je peux te demander quelque chose ?

Holly attendit une réponse. Buchanan n'ouvrit pas la bouche. Il se contentait de conduire la voiture de location sur l'autoroute Insurgentes Sur, et de fixer la route devant lui.

– Bien sûr. Qu'est-ce que je croyais ? Tu ne me parles plus depuis... Laissons tomber. Évitons le sujet. Ce que je veux te demander, c'est comment tu fais ?

Buchanan ne répondait toujours pas.

– Dans le bureau de Delgado. La secrétaire aurait aussi bien pu nous dire de la laisser tranquille. Tu as réussi à la faire téléphoner à Delgado. J'essaie de comprendre comment. Ce n'est pas uniquement ce que tu lui as dit. C'est...

– Je pénètre dans l'esprit de la personne.

– Et la CIA t'a appris comment faire ?

– Voilà la journaliste qui réapparaît, dit Buchanan d'une voix dure.

– Est-ce que tu vas arrêter d'être sur la défensive ? Combien de fois faut-il que je te le répète ? Je suis de ton côté. Je ne cherche pas à te nuire. Je...

– Disons que j'ai subi une formation poussée, dit Buchanan en serrant le volant et en continuant de fixer la circulation. Être un agent secret ne consiste pas seulement à avoir de faux papiers et une bonne couverture. Pour incarner un personnage, je dois communiquer la conviction profonde que je suis celui que je prétends être. Ce qui signifie que je dois en être moi-même parfaitement convaincu. Quand je parlais avec la secrétaire, *j'étais* Ted Riley et quelque chose est passé de moi à elle, l'a frappée et l'a amenée à me faire confiance. Tu te rappelles quand on a parlé de l'obtention d'informations ? Il ne s'agit pas seulement de poser les bonnes questions. Il faut conquérir la personne par son attitude et l'attirer à soi en jouant sur les émotions.

– Cela ressemble à de l'hypnotisme.

– C'est comme cela que j'ai commis mon erreur avec toi, dit Buchanan d'un ton âpre.

Holly se redressa.

– J'ai arrêté de me concentrer pour te contrôler, ajouta Buchanan.

– Je ne comprends pas.

– J'ai arrêté de jouer un personnage. Pendant quelque temps j'ai connu avec toi une expérience inhabituelle. J'ai arrêté d'adopter des attitudes. Sans m'en rendre compte je suis devenu quelqu'un que j'avais complètement oublié. Moi-même. Je me comportais envers toi... comme moi-même.

Sa voix était encore plus amère.

– C'est peut-être la raison pour laquelle j'ai été attirée vers toi, dit Holly.

Buchanan eut un rire moqueur.

– J'ai incarné des quantités de gens mieux que moi. Je suis même le seul de mes personnages que je n'aime pas.

– Alors en ce moment tu essaies de t'éviter toi-même en étant... Comment tu as dit que tu t'étais appelé ? Peter Lang ?... Peter Lang qui cherche Juana ?

– Non, dit Buchanan. Depuis que je t'ai rencontrée, Peter Lang est devenu de moins en moins important. Juana est importante pour moi parce que... À Key West, je t'ai dit que je ne pouvais rien décider pour le futur tant que je n'aurais pas mis le passé en ordre.

Il se tourna enfin vers elle.

– Je ne suis pas complètement fou. Je sais que je ne peux pas revenir six ans et Dieu sait combien d'identités en arrière et repartir au point où nous nous sommes quittés. Ce serait comme... Pendant des années j'ai joué des personnages, je suis passé de l'un à l'autre et j'ai connu des gens auxquels je n'avais pas le droit de m'attacher. Beaucoup d'entre eux avaient besoin qu'on les aide et je ne pouvais pas revenir les aider. Beaucoup d'entre eux sont morts et je ne pouvais pas revenir les pleurer. Ma vie était faite de boîtes totalement indépendantes les unes des autres. Il faut que je rassemble tout cela. Je veux devenir...

Holly attendit.

– Un être humain, acheva Buchanan. C'est pour cela que tu me rends furieux. Tu as profité du fait que je baissais ma garde pour me trahir.

– Non, dit Holly en touchant sa main droite posée sur le volant. Plus maintenant. Je te jure devant Dieu que je ne suis pas une menace.

4

La tranquillité et l'air pur de Cuernavaca étaient un soulagement après le vacarme et la pollution de Mexico. La vallée resplendissait sous un ciel clair et un soleil brillant. Suivant les indications que la secrétaire lui avait fournies, Buchanan atteignit un quartier résidentiel et trouva la rue qu'il cherchait. Ils longèrent un haut mur de pierres dans lequel s'ouvrait un large portail métallique au-delà duquel ils aperçurent un jardin, des arbres et un hôtel particulier de style espagnol. Un toit de tuiles rouges luisait au soleil.

Buchanan passa sans s'arrêter.

– Ce n'est pas ici qu'on est censés aller ? demanda Holly.

– Si.

– Alors, pourquoi... ?

– J'ai encore deux ou trois choses à décider.

– Par exemple ?

– C'est peut-être le moment de nous séparer.

Holly sursauta.

– On ne sait pas ce qui peut arriver. Je ne veux pas te mêler à cela.

– J'y suis déjà mêlée.

– Tu ne crois pas que tu vas trop loin pour obtenir un reportage ?

– Je ne serai pas allée assez loin tant que je ne t'aurai pas prouvé que je suis honnête. Delgado attend une journaliste. Il ne te recevra pas sans moi. Dis donc, c'est toi qui as inventé cette couverture. Tu as prétendu être mon interprète. Sois logique avec toi-même.

– Être logique avec moi-même ? dit Buchanan en tapotant des doigts sur le volant. Ouais. Pour changer.

Il fit demi-tour.

Un planton armé se tenait derrière la grille du portail. Buchanan descendit de la voiture et lui montra la carte de presse de Holly en expliquant en espagnol que la señorita McCoy et lui étaient attendus. L'homme entra avec un air renfrogné dans une guérite en bois, à droite de l'entrée, et parla au téléphone, tandis qu'un second garde surveillait étroitement Buchanan. La première sentinelle revint avec une mine toujours aussi peu avenante. Buchanan se demanda si quelque chose avait mal tourné. Il sentit ses muscles se contracter. Mais l'homme ouvrit le portail en lui faisant signe de rejoindre sa voiture.

Buchanan conduisit en direction de l'hôtel particulier à trois étages, en suivant une allée incurvée et ombragée qui longeait des massifs de fleurs et des fontaines. Il observa dans son rétroviseur que le planton refermait le portail à clé. D'autres gardes armés patrouillaient à l'intérieur de la propriété, le long du mur d'enceinte.

– J'ai bien plus peur que quand je suis montée sur le yacht de Drummond, dit Holly. Tu n'as jamais...

– À chaque fois.

– Mais alors, pourquoi tu continues ?

– Je n'ai pas le choix.

– Cette fois-ci peut-être. Mais les autres fois...

– Pas le choix, répéta-t-il. À l'armée on obéit aux ordres.

– Pas aujourd'hui, tu n'es plus dans l'armée. D'ailleurs rien ne t'obligeait à entrer dans l'armée.

– Faux, dit Buchanan en pensant au besoin qu'il ressentait de se punir pour avoir tué son frère.

Il réprima rapidement cette pensée, troublé de constater qu'il s'était laissé distraire. Juana. Il fallait se concentrer. Ce n'est pas Tommy qu'il devait avoir à l'esprit, mais Juana.

– En fait, je crois que je n'ai jamais eu aussi peur, reprit Holly.

– C'est le trac. Essaie de te détendre. On ne fait que passer. Je dois seulement examiner le dispositif de sécurité de Delgado. Ton rôle ne devrait pas être difficile. Tu dois simplement l'interviewer. Tu ne risques rien. Delgado ne pourra pas dire la même chose quand j'aurai trouvé le moyen de l'approcher.

Il gara la voiture devant la maison, en dissimulant sa nervosité. En descendant du véhicule il découvrit d'autres gardes, sans parler des jardiniers qui semblaient davantage intéressés par les visiteurs que par le jardinage. On voyait des caméras de surveillance, des fils qui couraient le long des vitres et des boîtes métalliques de détecteurs de passage parmi les arbustes.

Ce sera peut-être ailleurs, se dit Buchanan.

Il se présenta, ainsi que Holly, à un maître d'hôtel qui venait à leur rencontre et qui les conduisit dans un vestibule frais, tout en marbre. Ils passèrent devant un large escalier tournant et empruntèrent un couloir qui menait au bureau du maître des lieux.

Buchanan reconnut sans l'ombre d'un doute Delgado qui se levait derrière sa table de travail. Son nez était encore plus busqué et son air encore plus arrogant que sur l'enregistrement vidéo et sur les photos. Mais il semblait également plus pâle et plus maigre et avait le visage émacié d'un malade.

– Bienvenue, dit le ministre.

Buchanan revit dans toute leur cruauté les images de la brute en train de violer et d'assassiner Maria Tomez. Dès qu'il aurait obtenu les renseignements dont il avait besoin, il le tuerait.

Delgado s'approcha d'eux en leur adressant la parole dans un excellent anglais, légèrement emprunté.

– C'est toujours un plaisir de rencontrer des envoyés de la presse américaine, surtout quand ils travaillent pour un périodique aussi distingué que le *Washington Post. Señorita...*? Pardonnez-moi. J'ai oublié le nom que mon assistante...

– Holly McCoy. Et voici mon interprète, Ted Riley.

Delgado leur serra la main.

– Enchanté.

Se détournant de Buchanan, il reporta toute son attention sur Holly, visiblement charmé par sa beauté.

– Nous n'aurons pas besoin d'un interprète, puisque je parle anglais.

– Je suis également photographe, dit Buchanan.

Le Sud-Américain eut un geste de rejet.

– Nous aurons le temps de faire des photos plus tard. Est-ce que je peux vous offrir quelque chose à boire avant le déjeuner, *señorita* McCoy ? Un verre de vin ?

– Je vous remercie, mais il est un peu tôt pour...

– Mais oui, dit Buchanan. Un verre de vin sera parfait.

Il n'avait pas eu le temps d'apprendre à Holly de ne jamais refuser de trinquer avec une cible. Décliner une boisson repoussait le besoin de sociabilité et risquait de faire naître le soupçon qu'on avait des raisons de ne pas vouloir briser la glace.

– Après tout, c'est une bonne idée, dit Holly. Puisque nous allons déjeuner.

– Blanc ou rouge ?

– Du blanc, s'il vous plaît.

– Du chardonnay ?

– Parfait.

– La même chose pour moi, dit Buchanan auquel Delgado continuait à ne prêter aucune attention.

– *Lo haga, Carlos,* dit le ministre au maître d'hôtel qui était demeuré près de la porte. Apporte-les.

– *Sí, señor Delgado.*

L'homme en veste blanche fit un pas en arrière et s'en fut dans le couloir.

– Prenez un siège, s'il vous plaît.

Delgado conduisit Holly vers un fauteuil en cuir.

Buchanan suivit. Il remarqua un homme dans le patio, derrière les portes vitrées du bureau. Un Américain blond d'une trentaine d'années, bien habillé et au visage avenant.

Voyant que Buchanan le regardait, l'individu fit un signe de tête en souriant avec une expression puérile.

– Je sais que les Américains sont toujours très occupés, disait Delgado. Ne vous gênez pas pour commencer à poser quelques questions avant le déjeuner.

L'Américain pénétra dans le bureau.

– Ah, Raymond, dit le ministre. Vous avez fini votre balade ? Venez par ici. Je vais vous présenter à mes invités. La *señorita* McCoy du *Washington Post.*

Raymond inclina la tête respectueusement et se dirigea vers la femme.

– Enchanté.

Et il lui serra la main.

La poignée de main provoqua une grimace chez la journaliste.

Raymond se retourna et marcha vers Buchanan.

– Comment allez-vous, monsieur... ?
– Riley. Ted Riley.
Il lui tendit la main.
Buchanan sentit une piqure dans la paume de sa main droite.
Une brûlure.
Sa main s'engourdit.
Il regarda Holly, inquiet. Elle fixait avec désarroi sa propre paume droite.
– Cela prend combien de temps ? demanda Delgado.
– C'est quasi instantané, dit Raymond.
Il ôta une bague de sa main droite et la rangea dans une petite boîte à bijoux. Il sourit à nouveau, avec des yeux bleus, vides et froids.
Holly s'agenouilla.
Le bras droit de Buchanan perdait toute sensation.
Holly s'effondra par terre.
La poitrine de Buchanan se crispa. Son cœur s'accéléra. Il s'affala sur le sol.
Il chercha désespérément à se remettre debout.
Impossible.
Impossible de faire quoi que ce soit.
Son corps entier était engourdi. Ses jambes refusaient de bouger. Il était paralysé des pieds à la tête.
Il vit le sourire narquois de Delgado au-dessus de lui.
L'Américain contemplait ses victimes d'un regard terrifiant.
– C'est un poison qui vient de la péninsule du Yucatán. C'est l'équivalent maya du curare. Les Indiens l'utilisaient, il y a des siècles, pour paralyser leurs victimes afin qu'elles ne se débattent pas quand on leur arrachait le cœur.
Buchanan entendait Holly haleter, mais était incapable de tourner la tête vers elle.
– N'essayez pas de vous débattre, dit Raymond. Vos poumons risquent de ne pas résister à l'effort.

5

Le vacarme de l'hélicoptère retentissait dans le ciel. Les *flap-flap-flap* du rotor faisaient vibrer toute la carlingue. Le corps toujours insensible, Buchanan ne ressentait rien. Le plancher de la cabine aurait aussi bien pu être en plumes, il ne percevait ni le dur ni le mou, ni le chaud ni le froid. Ses sens étaient totalement annihilés.

Son ouïe et sa vue étaient en revanche démultipliées, comme par compensation. Tous les sons étaient amplifiés, notamment la respiration bruyante de Holly. Il était aveuglé par la luminosité du ciel bleu turquoise, au-delà d'un hublot en face duquel il était allongé. Il aurait perdu la vue s'il n'avait pu fermer ses paupières qui, comme le cœur et les poumons, échappaient heureusement au narcotique.

Son cœur, stimulé jusqu'à la nausée, battait même furieusement, en partie, il est vrai, à cause de la peur. Mais il mourrait certainement d'étouffement s'il vomissait, à supposer que son estomac échappe à la paralysie. Il devait contrôler sa peur. Non par simple discipline, mais parce que plus son cœur battait vite, plus ses poumons recherchaient l'air. Et les muscles de sa cage thoracique refusaient de coopérer. La perspective d'un étouffement le terrorisait.

Maîtrise-toi, se dit-il. Maîtrise-toi.

Il s'efforça de s'occuper l'esprit avec un mantra calmant. Il chercha une pensée sur laquelle se fixer et qui lui fournirait un objectif. Juana, se dit-il. Juana. Juana. Survivre pour aider Juana. Survivre pour la retrouver. Survivre pour la sauver. Survivre pour...

Son cœur battait toujours la chamade. Ses poumons peinaient encore. Non. Le mantra était sans effet. Juana ? Un lointain souvenir, vieux de plusieurs années. Littéralement plusieurs vies en arrière. Il avait incarné tant de personnages depuis. C'était lui-même qu'il recherchait dans sa quête de Juana, aussi déterminé fût-il de retrouver la femme. Une nouvelle pensée lui envahit l'esprit. Une pensée totalement absorbante. Une pensée qui répondait à toutes ses questions.

Une pensée involontaire. Spontanée.

Holly.

Ses efforts pour respirer.

Aider Holly. Sauver Holly.

Il sut brusquement qu'il avait enfin un but. Pas pour Peter Lang ni pour aucune de ses identités passées. Un but pour Buchanan. Et cette découverte le poussa à se détourner du passé pour regarder l'avenir, quelque chose qu'il n'avait plus ressenti depuis qu'il avait tué son frère, bien des années plus tôt. Brendan Buchanan avait un but étranger à lui-même. Faire son possible pour que Holly s'en sorte vivante. Non parce qu'il voulait demeurer avec elle, mais parce qu'il voulait qu'elle vive. Prisonnier de lui-même, il s'était retrouvé.

Son rythme cardiaque ne ralentissait pas. Il sentit à un changement de pression dans ses oreilles que l'hélicoptère descendait. Il ne pouvait bouger la tête pour voir Delgado, mais il l'entendait parler avec Raymond.

– Je ne comprends pas pourquoi il fallait que je vienne avec vous.

– C'est un ordre que Mr. Drummond m'a envoyé par radio pendant que je me rendais à Cuernavaca. Il veut que vous voyiez vous-même les progrès accomplis sur le site.

– C'est risqué, dit le ministre. On pourrait faire un lien entre le projet et moi.

– J'ai l'impression que c'est l'idée de Mr. Drummond. Il est temps de payer votre dette.

– C'est un impitoyable salaud.

– Mr. Drummond considérerait l'adjectif « impitoyable » comme un compliment. Regardez en bas. On voit le site.

– Mon Dieu !

L'hélicoptère continuait à descendre. La douleur s'intensifiait dans les oreilles de Buchanan.

Une douleur ? Il se rendit soudain compte qu'il ressentait quelque chose. Il n'aurait jamais cru qu'un jour il serait content de souffrir. Il avait des fourmillements dans les pieds, des picotements dans les mains. Les agrafes de sa blessure au flanc le démangèrent. Celle de l'épaule, quasiment guérie, palpita. Il avait la tête comme gonflée et la douleur revint, infernale. Toutes ces sensations émergèrent progressivement, l'une après l'autre. Chacune raffermit son espoir. Il était probablement à nouveau capable de bouger, mais préféra ne pas s'y risquer. Il devait rester immobile pour s'assurer que ses jambes avaient retrouvé toutes leurs capacités et attendre le meilleur moment.

– L'effet du narcotique doit être en train de se dissiper, dit Raymond.

Une main énergique saisit le poignet gauche de Buchanan et l'enferma dans un bracelet de menottes. Puis on lui passa le bras dans le dos et on fixa l'autre bracelet autour de son poignet droit.

– Confortable ? dit Raymond du ton qu'on utilise envers un amant.

Buchanan ne répondit pas et continua à faire semblant d'être incapable de bouger. Des bruits métalliques lui indiquèrent qu'on attachait également les mains de sa compagne.

Le vrombissement de l'hélicoptère diminua. La tonalité du bruit des rotors changea. L'appareil toucha le sol. Le pilote coupa le moteur. Le mouvement des hélices ralentit. Le rugissement de la turbine mourut.

Buchanan s'attendait à être ébloui par le soleil quand on ouvrirait la porte. Il fut plongé dans l'ombre. Il avait remarqué que le ciel perdait de sa clarté à mesure que l'appareil descendait, mais il avait l'esprit si occupé qu'il n'y avait guère prêté attention. Le nuage envahit la cabine. L'odeur acide le fit tousser. De la fumée. Un feu brûlait à proximité.

Buchanan ne cessait de tousser.

– Le produit bloque temporairement les glandes salivaires, dit Raymond en tirant Buchanan en dehors de la carlingue pour le faire tomber sur le sol. C'est pour cela que tu as la gorge sèche. Ta gorge va d'ailleurs être irritée pendant un bon bout de temps.

Le ton de l'individu trahissait sa jubilation.

Holly toussait également. Elle gémit quand Raymond l'attrapa à son tour et la poussa près de Buchanan. Des volutes de fumées passaient au-dessus d'eux.

– Pourquoi est-ce que vous brûlez autant d'arbres ? dit Delgado d'une voix inquiète.

– Pour créer un périmètre de sécurité aussi large que possible. Pour éloigner les indigènes.

– Mais les flammes ne risquent pas de mettre le feu au...

– Mr. Drummond sait ce qu'il fait. Tout est calculé.

Raymond envoya un coup de pied à son prisonnier.

Buchanan suffoqua en exagérant sa douleur, content que l'individu ne l'ait pas frappé sur sa blessure.

– Lève-toi. Nos hommes ont autre chose à faire que de te porter. Je sais que tu peux marcher. Si tu ne te lèves pas, je te fais avancer à coups de pied jusqu'au bureau.

Pour appuyer son propos, il lui asséna un nouveau coup, plus violent que le premier.

Buchanan s'agenouilla péniblement, vacilla et parvint à se mettre debout. Son esprit tourbillonnait comme la fumée qui le faisait tousser à nouveau.

Holly se leva en chancelant et faillit s'affaler avant de trouver son équilibre. Elle regarda Buchanan, terrorisée. Il tenta de lui adresser un regard rassurant. Sans résultat.

Raymond les fit presque tomber en les bousculant en direction d'une baraque en rondins en partie masquée par la fumée.

Une débauche d'activité faisait rage autour de Buchanan. Des ouvriers traversaient le chantier à toute vitesse, des bulldozers et des camions circulaient en tous sens, des grues soulevaient des poutres et des tuyaux. Il pensa distinguer un coup de feu au milieu du vacarme des engins. Puis il vit des blocs dispersés devant lui.

Des blocs qui portaient des hiéroglyphes et qui, visiblement, provenaient de ruines. Il aperçut çà et là les traces d'anciens temples. Une trouée dans le nuage obscur dévoila une pyramide. Pas une pyramide antique. Pas un édifice en pierres.

C'était une large et haute construction en acier. Il n'en avait jamais vu de pareille. C'était un immense tripode aux pieds évasés et reliés par des renforts inhabituels. Buchanan sut intuitivement ce que c'était, en tout cas à quoi cela ressemblait. Un derrick. Était-ce là ce que Drummond voulait ? Mais pourquoi un derrick si curieux ?

Raymond ouvrit brusquement la porte de la baraque et poussa violemment les deux prisonniers à l'intérieur.

Buchanan faillit tomber dans le bureau mal éclairé. Il s'arrêta en chancelant et se redressa. Holly trébucha près de lui. Alistair Drummond leur faisait face.

6

Aucune des photos de la biographie et des articles qu'il avait lus ne rendait la façon dont Drummond dominait une pièce. Les yeux du vieil homme, profondément enfoncés dans leurs orbites, luisaient d'un regard pénétrant et déconcertant. Même l'âge que trahissait sa voix jouait à son avantage.

– Monsieur Buchanan, dit Drummond.

Buchanan fut stupéfait. Comment a-t-il découvert mon nom ? se demanda-t-il.

– Mademoiselle McCoy, dit le vieil homme en se tournant vers Holly, je suis certain que Raymond a tout fait pour votre confort pendant le vol. Je suis content que vous ayez pu me venir me voir, *señor* Delgado.

– Vu ce qu'on m'a dit, j'ai eu l'impression de ne pas avoir le choix.

– Mais vous avez toujours le choix, répondit Drummond. Vous pouvez aller en prison ou devenir le prochain président du Mexique. Qu'est-ce que vous préférez ?

La porte que Raymond avait fermée derrière lui fut rouverte et la cacophonie du chantier emplit la pièce. Une femme vêtue d'un jean poussiéreux et d'une chemise trempée de sueur entra, de grands rouleaux de papier à la main.

– Pas maintenant, nom de Dieu ! dit Drummond.

La femme eut l'air surprise. Des paquets de fumée noire défilaient derrière elle. Elle recula d'un air gêné et referma le battant.

Drummond se tourna à nouveau vers Delgado.

– Nous sommes très en avance sur mes prévisions. Nous devrions commencer à pomper demain matin. Je veux que vous procédiez à tous les arrangements nécessaires dès votre retour à Mexico. Dites à vos gens que tout est en place. Je ne veux aucun problème. Tous les paiements ont été effectués. J'attends une entière collaboration de chacun.

– Vous m'avez fait venir pour me dire ce que je savais déjà ?

– Je vous ai fait venir pour que vous voyiez ce pour quoi vous avez vendu votre âme, dit Drummond. Ce n'est pas bon de rester éloigné du prix de vos péchés. Autrement, vous risqueriez d'oublier le marché que vous avez conclu. Je veux que vous voyiez ce qui arrive à mes deux invités, pour vous rafraîchir la mémoire.

Il se tourna vers Buchanan et Holly avec une prestance surprenante pour son âge.

– Qu'est-ce que vous savez ?

– J'ai trouvé cela dans leur sac, dit Raymond.

Il posa une cassette vidéo sur une table.

– Ça, par exemple ! dit Drummond.

– Je l'ai regardée chez Delgado.

– Et ?

– La copie n'est pas très bonne, mais le numéro de Delgado est toujours aussi réussi, dit Raymond. Il me captive chaque fois.

– Alors vous en savez plus que vous ne devriez, dit Drummond à Buchanan et à Holly.

– Écoutez, ce ne sont pas nos affaires, dit Buchanan.

– Vous avez entièrement raison.

– Je ne m'intéresse pas au pétrole et je me moque de ce que vous faites pour punir Delgado, reprit Buchanan. Tout ce que j'essaie de faire est de trouver Juana Mendez.

Drummond leva ses épais sourcils blancs.

– Eh bien, vous n'êtes pas le seul.

Ils se regardèrent dans les yeux. Buchanan comprit soudain ce qui s'était probablement passé. Juana avait accepté de remplacer Maria Tomez à la demande de Drummond, mais après quelques mois elle s'était sentie piégée ou menacée, à moins qu'elle n'ait simplement été dégoûtée par le vieillard. Quelles que soient les raisons, elle a rompu le marché et s'est enfuie. Ne pouvant courir le risque de téléphoner aux chefs de Buchanan, elle lui avait envoyé l'énigmatique carte postale qu'il était seul en mesure d'interpréter. Les hommes de Drummond la cherchaient sans relâche en surveillant tous les endroits où elle était susceptible de se montrer. Ils devaient lui imposer le silence. Drummond perdrait son moyen de pression sur Delgado si la vérité sur le sort de Maria Tomez était révélée. Et sans Delgado, les moyens politiques de réaliser son projet lui échappaient. L'industrie pétrolière mexicaine avait été nationalisée dans les années trente et les étrangers n'avaient plus la possibilité d'investir ce secteur autant que Drummond le désirait visiblement. Le problème politique était encore compliqué par le fait qu'il s'agissait d'un site archéologique, même si Drummond semblait avoir réglé cyniquement la question en rasant les ruines. Une fois Delgado président du Mexique, Drummond utiliserait son pouvoir sur lui pour conclure un accord secret en lui garantissant des profits du genre de ceux auxquels les compagnies pétrolières étaient habituées avant la nationalisation. Mais Buchanan avait l'intuition de quelque chose, qu'il n'avait, pour l'instant, pas le temps d'analyser. L'industriel avait d'autres exigences.

– Vous savez où se trouve Juana Mendez ? demanda Drummond.

– À ma connaissance, elle doit travailler quelque part sur ce champ de pétrole.

Drummond eut un petit rire.

– Belle bravade ! Vous faites honneur aux Forces spéciales.

La référence surprit d'abord Buchanan. Puis il comprit.

– La voiture que j'ai louée à La Nouvelle-Orléans et conduite jusqu'à San Antonio...

Drummond approuva de la tête.

– Vous avez utilisé votre propre carte de crédit.

– Je n'avais pas le choix. C'était la seule que j'avais.

– Mais cela m'a donné un léger avantage, dit le vieil homme. Quand ils vous ont vu arriver chez les Mendez, mes hommes ont trouvé qui avait loué la voiture grâce à la plaque d'immatriculation et ils ont pris quelques renseignements sur Brendan Buchanan.

Brendan Buchanan, pensa-t-il. Après avoir survécu pendant tant d'années sous des noms d'emprunt, je vais probablement mourir à cause de ma véritable identité. Il était à bout. Ses blessures le faisaient souffrir. Son crâne le torturait plus que jamais. Il avait épuisé ses ressources.

Il regarda Holly, lut la terreur dans ses yeux et le mantra lui envahit à nouveau l'esprit. Survivre pour aider Holly. Sauver Holly.

– Vous êtes instructeur des manœuvres tactiques, ajouta Drummond.

Buchanan se concentra. Instructeur ? Alors Drummond n'avait pas percé sa couverture.

Le vieillard poursuivit :

– Vous avez connu Juana Mendez à Fort Bragg ?

Buchanan tentait désespérément de trouver le rôle à jouer, l'attitude qui lui permettrait de se défendre.

– Oui.

– Comment ? Elle appartenait au service de renseignements de l'armée de terre. Quel est le rapport avec... ?

Un rôle lui vint tout à coup à l'esprit. Le plus téméraire de sa vie. Lui-même.

– Écoutez, je ne suis pas instructeur et la fonction de Juana dans le service de renseignements n'était qu'une couverture.

Drummond eut l'air surpris.

– Je cherche Juana parce qu'elle m'a envoyé une carte postale pour me dire, dans un langage codé, qu'elle avait des ennuis. Le message devait être codé, parce que je ne suis pas censé exister. J'appartiens à la Division des opérations spéciales à laquelle Juana appartenait à une époque. C'est une unité si secrète qu'elle pourrait aussi bien être dirigée par des fantômes sans que cela ne change rien. Nous prenons soin de nos agents. Des anciens agents aussi bien que de ceux qui sont en activité. Quand j'ai reçu le SOS, mon unité m'a demandé de découvrir ce qui se passait. Je rends régulièrement compte de ce que je fais. Nous ignorons toujours où Juana Mendez se trouve, mais mes chefs savent que j'étais à Cuernavaca. Ils savent que j'étais sur la trace de Delgado, et qu'ensuite je serais sur la vôtre. Ils ne découvriront pas tout de suite que j'ai été amené ici. Pas sur-le-champ. Pas avant d'avoir interrogé Delgado. Mais ils l'interrogeront et ils remonteront jusqu'à vous. Et croyez-moi, ces hommes ne connaissent que le sacrifice et la loyauté. Ils vous détruiront s'ils ne me retrouvent pas. Holly McCoy et moi sommes vos meilleurs atouts.

Drummond plissa les yeux. Buchanan crut entendre un autre coup de feu au milieu du vacarme du chantier.

– Excellente argumentation, pour une histoire inventée à l'improviste, dit Drummond. Vous savez que je suis collectionneur ? C'est ce qui m'a amené ici. Les journalistes, dit-il avec un signe de tête en direction de Holly, se demandent toujours quelles sont mes motivations. Qu'en pensez-vous, mademoiselle McCoy ?

– Le pouvoir, parvint à formuler Holly malgré sa peur évidente.

– En partie vrai. Mais seulement si on simplifie. Ce qui me fait avancer, ce qui me donne mon énergie, c'est l'envie d'être unique. De posséder des objets uniques, d'être dans des situations uniques, de dominer des gens uniques. Je me suis intéressé au Yucatán à cause de ma collection. Il y a trois ans on m'a apporté quelque chose d'exceptionnel. Les Mayas avaient des sortes de livres. C'étaient de longues bandes d'écorce pliées sur elles-mêmes comme de petits accordéons. Quand ils ont envahi la région au seizième siècle, les Espagnols ont tout fait pour détruire la culture indigène et imposer la leur. Ils ont, entre autres, brûlé les bibliothèques mayas. On ne connaît l'existence que de trois manuscrits authentiques qui ont survécu. Un quatrième est peut-être un faux. Mais il y en a un cinquième. Authentique, celui-là. Et c'est moi qui l'ai. Il est absolument unique parce que, contrairement aux autres qui sont des listes, le mien fournit des informations précieuses. Bien sûr, je ne le savais pas à ce moment-là. Je l'ai acheté parce que je pouvais me le permettre et parce que je ne voulais pas que quelqu'un d'autre l'ait. J'ai embauché les plus grands spécialistes mondiaux des symboles mayas pour savoir ce que signifiaient les hiéroglypes du livre. On peut dire que ces spécialistes m'appartenaient. Et j'ai découvert que le texte décrivait un gigantesque champ de pétrole qui se trouvait dans cette région. Les Mayas l'appelaient le dieu des Ténèbres, le dieu de l'Eau noire, le dieu qui suinte du sol. J'ai d'abord cru que c'était des métaphores, mais j'ai ensuite compris que c'était des descriptions littérales. Le texte expliquait que le dieu était maîtrisé par des temples et une grande pyramide, mais le site qu'il décrivait ne correspondait à aucun site connu. Au début de l'année, on a découvert ces ruines grâce à des photos prises depuis la navette spatiale. Le fait d'avoir Delgado en mon pouvoir m'a permis d'obtenir le contrôle du site, d'y envoyer des hommes à moi, d'isoler la région et d'effectuer des recherches.

– Et au passage de détruire les ruines, dit Buchanan.

– Une nécessité incontournable, répondit Drummond en haussant les épaules. De toute façon, je les ai vues, ces ruines. Qu'est-ce que cela peut me faire que d'autres les voient ? Je ne voulais pas commencer à forer avant d'être certain qu'il y avait du pétrole. L'affleurement du pétrole se trouvait en fait exactement là où le texte l'indiquait. Sous la pyramide. La pyramide était posée dessus, le coiffait. Elle contenait le dieu. Mais le caractère unique de la découverte ne s'arrête pas là. Trouver du pétrole dans le Yucatán n'a aucun intérêt si vous n'êtes pas capable de le pomper. La région est si instable que les équipements conventionnels sont inutilisables. C'est pour cela que personne d'autre ne s'est donné le mal de chercher du pétrole par ici. Les tremblements de terre périodiques auraient détruit les derricks. Mais *mon* matériel est unique. Il est conçu pour résister aux tremblements de terre grâce à sa souplesse. Les géologues vont maintenant pouvoir prospecter grâce à lui dans des régions délaissées jusqu'à aujourd'hui parce qu'on était incapable d'exploiter les sites. En payant bien sûr des droits élevés. Mais cela m'étonnerait qu'on trouve un autre champ de pétrole aussi grand que celui-ci. Il est bien plus grand que tout ce que j'imaginais. C'est un véritable Koweït. Et c'est ce qui rend la situation vraiment unique. Une fois le site complètement prospecté, on n'utilisera pas son pétrole.

Le visage de Buchanan trahit probablement sa surprise. Drummond expliqua, le regard brillant :

– Oui. On ne l'utilisera pas. L'introduction d'une telle quantité sur le marché entraînerait un effondrement des prix. Ce serait un désastre économique pour les pays producteurs de pétrole. Quand Delgado sera président, il m'autorisera à négocier avec les autres pays producteurs pour qu'ils paient le Mexique afin qu'il *ne vende pas* son pétrole. Ils seront prêts à payer des sommes quasiment illimitées. La planète consommera moins de pétrole. De ce point de vue, on peut dire que je fais une œuvre humanitaire.

Drummond ricana.

– À moins que vous ne vouliez seulement collectionner la planète, dit Buchanan.

– Ce dont nous discutons est de savoir si votre argumentation est suffisamment convaincante pour me donner envie de *vous* collectionner, répondit Drummond. Vérifiez s'il ment à propos de son unité secrète des Opérations spéciales, ajouta-t-il à l'intention de Raymond.

7

Le soleil était bas. L'obscurité s'épaississait sous la fumée qui traversait la zone déboisée. Buchanan toussait. On le poussait en compagnie de Holly vers la seule partie du site préservée par Drummond.

– Le terrain de jeu de balle, dit le vieil homme.

Buchanan découvrit un terrain plat, dallé de pierres, de trente mètres sur huit. De chaque côté s'élevaient des murs de cinq mètres en haut desquels des terrasses permettaient à des spectateurs de suivre les parties. Drummond monta les escaliers qui conduisaient à l'une des plates-formes, suivi de Delgado et de Holly entourée de gardes. La femme semblait malade de peur. On lui avait ôté ses menottes. Elle massait nerveusement ses poignets.

Buchanan, qu'on avait également détaché, avait le même geste pour faire circuler le sang dans ses mains engourdies. Il examina avec anxiété les murs sur lesquels étaient gravés des hiéroglyphes et des dessins.

– L'acoustique de ce terrain de jeu est surprenante, dit Drummond depuis la terrasse en regardant son prisonnier. Je parle normalement, mais on dirait que j'utilise un micro.

Buchanan entendait le vieillard avec une netteté remarquable, malgré le vacarme du chantier, les crépitements des flammes et les coups de feu qui claquaient de temps à autre. L'écho de la voix métallique lui parvenait, amplifié, de tous côtés.

– On appelait ce jeu *pok-a-tok*, dit Drummond. Vous pouvez voir les Mayas en train d'y jouer sur les bas-reliefs en dessous de moi. Ils utilisaient une balle en caoutchouc de latex qui avait à peu près la taille et le poids d'un médecine-ball. Le jeu consistait à faire passer la balle à travers le cercle de pierre vertical qui fait saillie au milieu de ce côté du terrain. Le second cercle, de l'autre côté, était sans doute le but de l'équipe adverse. Le *pok-a-tok* n'était pas un simple divertissement pour les Mayas. Il avait une signification politique et religieuse capitale. Selon leur mythologie, deux dieux avaient créé leurs ancêtres après avoir gagné à ce jeu contre d'autres dieux. On a des preuves que les simples citoyens n'étaient pas autorisés à assister au jeu. C'était réservé aux nobles, aux prêtres et aux rois. On sait également que c'était un prélude à des sacrifices humains et les joueurs étaient en général des guerriers d'autres tribus faits prisonniers.

– L'enjeu était la vie ou la mort, dit la voix de Raymond dans le dos de Buchanan, qui pivota sur lui-même.

8

Buchanan fut stupéfié. Il se demanda un instant s'il n'était pas victime d'une hallucination, si la fatigue ajoutée à ses commotions n'affectait pas sa lucidité.

Mais Raymond émergea des traînées de fumée rendues cramoisies par le coucher de soleil. Buchanan dut se convaincre qu'aussi grotesque fût-il le personnage qui lui faisait face était bien réel.

L'homme de main était en partie nu. Il portait pour seule tenue d'épaisses bandes de cuir fixées autour de la ceinture, devant le sexe, aux épaules, aux coudes et aux genoux. À voir les muscles révélés par le harnachement, Raymond devait pratiquer des heures de musculation chaque jour.

Buchanan était en excellente condition avant sa mission au Mexique. Mais, depuis, ses déplacements et ses diverses blessures l'avait affaibli et il n'avait pas eu l'occasion de s'entraîner physiquement. Il était loin d'être au mieux de sa forme.

La panoplie de Raymond était excentrique. Son casque était franchement surréaliste. De longues plumes vivement colorées y étaient accrochées et pointaient vers l'arrière. Un guerrier maya semblait jaillir non seulement de la fumée, mais aussi du passé. Il laissa tomber sur le sol une grosse balle dont le bruit renvoyé par les murs disait le poids et la dureté. Il jeta aux pieds de Buchanan une tenue identique à la sienne.

– Déshabille-toi et enfile ça.

– Tu parles !

Raymond ramassa la balle et la lança sur Buchanan qui, toujours sous l'effet du narcotique, ne put esquiver à temps. La douleur de l'impact du projectile sur son bras gauche le surprit.

– Déshabille-toi et mets l'armure ou le jeu sera fini pour toi en moins de trente secondes, dit Raymond.

Buchanan obéit lentement en gagnant du temps pour réfléchir. Holly avait l'air encore plus terrifiée. Il cherchait désespérément une façon de s'échapper, mais aucun plan ne faisait l'affaire face au garde qui se tenait à côté de la journaliste, un fusil automatique en main. Ce dernier aurait largement le temps de tirer s'il tentait d'escalader le mur.

Buchanan ôta ses vêtements et fixa les épaisses protections en cuir. Il avait la chair de poule, malgré la sueur qui le trempait.

– J'ai fait ces tenues moi-même en m'inspirant des dessins des murs, dit Raymond.

Il désigna la façade de pierre, sur la gauche de Buchanan, juste en dessous de l'anneau vertical qui saillait au sommet.

– J'aime particulièrement cette gravure-là.

Buchanan plissa les yeux dans cette direction. La représentation d'un guerrier avec une coiffe de plumes ressemblait étrangement à Raymond.

– Quand j'ai pénétré pour la première fois sur ce terrain de jeu, dit Raymond, j'ai eu l'impression d'être chez moi. J'ai eu l'impression d'être déjà venu ici, d'y avoir déjà joué. Il y avait longtemps, très longtemps.

Buchanan examinait la gravure. Le guerrier brandissait par les cheveux une tête humaine dont le cou dégoulinait de sang.

– C'est ce que je voulais dire quand je parlais de vie et de mort, dit Raymond. Comme tu le vois, la sanction du perdant était la peine de mort. Et le gagnant ? Non seulement il restait en vie, mais c'était lui le bourreau.

– Qu'est-ce que vous voulez dire ? demanda Buchanan. Vous voulez dire que si je gagne je suis libre ?

Seul le bruit des travaux lui répondit.

– C'est ce que je me disais, reprit Buchanan. Dans tous les cas je perds.

– C'était peut-être comme cela pour les Mayas, intervint Drummond d'une voix flegmatique.

– Et qu'est-ce que cela est censé vouloir dire ?

– Quelques spécialistes de la culture maya avancent l'hypothèse que ce n'était pas les perdants qu'on exécutait, mais les vainqueurs.

– C'est absurde, dit Buchanan. Personne au monde n'aurait voulu jouer.

– C'est aussi ce que pense Raymond, dit le vieil homme. Mais l'hypothèse est que la victoire était un tel honneur qu'il vous hissait au niveau des dieux. L'étape logique suivante était de vous sacrifier pour que vous puissiez prendre place aux côtés des dieux.

– J'ai l'impression que les seuls vrais vainqueurs étaient ceux qui se contentaient de regarder.

– Oui, dit Drummond. Comme je vous l'ai dit, je recherche ce qui est unique. Je vais avoir le privilège d'être témoin d'une rareté. Pour la première fois depuis cinq cents ans, on va jouer au *pok-a-tok*. Pour moi.

– Et comment cela est-il censé vérifier si j'ai dit la vérité quand je vous ai dit que les hommes des Opérations spéciales viendraient me chercher ici ? Je dois avouer pour ne pas avoir la tête coupée ?

– Oh, je crois qu'au cours du jeu vous aurez suffisamment de raisons douloureuses de dire la vérité, dit Drummond. Mais ce n'est pas vous qui m'intéressez. C'est Mlle McCoy. Je parie que ce qu'elle va voir la convaincra de parler. En échange de l'arrêt de ce qui vous arrivera.

– Vous n'y gagnerez rien, dit Buchanan. Elle ne sait rien sur mon unité.

– Peut-être. On le saura bientôt. Raymond, si vous êtes prêt...

9

La balle frappa si fort Buchanan dans le dos qu'il tomba en avant, son menton heurtant une dalle. Il se dit que sans l'armure en cuir le projectile lui aurait sans doute cassé des côtes. Oubliant la douleur, il se remit difficilement debout, le souffle coupé, et courut vers la balle. Il l'atteignit en même temps que Raymond.

Buchanan frappa de biais le côté de la tête de Raymond avec son coude recouvert de cuir. Avant que son adversaire eût le temps de récupérer, il saisit la balle dont le poids le surprit et la lança de toutes ses forces. Le projectile heurta Raymond à la cuisse, rebondit sur l'armure et tomba sur le sol avec un bruit mat. L'homme poussa un grognement et tituba.

– Non, non, non, dit Drummond depuis la plate-forme. Cela ne va pas du tout. Le but du jeu est de lancer la balle à travers l'anneau en pierre, pas sur votre adversaire.

– Pourquoi vous ne l'avez pas dit à Raymond quand il me l'a lancée en premier ? Qu'est-ce qu'il foutait ?

– J'attirais ton attention, dit Raymond.

– Combien de points il faut pour gagner ?

– Eh bien... c'est un problème.

– C'est ce que je me disais.

– Non, vous ne comprenez pas, dit Drummond. Personne ne sait combien il faut de points pour gagner. Cette information s'est perdue au cours des siècles. On va devoir improviser.

– Dix, dit Raymond avec un sourire.

– Dix quoi ? demanda Buchanan, furieux. Vous voulez dire que je dois avoir dix points d'avance pour gagner ? Qu'est-ce que vous racontez, bon sang ?

– Le premier qui a dix points.

– Et ensuite ?

– Cela dépendra des réponses que Mlle McCoy et vous m'aurez données, dit Drummond.

Buchanan plongea soudain vers la balle, l'attrapa et se fendit en direction de l'anneau. Au moment où il ajustait son tir, Raymond lui asséna un coup d'épaule sur le bras et l'envoya contre le mur.

Buchanan émit une plainte, pivota et percuta Raymond à la poitrine avec la balle, sans lâcher sa prise. L'homme tituba en arrière. Buchanan continua à tourner puis, s'arc-boutant sous la cible, lança la balle. Le cœur battant, il vit l'objet décrire un arc et traverser l'anneau.

Raymond le frappa dans le dos avec les mains et il s'étala en avant, cognant à nouveau le sol du menton.

Mon Dieu, pensa Buchanan. Pas la tête. Il ne faut pas qu'il m'arrive quelque chose à la tête. Une autre commotion serait...

Il se remit péniblement debout, essuya le sang qui coulait sur son menton et jeta un regard à son adversaire.

– Non, non, non, répéta Drummond. Vous ne respectez pas les règles.

– Dites-le à Raymond ! cria Buchanan. Moi, j'ai envoyé la balle dans l'anneau.

– Mais vous ne l'avez pas fait dans les règles !

– Qu'est-ce que vous racontez ?

– Vous n'avez pas le droit d'utiliser les mains !

– Pas le droit... ?

– On ne sait pas grand-chose sur ce jeu, dit le vieil homme avec un geste autoritaire. Mais on sait au moins cela. Les joueurs n'avaient pas le droit d'utiliser les mains, excepté sans doute pour ramasser la balle. Ils l'envoyaient avec les avant-bras, les épaules, les hanches, les genoux et la tête.

L'idée de taper la balle avec la tête fit frissonner Buchanan. Il n'y survivrait pas.

– Vous avez un point de pénalité pour ne pas avoir suivi les règles. Vous devez faire onze points, alors que Raymond n'en a toujours besoin que de dix. À moins qu'il viole lui aussi une règle.

– Bien sûr. Mais j'ai comme l'impression qu'il déterminera les règles au fur et à mesure, alors que je vais continuer à violer des règles qui n'ont pas encore été inventées.

– Contente-toi de jouer, dit Raymond.

Et il se précipita vers la balle avant que Buchanan ait le temps de réagir, la saisit avec ses mains, l'envoya en l'air, la rattrapa avec ses avant-bras et la lança au beau milieu de l'anneau.

La balle retomba avec un bruit sourd aux pieds de Buchanan.

– On dirait tu t'es entraîné, Raymond.

– Beau joueur, commenta Drummond. J'aime les gens qui savent perdre un point de bonne grâce.

– Mais je parierais que vous aimez encore plus les gagnants, dit Buchanan.

– Alors faites en sorte que je vous aime davantage. Gagnez.

Buchanan saisit la balle mais ses pieds furent balayés par ceux de Raymond.

Il tomba en arrière et heurta violemment le sol empierré en bénissant l'armure qui lui protégeait les épaules. Le choc provoqua tout de même un spasme dans sa blessure de Cancún. Le poids de la balle lui coupa le souffle.

Raymond lui arracha l'objet des mains, le lança à nouveau, le rattrapa avec ses avant-bras et marqua un deuxième point.

– Il n'y a pas de doute. Tu t'es entraîné.

Buchanan se releva. Il sentit son corps se durcir.

– Ce n'est pas du tout amusant, dit Drummond. Il va falloir que vous fassiez davantage d'efforts.

Buchanan ramassa la balle, à la surprise de son adversaire, la coinça entre ses avant-bras, fit semblant de se diriger vers l'anneau mais en réalité surveilla Raymond dans l'attente d'une attaque. Celui-ci bondit pour le bousculer. Buchanan pivota en maintenant la balle contre sa poitrine et évita le coup. Il frappa Raymond du coude au moment où il passait près de lui. L'homme vacilla et se plia en deux en se tenant le côté gauche. Buchanan courut vers l'anneau et lui tourna le dos en surveillant son adversaire. Risquant un coup d'œil vers le haut il ajusta son mouvement et lança la balle. Il poussa un soupir de satisfaction en voyant celle-ci passer à travers la cible.

– Excellente coordination, dit Drummond. On dirait que vous avez joué au basket. Mais ce jeu ressemble aussi au volley et au football. Vous savez aussi y jouer ?

Buchanan fut distrait un instant par les commentaires du vieillard. Raymond en profita pour plonger et lui asséner un violent coup de tête dans l'estomac. Buchanan tomba en arrière, le souffle coupé. Il se tordait de douleur en cherchant à respirer pendant que Raymond ramassait la balle et marquait un nouveau point.

– Comment s'appelle votre unité des Opérations spéciales ? demanda Drummond. Cette unité mythique qui est censée venir vous sauver ou me châtier si je vous touche...

Buchanan se remit debout en chancelant, essuya le sang qui coulait sur son menton et regarda Raymond en plissant les yeux.

– Je vous ai posé une question, reprit Drummond. Comment s'appelle votre unité ?

Buchanan fit semblant de plonger vers la balle. Raymond fit un mouvement pour l'intercepter, mais le premier fit un écart et, approchant son adversaire du côté opposé, lui envoya une fois de plus son coude dans le rein gauche.

Raymond gémit et lâcha sa prise sur la balle que Buchanan lui arracha, coinça entre ses avant-bras et s'apprêta à lancer. Raymond l'empoigna violemment par-derrière, au niveau de l'abdomen. La douleur l'aveugla.

Buchanan s'affala, la balle en dessous de lui et le poids de son adversaire sur son dos. Quand il toucha le sol, la balle fut comme un coin qui faisait éclater son corps en deux parties. Incapable de respirer, il eut pendant un instant l'impression terrifiante d'étouffer.

Raymond se releva. Buchanan roula sur le côté, conscient que sous l'armure en cuir les agrafes de sa blessure au côté avaient été arrachées.

Raymond prit la balle avec ses avant-bras et marqua sans difficulté un nouveau point.

Le choc sourd de la balle sur le sol résonna entre les murs. Le bruit du chantier continuait de gronder. Les feux crépitaient. Un coup de fusil parvint de la forêt. Un nuage de fumée rougeoyante traversa le terrain de jeu.

Drummond toussa.

Le vieillard fut pris d'une quinte qu'il était incapable d'arrêter. Il cracha et parvint enfin à articuler :

– Faites un effort. Comment s'appelle votre unité des Opérations spéciales ?

Buchanan se redressa, inquiet, fatigué et le corps douloureux. La seule chance que Holly et lui avaient de s'en sortir vivants était de convaincre le vieillard qu'il ne pouvait se permettre de les tuer.

– Et pourquoi pas mon grade et mon numéro matricule ? répondit Buchanan. Mais je me retrouverai en enfer avant de vous donner des renseignements secrets.

– Vous ne connaissez pas l'enfer. *Quel est le nom de votre unité des Opérations spéciales ?*

Buchanan se précipita vers la balle. Persévérer. Malgré l'effort épuisant du moindre mouvement. Malgré le liquide poisseux qui se répandait sur son flanc, sous l'armure en cuir. Ignorer la douleur.

Raymond courut pour l'intercepter, courbé en deux pour attraper la balle.

Buchanan accéléra. Il fut sur Raymond plus tôt que celui-ci ne s'y attendait et lui envoya son tibia droit dans la partie non protégée entre les épaules et l'abdomen.

L'homme de main décolla du sol sous le choc. Il pivota en l'air, s'étala sur le flanc et roula sur le dos. Mais il continua de rouler, se remit debout et asséna à l'aide d'un de ses avant-bras un coup si violent au visage de Buchanan que les dents de ce dernier s'entrechoquèrent.

Buchanan fut rejeté en arrière, la vision brouillée.

Raymond le frappa à nouveau, le repoussant encore. Du sang jaillit. Étourdi et aveuglé, Buchanan se protégea la figure en se tournant de côté, prêt à recevoir un troisième coup.

– Comment s'appelle votre unité ? demanda Drummond.

Raymond tapa une fois de plus et écrasa les lèvres de Buchanan.

Acculé contre un mur, Buchanan ne pouvait plus se dérober. Il vit à travers un brouillard Raymond reculer le bras pour lui asséner un nouveau coup.

– Le nom de votre unité ? cria le vieillard.

– Fruit jaune ! lâcha Holly.

– Fruit... commença Drummond d'une voix perplexe.

– Vous voulez le nom de l'unité ! Le voilà ! dit la femme d'une voix tremblante de peur. Arrêtez. Mon Dieu, regardez tout ce sang. Vous ne voyez pas comme il est blessé ?

– C'est le but du jeu, lança Raymond avant de frapper.

Buchanan s'écroula à genoux.

Continue, Holly. Il essayait de voir clair. Nom de Dieu, continue. Ferre-les.

Fruit jaune ! Elle avait parlé d'une unité démantelée et pas de Scotch et Soda. Elle suivait ses leçons. Si tu es acculée, dis la vérité, mais seulement une partie de la vérité qui te sera utile. Ne révèle jamais qui tu es réellement.

– Et qu'est-ce que c'est, Fruit jaune ? demanda Drummond.

– Cette une unité secrète de l'armée de terre qui couvre et renseigne les unités des Opérations spéciales, répondit Holly d'une voix toujours tremblante.

– Et comment vous le savez ? Buchanan m'a affirmé que vous ne saviez rien.

– À cause d'un reportage sur lequel j'ai travaillé. J'ai suivi des pistes pendant des années. Buchanan est l'une d'entre elles. Je ne serais pas ici si je n'avais pas essayé de me rapprocher de lui en espérant qu'il en dirait plus qu'il ne le voulait.

– Et est-ce qu'il a dit quelque chose ?

– Pas assez pour répondre à vos questions. Bon sang, je n'ai rien à voir avec tout cela. Je veux en finir. Nom de Dieu, dis-lui ce qu'il veut, Buchanan ! Il nous laissera peut-être partir.

– Oui, dit le vieil homme. Suivez son conseil et dites-moi ce que je veux savoir.

Buchanan était à genoux, tête baissée. Il essuya le sang qui coulait de sa bouche et secoua la tête. Il frappa tout à coup Raymond au plexus solaire. L'homme se plia en deux. Il lui asséna un uppercut qui le fit loucher et tituber en arrière avant de s'affaler. Le casque emplumé de Raymond roula sur le sol.

Buchanan se serait battu plus facilement s'il avait pu utiliser les techniques de corps à corps des Forces spéciales. Mais le but n'était pas de vaincre en combat singulier, mais de gagner la partie. Autrement, Drummond pourrait devenir fou furieux et donner l'ordre de les tuer, Holly et lui. Et Buchanan doutait que le karaté soit prévu dans les règles du *pok-a-tok*.

Il avait cependant suffisamment touché Raymond pour que ce dernier demeure étalé sur le sol. Il prit la balle entre ses avant-bras en vacillant, visa l'anneau vertical en essayant d'éclaircir sa vision et lança l'objet. Son estomac se crispa. Le projectile heurta le bord du cercle et retomba vers lui.

Merde, pensa-t-il. Il essuya la sueur qui coulait devant ses yeux, se retourna pour vérifier que Raymond était toujours affalé puis leva les yeux vers Holly.

– Espèce de salope ! cria-t-il. Tu t'es payé ma tête ! Je n'étais qu'un sujet d'article !

– Tu as sacrément raison ! hurla-t-elle à son intention. Tu t'es imaginé que tu étais si extraordinaire que j'étais tombée amoureuse folle de toi ? Atterris et regarde-toi dans une glace ! Je n'ai pas l'intention de me faire tuer à cause de toi ! Merde, dis-lui ce qu'il veut savoir !

Buchanan se retourna vers l'anneau et relança la balle qui, cette fois, passa à travers la cible.

– Lui dire ce qu'il veut ? fit-il en la regardant durement. Je vais lui dire quelque chose, espèce de salope ! Juste ce qu'il faut pour me sauver la vie. C'est toi qui es un danger pour lui, pas moi. C'est toi la saloperie de journaliste ! Moi, je suis soldat ! On peut me faire confiance pour garder le silence !

Il lança à nouveau la balle, qui traversa le cercle.

– Et je vais gagner ce putain de jeu.

– Juste ce qu'il faut pour te sauver la vie ? cria Holly, encore plus pâle. Hé, on est là-dedans ensemble !

– Faux.

Buchanan lança la balle.

Et jura quand il la vit frapper le bord de l'anneau.

– Et tu te trompes aussi ! s'exclama Raymond à sa surprise.

Il se retourna.

L'homme s'était remis debout. Du sang coulait de sa bouche, le long de son armure.

– Tu ne vas pas gagner.

Raymond se précipita vers la balle.

Buchanan se jeta à sa poursuite.

Et glissa.

Il était demeuré au même endroit trop longtemps. Le sang de sa blessure rouverte avait coulé le long de sa jambe et formé une mare visqueuse à ses pieds.

Il évita la chute, mais l'effort qu'il dut faire pour garder l'équilibre donna à Raymond le temps d'envoyer la balle dans l'anneau.

Raymond plongea vers la balle sans perdre une seconde, mais au moment où il allait la ramasser Buchanan glissa son bras droit dessous et l'écarta. De son autre bras, il la projeta contre l'épaule gauche de Raymond qui gémit sous l'impact et vacilla. La balle rebondit. Buchanan la rattrapa avec les deux avant-bras, la lança et fut transporté de la voir toucher l'anneau.

Puis sa poitrine se serra. La balle rebondit sur le bord et retomba en arrière. Merde ! Buchanan courut et sauta. Pas assez vite. Il leva les bras trop tard et dut la frapper en l'air avec l'épaule gauche. La balle remonta vers le cercle de pierre.

Et rebondit encore. Mais cette fois, Buchanan était prêt. Au moment où il retombait de son saut, il leva les avant-bras, attrapa la balle, la lança et marqua un point.

– Bravo ! cria Drummond. C'est comme cela qu'on joue ! Avec les épaules ! Des coups en biais ! Des rebonds !

– Regarde-moi gagner, espèce de salope ! cria Buchanan à Holly. C'est toi la perdante ! C'est toi qui vas mourir ! Tu vas regretter de m'avoir connu et de m'avoir entraîné là-dedans !

Deux mains assénèrent un coup violent dans le dos de Buchanan qui fut projeté en avant sur le mur, souffle coupé. Hébété, il leva ses avant-bras entourés de cuir pour amortir le choc contre les pierres. Il pivota et fut écrasé à nouveau contre le mur, cette fois par l'épaule droite que Raymond lui enfonça dans la poitrine. Son dos heurta la construction. Une douleur aiguë lui fit craindre d'avoir des côtes cassées.

– Tu te disputeras avec elle plus tard, dit Raymond. *Comment tu contactes ton unité ?*

– C'est cela, dit Drummond avant d'être pris d'une quinte de toux.

La fumée enveloppa le vieillard. Le vacarme du chantier continuait, mais les coups de feu étaient plus fréquents et plus proches.

– Pas avant d'avoir conclu un marché ! dit Buchanan en grimaçant de douleur.

Une nouvelle flaque de sang s'élargissait à ses pieds. Il rassembla son énergie pour lutter contre le vertige qui le prenait. Il devait les tirer de là, Holly et lui. Joue ton rôle, Holly. Joue ton rôle.

– Quel genre de marché ? demanda Drummond.

– Je vous dis ce que vous voulez savoir et vous me laissez partir, dit Buchanan. Si vous ne me tuez pas, j'arrête mon unité. Mais cette salope peut avoir ce qu'elle mérite.

– Vous auriez confiance dans un marché que je vous proposerais ? demanda le vieillard.

– Hé, votre problème n'est pas résolu ! S'il m'arrive quoi que ce soit, mon unité vous le fera payer !

Buchanan se tenait la poitrine, la douleur entravant sa respiration.

– Et Juana Mendez ? Vous voulez me faire croire que vous allez arrêter de la chercher ? À moins qu'elle aussi, elle ne compte plus pour vous...

– Non, dit Buchanan qui suait abondamment. C'est à cause d'elle que je suis ici. Je vais continuer à la chercher et lui expliquerai que tout cela n'est pas ses affaires. Je veux seulement qu'on la laisse tranquille. Comme moi.

– Vous tenez beaucoup à elle.

– J'aurais dû me marier avec elle, il y a des années.

– Ne me fais pas cela, Buchanan, dit Holly. Ne me trahis pas.

– La ferme ! Quand on m'a utilisé de la façon dont tu l'as fait, on mérite d'être trahie !

– Très bien, dit Drummond. Faites ce que vous voulez avec la femme. Comment vous contactez votre unité ?

Buchanan lui indiqua une fréquence radio.

– Si vous appelez par téléphone, le numéro est ...

Et il donna un numéro.

– C'est un mensonge, dit Holly.

Parfait, pensa Buchanan. Continue, Holly. Donne-moi la réplique. Joue ton rôle. Fais-nous gagner du temps.

– Un mensonge ? demanda Drummond.

– Je ne connais pas la fréquence radio, mais ce n'est pas le numéro de téléphone que je l'ai vu composer plusieurs fois pour faire son rapport. Le vrai numéro est...

Et elle énuméra d'autres chiffres.

– Ah bon. On dirait que vous n'avez pas été parfaitement honnête, dit Drummond à Buchanan.

– C'est elle qui ment, répondit ce dernier. Je dois les appeler à minuit. Laissez-moi utiliser votre radio et...

– C'est du baratin, dit Raymond.

Il ramassa la balle et la fit passer dans l'anneau.

Il recommença.

Et une troisième fois.

– Vous gagnez du temps, dit l'homme de main. Vous faites semblant de vous disputer pour qu'on ne sache plus quoi penser et qu'on vous garde en vie plus longtemps.

Raymond lança la balle et marqua un nouveau point.

– Cela fait neuf, dit-il en fixant Buchanan. Je ne vous crois ni l'un ni l'autre. Un point de plus et tu es mort.

Buchanan bondit en avant au moment où Raymond s'apprêtait à lancer la balle pour la dernière fois. Il sentit un tremblement. Le terrain de jeu sembla ondoyer. Ses jambes fléchirent.

Il continua cependant à charger. La balle toucha le bord de l'anneau. Buchanan la rattrapa à la volée, la coinça entre ses avant-bras couverts de cuir et la lança à travers le cercle.

Il vacilla quand il retomba sur le sol. Il s'aperçut soudain que les engins de construction s'étaient tus. Le crépitement des flammes et les claquements des coups de fusil en paraissaient plus forts. Des hommes criaient.

Il tituba.

– Plus qu'un, dit Raymond en ramassant la balle. Plus qu'un.

Il regarda Buchanan.

– Et le perdant paie l'amende.

Il lança la balle.

Buchanan ne jeta pas un regard à l'anneau. Il s'efforçait de rester debout et se préparait à se défendre.

Il entendit du brouhaha au-dessus de lui. Une bagarre. Un cri. Un bruit de chute.

– Buchanan ! cria Holly. Derrière toi !

Courant le risque de se laisser distraire, il regarda rapidement derrière lui et vit que le garde était tombé de la terrasse.

Non ! comprit-il. Il n'était pas tombé. On l'avait poussé. Holly.

L'homme était étourdi par sa chute de cinq mètres. Il était allongé et se tenait la jambe, comme si elle était cassée. Son fusil automatique lui avait échappé des mains.

Buchanan se tourna pour récupérer l'arme, mais le lourd impact de la balle dans son dos le fit tomber sur le côté.

Ma tête ! Elle m'a presque touché à la tête ! Elle me tuera si elle me touche à la tête !

Les coups de feu redoublaient. Les cris se multipliaient. Mais la seule chose que Buchanan voyait et entendait était Raymond qui se dirigeait vers lui.

– Tu as perdu, dit l'homme de main, les yeux brillants d'excitation.

Son sourire enfantin était dur et cruel. Le sourire d'un fou.

– Je vais te tuer avec ça, dit-il en ramassant la balle. Cela va prendre longtemps. À la fin, je te ferai éclater la tête, comme une coquille d'œuf.

Buchanan avait des vertiges. Il tituba malgré lui en arrière et dérapa sur son sang. Il souffrait d'un mal de tête effroyable. Son cerveau lui donnait l'impression d'être gonflé. Il fit une feinte vers la droite puis, plongeant vers la gauche, attrapa le fusil du garde.

Raymond le dominait en oscillant, la balle levée à bout de bras au-dessus de la tête, prêt à l'envoyer de toutes ses forces.

Buchanan ajusta l'Uzi et appuya sur la détente.

Rien ne se produisit.

Le fusil s'était enrayé.

Buchanan eut l'impression que de l'eau bouillante lui envahissait les intestins.

Raymond tendit ses muscles avec un éclat de rire, s'apprêtant à propulser la balle sur la figure de sa victime.

10

Et il se pétrifia, le corps sinistrement immobile. Ses yeux bleus, plus vides que jamais, prirent un aspect vitreux. Son rictus grotesque se figea.

La balle lui échappa des mains et tomba derrière lui.

Mais il gardait les bras levés.

Il bascula en avant. Buchanan rampa pour l'éviter.

Le visage de Raymond s'écrasa sur le sol. Une grappe de flèches était enfoncée dans son dos.

Buchanan regarda devant lui, dans la direction d'où les flèches étaient sans doute venues, mais ne vit qu'un nuage de fumée. Un bruit sur sa droite le fit se retourner. Le garde, qui s'était remis du choc de la chute, sortait un pistolet. Buchanan tira le levier d'armement de son Uzi, éjecta la cartouche coincée, en engagea une autre et appuya sur la détente. La courte rafale projeta l'homme en arrière, au milieu d'éclaboussures de sang.

– Holly ! cria Buchanan.

La terrasse semblait vide.

– Holly ! Où es-tu ?

– Ici !

Il ne pouvait la voir.

– À plat ventre !

– Ça va ?

– Je suis terrorisée !

– Tu peux descendre ? Où sont Drummond et... ?

– Partis ! dit-elle en levant la tête. Quand ils ont vu... Mon Dieu...

Elle pointa le doigt vers l'extrémité du terrain de jeu, derrière lui.

Il pivota sur lui-même, s'accroupissant et pointant son arme. Il plissa les yeux en direction de la fumée, redoutant une nouvelle volée de flèches.

Il vit un mouvement.

Il crispa son doigt sur la détente.

Des silhouettes, puis des hommes apparurent.

Un frisson le parcourut. Il avait déjà eu l'impression de voir un fantôme surgir du passé quand Raymond était arrivé avec son armure de cuir et son casque emplumé.

La même sensation lui donna la chair de poule. Mais cette fois les personnages qui émergeaient de la fumée étaient réellement des Mayas, petits, minces, avec des cheveux noirs et raides, des têtes rondes, des visages larges, une peau brun foncé et des yeux en amande. Ils portaient comme Raymond des armures de cuir et des casques ornés de plumes. Buchanan eut, pendant un bref instant, l'illusion d'avoir été transporté mille ans en arrière.

Les Mayas portaient des lances, des machettes, des arcs et des flèches. Une douzaine d'hommes. Le chef s'approcha de Buchanan en braquant sur lui un regard sombre. Ce dernier baissa lentement son Uzi et le dirigea vers le sol, parallèlement à sa jambe.

Les Indiens s'arrêtèrent devant lui. Le chef le jaugea. On n'entendait plus que le crépitement des flammes. Les fusils s'étaient tus. Buchanan comprit pourquoi. Les Mayas de ce groupe n'étaient pas les seuls à s'être finalement soulevés, révoltés par la violation des temples de leurs ancêtres.

Le chef leva sa machette d'un regard féroce.

Ignorant si ce n'était qu'un test, Buchanan fit appel à toute sa maîtrise pour ne pas lever son arme et faire feu.

Le chef se pencha vers le corps de Raymond et lui trancha la tête d'un coup de machette.

Puis il la brandit par les cheveux, avec un air de mépris.

Du sang coula de la nuque coupée. L'image du bas-relief que Raymond lui avait montré sur le mur du terrain de jeu s'imposa à Buchanan.

L'Indien se retourna et lança la tête vers l'anneau de pierre. Elle heurta le bord, roula par-dessus, traversa le cercle et retomba sur le sol avec le bruit d'un potiron trop mûr, au milieu d'éclaboussures sanglantes.

Tu te trompais, Raymond, se dit Buchanan. Ce n'était pas le perdant qu'on sacrifiait, mais le vainqueur.

Le chef regarda Buchanan d'un air renfrogné et leva à nouveau sa machette. Buchanan fit un effort pour ne pas se défendre. Il ne broncha pas. Il ne cilla pas. Le chef fit un signe de tête et un mouvement vers l'avant avec son arme. Il passa avec ses compagnons devant Buchanan comme s'il n'existait pas, comme si c'était lui le fantôme.

Il demeura un instant immobile à les regarder s'évanouir dans la fumée. Ses jambes flageolaient. Regardant vers le sol, il fut terrifié par la quantité de sang qui baignait ses pieds. Son sang. Le sang qui s'écoulait de sa blessure rouverte.

– Holly !

– Je suis là, à côté de toi.

Il se retourna. Avec son visage tendu par la peur, elle semblait sortir de nulle part.

– Allonge-toi, dit-elle.

– Non. C'est pas possible. Aide-moi. Ce ne sera pas fini tant que nous n'aurons pas trouvé Drummond et Delgado.

Des hommes hurlaient.

Buchanan, dont la tête tournait, passa un bras autour des épaules de Holly, en tenant son Uzi de l'autre. Ils pénétrèrent dans la fumée. Ils ne virent d'abord plus rien, puis émergèrent dans un autre monde. Avec le terrain de jeu ils avaient laissé des siècles derrière eux. Face à eux se dressait l'obscène derrick en acier, là où s'étaient élevés une pyramide de pierres, un temple et un sanctuaire chargés de contrôler l'énergie de l'univers.

Le silence troublant n'était brisé que par le crépitement des flammes. Les corps d'ouvriers gisaient un peu partout.

– Mon Dieu, murmura Holly.

Buchanan entendit soudain une plainte métallique, puis le grondement d'un moteur et des *flap-flap-flap* de plus en plus sonores.

L'hélicoptère. Drummond et Delgado l'avaient atteint. Il plissa les yeux. Là-bas. L'appareil bleu s'élevait.

Mais quelque chose n'allait pas. L'engin oscillait, incapable de gagner de l'altitude, un groupe d'hommes désespérés accrochés à ses patins. On ouvrit une porte et quelqu'un tenta de faire lâcher les mains en les frappant du pied.

L'hélicoptère zigzagua, tentant de s'élever.

Et s'écrasa dans les arbres en feu. Quelques secondes plus tard une explosion retentit. Des débris humains et des morceaux de l'appareil furent projetés dans toutes les directions. L'écho de la déflagration se répercuta à travers l'étendue déboisée.

Buchanan et Holly eurent un mouvement de recul, horrifiés. Un énorme morceau métallique provenant de l'hélicoptère avait cassé une poutre de soutien du derrick. La tour d'acier pencha, s'affaissa et s'effondra dans un bruit de métal froissé. Le matériel de construction fut enterré par les poutrelles tordues. Seuls se dressaient, éternels, les restes des anciens monuments dévastés par Drummond.

– Au secours, râla un homme.

Buchanan regarda autour d'eux et se dirigea en boitant vers l'endroit où on avait crié.

– Par ici. S'il vous plaît, aidez-moi.

Buchanan avait reconnu la voix avant de découvrir l'homme. Delgado. L'assassin de Maria Tomez était allongé sur le dos, une pointe de lance lui perçant la poitrine, le visage blafard.

– Aidez-moi, dit-il avec un geste vers la pique. Je ne peux pas bouger. Retirez-la.

– La retirer ? Vous êtes sûr ?

– Oui.

– Si c'est ce que vous voulez, dit Buchanan.

Il saisit la lance et tira, sachant quelles seraient les conséquences.

Delgado hurla. Puis son cri se transforma en gargouillement. Le sang de l'hémorragie provoquée par le retrait de l'arme lui envahit la bouche.

– Pour ce que vous avez fait à Maria Tomez, vous méritez pire.

Holly s'accrochait à Buchanan, autant qu'il se tenait à elle. Le soleil se couchait. La clairière rougeoyante et obscurcie par la fumée semblait totalement déserte.

– Mon Dieu, dit la femme. Ils sont tous morts ? Tous ?

– Les Mayas. Je ne les vois pas, dit Buchanan. Où est-ce qu'ils sont ?

Le bruit d'une planche qui tombait les fit se tourner vers leur droite.

Un autre survivant.

Alistair Drummond sortit en titubant de derrière un pan fumant de ce qui avait été le bureau du chantier.

Il montrait enfin son âge. Et même davantage. Voûté, ratatiné, les joues creuses, les yeux caves, c'était le plus vieil homme que Buchanan ait jamais vu.

Le vieillard sursauta en voyant son ennemi apparaître et tenta de s'enfuir en clopinant.

La faiblesse ralentissait autant Buchanan. Drummond tomba à plusieurs reprises. Il en fit autant. Mais Buchanan ne le lâchait pas. Il le poursuivait au milieu de poutrelles tordues et de blocs couverts de hiéroglyphes.

Drummond s'arrêta soudain en chancelant, bloqué dans sa fuite par un obstacle. Se retournant, il tenta de se redresser avec fierté mais flancha quand Buchanan s'approcha de lui.

– Je croyais que vous étiez mort dans l'hélicoptère, dit Buchanan.

– Ils ne m'ont pas laissé monter.

Les cheveux blancs du vieillard avaient flambé et son crâne presque chauve portait des traces de brûlures.

– Vous vous rendez compte ? dit Drummond d'une voix brisée. Ils voulaient tous tellement s'échapper qu'ils ne m'ont pas laissé monter.

– Dites-moi quelque chose, dit Buchanan. Comment avez-vous pu croire que vous pourriez faire tout cela sans problème ?

– Croire ? Je savais que j'y arriverais. Qu'est-ce qu'on peut faire pour me punir, à mon âge et avec ma puissance ? N'oubliez pas à quel point je suis riche.

– Ce que vous êtes, c'est une ordure !

Buchanan tendit le bras droit et le poussa avec son index. Ce geste suffit à déséquilibrer le vieillard, qui battit l'air de ses bras décharnés, vacilla et tomba en criant.

Il s'était arrêté dans sa fuite au bord du puits large et profond au-dessus duquel les Mayas avaient édifié leur pyramide de pierres destinée à cacher et maintenir le dieu des Ténèbres, le dieu de l'Eau noire, le dieu qui suinte du sol. La pyramide d'acier élevée par Drummond s'était effondrée dans le trou, au fond duquel on distinguait le pétrole à l'odeur nauséabonde, et dans lequel il tombait maintenant.

Drummond toucha la surface du liquide noirâtre.

Et fut englouti.

– Il avait tellement envie de ce pétrole, commenta Buchanan. Il l'a eu.

La tête lui tourna. Il s'effondra.

11

Le visage flou de Holly flottait au-dessus de lui.

Le chef maya qui l'avait toisé sur le terrain de jeu se tenait à côté d'elle, les plumes bariolées de sa coiffe illuminées par le soleil couchant. D'autres guerriers apparurent, des lances et des machettes sanglantes à la main. Holly semblait inconsciente du danger.

Buchanan essaya de lever la main pour lui faire signe. Il ne put bouger. Il tenta d'ouvrir la bouche pour l'avertir. Ses mâchoires étaient paralysées. Les mots ne venaient pas. Il avait l'impression que la terre dansait sous lui.

Le chef indien se pencha. Sa large figure se déforma à mesure qu'il se rapprochait.

Dans son délire, Buchanan sentit qu'on le soulevait et qu'on l'installait sur une civière. Il flottait. Des images défilèrent devant ses yeux fermés. Une pyramide. Des statues représentant d'immenses têtes de serpents. Des hiéroglyphes évocatoires. Des temples et des palais luxueux.

Puis la forêt se dressa devant lui. On le transporta à travers un passage ouvert entre les arbres et les buissons. Ses brancardiers suivirent un long, très long chemin, une large voie de pierres grises qui surmontait le sol du sous-bois. Partout, en dehors de la route, grouillaient des serpents.

La nuit tomba. Ils continuaient. Le chef maya guidait la caravane à la lueur de la lune. Holly marchait près du brancard.

C'est ce qui se passait il y a mille ans, pensa Buchanan.

Ils arrivèrent à un village et franchirent une porte ouverte dans une enceinte en bois de la hauteur d'un homme. Des torches révélaient des huttes dont les murs étaient faits d'arbustes entrelacés et les toits de feuilles de palmier. Des cochons et des poules réveillées par le cortège se dispersèrent bruyamment. Des villageois attendaient, les femmes habillées de robes blanches fantasmagoriques.

On porta Buchanan dans une cabane où on le déposa sur un hamac. Pour être hors de portée des serpents, pensa-t-il. Des femmes le déshabillèrent. Le chef examina ses blessures à la lumière d'un feu.

Holly cria et tenta de l'arrêter, mais des habitants la retinrent. Le chef recousit sa blessure au dos qui s'était rouverte, posa une compresse sur celle de l'épaule, presque cicatrisée et appliqua un baume sur les écorchures et les hématomes. Il scruta les yeux exorbités du blessé puis, à l'aide d'un couteau, lui rasa les cheveux sur un côté de la tête.

Et il plaça un trépan de bois actionné par une poulie à l'endroit du crâne qui tourmentait tant Buchanan.

La douleur de la pointe aiguë de la mèche était insupportable.

Puis ce fut comme si on avait percé un énorme furoncle. Il s'évanouit sous l'extase d'un immense soulagement.

12

– Combien de temps ai-je été inconscient ? articula difficilement Buchanan.

Il avait l'esprit cotonneux. Son corps semblait ne plus lui appartenir. Les mots étaient comme des pierres dans sa bouche.

– Deux semaines.

La surprise lui éclaircit brusquement les idées. Il leva la main droite pour toucher le bandage qui lui entourait la tête.

– Ne touche pas, dit Holly.

– Qu'est-ce qui m'est arrivé au... ? Comment... ?

Holly ne répondit pas. C'était une fin d'après-midi. Le corps en partie nu, il était confortablement installé au soleil dans un hamac accroché devant une hutte. Elle trempa un linge propre dans de l'eau de pluie collectée dans une demi-écorce de noix de coco et se mit à le laver.

– Raconte-moi.

Il lécha ses lèvres sèches et gonflées.

– Tu as failli mourir. Tu as perdu beaucoup de sang, mais le chaman a réussi à arrêter l'hémorragie.

– Ma tête... Qu'est-ce que... ?

– Tu délirais. Tu avais des convulsions. Tu avais les yeux si exorbités que je croyais qu'ils allaient sortir de leurs orbites. Ils étaient soumis à une pression. Il t'a opéré.

– Quoi ?

– À la tête. Il t'a percé un trou dans le crâne. Le sang a jailli à travers la hutte comme si...

Ses forces déclinèrent. Ses paupières retombèrent. Il se lécha à nouveau les lèvres.

Holly approcha une autre écorce de noix de coco et lui fit boire un peu d'eau.

Une partie du liquide lui coula dans le cou, mais il parvint à en avaler la majorité. La fraîcheur de la boisson était un ravissement.

– Il m'a percé un trou dans..., murmura-t-il.

– De la chirurgie primitive. Vieille de mille ans. On dirait que cet endroit est suspendu dans le temps. Pas d'électricité. Ils trouvent dans la forêt tout ce dont ils ont besoin. Ils font leurs vêtements à la main. Leur savon est fait de... Ils font bouillir de l'eau en utilisant des épis de maïs comme combustible. Puis ils mettent les cendres dans l'eau et frottent le linge sale dedans. Ils sortent le linge, puis le rincent dans de l'eau bouillante. Ils ont des vêtements incroyablement propres. Et ils versent l'eau sur leurs champs pour récupérer les cendres comme engrais.

Buchanan avait du mal à se concentrer. Ses paupières se fermaient.

– De la chirurgie primitive, prononça-t-il avec désarroi.

C'était deux jours plus tard. Lors de son deuxième réveil.

Holly lui dit qu'elle avait réussi à lui faire avaler de l'eau et du bouillon de poule pendant qu'il était inconscient. Il ne s'était pas déshydraté mais il avait perdu beaucoup de poids et il fallait qu'il mange le plus rapidement possible, qu'il ait faim ou non.

– Je suis prêt, lui dit-il.

Elle plongea une cuillère en bois dans un bol en argile, goûta la soupe de potiron pour s'assurer qu'elle n'était pas trop chaude et versa la nourriture dans la bouche de Buchanan.

– Délicieux.

– Ne me félicite pas. Ce n'est pas moi qui l'ai faite. C'est une femme qui apporte la nourriture. Elle m'explique par gestes ce que je dois te donner.

– Et le chaman ?

– Il vient deux fois par jour pour t'administrer une cuillère d'un sirop épais et sucré. C'est peut-être cela qui t'a permis de ne pas contracter d'infection. J'aimerais bien comprendre leur langue. J'ai essayé le peu d'espagnol que je connais, mais ils n'ont pas l'air de comprendre. On communique par gestes.

– Pourquoi est-ce qu'ils se donnent autant de mal ? Pourquoi est-ce qu'ils nous ont laissé la vie ?

– Je ne sais pas, dit Holly. Ils te traitent comme un héros. Je ne comprends pas.

– Sans doute à cause du jeu, dit Buchanan. Mon combat avec Raymond. On était des ennemis de Drummond. Ils ont dû décider que nous étions dans leur camp.

Il rumina un instant.

– J'ai perdu, mais... Dans l'ancien temps, les Mayas avaient peut-être pitié du perdant et s'occupaient de lui.

– Pourquoi est-ce qu'ils auraient eu pitié de lui ?

– Parce que le vainqueur était sacrifié et s'installait parmi les dieux.

– Raymond n'est pas parmi les dieux.

– Non, dit Buchanan. Ni Drummond. Il est là où il le mérite, en enfer. Il me rappelle le colonel.

– Le colonel ?

Buchanan marqua un temps.

– Tu fais ce que tu veux avec ce qui s'est passé sur le champ de pétrole. Tu peux écrire des articles dessus. Contente-toi de ne pas parler de moi. Mais ce que je vais te dire maintenant est secret.

– Si tu ne me connais pas encore assez pour me faire confiance...

Buchanan eut une nouvelle hésitation puis prit sa décision.

– La confiance fait peut-être partie de ce qu'on appelle un être humain. Je t'ai fait confiance sur le terrain de jeu. Tu étais convaincante, mais je t'ai fait confiance quand tu as dit que tu n'étais restée avec moi que pour ton reportage.

– Et je t'ai aussi fait confiance quand tu as dit à Drummond que tu te moquais du fait que je meure. Je me suis dit que tu jouais la comédie et j'ai suivi ton exemple. Mais je ne savais pas où cela allait nous mener. Qu'est-ce que tu comptais obtenir ?

– Raymond a en partie compris. J'essayais de les désorienter pour qu'ils nous laissent en vie jusqu'à ce qu'ils découvrent lequel disait la vérité. Ils auraient fini par essayer les numéros de téléphone qu'on leur a donnés et le détecteur automatique des appels aurait amené le colonel et ses hommes jusqu'ici. Avec un peu de chance, nous aurions toujours été vivants.

– Plutôt hasardeux.

– Ce n'est pas une plaisanterie. On ne fait pas de plan à long terme dans ce genre de situation. Ce qui est certain, c'est que toi et moi, on a fait une bonne équipe.

– J'ai eu un bon professeur, dit Holly.

– J'ai commencé à te dire quelque chose à propos de mon officier supérieur. Le colonel et Drummond se ressemblent beaucoup. Le colonel a un but et la seule chose qui compte c'est de l'atteindre.

– Mais c'est la discipline militaire habituelle.

– Non. L'armée a une morale. Les hommes politiques n'en ont pas. Ce sont les hommes politiques qui donnent aux militaires des buts immoraux. Mais on trouve quelquefois des militaires comme le colonel...

Les forces du blessé faiblissaient. Sa colère lui donna l'énergie de poursuivre.

– Je commence à me dire que c'est le colonel qui a fait assassiner Jack et Cindy Doyle. Et Bailey. À cause des photos que tu as prises où on me voyait avec lui. Parce qu'il avait peur qu'on n'apprenne qu'il dirige Scotch et Soda et que sa carrière ne soit ruinée. C'est aussi certainement lui qui a envoyé quelqu'un me poignarder à La Nouvelle-Orléans. Pour que tu n'aies plus personne à qui poser de questions. Ton reportage s'arrêtait avec ma mort. Il s'est tourné contre ses propres hommes pour se protéger. Il touche peut-être des pots-de-vin sur les trafics de drogue auxquels Scotch et Soda participe en Amérique latine. Personne n'en sait rien. Mais je le découvrirai un jour. Et ce jour-là le colonel devra s'expliquer devant moi.

– Et Juana ?

– Les hommes de Drummond vont arrêter de la traquer quand ils apprendront qu'il est mort et qu'ils ne seront plus payés. Je ne crois pas que j'arriverai à la retrouver, vu son art du déguisement.

– Mais tu as l'intention de continuer ?

– Tu me demandes si elle compte toujours pour moi ?

Holly approuva de la tête.

– Oui, dit Buchanan.

Elle baissa les yeux.

– Mais pas de la façon dont *tu* comptes pour moi, ajouta-t-il.

La femme ramena son regard sur lui.

– C'est une amie qui avait besoin d'aide et pendant trop longtemps j'ai été incapable d'aider des amis que j'avais connus sous d'autres noms. J'ai besoin de m'assurer qu'elle est en sécurité. Je pense que quand elle apprendra la mort de Drummond elle sortira progressivement de sa cachette. Je serai content de la revoir.

Il toucha le bras de Holly.

– Mais je te jure qu'elle n'est pas ta rivale.

Holly fut submergée par l'émotion.

– Qu'est-ce qu'on fait maintenant ?

– Une chose est sûre : le colonel ne nous trouvera jamais ici.

– Exact. C'est le bon côté des choses.

– Ce n'est pas bien, ici ?

– Avec toi, oui, dit Holly. C'est curieux. Tu as beau avoir l'air épuisé, il y a quelque chose dans tes yeux... Même si tu es furieux à cause du colonel, tu sembles en paix.

– Je suis moi-même.

Holly eut une expression d'incompréhension.

– Il me manque quelque chose, dit Buchanan. Peut-être à cause de tout ce que nous avons vécu. Peut-être à cause de toi. Ou... J'ai l'impression que le chaman n'a pas extrait que du sang quand il m'a percé le crâne. Il a retiré ce que j'avais dans la tête et qui me tourmentait depuis si longtemps. J'ai tourné la page sur le passé. Je veux regarder l'avenir. Avec toi. Ce n'est plus le passé qui compte, mais le présent.

Il lui serra la main.

– Et le futur. J'ai fini de tourner le dos à moi-même. Plus de fausses identités.

– Je serai ravie de faire ta connaissance, dit Holly.

– Moi aussi, le personnage m'intrigue un peu.

– Oui.

Elle l'embrassa.

– C'est ce que j'attendais depuis longtemps.

Cet ouvrage a été composé par Composition Juliot, Paris 9ème
et imprimé par Bussière Camedan Imprimeries
(St-Amand-Montrond/Cher)
pour le compte des Editions Laffont

Achevé d'imprimer le 20 septembre 1995

Imprimé en France
N° d'édition : 36344. N° d'impression : 4/755.
Dépôt légal : octobre 1995.